KB262240

중국문학의 인식과 지평

중국문학의 인식과 지평

오태석

도서출판 **역락**

머리말

우리나라는 오랜 기간 중국과 각별한 관계를 유지해 왔다. 언어적으로 우리의 일상 생활에서 상당수의 한자어를 사용하고 있으며, 정치 사회 문화적으로도 대륙을 향한 유일한 출로였던 중국의 영향을 상당 부분 받아온 게 부인할 수 없는 사실이다. 이와 함께 양국은 19세기이래 서구 열강과 일본 제국주의의 침략을 겪으며 식민지 내지 반식민지의 고통스러운 시기를 보냈으며, 그 아픔은 아직도 완전히 해소되지 못한 채 분단 상황이 이어지고 있다.

이제 세계는 후기 자본주의의 국경 없는 거대 자본, 인터넷과 디지털 혁명 속에서 빠른 속도로 변화하고 있다. 인문학의 물적 토대를 이루었던 과학 분야의 발전 속도는 더욱 빨라서 근대 서구 과학 사조의 중심이었던 데카르트와 뉴튼의 이분법적 기계론을 깨고 상대론적이며 불확정적 바라보기인 양자 역학으로의 패러다임적 전환이 이루어지고 있다. 이같은 급속한 변화는 인문·사회과학 분야에도 파급되어 포스트 모더니즘적 탈중심과 해체의 새로운 바라보기를 요청하고 있다.

한국의 중국문학 연구는 해방 이후 반세기 동안 선배 학자들의 부단한 노력으로 외국의 근대적 학문을 수입하여 기반을 이룬 뒤, 질적 성숙의 단계로 들어서고 있다. 이제 우리가 이루어 내야 할 중요한 일들 중의 하나는 중국문학의 세계사적 보편성과 특수성을 우리의 입장에서 도출 설명해 내어 세계의 중국문학 연구 대열에 당당히 합류하면서, 다중심의 세계문학적 담론 체계 내에서

우리의 현재적 삶과 인식에 연결시키는 일이 될 것이다. 여기에는 모두의 언급과 같이 서구 담론과 중화 담론이라는 두 큰 산이 놓여 있으므로, 그 여정은 간단하지만은 않을 것이다.

필자는 1990년 중국시사의 맥락 이해를 위한 연결 고리로서 설정한 송대 '황정견 시 연구'로 박사학위를 받은 후, 주로 중국문학에 대한 거시적 바라보기에 힘을 기울여 왔다. 중국문학 내부적 연구로서 문예 심미와 주류 장르 운용 양상을 고찰하였으며, 외연적 연구로서 20세기 최신 과학이론 및 서구 언어철학이 내포하는 성찰적 바라보기를 통해 서구와 다른 중국적 사유 방식의 체계화와 심미 특징의 이론화를 위해 노력해 왔는데, 이 둘 모두 거시 고찰 위주의 접근 방식을 취하고 있다.

이 책에는 중국문화와 문학에 관한 15편의 글이 총 3부로 나뉘어 수록되어 있다. 제1부 '중국문학 바라보기'에서는 중국의 전통 문화와 문학적 특징들에 대해 자연 지리, 인문 사회, 언어 철학 등의 방면에서 서구 문화와 비교 고찰하였다. 특히 양자 역학, 카오스 이론, 시스템 이론 등 20세기 과학이론이 야기한 사유 패러다임의 변화가 인문학에 미친 영향, 그리고 현대 서구 문예사조의 신 조류를 동양학 연구자의 관점에서 음미해보았다. 중국 문화에 대한 이 책의 거시적이며 주체적 관점 지향이 드러나는 부분이다.

제2부 '장르 운용과 문학 의식'에서는 서정문학 위주로 전개된 중국 고전문학의 장르 발전사를 3단계로 구분 설명했으며, 문(文)

과 질(質)등, 중국적 특색을 지니는 문학 비평의 중심 개념 및 문예 심미의 역사적 변화상을 고찰했다. 또 제3부 '작가와 문학사'에서는 작가 분석을 통해, 문학사를 형성하는 작가들의 작용과 위상을 작가와 시대 의식, 장르 속성, 심미 의식의 측면에서 고찰했다.

앞서 언급했듯이 한국의 중국문학 연구는 질적 성숙기에 접어들고 있다. '중국문학의 인식과 지평'은 다중심의 21세기 초입에서 무비판적 지식 수입을 경계하면서 중국문학에 대한 주체적 인식을 구축해 가는 동시에 중국문학의 안과 밖 양쪽에서 그 객관적 지평을 파악 설정해내야 한다는 데에서 출발하고 있다. '인식'과 '지평'은 선후적 내용이 아니라, 변화하는 시공간 속에서 상호 텍스트적으로 읽혀지며 부단하게 재해석되어야 하는 두 의미부이다.

읽는 부담을 줄이고자 한자는 한글로 바꾸고, 어려운 용어는 풀어썼다. 각 글 끝에는 출처를 표기했으며, 책 뒤에는 인명과 용어 색인을 두었다. 다만 서로 다른 시간과 지면에 발표한 글들이라 중복적으로 언급한 부분이 적지 않은 점 양해 바란다.

이 책을 내는 미래적 의의를 생각해 본다. 그것은 향후의 글쓰기가 학문적 주체성의 확보라는 당위에만 급했던 그간의 거시 관점의 초보적 투박으로부터 벗어나 미시와 거시가 함께 녹아드는, 보다 응집력 강한 글쓰기여야 할 것이라는 필자 나름의 되돌아봄이자 이정표적 다짐에 있을 것이다.

이 책의 초고 원고를 읽고 조언을 주신 서울대 송용준 교수님

과, 꼼꼼한 교정을 아끼지 않은 이화여대 강경희, 이현주 선생
과, 디자인을 도와준 이재경 선생, 그리고 출판을 선뜻 맡아준
역락의 이대현 사장께 감사드린다. 그간 뒤에서 시종여일한 도
움을 아끼지 않은 아내에 대한 고마움은 두말할 나위 없다.

2001. 5. 23 연남동 우거에서

2쇄 머리말

본서의 투박에도 불구하고 초판 1천부가 그런대로 다 나가던 올 6월, 대한민국 학술원으로부터 우수학술도서의 한 권으로 선정된 일은 개인적으로 감사하고도 영광스런 일이며, 동시에 향후의 글쓰기에 대한 무거운 부담으로 다가옴 또한 부인할 수 없다. 2쇄에 앞서 오자와 탈루를 보충하였고, 약간의 문구를 수정 다듬고 보완하였으나, 기본 지형에는 변함이 없다. 중국문학 학인들의 주체적 중국문학 바라보기에 작은 디딤돌이 되기를 바라면서 많은 계도 부탁드린다.

2002. 10. 1 남산골 연구실에서

중국문학의 인식과지평

제 I 부
중국문학 바라보기

중국문학 바라보기

제 2 부
장르 운용과 문학 의식

장르 운용과 문학 의식

제 3 부
작가와 문학사

작가와 문학사

제1부
중국문학 바라보기

중국고전문학 교학의 신탐색
중국 문화사유의 이해
중국문학비평 사유론
중·서 비교를 통한 중국문학적 사유체계론
중국문학비평 연구의 패러다임적 논의

중국고전문학 교학의 신탐색

I. 들어가면서

2000년 2월 1년간의 해외 연구를 마치고 귀국하여 새학기 개강을 맞은 필자는 꽤나 당혹스런 일을 만났다. 필자가 담당키로 한 학부 과목 중 〈중국문학비평〉과 〈중국역대시가 1〉이 수강 인원 미달로 폐강 조치된 것이다. 여기에는 물론 금년부터 강화된 학교의 폐강 한도도 한 몫을 했지만,1) 장기 휴식 끝에 강단에 서는 재미를 느껴보려고 했던 필자의 입장에서는 적지 않이 실망되는 일이었다. 〈중국문학비평〉의 폐강 사태는 여기서 그치지 않고, 필자가 출강키로 되었던 시내의 한 명문 여대에서도 일어났다.

필자는 미국에 있는 동안 섬세한 가운데 실용주의적으로 기민하게 움직이는 미국인들의 현실 대응력에 대해 놀란 바 있다. 반면 한국은 '조용한 아침의 나라' 처럼 매스컴에서 별로 언급되지 않는 것을 보고, 우리나라의 변화 속도가 느린 것이 아닌가 하고 우려하기도 했었는데, 이러한 생각은 급속히 높아진 휴대폰 및 인터넷

---

1) 이 부분은 학교에 건의한 결과 대상 학년인 3-4학년 총정원의 10% 에서 원래 강의개설 학년 정원의 10%로 완화되기는 했다.

보급률 등 외적·내적으로 상당한 변화를 이루어내고 있었음을 간과한 것이었다. 더욱이나 필자는 강의 첫시간에 강의의 성격을 탐색하러 온 많지 않은 학생들에게조차 어려운 영어 또는 중국어로 된 원서를 소개하며 부담지우기까지 했던 것이다.

실상 중국을 비롯한 인문학에서 고전학古典學의 고전苦戰은 비단 필자만이 겪게 되는 일은 아닌 듯하다. 간혹 교수들과 이야기하는 중에 많은 대학의 중문학과에서 벌써 고전문학이나 전통 학문적 강의는 이제 비인기 과목으로서, 경우에 따라서는 존폐의 기로에 서 있다는 얘기도 들린다. 생각하기에 따라서는, 자기 자신은 그런 대로 하느라고 살아왔는데 자기가 서 있던 땅이 갑자기 움푹 가라앉아버린 느낌마저 든다. 이같은 상황은 도대체 어떻게 하여 초래된 것인가? 외부적 상황이 갑자기 변한 것인가? 아니면 우리에게 무엇인가 문제가 있는 것인가? 여러 가지 생각을 할 수밖에 없는 현 상황은 개인적인 일만이 아니기에 오늘의 자리가 기획된 것으로 여기 오신 많은 분들 역시 관심을 가지고 계시리라 생각된다.

이런 시점에서 마침 최근 강남대학에서 〔국어국문학의 정체성과 유연성〕이란 주제로 거행된 '제43회 전국 국어국문학 학술대회'에서 기조발언을 한 김홍규 교수(고려대)의 국어국문학의 현상황에 대한 인식, 즉 "이러한 위기는 갑자기 발생한 것이 아니라 지난 10여 년 내지 20년 정도의 기간에 걸친 우리의 관성 속에서 점진적으로 형성된 것"이라는 발언은 우리의 경우에도 참고해 볼 만한 이야기일 것이다.2)

필자에게는 문학사의 연구와 강의 문제에 대해 이야기해 보라는 요청이 있었는데, 오늘 다른 발표자가 기존의 중국문학사 책들을 정리할 예정인 만큼, 필자는 중국문학 전체 상황부터 포괄적으로

---

2) 김홍규 교수는 〈국어국문학의 정체성과 유연성〉이란 기조발언의 말미인 '몇 가지 제안'에서 ①교과과정 개편, ②교육 내용·방법의 수정, ③교수진 구성의 개선, ④연구 시야의 국제화, ⑤교육·연구의 정보화를 제안했다.

개괄하여 개구자開口者로서의 토의의 지평을 넓히도록 하겠다. 내용은 ①인문학의 위기상황 및 교육개혁과 대학, ②중어중문학과의 실정, ③교과과정론, ④통론·통사류를 비롯한 중국고전문학 연구와 강의 운영 문제 등이다.

Ⅱ. 인문학의 위기적 상황

1996년 11월 제주대학교에서는 전국 21개 국공립대학 인문대학 학장들이 모여 '인문학 제주 선언'을 발표한 바 있으며, 1997년 8월에도 이들은 교육부를 방문하여 '대학 교육의 올바른 발전을 위한 건의문'을 제출했으나, 뾰족한 대답을 듣지 못하고 씁쓸하게 돌아섰다고 한다. 1999년 12월에는 서울대 인문대 및 사회대 학과장들이 한자리에 모여 정부의 이공계 중심의 재정 지원을 비판하고 나섰으며, 학부제 중심의 대학 개편 방향을 비판했다고도 한다.

또 인문학의 대명사와 같던 각 대학의 철학과 교양 강좌들은 80년대까지의 대단위 강좌로부터 명맥을 유지하는 강의로 전락해 버렸다. 학부제를 실시하고 있는 서울 소재 모여대의 경우 얼마전 인문사회과학부 700여명 학생 중 철학 전공 지망생은 단 1명이었다는 기사도 있다. 이는 비단 철학 분야의 일만은 아니다. 이미 인문대학 대학원에는 지원하는 학생들이 없어 개점 휴업인 곳이 한두 군데가 아니며, 그나마 서울 지역 명문대 역시 동일 학교 진학자의 수가 급격히 줄어 타학교 출신 학생들로 구성되는 곳이 상당수이다.

수요가 있는 곳에 예산이 투입된다는 시장 경제의 논리는 정부의 연구비 지원에서도 드러나 BK21을 비롯해 이공계와 인문계의 지원 예산은 엄청난 격차를 보이고 있어, 대학의 학문 분야간에도

그 격차가 심화되고 있다.3) 더 이상 예를 들지 않더라도 1995년
부터 우리나라에 불기 시작한 학부제 등 대학 교육개혁의 와중에
서, 인문학을 비롯한 순수 학문을 취급하는 단과대학은 이전의 '대
학 중의 대학'이라던 명성과는 반대로 이제는 계륵鷄肋과 같은 대
접을 받고 있다는 느낌이 들 정도로 위상이 저하되었다.

고등학생부터 초등학생까지 줄줄이 다섯 아이들을 둔 어느 평범
한 가정의 이야기이다. 한 중소기업의 계장으로 있던 가장은 어느
날 식구들을 불러 모아놓고 중대 선언을 했다. 내용인 즉, "나의
얼마 안되는 수입으로는 모든 자식들을 훌륭히 키워낼 자신이 없
으니 앞으로는 능력있고 가능성 있는 자식에게는 과외를 비롯한
집중적 투자를 하여 한 놈이나마 훌륭히 키워보겠다"고 했다. 나머
지 가족들은 '이게 무슨 날벼락 같은 소리인가' 하며 의아해 하는
가운데 그날의 이상한 회의가 끝났다고 한다. BK21 같은 이공계
집중 육성의 교육정책이 실현되는 상황에서, 이 가족의 이야기는
사실성 여부를 떠나 인문학을 하는 이에게는 심각하게 들려오는
것이다.

교육 경쟁력과 질적 심화를 기한다는 명목하에 이제 정부는 당
근과 채찍으로 대학의 변화를 가속화하려 한다. 대학을 학부로 광
역화하고, 전공의 최소 이수 학점을 대폭 낮추며, 전공 필수는 없
애버리기까지 하여, 실상은 껍데기 전문가를 만들어내고 있다. 이
제 우리 인문학 연구자들은 당위성 보다는 현상적 선호가 지배하
는 가치 상대주의 시대의 와중에서, 우리들의 본업인 '학문하기'에
관하여 전에 없던 질문 앞에 봉착해 있다는 느낌이 든다. 학문이
궁극적으로 '인간의 보다 풍요롭고 행복한 삶'과 관계하고 있는 것
이라면, 그 학문은 원하는 방향이든 아니든, 현실을 떠날 수는 없
다고 생각한다. 그렇다면 오늘 야기되고 있는 인문학의 위기 상황
에서, 과연 이 시대에 적합한 또는 올바른 인문학, 중국어학, 중국

---

3) 이상의 실례들은 인터넷 검색을 통해 수집했다.

문학이란 무엇이어야 할 것인가? 이를 위해서는 어제의 연장이면서 다시 내일로 나아가는 가교로써의 현실 진단을 통해, 미래에 대한 희망적 처방을 위해 우리의 생각들을 재검토 해보는 일이 필요한 시점이라고 생각한다.

먼저 오늘의 상황에 이르게 된 국내적 원인을 생각해 보면, 우선 1980년 졸업 정원제로부터 시작한 대학 문호의 대폭적인 개방과 다양한 형태의 대학 설립의 자유화 등 '교육시장'의 개방 정책, 완만한 인구 증가 속도, 학부제와 복수 전공제를 골간으로 하는 수요자 중심의 대학 교육개혁의 파장, 그리고 1980년대까지의 인성교육 중심주의에서 1990년대부터 달라진 자유경쟁 논리로의 정책적 전환을 들 수 있다. 한편 조류면에서 보면 세계사적으로 1991년 구소련의 붕괴로 자본주의 대 사회주의의 역사적 실험이 일단락되면서 새로운 패러다임으로 급부상한 미국식 후기 자본주의적 신자유주의의 무한경쟁론이 세계 각국의 문호 개방을 촉진시켰다.4) 우리나라 역시 IMF 관리 체제를 통해 세계 거대자본 구도속으로 들어가면서, 실상 별다른 준비 없이 미국 등이 주도하는 세계 경제체제에 편입되었다.

이같은 구도하에서 교육 역시 상품경제의 한 유형으로 취급되어, 피교육자는 수요자로, 교육자는 공급자로 생각하는 새로운 관계 설정을 요구받고 있다. 이에 더하여 인터넷 사용 인구의 급증은 문화적 패턴을 급격히 바꿔가고 있다. 우리나라의 경우 2000

---

4) 미국은 1970년대 초 중동 오일쇼크를 계기로 복지 정책을 고려한 수정주의적인 케인즈 이론을 포기하고, 생산성 효율 위주의 신자유주의 정책을 지향했다. 그러나 우리나라 대학 강단에서는 1980년대에도 여전히 케인즈 경제학이 부동의 지위를 점하고 있었다. 사회과학은 예측보다는 사후적이며 귀납적 성격을 지니기 쉬운 점이 있기는 하다. 그러나 세계의 변화를 읽지 못했던 구미 유학 학자들의 견해가 경제정책으로 그대로 반영되었던 점을 생각하면, 신자유주의의 옳고 그름을 따지기에 앞서, 현실에 적절하게 대응치 못한 지식인들의 태도가 비판적으로 지적 될 만하다.

년 4월 현재 인터넷 사용자가 1,500만명을 넘어섰으며, 그중 만7세 이상 20대까지 인구의 50%가 인터넷을 이용하는 것으로 나타났다.5) 이전 사회에서 정보는 일부 특권층만이 과점적으로 소유했었지만, 이제는 수많은 사람들이 거의 실시간에 정보를 공유할 수 있게 된 것이다. 이렇게 인터넷은 정보 소통의 폭과 속도를 확대·증진과 함께, 탈중심의 문화를 확산시키고 있다. 벤처산업의 활성화와 시민 연대의 활성화는 그 한 양상들이다.6) 이러한 경향들은 정신사적으로 중심부적 권위와 전통의 해체라는 포스트모더니즘적 경향과 맞물린다.

이러한 자본 중심적 논리 위에서 지성의 전당이었던 대학 역시 이전의 독과점적 고급 정보집단으로서의 사회선도적 기능으로부터 그 관계적 양상이 변하여, 학생들의 사회 진입을 위한 기능 중심의 도구적 학문의 성격이 더욱 부각되었다. 이제 대학은 상품 경제하의 신자유주의적 경제 질서로 일원화된 가치를 요구받고 있다는 느낌이다. 역사, 철학, 문학 등의 인문학적 교양과목들은 각 단과대학의 현실적 필요에 따라 실용성을 띤 과목으로 축소 또는 대체되고, 많은 학생들은 경영, 국제통상, 전자공학, 언론·광고학 등 실용학문으로 다투어 복수 전공을 신청하고 있다.

더욱이 복수전공제 실시와 함께 최소 전공이수 학점은 36학점

---

5) 한국경제신문에 의하면, 인터넷조사 전문업체인 인텔리서치는 2000년 4월 전국의 만7세이상 남녀 1만명을 전화로 조사한 결과 한달에 한번 이상 인터넷을 이용한사람은 전체 인구의 36.7%에 달하는 1천5백63만명으로 집계됐다고 5월 26일 밝혔다. 연령별 분포는 7-19세(33.7%)가 인터넷을 가장 많이 이용하고, 이어서 20대(33.4%), 30대(20.2%), 40대(9.7%), 50대(3.0%) 순으로 사용하는 것으로 나타났다. 그리고 2001년 3월 현재 인터넷 사용 인구는 2000만명을 넘어선 것으로 조사됐다.
6) 1999년 가을 Seattle에서의 WTO 저지 데모나, 바로 지난 달 있었던 4·13 총선에서의 '총선 시민연대'의 낙선운동 등은 모두 인터넷을 통한 여론 결집의 위력을 실감나게 보여준 사건들이었다.

까지로 줄어들면서 이제 대학에서는 교양 수준의 간단한 지식만 획득해도 졸업할 수 있게 되었다. 또한 대학의 양적 팽창에 따라 급격히 늘어났던 인문학계 교수요원의 수요가 줄고, 박사학위를 받아도 몇 년씩이나 취직이 안되는 상황에 이르자,7) 대학원에 진학하려는 사람은 급격히 줄어들고 있다.

우리 인문학자들은 일면 당혹해 하면서 자구책 마련에 애를 써 보지만, 전체의 파이가 줄어든 상태에서 묘책이 나오기란 쉽지 않다. 이러한 상황에 대한 반응 또한 여러 갈래인 것 같다. 혹자는 기존 가치를 확고한 것으로 인식하면서 상황의 오도誤導를 개탄하거나 계도를 목적하기도 하고, 심지어는 현실을 일시적인 현상으로 여기는 관성적 낙관마저 버리지 않고 있으며, 한편에서는 망연한 현실을 그저 관망하기도 한다. 혹자는 하나의 커다란 사조적 흐름을 거역할 수 없다고 생각하면서 현실에 적응하지 못하고 상아탑에 안주했던 인문학자 내부의 경직성을 자책하면서 대안의 모색에 힘쓰는가 하면, 개중에는 이에 편승하여 재빠른 변신을 도모하기도 한다.

이렇듯 유동적이며 긴장 관계가 지속되는 상황의 불안정성이야말로 생물계, 아니 자연계가 지니는 생명의 장場 자체의 특성인지도 모른다. 그러나 현재의 상황은 그렇게 안이한 진단만 할 수는 없다는 점에서, 우리의 논의는 현재적 부담감에서 자유로울 수 없다. 다음 장에서는 우리나라 대학에서 가장 일반적으로 개설되고 있는 중어중문학과의 실정에 대해 생각해 본다.

---

7) 2000년 봄 현재 중어중문학 방면의 박사학위를 받고 대학 전임이 되지 못한 사람만도 150 내지 200명 선으로 추산된다.

Ⅲ. 중어중문학과의 실정

우리나라에서 이른바 "중문과"(통칭)로 지칭되는 유사 범주의 학과들로는 중어중문학과, 중국어과, 중국학과, 중국문화학과 등이 있다. 중어중문학과는 중국어와 중국문학을 가르치는 곳이란 뜻으로 해석할 수 있으며, 중국어과는 중국어를 위주로 가르치는 곳이며, 중국학과는 중국에 관한 인문사회적 영역을 망라하여 가르치는 곳이며, 중국문화학과는 중국 문화의 이해에 중점을 두어 가르치는 곳으로 해석할 수 있다. 무엇보다도 이들 학과의 공통점, 즉 이들 학과가 다른 학과와 변별되는 외연적 특징은 '중국'에 관하여 '중국어'라는 매개를 통해 운영되는 학문 영역의 학과라는 점이다. 이들 중 우리는 숫적으로도 가장 많고 역사적 뿌리가 깊으며, 필자가 속해 있는 단위인 '중어중문학과'를 중심으로 생각해 본다.

먼저 학과의 이름이 지니는 의미부터 생각해 보자. 요즘의 상황에서 학과명에 대해서는 다음 두 가지 독법이 가능할 것이다. 즉 〔중어중문학 과(Department)〕와 〔중어중문 학과〕가 그것이다.8) 여기서 우리는 어느 쪽에 가깝게 사용하는가? 전자는 '중어중문학'이란 학문 영역을 다루는 학과란 의미가 된다. 전자같이 떼어 읽으면 그것은 전통 인문학의 본령이었던 중국문학을 연구하는 학과란 의미가 되겠으나,9) 후자같이 읽으면 중국어문을 가르치고 배우는 학과란 뜻이 되는데, 이것은 실용주의적인 요즘 상황에 부합되는 독법같다.10) 필자의 생각에 최근의 상황은 〔중어중문학의 과〕

---

8) 이상섭 교수는 〈한국 영문학 교육의 문제〉에서 영문학과의 명칭을 가지고 '영문학 과'와 '영문 학과'로 나누어 서로 다른 해석적 관점을 제시했는데, 본고에서 이를 참조했다. (《현대 비평과 이론》 1992년 봄호, 한신문화사, pp.83-84.)

9) 이 말은 다시 중국어학과 중국문학을 다루는 것인지, 아니면 중국어와 중국문학을 다루는 것인지도 가려서 생각해 볼 부분이다.

10) 후자는 '中文'을 중국 글자 또는 그 확장인 문장으로 보아, 중국어 및 중국 문장를 다루는 기능주의적 속성과 함께, 학생모집 단위로

로부터 [중어중문의 학과]로 바뀌어 가고 있는 듯하다.

하지만 이 후자적 독법은 [건축공학 과]나 [전자공학 과]와는 다른 독법이 되는 셈이다. 여기에서는 학생들도 현실적 수요가 있는 학문을 공부하기 위해서 오고, 교수도 의당 그것을 가르치기 때문에 문제가 일어나지 않는다. 그러나 중문학과에서 황정견黃庭堅(1045-1105)의 시학 이론에 대해 아는 것은 부수적인 지식의 편린이며 중국어 및 중국문화의 이해와는 직접적인 관련이 없다고 생각할 수도 있다. 다시 말해서 이공계통에서는 학문과 현실간의 효용적·소통적 거리가 가까워서 두 가치가 괴리 현상을 보이지 않는 데 반해, 인문학의 경우는 상황적 현실과 학문간의 거리와 틈새가 그만큼 크다는 뜻이다.

그간 우리는 이공계통 교수들로부터 자기네 학문 변화 속도가 너무 빨라서 나이 40을 넘기면 따라가기가 쉽지 않다는 말을 들으며, 연륜과 함께 빛을 내는 인문계통 교수들이 부럽다는 말을 종종 들어왔는데, 이제는 거꾸로 인문학은 빠르게 변화하는 사회내에서 제대로 위상을 찾지 못하면서 현실적 위상 저하를 가져오고, 이에 따라 전체적인 변화를 요구받고 있다는 생각마저 든다. 이것은 사회적 기본 구도와 가치 및 소통 체계가 변화하면서, 군사부일체의 유가 관념적이며 사회 계도적인 인문학 분야에 일어난 상황의 변화로서, 실용주의 시대의 인문학, 그리고 중어중문학과가 처한 현실이기도 하다.

이는 사조적으로 미국이 중심이 되어 신자유주의를 기치로 내건 무한 경쟁의 세계경제 구도하에서 교육의 장 역시 상품경제의 하부구조로 편입되는 양상으로 중심축이 옮겨가고 있음을 의미한다. 이렇게 되면 중문과는 오직 중국어 습득 능력의 배양, 그리고 현실적으로 활용 가능한 문화적 지식만을 요청받는 곳으로 변해가는

서의 행정 조직적 성격이 부각된다. 이 두 독법은 기본적으로 학문적 속성과 기능적 속성으로 구분된다고 할 수 있다.

것은 아닐까 하는 우려스런 예측이 현실화 될 수도 있음을 생각해야 할 상황이다.

이제 교육의 수요자이자 구매자로 나선 학생들은 공급자인 교수에게 그들이 원하는 것이 무엇인지를 현실로써 발언하고 있다. 실용중국어, 회화, 작문 등 중국어 학습관련 과목은 강의실이 가득차도 고전문학 및 시가나 비평 등의 과목은 선뜻 수강하려 하지 않는다. 학생들이 쉽게 다가오려 하지 않는 현실에서, 이제 교수들은 학과와 커리큘럼의 정체성 문제까지도 재고해야 할지도 모른다는 스산한 느낌마저 든다. 학과 정체성의 문제와 관련해서는 1990년대 들어 세계 정세의 변화와 함께 독어독문학과의 경우 가장 먼저 직격탄을 맞은 형국이다. 사회적 수요가 달라지고, 학생수가 감소하면서 과명 변경의 요구에 시달리다 못하여 독일학과나 독일문화학과 등으로 학과의 성격을 바꾼 예가 보인다.

외국어문학과의 경우 언어와 문학 두 갈래에 대해 생각하자면, 사실 언어란 도구성을 띤 것으로서 언어학이 아니고서야 그 자체로서 목적이 되기 어렵다. 그러나 오늘날의 학생들은 거의 맹목적으로 언어 습득 자체에만 매달리고 있으며, 그것을 어떻게 활용하고 목적에 연결시키는가에 대한 진지한 고려는 하고 있지 않는 것 같다. 그럼에도 불구하고 많은 학생들이 중국어 학습 강의에 몰리고 있는데, 중국어 학습열은 좋지만 주체적 시각과 폭넓은 기반이 없는 언어문화적 학습은 자국 문화의 건강한 발전에 도움이 되는 것이라고 할 수 없다는 점에서, 다양한 대안 마련에 소홀했던 교육자들의 책임도 없지 않을 것이다. 이 점에서 교육자들의 다각적인 제도적 보완, 시야 확장, 강의관점 및 교수법 개발이 요구된다.

문학 연구는 인간의 보편적 감성과 정감 심미의 심화 이해, 그리고 그 민족의 문화적 특성 이해를 위하여, 나아가 비교 문화 연구의 한 과정으로서 그 가치가 더욱 빛을 발할 수 있을 것이다. 그런 의미에서 일정 부분 문화 이해와 접목시키는 방향으로의 연구와 교육은 필요하다는 생각이다. 사실 주로 중국문학만을 공부해 온 교수들이 갑자기 자신이 잘 알지도 못하는 분야로 시야를 확장시켜 나가기란 쉬운 일은 아니다. 하지만 이같은 일은 중장기적 안목에서 필요한 일로 여겨진다.

또한 연구와 교육의 상호 부합 문제에 대해서도 생각해 볼 필요가 있다. 사실 심화된 연구는 좋은 교육으로 나아가는 첩경이므로, 이 둘의 일치는 매우 바람직하다. 그러나 교육 현장의 여건이 바뀌어 가고 있고, 어렵고 복잡한 것을 회피하는 학생들이 날로 늘어나는 현실에서는, 학교의 입지에 따라 무조건 교육자가 기설정해 놓았던 이상에 맞추기 보다는 연구와 교육을 분리해서 생각할 수도 있을 것이다. 상위권 대학에서는 상대적으로 덜 심각하지만, 그렇지 못한 대부분의 대학에서는 그 필요성이 크게 느껴질 것이다.11)

먼저 연구에서는 자신의 전문 영역을 향해 나가는 일방, 학생들에게는 그 성과를 가능한한 쉽게 풀이해 주도록 해야 할 것이다. 대학별로 역할을 분담하여 상위권 대학이 아닌 경우 교수 연구의 전문적 심화는 학회를 통해 수행하되 독자를 고려하여 쉬운 말로 풀도록 하고, 교육은 현실적 수요에 맞추어 젊은 세대에 맞는 감각과 방식에서 출발하되, 재미를 상실하지 않으면서 가능한 데까지 깊이를 유지하면 좋겠다는 생각이다. 이렇게 될 경우 강의 토대로서의 번역 작품과 자료 해설서가 많아야 하면서, 동시에 새로운 준거에 의한 강의 모형의 개발도 시급해진다. 그런 점에서 우리나라의 토양과 준비는 양적·질적으로 충분하지 못하다는 판단에서 벗어나기 어렵다.12)

---

11) 그런 의미에서 우리나라 대부분의 대학이 경쟁적으로 연구 중심 대학을 지향하고 있는 것은 당초의 개혁 취지나 현실로 보더라도 바람직하지 않다. 크게 학문 중심의 연구대학, 일반적 지식 습득의 교양대학, 실용 중심의 실용대학으로 나누는 것이 합당해 보인다.
12) 본격적인 심화 교육을 위해서는 기초 토양이 되는 원전 텍스트의

Ⅳ. 교과과정에 관하여

'백년지대계百年之大計'로서 국가의 미래를 담당할 인재를 양성하는 교육의 실제적 운영은 교과과정을 통해 이루어진다. 교과과정은 현실의 수요에 근거하여 세워지기는 하지만, 미래의 사람을 양성하는 기틀이므로 미래에 대한 희망어린 전망과 교육 철학적 안목과 고민이 담겨져야 한다. 본 장에서는 지금까지의 인문학과 중문학과 교육 현실적 진단에 기초하여 현 중어중문학과 교육 교과과정을 되짚어 보고자 한다.

지금까지 중어중문학과에서는 주로 순수 중국어문학 관련 과목들만 개설되어 있었는데, 실상 지원하는 모든 학생들이 중어중문학을 공부하기 위해서 온 것은 아니며, 대학원에 진학하는 숫자는 더욱 적다. 그렇다면 결국 많은 학생과 그 부모들이 대학 진학 당시에 원했던 현실적 수요와는 크게 상관없는 과목들을 듣게 되거나 또는 미수강하는 경우가 생기게 된다. 이런 학생들이 늘수록 학과 전체에 미치는 부정적 영향이 크기 때문에 이들을 방치하는 것은 좋지 않다. 그러면 왜 이런 현상이 생기게 된 것일까? 그 원인은 먼저 달라진 실용적 교육 환경에 기인하며, 다음으로는 교육 정책 담당자와 대학의 현실에 대한 부단한 상호 소통적 검토가 부족했던 데서도 기인할 것이다.

그러면 교육 담당자들은 이러한 변화를 그대로 받아들이고 수용하는 것이 좋은가? 이 점은 사람마다 생각이 같지 않은 어려운 문제이며, 필자 역시 이에 대한 충분한 해결책을 지니고 있지는 못하다. 그러나 적어도 "오늘의 상황을 방치할 수만은 없다"는 생각에는 이견이 없을 것이다. 왜냐하면 이제까지 언급한대로 최근 변

번역화가 필수적인데, 우리의 경우는 각종 지원이나 업적 평가에서 번역 분야에 대해서는 매우 인색하거나 인정하고 있지 않으며, 이 점은 학위 논문에서도 같다. 정책적 전환이 필요하다고 생각된다.

화의 흐름이 매우 빠르고 일단은 확고해 보이기 때문이다. 이의 해결을 위해서는 원론적으로 말하자면 연구와 교육 목표에 대한 명확한 방향 설정이 되어 있는지에 대해 현실과 대비하는 가운데 진지한 검토가 이루어져야 할 것이다. 시대적 조류에 발 맞추어 따라가기에도 벅찬 현실 속에서, 교육과정의 원론에 충실하여 현실을 개탄하고 미래에 대한 전망과 계도를 꾀하는 일은 향후의 토론 과정에서 중지가 나오기를 기대하고, 일단 작금의 현상들에 대한 교감적이며 추수적 생각들을 고찰해보는 가운데 필자는 이를 현실 타개적 차원에서 다음의 실례를 하나의 토론과 검토 사례로서 제시하며 논의를 이끌어 본다.

교과과정 문제와 관련하여 한 실례를 들고자 한다. 어느 대학 사학과에서는 학생들이 잘 수강하지 않는 현실을 고민한 끝에 우선 딱딱한 교과과정의 과목명을 쉽게 풀어 바꾸었다고 한다. 예를 들면, 〈서양 고대사〉는 〈신과 영웅들의 이야기〉로(수강인원 3,40명 → 200명), 〈고대사〉는 〈잃어버린 역사를 찾아서〉로, 〈중국 고대사〉는 〈동양 문명의 기원과 형성〉으로, 〈동양 중세사〉는 〈동아시아 세계의 형성과 변화〉로, 〈중앙아시아사〉는 〈실크로드의 어제와 오늘〉로, 〈사기 강독〉은 〈사기의 인간과 역사〉로(수강인원 20명 → 100명)가 그 예이다.

이렇게 하자 곧 수강인원이 평균 3,4배 정도로 늘어났다고 한다. 즉 비전공자들이 많이 들어온 것인데, 이는 일단 학생들이 일반적으로 기존의 강좌에 대한 거부감을 지니고 있으며, 결국 재미있는 과목에 갈증을 느끼고 있다는 얘기로 볼 수 있다.13) 한편 비

---

13) 그러나 다른 한 편에서 학생들이 손쉽고 재미있는 것만을 찾아다니는 경향 역시 간과할 수 없다. 과목 선호와 관련한 학생들의 자세 역시 이중성을 보이고 있는 것 같은데, 학습이 수월하지 않은 기본적인 교과목에 대한 이성적 당위성과 동시에 발생되는 감성적 회피 심리가 그것이다. 이에 대한 적절한 동기유발적 조치가 개발되어야 할 것이다.

전공자가 많이 들으니, 결국 교양으로서의 강의를 진행해야지 어려운 원서를 강독식으로 읽을 수는 없어서 원문이 아닌 번역문을 가지고 풀어 진행한다고 한다. 사실 이를 위해서는 원전에 대한 많은 번역이 전제되어야 그것이 가능하다는 점에서 우리의 토양은 척박한 편이다.

또한 해설에 많은 시간을 할애해야 하므로 강의의 포맷을 새롭게 짜야하는 부담도 생긴다. 강의 제목만 바꾸고 내용은 옛날 방식대로 진행하는 경우 인터넷을 통해 불만 사항이 뜬다고 한다. 따라서 강의 담당자는 많은 학생들을 유치한 만큼 새로운 강의 개발을 해야할 책임을 지게 되나, 강사에게 맡길 경우 벤처 정신을 살려 그 강사의 권한을 확대한다든지 하면 성취 동기도 커지고 강의 분야별 전공도 새롭게 짜여지게 될 것이다.

우리 중어중문학에서 이와 같은 방식을 원용하면, 〈한문 입문〉은 〈쉽게 풀어 보는 중국 문자와 문장〉으로, 〈중국문학사〉는 〈중국인의 삶과 애환, 그 서정의 여로〉로, 〈중국 역대시가〉 또는 〈시가 강독〉은 〈중국인의 풍류와 서정〉으로, 〈역대 산문〉은 〈옛 사람의 글쓰기와 인문 정신〉으로, 〈경서 강독〉은 〈인생의 지혜 — 중국인의 삶과 생각〉, 〈중국 소설〉은 〈허구의 세계 — 현실과 상상의 사이에서〉로, 〈중국 희곡〉은 〈중국인의 공연 예술〉 등으로 바꿀 수 있을 것이다. 그리고 〈중국문학비평〉은 〈중국 문화예술의 심미 세계〉로 개편할 수 있다.

어학과목의 경우 〈중국어학 개론〉은 〈중국어 이야기〉로, 〈중국어 문법〉은 〈중국어의 짜임새와 용례〉로, 또한 현대 관계 과목도 〈중국 현대문학사〉는 〈20세기 중국 — 그 문학적 자취〉로, 〈현대소설 강독〉은 〈민족과 근대화 — 그 소설적 양상〉 등으로 할 수도 있을 것이다. 이뿐 아니라 아직 없다면 문화 관계의 강의를 집어넣을 수 있을 것이다. 〈중국문화 개설〉은 〈중국 문화의 발자취〉나 〈비디오로 보는 중국문화 기행〉으로, 〈현대 중국 문화론〉은 〈20세기 중국, 중국인, 그리고 문화〉 등으로, 그리고 현대인의 오늘을 사는 지혜와 교양을 위해 〈고사성어 강좌〉에 해당하는 〈현대인을 위한 고사성어 ― 옛 사람의 처세와 언행〉을 새로 넣을 수 있을 것이다.

본 장의 동기는 교과과정을 학생들이 쉽게 다가갈 수 있는 강좌에 대한 검토가 필요하지 않나 하는 데서 비롯되었고, 그 예시로써 풀어쓰기식 강좌 바꾸기를 들어 보았다. 이와 함께 이상의 각 강좌는 중국어 습득이라는 효과를 제고하는 방안과 연계시킬 때 시너지 효과를 발할 수 있을 것이다. 이 변화에서 주목할 것은 현실적 거리가 먼 고답적·순수 학문적 색채를 일정 부분 배제하고 있다는 점이다. 필자로서도 아쉽기는 하지만 순수 학문의 확대·심화는 이제는 많은 부분은 대학원에서 할 수밖에 없을 것 같다. 이러한 방식은 학생들의 심리적 부담을 덜어주면서 현실 사회에 필요한 지식을 습득하는 데 다가가게 한다는 점에서 장점이 있다.

하지만 그렇다고 해서 모든 학교에서 또 모든 과목에 대해 강좌 바꾸기를 할 필요는 없다. 왜냐하면 학교와 학과 외연적 측면에서는 특성화와 역할 분담이 필요하고, 대학원 진학을 위한 학생들을 위해서도 많지는 않아도 일정 정도는 순수 학술적이며 수준 높은 강좌가 개설될 필요가 있기 때문이다. 그러나 이 역시 가능한 한 쉽게 풀어주는 것이 필요하다.

아울러 여타 학문과의 협동 강의인 학제간 강의의 필요성도 증대되고 있다. 중어중문학과의 경우 국문·일문학과와 함께 〈동아시아 문화/문학의 생성과 발전〉, 국문·철학과와는 〈우리문학의 뿌리를 찾아서 ― 중국문학과 한국문학〉이나 〈동양의 지혜〉를, 역사·철학과와는 〈중국학 ― 역사, 철학, 그리고 문학〉를 함께 개설할 수 있을 것이다.14) 나아가 국제통상학과와의 연계 등을 통해

---

14) 실제로 구미의 철학과에는 느슨한 학제간 연구를 넘어서, 상당한 거리가 있는 듯이 보이는 물리학과 철학을 하나로 엮어 '과학철학'

〈실무 중국어〉를 개설하여 무역 실무와 이에 관련한 중국어 지식 교수를 협동 강의식으로 진행하면, 양과 학생들 모두 전문지식 습득의 효과가 커질 것이다. 〈중국어〉 역시 외국인과의 팀 티칭을 통해 학습 성취 유발 효과를 높일 수 있을 것이다.

또한 교과과정에 문화 관계 과목을 추가하는 것은 기존의 중문학과의 틀을 유지하면서 변화된 현실에 적응한다는 절충적 의미를 지닌다는 점에서 적극적인 검토가 필요하다는 생각이 든다. 부언할 것은 이상에서 제시하고 있는 예시들은, 이미 언급했던 대로 미래에 대한 전망을 통한 교육의 계도적 속성과, 혹 있을지도 모르는 부작용에 대한 실증적 검토가 아직 이루어지지 않았다는 점에서 시안적 성격을 띤다. 또한 이러한 제시는 우리 교육계가 공통적으로 안고 있는 현안이기도 하므로, 개별 차원의 졸속한 결정과 시행보다는, 학회나 교수간에 교육연구 기구의 설립 등을 통해 보다 적극적이고 폭넓은 토의·검토를 하여 공동 연구와 모형 개발에 나서려는 노력이 필요하다.

Ⅴ. 중국문학 통론류의 연구와 강의

1. 연구와 강의의 관점과 방향

본장에서는 중국문학사 및 중국문학비평(사) 등 통론류를 중심으로, 그 연구 및 교육의 관점과 방식에 관해 생각해 보겠는데, 단순히 통론류에 대한 논의라기보다는 중국어문학 하기에 관한 광의적인 논의라고 보는 것이 타당할 것이다. 중어중문학의 세부 학문 분야면에서 우리나라에서 그간의 강의 연구는 고전문학과 순수학문 중심주의로 이루어져 왔으며, 1980년부터 연구자의 확대와 새

(Physics Philosophy)을 강의하는 곳이 적지 않다.

로운 세계 질서의 변화에 힘입어, 현대문학과 어학이 급부상하였다. 이렇게 다양화한 연구 여건하에서 우리는 학문하기에서 중요한 부분인 '바라보기'에 관해 생각해보지 않을 수 없다. 인간은 부단히 각종 현실과 만나면서 그 대상을 인식하고, 또 그에 따라 대응하게 된다. 그런 면에서 인식과 관점 및 태도는 하나의 해석 지평의 문제이며, 이는 학문 연구에서도 결과에 직접 영향을 미친다는 점에서 중요하다.

그간 우리의 연구 경향은 대부분은 일반 이론보다는 개별적 사실에 중점을 둔 실증주의적 연구방식에 의거했다고 할 수 있다. 이는 청대 고증학의 한 흐름인 동성파桐城派 등의 학통에서 비롯된 것이면서, 우리나라 일제 강점기의 역사학 등 한국 학문계의 대표적 경향도 실증주의에 근거하고 있다는 점은 학문연구의 독자성이란 측면에서 시사하는 바가 없지 않다.15) 청초 고증학이 본래는 현실적 간극을 지녔던 학문적 공소성空疎性을 극복하기 위해 사실의 규명으로부터 나아가 현실 이해와 대책에 궁극적인 뜻을 두고 출발했으나, 결국 청조의 왜곡에 의해 순수 학문적 고증의 벽을 넘지 못했던 점은, 일제 강점기에 처한 우리나라의 상황과도 유사한 궤적을 보여주는 면이 있다.

그렇다고 해서 이러한 실증적 방식이 무조건 배척되어야 하는 것은 물론 아니다. 동서를 막론하고 많은 뛰어난 학문적 성취는 바로 자료의 철저한 섭렵에 토대하여 이루어져 왔다. 작품 연구의 출발인 자료의 탄탄한 토대에 의하지 않고서는 이론의 구축이 온전하기 힘들기 때문에, 아무리 관점과 방식이 훌륭하다고 하더라도 거친 연구가 되기 십상이다.

하지만 이제 자료에 대한 막연한 다가가기로는 양적 질적으로 확대 심화되어가고 있는 학문 연구자들의 기대 수요를 충분히 만

---

15) 김홍규, 〈국어국문학의 정체성과 유연성〉: 제43회 국어국문학 학술대회 자료집, 2000.5, p.3.

족시켜 주기가 어렵게 되었다. 따라서 이에 더하여 그것을 해석해 나가는 다양한 방면의 준거적 관점들을 작동시켜야 할 것이다. '학문'을 '변화하는 세계 속에서 관찰자와 대상 간에 유동적으로 교감하는 가운데 내려지는 부단한 해석학적 행위'라고 정의할 때, 텍스트 연구와 그 해석학적 지평 역시 시대와 무관하게 불변하는 영속적 절대 영역으로 존재할 수만은 없다는 점이다.[16] 특히 외국어문학 분야에서 문자의 벽을 넘는 텍스트의 기본적 해석과 연마와, 그 너머의 무엇 즉 오늘과의 교감적 해석 작업은 별개의 것이라 할 수 있다.

텍스트에 대한 2차적 해석 작업이 가해질 때 문학 연구는 1차적 해독의 벽을 넘어 오늘의 우리에게 그 무엇인가를 전달해 줄 것이다. 그리고 텍스트는 이미 작품으로 배태되어 나온 순간부터 살아 움직이며 언어·시대·독자라는 변수에 의해 상호 텍스트적으로 읽힐 수밖에 없는 부단히 변하는 유동체이기도 하다.[17] 심지어 텍스트의 공시대적인 보편자적 의미조차 해석자의 당대적 상황과 만나지면서 새롭게 읽혀지게 된다. 종교적 경전 읽기가 각 시대를 좇아 새로운 의미 지평을 형성해 나가는 것 역시 이같은 이치이다. 즉 우리 삶의 문자화된 표현인 '문학'의 연구 역시 변화하는 상황과 그것을 바라보는 사람들 사이의 소통이 필요하며, 이러한 변화와 함께 문학의 해석 역시 부단히 재해석되는 것이다.

결국 원전 텍스트의 해독에 기초한 실증적 학문 연구와, 그것들을 다시금 바라보고 풀이하는 2차적 해석의 관점 연구는 둘이 아닌 온전한 하나를 위한 상보적 관계에 있다. 그러면 이에 이르기

---

16) 주체와 대상간의 바라보기의 유동성에 관해서는 〈중·서 비교를 통한 중국문학적 사유체계론〉 및 〈중국문학비평 연구의 패러다임적 논의〉을 참조.

17) 이미 작가가 내뱉은 문학적 언어는 언어적·문화적 상징체계에 의해 기표와 기의간의 差延的 은폐와 탈은폐의 과정을 드나들며 독자들에게 각기 다른 모습으로 전달된다.

위해 우리는 어떠한 입장을 취해야 하는가? 일본의 중국학 연구와 같이 시대적으로 기초 연마가 이루어진 뒤에 다음 단계로 나아가야 할 것인가? 이 논리는 텍스트 해석의 당해 시대적 지속 규명의 필요성이나 학문 방식의 불균형성 등 여러 가지 면에서 수용이 쉽지 않다. 그렇다고 한 개인이 해독과 관점을 두루 아우르기란 상당히 어려운 일이다. 이와 관련하여 허성도 교수는 성운학, 문자학, 문법학 등의 기초 분야의 전공자군이 토대를 닦고, 문학 연구자들은 이를 바탕으로 문학론 연구에 전념하는 것도 좋을 것이라고 했는데,[18] 이러한 연구자의 역할 분담론은 우리의 실정에 맞는 한 가지 현실적 대안으로 보인다.

다음으로 연구와 강의 시야의 편면성의 문제에 대해서 검토해 본다. 먼저 우리는 외국문학 연구자와 수강자로서의 학문하기에 관한 구체적 시각과 대상 인식이라는 거리감에 대해 확고한 시각을 지니지 않으면 안될 것이다. 중국의 문학과 문화에 대한 피아 간의 거리 확보가 이루어지지 않은 상태에서의 학문하기는 자국 문화 발전에 어떠한 도움도 주지 못할 것이며 역사적 잘못을 반복하는 일이기 때문이다. 이러한 점에서 연구대상에 대한 자기 동일시는 자칫 우리의 실체와 존엄을 훼손시킬 수 있다는 점을 유념하지 않으면 안된다.[19] 사실 그간의 중국의 문학 연구와 강의는 중심부적 문인 연구에서 크게 벗어나지 않은 감이 있다. '문학'을 '보편적 인간의 서정·서사적 삶에 대한 문자적 기록의 제방면으로부터의 추적과 복원 작업'이라고 정의한다면, 우리가 보아온 문학은 일면 당시 사회를 이끌었던 극소수 지배 계층의 제한적 관점과 표현에서 크게 벗어나지 않는다. 따라서 문학 논의의 내용도 관방문학이나 지식인 문학만이 아닌 민간의 진솔한 삶의 이야기와 곁에

---

18) 허성도, 〈중국 고전문학 교육을 위하여〉: 《현대비평과 이론》 1992년 봄호, 통권 3호, pp.107-108.
19) 필자의 〈중국시와 문학의 역사적 전개〉 참조.

서만 보이는 윤리 도덕적 구속을 넘어서는 삶의 형태의 다양하고 온전한 추출까지로 확장 지향해야 한다. 민간에서 생생하게 숨쉬던 노랫말과 속문학적 자료와 연창演唱 예술들, 그리고 현대에 이르면 영화를 비롯한 각종 다양한 장르의 문예 현상들을 문학의 범위에 포함해서 다루어야 우리는 과거 중국의 역사적 복원에 얼마간이나마 근접할 수 있을 것이다.

현상의 실제에 접근하는 작업을 효과적으로 수행하기 위해서는 텍스트에 대한 새로운 각도에서의 전면적이며 종합적인 이해와 해석적 관점이 필요하다. 정통 문학의 자료만이 아니라, 사회 문화와 역사 철학 및 고고학적 토대 위에 변문變文 등 속문예 양식, 지방지地方志 등을 모두 망라하여 종합적으로 고찰하는 학문적 기반 구축과 시야의 확대가 필요하다. 이를 위해서는 중국·대만·구미 등 기존 자료의 폭넓은 입수와 정리가 필수적이며, 학제적으로는 인문학 내에서도 역사, 철학, 사회, 정치, 경제, 나아가서는 자연과학에 이르는 다양한 학제간 접근이 요구된다.

아울러 탈중심 사회로 향해가는 현 시점에서 새로운 세대의 교육을 담당하는 우리는 좋건 싫건 간에 문학 바라보기에도 다원적 관심을 가져야 할 필요가 있다. 우리들이 가르치는 학생들이 살아갈 시대는 우리가 살아왔던 시대와는 근본적인 차이를 지니고 있음은 이미 지적했다. 디지털 시대에서 아날로그도 아닌 태엽감기만으로 내일을 전망시켜 주는 것은 곤란하기 때문이다. 기존의 자기 관점에 더하여 새롭고 다양한 삶의 방식과 가치를 폭넓게 적용하려는 노력은 분명 힘들기는 한 일이지만, 그것이 필요하다고 판단되면 더 이상 미룰 수도 없다. 내일의 인간을 향해 우리는 옛것을 익히는 '온고溫故'의 따뜻함도 보여주어야 하지만, 내일을 위한 '지신知新'의 새로움도 거부할 수는 없기 때문이다.

2. 연구 유형

문학 연구는 다루는 시야와 방식에 따라 크게 미시연구와 거시연구로 나뉜다. 그러나 이 둘은 각기 나름의 장점을 지니고 있지만, 동시에 한계도 지니고 있다. 작품이나 작가 연구로 대표되는 미시연구는 우선 실증적 자료 검토와 이를 바라보는 시각의 유동성·유기성·전면성이 서로 맞물리는 가운데 개별 연구의 정밀성을 더해가야 할 것이다. 아울러 거시연구 역시 자료의 충실한 검증과 토대에서 출발하지 않는다면 사상누각이 되거나, 주관적 편향과 오도誤導에 이르기 쉽다. 따라서 이 둘은 서로 독립적으로 존재하는 것이 아니라 상보적相補的으로 존재한다는 얘기가 된다.

중국문학 및 비평의 모든 개별적 분야와 부분에 관한 수많은 연구들은 미시 연구에 포함되므로, 여기서는 통론류의 거시 연구적 측면에서 몇 가지를 생각해 보고자 한다. 다음에 서술하는 내용들은 반드시 병렬적 범주에 있는 것은 아니며, 편의적으로 나눈 것들이다. 먼저 문학 또는 문학 발전의 내재 규율의 이해를 도모하는 연구이다. 시공간적 개별 연구들의 총체로부터 일정한 시대와 흐름상의 특징과 맥락을 찾아내는 연구로서, 필자의 경우를 보면 각 장르 양식과 운용의 발전사적 규율의 족적을 추적하는 작업 등이 이에 해당된다. 이 방식의 연구는 일정 정도 기존의 사회주의권 문학 연구 방식과도 관련이 없지 않겠으나, 실은 개별 현상으로부터 군집 또는 총체적 특징을 도출해 낸다는 점에서 물리학, 생물학, 화학 등 자연과학적 사유방식에 더 가깝다.

다음으로는 주제별 연구이다. 사실 연구치고 주제 연구 아닌 것이 없지만, 여기서는 통론과 관련한 주제 연구를 지칭한다. 외국 것을 주 참고 대상으로 삼을 필요는 없으나, 우리 중국문학계의 연구 수준이 아직은 세계 학계에서 우월적 지위를 점하지 못하고 있는 현실에서 외국 학계의 동향 파악은 필수적인 참고 항목이 된다. 이 분야와 관련한 외국의 예를 들면《중국문화에서의 시간과 공간》같은 것이나,20) 《중국의 사유》나《중국사상문학사》같은, 범주의 연구가 그것이다.21) 필자의 '비애 서정'과 '문예 심미'의 추적 작업이나 '문文·질質 변천'의 시대사적 연구 등도 이에 속한다.

  이밖에도 시대사적 연구가 있다. 예를 들면《우리들의 이 문화 — 당·송대의 지성적 전이轉移》나,22) 요시카와코지로吉川幸次郎의 《송시개설》등이 그것이다. 또한 미학, 철학 및 예술론과 관계되면서 얼마간 학제적 성격을 띠는 심미 비평의 방식으로 접근할 수도 있다. 심미사유나 사유 구조 분석론이 그것이며, 요즘엔 서구는 물론이고 중국 대만 등에서도 방법론적으로 다각도의 탐색이 시도되고 있다. 이러한 추세는 문화 연구의 일환으로서 이루어지는 비교문학적 연구에서 두드러지는데, 외국문학을 하는 우리 입장에서는 필히 관심을 기울여야 할 부분이다.23) 중국어문학 통사류의 연구 현황과 평가 및 현실적 적용에 관한 논의는, 다른 연구자도 언급하는 것으로 알고 있고, 또 필자의 논의가 주로 중국어문학 연구와 강의의 총체적 개관에 맞추어져 있으므로 이만 줄인다.

---

20) Chun-Chieh Huang and Erik Zurcher, *Time and Space in Chinese Culture*, Library of Congress-in-Publication Data, 1995, Netherland. 이하의 예들은 일례를 든 것으로서, 반드시 우수한 저작이라고 할 수는 없다.

21) 蜂屋邦夫,《中國の思惟》, 法藏館, 1985, 京都 ; 飯田利行·中村璋八,《中國思想文學史》, 明治書院, 1971, 東京.

22) Peter K. Bol, *This Culture of Ours —Intellectual Transitions in T'ang and Sung China*, Stanford University Press, Stanford, 1992, California.

23) 樂黛雲等, 《比較文學原理新編》, 北京大學出版社, 1998, 北京; Earl Miner, *Comparative Poetics —An Intercultural Essay on Theories of Literature*, Princeton University Press, Princeton, 1990, New Jersey.

3. 강의 방식과 도구

본 절에서 다룰 내용은 강의 방식과 도구 및 기술적 문제들, 그리고 평가와 레포트 등이 될 것이다. 특히 인터넷 시대에 걸맞는 사이버 강의 문제를 탐색해 보고자 한다. 필자는 아직 준비 미흡으로 진행하고 있지는 않으나, 점진적으로 시도해 볼 생각이다.24)

요즘 학생들의 생활의 한 단면을 보면 이들이야말로 디지털 시대의 주인공임을 실감할 수 있다. 버스든 지하철이든 걸어가면서든 젊은이들은 거의 모두 MP3를 듣다가 다시 휴대폰으로 쉴 새 없이 누군가와 통화하고 문자 메시지를 두드리며 자신의 존재를 확인하고 있다. 그런가 하면 오락실에서는 재치있는 율동으로 DDR과 Pump를 즐기고, PC방에서는 각기 PC앞에 나란히 앉아서,25) 서로간에 Cyber Space의 가상 현실(Virtual Reality) 속에서 세계 각국의 사람들과 인터넷 게임을 즐기며 채팅에 몰두하곤 한다.26)

그런 이들에게 있어서 그다지 현실적 전망도 없어 보이고, 또한 그 세계에 몰입하기 위해서는 많은 난관을 거쳐야 하는 인문학적 순수 학문, 그리고 특히 고전의 세계는 그들의 삶과는 거리가 먼 타자의 세계일 뿐이다. 사실 이러한 문화적 현상의 시발을 따져보

---

24) 2002년부터 www.chinapia.net →〔중국문학 따라잡기〕를 운영 중.
25) 인간관계 측면에서 본 전통문화 패턴이 관계를 중시하는 양자간의 선형적인 대면 문화였다면, 현재는 산발적 중심으로서의 각 개체가 기계를 활용하여 광역 소통을 추진하는 다자간의 점형 문화라고 할 수 있을 것이다.
26) TV에서는 스포츠나 축구 등의 인터넷 게임을 실제와 같이 생생하게 아나운서와 해설자가 중계해주는데, 젊은 시청자는 실제와의 차이를 느끼지 못하며 큰 즐거움을 얻는다. 1999년에 크게 히트한 연산적 컴퓨터에 의한 가상 현실의 세계를 그린 영화 'Matrix'는 매우 우수한 상상력으로 미래 세계의 단면을 한 가능성으로 豫示해 주고 있다. 실제로 씨애틀의 University of Washington의 한 철학 강의에서는 이 영화를 교재로 채택하여 큰 인기를 모았다.

면 PC가 보급되고 8비트 게임이 유행한 지 햇수로는 불과 10년 남짓한 짧은 시간에 이루어진 변화라고 할 수도 있으나, 이들의 나이가 20세 전후임을 감안하면 그들의 인생의 상당 부분이라고도 할 만한 시간도 된다. 또한 이같은 흐름은 5년, 10년, 시간이 갈수록 심화될 전망이다.

　이런 학생들에게 보편적 인간 정감의 이해를 위해서 또는 우리 전통 문화와 관계가 깊으므로 옛사람의 정취를 맡아달라고 강요하는 것은 쉬운 일만은 아니다. 어쩌면 그간은 변화가 빠르지 않은 가운데 의사 소통구조가 광역적·전면적이지 못하고, 기성의 학제적 틀에 의해 그나마 도구로서의 중국어를 배우기 위해 부차적으로 수용한 것인지도 모른다. 그러나 고전문학과 순수 학문 강좌의 수강 인원이 급격히 감소하고 있는 현실에서는 보다 적극적 방식으로 변화에 대응해야 할 때가 아닌가 싶다. 강의 내용의 검토와 함께 도구적 운용면에서 고려할 수 있는 방안은 비디오 및 사이버 공간을 통한 시청각 및 원격 강의이다.

　우선 생각나는 시청각 강의로는 학생들에게 흥미를 끌 수 있고 의미도 있는 문학과 문화 및 언어에 관련되는 영화나 자료 비디오를 보여주는 것이 가능하다. 이를 통해 언어와 지식 습득 효과를 제고하고, 현실과 가상공간을 통해 토론케 하며 내용 이해를 심화시키면 좋다. 실제로 대학 입학 면접시에 지원 동기를 물으면 중국영화나 노래를 배우기 위해 왔다고 말하는 학생이 상당수 있는데, 이들은 입학 후 동아리를 만들어 실천에 옮기고 있으므로, 강의에서 이 방식은 우선 학생들의 흥미를 유발시킨다는 점에서 매력적이다. 예를 들면 희곡이나 소설에서 관련 비디오를 반복 감상하거나 선별 번역에 들어가는 것도 좋을 것이며, 시에서는 낭송 또는 문학 기행 테이프를 보여주는 것도 임장감臨場感을 높여줄 것이다. 국내에도 중국에서 수입한 비디오와 VCD를 취급하는 전문 중개상이 활동하고 있으며, 대학에도 납품을 하고 있는 만큼 많지 않은 예산으로 어느 정도까지는 영상 강의 자료의 활용이 가능할 것이다.

시대의 총아로 급부상한 사이버 세계를 통한 강의는 운용 여하에 따라서 양·질 면에서 훨씬 효과적일 수 있다. 실정을 보면 아직 초기 단계라서 운영과 효율적 미숙으로 가상대학 수업 외에 실제 강의실에서 강의를 병행하기도 하는데, 향후 강의 부분에서도 동영상까지 활용 가능한 매체로서의 주류적 지위를 확고하게 다져 나갈 것으로 예견된다. 현재 사이버 대학의 실제 운영 방식을 보면, 교수는 각 대학의 사이버 대학(Virtual University)으로 들어가거나 혹은 개인 홈페이지를 개설하여 아직은 문자를 통해서만 운영하고 있는 단계이다. 일반적으로 교수는 원격 강의실을 통해 자료를 올리고, 게시판으로 과제물을 부과하는 등 공지 사항을 알리며, 접수된 과제물을 수정·평가해 돌려주고, 학생들과는 토론 마당에서 상호간에 자유로운 의견을 개진하고 있다.

사이버 공간은 기능적으로 쌍방향, 광역, 실시간 또는 사후 반복적 소통疏通으로까지 특징지워지는 탈중심화·탈권력화된 가상의 다자간 소통 공간이다. 속성상 일상성, 개방성, 익명성에 토대하여, 시공간적 초월과 함께 자유로운 의견 개진이 얼마든지 가능하다. 여기에 다양한 링크 사이트를 걸어두면 손쉽게 자료를 입수할 수 있어 기회 비용을 줄이고, 시야의 확장을 꾀할 수도 있으며, 도미노식으로 학문의 세계로 안내해주는 장점이 있어, 적극적인 관심을 기울일 필요가 있다. 교수·학생간의 전통적 수직관계로 인해 자유로운 쌍방향적 의사 소통이 쉽지 않은 우리 동양적 교육 여건에서는 그 장점이 더욱 돋보이는 방식이다.

이번에는 문학사나 비평류에서의 과제물 부과에 대해 생각해 본다. 문학사에 나오는 여러 작품 중 마음에 드는 작품이나 작가 약전 또는 자신의 비평적 식견 등을 몇 가지 조합하여 백화白話로 작문하게 하는 방법을 생각해볼 수 있는데, 고전문학 작품을 현대적 수요에 맞추는 한 방편이다. 필자는 이번 학기 들어 모든 과목에서 일괄적으로 백화 번역 레포트를 부여했다. 학생들은 중간 중간에 레포트를 제출하고 있기도 하다. 듣건대 많은 학생들이 부담을 느끼면서도 자존심 때문인지 그런대로 노력하고 있는 것 같다. 심적 부담을 줄이고 기술적으로 매끄럽게 처리할 수만 있다면 이 방안은 고전문학 작품들을 언어 학습의 듣기, 읽기, 말하기, 쓰기 중 쓰기 또는 말하기와 연결시키는 효과를 발할 수 있어서, 고전 문학도 학생들에게 실용성을 제고해 줄 수 있음을 보여주는 계기가 되지 않을까 전망해 본다.

특히 졸업 후에 전공 관련 업무에 취업할 경우 중국어 작문은 매우 중요한 부분임에도 대학 과정에서 작문의 기회가 그리 많지 않다는 점은 이러한 시도의 의의를 살려주는 부분이다. 꼭 직역이 아니라 하더라도, 재미있는 고전을 자기 나름의 실력에 맞추어 풀어쓰는 것도 중국어 구사력 증진에 도움이 될 것이다. 그러나 난이도 면에서 학생들로서는 작업 자체가 쉽지 않아 매력적이지 못하다는 점과, 교수로서는 일일이 뜯어보고 고쳐주어야 하는 노력과 실력이 수반되어야 한다는 점에서 그리 만만한 일은 아니다. 경우에 따라서는 이 부분에 의의를 덜 두거나 너무 힘들어하는 학생들을 위해서는, 레포트 유형을 두 가지 정도로 나누어 각자의 희망에 따라 선택케 하는 것도 고려할 수 있을 것이다. 아직 결과는 알 수 없으나, 중국어 작문 능력을 배양하는 좋은 기회가 되기 때문에 동기부여가 높은 학생들로서는 도전해볼 만한 일이 될 것이다. 여기서 더 나아가 학기 중간이나 기말에 학생들이 그간 배운 것을 중국어로 자기 나름으로 요약하여 발표하게 하는 훈련 및 분조 회화 토론을 통한 발표 방식 등은 학생들로 하여금 평소에 중국어화에 부담을 안겨주면서 지속적 관심을 갖게 함으로써 언어 구사력 향상에 도움이 될 것이다.

이상에서 몇 가지 기술적 방안들을 말했지만, 무엇보다 중요한 것은 학생들의 흥미와 실제 효용을 느낄 수 있도록 해주는 일이다. 논어의 한 구절을 말해주면서도 재미를 느끼고 현재적 삶과의 교감을 지니도록 새롭게 풀이해 주고,27) 시 한 구절을 읊어도 감성적 정화감을 느낄 수 있도록 해 줌으로써, 학생들이 빈손으로 강의실을 나서지 않도록 하는 다각적인 노력이 필요하다. 문학사에서는 종적 횡적 흐름을 놓치지 않으면서도 세부적 재미를 전달해주고, 비평사의 심미적 안목을 길러주면서도 오늘에 연계시켜 의미를 설명해 주는 일은 분명 쉽지 않은 일이기는 하지만, 과거를 오늘에 되살리는 학문의 기본정신에 비추어 소홀히 할 수 없는 일이다.

Ⅵ. 맺음말

이제까지 급격히 변하고 있는 교육현실 속에서 중어중문학과와 중국고전문학의 연구와 강의에 대해 필자가 느끼고 있는 몇 가지 생각들을 적었다. 하나의 현상에 대해서도 그것을 보는 사람들의 인식과 해석은 그것을 보는 각도와 경험과 상황에 따라 각기 다른 경우가 많다. 따라서 필자의 관점은 그 다양함 중의 하나일 것이다. 특히 인문학의 위기 상황에 대한 논의는 이미 많은 사람들이 언급한 사안임에도 불구하고 그 원인과 주요 처방의 우선 순위조차 다양하므로 그러하다. 그리고 이러한 차이는 아마도 그 하부 범주에 있는 중어중문학과와 교과과정, 그리고 강의 방안에 이르

---

27) 필자의 경우 2000년도 1학기 '경서강독' 과목의 후기를 요구했더니, 여러 학생들이 처음에는 딱딱하고 어려울 것 같아 망설이면서 신청했는데, 원문 해독에 대한 자신감도 조금은 생기고(물론 처음에는 발음달기 소모임도 있었다), 생각없이 살아온 자기 수양에 대한 기본적 성찰의 계기가 되었으며, 향후 다시 음미하고 싶다는 사람도 있었다.

면 더욱 심해질 것이다.

특히 현재 진행되고 있는 교육 현실에 대한, 지난 동안의 우리 당사자들의 인식과 대응에 있어서 반성적 생각으로부터 시작하여, 향후 우리들의 인식을 어떻게 자리매기고 또 나아가야 할 것인가 하는 생각들에 근거하여 논의를 진행했다. 본고에서는 형이상학적 이며 근원적인 원론으로서의 대학과 학문에 대한 성찰에 대해서는 다루지 않았고, 다만 일단 현실을 인정하는 선에서부터 논의를 시 작했다. 한 가지 부언할 것은 본고의 논의는 그간 묵묵히 맡은 바 소임을 다하신, 중문학계의 오늘의 성장을 가능케 한, 우리들의 선 배 교수님들에 관한 비판적 입장에서 출발하고 있지 않다는 점이 다. 다만 어느날 외부로부터 불어닥친 거센 시대의 바람에 대하여, 오늘의 사공인 교수들의 고민을 미래적으로 탐색해보기 위한 한 시도인 것이다. 지금부터 2,500년전 중국의 노나라에서 있었던 어느 부자간의 대화와 중용에서의 언급으로써 마무리에 대하고자 한다.

공자가 어느날 마당을 조심스레 걸어가는 아들 리鯉를 불러 세웠 다. 그리고 묻기를 "애야, 너 시경을 공부했느냐?"고 물었다. 리는 "아직 다 못했습니다."고 하니, 공자는 "시를 배우지 못했다면, 세상 에 나가서 제대로 말할 수 없느니라."고 훈계했다. 리는 물러나 시를 공부했다.28) 《논어 · 계씨》

군자는 자기가 처한 위치에 근거해 처신할 뿐, 그 밖의 것을 원하 지 않는다. 부귀의 위치에 거하면 부귀에 알맞는 처신을 하고, 빈천 하면 빈천에 맞추어 행하며, 오랑캐에 처하면 오랑캐에 맞추어 행동 하며, 어려움에 처하면 어려움에 맞추어 행동한다. 군자는 각 상황에 따라 그에 맞추어 스스로 얻게 되는 것이다.29) 《중용 14장》

---

28) "鯉趨而過庭, 曰, '學詩乎?', 對曰, '未也.', '不學詩, 無以言.'. 鯉退 而學詩."

29) "君子素其位而行, 不願乎其外. 素富貴, 行乎富貴. 素貧賤, 行乎貧賤.

    공자의 시대에 시 300편은 먼저 감성 계발과 인격 수양의 책이
기도 했지만, 다른 한편에서는 현실 생활에 유용한 정보와 언행
준거로서의 텍스트이기도 했다. 한대의 많은 훈고주의자들이 경전
화하면서 다른 방식의 효용화를 통해 통치에 이용함으로써 점차
본질적 생명력은 고갈되고 말았지만, 공자의 시대에도 역시 학문
하기와 실생활의 상호 거리는 멀지 않았던 것이다. 두 번째 글은
문면적으로는 본분을 지키는 일의 중요성을 말하고 있지만, 동시
에 실제 현실로부터 출발하여 처신할 바를 결정하는 '때에 따라 맞
추는 중용의 도리〔時中〕'를 내포하고 있다. 이같은 실제에 근거한
'시중時中'의 자세야말로 어렵기는 하지만, 오늘의 문제를 찾아내야
할 학문 바라보기에 대한 의미 있는 시사일 것이다.

(《중국 고전문학 강의 상황의 신국면에 관하여》,
《중국어문논총》 18, 2000)

素夷狄, 行乎夷狄. 素患難, 行乎患難. 君子無入而不自得焉."

중국 문화사유의 이해
― 중국문학 이해의 배경적 관점에서

I. 들어가면서

중국의 문화는 서구문화와는 다른 출발과 변천 과정을 겪어 왔다. 오늘날 세계는 언어적으로는 영어권역을 중심으로, 지역적으로는 북미와 유럽을 중심으로 하는 서구의 문명과 문화가 세계의 지배적 가치체계를 구축하고 있으며, 이러한 경향은 갈수록 심화 확대되고 있다. 한자 사용 권역을 중심으로 발전해온 동(남)아시아 국가 역시 정보와 경제논리를 중심으로 급속히 통합화해가는 국제·경제적 변화 속에서, 문화적으로도 엄청난 대변혁의 와중에 있는 느낌이다.

필자는 문학 연구와 문화 이해가 불가분의 관계에 있다는 생각에서 중국의 시를 중심으로 한 중국문학을 연구해 왔다. 구체적으로 1990년 이후 필자는 중국시와 문학의 장르사적 측면에서의 중국적 발전 궤적을 파악하는 일에 관심을 기울여 왔는데, 이는 중국문학과 나아가서는 한국문학의 거시적 조망을 위한 시발적 작업의 하나이기도 하다. 여기서 동아시아적 문화의 원천을 파악하여 문화적 정체성을 발견하고 그 위상을 확립하는 일은 문학연구와 상호 교호적交互的 관계에 있으므로 중요하다.

본고에서는 중국문학비평의 사유적 특징을 이해하기 위한 선행 작업으로서, 중국문화의 사유적 특징을 몇 가지 측면에서 알아보고자 한다.1) 구체적으로 중국의 문화가 서구와 다른 점을 그 원천으로부터 구별해 내어 원형적 의미를 고찰해 본다. 이어 중국 문자의 언어학적 특징으로부터 한자가 중국문화에 대해 작용한 부분에 대해 탐색해 본다. 그리고 이상의 결과와 함께 중국의 제반 사상으로부터 서구와 다른 중국적 사유 구조의 원형을 가늠해 보고, 이로부터 도출되는 사유 체계와 그 작용 등을 문학 이해의 선행적 관점에서 고찰하고자 한다.

이상의 작업을 위해서는 중국문학과 어학에 관한 지식 뿐 아니라, 철학·미학·역사학·문화인류학 등 다양한 문화현상 이해를 위한 현실적·학문적 기초가 필요하다. 이밖에 문화 현상과 특징의 이해에 있어서 상호 비교의 방법은 유용한 접근법이므로, 초보적이긴 하지만 본고에서의 중·서 비교론도 어느 정도 의미를 지닐 수 있을 것이다. 본고의 고찰은 필자가 학계의 이전의 성과에 더한 그간의 연구 강의의 결과로서, 개략적 기본형을 그려보는 시론적試論的 성격을 지닐 것이다. 보다 체계화 된 글은 중·서 두 문화에 대한 보다 구체적 검증의 기회에 다루기로 한다.2)

---

1) 중국의 전통적 사유방식에 대한 王建, 金春峰, 張岱年, 蕭功秦, 樓宇烈, 黃衛平, 陳少明, 魏承思 등의 관점에 대한 간략한 소개는 李宗桂저 李宰碩역, 《중국문화개론》, 동문선, 1991, pp.352-354를 참고.
2) 이에 대한 보다 세밀한 논의는 〈중·서 비교를 통한 중국문학적 사유 체계론〉 에서 다루고 있다.

Ⅱ. 중국문화의 지리문화적 이해

본 장에서는 서구문명 발상의 지리문화적 특징이라는 양자 비교의 관점에서 중국 문화사유의 구조를 파악해보고자 한다. 주지하다시피 세계 4대문명은 이집트 문명(BC.3000년경), 메소포타미아 문명(BC.3000년경), 인더스 문명(BC.2500년경), 황하 문명(BC.2000년경)으로서, 각기 나일강, 티그리스·유프라테스강, 인더스강, 그리고 황하 등 북위 27-37도 사이의 강역江域을 중심으로 발달했다. 이들 지역은 대체로 강물의 범람이 가져다 주는 비옥한 토지와 수로를 통한 농업생산 증대 등으로 인구가 증가할 자연적 여건을 갖추고 있었으므로, 여타 지역에 비해 초기 발전이 가능했다. 서쪽에 위치한 이집트 문명으로부터 순서대로 이들 4개의 문명권의 현재적 특징을 종교적으로 기술하면, 대체로 기독교, 회교, 흰두교와 불교, 유·불·도교 문명권으로 나누어지고,3) 이는 다시 서양과 동양으로 양분할 수 있다.

이제 동아시아적 관점에서 두 개의 중심이라 할 수 있는 중국과 서구의 지리문화적 환경을 비교해 보자. 현재 서구문명은 문화적으로 지중해를 낀 그리스·로마의 헬레니즘과 종교적으로 유태 민족의 헤브라이즘의 결합이 그 중심 원천이 되고 있다. 한편 중국문명은 황하 연변의 농경과 목축을 기반으로 발전해왔다. 이중 그리스문화의 자연 환경상의 특징은 도시국가들이 해안의 구릉성 산지에 자리하고 있다는 것이다. 또 신화 등에 나타난 인간과 신의 관계 역시 어느 정도 수평적 양상을 띠고 있는 가운데, 양자간에는 갈등과 화해가 비교적 거리낌없이 나타난다.

초기 민주주의와 철학의 기초를 형성한 아테네 문명이 발달했던 그리스의 경우, 지리적으로 에게해를 사이에 두고 많은 섬들이 있

---

3) 이집트 문명은 지중해를 사이에 두고 결과적으로 헬레니즘 문화의 형성에 밀접한 영향을 주었으므로 이렇게 묶었다.

어 아프리카, 아시아와 상호 교역을 하기에 편리한 조건을 갖추고 있었다. 지중해성 기후로 비교적 안정적 수확을 기대할 수는 있었으나, 평지의 부족으로 상호 구상무역求償貿易을 통한 교역이 발달했다. 교역이란 본질적으로 이윤의 극대화를 추구하는 상업 행위이다. 자연히 사람들은 시시로 바뀌는 임기적臨機的 정보에 근거하여 재화의 이동을 도모하는 계약 문화를 발전시킨다. 이러한 상호간의 계약에 있어서 가장 필수적인 요건은 논리적이며 구체적인 언어 사용과 그 이행이다. 물론 후대이긴 하지만 셰익스피어 작품 〈베니스의 상인〉에서 채무 불이행시의 조건으로 약속된 '살 6파운드'에는 '피'가 포함되지 않아야 한다는 논리는 그들 문화에서 언어 사용의 구체화와 섬세화의 의미를 말해주는 한 예이다.

그러므로 계약이 중시됐던 서구에서 사회적 영향력은 무력적 요소가 전부는 아니었으며, 나이로 볼 때 연장자는 더욱 아니었다. 역사 발전 단계에 의해 제약받는 요소가 있긴 하지만, 동양에 비해 상대적으로 동태적動態的이며 사회경제적 정보력을 가진 사람이 우위를 점했다. 이러한 사회는 사회조직면에서 노동력 중심의 혈연적 관계보다는 개인의 이익을 우선시하고, 이에 따라 사회적 관계도 분화적·수평적 성분이 강하다. 사유 경향은 직관적 감성보다는 동태적 생활 속에서 이성적·합리적·논리적 태도를 지향하게 된다.

한편 중국의 경우 최근 고고학의 성과에 힘입어 양자강 유역에서도 문물이 출토되고 있지만, 아시아 대륙 동쪽에 위치한 황하문명은 기원전 2천년경 하남성 유역에서 발원하여 차츰 중하류 지역으로 확장해 갔다. 중국 문명은 사회 형성 역사시대 초기의 유목 생활 이후로는 정착과 함께 주로 농경에 의존하였다. 농경은 하늘과 자연의 순환의 원리에 순응하여 동식물의 생명을 기르고 생산을 최대로 얻어내는 직접적인 경제 행위이다.

그들의 삶은 기본적으로 농업 생산의 토대인 토양과 수리水利,

기후와 계절 등의 자연지리적 여건에 의해 결정적으로 좌우되었으므로, 자연의 변화에 민감하지 않을 수 없었고, 이에 따라 자연에 의지하고 모방하는 '자연 숭배사상'이 형성되었다. 그러므로 자연과 인간을 분리하는 서구의 정신적 전통과 다르게, 동양에서 자연과 인간은 상호 합일과 조화의 세계를 지향한다. 즉 자연은 인간의 고향이자 어머니이고 삶의 원천인 것이다.

'하늘의 뜻을 거스르면 망한다〔逆天者亡〕.'는 말은 자연친화적 농경사회에서 우러난 체험적 결론으로서 중국인의 천인관념天人觀念을 잘 드러내고 있다. 중국에서 하늘〔天〕은 제정적祭政的 무巫의 권한이 막강했던 상나라가 망하고 주나라가 패권을 차지하면서부터, 서구와 같은 인격신의 모습으로서가 아니라, 사계四季를 순환시키고 인간과 세계를 '서로 낳아 운영하는〔生生不息〕' 보편적 원리이며 이치로 이해되었다. 여기서 인간은 자연〔하늘〕의 이치에 순응하여 그 섭리를 인간 사회에서 체현하도록 요청받았는데, 이 점은 다른 동양 사상들에 있어서도 유사했다. 다시 말해서 도교, 불교, 유교, 힌두교4) 등 동양의 주요한 종교 사상체계들을 소급해 올라가면, 모두 '자연〔天〕'이라는 동일한 중심 원천을 발견할 수 있다.

고대 중국인들은 자연과의 직접적 접촉으로부터 얻어지는 경험적, 직관적, 상징적 교감을 중시했다. 경험이 필요한 농경사회에서는 연장자가 젊은이보다 더 양질의 지식과 지혜를 지닌다. 이에 더하여 안정적 노동력 확보를 위한 2세의 생산이 중요한 의미를 지녔던 정착적 농경사회 성격으로 인해 인문적 제도와 기틀이 마

---

4) 김현창, 《세계문학 속의 동양사상 ― 문학과 道》, 제12장 〈히메네스와 타고르의 시세계 비교〉, 서울대학교 출판부, 1996, p.208; 스페인 문학을 전공한 저자는 이 책에서 동·서 문화비교의 관점에서 인도와 중국의 종교사상적 특징들이 서구문학에 미친 영향을 구체적으로 예증해나가고 있는데, 중국문학 연구자의 입장에서도 긍정적인 다양한 심화·연구의 소지가 있다.

련되었던 서주西周시대에는 이미 혈연 중심의 가부장적 종법 사회가 안정적으로 운영되었다.5) 이러한 사회에서는 개인에 앞서 사회 전체의 안녕과 질서가 우선적으로 고려되고, 인간 관계에서는 통제자로서의 어른이 중시되어 장유長幼 관계는 수직적이었다. 그리고 사고 체계면에 있어서는 서구와 같은 명증적, 합리적, 수평적 인식체계 보다는, 자연과의 교감으로부터 관조적 직관과 감성을 중시하는 종합 지향의 사유가 중시되었다.

문학적 표출면에서도 동서간의 차이는 잘 드러난다. 서구에서는 일찍부터 그리스·로마 신화 등 영웅적 자아의 세계에 대한 갈등과 극복이란 서사적 내용들이 장대하게 묘사되어 있다. 반면 중국에서는 역사시대 초기의 어느 사회에서나 나타나는 초기의 제례적祭禮的 의미의 운문 외에, 농경 중심의 집단적, 민간적 서정들이 자연과의 화해를 지향하는 모습으로 그려졌다. 또한 서구 문학작품에는 자연 자체로서의 의미를 띤 작품이 잘 보이지 않는 반면에,6) 동양의 운문과 산문에서는 자연을 그 자체로서 찬미하거나, 자연과 작가의 동일성을 추구한 작품이 많았다.7)

이렇듯 서양과 중국의 사유방식은 문화의 발원 환경이 다른 만큼 지리문화적 배경 면에서 현격한 차이를 보이고 있다. 그것은 사유적 특징 면에서 이성적이며 분석적인 논리 지향성과, 감성적이며 종합적인 직관 지향성으로 대별된다. 이를 문화의 제 영역별로 도표화하면 다음과 같다.

---

5) 이 부분에 대해서는 송영배, 《중국사회사상사》, 한길사 참고.
6) 김현창, 앞의 책, pp.209-210, 218.
7) 그림에서도 양자간의 서로 다른 자연관을 볼 수 있다. 중국화가 자연속의 자연을 그리고 있다면 서구의 그림은 주로 자연과 유리된 정물적 정경으로 나타난다.

〔동·서양 문화 비교표〕

	그리스·로마 문화	중국 문화
1. 지리 조건	해양성, 구릉	대륙성, 하천
2. 경제 환경	교역, 사회의존적	농경, 자연의존적
3. 문화 배경	동태적, 도시문화	정태적, 농경문화
4. 인간 관계	개인적, 수평적, 계약관계	공동체적, 가부장적, 혈연종법
5. 사유 성향	논리적, 분석적, 이성적	직관적, 종합적, 감성적
6. 문학 운용	장편 신화, 개인적, 서사적	단편 민가, 집단적, 서정적

이제 범위를 좁혀 중국 내부의 지리문화적 여건을 보자. 물적
자원이 부족하고, 남방에 비해 척박한 환경의 북방 문화는 대체로
질박, 강건, 호방, 집단적 성향이 강하고, 상대적으로 풍요로운 남
방에서는 화려, 온순, 유미, 개인적 성향이 강하다. 이에 대해서는
이미 상당한 연구가 이루어져 있으므로 논의를 줄이겠으나, 본 논
문의 균형 서술을 위해 영역별로 도표화하면 다음과 같다.

〔중국의 남·북방 문화 비교표〕

	북 방 문 화	남 방 문 화
1. 환 경	한냉, 척박	온난, 풍요
2. 성 향	실질적, 현실적, 참여적	낭만적, 이상적, 방임적
3. 사상	유가(인간 대 인간)	도가(인간 대 자연)
4. 논리지향	규범적	반사적反思的
5. 예 술	북종화, 타악기, 양강陽剛	남종화, 관·현악기, 음유陰柔
6. 문 학	집체적, 서민적, 시경	개인적, 귀족적, 초사

여기서 한 가지 유념할 점은 이상의 중국 남·북방의 비교는 세
계적 관점이 아닌 중국 내부적 비교로서 서구와 중국간의 상황 비
교의 하부 범주에 속한다. 즉 남북간의 차이에도 불구하고 중국의
남·북방의 차이는 근본적으로는 자연 친화적인 농경 사회에서 배

태되었다는 점에서 큰 틀이 같다는 점이다. 특히 사상 방면에서 볼 때 겉으로 드러나는 현격한 차이에도 불구하고, 유가와 도가는 공히 자연을 근간으로 하는 농경적 환경에서 발원하여,8) 천인합일 天人合一의 사유 체계를 가지고 있다는 점에서 시원始源적 유사성을 알 수 있다.

Ⅲ. 중국 문자의 문화사적 의미

본 장은 언어학에 관한 정박한 지식이 부족한 필자로서 곤혹을 느끼는 부분이다. 세계에서 유례를 찾기 어려운 살아있는 뜻글자인 한자는 그 자체로서 중국의 문화와 문예 사유에 중요한 영향을 주었을 것으로 보이는 바, 미흡한대로 필자의 생각을 피력하고자 한다. 한자는 그 초기단계로서 사물에 대한 간략한 묘사성의 부호 단계를 거쳤으며, 고고학적 자료를 통해 산동지방 대문구문화大汶口 文化 말기(BC.2800-BC.2500)의 을류부호乙類符號가 최초의 상형 문자의 일종인 부호로서 원시한자의 생성에 일정한 영향을 준 것으로 인정되며, 한자 형성과정의 시작은 BC. 3천년경 정도로 추정된다.9)

문자의 변천속도에 관해 다른 경우를 보자. 우리나라 조선시대 초중기의 고문古文은 언어적 변화를 겪은 지금은 아무나 쉽게 읽어 내려가기 어렵다. 또한 세익스피어 당시의 영어 역시 지금의 영어 와는 상당히 다르다. 이는 대부분의 언어가 역사적으로 부단히 변화 과정을 겪기 때문이다. 그럼에도 중국의 한자와 한문은 비교적 그 원형을 오래도록 지속하고 있다. 그것은 출발부터 다른, 백화가

---

8) 《노자》 25장, "人法地, 地法天, 天法道, 道法自然."
9) 裘錫圭, 〈漢字的起源與演變〉: 柳詒徵편저, 《中國文化史》上, 百科全書 出版社, 1988, pp.132-133, 138, 149.

아닌 문언의 문화 전통이 오래도록 유지된 데서 비롯된다.

사실 표의문자表意文字의 경우 학습에 용이하지 않은 자형字形과 자의字義의 무게로 오래도록 생명을 지속하기란 쉽지 않다. 그럼에도 불구하고 현재까지 약 5천년 동안 중국의 문자가 그 원형을 보존하며 살아남을 수 있었던 것은 주변에 강력한 문화 중심이 존재하지 않은 점, 역사적으로 중화적 문화 우월주의에 대한 그들 나름의 소신 등에 힘입은 바 클 것이다. 그러나 본질적으로는 중국의 문화의 문언 중심의 전통과, 이와 밀접한 관계에 있는 소수만의 문치주의적文治主義的 문자 정책에 있을 것이다.

그러면 이같은 오랜 생명을 지닌 중국어는 그 자체로서 어떠한 특징을 가지고 있으며, 중국인들의 사유적 특징 형성에 어떠한 영향을 미쳤을까? 언어학적으로 한자는 조자造字의 측면에서 표의문자, 어음학적으로 단음절어單音節語, 구문상으로 고립어孤立語이다. 이들은 문예심미적으로 다음과 같은 의미들을 지니고 있다고 생각되는데, 사항별로 고찰해 본다.

먼저 한자의 표의적 측면에서 고찰하도록 한다. 한자는 각 글자마다 일정한 의미가 내포되어 있으며, 뜻글자의 장점인 사상에 대한 묘사성과 상징성으로 인해 기본적으로 의미의 인신력引伸力과 확장력擴張力이 다른 언어에 비해 강력하다.10) 이는 결국 한자의 '다의화多義化'를 촉진했는데, 이 부분은 내포와 외연의 두 가지 측면에서 진행된 것으로 보인다. 내포적 의미에서 한자는 무한정 만들기 어려운 한계로 인해 하나의 글자에 많은 의미가 생성·귀속되는 경향을 보인 점이다. 이는 결국 자의의 모호성과 발음의 '동음 중첩성'을 증대했다.

내포적 측면에서 모호성의 증대는 한 글자가 많은 뜻을 갖게 되었다는 뜻이다. 즉 글자의 명시성은 약해진 대신 자의의 함축성이

---

10) 처음에는 사상에 대한 구체적 묘사 상징의 단계로부터 시간과 함께 추상 상징의 단계로 나아갔다.

높아졌다는 의미이다. 한편 다의화의 외연적 측면은 후대로 갈수록 내포적 다의화와 함께 '문文'이 아닌 '자字'의 파생이 진행되면서, 기존 문자와 유사한 뜻을 가진 새 글자들이 생겨났다는 점이다. 이렇게 해서 한자에는 유사 의미를 지닌 글자들이 많아지게 되었다. 평상적 의미에서 다의화는 전자의 경우를 의미한다. 그리고 이 둘은 상호 모순적 관계 속에서 병행 진행된 것으로 여겨진다.

이상과 같은 내포와 외연적 의미에서의 글자의 다의화를 통한 모호성과 유사성의 증대는 문학에서 장단점을 함께 드러냈다. 함축과 운율 위주의 운문에서는 종합적 형상성의 강화라는 장점으로 작용한 반면, 일반적으로 분명하고도 명증적 의미 개진을 추구하는 산문에서는 문장의 지나친 축약화와 후대의 수사적 경향 등으로 인해 단점도 드러났다. 그러나 시를 중심으로 미문美文 전통하에 발전해 온 중국문학적 특성에 비추어 보면 문학적 형상력形象力의 증진에 기여했다.

또한 글의 축약화에 일조한 또 다른 요인은 뜻글자로서 지니는 필획의 복잡성인데, 이 부분은 문자 형성이 완전히 마무리되지 않은 한대까지는 서사용구의 미발달 등이 축약화에 큰 영향을 미쳤다. 한편 한자는 현대에 이르기까지 학습의 수월도를 저해시켜 문자 보급의 문제를 야기하여 문자 사용의 계층을 확대하는 데에도 난제로 작용했다.

두 번째로 한자의 단음절성에 대해 생각해 본다. 각 글자가 단음으로 제한되어 있으므로, 각종 운문에서 1구의 글자수가 일정한 제언체齊言體의 성립을 가능케 해주었는데, 이는 중국 시경, 초사 이래 부와 변문, 그리고 율시에 이르기까지 운문의 흥성에 결정적 영향을 주었다. 특히 율시와 같은 중국 운문은 내용적 가치와는 별도로, 아니 이보다 더욱 강력하게 형식미를 추구하는 모습을 보이고 있다. 이같은 형식 우선주의는 여타 다른 나라의 문학과 다른 속성으로, 한자의 단음절성은 이에 대해 결정적인 역할을 담당했으며, 학술 면에서 성운학과 음운학의 발전에도 같은 작용을 했다.

한편 한자의 단음절성은 소리로 낼 수 있는 음운 표현의 다양성을 제약했다. 한자는 한글 등에 비해 소리로 표현할 수 있는 어음語音 표현 범위가 상당히 좁다.11) 여기서 성조는 그나마 어음 범위의 제약을 완화시키는 중요한 수단이었다. 실제 어음 표현의 범위가 협소한 까닭에, 후대로 갈수록 급격히 증대된 외래어 가차假借의 경우 글자의 적절한 선택을 통한 의미상의 효과는 크지만, 실제음과는 적지 않은 거리가 생기는 단점도 생겼다.

반면에 이러한 제약은 한자 전체의 음운 표현이란 측면에서는 글자의 음운간에 유사한 소리 즉 유음類音이 많아지는 결과를 낳았다. 쉽게 말해서 농農nong과 용龍long과 용容rong, 형兄xiong과 송松song, 동東dong과 통通tong 등은 정도의 차이는 있지만 서로 비슷한 소리는 내는 유음적 관계에 있다고 할 수 있다. 문학에서 이러한 '유음성類音性'은 오히려 '어음語音→어의語義'로의 상상과 연상작용를 불러 일으켜, 문학적 상상력의 확장에 도움을 주었다.

셋째로 한자의 고립어적 성격과 관련하여 살펴본다. 성·수·격·시제 등에 따라 구문상 단어가 달라지는 영어 등의 굴절어나 어미가 변해서 자유롭게 뒷말에 이어주는 한글과 같은 교착어와 달리, 고립어인 한자는 말과 말을 이어주는 보조 성분이 발달하지 않고 거의 독립적으로 항상 일정한 모습으로 문장중에 존재한다.

---

11) 현대 중국어의 경우 21개 성모와 39개 운모를 통해 결합 운용되는 발음은 400여 종에 불과하며, 여기에 4성을 고려한다 해도 1,600여 발음 안에 모든 글자를 다 포괄해야 한다. 한자를 8만 5천여 자로 칠 경우 각 성조음에 약 50자씩 속하는 셈이다. 이러한 특성으로 중국어는 더욱 더 '듣는 말' 보다는 '보는 글'에 무게 중심이 더 실리게 되었을 것이다. 중국 TV에서 한자 자막을 함께 내보내는 이유는 다양한 방언적 요인 외에 이같은 '동음 중첩성' 역시 중요한 원인으로 보인다.

이러한 특징은 문장의 세세한 내용을 이리저리 변하게 하는 교착어나, 세부적인 논리적 분석이 가능한 굴절어와는 다른 특징을 지닌다. 이 점 역시 단어와 단어간의 축약과 생략으로 글의 상상적 성분을 강화시키므로 문학적 감성과 형상성을 강화하는 것이다. 형상성의 제고는 한편에서 앞서의 자의字意의 모호성·포괄성과 함께, 구문상의 '모호성'도 제고하여 전체적으로 명증적인 문장 형성과는 다른 언어 구사의 방향으로 나아가도록 작용했다.

여기서 잠시 '모호성'의 의미에 대해 살펴본다. 그간 동양적 특징으로서의 서구 문화의 영향으로 명증적이지 못하고 비분석적이며 불분명한 점만을 생각하여 주로 부정적으로 여겨왔다. 그러나 다른 측면에서 보면 사물의 의미 전달에 있어서 분석적 부분 전달이 아닌, 직관적 감성에 직접 호소하여 사물의 본질과 면모를 함의적, 전면적, 개괄적으로 전달하는 장점도 지니고 있으며, 이 점은 중국 문예 사유의 중요한 특징으로 작용해 왔다.12)

고립어가 갖는 또 하나의 특징은 각 글자가 독립적 역할과 의미를 지니고 있으므로, 이들 낱 글자의 연결이 이루어내는 어의語義의 파생력, 즉 '조어력造語力'이 뛰어나다는 점이다. 즉 한자는 다른 말과 연결되어 새로운 의미를 창출해 내기가 매우 쉽다. 그러므로 처음에 배우기는 어렵지만 일단 익혀놓으면 글자간의 연상 작용이 강하여 의미 확장을 통한 문학적 상상력을 제고시켜 준다는 장점이 있다. 이와 함께 문장 전체의 의미상의 탄력성도 제고시켰다. 이점은 연상적 장르인 시의 발전에 도움을 주었다는 생각이다. 이 점은 추후 재론하기로 한다.

---

12) 양자 역학의 등장으로 고전 물리학의 무오류적 닫힌 체계의 한계가 노정되면서, 세계 인식 역시 열린 체계로서 파악되게 되었다. 이로써 대상과 논증 방식의 변수에 의한 상대성, 상보성, 모호성, 불확정성을 수용하는 세계 인식이 형성되었다. 하이젠베르크저, 최종덕 역, 《철학과 물리학의 만남》, 한겨레, 1996. 제5, 6, 10, 11장 및 보론 참조.

한자에 대한 이상의 몇 가지 특징들을 모두 한자 특유의 속성으로 파악하기는 어려울지 모른다. 그러나 한자가 지니는 뜻글자, 단음절어, 고립어의 세 가지 특성은 중국의 문화 속에서 배양되면서, 문화와 관련하여 적어도 앞에서 기술한 '상징성, 다의성, 함의성, 모호성, 종합성, 개괄성, 유음성, 탄력성' 등의 특징을 지니고 중국 문화에 작용했다는 점이다. 이들을 다시 요약하면 함의성과 유음성이라고 할 수 있겠는데, 이는 농경문화적 특징인 직관적 사유와 함께 작용하여 이성적 사유에 의존하기 보다는, 직관적 감성에 단도직입하여 종합적으로 호소하는 형상사유의 발달을 촉진했다. 별도로 다루겠지만 중국의 역사 철학과 문예미학에서 일자포폄―字褒貶, 일자정의―字定意, 풍격비평風格批評의 발달은 상기의 한자가 지니는 기능적 속성과의 관련도 크다.

Ⅳ. 중국문화의 사유구조론

이상에서 중국의 자연지리적 환경과 문자적 특성이 문화적 사유에 미친 영향 요소들을 고찰해 보았다. 이제까지의 논의를 요약하면 다음과 같다. 먼저 중국의 지리문화적 여건과 중국인의 사유구조와의 관계에 대하여, 중국인은 자연과의 직접적 관계 속에서 인간의 삶과 자연을 서로 근접시키려는 관념을 지녀왔다. 즉 인간의 관념과 생활의 자연화를 통해 인위적인 것이 아닌, 자연으로부터의 직관적 계발을 중시해 온 것이다. 이것은 농경적 생활에서 우러나는 사유적 특징이다. 또한 문자적 특징면에서 한자는 함의성과 유음성을 띠었으며, 이는 문학의 내용에 형상적 상상력을 증대하고, 형식면에서 미적 쾌감을 증대시키는 방향으로 작용했다.

본장에서는 이상의 내용을 토대삼아 서구와는 다른 중국 문화사유 구조의 기본적 틀과 그 특징을 들어 중국인의 의식구조의 이해

에 가까이 가고자 한다. 이 작업은 향후 중국문학비평사유의 이해
를 위한 밑거름이 될 것이다. 본장의 논의는 내용에 따라 「①음陰·
양陽의 순환적 원형구조, ②대립·보완의 반면적反面的 사유 체계,
③유儒·도道 상호 보완」의 3절로 나눈다.

1. 음양의 순환적 원형 구조

중국인의 사유가 다른 문화권과 특히 다른 점은 음·양의 세계
관이다. 중국에서 음·양은 세계의 변화를 연속적으로 추동推動하
는 2종의 대립적 요소이다. 어느 사유 체계에도 이분법이 존재하
고, 그것은 대비적 상승 관계를 통해 인류의 사유력을 향상·증진
시켜 왔다. 선과 악, 즉자卽者와 타자他者, 긍정과 부정, 변증법적
사유 체계가 모두 이분법적 사고에 기초하고 있다. 그런데 음·양
으로 상징되는 중국적 이분법은 실체론적 차원이라기 보다는 관계
론적 차원의 '일즉다一卽多, 다즉일多卽一'의 유기적 유동이라고 볼
수 있다.13) 다시 말하면 사물 또는 사건을 단독으로 존재 또는 발
발하는 관점에서 보지 않고, 타자와의 관계와 간섭을 통해 생성·
변화·발전된다고 보는 융회 소통적 입장이다.

음양의 세계관은《역易》의 양과 음의 두개의 부호의 조합이 지
니는 상징성을 통해 세계의 현상과 추이를 설명하고 있다. 중국의
대표 사상인 유가와 도가 등 주요사상이 모두 이같은 관점에 근거
하고 있을 뿐만 아니라, 철학, 의학, 문학, 음악에 이르기까지 중
국 문화의 근간이 되고 있다. 특히 도가에서는 음양론을 적극 채

---

13) 金觀濤·劉靑峯 공저, 김수중·박동헌·유원준 공역,《중국문화의
    시스템론적 이해》, 天池, 1994, 서울, pp.237-238 ; 이 책에서
    는 陰陽 에 대해 표제용어는 '실체론'과 '관계론'이란 용어 대신 '원
    자론적(Atomistic)'과 '전체론적(Holistic)'이라고 했다. 그러나 하
    부 논의중에는 실체(Substance)와 관계(Relation)란 말도 사용
    하고 있다.

용하여 비교적 완정完整한 자연주의 세계관을 구성했다.14)

　음양론은 소박하게 말하자면 에너지의 변환 과정으로 이해할 수도 있을 것이다. 예를 들면 물체는 위에서 아래로 떨어질 때 위치에너지가 운동에너지로 바뀌어 가는데, 이 때 에너지의 상태는 달라지지만 총량적 에너지는 그대로인 것과 같다는 점이다.15) 즉 음양의 상생相生·상극相克의 관계도를 나타낸 태극太極은 겉으로 드러난 양태는 다르지만, 총량적으로 동일한 에너지의 변환과 이동의 관계도라고 볼 수 있다는 생각이다. 그리고 '수화목금토水火木金土'의 오행五行은 음·양의 변화를 통해 현상에 이르는 중간적 요소로서, 각기 다른 편향적 정점들이라고 할 수 있을 것이다.16)

　음양과 오행의 변환에 대해서는 기후와 인체론으로써 설명하는 것이 좋을 것이다. 중국의 북방 기후는 우리나라와 같이 대체로 사계절이 뚜렷하다. 하나의 1년생 식물을 가지고 말하자면, 수기水氣가 왕성한 겨울에는 모든 생명의 기운을 씨앗 속에 응축해 가지고 있다. 그리고 기온이 올라가 목기木氣가 성한 봄날이 되면 발아하여 줄기가 쑥쑥 자란다. 화기火氣가 성한 여름에는 최대로 개화하여 아름다운 꽃을 피우고 자태를 한껏 뽐낸다. 이제 금기金氣가 성한 가을에는 결실을 맺어 자신의 삶을 정리하고, 다시 겨울이 되면 씨앗으로 남는다. 이같은 과정은 사람의 일생에도 비유가 가

---

14) 중국의 여러 사상들에서 궁극적 본질은 '道'로 이해되는데, 道의 기본적 특징은 운동의 주기성이며, 도교 사상가들은 여기에 陰과 陽을 도입함으로써 세계 인식의 틀을 마련했다.(김현창, 《세계문학 속의 동양사상》, 서울대학교 출판부, pp.76-77.)

15) 소식의 〈적벽부〉 중에 나오는 '水·月'에 대한 사변적 명상은 이러한 의미에서도 卓見이다. "그대는 물과 달에 대해서도 아는가? 이렇게 흘러가지만, 가는 것이 아니다. 또 차고 이지러짐이 저와 같으나, 결국 없어지거나 자라나는 것이 아니다. 사물을 변화의 관점에서 보면 천지는 一瞬이라도 쉬임이 없다. 또 불변의 관점에서 보면 사물과 나 모두가 무궁한 것이다."

16) 《중국문화의 시스템론적 해석》, p.237, "五行은 사물의 관계에서 상대적인 특성을 나타낸 것이다"

능하고, 또 이를 응용할 수도 있다. 우리나라의 경우 조선말 이제 마李濟馬는 사상의학을 창안하여,《황제내경黃帝內徑》,《주역周易·계사전繫辭傳》에 근거하여,17) 사람의 체질을 태양太陽(木), 소양小陽(火), 태음太陰(金), 소음小陰(水)의 네 가지로 나누어 독자적 체질론을 완성했다.

이상의 생각들은 모두 사시四時의 기운에 대한 인간의 감응론이다. 중국문학비평의 기동물감설氣動物感說, 감발설感發說 등도 모두 자연과 인간 감성과의 반응 관계의 경험에서 우러나온 유추적인 발상들로서, 이들은 모두 중국적 사유 체계의 근본구조가 자연을 중시하고 순응한다는 의미에서 이해가 가능하다. 중국의 각종 전통 사상체계나 문학에서는 자연과의 극한적 투쟁이나 갈등을 찾아보기 어려운데, 이는 천인합일 또는 천인조화의 관념을 지향하는 중국인들의 성향에 힘입은 바 크다. 바로 사시가 시간에 의해 순환하며 돌아오듯이 인간적 삶도 자연의 순환과 같이 순리에 의해 영위되어야 한다는 생각이다. 이 천인합일의 관념은 중국문학비평 영역에 적용되어 이론적 발전 속에 의경론意境論의 이론적 토대가 되었다.18)

사물을 하나로써 전체인 세계의 변화·유동의 관계로 파악하는 동양적 사유 구조는 확정적, 불변적, 또는 정신과 물질의 이원론적 데카르트적인 서구의 문화 사유 구조와 관점이 상이하다. 이는 서구에서 자연을 극복의 대상으로 삼고 이를 인간 관계에도 적용하여 자아와 세계간의 적대적 관계에 기초하여 그 극점에서의 조화와 타협을 꾀한 것과는 질적으로 다른 것이다. 서구에서는 문제에 대한 끝없는 분석과 갈래 나누기를 축으로 하는 선형적 발전론적 사유 체계가 문명 전체를 관통하고 있다. 종교적 측면에서 보아도 불교와 도교가 윤회설 등 순환적 시간 관념을 원용하는데 비해,

---

17)《주역·계사전》, "易有太極, 是生兩儀, 兩儀生四象, 四象生八卦."
18) 이 부분에 대해서는 이 책에 수록된 〈중국문학비평 사유론〉 참조.

기독교적 시간 관념은 세상의 시작과 끝이 설정된 선형 세계로서 파악된다.

중국적 사유 구조하에서 세계는 음과 양의 상대적 요소가 각기 독립적으로 작용하지 않고, '부단한 상호 유기적 영향 관계'에 의해 규정되고 또 유동하는 세계이다. 즉 모든 영향은 상호적이며, 존재보다는 관계가 중시된다. 물리학적 견지에서 보면 태양은 지구에, 지구는 태양에, 그리고 달은 지구에, 지구는 달에 영향을 준다. 작게 보면 미립자는 물체에, 그리고 물체는 미립자에 영향을 준다. 이를 확대하면 인간은 우주에, 그리고 우주는 인간에 영향력을 행사한다. 이렇게 음양의 변화 이동의 관계를 상징적으로 체계화한 '역易'의 논리가 확정적 존재의 측면이 아닌, 상호 유동적·총체적 관계의 측면에 보다 주의하고 있는 점은 현대물리학의 미시·거시적 발견과도 부합한다.19)

결론적으로 중국의 사유 구조는 음과 양이라는 두 개의 상징간의 상호 작용에 의한 총체적이며 유기적인 관계의 순환적 원형 구조를 지향한다. 중국의 각 사상은 모두 동심원적 시원始源으로서 이러한 구조를 지향한다. 이는 자연 친화의 농경문화에서 사시四時의 순환을 통해 얻은 중국인의 체험적 지혜의 소산이다.

---

19) 실제로 현대 물리학계는 그들이 견지하던 연속성의 논리, 인과율 등 이성적 명증적 관념에 懷疑하면서, 대신 카오스적이며 복합적인 불확실성과 모호성을 중시하는 물리학적 세계 이해로 나아가고 있다. 이는 Sect 중심의 부분적, 미시적 이해가 아닌, 하나로서의 전체적, 유기적 관계의 이해라는 관점을 지향하고 있다. 또한 세계는 原子 內核의 문제로부터 전 우주에 이르기까지 상호간의 교류와 관계에 의해 존재의 의미가 주어지고 또 영향 받는다는 관점이다. (《세계문학 속의 동양사상》, 〈禪과 현대문화〉, p.3, 43, 52, 53-59 참고.)

2. 대립과 보완의 반면적反面的 사유 체계

중국적 사유의 경우 관계 속에서 드러나는 현상은 현상 그 자체로서의 의미보다는, 이면에 개재된 총체적이며 총량적 의미로서 파악된다는 점에서, 분석적이며 결정론적인 서구적 사유와는 현저한 차이가 있다. 이는 현대의 생태학적 관점에서도 예를 찾을 수 있는데, 최근 지구 전체의 환경 문제와 관련하여 그간의 과학 발달이 인류에 과연 유익하게만 작용하는가에 관한 의문 같은 것이 그렇다.

대립적 지양의 이분법적 사유가 주류를 이루는 서구적 사유 체계에서 인간과 자연 또는 인간과 인간의 사회 관계는 왕왕 극복 또는 승리와, 패배의 관점에서 이해된다. 그러나 자연과의 합일을 지향하며 조화와 순응을 강조하는 중국적 사유 체계에서 세계는 반드시 투쟁적으로 이해되지만은 않는다. 어느 한 방향으로의 나아감은 반드시 다른 한쪽의 퇴보를 의미하는 것은 아니다. 있음은 없음과, 없음은 있음과 상관되는 가운데 총체적 관점의 해석을 요청한다.

중국적 사유 체계는 상대방에 대한 돌아보기로서의 대립·보완의 반면적反面的 사유를 지향한다. 음·양은 기본적으로 대립적인 두 요소이다. 하지만 한 요소의 증진은 다른 요소의 쇠퇴뿐만 아니라, 오히려 그것의 미래적 증진을 내포한다. 양의 성장은 현상적으로는 음의 수축이지만, 동시에 미래의 양의 쇠퇴이며 음의 생장을 의미한다. '사물이 극에 달하면 다시 돌아온다는[物極必反]' 논리로서, 성장은 영원한 성장이 아니라 다가올 쇠락이기도 하다. 미리 겸손하게 다가올 쇠락에 대비를 함으로써 다급한 성장주의의 오류에 빠지지 않는다.

달리 말하면 역설과 반면의 사유 체계는 은유적 암시를 통해 우리에게 다가오는 것이다.[20] 이는 자기의 입장을 거꾸로 뒤집어 보아 상반되는 입장을 헤아리는 지혜를 얻으며, 드러난 현상으로써 드러나지 않는 이면을 살피는 관점이다. 그러므로 이러한 사유는 단순한 이분법적 상반 논리에 머물지 않는다. 반대쪽의 상황에 대한 고찰은 결국 총체적 합일과 조화를 위한 반사적反思的 돌아보기이다. 이러한 반면 사유는 현재와 미래, 부분과 전체, 표리表裏를 함께 바라보는 관점이며, 이는 결국 총체적 조화 지향의 사유 체계이다.21)

동양에서는 윤회설은 현세와 내세의 상호 영향관계에 의한 표면과 이면, 과거와 현재, 그리고 현재와 미래의 상호 관계적 순환론이며, 존재와 비존재는 '색즉시공色卽是空, 공즉시색空卽是色'의 유무상통론有無相通論이다.22) 보이지 않는 것은 보이는 것이며,23) 무無는 곧 유有이다. 또한 가장 작은 것은 가장 큰 것이며,24) 도가에서 말하는 졸박함은 사실 크게 교묘한 것이다.25) 이러한 상반相反·상통相通, 무無의 유有 포괄적 역설의 상관론에서는 현재와 과거와 미래가, 유와 무가, 표면과 이면이, 교묘함과 졸렬함이 함께 의미를 갖고 존재한다. 도가에서 말하는 '무위無爲' 역시 인식론적으로 아무것도 의식하지 못하는 단순한 무위가 아니라, 모든 것을 인식하는 가운데의 인식하지 않음이요 행위하지 않음이라는, 내면 의미 중시의 포괄론적 역설이다.

이론적으로 상반되는 두 부면에 대한 순환적 '뒤집어 보기'를 통한 반면적 사유는 음양의 대립적 유동으로부터 총체적 조화를 찾

---

20) 易의 64괘에 대한 층차적 해석들은 현상과 미래의 움직임에 대한 상징을 통한 隱喻的·反思的 길라잡이이다.
21) 여기서의 총체란 전술한 바와 같이 부분과 전체, 卽者와 對者, 현재와 미래, 안과 밖 등의 多層的·全面的 총체를 의미한다.
22) 《반야심경》, "色卽是空, 空卽是色."
23) 《노자》 78장, "正言若反."
24) 《중용》, "上天之載, 無聲無臭."
25) 《노자》 45장, "大成若缺, 其用不弊. 大盈若沖, 其用不窮. 大直若屈, 大巧若拙, 大辯若訥. 靜勝躁, 寒勝熱, 淸靜爲天下正."

기 위해 '순환하여 쉬지 않는[循環不息]' '역易'의 세계관에 근거한
다.26) 그리고 사회적 규범과 인격의 실현을 통한 전체적 조화의
달성이라는 유가 이념보다는, 규범성을 초월하고 원형으로의 단도
직입적 회귀를 지향하는 도불적 세계관에서 잘 드러난다. 특히 반
면 사유의 지향점은 겉으로 드러난 현상이 아니라 이면에 내재된
본질이며, 지금 위치한 부분이 아니라 모두를 함께 포괄하는 총체
이며, 보여지는 현재가 아니라 나아가게 될 미래이고, 드러난 요소
들의 대립이 아니라 대립적 보완이 결과하는 궁극적 조화이다. 나
아가 문학사상 방면에서 일상적 사고의 '뒤집어 보기'를 통한 역설
의 사유는 유가 사상이 지배해 온 일상적 규범주의로부터의 일탈
과 새로운 인식 체계로의 성찰을 가능하게 함으로써,27) 중국문학
에 새로운 활력을 던져주었다.

3. 유가와 도가의 상호 보완 작용

중국사상사의 큰 줄기는 유가의 입세주의入世主義, 그리고 도가
와 불가의 출세주의出世主義이다. 이중 불교는 사상이 심오하여 일
반인이 이해하기 쉽지 않은 외래 종교였다. 따라서 도입 초기부터
포교의 편의를 위해 사유 체계가 유사한 도가의 언어를 차용하였
고,28) 특히 육조에는 현학玄學과의 상승 관계 속에서 별 마찰없이
중국인들에게 수용되었으며,29) 6세기초 달마가 선종을 도입한 후

---

26)《주역·계사전》, "一陰一陽謂之道."
27) 공자 사상의 사회경제적 배경과 문화적 의미에 대해서는 송영배
   《중국사회사상사》 전반부를 참조.
28) 도가사상과 불가사상은 유무 상통의 관념에서 물아와 생사를 동일
   시하고, 일반적 인식세계를 초월하여 현세를 부정하고, 眞我의 발
   견을 위해 坐忘, 寂滅을 지향하는 점에서 유사하다.
29) 錢穆은《中國思想史》(1951초판, 1975재판, 홍콩, p.86)에서 외
   래 종교인 불교는 다음 네 가지 요소로 인해 마찰없이 중국에 수용
   되었다고 했다. 그것은 ①자력에 의한 깨달음을 주장, ②인간과 법

6대조 혜능에서 토착화에 성공했다.30) 본고에서는 중국 고유의 사상인 유가와 도가를 중심으로 사유 구조의 상호 관계와 작용에 관해 살펴보고자 한다.

노벨상 수상자인 물리학자 보어(David Bohr, 1885-1962)는 미시세계에서 물질은 상호 배척과 동시에 보완적 관계에 의해 규정된다는 '상보성의 원리'를 주장했다. 이러한 관점은 세계를 상반되는 음·양간의 동태적이며 상호 연관적인 관계로 설정한 중국적 세계관에도 적용 가능하다. 이미 많은 책에서 연구되었듯이 유가와 도가의 관계는 일견 상반되는 듯이 보이면서도, 사실은 중국 문화 전통 속에서 상호 보완적 관계를 유지하며 발전해 왔다. 그리고 송대에는 신유학의 성립을 통해 유가가 도·불의 장점을 아우르며 새로운 양상으로 나아갔다.31) 유·도의 상호 보완적 전개는 중국사상사의 이해에서 빼놓을 수 없는 부분이다.

사실 유가사상의 관점은 예교禮教를 통한 조화로운 사회의 구현에 있는데, 이는 기본적으로 개화된 인간 정신의 사회적 조화를 꿈꾸는 문명주의이다. 반면에 도가는 일체의 인위적 설정을 반대하여 '성인과 지혜를 끊고〔절성기지絶聖棄智〕', '작은 나라의 적은 백성〔소국과민小國寡民〕'을 주장하는,32) 이른바 소박한 원시 자연성을 꿈꾸는 반문명주의적 속성을 지니고 있다. 이 점은 기본적으로 불가의 경우에도 마찬가지이다.

이 아닌, 사변과 실천의 종교, ③인생관과 윤리관이 중국인의 인문정신과 유사함, ④ 고정적인 영혼 관념이 아니라, 유동적 생명관을 지향한다는 점이다; 불교의 중국화 과정은 《중국문화의 시스템론적 해석》, pp.191-192 참고.

30) 중국 선종의 초기 계보도는 필자의 《황정견시 연구》(경북대학교출판부, 1991) p.63 참고.

31) 馮友蘭저 정인재譯, 《中國哲學史》, 형설출판사, 1986, p.43; 島田虔次저 김석근·이근우譯, 《朱子學과 陽明學》, 까치, 1986, pp.5-19.

32) 《노자》 19장 및 80장.

그럼에도 불구하고 이들 사상 조류는 기본적으로 두 가지 공통 속성을 지니고 있다. 첫째로 이들 사상이 모두 농경 중심의 자연 친화적 여건 하에서 발아한, 인성과 감성을 중시하는 직관주의적 인식 체계들이란 점이다. 둘째로는 이 둘이 음양의 대립·보완의 총체적 인식 체계를 수용하고 있다는 점이다. 이러한 동근성同根性은 두 사상 조류의 현상적 상이성相異性에도 불구하고, 양자의 관계를 역사적으로 조화 보완의 관계로 묶어주는 원천적 힘으로 작용하였다.

이택후李澤厚는 유·도 사상의 양자 관계를 대립적 보충이라고 해설했는데,33) 역사적·문예심미적 측면에서 수긍되는 관점이다. 이러한 유·도 보완의 논리는 규범화된 유가의 이념 체계가 지니는 한계를 도·불의 피드백적 작용을 통해 극복·초월했다는 것으로 해석된다. 사상방면에서 유가는 이러한 보완적 통일을 통해 송대 이후 오히려 정통의 지위를 계속 유지할 수 있었다. 특히 도가의 유가에 대한 보완의 관점을 문예에 확대 적용해 본다면, 중국 문학에 있어서 사실에 근거한 현실주의를 허구적 낭만주의로, 공교工巧한 기교주의를 오히려 자연스러운 졸박미로 나아갈 수 있게 해주었다고 할 수 있으며,34) 이는 중국문학 발전의 큰 흐름이었다.

자연스런 상호 보완의 행태적 양상은 문예 창작의 주체인 중국 지식인들의 처세관에서도 일찍부터 찾아볼 수 있다. 맹자와 백거

---

33) 李澤厚저, 권호譯,《華夏美學》, 동문선, 1990, p.114: "이 대립적 보충은 구체적으로 어떻게 진행되었는가? 나는 道家와 莊子는 '인간의 자연화'의 명제를 제기하여, 그것은 예악 규범·孔門仁學이 강조한 '자연의 인간화'와 더불어 대립할 뿐만 아니라 또한 보충하게 했다고 생각한다……(儒家 孔·孟·荀이 심미상태와 심미효과를) 인간관계와 도덕의 영역에 한정 제한했다고 한다면, 莊子를 대표로 하는 도가의 특징은 오히려 바로 이 점을 초월했다는 데에 있다."
34) 중국의 문화적 사유 특성이 문학에 미친 영향으로서의 중국 문학사유상의 특징에 대해서는, 이 책에 수록된 〈중국문학비평 사유론〉 참조

이는 다같이 유가 이념 속에서도 세상살이가 "궁窮하면 홀로 그 몸을 수양하고, 달達하면 두루 세상을 구제한다"며 이 둘을 동전의 양면과 같이 생각했는데,35) 사실 중국의 많은 은일자隱逸者들의 태도도 이와 유사하다. 유·도의 상호 보완 작용은 이렇게 사상, 문예, 처세 등 제 방면에 걸쳐 발휘되었고, 중국인들의 마음 속에 깊이 용해되어 오늘에 이르고 있다. 이같은 상호 보완 구도의 성립은, 그 결과가 긍정적이든 부정적이든, 중국의 사상적 전통을 그 자체로서 하나의 체계로 나아가게 하도록 작용했다.

Ⅴ. 맺음말

본고에서 필자는 중국문학비평 사유의 특징을 이해하기 위한 정지적整地的 작업으로서 중국문화의 사유 구조를 파악하고자 했으며, 크게 세 부분으로 나누어 서술했다.

먼저 중국문화가 지니는 지리문화적 특징을 중·서 비교적 관점에서 논했다. 서구의 교역적이며 자연극복적 이성주의에 비해, 중국의 농경적이며 자연친화적 여건은 사물에 대한 직관과 감성적 인지력의 발전을 촉진했다고 요약했다.

둘째로 중국 문자인 한자의 언어학적 특징인 표의성, 단음절성, 고립어적 성격으로부터 중국문자가 문화 사유에 미친 영향을 개괄했다. 즉 표의적 속성은 글자의 함축적 다의성, 글의 축약화를 낳았으며, 직관 중시의 사회문화적 여건과 상승작용을 하여 문학적 형상성을 증진시켰다. 또한 한자의 단음절적 속성은 우선 자구字句의 일정성으로 제언체 운문의 발전을 가져왔다. 다른 한편으로는 음운 사용의 제한을 야기하여, 가창과 낭송이 발달한 중국문학에

---

35) 《맹자·盡心·上》"窮卽獨善其身, 達卽兼善天下"; 백거이, 〈與元九書〉 "微之, 古人云, '窮卽獨善其身, 達卽兼濟天下' 僕雖不肖, 常師此語."

서 유음성을 통해 음악적 효과를 증진시키는 등 형식적 발달에 크게 기여했다. 그리고 문장 접속 관계의 독립성을 특징으로 하는 고립어적 성격은 사어詞語간의 축약으로 구문상 모호성을 증대시키고 이는 문학적 형상성의 증대를 가져왔다. 또한 글자간의 연결에서 파생되는 뛰어난 조어력과 구문의 의미 탄력성은 전체적으로 의미의 확장과 상상력의 발전을 가져왔다. 예를 들면 글자들의 조합인 풍격 용어의 의미 창출 역시 이 범주에서 이해가 가능하다.

셋째로 중국 문화사유 구조에 대해 다시 세 가지 측면으로 나누어 논했다. (1) 중국문화의 사유 구조가 기본적으로 발전론적 직선형적 서구 모형과는 다르다는 점이다. 중국의 사유 구조는 자연 친화의 농경문화와 사시四時의 순환이라는 기후 조건을 배경으로 탄생되었다. 음양의 대립적 상생 운용을 기반으로 순환적 원형의 사유 구조를 가지고 있다. 음양론은 존재론적 관점이 아닌 관계론적 관점에서 파악되는데, 이는 현대 과학의 관점과도 부합하는 측면이 있어, 단순히 사라져가는 패러다임으로만 치부해 버릴 수는 없다.

(2) 이러한 원형구조는 대립·보완의 반면적 사유 체계와 연결된다. 반면적 사유는 출出·입入, 승강昇降, 전진·퇴보, 확대·수축의 단선적·대립적 사유가 아니다. 부분과 전체, 현재와 미래, 드러냄과 드러내지 않음, 나아가서는 유와 무가 독립적으로 존재하지 않고, 상호 동태적 운용관계에 의해 규정되고 존재한다는 전체론적 사유이다. 그러므로 현재의 정상正象은 미래의 반상反象을 의미하며, 양의 성장은 음의 쇠퇴만이 아니라, 향후의 역전을 의미하기도 한다. 이러한 역설의 사유 구조는 순환적 원형 사유 구조 하에서 도출된다. 이를 통해 사람들은 현재적·표피적 현실이 아닌, 이면에 개재된 의미를 가늠하고 미리 준비하는 총체적·유기적 관점으로의 사고가 가능해진다.

(3) 중국 사유 체계에서 유·도(불)의 양대 사상 조류의 상호

관계에 대해 논했다. 인간사회내의 문화 건설을 지향하는 입세 지향의 유가와, 자연 회귀를 지향하여 인위성을 부정하는 출세 지향의 도·불은 표면상 대립적으로 보인다. 그러나 역사적 관계에서 볼 때 양자는 대립이 아닌 상호 보완 작용을 해 왔다. 특히 유가적 속성에 의해 규범론적 한계에 봉착한 제반 문제들이, 도·불의 초월적이며 낭만적 사유에 의해 일탈·극복되면서 중국의 인문정신은 새로운 활력을 충전받을 수 있었다. 이 둘의 상호 보완 관계가 가능했던 것은 그러한 선택의 길로 갔던 역사적 행운에도 기인할 지 모르지만, 그보다 양자가 사상 배태의 동원성同源性을 지니고 있다는 점에 기인한다. 즉 양자의 탄생이 비록 내부의 지리적 남북이 다른 점은 있어도, 다 같이 농경적 자연 환경하에서 형성된 현대적 의미에서의 비이성적 직관주의 인식체계이며, 대립적 조화를 지향하는 음양적 세계관을 채택하고 있다는 점이 그것이다.

유·도의 두 사상 조류는 중국에서 시원적始源的 동근同根이라는 관점상의 대동大同과 접근 방식상의 소이小異를 지녔는데, 이는 전체의 안정을 해치지 않는 가운데 상호 피드백적 발전 관계의 설정이었다. 다시 말해서 중국의 사상 조류가 현상적 상반적 보완 관계를 지녔던 것은 중국 사상의 건전한 발전을 위해서도 다행한 일이었다는 생각이다. 송대 신유학이 유·도·선禪 삼가사상의 통합적이며 융회적融會的 모습을 띤 이후 오히려 이학의 경직적 양상들이 나타난 점이 이를 반면反面 교시敎示한다.

중국 문화사에서 유·도·불의 상보 구조는 그 자체로서 역사 발전에 따라 사유상으로도 일정한 돌파를 가능케했으며, 그 결과 긍정·부정 양면에서 1840년대 서구의 충격에 의한 억지 문호 개방이 있기까지 비교적 안정된 구조의 제국으로 존재케 한 내부적 근거로 작용했다.36) 또한 이같은 유·도 상호 보완 관계의 사유

---

36) 서구 학자들은 종종 이를 '경이로운 지속'으로 표현하는데, 이 말은

체계는 일원론적 발전 구도하에서 난제에 봉착한 작금의 현대인의
서구 중심의 의식구조에 대해서도 일정한 되돌아보기를 요청한
다.37)

《〈중국문화의 사유론적 이해 — 중국문학 이해의 배경적 관점에서〉,
《중국어문학》 30, 1997)

　　서구의 충격이 중국 근대화에 도움을 주고 있다는 어감을 내재하고
　　있는 것으로 생각된다.
37) 발전론적 문제점을 느낀 서구사상이 자기 사상의 발전 과정 중의
　　한 대안으로서의 동양에 대한 돌아보기는 동양적 사유의 부각이란
　　측면에서 의미가 있다. 문제는 이에 대해서도 동양인에 의한 주체
　　적이며 자가생산적인 돌아보기가 이에 병행되지 않을 경우, 정체성
　　수립의 문제뿐만 아니라 올바른 문화적 대안의 모색에도 기여하기
　　어려울 것이라는 점이다.

중국문학비평 사유론

Ⅰ. 들어가면서

본 논문은 서구와 다른 중국문학 비평사유의 원형을 도출하고, 그 특징적 양상들을 시론적으로 고찰하려는 의도로 작성되었다. 또한 본고의 선행 작업인 앞의 〈중국 문화사유의 이해〉는 본고와 긴밀한 관련을 맺고 있다. 본고에서는 앞의 중국문화의 사유 구조적 제반 요소들에 근거하여, 소략하나마 그 내부 범주에 속하는 중국문학비평 사유에 연결시켜 다음 다섯 가지 특징으로 나누어 설명해 보고자 한다. 이에 논의할 내용은 ①지리문화적 관점으로부터 천인합일의 관념을, ②지리 및 문자상의 특징으로부터 풍격론 등 인상비평론의 흥기를, ③지리, 문자 및 유가 사상과의 관련에서 운문 중심주의를, ④문자와 유가 사상과의 관련에서 표현미의 추구를, ⑤도불적인 역설적 사유 체계로부터 외재미가 아닌 내재미의 지향을 도출하여 이들 중국문학 비평적 주제들이 지니는 문예사유적 의미를 고찰해 본다. 여기서 본 장의 주안점들을 앞 논문과 연결시켜 설명하고자 한 것은 어느 정도 편의적인 것일뿐, 이것들이 절대적·단선적 요인으로 작용했다고 하는 의미는 아니다. 본 장에서 행하는 중국문학비평 사유의 특징론은 향후 중·서

문예 사유의 구체적 비교 검토를 통해 파악하게 될 중국문학 비평 체계에 대한 보다 갖추어진 논의를 위한 토대로서의 의미를 지닐 것이다.

Ⅱ. 천인합일의 관념

중국문화사유의 특징에서 논한 바, 사람과 자연의 상호 조화와 통일의 관념인 천인합일론은 많은 논자들이 다루어 온 주제로서, 중국의 철학, 문학 및 미학의 핵심적 주제의 하나이다. 농경 중심의 자연친화적 세계에서 자연은 인간 의식의 중심 모델이 되었고, 일단 관계가 형성되자 자연의 물류적物類的 속성은 인간 정신의 의류적意類的 속성과 상호 교류하며 주관과 객관의 교류와 통일을 가능케 함과 동시에 일정한 문학상의 개념을 형성하며 나아갔다.[1] 자연과의 합일을 꾀하는 관념은 이택후李澤厚가 말한 바, 유가에서는 '자연의 인간화'로, 그리고 도가에서는 '인간의 자연화'를 지향하며 접근했다.[2]

천인합일론의 문학으로의 전이의 전단계라고 할 수 있는 철학적 배경을 보면, 이 관념은 지리문화적 결정 요인에서 촉발받은 후 춘추전국이래 한대에 이르기까지 지속적으로 중국사상의 한 근간이

---

1) 田兆元, 〈論古代'天人合一'美學的三代特徵〉:《古代文學理論研究》第 18輯, 上海古籍出版社, 1997, p.49, 54; 田씨는 '天人合一'論이 도덕, 정감, 본체론의 세 분야에서 의미 영역, 창작 방식, 표현 境界의 三部面을 통해(論者의 설명) 다음과 같은 문학적 전통을 형성 했다고 주장했는데, 1995~6년도 '중국고대문학이론 학회'에서 주목 받은 논문이다.(後記중): ①道德의 합일→托物言志→比興寄托, ②情感의 합일→寫景抒情→情景交融, ③本體의 합일→象外見義→意境趣味.
2) 李澤厚 저, 권호 譯,《華夏美學》, 1994, p.114, 166; 그는 도가의 '인간의 자연화'와 '자연의 인간화'가 중국의 사상 체계내에서 天人同構의 상호 보완적 구조를 지니게 되었다고 했다.

되어 왔다. 그 시원을 캔다면 원시시대 이후 시베리아 지역 일대에 광범위하게 퍼져있던 제정일치의 샤머니즘적 무속문화의 전통에서 찾을 수 있을 것이다. 이러한 영향은 은상殷商의 점복문화占卜文化에 연결된다. 그리고 정복국가적 성격을 지닌 주대에는 비로소 인문적 성격의 철학적 체계를 지니게 된다. 음악의 사회작용을 강조한 공자의 논리는 이러한 역사적 맥락에서 그 근본적 의미를 가늠할 수도 있다. 그리고 「인人-지地-천天-도道-자연自然」의 모방 관계를 언급한 《노자》,3) 자연과 인간의 합일의 관계를 허다하게 언급한 《장자》,4) 《맹자》,5) 《묵자》6)에 이르기까지 주장과 관점은 다양하지만, 기본적으로는 천인합일이라는 동심원적 세계관의 각기 다른 변용變容으로 파악할 수 있을 것이다.

이후 한대에는 동중서董仲舒가 "천지의 기운은 합하여 하나가 되고, 나뉘어 음양이 되며, 구분되어 사시四時가 되고, 늘어놓아 오행이 된다"7)고 설정한 후, "사람에게 희노애락이 있음은 자연에 춘하추동이 있는 것과 같으니… 모두가 자연의 기운이다"라는 천인감응론天人感應論을 주장했다.8) 그의 이론은 천지자연의 기운이 음양으로 구분되고, 그 변화 중에 인간의 다양한 감정의 파문이 생긴다는 관점으로 천인天人 관계를 파악했지만, 실제 의도는 참위설讖緯說로 이어지는 왕권의 강화에 있었다. 또 허망한 미신을 배격했던 왕충王充(27-97)도 "이런 즉 사람은 천지에서 태어나니, 이는 마

---

3) 《노자》 25장, "人法地, 地法天, 天法道, 道法自然."
4) 〈齊物論〉, "天地與我幷生, 而萬物與我爲一"; 〈大宗師〉, "天與人不相勝也, 是之謂眞人."; 〈山木〉, "人與天, 一也."
5) 〈盡心·上〉, "君子所過者化, 所存者神, 上下與天地同流."
6) 〈天志〉, "我爲天之所欲, 天亦爲我所欲."; 〈解老〉, "聰明叡智, 天也. 動靜思慮, 人也. 人也者, 乘于天明以視, 寄于天聰以聽, 托于天智以思慮."
7) 《春秋繁露·五行相生》, "天地之氣, 合而爲一, 分爲陰陽, 判爲四時, 列爲五行."
8) 《春秋繁露·如天之初》, "人有喜怒哀樂, 猶天之有春秋冬夏也…皆天然之氣也."

치 물고기가 연못에 의지하고, 서캐와 이가 사람에 기생하는 것과 같다. 기氣를 통해 생겨나서, 여러 종류의 생물이 태어난다"9)고 하며, 사람이 자연의 '정기精氣'를 받은 산물임을 주장했다. 이같은 논리를 통해 천인합일론은 이후 육조시대의 문학으로의 전이轉移의 토대를 마련했다.10)

다음 단계로는 문학의 자각기인 육조시대에는 자연과 인간에서 자연과 문학과의 통일로까지 나아갔다. 지우摯虞(311년 전후 在世)는 당시 유행하던 현학의 방법적 사유를 문학에 원용하여 "문장은 천지 상하의 상象을 펼쳐서 인륜의 순차를 밝히고, 이치와 본성을 다 따져 만물의 당위를 이해하는 데 의의를 둔다"고 했다.11) 유협은 《문심조룡》의 서두인 〈원도原道〉편에서 "문장의 덕은 크니, 천지와 함께 생육하는 까닭은 무엇인가?"라고 하는 철학적 명제를 던졌다.12)

그러면 천인합일의 관념은 중국문학에서는 구체적으로 어떤 영역에서 어떤 방식으로 나타났는가에 관해 몇 가지 각도에서 보도록 한다. 다만 이에 관한 의논은 보는 각도에 따라 매우 다르거나 혹은 확장 전개될 소지가 있다. 본고에서 살피려는 천인합일론의 문학적 상관 영역은 내용적 측면과 예술기교적 측면을 모두 포괄하는 문학 창작, 문학비평과 이론, 그리고 문학 유파가 될 것이다. 즉 필자는 어쩌면 인위적 속성을 지니는 수사의 문제에 대해서도 비교적 폭넓은 관점을 택해, 최고 경지의 예술적 수사는 자연의 예술로의 '동형구조적 구현'이라는 관점에서 포괄하여 논할 것이다.

---

9)《論衡·物勢》, "然則人生于天地也, 猶魚之于淵, 虮虱之于人也. 因氣而生, 種類相産."
10) 철학적 氣論의 문학으로의 轉移에 대해서는 詹福瑞의 《中古文學理論範疇》(河北大學出版社, 1997) 제3장 〈文體〉(pp.163-179)중 〈從哲學之氣到 '文氣'〉 참고.
11)《文章流別志論》, "文章者, 所以宣上下之象, 明人倫之序, 窮理盡性, 以究萬物之宜者也."
12) "文之爲德也大矣, 與天地幷生者何哉?"

천인합일론 문학화의 핵심적 용어들은 '자연과의 상감相感과 합일', '내용과 형식의 자연성', '표현의 비인위성', '고도의 공교工巧한 예술적 수사', '물아일체物我一體'와 '정경교융情景交融'의 '의경론意境論', 그리고 '표현의 솔의성率意性'이 그것이다. 물론 이와 같은 여러 부면에서 운위되는 '자연'이란 말의 의미 층차는 동일하지 않다. 그러나 하나의 내적 인식의 방식에서는 동일성이 보이기 때문에 '동형 구조적'이라고 말한 것이다.

상고문학上古文學에서 가장 대표적인 견해는 자연에 대한 인간의 경외심 및 전체에 대한 일부로서의 반영적 심리를 나타내는 감응론이다. 무속 문화의 제례로부터 야기된 천인상감론은 《역易》에서는 "하늘의 형세를 통해 사시의 변화를 관찰하고, 세상의 문물을 보아 교화로써 천하를 이룬다"13)고 정의되었고, 이후 보다 세련화되어 자연의 인간의 관계론이 사회와 문예로 전이되는 방향으로 나아갔다. 문예 방면에서 보면 순자와 《예기·악기》의 음악론14), 유협의 《문심조룡》15), 종영鍾嶸의 《시품詩品·서序》16), 주희의 《시집전詩集傳·서序》 등 허다한 문론文論에 등장하는 천인감응론적 악론樂論 및 기동물감설氣動物感說은 모두 자연의 인간에 대한 감응적 영향 관계, 또는 그로 인한 문예의 발생과 사회 윤리적 효용을 밝히는 대표적 언표들이다.

서기 221년부터 수의 통일까지 370년간 많은 왕조가 명멸했던

---

13) 《易·賁掛·彖辭》, "觀乎天文, 以察時變, 觀乎人文, 以化成天下."
14) 《예기·악기》, "凡音之起, 由人心生也. 人心之動, 物使之然也. 感於物而動, 故形於聲, 聲相應, 故生變, 變成方, 謂之音. 比音而歌之, 及干戚羽旄, 謂之樂."
15) 〈明詩〉, "人稟七情, 應物斯感, 感物吟志, 莫非自然."; 〈物色〉, "春秋代序, 陰陽慘舒, 物色之動, 心亦搖焉. 蓋陽氣萌而玄駒步, 陰律凝而丹鳥羞, 微蟲猶或入感, 四時之動物深矣."
16) "氣之動物, 物之感人, 故搖蕩性情, 形諸舞詠……動天地, 感鬼神, 莫近于詩……若乃春風春鳥, 秋月秋蟬, 夏雲夏雨, 冬月祁寒, 斯四候之感諸詩者也."

육조시대의 사회·정치적 혼란으로 문인들은 불안정한 세상에서 자신들의 이상을 구현할 수 없었고, 대신 자연에 귀의하여 그 영속성에 의지하려 했다. 심미적으로도 현실과는 일정한 거리를 둔 상태에서 문예의 창작과 이론 양면에서 자연지향적 경향이 강하게 드러났다. 특히 육조시대에 도연명이나 사령운을 위시한 수많은 시인들이 전원 및 산수자연을 대상으로 많은 시들을 지은 것은 이같은 까닭에서이다.

대체로 문학 장르의 주류였던 운문 방면에서 볼 때 육조와 당대의 시들은 자연과의 친화를 표현의 주된 모티프로 삼는 묘사적 합일을 지향했다. 육조시대 대부분의 작품에 배경과 본사本事로서 등장하는 자연은 그 자체로서 상당한 비중을 차지하고 있으며, 당시 唐詩에서 특히 자연에 대한 묘사는 정태적靜態的 회화미繪畫美의 시적 구현으로까지 승화된 감이 있다. 당 이후 사회·문화·계층 구성의 성격이 전시대와는 상당히 달라진 송대 이래 시에서도 세속적 생활성이 강화됨과 동시에 신유학의 영향으로 사색적 성분이 보다 강하게 드러나는 이중적 양태를 띠었다.17) 그리고 의경의 지향면에서 당대에 비해 자연과는 일정한 거리를 둔 채, 세계와 인간의 내적·정신적 합일을 기하는 방향으로 나아갔다.

한편 문학이론 방면에서 고찰해보면, 대개 지나친 서사성을 배격하고 서정 중심의, 드러나지 않는 자연스러움을 강조하는 주장들이 두드러진다. 육기陸機는 창작론에서 말한 자연과 사계의 변화를 관찰하는 가운데 느끼게 되는 작가적 영탄을 말했고,18) 유협은 천지자연으로부터 사람의 마음이 조응照應되어 문장을 이루는 것이

---

17) 신유학의 내재 원천인 도·불의 出世的 성격과 유가의 入世的 성격이
    만나 '俗中脫俗'으로 나타난 것이다. 송대 사회의 세속성의 증대와, 이
    에 대응하는 지식인의 인식에 관해서는 〈장르사적 관점에서 본 소식
    의 문예이론과 시〉 참고.
18) 〈文賦〉, "遵四時以嘆逝, 瞻萬物而思紛. 悲落葉於勁秋, 喜柔條於春.
    心懍懍以懷霜, 志眇眇而臨雲."

바로 자연의 도라고 했는데,19) 이러한 견해들은 천인합일론이 문학방면에 본격적으로 적용된 대표적인 경우이다.20)

이밖에도 유협이 느낀 바, 당시의 산수자연에 대한 형사적形似的 묘사 경향에 대한 자연 중시적 태도,21) 그리고 종영의 시의 내용 및 형식적 자연스러움에 대한 강조뿐만 아니라,22) 거시적 관점에서 보면 심약의 성률심미론聲律審美論23) 역시 외면상으로는 인위적인 수사론으로 비춰지지만, 내면적으로는 최고의 미美인 아름다운 자연미를 문학에서 구현해 보고자 하는 심리의 소산으로서, 모두 자연을 중심 원천으로 하는 의식이 다양한 방면으로 나타난 것이다.

당대에는 이론보다는 창작 실천을 통해 자연과의 교감을 회화적으로 형상화 해냈다. 왕유, 맹호연 등의 자연시파를 비롯한 거의 대부분의 당대 시인들의 수많은 절구와 율시의 세계가 그것이다. 이론 방면에서는 사공도 등의 풍격 용어의 설명이 주로 자연의 경계를 중심으로 이루어진 것도 이와 같은 경도傾倒를 말해준다. 이 부분은 풍격 용어와 더욱 밀접한 관계에 있으므로 다음 절로 미룬

---

19) 〈原道〉, "仰觀吐曜, 俯察含章, 高卑定位, 故兩儀旣生矣. 惟人參之, 性靈所鍾, 是謂三才. 爲五行之秀, 實天地之心, 心生而言立, 言立而文明, 自然之道也.……人文之元, 肇自太極, 幽贊神明, 易象惟先."

20) 阮國華,《中華古代文論遡洄》,〈劉勰爲意境論的出現所作的理論準備〉, 學術硏究社, 廣州, 1997, p.60.

21)《文心雕龍·物色》, "自近代以來, 文貴形似, 窺情風景之上, 鑽貌草木之中……是以四序紛廻, 而入興貴閑. 物色雖繁, 而析辭尙簡. 使味飄飄而輕擧, 情曄曄而更新."

22)《詩品·序》, "至乎吟詠情性, 亦何貴于用事?……故大明·泰始中, 文章殆同書鈔……遂乃句無虛語, 語無虛字, 拘攣補衲, 蠹文已甚. 但自然英旨, 罕値其人."

23)《宋書·謝靈運傳論》, "若夫敷衽論心, 商榷前藻, 工拙之數, 如有可言. 夫五色相宣, 八音協暢, 由乎玄黃律呂, 各適物宜, 欲使宮羽相變, 低昂互節, 若前有浮聲, 則後須切響. 一簡之內, 音韻盡殊. 兩句之中, 輕重悉異. 妙達此旨, 始可言文."

다.

청대의 섭섭葉燮은《원시原詩》에서 창작 대상으로서 '이리理·사事·정情'의 3요소를, 창작 주체로서 작가의 '재才·담膽·식識·력力'의 4요소를 들고 이를 통해 '체격體格, 성조聲調, 창로蒼老, 파란波瀾'의 4종 성격이 발현된다고 했는데, 그의 입론은《문심조룡》이래 천인관계에 대해 주·객관의 균형적 관점에서 체계화한 점에서, 그리고 왕국유王國維, 주광잠朱光潛, 전종서錢鍾書 등의 근현대 시학으로의 발판을 마련해 주었다는 점에서 그 의의가 크다.

최고의 문예심미적 경지인 의경론에 대해서는 북송 이래 허다한 시詩·화畵·서書에서 논했는데, 이에 대해서는 청말 왕국유의 '경계론境界論'이 그 집대성적 의미를 지닌다. 그는 중국 운문에서 '정경교융情景交融'을 최고의 미적 경지로 인정했는데, 이는 시에 자주 등장하는 경물 묘사가 시인 내부의 서정과 만나 융화하여 의意와 사辭 양면에서 객체와 주체의 일체화를 이루어내는 고도의 미적 경지를 의미한다.24) 작품을 하나의 완성체로 보는 관점에서 볼 때, 시가 창작의 내용과 풍격적인 면에서 이같은 경지를 구현해낸 작가로서는 도연명이나 왕유를 들 수 있다. 또한 예술기교적 측면에서는 각고의 노력과 구성상의 장치를 통해, 고도의 비유 및 요율拗律과 같은 파격 속의 공교工巧 등 교묘함 속의 자연스러움을 예술적으로 추구했던 두보 역시 천인합일의 작품적 변용은 아닌지 고려해 봄직하다.

비평 영역에서의 합일론의 구체적 방식은 시경·초사 이래의 '비흥설比興說'에서 청대 사학詞學의 '기탁설寄托說'에 이르기까지 다양하게 전개되어왔다. 이상은 모두 자신이 표현하려는 내용을 비유적 속성을 지닌 다른 사물에 빗대어 표현하는 수법들이다.25) 특히

---

24) 이는 '물아일체'의 경지이며, 정신적으로는 도불에서 말하는 바 '心齋', '坐忘' 또는 '寂滅'의 상태에서 우러나오는, 자아와 객체가 어우러져 정신적 하나로 되는 최고의 미적 경지이다.
25) 한대의 經學家 鄭衆은 "比는 사물을 이용하여 비유하는 것이며, 興

비에 비해 흥은 물류物類 및 의류意類간의 고도의 문학언어적 형상
화를 특징으로 하는데, 이러한 추상화한 수사주의 미학은 후일 의
경론 등 보다 정밀한 문예론으로 이어지거나, 한편에서는 허다한
시인들이 주장한 것과 같이 인위적으로 다듬은 흔적이 없는 천의
무봉天衣無縫의 최고의 자연스러운 표현 경지의 지향으로 이어졌다.
이같은 것은 문예의 심미 작용을 통한 자연의 물류적 속성이 의류
적 속성으로의 일체화한 결과의 한 부면으로 이해할 수 있다.

　끝으로 문학 유파의 측면에서 볼 때, 한유 등의 고문운동가와
명대 공안파의 자기표현적 주장들 역시 천인합일의 인간주의적 변
용 양태로 볼 수 있을 것이다. 육조 변문의 폐해에 대해 교정을
시도한 한유, 유종원 등의 고문운동가들은 인위적 수사 위주의 비
실용적 문장에 반대하여 실질적 입장에서 사실 그대로의 자연스런
글쓰기를 주장했는데, 이 경우는 당시까지의 심미적 합일과는 다
른 측면에서의 작가의 표현 도구인 언어의 자연성에 관한 논의이
다. 또한 명말 공안파는 모방주의적 전범론에 사로잡혀 창의적이
며 자유로운 창작 역량을 발휘하기 어려운데 대한 반작용으로 '내
마음이 곧 하늘'이란 양명학 좌파〔泰州學派〕 왕간王艮, 이지李贄의
동심설童心說 등의 영향하에, 즉물적 감정의 자연적 표출인 '솔의성
率意性'을 주장하며 문풍의 개혁을 주창했다. 그들은 인간 내면의
본원적 심리의 자연스런 유출과 그 표현 도구의 확보를 중시하여,
억제된 물줄기를 뚫어 자연스러운 문학의식을 있는 그대로 표현해
야 한다고 했다. 이 역시 광의로 보아 시대의식과 관련하여 자연
과 인간의 변용적 교감을 전제한 작가 심리의 내적이며 솔의적인
자연성으로 보면 무리가 따르는 것일까? 하늘의 성性을 부여받은
인간의 내면의식의 직접적 표출이란 점에서 광의의 천인합일적 사
유의 변용이라 할 수도 있을 것이다.

　　은 사물에 기탁하여 어떤 일을 이야기하는 것"(比者, 比方于物也.
興者, 托事于物也)이라고 했다.(《周禮·太師·注》)

중국 문예사유에서 천인합일 관념의 큰 줄기는 중국의 농경적 환경에서 자연과의 친화적 교감으로부터 우러나는 사유 체계로써 개괄이 가능할 것이다. 인간은 자연으로부터 태어났고 또 자연으로 돌아갈 삶이므로, 자연에 대한 본원회귀적 귀의감은 인간의 숙명적인 속성이다. 인간은 어떤 경우에는 사회적 존재로서의 관계적 의미에 천착하거나 자신의 내부적 문제에 골몰하기도 했으나, 동한대 시인들의 유리의식遊離意識에서 시작하여, 사회로부터 연결고리가 떨어진 육조시대의 문인들은 상대적으로 영속적인 자연에 더욱 경도되었다. 이어 당대에는 자연을 정관靜觀하는 회화적 정태미로 나타났고, 송대에는 내화된 천인의식이 주자학적 세계관 속에 용해되어 있었다. 명말 사회경제적 변혁을 통해 솔직한 자기표현의 양명학적 솔의주의率意主義가 새로운 차원의 천인론으로 대두하기도 했다. 크게 보아 인간 존재의 개체 의식은 농경적 시원에서 출발한 이래 순문예에 대한 인식의 제고와 함께 시대가 갈수록 인간 세계를 둘러싼 자연과 그에 대응하는 인간의 상호 교감과 그 귀의 의식으로 나아갔고, 문학 내적으로는 창작 대상과 주체의 친화적 관계론이 의경론으로까지 창작되고 이론화되어 갔다.

이중 한가지 고려할 점은 천天이 의미하는 바, 인간 존재의 외적 여건인 '자연'은 창작의 조건과 관련하여 다음 두 가지 의미를 지니고 있다는 생각이다. 하나는 창작 주체에 영향을 행사하는 의미로서의 자연이고, 다른 하나는 작가가 바라보게 되는 창작 대상으로서의 자연이다. 고대 문학비평의 세계에서는 이 두 가지에 대해 분명한 구별이 없이 경우에 따라 양자를 넘나들며 사용된 측면이 강하다. 이 부분에 대한 구별은 육조 이후 순문예 창작론 및 문예비평의 흥성과 함께 점차 진전된 모습을 지니게 된다. 그러나 특히 동양적 바라보기라는 관점으로부터 생각해 들어갈 때, 이상의 두 가지 분류적 관점에 대해서는 창작의 두 영역에 대한 또 다른 의미의 유기적·합일적 의미의 통일적 바라보기가 필요한 것인지도 모른다. 그것은 대상에 대한 관찰자 역시 대상에 영향을 미치는 유기적 요인으로 작용한다고 하는 통일장의 관점에서는 더욱 그 타당성이 인정된다.

Ⅲ. 인상비평론 — 풍격 비평

중국문학비평에서 두드러지는 특징은 풍격비평이 매우 활발하게 진행되어 왔다는 점이다. '풍격'이란 대체로 작품 또는 작가로부터 풍겨져 나오는 전체적인 인상이다.26) 중국문화가 자연에 기초한 천인합일적 직관 사유를 지향하고 있고, 문자면에서 모호성과 함의성 및 은유적 우회성을 가지고 있음에 비추어, 풍격 용어의 발달은 이상의 배경과 관련된 중국문학적 특수 현상으로 이해된다. 이는 비평 영역에서 두드러지는데, 중국의 대다수 비평가들은 왕왕 작가 또는 작품의 총체적 인상을 최대한 함축적으로 형상화하여 표현했다. 선리禪理로써 시 비평을 시도한 당송대의 교연皎然, 사공도司空圖, 엄우嚴羽 등 일군의 비평가들이 대표적인 예이다.

풍격 요소의 도입은 특히 불완전한 의사 전달의 매개체인 언어의 개입을 최소화하여 인식의 완정성을 보다 높이는 작용의 의미가 있다.27) 대상에 대한 인식화의 과정을 단계별로 기술하면, 〈제 1 대상의 드러남→대상에 대한 수용적 인식→최소한의 언어화 과정〔풍격 용어화〕→대상으로의 재인식의 투사→제2 대상의 구현〉의 과정이 될 것이다. 언어의 불완전성에 대한 개념은 노장과 불가에서 주장하고 있는바, 이러한 풍격 용어의 발달이 도道·선禪과 밀

---

26) 이병한, 《漢詩批評의 體例 研究》, 通文館, 1985, pp.151-154, 275 참고.
27) 기표와 기의 간의 언어의 지시 불완전성은 쏘쉬르 이래 현대문예비평에서 이미 증명되었는데, 풍격 용어 역시 그 한계에 대한 중국적 돌파 양상이라고 할 수 있다.

접한 관계를 가지고 생성된 것은 납득할 만한 일이다.28) 또한 풍
격 용어를 통한 유별화類別化를 통해 심미적 요소들을 범주화하여
정리하는 일도 문학비평 인식의 유형화의 발전에 도움을 주었다.
풍격의 범주에 대해서는 작품 풍격, 작가 풍격, 유파 풍격, 요소
풍격과 이에 더하여 시대 풍격 등으로 나눌 수 있을 것이다.29)

　　역사적으로 단구短句 비평의 두드러지는 특색은 창작 주체의 자
연의 대한 감응의 결과로서 생기는 '기氣' 또는 기질氣質의 문제이
다. 순자 및 《예기·악기》에서는 물감설物感說로서의 촉발적 정서
의 문제에 대해 논했으나, 기의 문제로까지 이르지는 못했다. 이
문제는 조비가 '기'의 문제를 들고 나오면서부터 본격화되었다. 조
비는 《전론典論·논문論文》에서 작가를 그들 고유의 문학적 기질
〔文氣〕로써 건안칠자의 장단점을 평가했으며,30) 문기文氣는 선천
적이어서 바꾸기 어렵다고 강조했다.31) 유협은 〈체성體性〉편에서
작가의 선천적 '재才, 기氣'와 후천적 '학學, 습習'에 따라 달라지는
바,32) 「전아典雅, 원오遠奧, 정약精約, 현부顯附, 번욕繁縟, 장려壯

---

28) 유협, 교연, 사공도, 엄우 모두 불교적 소양을 문학비평 영역으로
　　전용한 사람들이다.
29) 彭鐵浩, 〈분석적 풍격비평〉, 《中國文學》 제23집, 1995.6, p.5. 팽
　　철호는 기존의 비평 대상의 범주에 따른 '작품풍격, 작가풍격, 유파
　　풍격'에 더하여, 작품 구성 요소에 관한 풍격의 분석이라는 측면에
　　서 '요소풍격'이란 개념을 새로 만들었다. 필자는 앞의 범주에 더하
　　여 유파풍격보다 광의의 개념으로서 '시대풍격'을 논할 수 있을 것
　　같다. 팽철호의 《중국고전문학 풍격론》(사람과책, 2001) 참고.
30) 《典論·論文》, "應瑒和而不壯, 劉楨壯而不密. 孔融體氣高妙, 有過人
　　者, 然不能持論, 理不勝辭."
31) 《典論·論文》, "文以氣爲主, 其之淸濁有體, 不可力强而致. 譬諸音
　　樂, 曲度雖均, 節奏同檢, 至於引氣不齊, 巧拙有素, 雖在父兄, 不能
　　以移子弟."
32) 《文心雕龍·體性》, "夫情動而形言, 理發而文見, 蓋沿隱以至顯, 因內
　　以符外者也. 然才有庸儁, 氣有剛柔, 學有淺深, 習有雅鄭, 並情性所
　　鑠〔爍〕, 陶染所凝, 是以筆區雲譎, 文苑波詭者矣……各師成心, 其異
　　如面."

麗, 신기新奇, 경미輕靡」의 8종 풍격을 논했다. 이는 문학 언어의 개괄력을 범주화하여 구체적 시학이론으로 연결시켰다는 데서 특기할 만하다.33) 이상은 사실 천인합일론에서 시작된 논의가 시대와 함께 창작 주체의 선천적·후천적 기질 형성에 미치는 영향 관계를 논한 진일보한 논의들이다.34) 당대에는 진자앙이 '한위풍골漢魏風骨'과 '흥기興寄'를 주장했는데, 이는 한대와 건안시대의 비장미 섞인 강건한 시풍에 대한 일정한 인식의 공유이자 그에 대한 긍정적 입장의 표명으로서, 유파풍격론 또는 시대풍격론에 해당될 것이다.

이후 교연은 《시식詩式》 말미에서 시의 체體를 변별하고 포괄하는 「고高, 일逸, 정貞, 충忠」 등 19종의 1자字 기준을 제시한 후, 각 글자에 대해 해설했다. 이것은 이후의 문학에서 풍격 비평과 의경론의 본격적 단서가 되었으며,35) 이는 '이심전심'의 불립문자不立文字를 지향하는 불가적 사유에서 영향받았을 것이다. 내용면에서는 비록 초보적 모습이긴 하지만 '일자 풍격'의 범주화가 가능했던 것은 한자가 지니는 함의의 풍부성에도 기인한다. 당말부터는 작가와 작품에 대해 그 풍격을 논하는 일이 많아졌는데, 대부분의 풍격 용어가 과도한 수식이나 지나친 드러냄보다는 꾸미지 않은 가운데서의 은근한 자연스러움을 지향하고 있는 것은 중국적

---

33) 阮國華, 《中華古代文論遡洄》, 〈劉勰爲意境論的出現所作的理論準備〉, 1997, pp.84-93. 阮氏는 문학과 言意의 관계를 고찰하면서 그의 글의 소제목에서 보듯이, 유협의 문예이론은 탁월하지만 意象의 연계작업에서 그가 「言-象-意」의 단계에 머물렀을 뿐, '言-境-意'의 단계로까지 나아가지는 못한 점이 한계라고 했다.

34) 이 논의가 자연이 작가에 미치는 기질 형성에 관한 영향론을 위주로 하는데 반하여, 창작 대상에 관한 논의는 작가가 대상을 바라보는 관찰과 수용의 측면에서 이루어진다. 즉 전자는 작품 창작의 前歷史的 논의이고, 후자는 작품 창작과정의 상호 교감에 관한 논의이다.

35) '高, 逸, 貞, 忠, 節, 志, 氣, 情, 思, 德, 誠, 閒, 達, 悲, 怨, 意, 力, 精, 遠.'

천인합일 관념이 문예심미의 영역에서도 확고한 위상을 확립해가고 있었다는 뜻이기도 하다.

사공도(837-908)는 《이십사시품二十四詩品》에서 풍격론을 본격적으로 다루며 흥상적興象的 언어로 풍격 용어에 대해 설명을 가했다. 그는 「웅혼雄渾, 충담冲淡, 경건勁健, 기려綺麗」 등 각 2자로 된 24종의 풍격에 대해 고도의 상징적 설명을 가했는데, 의사전달의 수단성과 언어의 한계성을 동시에 인식하여 가능한 한 축약적으로 설명하려고 했다. 사공도는 〈함축〉이란 풍격 용어의 설명에서 "한 글자를 덧붙이지 않아도 온전한 풍류와 정취를 다 얻었네"라고 하여,36) 시어 사용의 직관적 전달력에 대한 강한 신념을 드러냈다. 이러한 경향은 중국의 언어 표현의 한계성을 잘 인식하고 있는 도가적 사유 및 당대부터 민간과 지식인 사회에 불어닥친 선학의 영향의 결과로 보인다. 또 그는 사물의 본질적 의미는 외적 표현의 영역 밖에 있다는 '운외지치韻外之致, 미외지지味外之旨'론을 피력했으며, 이러한 문학적 형상에 관한 추상적 입론은 엄우嚴羽의 묘오론妙悟論, 왕사정王士禎의 신운설神韻說 등으로 계발되었다.37)

송대에도 비록 지향하는 풍격은 달랐지만, 시화詩話의 흥기를 통해 풍격론은 갈수록 사변화, 추상 사유화되기 시작했고, 화론畵論, 선학禪學 등으로부터의 이론 차용으로 중국적 특색을 지니는 인상비평의 영역을 확장해갔다. 이러한 시학 체계는 아직 명석한 논리 체계와 설명력을 지니고 있지도 못할 뿐만 아니라, 왕국유王國維, 전종서錢鍾書 등 현대의 유력한 연구자들의 작업에도 불구하고 아직까지 그 이론 체계를 설득력있게 설명하고 있는 상태에 이르지는 못했다. 하지만 그것이 지니고 있는 장점을 무시해서는 또한 안 될 것이다. 장점이란 이처럼 독특한 풍격 비평의 원천이 농경적 사회문화에서 우러나온 직관 중시의 문화사유적 특성과, 중국

---

36) 《二十四詩品·含蓄》, "不著一字, 盡得風流."
37) 이 부분은 Ⅵ장 '內在美의 지향'을 참조.

문자가 지니는 함의성, 그리고 다른 글자와의 연결을 통해 새로운 의미를 창출해 내는 뛰어난 조어력에서 비롯되었다는 점이다. 인상 중심의 총체론적 비평은 이성적·명증적 설명에는 약할지 몰라도, 전체적 개괄과 직관적인 정서의 교감에는 매우 긴요하고 유용한 잣대이기도 하다. 동양인인 우리가 오늘의 관점에서 이들을 볼 때에는 그 장점을 살리고 서구로의 가교를 꾀하는 양면적 작업을 위한 노력이 부단히 강구되어야 한다.

풍격 비평의 외적 범주에서 언급해야 할 부분은 비평 영역과 용어의 불확정성 내지 불명료성이다. 먼저 비평 영역의 혼재성에 대해서 보자. 서구적 관념에 의하면 작품에 대하는 문학 비평 행위의 영역과 방식에 따라 문학비평의 영역은 창작론, 감상론, 원리적 이론 비평으로 나눌 수 있을 것이다. 물론 시대의 추이와 함께 달라지기는 했지만, 전통 중국의 경우 대개 지식인 계층에서 독서인의 교양으로서 자기 수양 및 문화상의 필요나 교유交遊를 위해 수의적隨意的으로 작품을 지은 경우가 많았으며, 그 귀결로서 비평 역시 엄정한 영역의 구분은 이루어지지 않았다. 장르적 분화에 따른 비평의 체계화는 근대로 가면서 그 필요성의 증대 및 전문화와 함께 가능했던 것 같다. 이상의 직관적 감성에 의한 인상 비평의 흥성, 나아가 비평 범주의 미분화 등은 서구적 관점에서 볼 때는 개명開明하지 못한 문학적 운용으로 보일지도 모른다. 하지만 직관적이며 종합지향의 중국적 사유가 작용한 결과로서 파악함으로써 무차별적인 부정의 입장에 반대하는 것이 지나친 동양 중심주의적 편향은 아닐 것이다.

다음으로 용어의 의미 불명료성에 대해서는 제2장 '중국 문자의 문예심미적 의미'에서 언급한 바 있거니와, 본원적으로 의미상 다의적 포괄성을 지니고 있는 한자가 쉽게 벗어나기 힘든 한계이기도 할 것이다. 말은 비록 불완전하기는 하지만, 일정한 사회문화적 조건하에서 상호간 의사 전달의 가시적 도구이자 척도이다. 그러므로 이 점은 사실 중국문화 전체를 설명하는 데 있어서 관건적 의미를 지니고 있다. 아울러 현재적 관점에서 중국문학비평의 세계화를 향한 문제점을 살펴보기로 한다. 이 작업의 가장 큰 걸림돌은 서구와는 다른 중국적 사유 방식을 설명할 언어 도구의 불충분성인데, 이는 궁극적으로 '중·서 문화의 원천적 이질성'에서 비롯된다. 결국 본 소절의 논의의 심층 단계에 이르러서 우리는 다시 언어문화적 소통의 문제에 직면하게 된다.

현재 대륙의 경우 중국문학이론비평의 세계문학으로의 편입을 위해 낙후에의 불안감과 함께, 그만큼 매우 적극적 태도로 서구와의 주고받기를 통해 만나려 하고 있다. 그들의 태도는 오사五四 이래의 '가져다 쓰기〔拿來主義〕'로부터 '주체적 통변通變 관념으로의 전화轉化'라는 큰 방향 속에서 모색하고 있는 것 같다.38) 이를 타개할 중국문학계의 구체적 과제는 두 가지인데, 하나는 현재적 세계성을 띤 중국문학비평론 체계의 수립이며, 다른 하나는 자국 문학비평의 외국으로의 소개이다.39) 그리고 이에는 필연적으로 번역의 문제가 중요한 비중을 지니고 대두된다. 이 문제는 중국문학계의 과제일 뿐만 아니라, 적지 않은 문화적 유사성을 지니고 있는 우리의 여건과도 결코 무관하지 않다. 그런 의미에서 의미 표현의 모호성과 종합성을 특징으로 하는 풍격 비평에 관한 현대적 논의는 우리나라 중문학계의 한 연구 과제이기도 하다는 생각이다.

---

38) 《中外文化與文論》3, 주제 '中國古代文論的現代轉換' : 張少康〈方向是正確的, 道路是漫長的〉, 蔡鍾翔〈重在理論資源的開發和利用〉, 四川大學出版社, 1997, pp.112-116.
39) 필자는 1997년 11월 桂林 廣西師大에서 개최된 '제10차 중국고대문학이론회의' 참석했는데, 이 자리에서는 중국문학이론의 세계화 방안에 관한 문제가 집중적으로 논의되었다.

Ⅳ. 운문 중심주의

　중국인이 중국의 문학을 말할 때면 문화적 선진국이란 자부심으로, 그러나 한편에서는 사라져가는 시의 중심적 위상에 대한 회억 감회憶感을 느끼게도 하는 표현으로서 자기 나라를 '시국詩國'이라고 말하길 좋아한다. 물론 일반적으로 문학 발생의 초기 단계에는 운문이 우위를 점한다. 그러나 일정 시간이 흐르면 운문은 다른 장르에 밀려 상당히 퇴색하게 된다. 그러나 중국의 경우는 명청시대까지도 문학의 주변부로 밀려나지 않은 채, 각종 장르에서 부분이나마 지속적으로 채택되어 왔다.40) 그리고 이전과는 비교할 수도 없지만 현재에 이르기까지 민간에서는 연창演唱 문예가 아직도 일정한 호응을 받고 있고, 그 중에서도 운문적 성분은 여전히 큰 비중을 차지하고 있다. 연창 문예로서의 운문과 전통 장르로서의 시를 단순 비교하는 일은 곤란하지만, 그래도 이렇듯 전통문학에서 창작과 비평을 막론하고 서정적이며 운문적 속성이 현대에 진입할 때까지 중국문학의 중심부에서 크게 벗어나지 않은 까닭은 무엇일까? 이 점은 크게 보아 다음 네 가지 측면에서 그 배경적 설명이 가능할 것 같다.

　첫째, 단순·직관적 사유에 익숙한 농경 문화에 부합하여 민간 가요적 성격의 서정시가 성행했다. 둘째, 강한 상징성과 다의적 포괄성을 띠는 한자의 속성 역시 함축을 특징으로하는 서정 소시小詩의 발전에 기여했다. 셋째, 유가 이념을 필두로 한 사회윤리적 측

---

40) 서경호 교수는 상대 후기부터 전국 말엽까지의 문학적 상황을 폭넓게 검토하는 가운데, 중국 전통문학이 서주 및 동주 초엽경 美를 중심적 속성으로 하는 '문학 언어'로의 인식과 함께 '시적 속성으로의 회귀'라는 일종의 규범적 의식이 싹텄으며, 이러한 의식은 중국 문학에 지속적으로 작용해 왔다고 했다. 그리고 그 규범 의식으로서는 '①절제된 문자언어의 사용, ②형식화된 문자언어의 사용, ③ 우회적인 표현의 사용'을 들었다. 《중국문학》 제22집(1994), 〈중국문학의 발생과정에 대한 관찰〉 p.9, 17, 23, 27, 31 참고.

면에서 시를 통한 악교론樂敎論이 채택되어 민중 교화의 수단으로
적극적으로 활용되었다. 넷째, 六朝 시대의 사회 혼란과 함께 자연
친화적인 불교와 도교가 성행하는데, 특히 불경 번역사업은 문학
에서 성운의 조화를 더욱 강구하여 율시의 성행을 가져왔다. 이후
당시唐詩의 시대를 지나 송대에는 사詞가 시의 자리를 대신하였고,
이는 원대 이래로 연창 문예의 일부가 되었던 산곡散曲으로 대체되
면서 운문 전통을 이어 갔던 것이다. 이제 이들 각 사항에 대해
하나씩 검토해 보겠다.

먼저 중국문화의 농경적 특징과 관련하여 중국문학에 나타난 '운
문 중심주의'의 의미를 살펴보도록 한다. 서구 문학에서 발달한 장
르는 서사 문학이다. 서구인의 신神 관념은 자기동일적 신관神觀이
라기 보다는, 주체로서의 자신이 마주 대하여 상대해야 할 대상으
로서의 관념이 강하다고 여겨진다. 또한 자연에 대해서는 인간을
위한 극복과 이용의 대상으로서 인식한다. 따라서 세계는 갈등과
대결이 있는 곳이며, 그것에 대한 투쟁적 승리가 요구되는 대상으
로서의 세계이기도 하다.41) 그러나 중국에서 자연은 조화와 합일
을 추구해야 할 정신적 고향으로 자리 매겨진다.42) 따라서 인간은
자기 부정을 통한 자연과의 합일을 통해 비로소 긍정된다. 그리고
문학 역시 자연과의 합치를 중심적 지향으로 추구한다. 투쟁과 대
결을 중심축으로 하는 서구의 서사 전통과는 달리, 중국문학에서

---

41) 《舊約聖書·創世記》, 1장 28절, "하나님이 그들에게 복을 주시며
    그들에게 이르시되 생육하고 번성하여 땅에 충만하라, 땅을 정복하
    라, 바다의 고기와 공중의 새와 땅을 움직이는 모든 생물을 다스리
    라 하시니라."
42) F. Cafra, 'Uncommon Wisdom', Simon & Schuster, 1988.
    (김현창, 《세계문학 속의 동양사상》, 〈구미에서의 도교연구〉, p.76
    再引), "나의 견해로는 모든 위대한 전통 사상 중 도교가 가장 완
    벽하고 중요한 생태주의적 지혜를 제공하였다. 도교는 자연계의 순
    환과정에서 나타나는 개인과 사회의 모든 현상은, 개인과 사회내면
    에 잠재해 있는 것들과 근원적으로 일치한다는 사실을 강조한다."

는 조화와 화해를 꾀하는 중국적 서정 전통이 그 중심 고리를 형
성한다. 그리고 그 중심에는 당연히 시로 대표되는 운문이 자리하
게 된다.

둘째, 한자의 특성이란 측면에서 중국문학의 운문 중심주의를
보면, 시가 중국에서 서정성을 띠며 발전한 이면에는 중국만의 문
자적 요인이 개재된다. 한자는 다의적이며 모호성을 특징으로 하
는 단음절어이다. 산문은 논리적 기술을 중시하고, 시는 서정적·
은유적 함축과 운율을 중시한다. 그런데 한자가 의미의 우회성과
모호성을 축으로 하여 의미의 함축력과 형상력이 크고,43) 각 글자
마다 일정한 음과 성조를 지녀 청각적 즐거움의 추구가 가능할 뿐
만 아니라, 고립어적 성격으로 신조어를 통한 어의語義의 파생력과
연관력이 크다는 점은, 문자적 특성 면에서도 중국에서 시가 흥기
할 만한 여건을 지니고 있다는 것을 의미한다. 더욱이 단음절성과
함께 글쓰기 방식의 모아 쓰기적 성격은 기본적으로 각행마다 길
이의 일정한 제한을 가능케 하므로, 형식상 미적 절제와 균형을
드러내는 제언체齊言體의 발달에 결정적 동인으로 작용한다. 이상
과 같은 요인들, 즉 낭송에 유리한 성조와 운율, 그리고 시각적으
로 부수가 지니는 효과, 각 행의 길이의 일정성, 의미의 함축성과
글자 결합의 연관성 등은 모두 중국에서 시가 흥성하기에 좋은 여
건들을 조성했다.

특히 율시와 사는 외적 형식이 굳어져 가면서, 그 형식에 맞추
어 가사를 집어넣는 전시塡詩와 전사塡詞라는 양상으로 나아갔다.
이점은 내용보다 형식미를 우선하는 심리의 소산으로서, 중국문학
적 특기 사항이다. 시의 형식 우선성은 단음절어인 한자의 제언적
齊言的속성과 대對에 의해 상대성의 강조와 전체적 조화 관념이 어

---

43) 언어는 은유적 우회를, 감성은 직관을 지향하는 일은 상호 모순되
　　는 것 같으나, 실은 형상적 사유를 통해 본질을 보다 잘 드러내는
　　유력한 사유 방식으로 활용되었다. 이를테면 화두나 선문답 등이
　　그것이다.

우러진 결과이다. 그러나 지나친 형식주의는 오히려 자유 정신을 구속하여 문학적 생명력을 소진시키는 부작용을 낳기도 했다. 중국 운문사의 실제가 이를 증명한다.

셋째, 문예의 사회교육적 효능을 중시한 유가의 문예사상 또한 시의 흥성과 발전에 힘을 실어주었다. 춘추 전국이래《좌전》,44) 공자,45) 순자,46)《예기·악기》,47)《한서·예문지》, 〈모시서〉48) 등 악교적 전통은 경학가들을 통해 청대에 이르기까지 강조되었다.49) 이들은 한결같이 음악과 시를 같은 범주에 넣고 심성의 순화를 위

---

44) 樂과 德의 상호 관련을 본격적으로 설명한《좌전·襄公29年條》를 비롯하여,《좌전》은 和를 美로 여기는 심미 전통의 기초를 마련했으며, 후일 공자 문예관의 토대가 되었다; 악교론에 관한 중국 문예사상사적 변천에 관해서는《中國古代樂論》(여기현編譯, 太學社, 1995, 서울)을 참고.

45)《논어·계씨》, "不學詩, 無以言.";《논어·태백》, "興於詩, 立於禮, 成於樂.";《논어·양화》, "詩可以興, 可以觀, 可以群, 可以怨. 邇之事父, 遠之事君, 多識於鳥獸草木之名"(부호통일);《논어·자로》, "誦詩三百, 授之以政, 不達, 使於四方, 不能專對, 雖多, 亦亥以爲."

46)《荀子·樂論》, "夫樂者樂也. 人情之所必不免也. 故人不能無樂, 樂則必發於聲音. 形於動靜, 而人之道. 聲音動靜, 性術之變盡矣. 故人不能不樂, 樂則不能武形, 形而不爲道, 則不能無亂. 先王惡其亂也. 故制雅頌之聲以道之……故樂行而志淸, 禮修而行成, 耳目聰明, 血氣和平, 移風易俗, 天下皆寧, 美善相樂."

47)《禮記·樂記》, "樂者敦和, 率神而從天. 禮者別宜, 居鬼而從地. 故聖人作樂以應天, 制禮以配地. 禮樂明備, 天地官矣……故動於內者也. 禮也者, 動於外者也. 樂極和, 禮極順, 內和而外順, 則民瞻其顔色而弗與爭也. 望其容貌而民不生易慢焉."

48) 〈毛詩序〉, "詩者, 志之所之也. 在心爲志, 發言爲詩. 情動於中而形於言, 言之不足故嗟嘆之, 嗟嘆之不足故永歌之, 永歌之不足, 不知手之舞之, 足之蹈之也……治世之音安以樂, 其政和, 亂世之音怨以怒, 其政乖, 亡國之音哀以思, 其民困. 故正得失, 動天地, 感鬼神, 莫近於詩. 先王以是經夫婦, 成孝敬, 厚人倫, 美敎化, 移風俗."

49) 이같은 관점은 대부분의 제자백가에 있어서 유사하며, 다만 대동사상을 주창한 묵가만이 계층 차별론에 반대하는, 문학적 견지에서는 협소한 시각으로써 음악 예술의 가치를 폄하했다.(《묵자·비악》)

해 음악의 쓰임이 중요함을 주장했다. 즉 성인의 가르침을 전달하는 유력한 도구로써 시를 채용하고 있으며, 이를 통해 사람들은 자신의 감정을 다스리게 된다는 것이다. 이러한 견해는 상당 부분 사회정치적 의미를 지니고 있기는 해도, 인간 심성의 발현과 순화라는 예술의 기본적 작용을 발전시켜온 점에서는 긍정된다. 특히 중국문학에서 초기 단계의 시가 형상적 감염력이 큰 음악과 불가분의 관계를 맺어온 역사적 과정하에서, 시는 구성원들의 사회참여적 측면에서도 중시되지 않을 수 없었다. 한대의 악부시와 백거이 등의 신악부 운동도 모두 이같은 정신사적 의미를 지닌다. 이러한 생각은 시의 시대 풍격의 상이한 면모와도 유관하다.

전통적으로 작가 정신의 운문적 표출 문제와 관련하여 내용의 작품화 과정에서 지식인들의 사회윤리적 의식은 장르 선택의 문제와도 관련되어 있는 것 같다. 시에 나타난 문인의식 중에는 대체로 일정 정도의 사회·윤리적인 '여과의식濾過意識'이 엿보인다. 이는 사회 상층부에 속한 귀족 및 지식인적 전통과 관련된 것 같다. 예를 들면 같은 이별을 노래한 것들이라 해도 시를 통해서는 친구나 가족과의 이별을 노래한 것은 많아도, 남녀간의 이별의 장면은 거의 보이지 않고, 사나 산곡 등 민간문학 장르에 많이 나타난다. 이에는 선진시대 이래 시언지詩言志 전통 등 유가를 주류로 하는 사회·윤리주의적 편향이 자리한 때문이 아닐까 생각된다. 공안파가 《수호전》, 《서상기》 등 소설, 희곡 장르를 선호한 것도 시에 나타난 문인들의 여과의식 때문이라고 볼 수 있다. 즉 서정성의 장르 선택은 시를 중심으로 한 운문에서 이루어졌으나, 그 하부 층차에서 다시 윤리 의식이 개재되어 있는 체계라고 할 수 있을 것이다.

끝으로 불경 번역의 결과 야기된 성운에 대한 관심의 고조 역시 중국어의 활용 영역을 확대 심화하며 운문 중심주의의 발전에 적지 않은 영향을 주었다.50) 한대에 전파된 불교는 동한말에 전래 초기의 잠복기를 이미 끝냈으며, 유가사상의 단일한 지배이데올로기로서의 쇠퇴와 함께 자연의 가치가 중시되면서 사회와 사상 영역의 전면으로 부상했다. 인도 불경의 번역 작업은 이미 동한대부터 시작하여 수대까지 총 2,300여종이 번역될 정도였다. 범어梵語는 성모聲母와 운모韻母의 결합에 의해 발음되는 소리 글자라는 점을 인식하여 위魏의 손염孫炎은 반절법反切法을 제안했다.

당시 사람들은 성운의 조화와 격률미의 추구에 한층 관심을 쏟았고, 심약 등의 성률설은 율시 발전의 핵심적 열쇠가 되었다. 이같은 일들은 당시의 기성 사회 질서의 붕괴로 말미암은 사람들의 상실감, 또 그로 인해 한대이래 일어난 부와 변문의 흥성 등 유미주의 풍조, 그리고 상대적으로 자연에 대한 귀의의식과 맞아 떨어져 자연의 아름다운 절주미節奏美를 운이 있는 문장을 통해 구현해내고자 한 사회문화적 배경 요인들의 문학 방면으로의 귀결이었다. 중국문학에서 시는 육조시대를 거치면서 강력한 형식미의 완성을 가져왔으며, 당시가 이룩해 낸 화려한 성취를 통해 중국의 문학유산은 넘보기 어려운 또 하나의 가능성을 보여주었다.

송대 이후 중국문학의 전개 양상은 신유학의 영향으로 사변적 경향을 보이면서 사상적 성숙을 보이거나, 공연 예술과 허구문학 등 오락적 요소에 관심을 기울이는 등 다양하게 분화되는 모습을 보인다. 이에 따라 시 역시 단일 장르로서는 이전과 같은 응집력과 주의를 끌지는 못했다. 그러나 서정 전통의 운문 정신은 여전히 각 장르의 내부에까지 스며들어 적절한 방식으로 꽃을 피워나갔다. 명청이래 흥성한 민간 문예, 특히 연창 문예에서 운문은 여전히 중심적 역할을 수행했다. 대표적인 예로 창唱 중심으로 이루어진 잡극, 전기, 경극 등 중국의 연극이 그러하다.

중국문학에서 운문은 일찍이 경전화한 민간의 가요집인 《시경》, 귀족적 정서를 지향한 《초사》,51) 궁중문학적 분위기를 지닌 한대

---

50) 朱光潛 저, 鄭相弘 역, 《詩論》, 東文選, 1991, 서울, pp.303-306.

의 사부辭賦 등의 전통이, 육조(221-589) 시대에는 귀족문인들의 서정을 노래하는 도구로 사용되며 격률화하여 당시에 이르렀으며, 송대의 민간에서는 세속적 성분의 강화와 함께 시정市井의 가요인 사가, 원명대에는 산곡이 시대적 변화에 따라 운문문학 발전의 한 부분을 형성해 나갔다. 문학가이자 비평가였던 전통 시대의 문인들의 논의는 여전히 운문문학에서 집중적으로 토구討究되었다.

운문중심의 관념은 이러한 대표 장르들 뿐 아니라 다양한 민간의 문예 형식과 각종 강창류, 그리고 소설과 희곡의 서두와 말미 및 창唱을 비롯한 제목題目·정명正名 등 가능한 모든 부분에서 운문 요소가 도입되며 활용되었다. 결국 문학의 운문중심적 속성은 상기한 네 가지 요소인 지리문화적 영향, 문자상의 특징, 시의 사회교육적 작용론, 불경 번역의 계기를 탄 육조 성률론의 흥기 등의 문화적 배경에 힘입어, 새로운 여건에 다양하게 적응하며 민간과 사대부의 장르 주도적 흐름 속에 지속적으로 변용·유지되어 왔다.52)

V. 외재적 표현미

《설문해자》에서는 '미美'의 의미가 "양대즉미羊大則美"라 하였고, 다른 해설자는 제례시의 가면구를 의미한다고 했다. 이러한 견해들은 실용과 미가 밀접하게 연결되어 있었다는 것을 보여준 듯하

---

51) 이미 귀족 출신으로서의 굴원의 존재와 무관하게, 巫歌로서 볼 때에도 〈이소〉 등에 나타난 의식세계는 귀족 지향적 정서를 지니고 있다.

52) 중국시의 발전 궤적과 운용상의 단계, 그리고 민간과 사대부의 두 주체간의 주고 받기를 통한 시가 발전의 역사적 전개에 대해서는 이 책에 수록된본서의 〈중국시가 발전 단계론〉, 〈중국시에 나타난 비애 서정〉, 〈중국시와 문학의 역사적 전개〉에서 논했으므로 본고에서는 줄인다.

다. 삶에 이로우므로 좋게 보이고, 또 좋게 보이므로 가까이 하여
이로움을 취하는 것이다. 미의식은 인류의 역사 조건 속에서 인류
의 삶과 함께 형성되어 온 관념이다. 따라서 아름다움의 추구는
인간의 삶 속에서의 기본적 욕구 표현의 하나이다. 그렇기 때문에
중국의 문학뿐만 아니라 세계 어느 나라의 문학도 각각의 방식에
맞추어 표현의 미를 추구한다. 그러면 중국의 경우는 어떠했을까?

중국사상사의 중심이었던 유가에서는 문학의 실질적인 효용을
중시하는 현실주의적 태도를 견지해왔다. 그런데 서경, 춘추 등 중
국 고대의 전적典籍들은 초기부터 상당한 수사 지향성을 보여준다.
또한 역사적으로 미문美文에 경도된 시대도 적지 않았다. 그러면
실질을 중시한 유가 사상이 주류를 형성했던 중국에서 어떻게 해
서 창작과 이론 양면에서 이같이 외재적 수사 위주의, 일견 모순
적으로 보이는 경향들이 나타났는가?53) 본 장에서는 중국문학의
사유 구조에서 모순되는 듯이 보이는 이 두 경향의 상관 관계, 중
국문학에서 수사미 추구의 양상과 그 이면적 요인들에 관해 고찰
한다.

기원전 12세기경부터의 것으로 보이는 시경의 시들은 대개 민
간에 전해지던 노래들이 문자로 정착한 것이다. 이 시들은 유사어
구의 음악적 반복, 쌍성雙聲과 첩운疊韻 등의 음성적 효과, 운이 있
는 4언의 제언체, 후대에 '부비흥賦比興'으로 일컬어진 중국 전통의
수사기법 등을 채용하며 말 그대로의 수사미를 추구하고 있다. 형
식면에서 중국 운문의 수사미는 대립적 조화를 추구하는 음양론적
관념에 기초하고 있다. 율시의 기본 강령인 평측률은 평평한 소리
와 굴곡적인 소리인 평성과 측성의 상호 교차인데, 이는 음·양의

---

53) 김학주, 《중국고대문학사》, 민음사, p.32: 이 책에서는 중국 고대
의 문장이 그 목적은 정치적이고 실용적인 데 있으면서도, 문장 자
체는 수식을 위주로 하여 구성되었다고 했다. 즉 중국 문장은 처음
부터 실용성과 수식성이란 모순적 양면성을 지닌 채 발달하기 시작
했다는 것이다.

교차이다. 이 음양의 상호 교차는 구내句內에서 2자씩 짝을 이루며
진행되고, 구간句間에서는 다시 대구를 통해 이루어진다. 이 규칙
성은 시, 부, 변문부터 시작되어 근체율시에서 전성을 구가했는데,
이는 심미적으로 작은 변화를 통한 전체적 조화의 모색이다.

　운문이야 으레 그렇다고 하더라도 서술을 축으로 하는 산문의
경우 상대적으로 수사성은 더욱 돋보인다. 중국의 양대 산문 정신
으로 운위되는 역사 산문인 기사와 철리 산문인 입언이 목적론적
이며 추론적 서술을 중시하고 있음에도 불구하고, 이들 문장은 극
도로 축약된 가운데 심미적 함축성을 보여주고 있음을 알 수 있
다.54)《서경》,《춘추》,55)《전국책》, 그리고《사기史記》에 이르기
까지 고대 전적중의 문장은 내용면에서 상징적 자구字句, 포폄褒貶
의식, 일정한 규범에 의한 체례를 지니고 있을 뿐만 아니라, 형식
면에서도 구법句法・조구造句・용운用韻 등에서 상당 정도의 수사
지향성과 운문적 면모를 지니고 있다. 이러한 심미 지향성은 고대
의 전적들이 문맹인 대중을 위한 것이라기 보다는, 상류 지식층을
위한 수사화된 문언 전통의 특징을 지니고 있다는 점에서 주목된
다.

　곽소우郭紹虞는 문학의 도구에는 언어와 문자라는 2종이 있는데,

---

54) 그러나 중국의 운산문이 함축적이며 모호성이 강하다고 하여 무조
　　건적으로 불확정적 의미의 나열로만 끝난 암호 문서와 같은 것은
　　물론 아니다. 텍스트에 대한 일정한 先製的 서술 방식의 체계화,
　　혹은 사후적인 읽기의 체계화가 형성된 부면이 있다.《춘추》의 수
　　사법이 바로 그러하다.
55)《춘추좌전》의 예를 들면, 용어, 순서, 도치, 생략 등을 통해 일의
　　중요성, 등급, 포폄 등에 대한 기록자의 가치 판단이 함축되어 있
　　다. 춘추 필법의 특징은 ①微而顯(작자의 함의가 문중에는 나타나
　　있지 않으나, 書寫方式을 통해 同類의 寫法을 귀납하면 의미가 드
　　러남), ②志而晦(의미가 비슷한 것 같아도, 사용된 글자가 다름으
　　로써 작자의 판단이 은밀히 개재됨), ③婉而成章(완곡어법), ④盡
　　而不汚(사실을 直筆로 써서 그 의미를 명시함), ⑤懲惡而勸善.이
　　다.

중국의 문자는 단음절성과 고립어라는 특성으로 인해 변려와 운율
의 체제에 적합하다고 했다. 역사적으로 변문가는 문자상의 특징
을 이용하여 인공의 성률을 추구했으며, 한편 고문가는 자연스런
음조의 장점을 이용하여 어세語勢의 유창함을 추구한다고 했다.56)
언어적으로 양자의 성질은 유사하지만, 그 작용은 달랐다는 것이
다. 이에 의거하면 중국의 문언 문학에서는 중국 문자의 특징으로
보아도 성률을 추구하는 방향으로 나아가는 것이 당연하다. 필자
가 제3장 '중국 문자의 문화사적 의미'에서 논한 바와 같이 한자의
'유음성, 다의성, 함의성, 우회성, 축약성' 등의 특징과 제언화의
가능성은 기능적으로도 중국 문장의 미적 지향을 충분히 가능케
했다.

　나아가 이념면에서 수사화와 관련해 고려할 부분은 유가의 실용
주의 노선과, 이에 도달하기 위한 도구로서의 수사성의 상호 관계
에 관한 의미 부여의 문제이다. 이 논의는 중국문학의 문文과 질質
의 상호 관계에 대한 논쟁사와도 맥이 닿는다.57) 이제부터는 수사
미의 추구와 관련한 중국 문예사유의 역사적 과정을 중심 장르인
시를 중심으로 고찰해본다. 유가 사상의 창도자인 공자는 수사와
내용, 즉 질과 문에 관해 "말은 뜻을 전달할 수 있으면 된다"58)고
하여 질을 중시하는 말을 했다. 한편 문의 중요성에 대해서도 "말
에 꾸밈이 없으면, 멀리까지 이르지 못한다"거나,59) "공자가 말하
기를, '거칠구나! 군자가 배우지 않고서 사람을 만나서는 안되니,
꾸미지 않을 수 없다. 꾸미지 않으면 모양새가 없고, 모양새가 없
으면 공경할 수 없으며, 공경하지 않으면, 예가 없게 되며, 예가

---

56) 郭紹虞, 《照隅室古典文學論集》(上), 上海古籍出版社, 1983, 〈文氣
　　的辨析〉, p.121, 〈永明聲病說〉, p.219.
57) 중국문학비평사에서의 시대사적 및 개별 논의상의 文·質 관념의
　　의미와 변화·추이는 본서의 〈중국문학의 문과 질〉을 참고.
58) 《논어·위령공》, "辭達而已矣."
59) 《좌전·襄公 25年》, "(孔子曰)言之無文, 行而不遠."

없으면 바로 설 수가 없다. 멀리 있으면서도 빛나는 것은 꾸밈으로써요, 가까이서 더욱 밝은 것은 학문으로써 가능하다'"고 하여 문식文飾의 중요성을 주장했다.60) 이것은 그가 자신의 생각을 알리는 데에는 일정한 미적 장치가 강구됨으로써 그 효과가 극대화된다는 점을 인식한 것이다.

그러나 공자가 궁극적으로 의도하는 것은 극단의 본질이나 과도한 수식이 아니다. 그것은 외표로서의 꾸밈과 본질로서의 바탕이 조화를 이룬 경지이다. "바탕이 꾸밈을 이기면 거칠어지고, 꾸밈이 바탕을 이기면 교활해진다. 문과 질이 다같이 갖추어질 때 비로소 군자라 할 만 하다"61)고 한 말은 공자의 인격 수양과 관련한 심미 풍격론의 총결이다. 이상의 글들을 수사미와 관련해 볼 때는 공자가 실용주의 관점을 전달하는 도구로서 문예의 수사성을 긍정하고 있다는 점을 알 수 있다.

이와 함께 유가사상에서 미의식의 추구와 관련되는 또 한가지 사항은 예교주의 관념이다. 인仁과 예禮는 공자 사상의 핵심 요소이다. 인이란 내적 수양의 최고 체현이며, 예란 사회 구성원간의 차별적 관계 설정이다. 외부로 향한 예의 표현을 통해 사회는 유기적 질서를 회복하고 사회 내적 조화를 도모한다. 오덕五德으로 인심人心을 아름답게 꾸며 전체로서의 사회를 조화롭게 유지시키는 것이 유가의 사회적 소명이라면, 오음五音과 오색五色으로 문장을 아름답게 꾸며서 전체로서의 작품을 더욱 빛나게 함은 문장의 소명이다. 이는 원시 유가의 예교주의와 문학의 외적 수사주의 상호간의 내적 조응론이다.

그런데 유가사상은 후대로 가면서 점차 예의 형식적 측면에 치중하게 되고, 본래의 정신은 발양시키지 못한 경우가 생기게 되었

---

60) 《大戴禮記·勸學》, "孔子曰, '野哉, 君子不可以不學見人, 不可以不飾. 不飾無貌, 無貌不敬, 不敬無禮, 不禮無立, 夫遠而有光者, 飾也. 近而逾明者, 學也.'"

61) 《논어·옹야》, "質勝文則野, 文勝質則史, 文質彬彬, 然後君子."

다. 문학사에서도 왕왕 수사미에 탐닉하여 문학적 편향이 드러난 경우가 나타났다. 한대의 부와, 육조의 변문, 청대 팔고문 등이 대표적 예이다. 이는 예의 외피적 형식화에 비견되는 문학의 형식화·기교화에 해당된다.

이제 육조 시대를 중심으로 하는 유미주의 풍조에 관해 고찰해 보자. 서한이후 통일적 사회 체제의 붕괴와 함께 유가의 이념이 퇴색하고 보다 자연 친화적인 도·불에 경도되면서, 사람들은 불안정한 사회 대신 자연 혹은 초탈적 구선求仙을 추구하며, 현세로부터의 상처를 위로받아 자기 해탈을 이루고자 했다. 안정된 사회에서의 자아실현의 수단을 상실한 많은 사람들은 영속성을 지닌 자연에 친화감을 느끼며 접근했으며, 그 아름다움을 글로 표현하는 데에 주력했다. 당시에 자연시가 주류를 이루었던 것은 이러한 심리적 배경하에서 가능했다.

육조인들은 그 자체로서 완벽하고 정돈된 미를 갖춘 자연을 문학 작품으로 치환시켜 생각하는 심미구조적 전이를 시도했다. 이를 '제일의적第一義的 자연'으로부터, '문학'이라는 '제이의적第二義的 자연'으로의 사유 구조적 전환이라고 할 수도 있을 것이다.62) 그리고 창작·이론 양면에서 그들은 다양한 수사 기교와 장치들을 설정해 가면서 그 자체로서 완전한 작품미를 추구했다.63) 이러한

---

62) 韓湖初, 〈略論'文心雕龍的'文道自然'〉(《文心雕龍美學思想體系初探》, 暨南大學出版社, 廣州, 1993), p.11; 韓氏는 실제 자연을 '第一 自然'으로, 그리고 문학 작품에 재현·표현된 자연을 '第二 自然'으로 표현했다. 필자는 이 관점을 변용하여 특히 육조 수사주의자들은 문학작품 자체를 하나의 완정한 자연체로 인식하지 않았을까 생각했다. 즉 그들은 창작하는 작품 역시 자연의 하나로 인식하여 여러 가지 수사적 장치들을 동원하여 眞自然과 같은 상태로 구현해내고자 했을 것이다. 이는 韓氏가 말한 자연에 대한 모방과 표현의 차원에서 파악되는 작품이 아닌, 작품 자체의 자연화라는 관점의 논의이다.

63) 육조의 많은 문학 비평서적들이 내용과 수사의 조화를 꾀하는 논의를 펴긴 했으나, 실질적으로는 당시의 문학적 수사주의 풍조의 영

노력들은 한편에서 볼 때 '자연'에 대한 '문학 작품'으로의 본질적 의미의 전화요 사유적 이입이다. 이론 방면에서 사성팔병설四聲八病說 역시 미적 장치의 체계화에 관한 이론이다. 이후 당·송대에는 정태적인 회화적 형상미를 중시하거나, 심미 추구의 중심이 점차 사경寫景에서 사의寫意로 이동해 갔다. 이는 회화사적 경향과도 맥을 같이하는 것 같다. 송대 이후 근대에 이르기까지는 주로 시화서를 통해 수많은 창작 기교와 이론적 제안들이 명멸하며,64) 각기의 시대와 만나거나 이론들간에 교감하였다. 수많은 개별 이론들에 대해서는 논의를 줄인다.

　이상에서 보듯이 중국의 문학과 비평에서는 지속적으로 공교한 수사미가 추구되어 왔다. 특히 유가적 실용주의가 중심 사조였던 중국에서 수사를 포기하지 않았던 것은 미의 추구가 인간의 본질적 욕구란 점, 유가에서도 전달의 효과면에서 수사를 인정한 점, 나아가 예교주의의 부산물로서의 수사 지향성, 육조 이래 자연모방 경향의 문학 장르로의 사유 구조적 전이, 화론畫論 등 다른 문예 장르의 문학으로의 이론적 차용 등에 힘입었다고 생각된다. 그리고 이같은 외재적 표현미는 한편으로는 본질론에 의해 부단한 도전을 받는 가운데, 각 시대에 맞는 다양한 모습으로 추구·변용되면서 금세기에 이르기까지 그 맥락을 발전시켜왔다.65)

　향권하에 있었다. 육기의 경우가 대표적인데, 그는 "理扶質以立幹, 文垂條而結繁"을 주장하며 文質 양자의 兼全을 말했지만, 〈文賦〉 자체는 변문으로 표현하는 한계를 드러냈다. 이 점은 유협도 마찬가지이다.

64) 예를 위해 몇가지 대표적인 이론들을 들면 다음과 같다. 유협의 修辭論; 백거이의 根情, 苗言, 華聲, 實義論; 소식의 中邊論, 形神論, 胸中成竹論; 황정견의 點鐵成金·換骨奪胎論; 엄우의 妙悟論; 이지의 童心說, 원매의 性靈說, 심덕잠의 格調說; 왕사정의 神韻說; 옹방강의 肌理說; 주제의 寄托說; 왕국유의 境界說.

65) 중국 문예비평에서 심미 추구의 질적 속성의 시대적 변화에 관해서는 李澤厚의 《華夏美學》, 《美의 歷程》(東文選刊)을 참조.

VI. 내재미의 지향

앞절에서 논한 외재적 표현미는 보편적 의미에서 인위적이며 표면적 수사를 의미한다. 음과 양을 가지고 말하자면, 양의 수사론인 셈이다. 이는 사상적 측면에서는 일정 정도 유가사상과의 관련이 크다. 본절에서 논할 '내재미 지향의 사유'는 기본적으로는 내면에 담긴 뜻을 중시하지만,66) 그 뜻은 어떤 의미에서든 내적 표현을 통해 드러나기 때문에, 광의의 수사에 관한 내용이라고 할 수 있다. 그렇지만 관점에 있어서는 앞절과는 다른 내면적이며 반면적인 수사론이며, 음의 수사론이다. 또한 사상적으로는 대개 노장과 禪으로 대표되는 도·불적 심미 사유에 가깝다. 본 절에서 말한 '내재미'의 추구는 달리 표현하면, 드러내지 않음과 감춤의 심미 표현이란 점에서 여백의 미학이다.

이에 대한 이해를 위해 몇 가지 예를 들어본다. 춤은 인간의 신체적 움직임을 이용하여 감정과 사고를 드러내는 행위이다. 그런데 우리가 보통 춤이라고 하면 춤을 추는 적극적 움직임만을 생각하는데, 전문가에 의하면 사실 최고 경지에 오른 무용수는 동작 사이의 멈춤의 순간을 표현한다는 것이다. 또한 회화에서 중국 전통의 수묵화는 대〔竹〕를 그릴 때 마디만 그리고 대줄기는 그리지 않는다. 보이지 않는 가운데 대는 마디를 통해 간접적으로, 그러나 있는 것보다 더 생생하게 우리의 지각 속에 인지된다. 전통 산수화도 마찬가지이다. 몇 줄 실선의 밖에 있는 여백은 그냥 비어있는 공간이 아니라 전체 속에서 무언가로 작용하고 의미를 던져주는 상호 텍스트적인 살아있는 공간이다.

또 다른 예로써 하나의 컵을 가지고 말하자면, 용도와 상황과 보는 이에 따라 그것을 보는 여러 가지 시각이 존재할 것이다. 컵

---

66) 《문선·서》, "老莊之作, 管孟之流, 蓋以立意爲宗, 不以能文爲本, 今之所撰, 又以略諸."

의 외적 모양을 쓰임새 좋고 아름답게 만드는 일은 실용과 미를 위해 중요하다. 그러나 실상 핵심적인 부분은 컵의 외벽이 아니라, 벽 안쪽의 물체를 담기 위해 마련된 빈 부분이라는 관점이다. 유가가 컵의 외벽을 예나 규범으로 인식하고 있다면, 도가에서는 그 안쪽을 바라보는 것이 아닐까? 일상적이며 상식적 시각을 벗어난 데서 새로운 전환의 세계가 열리는 것이다. 밖으로 드러난 전면이 아니라 배면背面의 의미를 추구하는 이같은 인식은 규범적 사고를 통해 얻은 것이 아니라 반면적 사유를 통해 얻게 되는 미적 재인식이다. 이는 실미實美가 아닌 허虛의 미학 관념이며, 외재미에 상대되는 내재미이다.

내재미 지향의 관념은 직접적으로 도가에서 찾아볼 수 있다. "도를 도라고 할 때, 그것은 이미 불변의 도가 아니다.67) 이름을 지

---

67) 이 말에 관해서 본문에서는 역설을 중요한 수단으로 삼은 상대론적 인식론 및 총체론적 인식의 측면에서 접근했는데, 이와 관련하여 이 말은 다음 두 가지 시각에서 생각해 볼 수 있을 것 같다. 먼저 현대물리학적 견지에서 보면 이러한 언표는 존재론적 사유가 아니라, 관계론적 사유이다. 이미 전체로부터 떼어내어진 존재(道)는 더 이상 原存在로서의 존재가 아니다. 왜냐하면 '부분'은 '전체'와 그 물망 같이 복합적 관계하에서만 존재하기 때문에 그것을 떼어내 실험실로 옮겨놓는다면, 그것은 그것에 영향을 미치는 환경이 달라진 만큼 달라진다. 1920년대 양자론의 창시자인 물리학자 하이젠베르크(*Werner Heisenberg*)는 "우리가 관찰하는 것은 자연 그 자체가 아니라, 우리의 질문 방식에 따라 도출되는 자연이다"라고 했다. 카프라는 "시스템적 사고는 객관성으로부터 인식(*Epistemic*)의 과학으로의 전환, 즉 인식론—'물음을 제기하는 방법'이 과학이론의 필수적인 한 부분이 되는 전환을 포함한다."고 했다. 이같은 관점하에서는 인식 대상은 그것을 바라보는 주체와 연결되어 있다. 그런 의미에서 대상에 대한 '관찰'은, 사실상 관찰이 아니라 '참여'인 셈이다. 다음으로 아인슈타인에 의해 질량은 에너지의 한 존재 형태라는 점($E=mC^2$)이 밝혀진 것은, 물질이 자유로운 에너지 상태(氣?)로 얼마든지 변화하여 존재할 수 있다는 혁명적 의미를 지니고 있다. 이렇게 볼 때 본문은 "道는 굳어 고정적이며 불변하는 道가 아니다. 자유롭게 수시로 유동하며 세상을 운행시키는 실체적 힘이요

어 부르게 되면 그것은 이미 본래의 변치 않는 의미의 이름은 아니다. 무는 천지의 시원을 이름이고 유는 만물의 모태를 말함이다. 그러므로 상무常無에서 도의 묘한 이치를 살펴야 하고, 상유常有에서 도의 순행을 살펴야 한다. 이 두 가지는 같은 근원에서 나왔으며, 이름만 다를 뿐, 다 같이 현묘玄妙하다. "현묘하고 또 현묘하니 묘리妙理의 문경門徑이다"라는 말은 유에 선행하는 근원이자 본체로서의 무의 시원성始源性을 주장하고, 언어의 한계를 지적한 것이다.68) 그는 또 "진실한 말은 아름답지 않으며, 아름다운 말은 진실하지 않다. 착한 이는 말을 꾸며대지 않고, 말을 꾸며대지 않는 이는 선하지 않다"고 했는데,69) 이 역시 같은 맥락이다. 이러한 역설의 관점에서는 종합 지향의 사고를 하므로 유와 무, 물질과 반물질, 존재와 비존재, 나아가 시간과 공간의 벽까지도 허물어진다.70)

노자는 이렇게 가시적이고 인위적인 것을 불신했다.《노자》19장의 '성인을 끊고 지혜를 버린다'는 '절성기지絶聖棄智'론이나, 80장의 '작은 나라의 적은 백성들'이란 '소국과민小國寡民'론이 그렇

원리이다. 그런 의미에서 영원한 도란 고정적 혹은 가시적 존재라고만 규정할 수는 없다"로 해석될 수 있을 것이다; 프리초프 카프라,《현대 물리학과 동양사상》, pp.157-159, 225-227 및《생명의 그물》, p.64에서 示唆.

68)《노자》1장, "道可道, 非常道. 名可名, 非常名. 無, 名天地之始. 有, 名萬物之母. 故常無, 欲以觀其妙, 常有, 欲以觀其徼. 此兩者, 同出而異名, 同謂之玄. 玄之又玄, 衆妙之門."

69)《노자》81장, "信言不美, 美言不信. 善者不辯, 辯者不善."

70) 이백은〈春夜宴桃李園序〉에서 '天地者萬物之逆旅, 光陰者百代之過客(이 세상은 만물이 잠시 거쳐가는 旅館이며, 시간은 영원한 손님이다)'이라고 하여, 이 세상이라는 공간적 개념을 잠시 거쳐가는 곳이라는 시간개념과 연결하였다. 또 '世界'라는 말은 본래 梵語에서 시간적 의미를 나타내는 '世(loka)'와 공간적 의미의 '界(dhātu)'를 합성한 말로서 'Time & Space'란 두 단어로 나뉘어지는 영어와 달리 동양에서는 한 단어로 불려졌던 것도 바로 시간과 공간 연계의 종합적 사유를 보여주는 한가지 예이다.

다. 이같은 반문명적 태도와 함께 그는 역설의 논법으로서 반면적 사유를 펼쳤다. 그는 "가장 큰 교묘함은 마치 졸박한 듯이 보이고, 가장 큰 변설은 말더듬이와 같다"고 했다.71) 또한 "거꾸로 돌아가는 것이 도의 움직임이다. 약함은 도의 쓰임이다. 천하 만물은 유에서 생기나, 유는 무로부터 생겨난다"거나,72) "견고하고 강한 것은 죽음이요, 부드럽고 약한 것이 생명"73)이라는 견해는 인위적 세계의 일상성을 전면적으로 부정하고 자연의 도로 회귀하여 자연 속에 조화된 삶을 살고자 하는 의식의 표현이며, 이를 이루기 위한 사유 체계에서의 반면적 사유의 전개이다. 장자 역시 노자에서 진일보하여 사물을 보는 일상적 인식의 반전을 통해 허정虛靜, 심재心齋, 좌망坐忘의 경지로 나아갈 것을 주장했는데,74) 장자의 논의는 문학비평에서 후세 묘오론妙悟論, 정경교융론情景交融論 등 의 경론意境論의 수립에 중요한 단서를 제공해 주었다.

　본절의 이제까지의 논의는 미적 관점에서는 드러냄이 아니라 드러내지 않음의 미학이며, 잡음이 아니라 놓음의 미학을 수립하는 토대를 구축해 주었다. 그러면 이같은 관념들이 실제 문학에 구현된 대표적 사례를 본다. 우선 육조 현학에서는 자연과의 거리가 사라지면서 청담론으로 나타났다. 그 대표적 논의가 '표현은 다했지만, 내면의 뜻은 다함이 없다.〔言盡而意不盡〕'는 견해이다.75) 그

---

71) 《노자》45장, "(大成若缺, 其用不弊. 大盈若沖, 其用不窮. 大直若屈,) 大巧若拙, 大辯若訥."
72) 《노자》40장, "反者, 道之動, 弱者, 道之用. 天下萬物生於有, 有生於無."
73) 《노자》76장, "故堅强者死之徒, 柔弱者生之徒."
74) 《장자·인간세》, "若一志, 無聽之以耳, 而聽之以心, 無聽之以心, 而聽之以氣……氣也者, 虛而待物者也. 唯道集虛, 虛者, **心齋**也."; 《장자·대종사》, "墮肢體, 黜聰明, 離形去知, 同於大通, 此爲**坐忘**."
75) 鍾嶸은 《詩詩·序》에서 시의 作法인 興을 설명할 때 '文已盡而意有餘'로, 嚴羽는 《滄浪詩話》에서 興趣에 대해 '言有盡而意無窮'라고 했다.

리고 이 논의는 후대에 선학 및 회화론의 시론으로의 도입과 함께, 의경론 등 수준 높은 형상적 문학이론들을 탄생시켰다.

노장 사상은 자연회귀의 관념으로 일관한다. 이는 문학 창작에서 도연명 이래 졸박미의 가치 중시로 이어지게 되었다. 도연명의 시에서, "동쪽 울타리 아래서 국화를 따는데, 한가로운 중에 남산이 보이네/……/이 중에 참 뜻이 있으니, 말하려 하나 이미 말을 잊었네."76)라는 시구는 시안詩眼인 '견見'자 및 '망언忘言'의 의미 부여와 함께, 왕국유에 의해 창작 주체와 대상간의 일체감을 형성한 무아지경의 경계를 표현한 것으로 유명하다. 도연명이 도가 색채를 띠고 있는 데 비해, 왕유는 인위적 드러냄을 꺼리는 불가적 경향의 허정한 풍격의 시들을 썼다. 소식이 '시 중에 그림이 있고, 그림 가운데 시가 있다.〔詩中有畵, 畵中有詩〕'고 평한 왕유의 시는,77) 최소한의 표현을 지향한다. 왕유의 시와 수묵화는 외적 장르가 다를 뿐, 심미적으로 내적 조응照應과 경계는 같다.

이론면에서 볼 때, 외표에 드러나는 수사가 아니라 내면의 의경을 중시하는 형상비평론인 경계설의 주류는 당의 왕창령王昌齡, 교연皎然, 사공도司空圖, 송의 엄우嚴羽 등을 거쳐 왕사정王士禎, 왕부지王夫之, 왕국유王國維로 발전되어 갔다. 왕창령은 《시격詩格》에서 '물경物境, 정경情境, 의경意境'으로 삼분하여 경계론을 본격적으로 개창했고, 교연은 비흥比興의 형상 작용에 주의하였으며, 사공도는 불교적 색채를 띤 풍격용어의 추상적 해설을 시도했다. 그리고 엄우는 묘오론妙悟論으로써 이선유시以禪喩詩의 시학 체계 수립에 결정적 작용을 했다.

엄우는 《창랑시화滄浪詩話》에서 송시의 설리화, 산문화에 대해

---

76) 〈飮酒〉제5수, "結廬在人境, 而無車馬喧. 問君何能爾, 心遠地自偏. 採菊東籬下, 悠然見南山. 山氣日夕佳, 飛鳥相與還. 此中有眞意, 欲辨已忘言."
77) 《東坡題跋》권5, 〈書摩詰藍田煙雨圖〉, "味摩詰之詩, 詩中有畵, 觀摩詰之畵, 畵中有詩."

불만을 품고, 시는 산문과 다른 함축된 서정과 다루는 운문인 점을 분명히 하고, 시적 표현의 문제에 대해 불가적 관점을 원용援用하여 시의 형상화를 재추구했다. 중국시학에서 인상을 중시한 풍격비평은 이들을 통해 본격적으로 이론화·체계화되었으며, 이후에도 지속적으로 천착되어 신운설神韻說 등에 연결되었고, 의경론意境論을 심화 발전시켰으며, 결과적으로 중국적 시학체계를 이루어 낸 것이다.

엄우는 선도禪道나 시도詩道가 다같이 묘오를 추구하는 점에서 같다고 했는데,78) 이는 그가 시의 함축·절제된 형상미를 최대한으로 추구하고 있음을 의미한다. 또 "시란 책이나 글과 달라서 특별한 흥취가 있어야 하며, 이치의 길로 나아가지 말고, 말의 통발에 빠지지 말아야 훌륭해진다."고 했다.79) 그는 "성당 시인들의 특징은 흥취에 있었다. 영양이 나무에 뿔을 걸고나면 그 흔적을 찾을 수 없는 것과 같다. 따라서 그 묘처妙處는 투철·영롱하여 머뭇거리지 않는 데 있다. 마치 하늘에 울려 퍼지는 소리요, 만물의 모양이며, 물 속에 비친 달이고, 거울 속의 형상이다. 말은 다했으나, 뜻은 무궁하다"80)며 시의 의경을 중시했다.

앞 글은 송시의 지나친 비시화非詩化 경향에 대한 반대이자, 함축과 여미餘味의 가치 제고이며, 시학적으로는 사공도의 '한 글자를 더하지 않아도, 풍류를 다 얻었다.〔不著一字, 眞得風流〕'는 이론의 계승이다. 영양의 비유나 '마치 하늘의 소리, 상 중의 모습, 수중의 달, 거울 속의 모습과 같다〔如空中之音, 相中之色, 水中之月, 鏡中之象〕'는 비유는 《오등회원五燈會元》 등 불가에서 상용하는

---

78) 《창랑시화》, "論詩如論禪……大抵禪道惟在妙悟, 詩道亦在妙悟."
79) 《창랑시화》, "夫詩有別材, 詩非關書也. 詩有別趣, 非關理也.……所謂不涉理路, 不樂言筌者上也."
80) 《창랑시화》, "盛唐詩人惟在興趣, 羚羊掛角, 無迹可求. 故其妙處透徹玲瓏, 不可湊泊, 如空中之音, 相中之色, 水中之月, 鏡中之象, 言有盡而意無窮."

비유이며,81) 도가의 도에 대한 '형상없는 가운데의 형상〔無狀之狀, 無像之像〕'론과도 맥을 같이 한다.82) 또 이와 유사한 그의 '운외의 다다름이며 맛 외의 맛〔韻外之致, 味外之味〕'의 경지는 장자가 말한 '뜻을 얻으면 말을 잊고, 말을 얻으면 형상을 잊으며, 고기를 잡으면 통발을 잊는다.〔得意忘言, 得言忘象, 得魚忘筌〕'와 같은 맥락이다.83) 결국 그가 주장한 것은 표현외적 표현으로서, 겉으로의 적극적 드러냄의 수사가 아닌, 드러내지 않는 가운데의 심미적 의미전달을 꾀하는 고도의 수사를 지향하는 이른바 역설론적인 내재미 지향의 인식 체계이다. 즉 내재미는 소극 중의 적극이요, 정태靜態 중의 동태動態를 지향하는 역설적·반면적 사유 체계의 심미적 지향인 것이다.

이러한 내재미는 사실은 엄우를 정점으로 하는 소수의 사람들만 주장한 것은 아니다. 의론과 서술 경향이 강했던 송시 일반에서도 이러한 표현의 세계를 추구했다. 문인화를 창시한 소식은 이면을 꿰뚫는 안목의 중요성을 인식하여 '시화일률詩畵一律'을 주장했으며,84) 그의 시학적 영향을 받은 강서시파의 종주 황정견은 '신사神似'와 '오입悟入'과 '운미韻味'를 중시했다.85) 황정견의 추종자인 강서시파 시인들은 그의 이론을 원용했다. 증계리曾季貍는 "진사도陳師道가 시를 논할 때 '환골換骨'을, 서부徐俯는 '중적中的'을, 여본중

---

81) 蔣述卓,《佛敎與中國文藝美學》, 廣東高等敎育出版社, 1992, p.39.

82)《장자·대종사》, "夫道有情有信, 無爲無形, 可傳而不可受, 可得而不可見.": 葛兆光저, 정상홍譯,《禪宗과 中國文化》, 동문선, 1991, p.238 再引.

83) 蔣述卓,《佛敎與中國文藝美學》, p.203.

84) 다른 책,《黃庭堅詩 硏究》,〈문학사적 배경·蘇軾〉, 경북대학교 출판부, 1991, p.53.

85) 앞의 책,〈禪趣의 추구〉, pp.163-173;《黃山谷詩集注》內集 권9,〈和子瞻戲書伯時畵好頭赤〉, "李候畵骨不畵育, 筆下生如破竹.";《豫章黃先生文集》권27〈題徐巨魚〉, "徐生作魚, 庖中物耳, 雖復妙於形似, 亦何所賞, 但令噀潦生涎耳."

呂本中은 '화법活法'을, 한구韓駒는 '포참飽參'을 주장했다. 들어가는 곳은 달라도, 사실은 모두 동일한 관건이니, '오悟'가 아니고서는 불가능하다.86)는 논의 등이 그러하다. 송대의 내성적 사유 경향과 화론의 사의寫意 풍조가 이에 기여했다. 다만 강서시파에서는 그들이 의도했던 만큼의 시적 성취를 이루지 못했던 데서 이론과의 괴리가 드러났던 것이다.

이후 수많은 시화詩話에서 이같은 이론을 계승 발전시켰다. 청대의 섭섭葉燮은 이 논의를 보다 체계적으로 심화하였다. 그는 "시의 오묘함은 함축에 있으니, 기탁은 표현과 표현하지 않음의 사이에 있으며, 그 가리키는 뜻은 이해와 이해되지 않음이 만나는 데에 있다"고 했다.87) 중국의 수묵화가 사실의 '재현'이 아니라, 사물로부터 받은 느낌을 화가의 심중에서 새롭게 의미화하고, 그 뜻을 간략한 선을 통해 '표현'하는 것은, 바로 직관을 중시하는 중국의 철학과 문예가 반면적 사유작용에 힘입어 사물의 실제적 드러냄보다는 감춤의 드러냄을, 적극적 인공미 보다는 졸미拙美와 허미虛美를 지향하기 때문이다.

내재미 추구의 관점에서 보면 앞절에서 논한 적극적 수사론은 표면미의 추구이고, 본절의 논의는 내면미의 추구에 가깝다. 그러나 한편에서 볼 때 정중동靜中動 내면미의 심미체계는 작게는 도·불적 사유에 가깝긴 하지만, 크게 보면 유·불·도 모두를 포괄한 동양적 사유에서 우러난 심미 특징이기도 하다. 그것은 유·불·도 사상이 모두 동근성同根性을 가지고 있기 때문이고, 음양의 대

---

86) 《艇齋詩話》, "後山論詩說換骨, 東湖論詩說中的, 東萊論詩說活法, 子蒼論詩說飽參. 入處雖不同, 其實皆一關捩, 要知非悟不可."; 진사도가 주장한 '환골'은 황정견의 '환골탈태'법중의 '환골'과는 별개의 의미이다.

87) 《原詩·內篇》, "詩之至處, 妙在含蓄無垠, 思致微渺, 其寄托在可言不可言之間, 其指歸在可解不可解之會. 言在此而意在彼, 泯端倪而離形象, 絶議論而窮思惟, 引人于冥漠恍惚之境, 所以爲至也."

립적 보완을 통한 조화론을 채용한 점에서 같으며, 자연 친화의 환경적 여건에서 배태된 사상 조류들이라는 점에서 같기 때문이다. 그리고 이는 개별자 보다는 전체의 조화를 도모하는 화해 정신의 심미적 표현이기도 하다.

제5·6장의 외재미와 내재미의 상관 관계에 대해 종합해보면 이 둘은 표면상 상충되는 것같이 보이지만, 실은 문예 심미의 전면과 후면을 장식하듯이 서로 큰 갈등없이 보완과 조화를 이루어 나갔다고 생각된다. 풍격과 내용면의 함축미와 수사상의 인위적 설정은 드러내지 않는 가운데 드러냄이요, 드러냄 가운데의 드러내지 않음이었다. 그것은 마치 유가와 도·불의 관계가 동전의 양면같이 작용했던 것과 같은 이치였다고 할 수 있다. 미학의 관점에서 유가와 도불의 양대 사상 조류를 보면 유가의 규범적 사유는 도불의 초월적 사유에 의해 촉발되고 피드백되어, 기존의 한계를 돌파하고 새로운 심미 영역으로의 확장을 가능하게 했다. 이것이 유와 도·불의 전통적인 상호 보완이다. 문학 방면에서 볼 때 장르와 내용면에서 사실에 근거한 유가적 현실주의에 대한 허구적 낭만주의의, 그리고 수사면에서 공교로운 기교주의에 대한 자연스러운 졸박미의 극복·보완의 작용이 다 그것이다. 그리고 이러한 양자간의 관계와 작용은 중국문학의 역사적 전개 과정과 부합한다.88)

---

88) 이외에 도·불의 사유가 중국의 문학내에서 작용했던 또 한 부면은 이들이 상용했던 우언고사성의 중국문학으로의 피드백적 작용이다. 다시 말해서 '虛構로의 通路的 작용'은 후대 사회경제와 사상적 여건의 성숙과 함께 개화한 대중문예의 개화를 담보해 준 만큼 중요한 내부관계를 형성하고 있는데, 이 부분에 대한 논의는 문학 발전의 중심부·주변부론 및 장르론과 관계되며, 추후의 포괄적 검토를 요한다.

Ⅶ. 맺음말

본고는 앞에서 언급한 논문인 〈중국 문화사유의 이해〉와는 체제와 내용 면에서 서로 내적 조응 관계에 있다. 문화적 측면에서 '음·양의 대립적 보완을 중심적 요인으로 형성된 천인합일의 순환적 원형구조'는, 중국문화에서 사상적으로 유·도·불의 상보구조로, 그리고 문예미학에서는 평측, 대우, 정경, 수사적 내재와 외재미 등 제반 양상들의 상보적 조응론으로 나타났다. 그리고 이상의 여러 양상들은 모두 동심원적인 중국적 사유패턴으로 이해된다. 그리고 이들 특징들은 각기 다양하게 얽히면서 중국문학비평사유의 영역으로 스며들어 본고에서 다룬 다음과 같은 특징들을 형성해갔던 것이다.

제2장에서는 비단 중국문학 뿐만 아니라 중국인의 사유 전반에 걸친 종주적 개념으로서의 '천인합일'의 관념과 문학론과의 관계에 대해 논했다. 이 관념은 특히 지리문화적 배경과의 깊은 관련을 맺고 있다. 천인합일의 관념의 문학적 전이는 천인天人 관계의 인성론적 반영을 의미하거나 자연과의 합일을 요청하는 물감설物感說, 비흥설比興說, 기탁설寄托說, 의경론意境論으로 발전해갔으며, 자연성을 강조하는 문학적 관념, 실제 자연과의 친화를 모티프로 하는 문학이 오래도록 지속되었던 점도 천인합일의 영향으로 보았다. 그리고 시대에 따른 이러한 관념의 변화상을 돌아보았다. 나아가 양명학의 영향을 받은 낭만주의적 솔의주의率意主義 문학론 역시 광의의 천인합일론의 변용적 양상으로 포함시킬 수 있을 것이다. 이것들은 '자연'의 각기 다른 층차·범주에서의 문예적 적용 양상이라고 할 수 있다.

제3장에서는 비평적 인식의 문제에 관해 논했는데, 문자 및 지리문화적 영향과의 관련하에 중국문학에 독특하게 구현된 인상비평론에 대한 사유론적 접근이다. 작품, 작가, 유파, 시대, 요소에

관한 풍격 비평을 단 몇 자로써 전체를 개괄하는 일은 위험하기는 하지만, 어차피 불완전한 매개인 언어의 의미 전달의 오류를 최소화하는 가운데, 인식에서 인식으로 거의 직접 연결시켜 준다는 점에서 대상의 전면성이 잘 부각되는 장점이 있고, 또 분류 이후 대상들의 유형적 범주화에도 장점을 지니고 있다. 풍격 비평은 중국 문자의 형상성과 모호성에 도·선禪적 사유를 적절히 차용하여 중국적인 문예비평을 이룬 대표적인 경우이다. 그러나 오늘날 이미 주관화와 모호성의 영역에 자리한 인상비평론을 어떠한 방식으로 언어 사용의 통시대적이며 공인식적인 객관의 영역으로 끌어내어 현대적 사유와 소통시킬 수 있을 것인가에 관한 문제는 언어·개인·사회·역사·문화의 제반 장벽과 관련된 쉽지 않은 숙제로 여전히 남아 있다.

제4장에서는 중국문학에서의 주류적 장르 선택의 문제로서, 중국 운문의 지위와 관련한 중국인의 사유 체계상의 인식을 논했다. 중국문학에서 운문은 처음부터 제사와 노동, 그리고 그 이후에는 시의 경전화를 통해 우월적 지위를 선점했다. 그리고 무엇보다도 그것이 오래도록 가능했던 이유는 농경 등 자연친화적 문화에 적합한 서정 전통의 지속, 한자의 모호성에 기반한 다의적 함축성이 운율과 함축을 생명으로 하는 시의 속성에 합치된 점, 유가에 의해 시와 음악이 사회 교화의 도구로 이용된 점, 불경 번역 등에 힘입어 성률론적 강구로 율시의 발전이 이루어진 점을 들 수 있다.

특히 당송대의 시·사는 정형화 해가면서 이미 외적 형식이 결정되고, 그 다음에 내용이 채워지는 양상으로까지 나아가, 전시, 전사등의 강력한 '형식 선결성'이라는 특기할만한 예를 남겼다. 그리고 시의 이같은 형식 우선의 논리 이면에는 한자의 단음절적 속성에서 야기되는 제언적 성격이 크게 작용했다. 운문 중심주의는 다른 장르에도 영향을 미처 강창 및 연창문예는 말할 것도 없고,

희곡 소설에서도 창사唱詞가 중시되기에 이른다.

　제5·6장에서는 수사와 표현 문제에 관해 상반된 두 경향과 그 조화의 관점을 논했다. 그것은 유가를 중심으로 하는 적극적 수사주의와 도불적 사유에 의한 소극적 수사주의이다. 이 둘은 다른 표현으로 하면, 실미實美와 허미虛美로, 또는 양의 미와 음의 미, 또는 양강미陽剛美와 졸박미拙樸美라고 할 수도 있겠다. 인위적인 수사적 장치와 기교들은 이념적으로는 유가의 윤리주의 미학인 예禮의 문학으로의 전이적 성격도 지녔는데, 육조 이래 순문학 의식이 가세하면서 더욱 본격적으로 추구되었다. 한편 반면적 사유의 관점에서 주창된 도가 중심의 자연론적 미의식은 꾸미지 않음이요 드러내지 않음의 미학 관점이다. 수사의 설정과 확장보다는 축소와 무화無化를 지향하므로, 고도의 함축을 지향하고, 나아가 형상形象에서 의상意象으로, 그리고 의경意境으로까지 나아갈 것을 요청한다. 두보 이래 많은 시인들은 최고의 수사적 경지는 꾸미지 않은 가운데의 꾸밈, 또는 드러나지 않은 꾸밈 등의 역설의 미학에 의한 자연성을 강조했다. 그리고 이 두 상반 요소는 나름의 보완 구도를 지향하며 조화를 이루어갔던 것으로 보인다. 결국 이 두 절에서의 외재미와 내재미의 관계는 크게 보면 문화사유적 측면에서의 유가와 도·불 양자간의 상호 보완구도의 문예심미적 표출이었으므로, 크게 충돌하지 않고 상호 보완의 천인합일적 조화론을 향해 갔던 것으로 보인다.

　중국의 문화와 문학비평의 사유적 특징을 시론적으로 논해 본 본고의 논의로부터 중국문학을 행위한 중국인들의 모습에 대해 우리는 적어도 다음과 같은 그림을 그려낼 수 있을 것이다. 그것은 그들의 삶을 이루는 '현상계'로부터 부단히 그 이면의 원리로서 작동한다고 믿는 '본질계'를 향한 내향적·총체적·상보적·질적 지향을 추구한 정관靜觀하는 중국인의 모습이다. 이는 바쁜 걸음을 조급하게 옮기며 하루 하루를 영위해가는 현대인의 일상이 아니

라, 좌선에 깊이 들어간 구도자의 모습일 수도 있으며, 느린 동작
으로 유연히 태극권을 수련하는 모습일 수도 있다. 그들의 이러한
전통적 의식 패턴은 문화쪽에서 보면 내향 중시의 문학적 사유로
전이·발현된 것이며, 문학쪽에서 보면 다시금 문화라는 강물에
지천支川으로서 새로운 활력을 대준 것이라고 할 수도 있다. 그러
면서 중국의 문화와 문학적 사유는 양자간에 부단한 상호 피드백
적 작용을 하며 매양 다른 모습으로, 그러나 나름대로 일정 정도
의 안정성을 견지하며 전개되어 갔다.89)

　음·양간의 대립 보완을 통한 총체론적 구도와, 그 사유방식의
연장선상에서 이루어지는 유·도·선간의 상보구조는 역사 발전에
따라 그 자체로서 일정한 완정성을 띰으로써, 사유상으로도 내부
적 관계를 통해 일정한 자기 돌파를 가능케 했으며, 그 결과 긍
정·부정 양면에서 1840년대 서구의 충격에 의한 억지 문호 개방

---

89) 중국의 사유 체계가 음양의 상호 작용에 의한 천인합일적 순환적
　　원형 구도를 그려가는 것은 사실이지만, 순환적 상호 작용이라고
　　해서 그것이 현실적으로 반드시 닫힌 체계로서만 작용한다고 할 수
　　는 없다. 만약 그러하다면 이는 서구의 중국에 대한 정체성 이론에
　　다름 아니다. 필자가 말하는 순환적 원형 구조는 현실적 층차의 다
　　양하고 구체적인 실상들의, 원리로서의 순환 체계에 대한 부단한
　　참여로 인해, 이전과 같은 동형의 궤적을 그리도록 방치하지 않는,
　　살아 숨쉬는 열린 구조를 의미한다. 즉 구성 요소들은 부단히 불안
　　정한 변화를 지속하지만 전체로서는 일정한 구조 방식이 일정 기간
　　안정적으로 유지된다.
　　　그런 의미에서 '음·양의 순환고리적 연결 관계'는 시스템론적 관
　　점에서는 이면 관계들의 동형의 패턴(Pattern)적 구조의 의미로
　　해석될 수 있다. 또 '열려있다'는 의미는 일리야 프리고진(Ilya
　　Prigogine)의 관점을 빌면 무질서도(엔트로피)의 증가가 기존의
　　질서를 깨뜨리며 새로운 구조와 질서를 향해 나아간다는 '자기조직
　　화'적 霧散構造(Dissipative Structure)'와 소통하는 것으로 보인다.
　　그런 의미에서 소산구조는 무질서의 바다위에 떠있는 질서의 섬이
　　다.(《생명의 그물》, pp.113-117, 121-129, 234-242, 244-
　　251 참조.)

이 있기까지 비교적 안정된 구조의 제국으로 존재케 한 내부적 근거로 작용했다고 보여진다. 또한 이같은 유와 도·선의 상호 보완 관계의 사유 체계는 단선적 발전구도하에서 난제에 봉착한 작금의 현대인의 서구 중심의 의식구조가 처한 당혹감에 대해서도 동과 서 양자에 대해 일정한 되돌아보기[反思]를 요청한다.90)

필자가 본고에서 행한 논지의 전개 중에는 중국문학과 무관한 듯한 여러 가지 이야기들이 많이 포함되어 있다. 전공분야의 지식도 아니며 또한 잘 알지도 못하는 이야기들을 이렇게 명목만 많게 벌여 놓은 것은, 사실 중국문학이라는 것도 중국문학 자체로서 존재하는 것이 아니라, 시간적·공간적·인식적으로 주변의 것들과의 복합적 관계하에 존재하는 것이기 때문이며, 그것을 연구하는 우리 관찰자들은 더욱 우리의 주변적 삶들에 연결되어 있기 때문이란 생각에서이다. 이와 같은 사고방식은 중국문학의 사유가 존재론적이 아니라 관계론적이라는 본고의 논지와도 부합되는 이야기일 것이다.

서구 과학사에서 위대한 과학적 발견은 다시금 철학·문학·사회학 등 인문학을 비롯한 여타 분야에 새로운 패러다임을 창발創發시켜 왔다. 특히 20세기 초반 이래 진행된 과학의 역사는 이제까지의 과학적 개념들을 멀리 넘어서거나 바꾸어 새로 짜야 할만큼 가히 혁명적이다. 그리고 그 방향은 기계론적 단순 계측주의나 단선주의가 아니라 구체적 불확실성 속의 복잡계적 종합성을 지향한다는 점에서 중국적 사유와도 맥이 닿는 부분이 많은 것 같다.

본고에서 파악한 중국적 사유 특징은 동류 및 하위 층차와 다양

---

90) 직선형의 발전론적 모형에 문제의식을 지닌 느낀 서구에서 자기 사상의 발전과정 중의 한 보완 장치로서 동양 돌아보기를 시도하고 있는데, 이는 동양적 사유를 통한 균형감의 회복이란 측면에서 일정한 의미는 있다. 그러나 이에 대하여 동양인에 의한 주체적이며 자가 생산적인 돌아보기가 병행되지 않을 경우, 정체성 수립의 문제뿐만 아니라 올바른 문화적 대안의 모색에도 기여하기 어려울 것이다.

한 가능성에 대해 열린 원천으로서 음·양의 상반적으로 보이는 두 요소를 설정하고, 대결적이 아니라 그것을 넘어서는 화해와 통일을 지향하며, 이 요소들간의 상호 대립과 의존에 의한 순환적 유동을 중시하며, 부분이 아닌 전체를, 양이 아닌 질을, 실체가 아닌 패턴을 지향하며, 협력과 보완의 사유 체계를 지향한다. 이는 역사적·학문적으로 20세기 중반 이후 서구에서 뉴턴과 데카르트적인 단순한 대립 관계로서의 단선적·분리주의적·기계론적 관점에 대한 한계와 돌파로부터 시도된, 비선형적·유기적 관점과 새로운 해결 방식을 지향하는 시스템론적·생태학적 사고와도 맥을 같이 한다.91) 아울러 이는 비단 중국문학 뿐만 아니라 목하 도래하고 있는 생태학적 세계로의 패러다임적 전환기에 처한 현대인에게 '옛 것에 기반하여 새 것으로 나아간다〔推陳出新〕'는 의미로 재해석할 수도 있지 않을까 생각된다.

　본고는 중국문화와 문학의 이면에 흘렀던 중국인의 사유 체계적 특징을 이들 분야의 몇 가지 관심 사항들과 연결지어 거시 연구의 차원에서 밑그림의 의미로서 엮어본 것이다. 서구문학적 토양과의 심층 비교 문제, 서사 및 통속 문예에 대한 불충분한 고찰, 문언과 백화간의 교섭에 관한 문학사회학적 의미 파악, 아·속간의 개별 장르들의 생성과 전용에 관한 중국적 발전론의 일정한 패턴성의 문제,92) 장르 외연적 관점에서의 운문과 서정성의 장르 선택의 역

---

91) Fritjof Capra, 김용정·김동광 옮김,《생명의 그물》, 범양사, 1998, p.33, 156, 460, 469 "생태학적 원리, 즉 상호의존성, 자원의 순환적 흐름, 협동, 그리고 협력은 동일한 조직 패턴의 서로 다른 측면들이다."; 프리초프 카프라, 이성범·구윤서 옮김,《새로운 과학과 문명의 전환 *The Turning Point*》, 범양사, 1985, p.48, 96, 270 등; 프리초프 카프라, 홍동선 옮김,《탁월한 지혜 *Uncommon Wisdom*》, 범양사, 1989, p.84.

92) 이 부분에 대해서 필자는 다음 글의 계시작용에 의해 중국시와 문학의 발전사적 규율을 개괄적으로 논한 바 있다.(주 52 참조); 왕국유,《人間詞話》제54조, "사언시가 진부해지면서 초사가 생겼고,

사 부합적 논의 등 얽히고 설킨 여러 가지 복합적 문제들은 본 논문에서 미흡하게 느껴졌거나, 아니면 향후 제대로 다루어져야 할 내용들로서, 본 논문과 함께 포괄적으로 충분한 검토가 이루어져야 할 것들이다.

　중국문학 이해의 배경 요인으로서 중국의 문화 사유에 대한 분석으로부터 시작한 본 논의에 있어서, 필자의 언어학적 지식의 한계와, 중국문화의 광범하고도 유기적인 제반 사항에 대한 충분한 고찰이 미비한 부분에 대해서는 추후 중·서 문화와 문학적 사유에 대한 구체적이며 진전된 공부를 통해 수정·보완의 자료로 삼고자 한다. 다만 본고의 논의가 구체적 정밀 분석으로서의 미시 연구에 더하여, 향후 중국문학 연구 지평의 확장에 얼마간이나마 도움이 된다면, 그 소임의 일부를 담당한 것으로 자위하고 싶다.93)

초사가 진부해지면서 오언시가 생겼다. 오언시가 진부해지면서 칠언시가 생겼으며, 고시가 진부해지면서 律絶이 생겼다. 그리고 율절이 진부해지면서 사가 생겼다. 한 문체의 유행이 오래돼 많은 사람이 사용하게 되면 자연히 낡고 고정된 격식이 만들어진다. 뛰어난 학자도 역시 그 중에서 스스로 새로운 뜻을 창출해내기 힘들게 된다. 그러므로 그에서 탈피해 다른 문체를 만들어내 스스로 벗어난다. 모든 문체가 처음에는 번성하다가 나중에 쇠미하는 것은 모두 이 때문이다. 그래서 후세의 문학이 앞의 것보다 못하다고 하기도 하나, 나는 이를 믿기는 힘들다. 다만 한 종류의 문체를 가지고 말한다면 이 논의는 분명히 옳다."

93) 1998년 4월 24일 필자의 '사유론' 2편의 논문을 함께 묶어 보고했던, 구두 발표회 때 제기된 질의 내용을 기록한다. 먼저 두 논문 체재의 완전 융합 및 확대적 보충을 제안받았으며, ①자연친화적 속성은 농경에만 있지 않고, 목축·어렵에도 존재하는 등 산업적 생산 관계의 변화에 따른 양상으로 둘이 구분되어야 할 것이라는 점, ②나아가 서구적 문화 모형이 세계사의 중심이 아니라 오히려 예외적인 것은 아닌가 하는 반문, 본고에서의 유가에 대한 상대적으로 불균형적인 시각에 대한 문제 제기(이상 김미정 선생); 문학사의 외재적 여건을 중시한 서술로 인해 개별적 문학의 자율성을

(《중국문학비평 사유 試論》,《중국문학》 29, 1998)

해치는 것은 아닌가 하는 문제 제기, '자연'의 의미 층차가 각기 다르게 사용된 것에 대한 설명 요구, 문자 자체의 평등지향성과, 이를 사용하는 인간의 사회적·인간적 주관화와의 상치 문제, ③소설과 달리 지배권력의 산물로 인식되기도 하는(바흐찐) 시의 '풍격 용어'의 보편성·평명성의 담보 문제에 관한 의문, 생태학적 세계관에 의한 설명이 혹 중화 만능주의와 연결되는 서술은 아니었는지에 관한 점, ④그리고 본고의 서술 체계가 혹 서구인에 의한 획일적·단선적 바라보기로서의 오리엔탈리즘적 변형은 아닌지에 관한 질의(이상 이승훈 선생); 문자의 속성과 관련해서 현대 언어는 표의·표음으로 구분하기 보다는 기호로서의 의미를 더욱 중시한다는 점, 이밖에 단음절성과 관련해 고대어에도 연면자가 있었으며, 그래서 '어소음절문자'로 지칭한다는 견해(이상 유동춘 교수)도 있었다. 편폭상 기록하지는 않겠으나, 이상에 대해 필자가 알고 있는 나름의 답변이 있었다.

중·서 비교를 통한 중국문학적 사유체계론

Ⅰ. 들어가면서

'언어—텍스트'와 관련하여 구조주의 혹은 후기구조주의 및 정신분석학에서 문화는 언어학적 기호학에 의하여 암호 해독이 될 수 있는 텍스트로 읽히거나(쏘쉬르Sassure, 레비스트로스Lévi-Strauss), 라깡(Lacan)적으로는 하나의 기표(Signifiant, Signifier: Sr)에 대한 기의(Signifié, Signified: Sd)가 또 다른 기표로 미끄러져가거나, 혹은 데리다(Derrida)적 해체의 차연差延(différance)[1]의 놀이 속에서 해석되곤 한다. 이런 점에서 문화학적 해석학은 총체로서의 텍스트의 본질에 도달하기를 희망하는 전망적 대화의 상호 텍스트적 과정이기도 하다.[2]

---

1) 차연의 논리는 동일성(A＝A)과 비모순(A≠not A)의 대칭적 논리로부터 벗어나서, A와 B는 상호 '차별성(Difference)'에서 보충적으로 존재하면서 그 동일성은 늘 시간적으로 '연기(Deferment)' 되는 구조를 지닌다.(테리 이글턴 저, 김명환 등 역, 《문학이론입문》 제4, 5장, 창작과비평사, 1986; 이경재 저, 《현대문예비평과 신학》, 호산, 1996) pp.145-147; *Twentieth-Century Literary Theory* pp.112-120.

텍스트의 해석과 관련하여 신화비평가 노드롭 프라이(Nothrop Frye)는 중세 성서비평의 사층적 해석학을 토대로, 다음 네 가지 해석적 단계를 설정하는 한편, 이를 상승적 해석학으로 파악했다. 그것은 ①언어적 조직에 근거한 문자적·묘사적 단계, ②이미지로서의 내용에 근거한 형태적 단계, ③원형으로서의 상징에 근거한 신화적·원형적 단계, ④유기체적 모나드로서의 상징에 근거한 통전적(Anagogical) 단계가 그것이다. 그의 비평적 위상은 부분적인 알레고리로부터 인간 공동체의 비젼으로 확대시켰다는 점에서 의미 있다.

상승적 해석학과 관련하여 프레드릭 제임슨(Fredric Jameson)은 텍스트의 언어적 행위의 이면에 깔린 '하부 텍스트(Subtext)'의 존재에 근거하여 텍스트 해석을 텍스트가 처해 있는 사회적 근거에서 의미론적으로 확장하는 세 개의 동심원적 구조 내지 의미론적 지평을 통하여, 텍스트 해석의 지평을, ①텍스트의 내재적 구조와 의미를 천착하는 형태적 지평, ②사회적 계급간의 투쟁에 근거한 구성적 지평, ③텍스트적 의미의 궁극적 근거로서 인간의 초월할 수 없는 영역으로서의 역사적 지평의 세 가지로 확장적으로 해석해 갔다. 이는 문화적 텍스트의 이데올로기적 접근이라고 할 수도 있으나, 거꾸로 그가 지향하는 역사적 지평으로서의 해석학은 역사적 텍스트안에 담긴 이데올로기적 전략을 거꾸로 해명하려는 노력이기도 하다. 이러한 메타 비평을 통하여 문화적 텍스트는 보편적이고 초역사적超歷史的인 실재의 플라톤적 표현이라는 형이상학적 환상에서 벗어나고,3) 나아가 텍스트 해석의 당대적 소통성의 기반을 확보하게 된다.

이렇게 텍스트의 영원한 재해석이라는 데리다적 해체(Decon-

---

2) 이경재, 앞의 책, 제5장 '정신 분석학', pp.225.
3) 이경재, 앞의 책, 제8장 '상승적 해석학과 메타 비평', pp.318-337.

struction) 또는 라깡적 차별의 무의식 구조의 추적, 그리고 또는 아도르노적인 주객관의 변증법적 통일 및 비미학화로 연결되는 다양한 서구 문예비평의 향방은 '언어-의미' 코드의 다각적인 해석과 수용으로 요약할 수 있다.

이상의 서구적 논의들을 통해 우리는 중국문학의 심층 구조의 추적에 있어서 표면에 허다하게 드러난 수많은 작가와 작품이라는 텍스트를 통하여 그 이면에 내재된 중국문화의 전통적 원형을 찾아내는 일 역시 다층적 함의를 지니고 있으며, 또 그것은 시간과 조건에 갇힌 역사적 위상 공간 위에서 부단히 재해석될 수 있음을 감지하게 된다. 우리는 주체와 대상, 인식과 세계관, 심미와 표현 등 제방면에서 중국문학적 논점들이 앞서의 다양한 서구적 사유들과 때로는 전혀 판이하게 다르기도 하고, 때로는 외양은 다르지만 심층에서 닿아 있거나 유사한 패턴 속에 코드 변용의 양상으로 나타나고 있음을 알 수 있다.

이런 의미에서 우리의 논의가 중국문학 이해의 세계사적 보편성과 당대적 현장성을 함께 아우르는 것이기를 희망한다면,4) 중국문학의 작품 분석과 그것이 지니는 의미 역시 동이든 서든 오늘을 사는 우리 시대의 주류 사유로부터 무관하기 어렵다. 또한 그렇다고 해서 문화적 토양이 다른 것을 무시한 채 무비판적으로 받아들일 수만도 없다. 그리고 이 둘 사이에는 다양한 변주變奏가 자리하고 있다. 그런 의미에서 중국문학에 대한 우리의 오늘의 해석학적 여정은 아무도 가지 않은 길이기도 하다.

필자는 문학연구가 문화연구의 일환으로서 작용할 때 그 소통력이 더욱 커진다는 생각을 지니고 있다. 본고는 장구한 역사 속에서 일정한 색깔을 띠고 전개된 중국문학 제현상의 심층을 흐르는 문예심미 사유의 기본적 요소들을 추출·재구성하여, 서구와 다른 중국 문화의 바탕 요인들을 이해하는 디딤돌로 삼고자 한다. 20세

---

4) 이 책에 수록된 〈중국시와 문학의 역사적 전개〉 참고.

기 들어 현대물리학은 상대성이론과 양자역학에 힘입어 존재에 대한 정의를 "타자와의 관계라는 장場의 범위 안에서만 인식되는 '관계적 존재'로서 인식"하고 있다. 이같은 논리적 연장선에서 서구적인 경제·사회·문화적 양식과 가치가 우리의 삶을 지배하고 있는 21세기의 목전에서, 본고의 방법적 준거는 기본적으로 우리가 속한 동양과 대비되는 주류 문화 내지 주류 사유로서의 일반적 의미에서의 서구적 상황을 염두에 두는 가운데 이루어질 것이다.

중국문화의 사유적 특징의 이해와 관련하여 필자는 이미 〈중국 문화사유의 이해〉와 〈중국문학비평 사유론〉에서 시론적으로 접근하였고, 당시 보다 본격적인 집필을 약속했었다. 그후 1999년 1년간 LG 연암문화재단의 지원으로 미국 워싱톤 대학 연수 후의 보고를 겸하며, 이전 작업에 대한 수정 보완의 의미를 갖는 본고 역시 중국문학만을 전공해 온 필자가 지니는 역량의 한계로 양자에 정통한 비교에 이르지는 못할 것 같다.5)

그럼에도 불구하고 필요하며 또 해야 할 비교학적 관점하의 문학사유학 또는 문예사유학적 고찰은 서구 전통과 다른 동양적 전통의 이해라는 현실적 필요의 차원에서, 나아가 우리와는 문화적으로 매우 가까운 거리에 있어 온 중국이라는 나라의 문화적 토양을 객관적으로 이해하기 위한 유력한 방식의 하나이기도 하다. 이는 숲을 제대로 바라보기 위해 숲에서 '나온다는' 말에도 비견될 것이다.

---

5) 중서 비교의 완정성을 이루기 위해서는, 양자간의 다름의 측면만이 아니라, 유사성의 이면을 구성하는 중서 양자 역사문화의 구체적 진행 과정과 특징의 세부에 이르기는 세밀하고도 선명한 선행 학습이 요구된다.

Ⅱ. 중국문학적 사유체계론

1. 총체적 직관 사유

우리는 몸이 아프면 병원에 간다. 이 때 잠시나마 양방洋方 아니면 한방韓方(漢方) 어느 쪽에 갈 것인가를 먼저 생각한다. 이러한 선택의 과정을 겪게 되는 것은 현재의 우리가 기본적 토대가 상이한 두 가지 사회문화적 전통이 공유되는 세상에서 살고 있다는 말로도 이해할 수 있다. 이를테면 감기 몸살로 열이 나면 양방에서는 표면에 드러난 증상의 해소에 일차적 목적을 두고 해열제와 함께 물이나 알콜로 닦아주어 외부로부터 체열을 식히는데 주력한다. 한편 한방에서는 갈근 등의 해열치료는 같지만, 오히려 이불을 뒤집어쓰거나 하게 하여 땀구멍을 열어 주어 신체 내부에서 땀을 배출시킴으로써 보다 심층적으로 증상을 해소시키고자 한다. 또 얼굴에 종기가 나면 양방에서는 일단 부위를 째고 고름을 뽑아내지만, 한방에서는 화기火氣가 침노했으므로 이를 다스리기 위한 처방을 해주거나 아니면 급한 마음을 누르고 온화한 심태를 유지하는 것이 좋다는 권고까지 들을 수도 있다. 필자의 소견에 양방이 '어떻게 치료할 것인가?'라는 증상 치료에 중점을 둔다면, 한방에서는 '왜 발병했나?'라는 원인 치료에 중점을 둔다는 점에서 상이하다.

이렇게 동·서가 같은 현상에 대해서도 서로 다른 해결 방식을 모색하는 것은 사태를 파악하는 구조와 입각점이 다르기 때문이다. 서양에서는 지력智力이 닿는데까지는 부분과 전체의 상호 연결에 있어서, 분화적分化的 관점의 누적적 지식을 통해 다시 전체로 나아가지만, 동양에서는 전체의 영향을 받는 지엽으로서의 인식, 즉 서로 연결된 유기적 총체 내에서의 하위구조로서의 부분으로 파악하기 때문이다.6) 이런 때문인지 중국에서는 개인이 우선되기

보다는 전체를 먼저 생각하는 집체우선적·사회효용적 경향이 강하며, 문학에서도 그러한 양상들이 자주 드러난다.

중국문학의 이면을 흐르는 사유 구조의 분석을 위주로 할 본고의 서두에서 다소 엉뚱한 이야기로부터 들어간 것은 바로 중국문학 사유의 중요한 제1의第一義의 하나가 바로 총체적 사유라는 생각 때문이다. 실상 필자가 본고에서 제시할 중국문학적 사유의 여러 특징들은 여럿이면서 하나〔多卽一〕이며, 하나이면서 여럿〔一卽多〕이기도 하다. 김영민이 비판했던 논문 중심주의—즉 서구적 글쓰기인 논문 서술방식—에 의해, 불확실성 또는 논점의 모호성을 피하기 위해 항목화한 것일 뿐,7) 이들 사항들은 실은 심층에서 서로 유기성을 띠고 연결되어 있다는 생각이다. 즉 필자가 본고에서 파악해가고 있는 논지는 역시 직관적 인식에 의해 구성되는 하나의 몸체인데, 그것으로서는 역시 전통 중국의 풍격 용어에서와 같이 한 두 글자로 밖에는 표현할 길이 없고, 이는 21세기에서는

---

6) 서구와 동양적 사유방식 양자간의 차이 및 소통과 련련하여 잠시 생각할 점이 있다. 먼저 동서 양자간의 전통적 차이는 현대 과학의 힘으로 점차 접근해가는 양상을 보여준다. 생태학적 시각과도 관련되는 바, 유기체적 통일성의 관점에서 세포의 작용을 보는 것이나, 미생물과 인간의 상관 영역의 신 규명, 그리고 본고에서 언급할 양자역학이나 거시 우주 물리학의 상호 소통 등도 그 예가 될 것이다. 그리고 이러한 발견들은 뒤이어 카오스 이론, 프랙탈 기하학, 시스템 이론 등 주변 과학과 사회과학 이론으로 연결된다.

   다음으로, 역사적으로 위대한 과학적 발견은 인문학적 사유 방식에 영향을 미쳐왔다는 점에서 인문학 이론 역시 이에서 멀리 있지 않아야 할 것으로 생각한다. 여기서 동양의 우리는 서구 과학 등의 새로운 성과들에 너무 고무되어 동양문화의 정당성을 견강부회적으로 강조하는 시각 또한 판단을 誤導할 수 있다는 점에서 경계해야 할 것이다. 그런 의미에서 우리가 지향해야 할 바라보기는 절대 불변의 진리체계가 아니라, 두 문화의 상호 소통과 차이의 양자적 파악을 통한 변증법적 통일의 差延的 과정인지도 모른다.

7) 김영건, 《철학과 문학비평, 그 비판적 대화》, 책세상, 2000, pp.127 -131, 181-184.

그다지 유력한 생각 밝히기 방식이 되지 못하는 때문인 것이다.8)

총체적 사유의 몇 가지 양상은 태극 사상에 바탕을 둔 음양론적 사유, 문학에서 두드러지는 풍격 용어적 품평 방식, 유와 도·불 사상의 상호 보완적이며 총체 지향적인 인식 경향, 그리고 사회적으로는 개인보다 전체로서의 사회 우선의 관념 등이다.

먼저 중국적 사유의 대표적인 근원은 주역의 음양론적 태극 사상이다. 서로 상대되는 두 사상조류인 유가와 도가 역시 모두 이에 관계하고 있다. 태극(또는 도가의 무無)은 천체물리학적 관점으로 말하자면 빅뱅 이전의 우주적 분화 이전의 혼융적 통일의 단계이기도 하며,9) 중국에서는 우주 자연의 근원으로서의 혼돈이자 우주적 혼융체이며 총체 심미의 기호적 표상이다. 근원으로서의 태극과 그 음양적 분화에 관해서는 제3절 '상생·순환적 원형 사유'에서 논하기로 한다.

중국문학의 제반 표출 양상에서 두드러지는 것은 각종 풍격 용어이다. 1-4자 정도에 이르는 각종 축약적 품평 가치를 내포하고 있는 '풍격'이란 말은, 그 고찰 대상과 용어 자체의 의미 범주 면에서 간단히 정의하기 어려운 면을 지니고 있으나, 대체로 '작품 또는 작가에게서 드러나는 종합적인 인상과 그 격조'라는 말로 풀어

---

8) 그렇다고 해서 이성적 분석과 갈래 나누기에 의한 서구적 분화주의가 더 나은 것이라고 확신할 수만도 없음은, 이미 현대 문예비평이 다양한 방식의 해석적 갈래를 통해 자인하고 있기도 하다. 또한 우리는 제반 사회·경제·문화적 영향 관계에 노정되어 있으며, 서구의 방식과 외피를 援用하고 있는 생활 여건하에서, 당대적 소통 방식으로서 전통이 다른 중국적 사유방식을 서구적 글쓰기를 통해 밝히는 한계를 드러내고도 있다. 이렇게 볼 때 전술한 바와 같이, 서구적 시각에 의한 중국적 사유의 이해는 영원히 원형에 도달할 수 없는 무한 번역의 과정이며 해석학이기도 하다.

9) 《노자》 25, "뒤섞여 이루어진 것이 있으니, 하늘과 땅보다도 먼저 생겼다. 소리도 없이 고요하니, 홀로 서서 고침이 없다.(有物混成, 先天地生, 寂兮寥兮, 獨立不改.)"

볼 수 있을 것이다. 중국 문학적 인식의 특징을 잘 보여주는 부분
이다.

복잡하고 정밀한 이성적 분석과정을 생략하고 전체적 인상을 짧
게 한 두 글자로 개괄하는 풍격 용어의 인식 기제는 감성적 직관
이다. 자연과의 친연성이 강한 농경사회 하에서 그들은 말없이 운
행하는 자연을 읽는 삶에 순화되어 가며 자연스레 이성보다는 직
관을 체화했다. 문학방면에서 풍격은 천지만물과 음양적 사시를
돌리는 기운의 인체적 구현으로서의 기氣와 관계된다. 조비曹丕는
《전론典論·논문論文》에서 사람마다 타고난 기운인 기의 청탁에
따라 작가의 풍격이 달라진다고 본 것이다. 또 역사 산문이나 철
학산문 등의 문장에서도 일자포폄一字褒貶 방식은 매우 유용한 품
평 방식으로 활용되었다. 춘추필법春秋筆法이 그러하며, 한대 경학
의 유명론적 상징화의 표징인 '미언대의微言大義'론이 그러하다.

직관 인식 위주의 풍격 비평은 표의문자를 사용하는 중국적 상
황에 적합한 개괄 방식이기도 하다. 표음문자와는 비교가 안 될
정도의 원초적 자의字意 개괄력이 풍부한 한자의 특성상 모호성·
다의성·연상성이 풍부하여 적은 글자로도 의미 천착이 가능했던
까닭이다. 여기에 이성적 교리보다는 감성적 돈오頓悟를 중시하는
선종의 보급은 직관 사유의 장기적 지속을 가능케 해주었다.

이밖에 유와 도불의 상보적 세계에 대해서는 이택후李澤厚를 비
롯한 이미 많은 사상연구가들이 언급한 바 있으므로 중복하지 않
는다. 바로 다음 절에서 자세히 언급할 자연과 인간의 내면적 상
호 연결의 사유 체계 역시 '유도 상보儒道相補'의 맥락에서 이해되
는 부면이 있다. 끝으로 개인에 우선하는 집체적 관점에 관해서인
데, 중국의 문예는 개체보다는 총체로서의 사회문화적 완결을 지
향하며 이론화해 나갔는데, 문학 방면에서 보면 문예의 실생활에
의 효용적 측면에서 악교를 주장한 공자 이래의 제자백가의 문학
관련 논의들부터, 고문운동과 신악부운동, 그리고 《대학》 등에서

표상적으로 보이는 사회에 대한 책무를 지닌 사대부 의식 등은 '본원으로서의 개인 → 지엽으로서의 사회'의 외적 확장을 도모하는 듯이 보이나, 사실은 사회적 질서체라는 총체에 실질적 촛점을 맞추고 있는 것으로 해석된다.10)

2. 자연 친화적 심미 사유

우리의 삶은 환경과 다각적인 교감하에 영위되고 있으며, 초기 단계의 삶일수록 더욱 주변 여건의 영향을 받는다. 해양적이며 상업주의적인 서구의 헬레니즘과 헤브라이즘을 근간으로 형성된 정복적이며, 인간중심적이고, 선형적 서구의 '인간—자연관'과는 달리, 천기天氣와 사계절의 변화를 이용한 정착적 농경 중심의 중국 문학의 배경적 요건으로서의 자연은 내재적으로 스스로 작동하는 우주로서, 그에 상대할 더 이상의 것이 없는 완전체로서의 자연이다. 여기서 인간은 그것에 순응하여 따를 수 밖에 없으며, 삶의 태도와 지향은 친연적·순응적·조화적 합일체 되기를 추구하게 된다.

이러한 '자연—인간' 상호 관계에 있어서 유가와 도가는 각기 입각 방식의 차이가 있을 뿐, 공히 농경사회의 자연 환경에서 나온 사상체계로서 자연과의 친연성을 지니고 있다. 실상 위진 현학의 철학 체계는 유·도의 교점을 보여주는 예이며, 송대의 신유학 역시 그러하다. 즉 도가와 유가 역시 내외상보적 관계에 있는 것이다. 《맹자》 및 백거이의 시론에서 보이는 전통 시기 중국 지성의 전형적 행태인, "영달하면 두루 세상을 다스리고, 궁하면 홀로 그

---

10) 《대학》에서 제시한 수신→제가→치국→평천하의 本·末 인식은, 근본인 개인[本]에서 출발하여 지엽인 사회[末]로 확장해나갈 것을 요청하고 있으나, 이러한 논리 성립의 기초 토대가 개인의 행복의 완성이 아니라 총체로서의 사회적 이상의 실현에 있으므로, 실상은 총체 지향 의식의 방법론적 도경으로 파악되어야 한다.

몸을 지킨다"는 논지도 동전의 양면같은 명제로 표리적 총체성의 관점에서 이해할 수 있다.11)

서구의 신화세계, 그리고 이후의 서사 양식에서 세계와 자연은 인간의 투쟁적 삶의 장으로서 나타나고 있다. 이러한 자연 정복적 투쟁의 흔적은 중국 초기 단계의 신화에서도 여와女媧, 서왕모西王母, 황제黃帝, 치우蚩尤, 예羿 등을 통해 나타난다. 그러나 정착적 농경 단계로 접어들면서 중국에서의 자연은 서구에서와 같은 대상으로서의 대립과 극복 대상으로서의 차원이 아닌, 자족적 전체로서의 관념 속에 자연 친연성을 띤다. 이 합일적 정감 심미로 인해 중국문학에서는 '자아—세계'간의 갈등을 주선으로 하는 서사 장르보다는 서정 장르가 주류 장르로 자리를 잡았으며, 갈등 양상의 결과로 드러나는 비극의 부재성까지 거론되기도 한다.

공자 사상의 핵심은 개인적 인격의 완성을 통한 집체적 질서의 안정화라고 할 수 있는데, 인격의 완성을 향한 수양의 기본적 귀결은 '하늘〔天〕'에 있다. 하늘은 물리적으로는 자연이며 이념적으로는 우주 자연의 완정한 질서체이다.12) 이는 일차적으로는 도가적 성향에 귀결된다. 다음으로 고대 중국인은 인간은 내적 수양을 통해 완전한 질서체인 자연을 추종 학습함으로써 그 큰 것, 즉 덕의 구현을 요청했다.13) 그러므로 자연 친연성은 인문주의 전통이 확립된 주대 이래 천명관天命觀의 등장과 함께 상징으로서의 하늘에 대한 인격적 합일을 향해 나아가며 상징화·이데올로기화의 길을 걸었다. 이는 유가성에 결부된다. 결국 중국 문화의 기본 토양은 자연·인간의 친연적 세계관으로서 자연추수적·인격 심미적 특성

---

11) 《孟子·盡心上》, "達則兼善天下, 窮則獨善其身."
12) 이 점은 노자에서도 유사한 방식으로 나타난다. "사람은 땅을 본받고, 땅은 하늘을 본받으며, 하늘은 도를 본받는데, 도는 스스로 그러함(自然)을 본받는다.(人法地, 地法天, 天法道, 道法自然: 25장)"
13) 노자 《도덕경》에서는 도는 천지자연의 구성 원리이며 덕은 실제적 운용으로 보아, 유가의 인위적 성취와는 분기를 보여준다.

을 지니고 있다고 할 수 있다.

중국의 문인들의 인격 심미 세계의 추구와 관련하여 좀더 생각해 보면, 그들은 문예의 의미를 생활에 필요한 자기 수양의 과정적 방편, 즉 자아의 사회적 실현을 위한 내외동일적 심미 표현의 한 방편으로 인식한 듯하다.14) 《예기·악기》 등에서 보이는 음악의 사회심미적 효용론, 공자가 시〔음악〕의 효용을 강조한 것, 서예에서 사군자를 치는 일 등이 모두 문예의 실제적 효용 내지 수양 과정과 관련되는 인격 심미적 표현들이다. 이같은 상징적 행위들, 즉 유가의 인격 심미적 속성은 여타 사상들에도 확대 적용이 가능할 것이다. 도가 역시 자연을 말했으나, 실은 인생이라고 하는 삶의 장에서 취해야 할 실천적 준거를 독특한 방식으로 제시했다는 점에서, 광의의 인격 심미적 속성을 지니고 있다.15)

자연은 중국시의 실제적·대표적인 모티프로 자리잡았는데, 도연명·사령운·왕유 등의 산수·자연·전원시가 그것이다. 그리고 실재로서의 제1의적 자연은 후에 추상화하여 작품이란 제2의적 자연으로의 심미구조적 전이를 하기도 했다. 문인 문학으로서의 안정화 단계에 형성된 육조 율시의 정착에는 불경 번역 등의 요인이

---

14) 《論語·述而》, "子曰, 志於道, 據於德, 依於仁, 游於藝." 여기서의 藝는 주로 六藝를 가리키기는 하나, "禮樂의 文"을 익힌다고 注한 것으로 미루어 넓은 의미의 文藝를 포괄하는 것으로 볼 수 있다.
15) 작게 볼 때 도가는 자연주의를 지향하고(이택후적으로는 "인간의 자연화"), 유가는 인간에 접근하는 지향성("자연의 인간화")을 보이고는 있다. 그러나 인간화를 지향한다는 유가 역시 구체적 방향과 양상을 달리할 뿐, 사유의 출발점과 규범을 '自然'에서 取義하고 있다. 한편 거꾸로 도가의 자연으로의 지향론은 이같은 입장 표명에도 불구하고, 실은 그들의 입론이 인간 사회내의 새로운 유가에 대한 안티테제로서의 인식 기제의 틀을 형성하기를 희망하는 것으로 비춰진다는 점에서 볼 때 인문주의적 속성을 띠고 있다고 할 수 있다. 이렇게 볼 때 유가와 도가는 자연 중심의 총체성의 추구라는 중국적 토양에서 배태된 양상적 둘이요 본원적 하나로서, 총체성의 사유의 틀 안에서 함께 관계된다.

작용하기도 했으나, 다른 한편에서 볼 때 심약의 《송서宋書·사령운전론謝靈運傳論》 등에서 보이는 바, 육조 혼란기의 자연순응적 심미사유를 율시를 통해 '완정체로서의 자연의 문학작품으로의 심미구조적 전이'를 한 것이다. 이 경우 작품은 '제2 자연'이 되는 셈이다. 이렇게 보면 회화 역시 기존의 산수화는 물론이요, 소식 이래의 문인화 역시 자연 친연적 세계관의 인격심미적 전이라는 관점에서 이해할 수 있다.

결국 중국에서 자연과의 친연성은 먼저 있는 그대로의 자연을 추수追隨하는 것뿐만 아니라, 이를 사유 구조적 전이를 통해 율시와 같은 형식기교 및 심미적으로 완정한 작품화를 기도했던 데서 특이하다. 또한 사회적 삶의 방식과 관련해서는 문예작품을 자기 수양의 인격 심미의 단계로 연결지어 서구와 다른 중국적인 심미 패턴을 형성했다는 점이 두드러진다.

3. 상생·순환의 원형 사유

중국 사상의 큰 흐름은 세계의 사상을 음·양 이원의 유동적 변화의 양태로 인식하여 그 다양한 양태를 기호적으로 표상화한 역의 음양론에서 발원한다. 역의 세계 분석의 원근거는 천지자연이며, 순환하는 계절 속에서 사물의 변화와 추이로부터 그 사상 체계가 발원했을 것이다. 그러므로 역의 변화의 상에 대한 설명과 처방은 대립에 근거하기 보다는 상생 순환의 보완적·관계적 관점에서 접근해 들어간다. 선악, 길흉, 진퇴, 증감 등 사상의 원구성 요소를 이분화하여 설명하는 사유 방식은 세계적 보편 양상으로 볼 수 있으나, 역의 상생적 세계관은 자아와 타자간의 대립적·갈등적·모순 극복적으로 바라보는 서구적 읽기와는 코드가 다르다.

사시四時를 순환하는 자연의 추이는 태극에서 발원한 음양의 운행 이치에 연결된다. 음양의 상호 관계적 운행은 '나무(木), 불(火),

쇠(金), 물(水), 흙(土)'의 다섯 가지 편향[五行]을 야기하여, 이들 사이를 운행하는 순환적 원형 사유를 형성한다. 자연 중심적 사유에서 자연에 존재하는 모든 사물들은 자연을 닮은 것으로 인식하여, 삶과 존재의 다양한 내용들이 오행 체계 속에 편입·설명된다. 여기에서 인체 역시 예외가 아니었고, 오늘에 이르기까지 한의학 이론의 바탕이 된다.16) 이밖에 소리, 색, 맛, 인의도덕 등 무수한 사상事象들이 음양오행론으로 설명되고 있다.17) 이 점에서 중국의 천인관은 동형구조적同型構造的(Isomorphism)이다.

　음양적 세계관의 구도는 원형 사유이며, 그 지향점은 상보성의 원리이다. 역과 노장이 모두 그러한데, 역에서는 강剛과 유柔는 서로 밀어주어 변화가 생겨난다고 했으며, '생생불식生生不息'의 노장에서는 무용이 유용을 낳아준다고 했다.18) 인도에서 발원한 불교의 윤회적 세계관 역시 원형 사유를 지니고 있다. 이에 비해 서구 기독교에서는 세상의 시작과 끝이라는 선형적 세계관을 지향한다. '봄(木)→여름(火)→가을(金)→겨울(水)'로 부단히 이어지는 사시의 순환에서 각 계절은 다음 계절을 생성하고, 음양은 서로를 이기지만 동시에 서로를 야기해주는 하나의 도로서, 상극적 상생의 순환 고리로 이해된다.19)

　이러한 점은 양자 물리학의 미시세계 및 천체 물리학의 거시세계와도 같은 패턴을 보여준다. 1920, 30년대에 각각 노벨 물리학상을

---

16) "역에는 태극이 있는데, 태극은 음양을 낳고, 음양은 四象을 낳고, 사상은 팔괘를 낳는다.(易有太極, 是生兩儀, 兩儀生四象, 四象生八卦.)"는 《易·繫辭上》에 근거하여 창안된 李濟馬의 '四象醫學' 역시 천인합일의 구도 속에서 발전시킨 사유 패턴을 보여준다.

17) 張法 저, 유중하·백승도·이보경 등 옮김, 《동양과 서양, 그리고 미학》, 푸른숲, 2000, p.61.

18) 《易·繫辭下》, "剛柔相推, 變在其中矣."; 《노자》 11, "有之以爲利, 無之以爲用."

19) 《易·繫辭上》, "한번은 음으로 한 번은 양으로 되게 하는 것을 도라고 한다.(一陰一陽之謂道)"

수상한 보어(Niels Bohr: 1885-1962)와 하이젠베르크(Werner Heisenberg: 1901-1976)는 미시 물리학에서 원자의 상보성론을 주장했으며, 미립자의 세계에서 최소 단위인 쿼크(Quark)는 '부단히 흔들리는 유동성 속에서 확률적으로 포착되는 시공간상의 관계적 존재'로 파악된다. 이러한 초미립자의 세계에 관한 천착과 해명은 21세기 기초 및 응용 과학의 전면에 부상할 '나노 과학(Nano Science)'에서 더욱 구체화 가속화될 전망이다.[20] 결국 관찰자와 대상은 분리되어 인식할 수 없는, 장내적場內的 관계에서만 파악 가능하다. 그리고 거시 물리학에서의 행성계 역시 미립자의 세계와 같은 패턴으로 구성되어 있음을 말했다.[21] 이런 점에서 양자역학은 개별 입자적 관점이 아니라 유기체적·상보적·전체론(Holism)적 이론이다. 이와 함께 환경 문제와 더불어 대두된 생태학적 세계관 역시 동양학적 인식의 새로운 검토를 요청함과 함께 관계적 사고를 요구한다.

이러한 시공간적 인식과 관련하여 자의적 측면에서 동·서 우주관의 차이도 참고할 만하다. 실상 우리가 바라보는 별은 지금의 별이 아니다. 수백 수십 억 광년 전에 그곳을 떠난 빛이 지금의 우리에게 인식되고 있는 것이다. 이런 점에서 우리는 시공간적 위상에서 살고 있는 것이다. 'Cosmos'는 한자로 '우주宇宙'가 되는데, 공간적 관념인 '우宇'와 '시간적 관념이 '주宙'의 합성어이다. 또 범어梵語에서 온 '세계世界'라는 말은 시간적 덩어리인 '세世'(loka)와 공간적 한계를 의미하는 '계界'(dhātu)로 구성되어 있다. 그리고

---

20) 'Nano'란 말은 nanometer에서 나왔으며, 1 nanometer =1/1,000,000,000 meter =10^{-9} meter이다. 초미립자의 존재 속성과 응용에 관한 견해는 1959년 Richard P. Feynman(1965년 노벨 물리학상 수상자)에 의해 예견되었으나, 그 응용적 연구는 세계적으로 시작 단계이다.

21) 하랄드 프리쯔쉬 著, 이희건·김승연 譯, 《철학을 위한 물리학》, 가서원, 1991, pp.71-73.

'존재存在'는 유동하는 시간선상에서 생명을 유지하는 '존存'과 공간 상에 있음인 '재在'의 합성어이다.22) 시공을 구분하는 전통 서구사유와 달리, 인도와 중국에서는 시공의 불가분적이며 상생적인 유기체적 인식이 오래전부터 자리하고 있음을 볼 수 있다.

음양론의 기초가 되는 태극은 에너지 관계로 해석할 수도 있을 것이다. 그렇다면 태극 중의 동선動線은 총량적 에너지의 각기 다른 위상상의 변화 양태로 설명 가능하다. 이 경우 개별적 음양의 에너지는 변화하지만, 총량으로서의 에너지는 변화가 없게 된다. 이렇게 볼 때 현상을 현상[實]로 이해하지 않고 현상의 나머지 부분[虛]과의 총체적 관계하에서 이해하게 되는 전면적 바라보기가 되는 것이다.

불교적으로 말하자면 오늘의 불행과 곤경은 내일의 행복을 위한 전단계적 연기緣起가 되고, 오늘의 만월滿月은 관계 속에서 내일의 이지러짐[虧]을 시간적으로 내포하고 있는 것이다. 즉 음과 양은 서로 대립자로서 작용하는 것뿐 아니라, 시공간 속에서 허실적虛實的 상호 관계의 작용 인자가 된다. 이렇게 역적易的 바라보기는 어느 한 양상을 해석함에 있어서 전체적 관점에서 인식하고 해석하려 한다. 그러므로 변화하는 시공간이라는 위상 공간적으로 바라보는 코드 읽기는 현상적인 것만이 아니라, 의미상의 심층구조에서 반면적 읽기를 지향한다. 이러한 이면적 읽기는 노장 사상과도 궤를 같이 한다. 도가적 사유의 특징은 서술의 효율을 위해 제5절 '드러내지 않음의 미학'에서 함께 언급하도록 한다.

4. 모호성·개괄성·연상성·문언성의 문자 심미

중국 문자인 한자는 표의성, 단음절성, 고립어적 속성을 지니고 있다. 현재 세계에서 통용되는 모든 문자가 표음문자임에 비추어

---

22) 김상일, 《화이트헤드와 동양철학》, 서광사, 1993, pp.14-15.

중국문자의 표의성은 오늘날까지 세계에서 유례를 찾을 수 없는 중국만의 문자적 특성이다. 이에 관해서는 〈중국 문화사유의 이해〉에서 밝혔으므로 요점만 밝히고 중복은 피하며, 그간 새롭게 인식한 부분들로 보완한다.

이 부분에서 가장 중요한 사항은 한자의 표의성이다. 표의 문자가 지니는 몇 가지 특성으로부터 그 유발 효과를 들면 다음과 같을 것이다. 먼저, 의미의 모호성은 고립어란 어법적 요인과 더불어 함께 의미전달상 연상력을 증진시켰다. 한 글자마다 독립적인 뜻을 가지는 문자 구조와 초기 단계의 서사 도구의 제약적 여건은 시간이 갈수록 각 글자에 의미의 다의성과 함축성을 증진시켰다. 또한 자연 친화적 생활면에서 직관적인 사유 방식으로 자의字意의 형상성과 개괄력은 강화되었다. 그리고 사회적으로 입언적立言的·상징적인 문화적 흐름 속에서 그렇지 않아도 강할 수 밖에 없는 문자적 연상력에 날개를 달아주었다. 이는 유가·도가 등 제자백가의 목적 지향적 상징화 작업과 함께 진행되었다.

둘째로, 단음절성은 율시 등 제언체 문학의 발전을 촉진시켰다. 한편 음운 사용의 제한으로 유음類音이 증가하고 이에 따라 어語·음音간의 혼용률이 높아져, 유관 분야의 수사학이 발전하게 되었다. 셋째로, 어법적 특징인 구문상의 고립어적 속성은 어휘간의 조어적 탄력성 및 의미 전달의 모호성과 다중성을 야기하여, 지식인들의 문자 유희욕을 만족시켜 주었다.23) 이상의 중국 문자가 지니는 특성들은 중국문학 장르에서 시의 우월적 지위, 경학의 미언대

---

23) 한자는 句中에서 비고정적인 다양한 품사적 변용으로 인해, 그리고 도치 및 발화자(작자)와 청자(독자)의 상상력까지 더하면 구문 해독시의 의미 파생의 탄력성은 매우 증대된다.

한 예로 《노자》 제8장 중의 "居善地(거함은 낮은 땅에 처하기를 좋아하고)"란 구절은 적어도 네 가지 이상의 우리말 해석이 가능하다. 문맥상으로는 어느 정도 쉽게 선택·해석이 되기도 하나, 그렇다고 해서 네 가지 해석이 완전히 사라지는 것은 아니다. 이 문장의 해석은 김용옥의 《노자와 21세기》(통나무, 2000) pp.49 참조.

의微言大義, 풍격 용어의 일자품평一字品評 등 풍격 용어의 발달 등 추상적 개괄성 및 형상성·연상성의 제고와 관련되는 허다한 문예 사유적 특징들로 연결된다. 이렇게 볼 때 절제된 문자를 통해 심상의 형상적 연결을 중시하는 중국 고전시의 발달은 문자적 특성과도 관련된다.

한편 한자의 운용과 관련한 역사적 작용에 관해 생각해 볼 수 있다. 한자는 운용면에서 사회 계층적으로 볼 때 기본적으로 문언(Written Language) 언어로서 작용해 온 부분이 크다. 운용면에서의 이같은 문언전통성 또는 문언적 속성의 지속 원인은 사회문화적 요인과 문자 자체의 요인으로 나눌 수 있다. 먼저 전통적으로 계층간의 교육적 차별이 지속되어 왔다는 점과, 조선조 세종이 한글 창제시 말했듯이 한자의 난독성難讀性에서 그 원인을 찾을 수 있다. 문언문은 20세기 중반에 이르기까지 늘 소수의 상층 지배계층에서 운용되어 왔으며, 대다수의 일반 백성들은 문자를 소유하지 못하고 생활 속에서 당대적 구어(Colloquial Language)를 사용할 뿐이었다. 반면에 주로 당송대에 성장한 구어인 백화는 지역적으로 같지 않고 시대에 따라 변하므로, 안정성에 기반한 봉건적 사회에서의 전면 문화적 주도력은 문언에 있을 수밖에 없었다.24)

당시 사회의 문화적 영향력이 컸던 상층부에서 사용한 한자의 문언 언어로서의 역할은 사회경제적 부흥에 힘입은 남송대 백화를 사용한 통속 문예가 흥기한 이후에도 지속되다가, 결국 서구 사조의 유입과 함께 맞은 세계적 격변기인 1920년에 이르러서야 백화로 대체되며 일원화되었다. 그리고 난독성의 문제는 3차까지 진행

---

24) 한대의 揚雄, 당대의 韓愈, 명대의 前後七子 등은 당시의 변려문이나 비현실적인 台閣體 등을 반대하는 등, 정도의 차이는 있지만 부분적으로 양쪽 언어간의 간극을 좁히려고 노력한 언어 문화 운동가이기도 했다.(박운석, 《중국문학의 현실주의와 반현실주의》, 영남대출판부, 1987, pp.28-37)

된 한자의 간화簡化 또는 1930년대에 추진되기 시작한 구추백瞿秋白과 노신魯迅 등의 라틴화안 등에서 그 노력과 고심을 엿볼 수 있다. 현재는 적어도 라틴화한 발음의 병기 수준에서 그친 상태이다. 이 점은 우리나라의 경우도 예외가 아니어서 수십 년 간 끊임없이 제기되고 있는 한글 전용화안에서도 발견할 수 있다.

문언 중심의 중국적 언어 전통은 긍정과 부정의 양면에서 결산할 수 있을 것이다. 먼저 일반적 견해로 보이는 부정적 측면에서 보면, 계층적으로 문언 전통은 문학 흐름의 주도성 면에서도 각종 문예 장르에서 수구성과 수동성 및 백화 추종성마저 보이다가, 상층 문인들간의 폐쇄회로적 운용으로 생동하는 백화에 밀리며 쇠락의 길을 걸었다.25) 중국문자가 지니는 모호성과 애매성은 문학적으로는 연상 효과를 증진시키며 시의 발달에 도움 작용을 했으나,26) 한편으로는 언설 구조의 합리성과 평명성의 약화 및 사대부층의 계층적 폐쇄성, 문화적 고립과 관련되면서, 주관성, 자기중심성, 나아가 소아적 중화주의라는 어두운 면을 낳기도 했다.

긍정적 측면에서 보면, 문자적 비가변성非可變性과 안정성은 중국이 누차의 외침外侵 속에서도 거치면서도 오랜 기간 자기보존적 지속이 가능하도록 작용하기도 했다. 비록 소수 집단에서 운용되긴 했으나 왕조 시대에 사어死語가 아닌 활어活語로서 각종 정전적 기록의 도구로 지속적으로 사용되었으며, 각종 사상의 연결 고리화한 중국 문자는 전적典籍의 보존과 활용성을 고수해 나가며 문화적 구심력을 유지시켜 나갈 수 있었고, 이는 대중 사회의 도래와

---

25) 필자는 〈육조·당·송 문인시의 문예심미관〉에서 중국문학 장르는, 특히 운문 방면에서, 민간에서 생동하는 통속성을 지니고 생성된 후, 문인들에게 전이되어 아화雅化했으며, 문인들의 폐쇄적 운용에 의해 쇠락하여 결국은 또 다시 다른 통속 장르를 이관받는 방식으로 진행되었다고 밝혔다.

26) 모호성(vague)은 한 용어에서 그 정확한 정의 한계를 설정하기 어려운 경우이며, 애매성(ambiguous)은 한 용어가 두가지 이상의 의미를 지닐 경우에 해당된다.

함께 막을 내렸던 것이다. 이러한 문화적 향유 폭의 제한성은 비록 동양 만큼 그 편차가 크지는 않지만, 서구에서도 일정 부분은 유사성을 보인다.27)

5. 드러내지 않음의 미학 — 도가적 사유를 중심으로

발전과 분화 지향의 구미에서 최근들어 동양학에 대한 관심이 고조되고 있는 것은 중심의 분열과 와해라는 포스트모더니즘적 흐름하에서 진행되고 있으며, 구체적으로는 페미니즘, 생태학, 나아가 탈중심적 성향을 띤 인터넷 시대에 걸맞는 관심의 전이이기도 하다. 여기서 그들에게 주목받는 원형은 역적 사유와, 음陰·허虛의 의미를 천착해 들어간 도가사상이다. 역에 관해서는 앞서 언급했으므로 본 절에서는 노자를 중심으로 한 도가 사상이 중국 문예 사유 형성에 미친 영향을 정리해 보도록 한다. 무無에서 태극을 거쳐 음양의 상생적 과정을 통해 만물을 낳는다는 노자적 세계관은 작게는 인식론적으로는 유가적 문명주의에 대한 안티-테제이면서, 크게는 드러나지 않음의 이면적 철학이다.

이러한 역설적 바라보기는 사물의 이면에 숨겨져 보이지 않는 세계에 대한 인식의 지평을 확장하여 전체로서의 바라보기를 가능하게 해주었다는 점에서 유가 사상에 대한 보완적·충족적 역할을 담당해준다. 그리고 전술했듯이 이러한 현상의 다른 측면에 관한 드러내지 않음의 이면적 사유는 역易에도 나타나 있다.

노장 사상은 그 자체로도 대단한 내포적 의미를 지니고 있어 일률적으로 말하기 어렵지만, 그 요체를 중국문화와 문예와 관련하여 몇 가지 측면에서 보면 다음과 같다. 첫째로 노장의 도가적 사

---

27) 산업혁명에서 시작한 경제적 확장 국면으로의 전환에 이어, 문화적으로는 프랑스 대혁명(1789)을 통해 대중사회로의 전환을 가능케 했다. 서구 근대 문학과 사회경제적 의미 분석은 《문학과 예술의 사회사》Ⅰ (아놀드하우저 著, 백낙청 譯, 창작과비평사) 참조.

유는 유가적 인식의 한계를 깨서 중국인의 인식 지평을 넓혀주었
다는 점인데, 그것은 부분으로서가 아닌 총체적 바라보기에 관한
심각한 인식 제고이다. 음양과 태극론을 통한 유가적 접근 역시
부분이 아닌 전체를 지향하고 있으나, 도가에서는 '유'의 인식 지평
을 넘어서 '무'의 세계로까지 사유 영역을 확장시키고 있다는 점에
서 놀라운 통찰이라 하지 않을 수 없다.

둘째로 총체적 바라보기와 관련한 시간과 인식상의 한 특징은
원초지향의 회귀적 환원주의의 태도이다. "성인을 끊고 지식을 버
리며, 흰 깁의 바탕을 드러내고 질박한 통나무를 끌어 안겠다〔見
素抱樸〕"는 반문명적 태도가 드러난다.28) 여기서 흰 깁(素)과 통
나무(樸)는 사물의 바탕으로서의 원질이다. 물리학적으로 말하면
원자적이며 미립자적 물질 형성의 기초 단위이다. 노자에게 있어
서는 결국 총체로서의 완성은 단위로서의 원질료와 상통하는 세계
가 된다. 여기에서 유가와 도가의 분기가 보인다. 한대 유가는 정
치적 의도와 함께 자연의 파생으로서 참위설을 오음과 오색 등의
사회적 의미를 강조했다. 한데 노자는 일찍이 오음과 오색을 다
끊어버림으로써, 원초로 돌아갈 수 있음을 강조한 것이다.29)

특히 노자에 있어서 무의 개념은 유에 대한 대비적이며 상대적
의미에서 그치지 않는다.30) 이보다는 유의 균형적 대칭으로서의

---

28) 《노자》 19, "絶聖棄智, 民利百倍, 絶仁棄義, 民復孝慈…見素抱朴,
少私寡慾."
29) 《노자》 12, "五色令人盲目, 五音令人耳聾, 五味令人口爽."
30) 1930년대 과학계에서는 전자, 양성자, 중성자로 이루어진 실재 물
질에 반하는 反物質(Antimatter: 양전자, 반양성자, 반중성자로
구성)이 존재함을 밝혀냈다. 모든 입자는 반입자를 가지고 있다.
예를 들면 하나의 반수소 원자는 하나의 반양성자와 하나의 양전자
로 구성되며, 보통의 수소 원자와 똑같이 행동한다. 그런데 반물질
을 물질에 가져가면 모두 무너져 내리고 만다. 물질과 반물질은 서
로를 파괴하여 엄청난 수의 광자를 만들어내며 에너지를 방출하는
것이다. 세차례나 영화로 만들어진 '도플갱어(Doppelganger)' 류의
보이지 않는 대칭성의 세계 또는 존재가 있다는 것이다.

무가 아닌, 유를 생성하는 근원으로서의 포괄적 의미를 지니고 있어 주의 깊은 읽기가 요망된다. 즉 무에서 유가 생기고 다시 이러한 유를 통하여 만물이 생성된다는 논리이다.31) 이러한 사고방식은 현대 천체물리학에서의 빅뱅 이전의 무한대의 밀도와 중력만이 존재하는 시공간상의 특이점(Singularity)이나 블랙 홀(Black Hole)과 같은 존재를 생각하면 쉬울 것 같다. 있지만 보이지 않는 이같은 세계는 노자의 '도는 보아도 보이지 않는다'는 말과도 연결된다.32)

셋째로 도가사상은 사유의 방법적 형식에도 큰 영향을 미쳤는데, 그것은 《노자》 81장이 모두 외적 현상이나 일상적 인식에 상반되는 뒤집어 보기적 서술로 일관하고 있다는 점이다. 이러한 생각하기를 역설적 사유 또는 반면 사유反面思惟라고 명명할 수 있을 것이다. 앞서 언급한 "돌이킴은 도의 움직임(40장: 反者, 道之動)"이란 말이나, "바른 말은 반대되는 듯하다(78장: 正言若反)"는 이야기는 이러한 관점을 한 마디로 요약해주고 있다. 유에 대한 무, 유위有爲에 대한 무위無爲, 양에 대한 음, 실實에 대한 허虛, 강함에 대한 유연함, 드러냄(보임)에 대한 드러내지 않음(보이지 않음) 등 이루 말할 수 없는 일상 인식의 뒤집기적 발상은 중국문화에 있어서 부단히 새로운 활력원으로 제공되었다. 그런 의미에서 장자의 장주몽莊周夢의 이야기는 현실(Real)과 비현실(Non-real)의 경계를 깨뜨리는,33) 과연 무엇이 참 현실이고 참 인식인가에

(《철학을 위한 물리학》, pp.125-143.)

31) 《노자》 40, "돌이킴은 도의 움직임이요, 약한 것은 도의 쓰임이다. 천하만물이 유에서 생겨나지만, 유는 무에서 생겨난다.(反者, 道之動, 弱者, 道之用. 天下萬物, 生於有, 有生於無.)"

32) 《노자》 14, "보아도 보이지 않으니 夷라고 하고, 들어도 들리지 않으니 希라고 하며, 만져도 만져지지 않으니 微라고 한다. 이 세가지는 따져 말할 수 없으니, 본래부터 섞여 하나이다.(視之不見, 名曰夷, 聽之不聞, 名曰希, 博之不得, 名曰微. 此三者, 不可致詰, 故混而爲一.)"

관해 상대적 바라보기를 통한 인식론적 전환의 가능성을 시사하고 있으며, 결국 인간과 자연의 하나됨을 말하고 있기도 하다.

넷째로 드러내지 않음의 심미 체계의 이면에는 언어적 표현의 한계에 대한 중국인의 언어관이 자리하고 있다. 이 부분에는 좀 복잡한 역사적·철학적 해석이 개재되어 있다. 먼저 도가의 언어에 대한 불신적 태도이다. 노자는 "도를 언명하여 표현할 수 있다면 그것은 이미 언제나 적용되는 도〔常道〕가 아니며, 이름을 언명하여 표현할 수 있다면 그것은 이미 언제나 적용되는 이름이 아니다"라고 했는데, 적어도 우주 자연의 운행이치로서의 도란 말로써 규정할 수 있는 그 이상의 무엇임을 밝히고 있다. 이 점은 도의 불가언성不可言性을 말한 것이다. 이밖에도 노자의 여러 곳에서는 "아름다운 말은 믿기 어렵다(81장: 信言不美, 美言不信)"거나, "아는 이는 말하지 않고, 말하는 자는 알지 못한다(56장: 知者不言, 言者不知)" 또는 "말이 없는 것이 곧 자연이다(23장: 希言自然)" 등의 언급은 조금씩 의미 층차는 다르지만, 크게 보아 언어 표현의 한계를 인식한 언표들이다. 이상은 문명주의를 지향한 유가적 세계관에 대한 도가적 사유의 문예사유적 돌파성과 의의이다.

한편 도가와 유사한 궤적을 그리면서도 문학 사상면에서 유의해 볼 사항은 역의 기호화에 관한 부분이다. 언어의 한계를 극복하는 차원에서 역의 기호화와 그 철학적 해석 역시 노자에 못지 않은, 아니 보다 강력한 돌파와 지속의 메시지를 함께 담고 있다.34) 《주역·계사전》에서 "공자가 말하기를, 글은 말을 추구할 수 없고, 말은 뜻을 다 추구할 수 없다… 그래서 성인은 상象을 세워 뜻을 풀어낸 것"이라고 말했는데,35) 이는 역의 표상表象 방식에 대

---

33) 이러한 경계 파괴는 중국 소설과 희곡에서 매우 자주 드러내고 있는 현실·환상의 양자 교섭적 양상과도 같은 패턴을 보여준다.

34) 화자 혹은 작자의 측면에서 언어의 한계에 대한 전면적 읽기를 유도하고 있다는 점에서 돌파적이며, 각기 다른 시대와 상황 속에서 다양한 독자적 읽기를 유발하고 있다는 점에서 지속적이다.

한 동기 설명이다. 즉 역이 표상적 기호의 상징적 해석을 통해 언어가 수행하는 것보다 더 많고 강력하며 외적 상황 변화에도 폐기되지 않는 유동성있는 시중적時中的 정보를 제공할 수 있도록 고안된 것임을 의미한다. 그렇기 때문에 이천오백년이 넘도록 주역은 삶에 대한 철학적·생활적 참조체계로 활용될 수 있었다. 다시 말하면 역의 표상화는 환경 적응력을 지니도록 기호화되었고, 상징화를 통해 탄력성을 지니고 정보 전달의 양과 질 양면에서 효율의 극대화를 꾀한 셈이다.

다시 노자로 돌아오면 그는 불확실한 언어의 지시성을 인식하여 느낌의 직관적 사유를 통해 진리에 도달할 것을 주장하고 있다. 그러나 그 역시 말을 통하지 않고는 자신의 사상을 표현할 길이 없어 결국은 《도덕경》이라는 책(말)에 기대어 자기의 생각을 드러낸 것이다. 이 점은 공자에 있어서도 마찬가지였다. 이렇게 유·도를 막론하고 중국의 언어관은 역사적으로 함축화·다의화하며 상징 코드 심화의 길을 걸어간 것으로 보인다.36)

잠시 언어 문제와 관련하여 중국적 인식 방식을 논하자면 '언어—의미' 간의 선후 발생이란 문제에서, 선진 제자들은 모두 전통적으로 '말은 뜻을 표현하는 것'이라는 입장을 지니고 있는데, 이 점은 좀 더 집중적인 검토를 필요로 하는 부분으로 보인다. 서론 부분에서 말한 기표와 기의간의 다중적 변주 상황과, 또 기본적으로 사고는 언어라는 틀 속에서 수행될 수밖에 없다는 서구 문예비

---

35) 《易·繫辭上》, "子曰, 書不盡言, 言不盡意… 子曰, 聖人立象以盡意."
36) 김근 교수는 이 부분에 대해 노자가 유명론적 지향을 통해 '言盡意'적 입장을 취했다고 했으며, 김용옥 교수 역시 문명에 대한 불신과 언어에 대한 유명론적 불가피성(Nominalistic Inevitability)을 인정하고 있다고 했다.(이상 각각 김근, 《한자는 중국을 어떻게 지배했는가》, 민음사, 1999, pp.122-123; 김용옥, 《노자와 21세기》 3, 통나무, 2000, p.19.) 필자의 생각에 이러한 대강으로서의 유명론도 다시금 그 내부적 생각에서 '言不盡意'의 唯實論적 인식을 드러내는 것으로 해석된다.

평의 견해를 고려할 때 더욱 그렇다.

결국 도가 사유의 중국 문예심미에 미친 가장 큰 영향은 양면적 바라보기를 통한 드러내지 않음의 심미사유적 지향이라고 할 수 있다. 여기에 당송 이후 선학의 영향이 더하여 평담풍의 사대부적 지취志趣가 강조되면서 내적 수렴 현상은 더욱 심화되었다. 도연명 등에서 보이는 졸미拙(朴)美의 추구, 수묵화에서 선 밖의 여백의 미, 송명 화론畵論의 신사적神似的 골기론骨氣論과 기운생동설氣韻生動說, 시에서 여운과 함축의 형상미를 강조한 것, 문론과 시론에서 위진 현학이나 창랑시화 같은 언외의 뜻, 신사神似와 신운神韻, 불기탁不寄托과 의경론意境論에 이르기까지 각종 고차적 심미 지향점이 모두 내재미를 강조하고 있다는 점에서,37) 드러내지 않음의 심미는 때에 따라 감정 표현의 로고스 중심주의적인 이성적 발산을 마다하지 않는 서구 미학과 다른, 수렴형 문화가 지니는 중국 미학의 대표적 심미 특색이다.

Ⅲ. 문예 장르별 심미사유론

이상의 총체적 문화사유적 고찰에 이어, 본 장에서는 이상에서 언급한 몇 갈래의 사유적 특징들의 문학적 구현 양상과는 별도로 중국문학 각 장르의 속성, 운용, 구현, 인식면에서 드러나는 심미적 사유를 추출하여 설명해 보도록 한다. 본 장에서는 상통하는 2종의 장르를 한데 묶어 설명하고자 한다. 즉 그것은 형상미감과 관련한 운문과 서예, 이성 미감과 관련된 산문과 문론, 그리고 통속 장르에 속하는 소설과 희곡의 세 가지가 된다.

---

37) 이러한 방대한 문론 주장들의 구체와 의미에 대해서는 일일이 다 논할 수 없으므로 여기서는 생략한다.

1. 운문·서화

중국 전통문학의 정수는 시를 정점으로 한 운문 문학이다. 그리고 이러한 지위는 외견상 적어도 서구에 의한 개방기인 19세기 후반까지는 지속되었으며, 20세기초 백화의 대두로 막을 내렸다. 이 말에서 우리는 시의 역사에 관하여 몇 가지 생각을 할 수 있다. 즉 '중국에서 시는 어떻게 생겨서, 문학의 정상을 지키고 있었으며, 또 왜 그렇게 오랫동안 지속되었는가, 그리고 20세기 백화의 대두는 시의 종언과 어떤 관계에 있는가' 하는 사항들이다. 이제 이들 문제와 관련하여 문예사유적 측면에서 포괄적으로 고찰해 본다.

먼저 시의 외부 여건을 보자. 여기서는 시의 흥성이 가능했던 외적 토양, 시의 사회문화적 의미와 작용, 현대로 접어들면서 점차 진행된 시의 쇠락의 내면적 의미를 고찰한다. 지금까지 보아온 바와 같이 중국의 자연과 사회·문화적 여건은 시의 발전에 좋은 토양이었다. 첫째는 농경 중심의 자연순응적 환경과 이로부터 촉진되는 경험적 직관력의 발달이다. 둘째로는 표의문자인 한자가 지니는 모호성·연상성·개괄성이다. 이러한 문자적 특성은 구체적이며 명증적인 사고를 요하는 서구적 풍토와는 맞지 않지만, 직관 서정의 중국적 풍토에는 매우 긍정적 요인으로 작용했다. 문자의 의미적 포괄력이 강해짐에 따라 자연 상징성·함축성을 생명으로 하는 시가 발전하기에 알맞았던 것이다.

다음으로 시의 사회문화적 작용에 관해 본다. 유가를 비롯한 선진 제자들의 이데올로기화에 있어서, 직관적이며 정감적인 시가 인격 심미로 내적 전이를 하여 삶의 문제를 다각도에서 조명하는 도움자적 비유 작용을 할 수 있음으로써 시의 우월적 지위가 가능했다. 특히 공자, 《예기·악기》, 《순자》, 〈모시서〉 등의 음악관에서 보듯이, 시〔음악〕의 감화력이 사회적 순기능을 하도록 유도된 것이다. 이후 당대에는 과거의 과목으로 채택되기에 이르렀다. 이러한 시의 사회적 교환력과 효용 가치는 중국에서 시가 정점에 오를 수 있었던 가장 큰 현실적·사회적 요인이다. 중국문학에서의 시의 악교樂敎적 작용에 관해서는 본고에서 재론하지 않겠다.

이러한 양상은 서화에서도 같은 방식으로 나타난다. 중국의 산수화는 서양의 정물화같이 죽은 대상을 '재현'하는 것이 아니라, 살아있는 자연을 화가의 내면에서 형성된 자연합일적 심상을 통해 '표현'하는 것이다. 남제南齊 사혁謝赫의 기운생동설氣韻生動說은 이러한 심상적 자연의 표현에 관한 이론이다. 송대 문인화를 창시한 소식, 그리고 황정견에서 그림 그리는 사람은 이미 화공이 아닌 지성적 예술가로 대접받기에 이른다. 이는 그림 역시 피모가 아닌 정신적 본질세계〔神似, 常理〕를 향한 인격 수양의 과정으로 인식하고 있어, 이번에는 시교詩敎가 아닌, '예교藝敎'적 차원으로 전이되고 있음을 의미한다.

한편 공자의 제자들과의 대화 중에 언급된 《논어》의 단편적인 심미비평적 가치기준과 척도들은 인격 심미 형성의 큰 토대가 되었고, 이는 곧 주류 장르인 시에서 구현되도록 문화적 시스템이 작동되었다. 시를 통한 인격심미의 발현은 철학과 시의 유사성, 그리고 즐거움을 주는 효과적 전달 수단으로서의 음률성 등이 복합적으로 고려된 효율적 방편으로서의 시의 사회문화적 채택이라고 말할 수 있다. 중국시는 사회적 책무를 지닌 지식인들의 교감 행위로서 운용되었다는 점에서 시의 인격심미성은 문학사의 큰 줄거리에서 끝내 일탈하지 않았다. 그리고 인간 정감의 이면적 요소들, 즉 향락과 세속적 오락성들은 사와 산곡 등을 통해 해소했던 것이다. 이점은 중국에서 전통 지식인들의 장르적 차별의식을 보여주는 부분이기도 하다.

한편 시의 쇠락과 관련하여 백화로 인해 시가 문학 운용의 중심부에서 어떻게 멀어졌는가에 관한 문제는 두 가지 방면에서 접근해야 할 것 같다. 먼저 시는 이미 남송 이후로 사실상 문학의 중심부에서 밀려나기 시작한다. 이는 문인들이 달라지는 문예계의 외적 여건에 제대로 대응치 못하고 폐쇄적 회로(Inner Circle) 속에서 운용했기 때문으로, 실상 여기에도 양적 비중의 확대와 상대적 축소라는 '문언—백화'의 문제가 개입되기도 한다. 그러나 보다 본질적인 흐름은 명대 이래 지속적으로 확대된 통속 오락 장르로서의 소설 희곡의 대두와, 서구 사조에 힙입은 소설·희곡 중시 풍조와 사회제도라는 현실적 용도가 맞아떨어진 점이 작용했다.

둘째 요인은 언어 문제로서 이미 초기 신시가 보여주듯이 호적과 유평백의 껍데기적 백화시와, 서지마徐志摩와 문일다聞—多 등의 음률적 백화시와의 차이로부터 알 수 있듯이, 달라진 사회에서 달라진 수용층을 대상으로 정형기조는 더 이상 설자리를 찾기 어려웠던 것이다. 즉 백화가 자랑하는 구체적 명시성은 역사적으로 제언체의 문언시가 자랑했던 함축적 형상성을 담보하기 어려운 면을 지니고 있었던 것이다. 결국 백화와 장르적 임무 교대라는 두 변수에 의해 견고하게 보였던 문언시의 성은 급속히 쇠퇴해 버렸다. 그러나 이것을 시 장르의 종국이라고 볼 수는 없다. 시 자체의 은유성은 언어 형식적 기능과는 무관하게 늘 열려있으며, 장르적 선호도 변동 가능하기 때문이다.

외부적 여건에 이어 이번에는 시의 내부적 자체적 문제에 눈을 돌리자. 이 부분에는 대략 세 가지 요소가 개재되는데, 시의 운율성, 형식성, '언들—의意' 관계론이 그것이다. 시의 생명은 운률과 함축이다. 음악성은 그 자체로도 즐겁거니와 의미 전달의 효과를 높여준다. 사실 중국시는 짧은 편폭에 격률을 지니고 있는데, 이는 직관 서정의 표현에 적합한 양식이다.

중국시의 특기할 형식적 특징은 마디 단위인 구의 자수와 운율과 운을 중심으로 하는 율격을 지니고 있다는 점이다. 율시는 시의 정화라고 할 만한데, 오칠언 율시가 바로 이러한 특징을 지니고 있다. 시의 형식은 사언의 시경이래 오랜 세월을 거치며 형성된 것이긴 하다. 그러나 시경부터의 공통적 특징은 제언성과 그런 대로 걸맞는 율격과 운 역시 이 시대에도 존재했다. 이러한 특징들은 강한 단음절성을 띠는 한자의 특성과 관계되며, 동시에 중국인의 형식 심미에 대한 집착으로 해석될 수도 있다.

이 점은 예를 중시하는 유가적 형식 지향성, 그리고 음양적 대칭미를 지향하는 중국의 사유적 속성과 관계될 가능성이 크다는 생각이 든다. 이상의 운율성과 미적 장치 등은 운문 전부에 보이는 현상이다. 나아가 부, 변문, 사, 곡, 심지어는 일부 산문에서도 그런 흔적들이 남아 있다. 사자성어, 칠언 대련, 희곡 소설 등의 칠언 창사唱詞와 제목들이 모두 그러한 흔적들이다. 그렇다면 이는 넓게는 일종의 '운문 중심주의'이기도 하다. 이 부분에 대해서는 소설·희곡 부분에서 좀더 서술하기로 한다.

다음으로 운문의 또 다른 특징은 형식의 고정성으로서, 환언하면 내용에 대한 형식 선결성이다. 사에는 '의성전사依聲塡詞'가 있다. 이미 형성된 곡 형식에 의거해 사어詞語를 맞춰 넣는 창작 방식이다. 그런데 이러한 양상은 실제로는 이미 시에서 일어난 셈이다. 필자는 이를 '전시塡詩'라고 명명했다. 평측의 대강이 이미 짜여져 있는 상태에서 시인은 자기의 생각을 풀어내야 하는 고난도의 게임인 셈이다. 율시의 형성기인 심약 등의 사성팔병四聲八病의 제약을 통해 그 선택의 폭은 더욱 좁았을 것이다.38) 요즘 유행가로 치면 보통 작사 후에 작곡을 하는데, 중국시의 경우에는 작곡 후에 작사를 하는 셈이다. 이는 지식인의 문자 욕구의 한 양상이다. 중당 이후로는 차운·화답시가 유행했는데, 외적 내용은 친밀감의 표현이지만, 내적으로는 지식인들의 자기 과시증이기도 하다.

---

38) 당시 율시의 형성에 박차를 가했던 심약으로 대표되는 齊梁 시인들이 생각했던 심미사유는 제2절에서 언급했던 것과 같이, 자연 추수의 육조 문풍하에서 '자연의 문학작품으로의 심미 사유적 전이'가 이루어진 것으로 파악된다.

이는 5절까지 서술한 중국적 사유와는 조금 다른 사회구조적·현실적 양상의 내재된 심리로 보인다.

'언—의' 관계의 측면에서 중국시의 흥성은 직관적 정감 사유의 발달과 관계가 크다. 어떻게 보면 시를 짓는 일은 작가가 구체적·추상적 대상을 포착하여 그 기추를 영감적으로 전달하는 행위이다. 철학이 세계에 대하여 인간의 이성[정신]을 통해 그 진실을 잡아내는 일을 명제로 삼는다면, 시 역시 감성[마음]을 통해 포착하여 전달하려 한다는 점에서 유사하고 또 다르다. 철학이 한계를 가질 수밖에 없는 명증적이며 로고스적 언어 속에서 절망할 때에, 시는 파토스적 언어를 통해 언어의 한계를 뛰어 넘어버릴 수 있다는 가능성으로 인해 절망감에서 헤어날 수 있다. 그런 점에서 현대에도 은유에 기초한 시의 시효는 끝나지 않는다고 할 수 있다.

"인식이 대상을 제대로 표현하지 못할 것을 걱정하고, 글[말]은 생각을 제대로 전달해내지 못할까" 근심하는 육기陸機 등의 중국인적 언어의 한계에 대한 인식은 작품화에 있어서 각종 형상성의 세계에 대한 수렴적 언어로의 천착으로 귀결된다.39) 이런 측면에서 중국시와 시론, 그리고 나아가 서화의 지향점은 오늘의 관점에서 보아도 제대로 방향잡은 셈인데, 그것은 이치의 길로 가지 말고, 말의 통발에 빠지지 말고, 현상계를 넘어 저 밖의 상象을 추구하는 엄우적 명제이기도 하다.40)

주역에서 노장 및 공자에 이르기까지, 말로 다할 수 없는 것을 표현하고픈 욕구는 중국시와 관련된 언설에 지속적으로 나타나 있다. 구체적으로는 시경과 초사의 비흥比興으로부터, 건안의 풍골風骨이며, 도연명적 졸拙과, 조비적 기氣와, 육기적 영감靈感과, 진자앙적 흥기興寄와, 사공도적 상외지상象外之象이요,41) 매요신적 평

---

39) 〈文賦〉, "恒患意不稱物, 文不逮意". 중국인의 '意—言' 간의 선후 문제에 대한 일반적 인식은 현대 서구문예비평의 관점과 상이한 부분이 있는데, 이에 대해서는 추후의 심화된 논의가 필요하다.

40) 《창랑시화》, "不涉理路, 不落言筌."

담平淡이며, 소식적 신사神似요, 엄우적 묘오妙悟와 흥취興趣와 입신
入神이며, 왕사정적 신운神韻이요, 주제周濟적 불기탁不寄托이며, 왕
국유적 무아지경無我之境이다. 결국 이들 형상形象과 의경意境의 지
향점은 드러내지 않는 가운데의 드러남이요 말하지 않는 가운데의
말함이다. 그것은 상징과 형상의 미학이요, 궁극적으로는 은유의
세계로서, 수렴 지향의 중국적 심미사유의 구현이다. 이밖에 악부
민가, 사, 산곡 등 여타 운문 장르에 대해서는 본고에서 논하지 못
했다.

2. 산문·문론

중국 산문의 전통적 정신은 사대부 문인에 의해 문언으로 쓰여
진 기사紀事와 입언立言의 사실적 현실주의와 효용주의 정신으로서,
중국적 인문정신의 구현이다. 본 소절에서는 중국산문과 문론에
나타난 사유적 특징을 몇 가지 생각해 보도록 하겠다. 일단 서구
산문의 특징을 보면 대체로 개인적 감상과 인식을 개진하고 있는
데 반해, 중국의 경우에는 자기 수양적이거나 결국에는 사회적 문
제로 연결되는 경우가 대부분이다. 이러한 차이는 동서간의 사회
문화적 분위기가 다른 데서 기인한다. 산문 부분에서는 크게 집체
중심의 사유경향, '이고제금以古制今'의 상고주의적 해결 방식, 편폭
의 단편성을 고려할 수 있다.

서구에서 문인이란 귀족(Patron) 개인의 오락적 수요에 개별자
의 차원에서 부응하거나, 또는 독립적 문인이라 하더라도 작가 개
인의 관심과 세계관에 기초하여 창작 활동을 한 반면, 중국에서
전통적으로 지식 관료였던 사士(또는 유儒)로부터 비롯된 문인의식
은 사의 계층적 속성이 말해주듯이 사회 유지의 중심적 담당자로
서 자처한다.42) 제자백가의 관점 또한 그러하며, 〈모시서〉에 나타

---

41) 《二十四詩品》, "韻外之致, 味外之旨, 象外之象, 景外之景."

난 사관史官의 인식에도 지나간 역사를 통해 오늘의 역사를 영사影射하려는 의도가 깔려있는 것이다. 따라서 그들의 기록은 어떻게 하면 사회에 보탬이 될까 하는 질문에 대한 방법적 도경이었다. 대표적 사상인 유가의 처방전은 지배자의 자기 수양의 확산형적 적용이었다. 이런 방식은 사회적 물적 토대에 근거한 처방이 아닌 심성적 호소력에 기대고 있다는 점에서 다소 소박한 인문주의적 접근 방식이다. 그러나 이러한 인문주의적 편향이야말로 중국적 사유의 큰 줄기라고 할 수 있다.

다음으로 이상의 제세론적濟世論的 경향을 띠는 중국 산문의 처방은 대부분 상고적尙古的이라는 점이다. 이는 춘추시대말의 공자가 당시의 혼란을 바로잡고자 봉건질서가 제대로 돌아갔다고 여긴 서주 시대를 이상으로 삼은 것과 같은 맥락이다. 크게 보아도 당송의 고문운동, 명대 전후칠자론, 청대 고증학적 인식이 그러하며, 현대 문혁중의 사인방의 영사문학影射文學까지도 그러했다. 그러나 현실적으로는 실질적 성향의 중국인들은 옛 사람과 옛 것을 빌어다가〔拿來〕 현실의 문제를 해결하려고 했다. 그런 점에서 교조적인 듯이 보이는 우리의 당쟁적 역사와,43) 경직적·교조적 이테올로기에의 집착 경향 등은 되짚어봐야 할 부분이기도 하다.

다음으로 형식과 수법적 관점에서 보면 산문과 문론, 그리고 여타 기록에 대동소이하여 편폭이 짧은 편이다. 비록 전체적으로 길

---

42) 공자를 중심으로 한 士의 형성 및 그들의 사회·경제·문화적 인식은 송영배 교수의 《중국사회사상사》(한길사, 1986) 제1부 '유교의 본질' pp.17-116을 참조.

43) 물론 우리 경우 조선조 일어났던 당쟁 역시 현실의 문제를 해결하기 위한 借用으로서 시작했지만, 빌어온 사상에 대해 지나치게 교조적으로 매달려서 탄력성을 잃었던 점을 간과하기 어렵다. 그리고 그러한 역사는 오늘에도 되풀이 되고 있는지도 모른다. 중국에서 1930년대 좌익작가연맹 문학기를 평가할 때, 그들 자신이 1980년도에 이미 좌경 기계론적 오류의 결과라고 반성적으로 비판한 점은 되새겨 볼 만 하다.

다 하더라도 작은 편폭의 집체로서의 장편일 뿐이다. 특히 이 경향은 평론문에서 두드러지는데, 시화 등의 품평은 대체로 간략하고 산발적이어서, 구성도가 있고 집중적인 중장편의 서구 산문과 대비된다. 로고스 중심주의적 경향과 감성 중심주의적 풍토의 차이이기도 하면서, 표의문자적 속성, 언어에 대한 불신 등의 문화적 배경에 기인한 것으로 파악된다. 수법적 측면에서도 작자에 따라서는 한유와 같이 풍부한 비유와 정합적인 논리 전개가 두드러지는 사람도 있으나, 대체로 간화·함축된 언어적 표현 속에 많은 뜻을 인상 비평적으로 전달하려는 방식이 많다. 앞서 말한 춘추필법론 류가 그것이다. 산문 이외의 문론 비평 분야는 문학하는 입장에서 몇 권의 책으로 써도 부족할 만큼 다양한 논문과 전저專著가 나오고 있는 만큼 본고에서 소략히 논할 일이 아니며, 앞장에서의 유관 언급으로 대신한다.

3. 소설·희곡

주지하다시피 중국문학 제 장르 중 오락성분이 강한 통속 문예 장르인44) 소설·희곡은 정화감淨化感이 크고 따라서 삶의 감정을 생활을 풍요롭게 해주는 활력소의 작용을 해 준다. 그럼에도 불구하고 이 분야의 발달이 가장 늦은 이유는 현실 중시의 예교적 효용주의에 의해 억제되었기 때문이다. 사대부가 주도했던 중국 문

---

44) '통속 문예 장르'라고 한 것은 먼저 '통속'이란 의미는 이들 장르가 문인 사대부 계층보다는 주로 대중성을 지향하고 있다는 점이다. 물론 초기 지괴·지인소설 및 당 전기의 의도는 온권 등 문인 사대부 계층을 의도하고 지은 면도 없지 않다. 그러나 전반적인 추향은 대중성을 지니고 있다고 보아야 할 것이다. 희곡의 경우는 더욱 그렇다. 다음으로 '문예'라고 한 것은 읽히는 소설·희곡으로서 보다는 변문과 같이 강창되거나 가무와 동작에 의해 실제로 공연되는 소설과 희곡으로서의 성격이 강하다는 의미이다. 즉 중국문예의 큰 특징인 '演唱性'이 강하다는 뜻이다.

화의 전면 문화 중심주의의 결과인 것이다. 통속 장르의 발전은 크게 보아 북송 중엽 이래 시민적 계층의 대두와 함께 이루어진 백화의 폭넓은 수용과 함께 강력한 드라이브가 걸렸다.

본 절에서는 총 7종에 걸쳐 소설 희곡의 중국적 양상과 특징을 고찰한다. 그것은 우언이 지니는 역설적 의미, 이야기의 단편성, 운문 중심주의적 흔적들, 서술구조에서 보이는 사전성史傳性, 현실과 유계幽界의 친연성, 대단원의 낭만성, 동기로서의 오락성에 관한 부분이 그것이다.

사실 중국에서도 허구는 오래전부터 존재했다. 신화적 이야기거리에서부터 입언가들이 논지 강화를 위해 썼던 우언적 예화들이 그 원형이다. 그렇다면 중국문학에서 허구의 성장에는 역설적으로 현실 계도를 목적했던 입언가[제자백가]들이 중요한 몫을 담당했다는 아이러니가 성립되는 셈이다. 즉 현실을 위해 차용했던 우언은 현실적이며 사실적 토양에 오히려 상상과 허구의 세계를 향한 공식적 창구가 되어주었다. 우언문학의 의미는 이런 관점에서 추구할 수 있을 것이다.

형식적인 면에서 볼 때 중국 소설 역시 짧은 편폭 및 이야기의 단편성을 들 수 있다. 각종 신화전설과 지괴·지인 소설은 심지어 두 세줄 짜리도 적지 않다.45) 이러한 중국문학 제 장르의 소편폭성은 거의 공통된 현상으로서 이미 언급했다.

소설·희곡의 연창성과 관련하여 들 수 있는 특징은 운문 중심주의적 속성이다. 중국에서 희곡의 원류로서의 강한 흐름을 보여

---

45) 중국에서 소설의 출발은 어디부터인가 관한 견해는 다양하다. 대체로 주제의 부각이나 구성도면에서 명대로부터 소설적 모습을 갖추고 있다고 하지만, 그 시대적 폭은 신화 전설에서 육조 지괴 내지 당 전기, 또는 최근의 현대 소설에 이르기까지 다양한 관점에서 재단할 수 있다. 필자는 주제의 부각 방식이나 구성적 치밀도의 측면에서 당 전기에서 중국적 의미의 본격 소설이 시작되었다는 생각이다.

주는 가무희歌舞戱는 말할 나위도 없고, 원대 이래의 잡극에서 창
唱은 가장 중요한 공연 성분이다. 변문은 창과 이야기가 중복적 또
는 교대적으로 나타나기도 하며, 일반 소설에서도 곳곳에서 노래
가 튀어나오고 있다. 지금도 각종 민간 문예는 노래와 공연성분이
강하게 드러나고 있으며, 이미 언급한 바와 같이 칠언체의 가행이
상용되고 있다. 이렇게 운문이 자주 삽입되는 이유에 대해서는 제
설이 있을 수 있는데, 진평원陳平原은 저자의 박학, 청중의 호응,
이야기의 가치 제고 등을 들었다.46) 필자의 생각에 노래로 된 운
문은 그 자체로서 즐거움과 재미를 안겨주고, 또 이야기의 의미
전달 효과도 크다. 그리고 무엇보다 중요한 것은 청중들과의 합일
을 이룰 전통적 방식이 중국문화에서는 운문이었다는 데서 기인하
는 것 같다. 이는 문화적 결정 요인이 서술 양식에 미친 영향 부
분이다.

　다음으로 들 수 있는 서술 방식상의 특색은 사전성史傳性이 강하
다는 점이다. 당 전기의 각종 작품이 그러할 뿐만 아니라, 조선조
에도 가전체假傳體 소설이 한 장르를 점하고 있다. 노신은 〈아큐정
전〉에서 사전적 방식을 원용하고 있기도 하다.47) 허구임에도 불구
하고 실재하는 인물인 듯이 그리고 있는 이유는 우선 사실을 중시
하는 중국문화의 기사문학적紀事文學的 소산이며, 다른 한편으로는
"있을 법한 이야기"라는 허구 장르의 핍진성逼眞性을 위한 충분 조
건적 속성으로서의 의미도 지니고 있다.

　이밖에도 소설 전개 방식면에서는 허실 상보적 전개방식을 들
수 있는데, 가장 두드러지는 양상이 인간(人)·귀신(鬼)의 친연성
이다. 현실과 유계幽界를 서로 무단히 넘나드는 등장 인물들의 모
습은 서양과 같이 결절되지 않고 상호 소통된다. 현세에서 맺지

---

46) 진평원 著, 이종민 譯, 《중국소설서사학》, 살림, 1994, pp.289-291.
47) 이에 대해서는 상반되는 해석이 가능할 것이다. 필자의 생각에는
　　전통적인 史傳的 방식을 빗대려는 의도가 일정 부분 개재된 것으로
　　보인다.

못한 인연을 유계에서 맺기도 하고, 다시 환생하기도 한다. 이러한 친연성은 최근에 이르기까지 지속된 중국 사회의 농촌성과, 그 배경 하에서 신화전설과 지괴소설이 탄생되었다는 점에 있을 것이다. 이후 당대에 일정 부분 도시화한 이후로도 이 경향은 크게 바뀌지 않았는데, 《요재지이》와 같은 문언 필기류에서 특히 두드러진다. 그렇다고 해서 백화에서 나타나지 않는 것도 아니다. 송대 화본 및 이후의 백화소설에서도 나타날 뿐만 아니라, 현대 영화의 단골 소재이기도 하다. 서구의 대립·상극적인 귀신관과 다른, 중국에서 보이는 친연적 인간·귀신의 관계는 중국사회의 농촌적 배경과 함께, 차안과 피안이 서로 윤회적으로 얽혀 있는 것으로 보는 도교적·불교적 세계관과도 관계있을 것이다.

이밖에 통속 문예 장르에서 보이는 중요한 고려점 하나는 주제에 대한 작자 혹은 청중들의 접근과 인식 문제이다. 그것은 대단원의 낭만성이다. 자아와 세계간의 투쟁적 양상을 그리는 서사 장르에서 갈등은 필연적 요소이다. 그리고 갈등의 내용은 자연 비윤리적이며 반도덕적인 것들이기 십상이다. 빨리는 〈앵앵전〉이나 〈이와전〉, 그리고 허다한 명청 장회소설들에서 중간의 내용들은 질펀한 욕망의 추구와 관련된다. 그러나 결국에 가서는 대부분 대단원으로 당시의 윤리의식에 크게 어긋나지 않게 원만한 방식으로 마감한다. 나아가 독자들에게는 이러한 이상異常 경험을 반면 교훈으로 삼을 것을 권하기까지 한다. 풍몽룡의 '삼언三言'의 취지도 그렇게 이야기된다. 이에는 사회적 비난을 피하기 위한 문인들의 윤리적 당위감도 작용했을 것이다. 이러한 결말이 하나의 전형으로 굳어지게 된 배경적 원인으로는 농촌적이며 자연순응적인 중국문화의 특성도 작용했을 것으로 보인다.

그러면 욕망과 예교의 이중적 선율 사이에서 욕망으로부터 예교로의 '치고 빠지기 전략'에 대해 우리는 어떤 평가를 내려야 하는가? 닭이 먼저인가 달걀이 먼저인가에 관한 이 부분에 대해 필자의 생각은 통속 장르의 첫째 생명은 재미에서 출발해야 한다는 점이다. 즉 오락과 쾌락이 첫 번째 의의이고, 대단원의 윤리와 교훈은 두 번째 의의로 보아야 한다는 점이다. 물론 강조되는 명분은 얼마든지 달라질 수 있다. 실질이 아닌 명분이기 때문에 가능하다. '욕망과 예교의 이중 변주 사이의 줄타기', 이것은 중국 소설과 희곡이 지니고 있는 하나의 뉘앙스이자 위상인 것 같다. 이밖에 통속문예 장르와 관련해서는 운용상 문언과 백화의 갈래, 기록과 공연의 문제 등도 생각의 여지가 있으나 다음 기회로 미루기로 하고, 이상으로 장르론적 사유상의 특징들에 대한 개략적 검토에 대한다.

Ⅳ. 맺음말

본고의 작업은 첫째로 역사적 중국문화라는 텍스트 속에서 공통적으로 혹은 특징적으로 흘렀던 문화적 원형 내지 특징을 구하는 작업이었다. 둘째로는 그것을 바라보는 관점 면에서 전통적으로 다른 토대에 있는 것으로 파악되는 서구적 문화와의 대비적 시각에서 중국적인 것을 찾아보려 한 점이다. 실상 이러한 '문화 텍스트'의 이해에는 두 가지 고려 사항이 개재된다. 하나는 문화의 역사성 또는 전통성이다. 둘은 텍스트를 바라보는[해석하는] 관찰자[존재]의 위상[의식]이다.48)

상기 두 요소는 해석학적으로 문화 텍스트 읽기에서 역사와 전

---

48) 데카르트적 '의식'은, 하이덱거에서 존재의 상황안에서 의식할 수밖에 없다는 점에서 '존재의 탈은폐'로, 다시 신해석학자인 가다머(Gadamer)에 의해 '의식적 존재(Bewusstsein)'로 거듭났다. 이런 의미에서 가다머적 진리는 저자 중심적이 아니라 독자 중심적이며, 탈은폐로서의 진리가 해석학적 순환에 의하여 존재 사건으로서 이해되고 해석되는, 끝없는 해석학적 과정이다.

통에 대한 '긴장' 관계 속의 상호 삼투적인 '대화'를 통해 지평을 융합해나가는, 즉 텍스트 해석을 전체적인 상황 또는 전통의 지평으로부터 조명하고 이번에는 거꾸로 전통의 지평을 텍스트로부터 반조하는, 부분과 전체와의 부단한 주고 받기적 해석 과정인, '해석학적 순환'을 요구한다. 이렇게 볼 때 가다머적 해석은 전망적 해석학이며, 데리다적 해체의 차연差延이자, 라깡적인 텍스트의 영원한 재해석으로 이어지는 부분이 있다.

본고에서 필자는 오늘날 직선형적이며 분석·명증적 사고가 주류를 이루는 서구적 사유와 대비되는 의미에서의 중국적 사유의 큰 흐름을 찾는데 주력했다. 먼저 중국적 사유의 특징을 몇 가지 측면에서 개괄해 보았는데, 그것은 '총체성, 자연성, 원형 사유, 문자적 모호성, 드러내지 않음의 미학'의 다섯 가지이며, 그 안에서 세부 사항들을 생각해 보았다.

다음으로는 이상의 작업과 관련하여 필자가 생각해온 문학 예술 방면의 사유에 관련되는 부분들을 장르적 속성에 따라 운문과 서화, 산문과 문론, 소설과 희곡의 세 범주로 나누어 발제적으로 문제점들을 추출 제기해 보았다. 먼저 시를 중심으로 하는 운문의 외부적 고찰에서는 시의 흥성이 가능했던 문화적 토양, 사회문화적 의미와 작용, 그리고 시의 쇠락에 관해 사유 시스템적으로 생각해보았다. 다음으로 시의 내재적 분석에서는 시의 운율성이 의미하는 몇 가지 특징들, 형식성이 야기하는 중국문학에서 두드러지는 전시성塡詩性, 아직 충분히 고찰하지 않고 있는 '언言─의意' 관계에 관한 제자諸子와 비평가들의 관점 피력이 그것이다.

두 번째 산문 부분에서는 집체 중심의 사유경향, 옛 것으로써 오늘의 문제를 풀어나가려는 '이고제금以古制今'적 해법, 단선적인 짧은 편폭 등에 대해 생각해 보았다. 문론 부분은 다루자면 한이 없기 때문에 별도로 다루어야 할 부분으로서 본고에서는 총론에서 다룬 부분 외에는 생략했다. 세 번째 소설 희곡 부분에서는 우언의 의미, 이야기의 단편성, 운문의 삽입 문제, 사전성 이해 문제, 현실과 유계의 친연성, 낭만적 대단원, 욕망과 예교의 이중 변주變奏에 관한 문제 등 비교적 다방면에서 검토해 보았다. 통속문예와 관련한 생각에 있어서는 '중국문학사 연구회'에서의 다양한 논의들이 알게 모르게 도움을 준 것 같다. 이들 발제적 사항은 심화 천착·연구되어 그 타당성 여부와 함께 심도를 갖게 되기를 희망한다.

앞서 말한 바와 같이 텍스트가 관찰자와 단절 불가능의 관계에 있는 것이라면,49) 중국의 문화에 대한 우리의 해석은 우리를 바라보는 주체적 인식에 연결되어 있기도 하다는 뜻이다. 이런 의미에서 중국문화의 원형에 대한 해석 문제는 필자가 이제까지 이야기한 내용에도 불구하고, 우리 자신에 대한 성찰적 바라보기와 함께 나아가야 할, 결코 쉽지 않은 과제로서 우리 앞에 다시 남는 셈이다.

이상에서 바라본 중국문학적 사유에 대한 중·서 비교적 고찰은 장시간에 걸친 생각이었음에도 불구하고 소략한 부분이 많이 있는 것 같다. 먼저 필자 자신이 서구문학에 대한 소양이 부족하고, 시 비평을 전공하고 있는 입장에서 다른 분야를 개괄하고 문제를 파헤치는 일이 수월치 않았다. 또한 주로 거시 고찰적 연구인 관계로 세부 사항에서 정합하지 않거나 또는 잘 정리되지 않은 부분이 있을 여지도 크다. 이같은 점은 필자의 역량의 한계에서 기인하는 것이며, 향후의 노력을 통해 중국의 문예사유의 체계화에 더욱 다가갈 수 있기를 희망하며 마무리에 대한다.

(〈중·서 비교를 통한 중국문학적 사유체계론, 《중어중문학》 27, 2000)

---

49) 대상과 관찰자의 상호 관계에 대한 현대과학 분야의 설명은 이 책에 수록된 〈중국문학비평 연구의 패러다임적 논의〉 참조.

중국문학비평 연구의 패러다임적 논의

Ⅰ. 들어가면서

21세기의 문턱 바로 앞에 와 있으며 해방후 50여 년을 지나온 지금 한국의 중국문학계를 돌아보면 일제 강점으로 인한 정체성의 상실 및 현대로의 역사적 단절과 해방 직후의 남북분단 등 혼란스러운 문화적 토양에서 시작하여, 국외로부터의 학문적 이식 및 왕성한 개척적 성과를 통한 연구 제1세대의 기초적 토대 구축기를 거쳐, 이제 점차 제2세대 연구자들의 양적 확대와 함께 질적 모색의 새로운 시기로 접어드는 느낌이다.

1980년대 들어 급격히 증가한 중어중문학 관련 학과의 신설로 이제는 전국에서 약 200개 대학에 중국어문학 내지 중국학 관련 학과가 개설되어 있고, 석사 이상의 연구 인력만도 매년 수백명씩 배출되고 있다. 여기에 매년 쏟아지는 수많은 저작과 논문들로 인해 이제는 국내 중국어문학 연구계의 전모를 파악하는 일도 어지간한 부지런을 떨지 않으면 쉽지 않게 되었다. 양적으로 볼 때 인구 4천 5백만의 나라에서 이 정도라고 하면 인구비례 대비로는 가히 정상급의 중국학 연구지라고 할 수 있으며, 절대 숫자상으로도 세계적 수준에 도달한다고 해도 과언이 아닐 것이다.

이와 같은 비약적 성장을 통해 축복받은 듯하게만 보이는 중국어문학 연구계의 활황 장세를 좀더 자세히 들여다보면 그렇게 낙관할 수만은 없는 여러 가지 고민과 문제가 우리 앞에 놓여 있음을 발견하게 된다. 먼저 우리나라를 비롯한 아시아와 여러 개발도상국의 경제적 위기로 인해 경제적으로 그간의 일본과 구미의 양대 패러다임의 각축은 일단 구미의 승리로 귀결되는 것같이 보인다.1) 아울러 중국의 급속한 부상은 우리로 하여금 기대와 우려의 여러 가지 다기한 생각을 요구케 하는 상황이 전개되고 있다. 여하튼 효율성과 투명성의 잣대는 분야와 구성체에 무차별적으로 적용되어 결국 학문에서도 실용학의 지위 상승 및 인문학의 상대적인 하강과 더욱 긴밀하게 연결되어 추진되고 있으므로, 중국문학 연구계 역시 이러한 외부적 여건으로부터 자유롭지 못할 것이다.

학문 연구의 중추를 이루는 대학의 경우 대학원생 이상의 경우만 하더라도 갈수록 순수 전문 연구분야로의 취업이 쉽지 않게 되어 가는 현실에서 이들 인력의 활로 모색은 당장의 과제로 대두될 전망이다. 그리고 연구 분야와 대상 역시 단선적 정태성靜態性으로부터 다양성과 실용성을 향해 동태적으로 전개될 가능성이 높다. 아울러 이미 어느 정도 개괄적 연구 토대가 마련된 이상 연구 영역과 방식 역시 세분화와 질적 변화가 가속화할 것으로 보인다. 따라서 '양적 확대가 질적 제고를 가져온다'는 말을 빌지 않더라도 이상과 같은 여건의 변화로 인해 향후 우리나라 중국어문학 관계 연구계는 원하든 원하지 않든 간에 질적 변화기에 진입할 가능성

---

1) 일본적 경제 패러다임에 대해서는, 근대사 이래 대동아공영적 의도를 지니고 서구 제국주의의 아류적 형태로 진행되어 왔다는 오리엔탈리즘적 담론의 시각에서 파악할 때, 우리로서는 정당한 독자성을 부여하기 어렵다. 또 한편에서는 비록 일면 허구적인 의미를 지니고 있기는 하지만 '동양'이라는 관점을 서구에 대한 다른 한 축으로 생각하는 면에서는, 이같은 귀결은 문화적 무게중심 역시 더욱 서구로 기울게 하는 측면이 있다.

이 매우 높다는 생각이다.

그러면 우리 연구자들은 이에 대하여 어떠한 고민과 모색과 대안을 가지고 있는가? 사실 미래에 속하는 불확실한 문제에 대해 어느 누구도 자신있는 답을 내놓기 쉽지 않을 것이다. 필자 역시 이 커다란 문제에 대해 유효적절하게 다룰 역량과 준비가 부족하다. 굳이 변명하자면 제목에서 시사하듯이 본고는 연구분야를 위주로 한 논의이므로 현실과는 얼마간의 거리를 둘 수 있을 것으로 보이기도 한다. 그러나 이 논의 역시 현실로부터 그렇게 멀리 거리를 둘 수는 없으며, 또 그렇게 되어서도 안될 것이다. 왜냐하면 본고의 논의는 '가상 보편으로서의 원론적 중국문학 연구'에 더하여, '오늘 우리의 시점에서 한국인으로서 중국문학 연구의 의미는 무엇이며, 또 그 연구는 어떻게 해야 하는가?'하는 전제적·현실적·반성적 질문에 무게를 두어 '현실 보편으로서의 중국문학 연구 방향의 모색'에 대한 몇 가지 고민들을 논하고 있기 때문이다.

이상과 같은 논의를 기초로 하여 이제 본고의 연구 대상과 목적, 그리고 논의의 진행과정을 먼저 밝히도록 한다. 먼저 필자가 참여하는 학술회의의 대주제가 '한국적인 중국어문학 연구의 위상과 전망'이며, 필자는 주로 중국시를 중심으로 중국문학 비평 영역을 연구하고 있으므로, 그 소임에 맞게 부족하나마 우선 '중국의 시를 중심으로 한 중국문학비평 연구 분야의 어제와 오늘'을 간략히 되돌아보고, 둘째로는 '연구 주체인 "우리"의 세계 속에서의 존재와 대상으로서의 중국문학 바라보기에 관한 문제'를 생각해 볼 것이다. 그리고 다음 단계로 '소통성에 관한 연구 패러다임의 모색'으로서 연구의 중심이 되는 논문쓰기에 관한 고찰과 향후의 전망을 위주로 한 소통 차원에서의 위상과 가능성의 추형을 논해 보겠다. 그 내용은 대략 (1) 중국문학비평 논문의 기술적 요건, (2) 중국문학비평사유의 특징, (3) 중국문학 내적 고찰, (4) 중국문학 외부 범주와의 소통론이 그것이다.

Ⅱ. 한국에서의 중국문학비평 연구사론

옛부터 우리나라의 지식인들은 중국시를 독서인의 교양으로서, 나아가 사회적 자아 실현의 중요한 수단으로 인식해 왔다. 백제와 고구려의 자료는 남아있지 않아 알기 어려우나, 신라에서는 《문선》을 제1의 교과서로 삼았고 이 전통은 대체로 조선조까지 내려온다.2) 또한 《삼국사기》, 《계원필경집桂苑筆耕集》, 《고운선생문집孤雲先生文集》, 《전당시속습全唐詩續拾》 등의 기록을 통해 신라말 최치원崔致遠의 재당在唐 활동과 시창작의 면모를 알 수 있다.3) 고려 시대에는 시부사장詩賦詞章을 위주로 당을 배우기 시작했으며, 이후 두보杜甫, 소식蘇軾, 황정견黃庭堅 등 많은 시인들의 시를 학습했다. 이규보李奎報(1168-1241)는 《문선》류의 기풍을 버리고 소식을 추종하여 시풍을 바꾸어 놓았다. 고려 말에는 이인로李仁老의 《파한집破閑集》, 최자崔滋의 《보한집補閑集》 등의 시화서詩話書가 출현하였고, 조선 초에는 《동인시화東人詩話》를 지은 서거정徐居正의 《동문선東文選》이 고려 및 조선 문학의 최초의 선집으로 남아 오늘에 이른다.4) 조선 중기 성종 및 명종 때에는 박은朴誾과 이행李荇을 필두로 하는 '해동강서시파海東江西詩派'가 유행하여 다시금 소식의 시풍에서 벗어났다. 그리고 비평 영역에서는 시창작의 극성기가 지난 후에 시화가 유행했는데, 이점은 중국과 조선이 같았다. 그리고 16, 7세기 임진왜란과 병자호란 이후로 시 창작의 기세는 완연히 쇠퇴해졌는데, 이 점 역시 중국에서 남송 이후 시가 문학 내적 중심축을 타 장르에 내어준 채 시화비평에 무게를 실어온 궤적과 유사하게 전개되었다.

---

2) 김태준, 《朝鮮漢文學史》, 朝鮮語文學會, 漢城圖書株式會社, 1931, p.10.
3) 최치원의 활동과 시에 대해서는 김태준의 《朝鮮漢文學史》(앞의 책, pp.32-37) 및 유성준 교수의 〈羅隱詩에 의거한 崔致遠詩의 古談風〉 (《中國詩歌硏究》, 新雅社, 1997, pp.275-296) 참고.
4) 金台俊, 《조선한문학사》, p.41, 120.

이후 일제시대의 역사적 굴절기 이래 우리나라의 한학이 아닌 근대적 의미의 중국문학 연구의 역사를 일별하면 다음과 같다. 해방후 1926년 일본인들이 세운 경성제국대학에서 지나문학支那文學 전공이 생기면서 근대식 중국문학이 태동했다. 여기서 김태준(31년 졸업), 차상원(36년), 이명선(40년), 박노태(43년) 등의 학자가 배출되었으며, 그중 차상원 선생은 해방 이후 서울대 중문학과를 이끌었으며, 박노태 선생은 성균관대에 재직하였다. 이외에 일제 시대에 중국에서 수학한 후 학계에서 활약한 분으로는 정래동 선생, 김구경 선생, 김정록 선생, 송지영 선생 등을 꼽을 수 있다.5)

이후 차상원 선생으로부터 수학한 차주환, 장기근 선생을 통해 명맥을 이어 온 전란후 우리나라의 중국어문학은 중국문학의 개요에 대한 판서와 프린트물로 공부하던 시대를 지나, 50년대말 김학주·이병한 교수를 필두로 당시 외교 관계를 맺고 있던 대만으로의 유학이 시작되었다. 그리고 1970년대에는 미국과 중국의 화해 무드의 영향으로 기존의 서울대(1945), 외대(1954), 성대(1955)에 더하여, 1972년에 고려대, 숙대, 단국대에 중문학과가 개설되더니, 연세대(74년), 영남대(76년)등 90년대 초반까지 전국에 약 200개 대학에 중국어문학 내지 중국학 관계 학과가 꾸준히 설치되었고, 중국과 국교를 체결한 1992년부터는 광대한 땅 중국으로의 어학 연수와 유학이 시작되어, 바야흐로 중문학과와 그 연구 인력의 양적 팽창기를 맞게 되었다.

이러한 여건을 기반으로 중국어문학 관계의 연구서도 점차 체계를 잡아가기 시작했다. 중국문학을 본격적으로 개괄한 저서로서는 《중국문학사》(차상원·차주환·장기근, 동국문화사, 1958),6)

---

5) 이장우, 《중국문학을 찾아서》, 영남대학교 출판부, 1994, pp.13-14 참조.
6) 조동일 교수는 《동아시아문학사 비교론》(서울대학교 출판부, 1993, pp.72-110)에서 이 책을 비롯한 동아시아 3국의 중국문학사 29종의

《중국문학사조사》(이가원, 일조각, 1959),《중국고전문학평론사》(차상원, 범학, 1974),《중국문학사》(김학주·정범진, 범학, 1974),《중국문학사》(문선규, 경인문화사, 1976),《중국문학개론》(김학주, 신아사, 1977)이 있다. 특히 김학주 교수는 우리나라 개척 제2기 학자로서 중국문학의 전체적 개괄을 비롯하여 시, 희곡 등 제방면 연구에서 선도적 역할을 담당하며 거시적·맥락적 연구를 수행해 왔다.7) 1980년대 후반 이후로는 연구 인력의 양적 증가에 비례해 저역서의 저작이 급속하게 늘고 있는 추세이므로 일일이 들 수 없고, 다만 김시준·서경호 교수의《한국 중국학 연구논저목록》8)과 조성환 교수의《한국의 중국어문학 연구가 사전》쪽을 참고하면 되겠다.

한편 시학론에 관한 본격적인 저작으로는 한대 운문의 변천과 특징을 독자적 시각에서 논한《한대시연구漢代詩研究》(김학주, 광문출판사, 1974), 한·중 시학이론의 원류와 풍격에 관한 이론체계를 정밀하게 연구한 본격적 이론비평서인《한시비평의 체례연구》(이병한, 통문관, 1974), 경학적 관점에서 모시毛詩에 대한 복잡한 역사적 이해의 문제를 정밀하게 논한《모시연구毛詩研究》(김시준, 서린문화사, 1981) 등 학위논문에 근거한 전문서적들이 출간되기 시작했다. 또한 원문 인용시 번역문의 제시를 규범화하는 등 엄정한 학문적 자세로 우리나라 중문학계를 선두에서 이끌어온 차

서술 체계와 관점에 대해 제3자적 시각으로 비교적 세밀하게 장단점을 분석했다. 다만 한국에서 나온 문학사에 대해서는 차상원 선생의 문학사만 소개한 점이 아쉽다.

7) 이상 중국문학 연구 개황에 대해서는 앞의《중국문학을 찾아서》제1부중 제1절부터 제5절(pp.11-56)까지 소개되어 있으므로 지나친 중복은 피한다. 제1-5절의 제목은 (1)한국 중국문학 연구의 회고와 전망(1988), (2)중국문학연구 현황(1981), (3)한국 漢學의 당면문제(1970), (4)한국의 중국학(1978), (5)오늘의 중국문학(1978)이다.

8) 솔출판, 2001, 서울, 742쪽;도서출판 시놀로지, 2000, 서울, 530쪽.

주환 교수가 73년부터 4년간 《심상心象》에 연재한 38회분의 시화詩話 관계의 글들을 한 데 모은 《중국시론》(서울대출판부, 1989)과, 고대문학 연구를 위한 전제적 고려 사항들을 선도적 입장에서 광범하고도 맥락적으로 다룬 김학주 교수의 《중국고대문학사》(민음사, 1983), 최근까지 당시를 중심으로 중국시화와 주변부 시인들로 범위를 넓히며 의욕적으로 중국시 연구를 천착해 온 유성준 교수의 《중국당시연구》(上·下, 국학자료원, 1994)와 《중국시가연구》(신아사, 1997)등은 모두 중국시 비평 관계의 노작들이다.

  그러면 우리나라 중국시 관계 연구의 대체적 방향과 방식은 어떠했는지에 관해 천론淺論하여 보기로 한다. 필자는 1992년 학술원 사업으로서 차주환 교수가 기획하고 서경호 교수가 실무를 담당하였던 작업으로서, 1945년부터 1984년까지의 중국어문학 관계 논문 및 저서 249인 791편의 해제 작업에 14인 집필위원 중의 한사람으로 참여할 기회가 있었다.9) 당시 필자는 당송시를 중심으로 하되, 시간적·장르적으로 그 언저리의 논저 약 140편의 글을 읽고, 원고지 1,400매 분량의 해제를 달았던 것으로 기억된다.

  당시 읽은 글들은 거의가 선배 교수님들의 노력의 결정체이므로 조심스럽기는 하지만, 오늘의 논의를 위해 부득이 당시 이들을 읽은 소감을 말하자면 두 가지로 요약할 수 있을 것 같다. 하나는 상당수의 연구 논문이 시경詩經, 초사楚辭, 도연명陶潛, 이백李白, 두보杜甫 백거이白居易, 소식蘇軾 등 중국시를 대표할 만한 비중있는 저작과 시인들에 대한 연구에 집중되었다는 것인데, 이는 문학 연구의 초기 단계에서 나타나는 보편적 현상일 것이다. 그리고 다른 하나는 많은 논문들에서 작가의 생애와 사상, 그리고 작품들의 예시와 영향 등을 기술했는데, 작가에 대한 평가의 틀을 전제적으

---

9) 《學術總覽》 제48집, 〈중국어문학편 I : 1945-1984〉, 대한민국학술원, p.532, 1993.

로 설정한 후에 대체로 그에 긍정적으로 부합하는 범위 내의 작품을 예시하고 기술한 것 같은 느낌이 든 것이 적지 않았다. 이에 대해서는 잠시 후 작가와 작품론에서 거론하겠다.

이들 논문들이 몇 작가에 집중되어 있기는 하지만, 그렇다고 해서 내용까지 모두 같은 것은 물론 아니다. 다만 서술면에서 간혹 관점의 객관성이 충분히 드러나지 않은 채 말류 강서시파江西詩派의 시창작과도 같이 일정한 방식에 의거해 지은 부분들은 아쉬운 부분으로 보인다. '생애, 사상, 내용, 형식기교, 영향, 평가'를 기조로 하는 논문 작성체계의 상투성(Stereotype)은 대만의 연구 경향에서 유래한 것으로 보이는데, 이는 필자가 본고에서 논의하고자 하는 연구 패러다임의 모색이라는 현재적 관점에서 성찰이 필요한 부분으로 보인다. 모두 다 그런 것은 물론 아니겠으나 필자의 천견淺見으로는 1980년대까지의 대만 중국문학 연구계에서는 창의적 연구 관점이나 시각의 피력보다는, 연구 대상에 대한 철저한 자료의 섭렵과 그간 연구사에 기초한 견실한 정리 능력이 더 강조된 면이 있다는 생각이다. 이러한 데에는 동성파桐城派 등 청대 고증학의 치학治學 유산을 물려받은 학문적 분위기의 영향이 큰 점도 한 몫을 한 것 같다.

그런 한편 1980년대 초부터 우리에게 알려지기 시작한 사회주의 대륙의 논문들은 일단 편폭이 짧다. 이러한 단편성은 그들의 논문 쓰기의 내부적 규범으로 자리잡은 느낌이 드는데, 일단 상세한 분석을 기대하기 어려운 점은 한계로 작용하지만 논점을 분명히 한다는 면에서는 연구자의 관점과 분석 대상간의 거리를 좁히는 긍정적 측면이 있다. 또한 서술 방향면에서는 1980년대 초반만 하더라도 해당 연구자가 처한 시기의 이데올로기적 영향으로부터 자유롭지 못하다는 점에서, 앞과는 또 다른 정치적인 의미에서 '상투성'을 불식하기 어려웠는데, 이는 '문혁文革' 이후 모택동毛澤東의 지도 노선의 영향으로부터 벗어나는데 걸린 시차 때문으로 생각된다. 하지만 1980년대 중반 이후 오늘날엔 등소평의 실용주의 노선이 생활 속에 정착하여, 학술회의 개회사의 정치적 구두선口頭禪을 제외한다면 이념적 성분은 거의 탈색된 느낌을 갖게 된다.

앞서 문제를 제기했던 작가와 작품 연구 역시 여타 연구와 마찬가지로 냉철한 객관적 자세가 요구됨은 당연하다. 이제 다시 우리나라 논문의 작가와 작품론을 고찰하면, 일부 논저에서는 작품의 예시와 평가가 객관적으로 이루어지지 않고 부분적·편면적으로 이루어진 것을 볼 수 있다. 한 작가의 현실인식이나 문학사상을 예시하는 작품을 예로 들 때 잘 나타난다. 예를 들어 연구자가 말하려는 한 가지 논점이 사실은 양적·질적으로 그 작가를 잘 대변해주는 대표적 특성이 아님에도 불구하고, 몇 수의 작품을 예로 들면서 마치 그것이 그 작가의 중요한 부분인 것으로 여기게끔 하는 일은 작품 전모를 파악하지 않은 가운데 야기된 안이한 방법으로서, 이 점에 있어서는 필자 역시 예외가 되기 어렵다.

또 한가지 반성적으로 생각해 볼 점은 대상 작가에 대하여 객관적 서술보다는 무의식적 '동일시 현상'이 나타나는 점이다. 사실 대상 작가와 작품에 대한 객관적 평가 작업은 그 대상의 문학적 성취가 어떠한 것이든 연구자의 학문적 위상이나 역량과는 아무런 관계가 없음에도 불구하고, 간혹 부지불식 간에 연구자와 작가를 일체화하는 것이다. 문학연구에서 동일시는 자국 문학에서도 바람직하지 않을 뿐만 아니라, 더욱이 '외국 문학'을 하는 우리 입장에서는 주체성의 확립면에서 위험하기도 하다. 이같은 관찰 거리의 미확보 문제는 연구 주체로서의 자기 입지에 대한 고찰이 충분하게 되어 있지 않은 데서 비롯된 것 같다. 작가와 작품에 대해 바른 시각의 확립과 그에 대한 실증적 검토는 학문의 발전을 위한 중요한 토대가 된다. 이 부분에 대해서는 다음 장에서 논하기로 한다.

논의를 확대하자면 이제는 많이 사라졌지만 우리 조상에게도 잘

사용하지 않는 자字와 호號를 외국의 역사적이며 객관적 연구 대상
에 대해 '이태백李太白', '백락천白樂天' '소동파蘇東坡'라고 지칭하는
일도 다시 한 번 생각해야 할 일로 보인다. 원래 자와 호는 이름
을 대놓고 부르기 어려워서 존경의 의미를 곁들여 부르던 것인데,
학술 논문에서 자기 조상도 아닌 외국의 역사상의 인물에 대해 이
렇게까지 칭해야 할 이유는 없다. 설사 그 인물에 대해 호감을 가
지고 있다 하더라도 객관화된 분석을 중시하는 학술 논문에서는
오히려 논문의 객관성을 떨어뜨리는 역작용을 할 수도 있다.

　여기서 논의를 더 진전시키면 한국어로 된 논문에서 서술 용어
는 처음에는 좀 부족하고 어색한 듯이 보이더라도 가능한 한 우리
말화 해야 할 것이다. 언어는 곧 문화력인데, 당장의 편의를 위해
용어의 변환에 힘쓰지 않는다면, 이는 지식인으로서 소임에 충실
치 못한 것일 뿐만 아니라, 대중을 외면하는 소권역주의의 표출로
보일 수도 있다.10) 우리가 흔히 범하는 예를 들면, '생평生平, 폄
적貶謫, 작시作詩, 사작寫作, 추존推尊, 체회體會, 전변轉變, 연변演變
…' 등과 같은 중국식 용어가 부지기수이다. 아마도 포괄성・함축
성이 강한 한자의 강한 조어력造語力에 익숙해져 있는 전문 연구자
의 입장에서는 이것이 더 편할지도 모르겠으나, 외국문학 연구자
의 입장에서 보자면 자국 언어의 말과 글을 개발・발전시켜야 할
책임도 당연히 있으므로, 가능한 한 당대의 일반인이 알아듣기 쉬
운 일반적 용어로 바꾸려는 노력이 필요하다. 이 점에 관해서는
특히 중국 현대문학 연구의 경우 아직 연구사가 짧고, 우리들의
현재적 삶과의 관계성도 높으며, 또한(한・중을 막론하고) 이데올
로기의 직접적인 영향권 하에 있기 때문에 언어와 사고의 간섭과
혼화混化 현상이 더욱 심각하게 나타나는 것 같다. 이러한 생경하

───────────────

10) 필자의 이러한 연구 자세는 국수적, 폐쇄적 시각에서 나온 것은 아
　　니다. 외국문학을 하는 입장에서 일정한 정도의 객관적으로 바라볼
　　수 있는 거리의 확보는 대상과 우리와의 관계 설정을 위해서도 필
　　수적이라는 점을 말하려는 것이다.

고 직설적인 표현의 증대는 집필자의 집필 대상에 대한 서술 관점의 동일시화와 함께 더욱 심화되어 나타나는데, 호흡을 길게 쉬는 내용상의 숨고르기와 표현상의 용어 거르기가 필요하다는 생각이다.

한 민족이나 나라 혹은 보다 넓은 단위 지역의 문화가 어느 한 편에 치우쳐 독단적 폐쇄성을 지니거나, 혹은 반대로 주견없는 자세를 통해 발전을 기하기란 어렵다. 그러기 때문에 외국문학을 하는 우리는 이같은 편파성에 빠지지 않기 위해서도, 나름의 주체적 시각과 함께 당대의 현실에 기초하여 시공간적 보편성을 향해 나아가려는 노력을 함께 아우르는 작업이 필요할 것이다. 주체자로서의 우리의 존재 의미를 인식하고, 이를 바탕으로 중국문학 바라보기를 행하는 부분에 관해서는 장을 옮겨 논의하기로 한다.

끝으로 본 장의 논의를 마치며 부언할 것은, 이상에서 지적하고 있는 부분들이 우리가 이러한 논의를 할 수 있도록 우리나라 중국어문학의 학문적 기초 토양을 형성하신 선배 교수님들 전체에 대한 경향으로 오독誤讀되지 않기를 희망한다. 다만 일부라 하더라도 후학들이 선배 연구자의 논문을 읽을 때 부지불식간에 타성적 연구방식에 빠져드는 것은 학문의 발전을 위해서도 바람직하지 않으므로 이를 지적하는 일이 필요하다는 생각에서 반성적으로 논의를 진행한 것이다. 각 시대와 단계에는 그 단계에 따른 문제를 해결하는 일이 그 시공간적 장場에 처한 사람들의 책무이기 때문이다.

Ⅲ. 바라보기의 유동성에 관하여
—연구자와 대상간의 위상 공간적 의미

1. 유비적類比的 고찰

　청명한 가을날 두 대의 승용차가 단풍 구경을 위해 시속 100㎞의 속도로 내려간다. 울긋불긋 아롱지는 양쪽 산야를 바라보는 마음은 풍성하기 그지없다. 옆 차선에서 우리와 나란히 달리는 한택이네도 즐겁게 차창 밖을 보며 떠들고 있다. 즐거운 마음에 간혹 손을 흔들기도 하는데, 들에 나온 촌로는 손을 흔들어 주지만, 마주오는 차들은 서로 속력이 너무 빨라 미처 보지 못하는 모양인지 그저 스쳐 지나갈 뿐이다.

　이 글에서 차를 타고 달리는 나는 세 가지 다른 속도의 대상을 본다. 하나는 들판에 서 있는 노인이고, 또 하나는 같은 속도로 달리는 한택이네이며, 나머지 하나는 반대 방향에서 같은 속력으로 달려오는 차이다. 들판의 노인은 내가 달리는 속도 v만큼의 속력으로 뒤로 사라져 간다. 그리고 한택이네 차는 내차와 같은 속도로 달리므로 늘 내 곁에 있다. 그러나 반대편의 차는 $-2v$의 속도로 매우 빠르게 사라져 간다. 서 있는 촌로에게는 서로 다른 두 방향의 차들이 각각 v와 $-v$의 속도로 달리는 것으로 보일 것이다. 각 주체가 인식한 상대방의 속도를 도표로 나타내면 다음과 같다.

속도 기준점	나·한택	노인	반대쪽 차
나·한택	0	$-v$	$-2v$
노인	$+v$	0	$-v$
반대쪽 차	$+2v$	$+v$	0

* 차의 속력: v (100㎞) / 우리 차의 속도: +

나, 한택 차, 촌로, 반대편 차의 4주체는 각기 자기가 처한 위상 공간에 따라 대상들에 대해 서로 다른, 즉 상대적인 인식상의 경험을 겪고 있다.11) 우리 차의 입장에서 볼 때, 노인은 우리 차의 벡터속도 만큼의 보상관계 속에서 반대쪽으로 움직이는 것으로 인식되며, 반대쪽 차 역시 우리 차의 벡터량을 넘겨받아 두배로 움직여 사라지는 것으로 파악된다. 이는 서로 다른 인식 주체에 대해서도 마찬가지여서, 각 주체를 기준으로 하는 입장에서 대상은 '인식'되는 것이다. 이러한 일상적인 예를 통해서도 우리는 관찰자가 인식하는 사건은 그것 자체로서 불변의 진실이 아니라, 주체와 대상과의 상관 관계에 의해 유동적으로 파악됨을 알 수 있다. 이같은 공간적 유동성의 문제는 물론 아인슈타인 이전에도 '관찰자의 위치'로서 설명되어 왔다.

그러나 상대적 유동성은 이에서 그치지 않는다. 아인슈타인 (Albert Einstein 1879-1955)은 유동성의 의미를 시간과 공간의 문제와 연결했는데, 여기에는 질량과 (가)속도라는 변수가 개재되어 설명된다. 우리가 인식하는 사물은 빛의 전달에 의해 이루어지므로 사건의 발생과 인식에는 대상으로부터 나온 빛이 관찰자에게 도달하는 만큼의 시차가 생긴다. 다만 30만km/s라는 빠른 속도 때문에 가까운 거리에서는 그 차이를 인식하지 못하고 동시적으로 느낄 뿐이다. 따라서 서로 다른 속도로 이동하는 두 관찰자는 특정 사건을 같은 시간에 경험하지 않는다. 즉 한사람의 관찰

---

11) 필자가 본고에서 수학 및 물리학에서 주로 사용하는 '위상 공간'이라는 말의 의미를 부언하자면, 존재자가 처한 시공간 및 사회·문화·의식 등 比較變數的 상황을 고려한 위상상의 영역이란 의미로 사용했다. 한편 이보경은 〈동아시아론의 참조체계〉(《자료와 소식》, 96년 가을호, p.20)에서 "월레스틴은 '시공간은 물리적이 아니라, 사회적으로 규정된다'고 하며 브로델의 시간개념에 더하여, '지정학적인 우연의 시간, 이념으로서의 주기의: 시간, 초월적 의미의 구조의 시(공)간, 현자들의 기간(연원의 공간)'으로 四分했다"는 설을 소개했다.

자가 빠른 속도로 움직이며 관찰할 때, 사건의 발생과 그것을 관측하는 사이의 시간 간격은 사건의 순열을 수립하는데 결정적인 역할을 한다.

이번에는 두 관찰 대상에 대하여 말한다면 한사람의 관찰자에 의해 동시 발생한 것으로 보이는 두 사건은, 다른 위상의 관찰자에게는 서로 다른 시간의 순서로 일어나고 있는 것인지도 모른다. 이러한 '상대성 이론'은 공간과 시간의 좌표계가 제각기 독립된 물리적 실체로서의 객관적 의미를 지니고 있는 것이 아니라, 관측자가 그의 환경을 기술하기 위해 사용하는 하나의 상대적 인식의 도구이자 언어라는 것을 의미한다.12) 즉 대상은 관찰자와의 상호 관계에서만이 읽혀지고 해석된다는 의미이다.13) 사실 이러한 상호 관계적인 사고의 유사성은 기표와 기의 및 전체와 부분의 상호 텍스트적 사유 체계를 중시하는 소쉬르 이래 라캉에 이르기까지의 구조주의적·기호학적 관점 등 현대 언어학과, 창작과 감상의 서로간의 체험에 대한 인식으로부터 출발한 수용미학·경험주의 미학 등의 현대미학 등 폭넓은 학제적 기반을 지니고 있기도 하다.14)

다시 하나의 예를 들면 현대 물리학에서 하나의 막대기는 운동

---

12) 상대성의 변수에 관해 아인슈타인은 가속도의 변화에 따라 무게를 더욱 느끼는 것을 통해, 믿을 만한 것은 중력이 아니라 가속도라고 했다. 즉 중력은 본질상 단지 모든 물체를 서로 끌어당기는 힘에 불과한 것이 아니라, 오히려 물질의 질량에 의한 공간과 시간의 휘어짐이라고 했다.(존시몬스저, 여을환역, 《사이언티스트 100》, 세종서적, 1997, pp.27-28)

13) 관찰자가 경험한 것은 존재가 아니라 관측이고, 관찰자는 관측을 통해 존재 양식을 인식하고 파악할 뿐이다.

14) 이러한 의미에서 움베르토 에코(Umberto Eco)는 "문화의 총체라는 것은 의미작용(signification)과 전달(communication)이며 인간과 사회는 전달과 의미작용의 관계가 있을 때만이 존재한다"고 했다.(*A theory of Sementics*, Indiana Univ. Press, p.22: 소두영, 《기호학》, 인간사랑, 1991, p.375 再引.)

하고 있을 때와 정지하고 있을 때가 모두 똑같은 길이는 아니다. 한 물체의 길이는 관찰자에 대하여, 그것의 운동 상태에 따라서 상대적이다. 즉 그것은 그 속도에 따라서 운동 방향으로 짧아진다. 이렇게 되면 한 물체의 길이를 묻는 것이 무의미한 일이 된다. 즉 우리가 일반적으로 인식하는 물체의 길이 또는 무게와 크기들은 시공구조 내지 그것이 처해 있는 여건에 따라 달라지는 무수한 길이 또는 무게와 크기들 중의 하나의 위상 공간상의 확률적 순간의 기록인 셈이다.

이상에서 유동하는 물체가 바라보는 대상의 위치와 움직임의 포착이 일정성을 지니는 것이 아니라 관찰자와 대상에(그리고 나아가서는 속도와 질량에) 따라 상대적이며 주관적임을 보여주는 현대물리학적 세계관의 무대를 나름대로 설명해 보았다. 세계에 대한 이 같은 과학철학적 의미 부여는 1922년과 1932년에 각각 양자역학으로 노벨물리학상을 수상한 두사람인, 닐스 보어(Niels Bohr 1885-1962)의 '상보성相補性 이론'과15) 하이젠베르크(Werner Heisenberg 1901-1976)의 '불확정성 이론' 등에 의해 과학에서 철학의 영역으로 점차 확대되었다. 하이젠베르크는 "자연과학은 자연을 단순히 기술하고 설명하는 것이 아니다. 그것은 자연과 우리 자신의 사이에 일어나는 상호작용의 일부이다. 우리가 관찰하는 것은 자연 그 자체가 아니라, 우리의 질문 방식에 따라 도출된 자연"이라고 했다.16)

---

15) 상보성 이론은 1927년 '양자 이론의 철학적 기초'라는 강의에서 발표한 요지로서, 원자 구성 입자의 세계는 파동 또는 입자의 서로 전혀 다른 배타적인 모델로 측정할 수 있으나, 원자 구성 입자의 현상들을 완전히 기술해내는 데에는 이 두 모델이 반드시 모두 필요하다는 견해이다. 이는 물질계에 대한 인간의 감지 능력의 한계를 설정한 개념으로서, 양자론이 측정해낸 것 너머에 있는 '더 깊은 실재란 없다'는 의미이다.(존 시몬스, 앞의 책, pp.31-34)

16) W. Heisenberg, *Physics and Philosophy*, Allen & Unwin, London, 1963, p.57.

현대 원자 물리학의 결정적인 특성은, 어떤 대상의 속성을 알기 위해서 그리고 속성들을 정의하는 데에 '관찰자'는 반드시 필요한 존재라는 것이다. 즉 원자 물리학에서 우리는 대상 그 자체의 속성에 대해서는 말할 수 없으며, 대상과 관찰자의 상호 관계에 의해서만 의미가 있다는 것이다. 이렇게 될 때 원자 물리학에서 과학자는 초연한 관찰자의 역할을 할 수 없고, 단지 관찰되는 대상의 속성에 그가 영향을 미치는 정도만큼 자신이 관찰하는 그 세계에 개입하게 된다고 보는 것이다. 존 휠러(John Wheeler)는 관찰자가 이러한 방식으로 개입하게 되는 것을 양자론의 가장 중요한 특성으로 여기고, '관찰자'라는 말 대신 '참여자'라는 말로 대체하자고 제의했다.[17] 이렇게 되면 우리는 무대 위의 연극을 구경만 하는 것이 아니라, 관객이면서 동시에 그들과 함께 연극을 만들어나가는 배우가 되는 셈이다.

과학사에서의 획기적인 발견은 다시금 철학·문학·사회학 등 인문학을 비롯한 여타 분야에 새로운 패러다임을 창발創發시켜 왔다. 필자가 전공 분야도 아닌 현대물리학적 관점들을 조금은 길게 소개한 것은 자연과학으로부터도 인문학 연구에 대해 얼마간의 시사를 받을 수 있을 것 같아서이다. 하나는 20세기 들어서 우주와 원자의 거시와 미시 세계에 대한 과학적 성찰들이 깊어질수록 개별적·미시적·분석적·명증적 사유를 중시하는 서구적 사유의 기존 틀을 넘어서면서, 종합적·유동적·유기적 사유를 특징으로 하는 동양적 사유와의 유사성이 발견된다는 점에서, 향후 동양학의

______

17) 그에 의하면 관찰자가 대상에 대해 관찰하기 시작할 때 그는 이미 하나의 場을 설정해야 하고, 그것은 어떤 형식으로든 이미 하나에 대해 선택한 것인 동시에 다른 가능성에 대해 배제한 것이다. 그리고 이러한 과학적 관찰과 측정은 대상의 상태에 영향을 미쳐 그것을 변화시키고, 그 결과 우주는 관찰 이전의 우주와 결코 동일하지 않게 된다. 이렇게 볼 때 우주는 참여하는 우주인 것이다.(Fritjof Capra 저, 이성범·김용정 譯,《현대물리학과 동양사상》, 범양사, 1979, pp.157-159.)

활로 모색에 일정한 도움자로 작용할 수 있다는 것 때문이다. 다른 하나는 본고에서 논하려는 바, '학문 연구'란 대상에 대한 해석학적 세계로의 여행인데, 연구 대상이 역사적이든 아니든 간에 그것과의 만남에 대한 유기적이며 상호관계적 의미가 개재介在되기 때문이다. 이 두 번째 문제에는 연구 주체로서의 위상과 의미, 그리고 대상에 대한 상호관계를 통한 유동적·유기적 관점의 수립 문제가 내재되어 있다.

2. 중국문학 연구 상황론

이제 중국문학 연구에 대하여 연구자인 우리가 처한 현실과 그 입지의 문제를 가지고 보다 구체적인 논의로 들어가 보자. 우리나라는 1876년 강제 개항이래 제국주의 열강의 각축장이 된 후, 결국 일제의 식민지로 전락하여, 외교·국방·정치·경제·사회뿐만 아니라 학술·문화적으로도 상당한 왜곡과 굴절을 겪었다. 한마디로 요약한다면 그것은 내적·외적 주체성의 굴절이라고 할 수 있다. 이어 해방과 함께 강요된 남북의 분단과 곧 이은 전쟁은 일제에 의해 일그러진 민족적 정체성을 제대로 추스르기도 전에 좌우 간의 사상적 대립 상황으로 돌입함으로써 전민족적 발전과 근대화에 걸림돌로 작용했다.

한편 해방 이후 각종의 사건을 겪으며 자기 존립을 위한 50년을 거치며 그나마 민주주의의 기본적 틀을 어느 정도 다지게 된 이즈음, 어느덧 세계의 경제와 사회·문화는 새로운 패러다임을 가지고 우리에게 다가오고 있다. 그것은 18세기 산업혁명 이래의 생산 중심의 산업 패러다임이 아닌, 금융과 유통을 중심 구조로 삼는 새로운 자본 패러다임의 모습으로 닥쳐오며, 세기말의 아시아와 개발 도상국들에 경제적 질문을 제기하며 새로운 모색을 요청하고 있다. 이와 함께 세계 경제와 문화는 '정보통신 혁명'의 초기 단계로 급속히 진입하여, 사이버 스페이스를 통한 거대한 하나의 세계시장이란 가상 현실(Vertual Reality)의 세계가 후기 자본주의사회의 중심이 되는 새로운 세기의 출현을 목전에 두고 있다. 이상과 같은 산업구조와 삶의 방식의 급속한 재편 상황하에서, 우리들의 의지와는 별도로 문화와 학술 모두 새로운 패러다임으로의 전환을 요청받고 있는 것이 우리들이 처한 현실이다.

이같은 상황에서 인문학, 그리고 그중에서도 중국어문학을 연구하는 우리의 자세는 어떻게 가다듬어야 할까? 이에 대해 필자는 1996년말 논문 〈중국시와 문학의 사적史的 전개에 관하여 —새로운 연구 패러다임을 위한 모색으로서〉의 서두에서 다음과 같은 논지의 이야기를 한 적이 있다.18)

중국의 고전문학에 대한 우리의 인식 문제에 대하여 다음과 같은 고려를 해야 한다. 첫째, 우리나라와 중국은 각기 독립적 존재임에도 불구하고 양국의 문화와 문학은 상호 매우 가까운 거리에 있어 서로를 바라볼 수 있는 거리와 여유를 확보하지 못했다. 적어도 형식면에서 중국과의 외교적 불평등의 관계, 그리고 문화 전수의 단일한 루트적 성격 등으로 최치원 이래 문화의 흐름이 거의 일방적이었던 점은 과거의 지정학적 위치로 보아도 어쩔 수 없는 일이었지는 모르겠으나, 이제 다원화된 세계에서 양자간의 학술문화적 관점과 입지는 전혀 다른 방식으로 이해되고 관계지워져야 한다는 점이다.

둘째, 서구와는 다른 사유상의 특징을 보이는 중국의 문화에 대한 객관적 해석의 잣대와 방식의 모색 문제에 관해서는 같은 동양의 입장에서 동시에 그러면서도 중국인이 아닌 외국인으로서 다양한 시도와 방식을 검토할 필요가 있으며, 현금의 우리에게 적합한 방식을 찾아가는 부단한 노력이 수반되어야 할 것이다. 이를 통해 현실적 상황에 부합하는 특수성과, 보다 큰 사고 범주에서의 보편적 타당성이 함께 담보되는 방향을 향해 나아가야 할 것이다.

---

18) 이 책에 수록된 〈중국시와 문학의 역사적 전개〉이다.

　　이상의 두 가지 사항의 이행에는 어떤 전제가 필요하다. 그것은 대상을 바라보는 관찰자, 연구자, 비평가의 위상에 관한 문제이다. '학문'을 '연구자가 속한 당대의 현실과 부단한 교감을 통해 이루어지는 변증법적 해석학'이라고 정의한다면, 한국에서의 중국문학 역시 우리의 현실과 만나지는 부분에서 상호 교감을 통해 새롭게 해석될 때에 보다 그 독자적 의미가 확보될 수 있을 것이다. 이러한 토대 위에서 '오늘'의 '한국 사람이' '중국의 문학'을 바라보는 '올바른 관점'이 도출될 수 있을 것이다. 적어도 그것은 어제 혹은 오늘의 중국인이 중국문학을 바라보는 관점이 아니며, 어제 우리의 조상들이 중국을 바라보았던 관점도 더 이상 아니다. 이같은 정확한 입지의 파악과 올바른 바라보기를 통해서만이 중국의 고전문학과 문화는 부단히 재해석되고 오늘에 살아서 우리의 삶, 나아가 인류의 삶에 도움되는 자양 역할을 할 것이다.[19]

　　이 글에 이어 필자는 원전 이해의 문화적 축적이란 측면에서 번역의 중요성과, 논문쓰기의 상투성을 벗어나기를 지적하고, 연구방법상 열린 관점의 학제적(Interdisciplinary) 제시의 차원에서 1980년대 홍콩과 중국의 문화 비평가들 사이에서 유행했던 시스템이론을 예시하였다.[20] 필자는 앞의 요약문에서 외국문학으로서

---

19)《중국어문학》제28집, 영남중국어문학회, 1996.12, pp.5-6 정리.
20) 시스템 이론(系統論)으로 대표되는 이 이론은 버틀란피(Ludwig von Bertalanffy 1901-1971)에 의해 창시되었으며, 개혁 개방과 함께 1980년대 중국의 지식층을 풍미했다. 본래는 자연과학적 사유 체계였으나 후에 인문사회과학에도 적용되었으며, 사물을 전체와 부분간의 관계론적인 시각에서 그것을 이루는 각 층차간의 상호 유기적 파악을 강조하고 있다. 시스템 이론은 직관, 종합을 지향함으로써 기존의 분석적 설명만으로 충분히 설명하기 힘든 동양적 사유 체계에 대해 각 부분의 기능과 관계와 의미를 전체의 시각 속에서 논리화시켜 다루고자 한 점에서 새로운 돌파력을 지니는 것 같다. 시스템 이론중에는 시스템 관점, 층차 관점, 기능 관점, 역동적 관점, 同型구조론(Iso-Morphism) 등이 있으며, 사이버네틱스(Cybernetics, 控制論)에도 정보변화 원리, 피드백(Feedback)과 負피드백(Negative-Feed back) 원리, 안정성(Stability) 이

의 중국문학 바라보기가 필요하다는 이야기를 주장했다. 이는 역
사적으로 한·중 간의 관계가 문화 전달의 여타 통로가 단절된 상
태에서 너무 일방적이며 매우 가까운 거리에 있음으로 해서 상대
에 대한 그 객관적 거리 확보를 제대로 하지 못하여,21) 결국 주체
성의 약화라는 악순환적 고리에서 벗어나기 힘들었던 부분에 대한
반성적 고찰이다.

그러면 우리는 어떠한 자세로 중국을 읽어야 우리의 독자성을
확보할 수 있는가? 이를 위한 충분조건은 "시간적으로 '오늘'을 사
는, 주체로서의 '우리'가, 대상으로서의 '중국문학'에 대하여, 방법
적으로 '올바르게' 바라보아야 한다"는 동시 충족적 요건의 이행에
서 출발할 것이다. 하지만 이러한 전제적 요소들이 국수적·편면
적 방향으로 흘러 세계사적 보편성과 타당성의 토대 위에 서지 못
한다면, 이 또한 변방에 있기를 자처하는 것으로서 세계문학의 대
열에 참여할 수 없게 될 것이다.22) 그러므로 그 연구의 입지는 주
체와 대상 양자간의 유기성을 잘 인식해내는 일정한 거리가 확보
된 상태에서 문학 연구의 특수성과 보편성을 최대한 담보하는 '주

론, 최적제어 이론, 기능모의법(Simulation Method), 黑箱理論
(Black Box) 등 다양한 하위 사유 체계가 있다. 구체적 내용은
《중국문화의 시스템론적 해석》(김관도·유청봉 공저, 김수중·박
동헌·유원준 공역, 천지, 서울, 1994.3) 참고.
21) 여기서 연구 대상에 대한 '객관적 거리의 확보'란 종속적 원심력의
위험을 야기하지 않는 거리의 확보를 의미한다. 동시에 그것은 주
체와의 관계가 단절된 단순한 가치 중립성을 지향하지도 않는다.
22) 조동일 교수는 국학과 철학사상을 중심으로 한 우리의 인문학을 논
하면서 오늘의 학문이 식민지 시대의 서양 학습기를 거쳐, 자립화시
대의 특수성의 옹호기로부터, 이제는 국제화 시대로서 보편적 가치
의 창조에서 서양보다 앞서 나아가야 할 중대한 학문적 전환기에 들
어섰다고 주장했는데, 이는 우리 학문의 자립과 선도성을 강조한 한
예가 될 것이다.(《독서·학문·문화》, 서울대학교 출판부, 1994,
pp.111-112)

체적 객관성의 위상 공간'을 지향한다.

사실 이상과 같은 목표는 국학도 아닌 언어와 문화적 이질성에 기초한 외국문학 연구에서 쉽게 이룰 수 있는 일이 아니다. 그러나 뒤집어 생각하면 이는 우리가 오히려 숲이 잘 보이는 숲 밖으로부터 안으로 들어가는 입장에 있다는 점에서, 외국문학 연구자만의 장점이기도 하다. 그리고 중국과 가까이 있는 우리로서는 역사적으로 숲의 안과 밖의 경계가 모호해진 점이 없지 않지만, 이 역시 생각하기에 따라 중간자적 입장에서 시각의 형평만 기할 수 있다면,23) 어느 다른 일방에서 행하기 어려운 거시와 미시의 양면경을 통해 시야를 더욱 잘 확보하고 수행해낼 수도 있는 장점이 있다고 생각한다.

이러한 유동성에 대해 우리가 연구하고 또 우리의 그것과도 관계 있는 과거의 전통이란 문제와도 관련시켜 생각해본다면, 우리가 전통을 고수하려고만 해서는 오히려 그것을 섬으로 만들어 고사시켜 버리게 된다는 점에 주의를 기울여야 할 것이다. 문화와 전통은 시간과 공간 속에서 과거와 현재라는 쌍방간의 주고받기를

---

23) 조동일 교수는 〈동·서문명의 화합을 위한 세계인식 전환〉(《사상》, 사회과학원, 1998년 봄호, p.57)중에서 한문 문명권의 설정에서 중국을 중심부로, 일본을 주변부로, 그리고 한국과 월남을 중간부로 설정하고, 근대에 와서 파괴된 한문 문명권의 동질성 회복은 중간부에서 앞장서는 것이 당연하다고 주장했다. 이 점은 한국학자의 관점에서는 바람직한 태도이다.
  필자가 글 중에서 조교수의 중심부와 주변부론의 설정 근거를 자세히 살필 수는 없지만, 만약 이 논의가 과거의 역사적 전파 과정을 위주로 설정된 개념이라면, 과거적 상황을 현재적 상황과 등가화시켜 설명한 점은 정합되지 않는 면이 있다는 생각이다. 또한 중심부와 주변부의 역할과 작용은 입장을 취하는 방식에 따라 다기하게 펼쳐질 수도 있다. 다만 양쪽의 장단을 아우르는 점에서 중간자적 입장의 장점으로써 시각의 양면성을 기할 수는 있을 것이다. 결국 우리의 입지는 다양한 공존 속에서의 보편 지향의 자기 정체성의 확립에 있을 것이다.

통해 존재하는 유기물과 같은 것이기 때문일 것이다. 이점에서 우리의 사고는 '역적易的 사유'를 필요로 하는지도 모른다. '역적 사유'란 대상과 주체의 유기적 동적 메카니즘이면서 내외 상응의 주고받기적인 사유 체계이다. 이렇게 하여 우리가 바라는 중국문학 연구 역시 우리의 삶과 유리된 절대 공간에서의 대상에 대한 정태적이고 피상적이며 박제화된 중국문학 바라보기가 아니라, 각 시대와 사람들에 의해 부단히 주고받기하는 가운데 유동적이며 유기적으로 부단히 재해석되어 우리와 삶에 의미를 던져주어야 할 것이다.

Ⅳ. 상호 소통적 모색을 위하여

이제까지 제2장에서 기왕의 중국문학(비평) 연구를 일별하고 그 의미와 한계를 살펴보았으며, 제3장에서는 연구 주체로서의 올바른 위상 인식과 이에 기초한 연구 대상에 대한 동태적이며 유기적 관점 수립의 필요성을 말했다. 언어학에서 '가치' 개념을 확립한 소쉬르에 영향을 준 선배 언어학자 Pierce에 의하면, 기호가 이해되려면 반드시 화자와 청자 외에 해석의 기준도 있어야 한다고 했다. 이제부터는 연구를 위한 여러 가지 관점과 잣대 및 기술적 문제들을 생각해 볼 것이다. 본장에서는 미흡한 역량을 가지고 있음에도 불구하고 이상과 같이 설정한 당위성에 미력이나마 부응하려는 뜻에서 운문을 중심으로 한 중국문학비평 연구의 틀의 문제와 관련하여 몇 가지 미래적인 문제들을 생각해보는 기회로 삼는다.

여기서는 먼저 중국문학비평 연구에 있어서 바람직한 논문에서 요구된다고 생각되는 기술적인 구비 요건에 대하여 필자의 생각을 제시해 보고, 다음으로 지금까지의 논의가 요청하는 바 향후의 중국문학비평 연구에 있어서 학문 자체로서의 혹은 학문간의 소통성

을 중심으로 몇 가지 범주로 나누어 거칠게나마 의견을 제시해보
고자 한다.

　여기서 논하게 되는 논제들은 일견 중국문학비평의 거시 주제로
보이지만, 실상 미시적 접근의 길이 차단된 것은 아니다. 작가와
작품의 미시 분석의 철저성은 이러한 맥락 이해의 거시연구와 서
로 주고받기 관계로서 맞닿아 있기 때문이다. 소략하나마 본장에
서 논의할 내용은 ①중국문학비평 논문의 기술적 요건, ②중국문
학비평사유의 특징, ③중국문학 내부적 고찰, ④중국문학 외부 범
주와의 학제적 소통 등이다.

1. 중국문학비평 논문의 기술적 요건

　본란에서는 먼저 중국문학비평 연구에서 연구의 타당성을 제고
하기 위한 몇 가지 당위적 조건과 방식들에 대해 구비 조건을 다
섯 가지로 나누어 고찰해보고, 이하 각 영역별로 소통적 문제에
대해 논하기로 한다. 물론 본고에서 제시하는 바람직한 연구의 5
대 충분조건들은 중국문학비평 뿐만 아니라 중국문학의 다른 영역
에 대해서도 상당 정도 적용이 가능할 것으로 생각한다.

　첫째, 중국문학 연구의 경우 다른 문학에서보다 넘어야 할 산은
더욱 크고 높다. 그것은 광범한 원전들에 대한 정확한 해독 능력
의 배양이다. 사실 성년기인 대학시절에 중국어문학 공부를 시작
하면서 거의 외국어나 다름없는 한문 문장들을 제대로 해독해 낸
다는 것은 결코 쉬운 일이 아니다. 더욱이 우리나라의 경우 일본
과 달리 원전 자료의 번역 부문에서 신뢰도가 현격히 떨어지는 것
은 바로 정책이나 개인 모두 정밀한 번역에 대한 인식이 충분하지
않거나 또는 역량이 부족한 데서 기인한다고 해야 할 것이다. 사
실 우리만큼의 중국어문학 인구를 가진 나라에서 아직까지 유명한
문학논저인 《문심조룡文心雕龍》의 신뢰할 만한 역주서譯註書가 출간

되지 않은 것은 성찰해 보아야 할 일이다. 만약 전서全書가 쉽지 않다면 1편씩 내놓을 수도 있을 것이다.

아무리 참신하고 체계를 갖춘 논문이라도 일단 원전 해독에 문제가 생기면 신뢰를 얻기 어렵다. 우리나라 중국문학 연구의 경우 원전에 대한 정확한 읽기의 중압감에서 벗어나기 어려운 나머지, 방법론적 개발이 늦어진 측면이 있음에도 불구하고, 해독 부분에 대한 학문적 축적은 아직 갈 길이 많이 남았다고 할 수 있다. 원전 해독의 당대적當代的 '소통성'은 연구의 출발점이다. 그렇기 때문에 출발만 하고 그만두어서도 안되지만, 또한 뛰어넘을 수도 없다. 여기서 한가지 생각할 점은 외국어 번역의 난점에 대한 문제이다. 로티(Richard Rorty)는 콰인(W. V. Quine)의 번역의 불확정의 문제를 제기했다.24) 이를 필자의 방식으로 설명하자면 번역 주체와 대상 언어가 동일한 위상 공간과 인식선상에 있지 않으므로 결국 통역은 근사치를 추구할 수밖에 없을 것이라는 뜻으로 보인다. 그러므로 외국문학에서 번역에는 양자 언어의 의미 지향의 시공간적 상관 영역을 최대한 공유케 하는 우리말화의 작업이 핵심 요건일 것이다.

둘째, 제2장에서도 지적한 것과 같이 연구 대상에 대한 무조건

---

24) 현대 철학의 심미적 다원주의자로 불리는 로티는 '다른 언어는 같은 표준에 의해 비교가 불가능하다'고 주장했는데, 이는 콰인의 '번역의 불확정성'론에 근거한 듯하다. 로티의 언어관은 셀라즈(Wilfrid Sellars)의 언어관에 근거하여 변형 수정하여 '의미 지향(Intentionality)의 문제는 언어와 언어밖의 객체 사이의 관계가 아니라, 메타 언어(Meta-language)와 대상 언어(Object-language)간의 관계로서 언어간 상관 개념간의 관계'라는 것이다. 이는 이 두 사람이 같이 지지하는 '심리적 유명론(Psychological Nominalism)'으로 요약되는데, '종류, 유사성, 사실 추상체들의 모든 인식은 언어적인 일'이라는 생각에 기초한다. 한편 번역의 불확정성론과 심리적 유명론의 두 이론은 반드시 정합하지만은 않는 복잡한 양상을 드러내고 있다.(이광세, 《동양과 서양, 두 지평선의 융합》, 길, 1998, pp.322-325 참조)

적인 긍정과 칭찬은 논문으로서 적합하지 않다. 학술 논문에서 연구 대상을 이해하려고 하는 논조의 우를 범해서는 안된다. 연구자의 대상에 대한 자기동일시 현상을 지양하기 위해서는 연구 주체로서의 시점을 충분히 인식한 상태에서, 대상에 대한 '객관성'을 띤 연구에 들어가야 한다. 객관성이 확립되지 않은 주관적·편면적인 연구는 자기 만족에 그치기 쉽다.

셋째, 서술 측면에서 특히 비평적 연구 논문은 논지 전개의 '유기성'을 견지해야 한다. 모래알 같은 자료의 바다에서 이들을 건진 후에는 다시 나름의 시각으로 맥락을 잡아 객관적으로 체계화하여 엮어내야 한다. 그 과정에서 또 한가지 주의할 것은 자료들에 대한 일관성 없는 편집의 범람이다. 아무리 뛰어난 업적과 발견이라 하더라도 대부분의 학문 연구는 이전 시대로부터의 이월가치들의 축적 위에 이루어진다. 따라서 오늘의 연구에 이르기까지의 연구사적 검토는 중요하다. 그러나 이를 위해 남의 손으로 애써 따놓은 과실들을 여기저기서 가져다가 적절히 편집하거나, 또는 논지의 중심을 놓쳐 유기성과 일관성을 잃어버리게 되면, 그것은 '논문論文'의 본령이라 할 수 없다.

넷째, 논지 전개의 측면에서 지켜야 할 중요한 사항은 아무리 논리가 유기적 체계를 갖추고 일관성이 있다 하더라도 그것이 남의 이야기와 전혀 다르지 않다면 그것은 이미 논문의 세계에 유사품을 하나 더 띄어놓아 혼란을 가중시키는 일에 다름 아닐 것이다. 즉 남의 논문과 유사하다는 의심이나 저평가를 받지 않고 자기류적인 연구의 의미를 지니게 하려면, 연구의 주제의 선정과 접근 방법 및 논지 전개에서 창발적 '독자성'을 지켜야만 할 것이다. 이를 위해서는 유동적 자세로써 시각의 참신성을 기하는 노력을 게을리 하지 않아야 할 것이다.

다섯째, 한 예를 들면 1905년 당시 물리학계에서 멀리 있었던 아인슈타인이 몇 편의 놀라운 논문과 함께 상대성이론을 발표했을 때, 그것은 상당히 획기적인 이야기여서 당시 과학자들은 반신반의했으나, 한참 후 그의 이론들이 하나씩 검증되고 사실과 부합함이 밝혀졌을 때 과학사는 혁명적으로 다시 쓰여지게 되었다. 아무리 참신하고 그럴듯한 논지의 논문이라 하더라도 그것에 사실에 부합하는지 여부에 대해서는 철저한 실제적 검증이 필요하다. 논문에서는 이러한 부분들을 아전인수격으로 처리해서는 안 된다. 맥락의 이해와 파악이 잘 되었어도, 가능한 한 최대한의 철저한 검증을 통해 사실임을 규명해내는 노력이 필요하다. 그러므로 이론과 실제와의 상호 '부합성'은 중요하다. 이에 기초하지 않은 논문은 자칫 모래성처럼 무너질 수 있다. 그리고 그 검증은 객관적으로 이루어져야 한다.

이상을 요약하면 맥락 파악과 원전 해독의 정확성, 관점의 객관성, 논지 전개의 유기성, 내용의 독자성, 그리고 이론 주장과 실제와의 검증적 부합이라는 다섯 가지 조건은 좋은 비평적 논문을 써내기 위한 필수 요건이라고 할 수 있겠다. 이를 학문연구의 순차적 과정과 연결지으면, 출발로서의 원전자료의 이해와 분석, 과정으로서의 그리고 객관적 시각 및 유기적 상호 연결, 산출로서의 체계적·전체적 읽기의 도출, 그리고 최종적 검산 과정으로서의 원전에서의 재확인·검증이 될 것이다.

2. 중국문학비평사유의 특징

문화연구 및 관련 분야에 종사하는 많은 사람들에 의해 제기되어 온 중국과 서구적 사유간의 차이점과 소통성의 문제는 아직까지도 인문학뿐만 아니라 자연과학에 있어서도 중요한 연구 대상의 하나이다. 필자 역시 최근 2편의 논문에서 이 문제를 중국문학비평 사유상의 특징과 관련하여 다룬 적이 있다. 〈중국 문화사유의 이해 — 중국문학 이해의 배경적 관점에서〉에서는 지리·문자·사

유 구조의 측면에서 쌍방의 사유의 차이점에 관해 중국적 상황에
맞추어 고찰해 보았다. 〈중국문학비평 사유론中國文學批評思惟論〉에서
는 중국문학비평이 여타 문학과—특히 서구 문학과—구별되는
특징적 요소들을 추출하여 앞의 논문에서 고찰한 문화적 이해의
요소들과 유기적으로 연결해보고, 이들 각 사항을 통해 중국문학
내부에 자리한 각종 문학적 현상들의 의미를 설명해보고자 했
다.25)

필자는 상기 두 편의 글을 통해 서구적 사유가 존재론적 사유방
식에 근거하여 단선적이며 선형 사유라면, 중국적 사유는 관계론
적이며 유기적 사유방식에 의해 극단을 배제하고 포용적이며 비선
형적 원형 사유를 지닌 것으로 파악했다. 즉 중국의 사유 체계는
눈에 보이는 현상계와 이면의 본질계와의 부단한 교호작용을 통
해, 전체적이면서 부분적이고 이상적이면서 현실적이고 정적이면
서 동적인 양면성을 지니면서 전체로서의 하나됨을 지향하는 조화
론적 추향을 지니는 것으로 이해된다.

이러한 중국 문화와 문학의 광의의 '음양론적 사유陰陽論的 思惟'
는 때로는 우연성과 외부적 충격과 그 대응 등 외부적·내부적으
로 부단한 피드백(Feedback) 작용을 통해,26) 어느 정도 열려 있

---

25) 이 글의 목차는 다음과 같다. (1) '천인합일'의 관념, (2) 인상비평
    론—풍격 비평, (3) 운문중심주의, (4) 외재적 표현미, (5) 내재미
    의 지향이다.
26) '피드백'은 시스템에 발생하는 확정성과 불확정성의 모순을 해결함
    으로써 시스템을 안정상태에 이를 수 있게 하는 역할을 한다. 피드
    백에는 피드백 신호가 시스템의 행위를 제어목표에서 더욱 일탈하
    게하여 시스템을 불안정 상태로 가게 하는 '正피드백(*Positive
    Feedback*)'과, 피드백 신호가 시스템의 행위를 제어목표에서 일탈
    되지 않게 하는 '負피드백(*Negative Feedback*)'이 있다. 전자에
    는 잘못 설치된 마이크가 내는 불협화음을, 후자에는 난방장치나
    냉장고 또는 체온의 작용(운동이나 발열시에 땀을 내어 몸을 식히
    거나, 체온 저하시 몸 속의 포도당의 산화로써 열을 내는 작용)을
    들 수 있다. (《중국문화의 시스템론적 해석》, 天池, pp.250-251)

고 매양 같지는 않은 모습으로 나름의 안정성을 지향하는 방향으로 전개되어 왔다.27) 중국을 대표로 하는 동양적 사유 구조는 20세기 현대과학의 패러다임의 일대 변화와 함께 부상한, 이를테면 페미니즘 및 생태학 등의 새로운 세계구도의 설정과 관련하여 ― 그 의미가 어떤 것이든 ― 향후 세계문명의 또 다른 대안적 고려로서 진지한 고찰을 가능케 하는 면이 있다. 여기에 〈중국문학비평 사유론〉의 결론 부분을 정리 소개함으로써 본 절의 맺음에 대신한다.

중국문학비평의 특징적 면모로써 먼저 천인합일론은 특히 지리문화적 배경과 깊은 관련을 맺고 있다. 천인합일天人合一 관념의 문학적 전이는 천인 관계의 인성론적 반영을 의미하거나 자연과의 합일을 요청하는 물감설物感說, 비흥설比興說, 기탁설寄托說, 의경론意境論으로 발전해갔으며, 특히 육조시대에는 그것의 문학 작품으로의 사유 구조적 전이가 진행되어 문학작품을 하나의 완성된 소자연체小自然體로 인식하여 오음五音·오색五色의 조화로 상징되는 종종의 미적 장치를 강구했다. 그리고 양명학의 영향을 받은 명말 낭만주의적인 솔직한 문학론 역시 광의의 천입합일론의 변용적 양상으로 포함시킬 수 있을 것으로 보았다. 이것들은 '자연'의 각기 다른 층차·범주에서의 문예로의 적용 양상이라고 할 수 있다.

다음으로 비평적 인식의 문제를 들 수 있다. 풍격 비평으로 대표되는 바, 문자 및 지리문화적 영향과의 관련하에 중국문학에 독특하게 구현된 인상비평론에 대한 사유론적 접근이다. 작품, 작가, 유

---

27) 이러한 '음·양의 순환적 연결 관계'는 구조의 기본적 관계와 작용을 중시하는 시스템론적 관점에서는 이면 관계들의 패턴(Pattern)적 구조로 이해될 수 있을 것이다. 그리고 '열려 있는'이라는 말은 일리야 프리고진(Ilya Prigogine)을 원용하면 무질서도(엔트로피)의 증가가 기존의 질서를 깨뜨리며 새로운 구조와 질서, 즉 '超安定 시스템'을 지향한다는 '자기 조직화'적 '소산〔霧散〕구조(Dissipative Structure)'와 소통하는 것으로 보인다.(Fritjof Capra저, 김용정·김동광譯,《생명의 그물》, 범양사, 1998, pp.113-129, 234-251;《중국문화의 시스템론적 해석》, pp.102-103. 참고)

파, 시대, 요소에 관한 풍격 비평을 단 몇 자로써 전체를 개괄하는 일은 위험하기는 하지만, 어차피 불완전한 매개인 언어의 의미 전달의 오류를 최소화하는 가운데, 인식에서 인식으로 거의 직접 연결시켜 준다는 점에서 대상의 총체적 성격이 잘 부각되는 장점이 있고, 분류 이후 대상들의 다양한 범주화와 특징화에도 장점을 지니고 있다. 풍격비평은 중국문자의 형상성과 모호성에 도道·선禪의 내면 지향의 사유를 적절히 결합하여 중국적인 문예비평을 이룬 대표적인 경우이다. 하지만 주관화와 모호성, 그리고 당대적 현실의 상징계의 영역에 자리한 인상비평론을 오늘날 어떠한 방식으로 다중多衆의 이성적 인지 영역으로 끌어내어 소통시킬 수 있을 것인가에 관한 문제는 언어·개인·사회·역사·문화의 제반 장벽과 관련된 미완의 과제로 남아 있다.

다음에는 중국문학사 중의 주류적 장르 선택의 문제로서, 중국 운문의 지위와 관련한 중국인의 사유 체계상의 인식 문제를 들 수 있다. 중국문학에서 운문은 처음부터 제사와 노동, 그리고 그 이후에는 사회정치적 기능으로서의 시의 경전화를 통해 우월적 지위를 선점했다. 그리고 무엇보다도 그것이 오래도록 가능했던 이유는 농경 등 자연 친화적 문화에 적합한 서정 전통의 지속, 한자의 모호성에 기반한 다의적 함축성이 운률과 함축을 생명으로 하는 시의 속성에 합치된 점, 유가儒家에 의해 시와 음악이 사회교화의 도구로 이용된 점, 불경 번역 등에 힘입은 성률론적 강구로 율시의 발전이 이루어진 점을 들 수 있다.

중국에서 운문중심주의는 천인합일의 음양론적 구도와 만나면서 운율면에서 평측平仄의 교환과 대장對仗 등으로 규정되는 성운 표현의 기본 패턴(Pattern)을 형성했다. 그리고 수사면에서는 유儒와 도道·불佛의 외적 수사의 배척과 내적 조응을, 그리고 심미의식 면에서는 교교巧와 졸拙의 이율배반적二律背反的 조화경의 추구와 연결되었다. 이들은 공히 음양의 상대성·상보성에 입각한 외적 표출이다.

중국에서 운문의 특징 문제와 관련해서는 특히 당송대의 시와 사에 주의해야 한다. 시와 사는 음악으로부터 떨어지면서 육조 이래 정형화와 내적으로 율화律化의 길을 걸으면서 이미 외적 형식이 결정되고, 그 다음에 내용이 채워지는 양상으로까지 나아가, '전시塡

詩'와 '전사塡詞'라는 '형식 선결성先決性'이란 강력한 특징을 지니게 되었다. 그리고 시의 이같은 형식 우선의 논리 이면에는 한자의 단음절적 속성에서 야기되는 제언적齊言的 성격이 크게 작용했다. 운문 중심주의는 다른 장르에도 영향을 미쳐 강창 및 연창문예演唱文藝는 말할 것도 없고, 희곡 소설에서도 창사唱詞가 중시되기에 이른다.

끝으로 수사와 표현 문제에 관해서는 상반된 듯이 보이는 두 가지 논의가 가능하다. 그것은 유가를 중심으로 하는 적극적 수사주의와 도·불적 사유에 의한 소극적 수사주의이다. 이 둘은 외재미와 내재미, 또는 실미實美와 허미虛美, 양의 미와 음의 미 등으로 부를 수도 있다. 인위적인 수사적 장치와 기교들은 이념적으로는 유가의 윤리주의 미학인 예禮의 문학으로의 전이적 성격도 지녔는데, 여기에 한부 이래 육조에서 고조되었던 미문의식에 힘입어 심화 추구되었다.

한편 반면적 사유의 관점에서 주창된 도가 중심의 자연론적 미의식은 드러내지 않음의 여백의 미학이다. 수사적 강구와 확장보다는 축소와 무화無化를 지향하므로, 고도의 함축을 지향하고, 나아가 형상形象에서 의상意象으로, 그리고 의경意境으로까지 나아갈 것을 요청한다. 실제로 "표현이 사람을 놀라게 하지 않는다면 죽어서도 그치지 않을 것(語不驚人死不休)"이란 각고의 노력을 통한 수사를 지향했던 두보를 비롯한 허다한 시인들은 최고의 수사경修辭境은 '꾸밈의 흔적이 드러나지 않아야 한다'는 역설적 미학의식을 지향했다. 그러면서 이 두 상반되는 요소는 마치 중국사상사에서의 '유교와 도교의 상호보완[유도호보儒道互補]'과 같이 나름의 충돌하지 않는 보완 구도를 그려나갔다. 이상의 서술들은 아직 충분하지는 않지만, 서구와 다른 중국적 사유상의 특질에서 기인하는 중국문학비평 영역의 한 특징으로 볼 수 있다.

3. 중국문학 내부적 고찰

제2장에서 간략히 언급했듯이 해방이래 1980년 중반경까지 우리나라 중국문학비평 연구는 대체로 문학사등 개론서, 그리고 유

명 시인 중심으로 전개되어 왔다. 이후 현대문학, 어학, 소설, 희곡, 산문 등 학회가 설립되고 학교 단위로 독회와 연구반이 활성화되면서 오늘의 연합 학회에서도 보듯이 이제 각론으로의 심화단계로 나아가고 있는 중이다. 각 장르별로 많은 단위 학회와 학교별로 많은 성과물을 쏟아내고 있는 것은 향후의 연구의 수준 제고와 발전이 매우 빠르게 전개될 가능성이 크다는 점을 시사한다.

일제로부터의 해방이란 특수한 상황으로 인해 학문연구의 출발선이 비교적 일정한 역사를 가지고 있는 우리나라 다른 외국어문학의 경우에도 그 속도와 양상은 같지 않지만, 그 발전사를 보면 대체로 총론으로부터 각론을 향해 나아가는 것이 일반적이다. 총론은 초기에는 보급의 필요성을 위해 남의 것을 참고해서라도 개괄적 이해 위주로 나아갈 수밖에 없다. 그러나 일정한 시기가 흘러 연구 축적이 이루어지면 보다 나은 수준과 성과가 요구되기 마련이다. 이 점은 총론과 각론에서 마찬가지로 요구된다.

외람되지만 이제 우리나라 중어중문학계의 금후의 단계에 대해 전망하자면, 각론의 다양한 부분을 향한 분야의 지엽적 확대가 진행되면서 미시적 연구 성과들의 보급과 소개에 머물지 않고 종합적·유기적인 해석과 평가의 단계로 도약할 것으로 보인다.28) 이와 함께 거시연구 역시 보다 다양하고 깊이 있는 연구과제에 대한 논의의 축적을 통해 일정 시간이 지나면 중국 현지에서의 연구에 못지 않은 특색을 지니고 심도 있는 관점이 도출될 것으로 예측된다.29) 즉 거시연구는 초기의 총체적 개괄 소개에서 역할이 끝나지

---

28) 현대문학 분야에서는 역사적 當代性, 서구문학과의 同行性, 언어 장벽의 상대적 수월성 등 성격의 특수성으로 인해 이미 현대적 논의가 활발하게 일고 있다.

29) 일례로 서경호 교수 주관으로 자유토론 방식으로 거의 월례적으로 개최되는 중국문학사연구회 같은 모임은 처음에는 소설과 희곡을 중심으로 진행되다가, 점차 폭넓은 문학사를 관통하는 이면적·맥락적 문제들로 논의를 확대해가고 있다. 아직까지 가시적인 성과를 내고 있지는 않지만, 열린 논의를 통해 관심 분야에 대한 지식의

않고, 그 자체로서 또는 미시연구의 성과들과 만나면서 지속적으로 심층적 유기적 해석의 세계로 나아가야 할 것이다. 이같은 조망 작업은 연구적 자세와 관점 면에서 기존의 정체적 부분들을 발전적으로 극복하고 새로운 연구적 패러다임을 수립하려는 노력 위에서 더욱 좋은 결실을 맺을 수 있을 것이다. 아울러 중국문학 자체만의 시각에 그치지 않고 문예와 미학, 사회학, 역사, 철학 등의 인문학은 물론, 자연과학과 문명사적 신 조류와의 유기적·상관적 조망을 아우를 때, 우리가 관계하고 있는 사회와 문화가 필요로 하는 요청에 대해 적절한 대안으로서의 역할을 담당하고, 종국적으로 우리의 연구 방식상의 당위성을 강화시켜 줄 것이다.

필자는 중국문학비평의 거시연구 분야에서 다음과 같은 주제들에 대해 관심을 가지고 있는데, 이러한 연구들은 장르와 시기 면에서 폭넓게 걸쳐있고, 또 올바른 관점의 도출을 위해서는 향후 가능한 한 많은 사람들이 다양한 논의를 제기하는 가운데 타당한 관점을 정립해나가야 할 것이다. 필자의 경우 박사 논문을 쓰면서 중국시의 거시적 발전규율의 문제에 대해 관심이 끌리면서, 1990년부터는 각종 층차의 중국시와 문학의 발전단계, 그리고 중국문학비평의 사유 구조와 관련하여 소략하나마 의견을 제시했다. 그것은 '민간시→문인시'로의 전개와 함께 '가시歌詩→송시誦詩(또는 음시吟詩)→설시說詩'론으로, '비애 서정'의 문제에 있어서는 '허무적→심미적→사변적' 단계로, 그리고 중국문학 전체로서는 '기사문학紀事文學→서정문학→허구문학'적 단계의 설정으로 요약했다.30) 그리고 전술한 바와 같이 〈중국 문화사유의 이해〉와 〈중국문학비평

교환과 공유 및 토론문화의 활성화라는 측면에서 긍정적인 작용을 하는 것으로 보인다. 이같은 류의 탈형식적 모임이 적지 않을텐데, 필자의 寡聞으로 충분히 소개하지 못한다.

30) 이상의 논의들은 〈중국시가발전 단계론 탐색〉(1992), 〈중국시에 나타난 비애 의식의 전개 양상〉(1995)이 원본 논문이며, 이 둘을 체계화하여 〈중국시와 문학의 사적 전개〉(1996)로 재구성했다.

사유론〉을 통해 중국문학비평의 문예사유와 문화적 특징을 역易의 음양론적 상생·상보 관계에 기초한 원형 사유圓形思惟의 전개에서 맥락을 찾아 연결시키고자 했다.

한편 구체적 작가론과 관련해서는 송대의 주요 시인을 정리해 나갔는데, 소식과 진사도의 시학 세계가 유학과 선학의 접점에 처한 지식인들의 사변형상의 정관적靜觀的 추구, 송대 사회의 신분체계의 변화, 아·속 간의 상호 교류, 문학 언어로서의 백화의 부상, 고문운동의 파급 등에 힘입어 중국시는 장르 이탈적 속성이 강해졌고, 이러한 장르 변용 양상은 결국 중국문학 전통 장르로서의 지위를 잃는 방향으로 문학사의 흐름이 전개되었다는 것을 작가와 작품론의 관점에서 구체적으로 규명해보려고 노력했다.

이제 향후 중국시 비평 분야를 중심으로 우리 나름의 객관적 거리와 장점을 함께 살리며 연구할 만한, 그리고 보다 심화 연구가 필요한 부분들을 필자의 관점에서 열거해 보겠다. 그것은 ①문학사의 시기 구분을 바라보는 시각의 층차와 관련한 다양한 논의, ②중국문학의 시발이 되는 시경과 초사의 본원 성격과 역사적 변용과 처리의 문제, ③중국 고유의 양상을 지니는 풍격 비평의 현대적 설명 문제, ④시와 관련해서는 한대 오언시의 발생과 사언시의 퇴조에 관한 고찰, 위진남북조 전기 시인들의 의고악부 짓기를 통한 민간시에서 문인시로의 전이 단계에 대한 검토, '자연의 작품으로의 사유 구조적 전이'의 문제, 율화의 진행 과정과 심미의식 표출 방식의 전형화에 대한 역사적·맥락적 연구, 특히 시를 중심으로 중국문학 사유에 보이는 현상인, 운율 중시, '전시塡詩'나 '전사塡詞' 등의 형식 우선성에 관한 중국문학적 의미 고찰, ⑤장르론적 문제로서 문학장르의 다층위성과 분류상의 혼선 문제, 그리고 시대에 따른 중국문학 제 장르의 교호交互와 변용으로 인한 장르 속성의 단속성 문제, ⑥문학 행위의 상하 계층간의 역사적 주고받기와 관련한 문학 장르의 생장·쇠퇴의 문제, ⑦중국의 백화와 문언의 본체적 탐구 및 문학적 운용에 관련된 유기적 분석 문제로서, 이 부분은 다음과 같은 내용들을 포함하고 있다. 즉 백화의 문학 언어로의 부상과 관련한 서정문학 장르의 속성 변화, 허구문학의 대두와 그 역사적 의미, 허구문학 장르내의 문언과 백화의 운용적 지위, 연창문예演唱文藝와 문헌 문학간의 주고받기의 문제 등이 그것이다. ⑧그리고 연구의 틀과 관련해서는 내용과 형식의 고찰이란 단성성의 극복과, 유기적 분석을 위한 대안적 노력, 주제 사상과 풍격론 간의 유사 연구적 상황에 따른 구분의 모호성을 해결하기 위한 노력 등이 필요할 것이다.

  이상에서 언급한 것에 대해 보면, 첫째로 필자 나름의 관심을 밝힌 것이므로 범위가 주밀하지 못할 것이다. 또 어떻게 보면 기초적인 영역에 속하는 문제일 수도 있으나, 검증적 작업이 수반되는 연구라는 점에서 중국문학 초기 단계의 개괄과는 의미와 차원이 다르다. 둘째로 주로 거시 연구적 주제들이므로, 전통적 의미의 미시 연구에 대해서는 별도의 논의가 필요할 것이다. 다만 대강을 말하자면, 전술한 것과 같이 개별 작가와 작품을 분석하더라도, 전체와 유리된 채 따로 놀지 않고, 거시와 미시가 서로 연결되는 가운데 연구 의의와 위상이 매겨지는 유기적 논의가 필요하다. 예를 들면 세포는 개체적 단위 생명이면서 유기체적 총체와 서로 작용과 제어라는 양자적 소통성을 가지고 있다는 점에서 유기적이다. 이런 점에서 양자의 연구 방식은 둘이면서 하나이다. 거시든 미시 분석이든 중국문학 연구 역시 이와 같은 소통성의 문제는 내부적 범주로부터 이루어지되, 동시에 중국문학 외부 범주의 연구들과도 원활하게 교감할 때에 보다 실질적인 소통력과 의의를 지니게 될 것이다.

4. 중국문학 외부 범주와의 학제적 소통

평소 중국문학 이외의 분야에 넓고 깊은 공부를 해오지 못한 필자로서 이 부분에 대해서는 창발적으로 논술할 위치에 있지는 못하다. 그럼에도 불구하고 이 절을 설정한 것은 이제까지 말한 것과 같이 연구방법의 열린 시야와 관점의 모색이라는 당위성에서이 있기 때문이다. 필자의 역량의 한계를 인식하고 또한 오도를 막기 위해 본 절은 중국문학 연구의 본거지인 중국에서의 최근의 연구동향을 일별하고, 필자의 견해를 개략적으로 피력하는 데서 그칠 것이며, 심화된 논의는 향후의 공부와 함께 소양있는 연구자들에 의해 각기 다양한 방식으로 접근되기를 기대한다.

우선 중국에서의 새로운 연구 방법론적 탐색은 전통적 관점에 대한 비교 참신성과 20세기의 서구중심적 사조의 영향으로, 비교문학 분야부터 활발하게 진행되어 왔다. 홍콩 비교문학 연구자 황유량黃維樑은 20세기 서구문학 사조의 유입을 세 단계로 설정했다. 그 첫 번째 물결은 1919년 '오사시기'로서 낭만주의 현실주의 등의 사조가 밀려왔고, 두 번째 물결은 1950, 60년대의 대만에서 초현실주의 및 실존주의 등 모더니즘이 유행했던 시기이며, 세 번째 물결은 개방 이후의 중국 대륙에 1980년대에 대대적으로 밀어닥쳤는데,31) 그 구체적인 내용은 바로 뒷부분에서 소개한다.

비교문학적 관점과 관련하여 중국과 대만 양쪽 사정을 살펴보면 근 20년래 중외문학은 처음에는 대만에서 《중외문학》(1974)이나 영문으로 된 《Tamkang Review(淡江評論)》(1971)를 통해 활발하게 전개되었다.32) 출범 초기에는 중문학과 교수들이 다수 참여

---

31) 黃維樑, 〈多元化·全球化與大同世界—論中西文化與文學的交融〉, 《中外文化與文論》 3, 中國中外文藝理論學會等, 四川大學出版社, 1997. 4, p.148.
32) 이와 관련한 자료로는 *"An Annotated Bibliography of English, American & Comparative Literature for Chinese Scholars"*

했으나, 시간이 가면서 줄어들었고, 현재 대만에서는 외국어문학과 교수들을 중심으로 연구되고 있다. 반면 1980년대부터 대륙에서 흥기한 비교문학은 '국가 발전 중점과학'에도 포함되어, 대만과 달리 중문학과 교수들을 중심으로 활발하게 연구되고 있다.33)

필자의 생각에 츠베탕 도토르프(Tzvetan Todorve)의 구조주의 시학에 경도된 것으로 보이는 대만의 고첨홍古添洪은 서구문학 이론이 중국문학계에 미친 영향에 대해 '체계성, 구조성, 주연성周延性, 보편성, 복합성, 개방성'의 특징을 지니는 것으로 도출했다. 그리고 최근의 연구 시야는 다음 여섯 가지 범주로 나뉜다고 했다. 즉 중서中西를 관통하는 '일반 시학론'의 추구, 비교 장르론의 수립, 본토와 외래 문학간의 문학에 대한 영향과 수용적 측면의 접근, '해체(Deconstruction)'와 포스트모더니즘적 관점, 페미니즘적 관점, 문학을 문화의 한 고리로 이해하며 문학의 배후에 있는 문화유형의 내적 의미 분석과 서구중심주의를 경계하는 문화다원주의(Multi-culturalism)의 발흥이 그것이라고 했다.34)

이에 비해 비교적 순수 중국문학 연구의 입장에 서있는 사람들은 향후의 연구 전망에 대해 어떤 생각을 가지고 있는가? 장소강張少康의 경우는 중국의 중국고대문론연구가 1980년대부터 비교적 활발하게 일어났으나, 아직 연구자의 역량이나 이론적 심도, 자료

(John J. Deeney, 《*Tamkang Review*》, Monograph No.2, 1975, Taipei)가 있다. 이중 중국문학 파트에서는 비교문학을 위주로 다루었으며, 1970년대초의 대만의 상황이 소개되어 있다. 한편 일본쪽의 자료는 포괄적이긴 하지만, 1955년 이후 《中國文學報》의 연간 서목으로서 '*A Bibliography of Books and Articles on Chinese Language and Literature Published in Japan, China, and the West*'와 《中國文學研究文獻要覽(1945-1977)》 (1977, 東京)가 있다.

33) 古添洪, 〈中國派與臺灣比較文學界的當前走向〉, 《中外文化與文論》 3, pp.48-49.

34) 앞의 글, pp.54-59.

에 대한 맥락적 이해 등의 수준이 높지 않음을 인정하고 있다. 역시 당대 문학비평의 대가인 채종상蔡鍾翔은 고대문학이론을 오늘에 그대로 살릴 수는 없다면서, 연구자는 당대의식當代意識을 가지고 중국적 특색을 띠는 고대 문론의 현대적 '개발'과 그것의 문예이론 저작과 평론을 통한 '이용'에 힘써야 한다고 하여 개론적 지향점만 제시했다. 또한 당성원黨聖元은 중국고대문론 및 그 개념 범주의 현대적 전환문제에 대해, 비판적 계승, 중서 비교, 현대적 해석, 서구적 관점으로 바라보기, 신방법의 활용, 학제간 연구 등 다양한 논의가 있는데, 해설과 이론구축에 있어서 다음 세 가지를 유념해야 한다고 했다. 그것은 최대한 시야를 융합하고 체험을 존중하여 고대 문론가의 관점과 이론상의 특징을 살리도록 해야하며, 대상을 연구할 때에 내재된 함의를 찾아내야 하고, 그 결과 살아있는 학문연구가 되도록 해야 한다고 했다.35)

　이상 3인의 중국문학자들의 견해는 전술한 중외문학적 관점과는 얼마간 차이가 있는데, 현실을 수용하고 서구를 받아는 들이되 중국적 특징을 살리는 가운데 古와 今을 오늘에 되살리려는 범주에서 모색을 꾀하려는 자세로 요약된다. 그러나 아직까지 지향하는 바가 분명치 않고 구체성도 결여되어 있어 중국의 경우에도 고대 문학비평의 이론 구축이 쉽지 않음을 알 수 있다. 즉 장소강은 '방향은 잡혔어도 갈 길이 멀다'고 했는데, 필자가 보기에는 방향과 노정 양면에서 아직 갈 길이 먼 것 같다.

　이밖에 16세기 이후 현재에 이르기까지 서구를 중심으로 한 세계의 중국문학 연구사와 방법적 경향에 대해서는 필자의 천학淺學으로 접할 기회가 없다가, 1999년 1년 간 Visiting scholar로서 University of Washington에 체류하며 청강한 David R.

---

35) 이상 3인의 글은 張少康, 〈方向是正確的, 道路是漫長的〉; 蔡鍾翔, 〈重在理論資源的開發과 利用〉; 黨聖元, 〈中國古代文論的現代轉換: 命題與反命題之間〉. 앞의 책, '中國古代文論的現代轉換' 중에서, pp. 112-124.

Knechtges 교수의 대학원 강의록인 160여쪽 분량의 "*Methods and Materials in Sinology*"를 통해 소상히 알 수 있었는데, 중국 외에 구미에서는 프랑스, 독일, 영국, 미국에서, 그리고 동양에서는 일본에서의 중국학이 필자가 그간 피상적으로 알았던 것보다 학문의 기초 부분이 탄탄하다는 것을 깨닫게 되었다.[36]

다시 우리의 경우를 돌아보면 여러 가지 점에서 미흡한 것을 부인하기 어려운데, 방법론적으로 보면 현대문학 분야를 중심으로 이론 구축과 관점의 도입이 비교적 활발하게 진행되고 있는 것 같다. 이러한 방법론적·패러다임적 논의들은 중국문학 연구의 일반론으로서의 원전의 철저한 이해라는 기초 작업과 병행하여 향후 보다 확대·심화되어야 할 것이다. 중국 고전문학비평 분야에서도 몇몇 교수들이 주체적 바라보기의 문제에 관심을 갖고 자기류의 방식으로 의견을 개진해가고 있는 것을 볼 수 있다. 그것은 서구문학과의 연계를 통한 바라보기로서의 것이기도 하고, 아니면 오리엔탈리즘을 포함한 서구문화에 대한 대항논리로서의 자립적 일어서기이기도 하며, 혹은 텍스트의 새로운 읽기로서의 지배이데올로기 해부로 나아가기도 하거나, 또는 생태학적 접근과의 접목도 가능하다는 생각이다. 필자가 얼마 전부터 학제간 접목을 시도해 본 시스템 이론이나 신과학적 접근 등의 연결도 중국문학비평에 대한 방법론적 틀짜기에 관한 한 시안이 될 수 있다. 아울러 한국문학 연구와의 접목 작업은 우리가 한국인으로서 중국문학을 연구

---

36) 이밖에 최근에 나온 이 방면의 연구용 검색서로는 Endymion Wilkinson의 《*Chinese History A Manual*(中國歷史手冊)》 (Cambridge, Massachusetts, Harvard University Asia Center, 1998)가 있다. 총 1,068쪽의 이 책은 中國史學을 중심으로 한 중국학 검색서지로서 문학도 일부 포함되어 있으며, 저자가 1972년 簡冊 발간 이후 꾸준한 작업을 통해 이루어낸 상당히 유용한 연구 검색서이다. 인터넷 www.amazon.com을 통해 간략한 Review를 볼 수 있다. 부록에는 이 분야의 각종 출판사, 연구자 인명, 서명, 주제와 영역별 Index가 103쪽에 걸쳐 있다.

하는 한에 있어서는 벗어나기 힘든, 일정한 노력과 공헌이 필요한 부분일 것이다.

이상의 방법론적 모색의 방향과 세부 사항에 대해 필자는 아직 확신할 수 있는 상태에 있지는 않다. 필자로서는 연구 방법상의 새로운 관점과 시도에 대해서는 일단 열린 논의의 장으로 들어서게 한 다음, 논점의 숙성 과정 속에서 점차 시비와 공과를 따지는 것이 필요할 것으로 생각한다. 시간과 함께 많은 사람들의 다양한 견해 제시와 토의의 숙성화를 통해 자연스럽게 타당한 관점과 중심적 방식들이 자리를 잡아갈 것으로 보이기 때문이다. 물론 전부는 아니지만 문학 연구가 크게 보아 문화 이해의 한 과정으로서의 의미가 크다고 생각하는 필자로서, 이상과 같은 시야 확장적 학제간 연구는 더욱이나 필요하다는 생각이다. 그리고 그것은 자기 분야 이외의 학문 분야에 대한 일방적 소통이 아닌, 양방향 내지 다방향적 소통을 향해 나아가야 할 것이다.

오늘에 이르기까지 성취한 인류의 문명과 문화유산 역시 한 개인의 힘이나 독단에 의해 이루어지지 않았던 것 같이, 이같은 다양한 소통을 통한 부단한 '길 찾기'는 개인만으로서는 쉽게 이루기 어려운 일에 대한 효율적 협업과, 또 그러한 협업을 통한 보다 보편적 전망으로의 양자 소통적 확장을 의미한다는 점에서 의미가 크다.37)

(〈중국문학비평 연구의 패러다임적 논의,《중어중문학》 23, 1998)

---

37) 현대과학의 총아라고 할 수 있는 우주항공산업은 협동과 협업의 좋은 예이다. 1997년 7월 4일 금성에 도착한 소저너호가 수행한 금성에서의 탐색의 전 과정은 이와 관련된 엄청난 인력의 협업과 정확한 계산의 결과였다. 필자가 파악한 바로도 그것은 물리학, 화학, 지질학, 기상학, 컴퓨터공학, 재료공학, 의류학, 수학을 비롯한 거의 모든 분야의 지원, 협동, 토의의 결정체였다.

제 2 부
장르 운용과 문학 의식

중국시의 발전 단계론

Ⅰ. 들어가는 말

　중국문학사에서 시는 유사이래 청말에 이르기까지 대체로 중요한 문학적 지위를 차지해 왔다. 특히 주대의 시경으로부터 당시唐詩와 송시에 이르기까지 시가 여타 문학장르에 비할 수 없는 지위를 누린 것만은 문학사적 통념이나 남아 있는 작품의 수에 의해서도 증명된다. 그러나 한 장르의 지위는 반드시 절대적 수량이나 우위 관계에 의해서만 평가될 수는 없을 것이다. 이보다 더 중요한 것은 각종 장르의 변화해 가는 추이와 상대적 위상 및 상호관계의 변화일 것이다. 이를 '한 장르가 점하는 문학의 시대적 의의'라 할 수 있을 것이다. 이같은 측면에서 볼 때 송대 이후로는 사詞, 곡曲, 소설小說 등 각종 문학 양식의 다양한 발전과 함께, 시는 이전 시대만큼의 위치를 차지하지 못하고, 점차 그 주도적 영역을 타장르에 잠식당하고 말았다고 할 수 있다.

　그러면 중국에서 오랜 기간에 걸쳐 중심적 지위를 점하고 있던 시라고 하는 장르는 어떻게 하여 다른 장르에 의해 대체되어 갔으며, 이같은 장르 변천의 이면에는 어떠한 문학적 심미적 양상들이 관련되어 있는가? 이에는 본원적·역사적 요인이 개재되어 있을 것이다. 본고에서는 이같은 문제의 해결을 위하여 시의 발생에서 정점에 이르기까지의 변천 과정과, 타 장르와의 교호交互·전이轉移과정에 대한 맥락 추적, 그리고 시의 발전 단계를 설정해 보고자 한다. 이같은 맥락의 파악에는 발전 과정중 육조 성률론聲律論의 대두와 송대 이후 시의 쇠락과 사·곡 등의 흥성 경위 등에 주안점을 둔다. 다음으로는 이같은 작업을 통하여 가능한대로 중국문학에서 한 장르의 생성과 쇠퇴의 규율과 문학 발전의 장르사적 단계에 대한 하나의 시안試案을 제시해 본다. 아울러 이를 통해 중국문학사상 시의 발전 단계와 중국문학 일반의 발전 단계의 규율이 상호 관계가 있는 것인지에 대해서도 파악해 볼 것이다.

Ⅱ. 중국시의 발전 단계론

1. 한대까지

발생론적 관점에서 시는 원시 종합예술로서 음악과 불가분의 관계를 가지고 집단적 공동체 의식 중에 생겨났다고 보는 것이 일반적이다.1) 중국 상고시대의 음악〔樂〕은 농경사회의 전통적 양식으로서 토템숭배 내지 하늘이나 조상에 대한 제례를 지낼 때 행했던 이른바 집단적인 음악과 노래와 춤〔樂·歌(詩)·舞〕의 삼위일체의

---

1) 참고로 서양의 경우를 보면 고대 그리스의 시·음악·춤 등은 모두 주신酒神(Dionysos, Bacchus)축제에서 비롯되었다. 이러한 제전의 노래와 춤에서 훗날의 서정시(원래는 頌神詩)가 나왔으며, 그 뒤에 비극과 희극으로 변하였다. 또한 시가(民歌)의 발생에 관해서는 기존의 '군중 합작설(The Communal Theory)'과 '개인 창작설(The Individualistic Theory)'을 기조로, 뛰어난 개인의 창작을 모방하여 집단적 움직임으로 발전한다는 양자의 조화설이 유력하다 하였다.(朱光潛 저·鄭相弘 역, 《詩論》, pp.20-21, 27-31 참조)

개념에서 비롯되었다.2) 이들 삼요소 중 가장 먼저 분리된 것이 춤이었다. 이보다 뒤에 나타난 시경시의 대부분은 음악이 있었으나, 송頌을 빼고는 춤이 있었던 것은 많지 않았던 듯하다. 여기서 시와 음악과의 관계를 보면 곡조에 음악이 합해진 것을 가歌라 하고, 노래만 하는 것을 요謠라 한다.3) 후대의 시에 나타나는 음악적 요소로서 주광잠은 ①장과 구의 '정연함' 즉 격률과 운, ②구의 '중첩', ③매장 끝 부분의 '후렴구', ④혜兮, 사斯, 지之 등 시의 본의와는 무관한 늘임말인 '자字'의 네 가지를 들었다.4) 이같은 성격을 지닌 시는 춘추전국 시대를 거치면서 초기의 신기스런 작용을 벗어나 사실상 그 적용의 중심점을 하늘로부터 인간 사회로 맞춰 나갔다. 그러나 음악과 시와의 밀접한 관계는 그 후로도 상당 기간 유지되었고, 내용적으로는 이전과는 다른 방식으로 사회적 의미를 창출하였다.

사회에 미치는 시의 작용에 대하여 본격적으로 주목하기 시작한 사람은 공자(BC.551-479)였다. 그가 살았던 시대는 서주 초기(BC.11세기경)부터 600년간 지속되어 오던 봉건적 종법 사회가 새로운 생산관계에 의해 변화되는 사회 경제적 질서의 재편과정에 있었다. 공자는 춘추시대의 사회적 구조 변화와 함께 중요한 의미를 갖게 된 '사士' 계층에 속한 사람이었다. 혼란이 계속되던 당시에 통치자들은 크고 작은 제후국 간의 전쟁에서 점점 커져가는 지배 영역에 대한 영향력을 강화하기 위해 자신에게 필요한 관료들을 임명하였고, 그 관료의 중심은 본래 제사와 질서를 담당하던 은殷의 종교적 지식인들이었던 '유儒'의 후신인 사士가 담당하였다.5)

---

2) 李澤厚·劉綱紀 主編, 《中國美學史》 제1권, 中國社會科學出版社, 1984, 北京, p.91.; 李澤厚 지음, 권호 옮김, 《華夏美學》, 東文選, 1990, 서울, p.11, 28.
3) 《詩·魏風》의 〈園有桃〉 중의 '我歌且謠'의 毛傳 참조.
4) 朱光潛 저 鄭相弘 역, 《詩論》, 東文選, 1991, 서울, pp.24-27.

공자는 기존의 봉건적 질서가 붕괴되어 가던 당시의 상황을 사회적 위기로 간주하고, 이를 구제하기 위해 군자와 소인 간의 차별적 신분 질서에 기초한 정명론正名論에 의지하면서, 지배자인 군자는 인仁을 통한 덕치로써 예禮를 회복해야 한다고 하였다. 또한 그는 인을 위한 매개체로서의 음악의 중요성을 강조하였다. 이는 음악의 정치 교화상의 기능인 셈이다.6) 공자의 세계관은 《논어》에 나타나 있으며, 이를 근거로 하여 유가의 학설이 성립되었다. 유가의 사상은 도불적인 '인간 대 우주자연'이라는 절대적이며 존재론적인 차원의 문제보다는 '인간 사회' 내의 현실적 윤리 문제에 주된 관심을 기울이고 있다.7) 공자는 문학에 관해 언급할 때에도 사회적 효용의 측면을 강조하였는데, 특히 시경에 대한 그의 생각이 그러하다. 이러한 관점은 후세에도 지속적으로 영향을 끼쳐 중국문학사의 중요한 기반을 마련하는 계기가 되었다. 이제 공자의 시에 대한 견해를 보기로 한다.

① 시를 배우지 않으면 말로 행세할 수가 없다.8)

② 시에서 수신修身을 시작하고, 예禮에서 바로 서며, 음악에서 완성한다.9)

③ 시삼백을 외우나, 정사를 맡겨도 능통하지 못하며, 사방에 사신으로 나가도 전문적으로 응대하지 못한다면, 비록 많이 알고 있다 해도 무슨 소용이 있겠는가?10)

---

5) 송영배, 《中國社會思想史》, 한길사, 1986, 서울, p.45.
6) 徐復觀 저, 권덕주 譯, 《中國藝術精神》, 東文選, 1990, 서울, pp.49-53.
7) 유와 도불의 상호 비교와 그 철학사적 유변流變에 대해서는 拙著 《黃庭堅詩 研究》, pp.59-68 및 p.107 참조.
8) 《논어·계씨》, '不學詩, 無以言.'
9) 《논어·태백》, '興於詩, 立於禮, 成於樂.'
10) 《논어·자로》, "誦詩三百, 授之以政, 不達, 使於四方, 不能專對, 雖

④ 시는 그것으로써 감흥을 일으킬 수 있으며, 시속時俗을 살
필 수 있으며, 무리지을 수 있고, 또 원망할 수가 있다. 가까
이는 아버지를 섬기고, 멀리는 임금을 섬기며, 조수鳥獸와 초
목의 이름을 많이 알게 한다.11)

이상의 네 글 모두 시의 사회적 효용을 강조하였다는 점에서 공
통적이다. 첫번째 문장은 그의 아들에게 훈계한 말로서 시를 배우
지 않고서는 사회에 나가 행세할 수 없다는 뜻으로 해석된다. 두
번째 글 역시 시를 배움으로써 자기 자신의 몸을 닦는 기틀을 마
련하고, 다음으로 예법을 익혀 자립의 기반을 삼으며, 끝으로 음악
에 능통함으로써 인격을 완성할 수 있다고 하여 시·예·악 삼자
간의 상호 연계성과 그 중요성을 말하였다. 앞의 두 글에서 공자
는 사회적 성취의 전 단계로 설정된 듯한 개인적 수신을 위해 시
를 배우는 것이 필요하다고 하였다.

다음 두 글에서는 시의 사회적 효용에 대해서 말하였다. 옛날에
는 다른 나라에 사신으로 나아갈 때에 상호간에 시를 통해 상대방
과 의사를 소통하는 것이 관례였다. 그러므로 외교의 임무를 맡은
자는 시를 잘 외우는 수준에서 그치는 것이 아니라, 시를 짓거나
응용함으로써 자신의 의사를 적절히 표현할 수 있는 능력이 있어
야만 하였다. 공자는 이렇게 현실적 문제의 해결 여부를 가지고서
시적 가치기준으로 삼았다.

네번째 문장은 공자 이전에는 볼 수 없었던, 시로 대표되는 문
학의 가치에 대한 본격적인 정의이다. 이 말은 작가와 독자의 관
점을 함께 포괄하고 있는 것으로 보이는데, 시를 짓거나 읽음으로
써 사람들은 자신의 감정을 표출하거나 또는 불러일으킬 수 있으
며[興], 풍속의 성쇠를 바라보고 살필 수 있으며[觀], 뜻을 같이하

______

多亦亥以爲."
11) 《논어·양화》, "詩可以興, 可以觀, 可以群, 可以怨. 邇之事父, 遠之
事君, 多識於鳥獸草木之名."

는 사람들끼리 교제하고 모일 수 있으며〔群〕, 정치를 비판하는 감
정을 표출거나 또는 시세時勢를 원망할 수 있다는〔怨〕 것이다. 아
울러 시에 숙달하게 되면 당시 농경 사회로서는 생활의 중요한 비
중을 차지하였던 조수鳥獸와 초목의 이름을 많이 알게 되는 효과도
거둘 수 있다고 하였다.

이렇게 시의 사회적 효용을 강조한 공자의 문학적 견해는 이후
로 계속 중요한 위치를 차지하며 전승되어 갔으며, 맹자 역시 '문
장의 대의로써 작자의 뜻을 헤아린다'는 '이의역지以意逆志'나 '사람
을 보고 그가 살았던 세상을 논한다'는 '지인논세知人論世'론 등으로
써 문학과 시대 사회와의 관계에 중점을 두었다.12) 다음에는 《예
기·악기》 및 〈모시서〉를 통해 시의 발생 및 음악과의 관계에 대
해 살펴보기로 한다.

① 음音의 일어남은 사람의 마음에서 생긴다. 사람의 마음이 움
직이는 것은 사물이 그렇게 하게끔 하기 때문이다. 사물에 반응하
여 움직임이 생기며 소리로 표현된다. 소리가 서로 상응하여 변화
가 생기며 또 변화는 일정한 모양새를 갖추니 이를 음音이라고 한
다. 음을 조화하여 악기로 타서 〈간척干戚〉〈우모羽旄〉의 노래가
되니 이를 악樂이라고 한다.13)

② 음은 사람의 마음에서 생기며, 음악은 윤리를 관통하는 것이
다. 그런 까닭에 소리〔聲〕를 알고서 음을 모르는 것은 금수이며,
음을 알면서 악을 모르는 것은 일반 서민이다. 오직 군자만이 능히
악을 안다. 그러므로 소리를 듣고서 음을 판단하고, 음을 듣고서
악을 판단하며, 악을 듣고서 정치를 아니, 여기에서 치도治道가 갖
추어지는 것이다....악을 안다면 예禮에 가깝다. 예와 악을 다 얻은

---

12) 각각 《맹자·萬章上》, 《맹자·萬章下》.
13) 《예기·악기》, "凡音之起, 由人心生也. 人心之動, 物使之然也. 感於
　　物而動, 故形於聲, 聲相應, 故生變, 變成方, 謂之音. 比音而歌之,及
　　干戚羽旄, 謂之樂."

것을 일컬어 덕德이 있다고 한다.14)

③ 감정은 소리로 드러나며, 소리가 무늬를 이룬 것을 음이라고 한다. 잘 다스려지는 세상의 음악은 편안하고 즐거우니 그 정치가 화평하여서이며, 어지러운 세상의 음은 원망하는 듯하며 분노하는 기운이 있으니 그 정치가 어그러져서이며, 망국의 음은 애처롭고도 그리워하는 듯하니 그 정치가 곤궁하여서이다. 그러므로 정치의 득실을 바로잡고, 천지를 움직이며, 귀신을 감동시키는 것에는 시만한 것이 없다. 선왕先王들은 이것으로써 부부를 바로 세우고, 효경孝敬을 이루었으며, 인륜을 두텁게하고, 교화를 훌륭히 하였으며, 풍속을 좋게 바꾸었던 것이다.15)

앞의 두 글은 《예기·악기》에서 그리고 뒤의 글은 〈모시서〉에서 인용하였다. 그러나 사실 두 원전의 내용은 유사한 데가 아주 많다. 정확한 작성 연대는 알 수 없으나 한대에 이루어진 《예기·악기》는 아주 많은 선진先秦의 사상적 자료를 지니고 있으며, 그 기본 사상으로 보건대 《순자·악론樂論》의 영향을 많이 받은 것으로 알려져 있다.16) 그리고 〈모시서〉는 자하子夏 작설作說보다는 후한後漢 위굉衛宏이 지었다는 설이 유력하니, 결국 〈모시서〉가 《예기·악기》의 사상을 상당히 답습하고 있다고 해야할 것이다. 첫째 글에서는 음악이란 인간의 마음이 무엇인가에 부딪혀서 생긴 느낌을 '聲-音-樂'의 과정을 통해 표현한 것이라고 하였다. 이에는 음악

---

14) 《예기·악기》, "凡音者, 生於人心者也. 樂者, 通倫理者也. 是故知聲而不知音者, 禽獸是也, 知音而不知樂者, 衆庶是也. 唯君子爲能知樂. 是故審聲以知音, 審音以知樂, 審樂以知政, 而治道備矣… 知樂則幾於禮矣. 禮樂皆得, 謂之有德."

15) 〈모시서〉, "情發於聲, 聲成文, 謂之音. 治世之音安而樂, 其政和. 亂世之音怨而怒, 其鄭乖. 亡國之音哀而思, 其民困. 故正得失, 動天地, 感鬼神, 莫近於詩. 先王以是經夫婦, 成孝敬, 厚人倫, 美敎化,移風俗"

16) 顧易生·蔣凡, 《先秦兩漢文學批評史》, 上海古籍出版社, 1990, pp.375-376.

과 시의 등가관계等價關係가 전제되어 있다.

둘째 글에서는 '성聲-음音-악樂'의 단계를 보다 분명히 하고 있으며, 나아가 셋 중의 최고의 단계인 악과 정치와의 관계, 악과 예의 관계 및 이들과 덕과의 관계에 대해서 언급하였다. 즉 음악〔詩〕을 잘 이해함으로써 유가로서 중요한 현실 인식인 예나 정치를 바르게 파악할 수 있다는 논리이다. 이 글은 음악과 사회의 상관관계를 이념화한 유가의 문예관을 드러낸 대표적인 글로서, 시와 정치 사회적 현실과의 밀접한 관계를 볼 수 있다.

셋째 글에서는 음악〔詩〕과 정치와의 관계를 앞의 글보다 분명히 드러냈다. 음을 확대 해석한다면 결국 문예 혹은 문학이라는 말로 바꿀 수 있으니, 이 글은 결국 문학과 사회와의 관계에 대한 언급이라 할 수 있다. 해석상으로 보면 글의 전반부는 시는 사회의 반영이라는 결정론적 견해를 삼단계로, 후반부는 시를 통해 사회를 계도啓導할 수 있다는 효용론적 견해를 피력하였다. 앞의 세 글은 공통적으로 음이 사람의 마음에서 비롯된다는 말로 시작되고 있다. 이는 〈모시서〉의 '시는 뜻〔志〕이 가는 바이다.(詩者, 志之所之也)'라고 한 것과 같은 의미이다.

이상은 대체로 시의 작용을 치자의 입장에서 바라본 것이다. 한편 〈모시서〉에서는 이와 같은 인식 외에도 피치자의 입장에서도 시를 이용할 수 있다고 하였다. 그것은 바로 풍간諷諫의 의미로서의 시이다.

> 풍風은 풍간諷諫이요 교화이다. 풍으로써 감동시키고 가르침으로써 감화시킨다…윗사람은 풍으로써 아랫사람을 교화하고, 아랫사람은 풍으로써 윗사람을 풍자한다. 문사文辭에 의거하여 부드럽게 간언하니 말한 이 죄가 없고 들은 이 또한 족히 교훈으로 삼는다. 그렇기 때문에 풍이라고 하는 것이다.17)

---

17) "風, 風也, 敎也. 風以動之, 敎以化之……上以風化下, 下以風刺上, 主文而譎諫, 言之者無罪, 聞之者足以戒, 故曰風."

교화와 풍간의 의미는 그 전달 방식이 마치 바람과 같다고 하여 이르게 된 말이 아닌가 싶다. 〈모시서〉에 나타난 풍간의 작용은 이와 같은 부드러운 단계에만 머무는 것은 아니고, 제대로 다스려지지 않을 때에는 변풍變風과 변아變雅로써 보다 적극적으로 사회를 교정한다고도 하였다. 역사적 사실 여부를 떠나서 유가의 입장을 대변하는 이같은 시에 관한 관점은 현실과 정치 관계에 기초하여 시의 사회적 효용을 강조한 부분이다.

지금까지 본 절의 서술을 통해 보건대 시는 발생 초기에는 다음과 같은 두 가지 속성을 지녔다 하겠다. 첫째, 초기 단계에 있어서 시와 음악은 서로 불가분의 관계를 가지고 인식되었다는 점이다. 이는 농경 사회에서의 제천 및 조상숭배 등 제반 행사와 의식에서 비롯된 것으로 이해된다. 둘째, 이러한 시는 국가적 형태를 갖추어 가면서 음악과의 단순한 불가분성에 그치지 않고, 시를 정치적 교화의 도구로 이용하는 등 인간 사회내의 집단적이며 정치적 의미를 강화하는 쪽으로 그 무게 중심을 옮겨갔다는 점이다. 초기 단계에 있어서 기본적으로 한대까지의 시는 통치자에게는 사람들을 교화하는 치도治道의 도구로, 그리고 피치자에게는 생활의 고통과 소망을 표현하는 유용한 도구로 인식되었는데, 중국에서 이러한 인식구도의 건립은 유가적 세계관의 확립과 궤를 같이 하는 것으로 보인다. 그리고 이 단계는 기본적으로 의미있는 노래를 통한 집단성을 강조하고 있다는 데에 초점이 맞추어진다.

이같은 점은 한대의 악부시樂府詩를 통해서도 어느 정도 그 면모를 파악할 수 있다. 악부시는 악부라는 관청의 설립 및 채집과정, 그리고 시의 내용 등을 볼 때, 물론 조정의 연회나 군가로 지어진 작품들도 있기는 하지만, 당시 민중들의 생활상을 비교적 생생하고 소박하게 그린 작품들이 적지 않다. 이를 이어 동한말에 나타난 고시 역시 악부시와 유사한 의경을 그리고 있다. 그러나 이미 '고시십구수古詩十九首' 등으로 대표되는 고시의 단계에서는 장시간에 걸쳐 전승되어 오던 민가民歌를 지식인이 문자화한 것이 대부분이고 또 이전 시대에 비해 사회적 응집력이 약했던 관계로 개인의 서정을 그린 작품들이 많기 때문에, 사회적 효용은 전 시대에 비해 많이 약화되었다고 하겠다.

2. 육조

한말 삼국의 정립기를 거치면서 사회적 분위기는 이전 시대와는 판이하게 달라져갔다. 하나의 가치와 권위만 인정되던 시기는 끝나고, 패권에 의한 제2의 전국시대가 도래하면서 필연적으로 수반되는 여러가지 증상이 문학에도 스며들었다. 먼저 위 문제文帝는 문학사상 최초의 문인집단인 건안칠자建安七子를 조직하여 전문적으로 고시와 부 등을 지으며 집단적인 문인적 활동을 시작하였다. 그들은 사회적 혼란기를 살며 개인으로서 느끼는 유한한 삶에 대한 감회와 비애감을 주제로 시를 창작하였다. 이는 이제 '문인'들이 문학을 보다 '독립적인 장르'로서 인식하기 시작하였다는 것을 의미한다.18)

위 이후 수·당에 의해 통일되기까지의 육조시대 약 370년간은 중국사회사상 춘추전국 이후 두번째의 과도기로서 한대와는 문화 사회적으로 다른 양상과 다양성 속에서 전개되었다. 남조와 북조의 여러 나라들이 교대로 할거하였던 이 시대에는 정치적 불안이 큰 만큼 사람들의 삶도 불안하였다. 그래서 사상적으로는 현실에 기초한 강력한 통합주의적이며 문명주의적인 유가의 이념을 대신하여, 개인주의적이며 자연주의적인 도불적 사고가 사회 전반에 걸쳐 깊이 스며들었으며 그 영향은 당대唐代까지 계속되었다.

이에 따라 문학의 경향도 문화적 탈중심화에 따라 문인들이 소

____

18)《典論·論文》중에서 비로소 나누어지기 시작한 4가지 장르 구분과
　　속성 부여 등도 그들의 장르 인식의 발전 면모를 말해준다.

집단과 개인 속에 침잠하며 염세주의와 유미주의적 경향을 강하게 띠었다. 시를 중심으로 한 육조시대의 문학이 전대까지의 문학과 다른 점은, 작품 활동의 주체가 이전의 민간으로부터 문인으로 보다 분명하게 넘어갔다는 점이다. 그 원인은 다음과 같다는 생각이다. 고대문학에 있어서 문자 정착화의 난점 때문에 작자(Author)의 개념을 반드시 최종적인 기록자로 볼 수만 없다는 점을 고려한다면,19) 후대로 내려올수록 문학 활동의 주체는 구전이나 전사자轉寫者의 역할보다는 최종적 기록자의 역할을 중시하게 될 수밖에 없게 된다. 이러한 측면에서 볼 때 한대까지의 문학 활동은 다수의 민간문학과 함께 소수의 문인들만이 작품 활동을 해왔다고 하겠다.

그러나 육조시대로 접어들면서는 통치권의 분할과 불안정성으로 인해 지식인들이 획일적인 가치화 및 이념화 작업에 전념하기가 어렵게 되었다. 이에 따라 문학 방면에도 생활의 안정을 보장받기 어려웠던 일반 사람들은 문학 활동에 참여할 여유가 없었으며, 상층 문인들을 중심으로 새로운 국면을 맞이하게 되었다. 귀족과 문인들은 통합적 사유 체계보다는 원심력의 가속화와 함께 자신들이 속한 소집단과 개인을 위주로 한 문학 창작에 주력하였으며, 자연 그 주제는 불안정한 인생의 무상과 유한성에 대한 비애어린 개인적 서정이란 범주에서 크게 벗어나지 않았다. 이에는 의지할 데 없는 사람들의 심리를 파고들은 도교와 불교의 시대 사조가 큰 몫을 담당하였다.

상기와 같은 문학활동의 문인화 주도 경향은 다음 두 가지 역사적 의미로 요약할 수 있을 것이다. 첫째로 이전의 민간과 문인들의 통합주의적이며 사실성을 중시하는 유가적 문학 즉 '기사문학적紀事文學的 성격'을 벗어나서, 상층부 문인들이 주도하는 개인 본위의 본격적인 '서정문학적抒情文學的 성격'을 보다 분명히 띠게 되었

---

19) 김학주, 《中國古代文學史》, 民音社, 1985, 서울, pp.17-22.

다는 점이다. 서정작품 위주로 된《문선》이나《옥대신영玉臺新詠》등
의 편선작업編選作業이 가능했던 점, 그리고 종영鐘嶸(468-518)의
《시품詩品》의 품평론 등이 가능했던 점 등은 이러한 경향의 반영이
다. 조비曹조(187-226)의 '시와 부는 아름다와야 한다'거나,20) 육
기陸機(261-303)의 '시는 감정을 좇아 아름답게 표현해야 한다'21)
는 말로 대표되는 새로운 유미주의적인 시가론적 선언은 바로 유
가적 시관을 대변해왔던 '시언지詩言志'적 전통으로부터 문인주의적
이며 예술적 가치로의 일대 전환이었다.22)

둘째로 시는 민간적 색채를 띰으로써 역사적으로 불가분의 관계
를 맺을 수밖에 없었던 음악의 영향으로부터 어느 정도는 벗어나,
가사 성분의 비중이 높아지면서 문학의 행위와 양식은 새로운 심
미적 지향을 추구하였다는 점이다. 이전에 '민간 가요'의 형태를 원
형으로 하였던 시경 및 악부시들은 고시의 중간 과정을 거쳐 육조
시대에는 장르 자체의 발전 속성과 문인들의 미의식에의 개안開眼
에 따라 오언 내지 칠언 위주의 제언체齊言體로서 일정한 자수와
구식, 그리고 성률의 미를 보다 구체적으로 추구하게 되었다. 중국
에서 성운聲韻에 대한 본격적인 강구는 육조 제량시대齊梁時代(5세
기말)에 비롯되었다. 특히 송대 사령운의 '사성팔병설四聲八病說' 등
은 이러한 시의 정형화·규율화에 상당히 기여하였다. 유협(약465
-약532)은 당시의 시경향에 대해 '송초의 문장과 운문은 문체의
계승과 창신創新이 있었다. 노장老莊이 쇠퇴하고 산수문학이 일어
나기 시작했다. 백자百字의 대우對偶로써 아름답게 짝을 짓고, 한
글자의 기묘함으로써 가치를 다투었다'고 서술하였으니,23) 이렇게
하여 육조 이후 시는 문인들의 정서와 미의식을 표출하는 중요한

---

20)《典論·論文》, "詩賦欲麗."
21)〈문부〉, "詩緣情而綺靡."
22) 陳伯海,《唐詩學引論》, 知識出版社, 上海, p.106, 1988.
23)《문심조룡·明詩》, "宋初文章詠, 體有因革, 莊老告退, 山水方滋. 儷
采百字之偶, 爭價一字之奇."

도구가 되었다. 당시를 주도했던 영명永明의 시풍에 대해 《남사南史·육궐전陸厥傳》에서는 다음과 같이 설명하였다.

> 영명永明 시기에 문장이 성했다. 오흥吳興의 심약, 진군陳郡의 사조謝朓, 낭야琅邪 왕융王融은 유사한 기풍으로 서로 도왔다. 여남汝南의 주옹周顒은 성운을 잘 알았으며, 심약 등의 시문은 모두 궁상宮商의 음률을 사용하고 평상거입平上去入의 사성을 썼으니, 이로써 운韻을 다스려 평두平頭, 상미上尾, 봉요蜂腰, 학슬鶴膝 등이 생겼다. 1구 5자중에 음운이 다 달랐으며 2구내에서 음률이 같지 않고 함부로 증감할 수도 없었다. 세상에서 이를 영명체永明體라 불렀다.24)

그러면 어떻게 해서 제량시대에 특별히 이같은 성률의 강구가 일어났는가? 이에 대해서는 주광잠의 해설을 참고할 만하다.25) 그는 불경의 전래와 보급이 성률의 추구에 심대한 영향을 주었다고 하였다. 불경의 번역은 동한대에 일어났으며 수대에는 이미 2,390부 이상 번역되었다. 중국인들은 범문梵文의 번역과 이해 과정에서 처음으로 소리 글자와 만나게 되었고, 하나의 글자가 자음(聲母)과 모음(韻母)으로 이루어진다는 것을 알게 되었다. 여기서부터 두 음을 합해 하나의 음을 읽는 '반절反切'이 위魏의 손염孫炎에 의해 제시되었다. 정초鄭樵가 《통지通志》에서 '절운切韻의 학學이 서역에서 일어났다'고 한 것도 이의 증거이다. 이러한 발음법이 수입되고나서 성운의 구성원칙을 연구하게 되었으며, 심약에 의해 시에서도 공식적으로 채택 정리되었던 것이다. 이와 함께 주광잠은 악부시의 쇠망이후 시에 있어서 율화를 보편적 추세로 보면서 다음 4단계로 설명하였다.26)

---

24) 朱光潛 저 鄭相弘 역, 《詩論》, pp.302-303 참조.
25) 앞의 책, pp.303-306.
26) 앞의 책, pp.306-309.

　① 음은 있고 뜻이 없는 시기(有音無義時期) ― 원시 민가나 현대
　　에도 아동 및 미개인의 노래.
　② 음이 뜻보다 중요한 시기(音重於義時期) ― 시경과 초기의 한
　　대 악부시를 포함한 민속가요.
　③ 음과 뜻이 분화하는 시기(音義分化時期) ― 민간시가 변하여
　　예술시로 되는 시기로서, 고시의 출현은 이 시기의 시작이다.
　④ 음과 뜻의 합일 시기(音義合一時期) ― 문자와 언어의 절주節
　　奏와 음조에 치중하여 성률을 강구하는 육조 성률시 이후의
　　시들.

　주광잠은 음악과 시와의 관계에 착안하여 시의 발전 단계를 '음
音→의義'로 비중을 옮겨가는 과정에서 음악이 시의 언어와 새로운
방식으로 접목되어 갔다고 설명하였으며, 이 네 시기 구분은 각국
의 시의 발전에 공통적으로 적용될 수 있는 공식이 될 것이라고
하였다. 이 4단계 중 중요한 부분은 뒤의 셋인데, 그것은 중국의
경우 주로 시경에서 고시를 거쳐 육조 성률시로 넘어가는 단계에
대한 구분 설명이다.

　그런데 이 구분은 필자의 3단계설 중 앞부분에 대한 구체적 부
연敷衍은 될 수 있을지 몰라도 시기적으로 지나치게 편중되어 있
어, 이후 장구한 시기의 시에 대한 설명이 미흡하다. 이 부분에 대
해서는 계속 이후의 시들에 대한 검토를 해가며 정리하기로 하고,
필자는 한대까지의 음악과 시와의 긴밀도가 육조 귀족문인들의 시
로 넘어가면서 음악과의 관계를 상당 부분 약화된 것으로 파악하
였다. 이렇게 하여 지어진 육조의 성률시들에 대해 필자는 시가
중국문자 특유의 미학적 속성을 발휘하여 성운과 평측률을 따지
는, 노래로서보다는 읊조려지는 성격이 강하게 부각되는, '음송시
吟誦詩'적 성격을 지니는 단계로 진입하였다고 명명하고자 한다.

3. 당대唐代

육조 이후 과도기적인 통일왕조 수를 거쳐 새로운 제국을 이룬 당대唐代의 시는 고병高棅의 《당시품휘唐詩品彙》에서 초初·성盛·중中·만당晚唐으로 나눈대로 시기별로 290년간 다양하고도 풍부한 발전을 하였다. 《전당시全唐詩》에 수록된 시만 해도 2,200여명의 48,900여수를 수록하고 있으므로, 이 시기의 시의 발전상을 한마디로 요약할 수는 없다. 그 대강을 본다면 당초의 시풍은 심전기沈佺期(약656-714)·송지문宋之問(약656-712) 및 초당사걸初唐四傑27) 등이 주도하며 오칠언 절구와 율시의 형식적 기틀을 잡아나갔다. 사실 율시는 꽉 짜여진 규격, 기승전결의 구성, 고도로 정련된 시어의 함축적 구사, 대장對仗 및 성운의 강구 등을 하여야 하므로, 지적 유희를 즐기는 문인들로서는 이같은 점이 오히려 매력으로 여겨지기도 했을 것이다.

이후 이전의 어느 시대보다도 미적 조화와 율격을 강구하며 발전하였던 율시의 전성기인 성당시에는 나름의 발전력을 얻어 다양한 제재와 사작寫作 기능을 발휘할 수 있었다. 이 시기에는 특히 대시인인 왕유(701-761)·이백(710-762)·두보(712-770)에 힘입어 시의 형식과 내용의 지평이 크게 확대되었으며, 이들 대가들을 통하여 율시와 절구의 발전은 극에 달했다. 특히 두보는 엄정한 율격적律格的 바탕에 더하여 이전까지의 단조로운 서정과 사경寫景에서 벗어나 서사와 의론을 시로 표현하였으며, 종횡으로 달리는 필치와 긴밀한 시적 구성을 통해 율시의 새로운 면모를 보여주었다.

8세기 중반 왕조를 떠받쳐 주던 두개의 기둥이었던 부병제와 균전법은 무거운 조세 부담과 세원稅源의 고갈로 붕괴되어 갔으며,

---

27) 왕발王勃(650-676), 양형楊炯(650-?), 노조린盧照隣(약635-약689), 낙빈왕駱賓王(640-684).

각 지방에서는 절도사를 중심으로 한 번진 세력이 인민의 항쟁과 더불어 무서운 힘으로 커갔다. 그 결과 755년부터 763년 사이에 일어났던 안록산과 사사명의 난은 중국사의 일대 전환점이 되었다. 당실唐室은 난을 겨우 평정하였으나, 이미 지방 세력에 대한 통제력을 거의 잃어버릴 만큼 기진하였으며, 이때부터 내우외환에 시달리며 당의 국가 권력은 쇠퇴하기 시작했다.

'안사의 난' 이후 중국의 사회 구조는 급속히 변화하였다. 육조 이래의 문벌 귀족은 쇠락하였고 경제력을 바탕으로 한 지주계층이 부상하였으며, 인구는 급격히 감소하였고 번진이 할거하였다. 그러나 그후 정원貞元(785-804) · 원화元和(805-820) 시기에는 생산력이 얼마간 회복되는 등 문화적 여력도 가능케 되었다.28) 일반적으로 사회경제 구조의 변화는 신분질서의 변화를 초래하고, 또 이는 문화전반에도 영향을 미친다. 그런 점에서 볼 때 안사의 난은 문화적으로는 오히려 새로운 충전의 계기가 되었다.

당시 일반 서민 계층에서 과거를 통해 등장한 백거이(772-846) · 한유(768-824) · 유종원(773-819) 등은 민중의 고통과 사회의 병폐를 잘 알고 있었으므로, 이전의 세습 관료적 타성에서 벗어나 문학 방면에서도 현실주의 정신으로써 난국을 타개하고자 하였다. 시경과 악부의 풍유시를 내세우며 민중의 질고疾苦에 대한 관심을 표명한 백거이의 신악부 운동이나 유가적 도통론道統論을 내세워 건강한 문인정신과 질박한 문체의 회복을 꾀한 한유 · 유종원의 고문운동은 각기 그 양상은 다르지만 모두 새로운 돌파를 추구한 시대정신의 결과였다.

중당시에서 특히 주목할 점은 한유의 시경향이다. 그의 시는 송대의 황정견 이하 강서시파 시인들의 좋은 학습자료가 되기도 했는데, 산문체의 창작 방식이나 험괴險怪한 조구법造句法, 기자奇字 · 벽자僻字와 험운險韻의 과감한 사용 등을 통해 기존의 미적 가치에

---

28) 朱維之, 《中國文藝思潮史稿》, 南開大學出版社, 1988, 天津, p.141.

정면으로 도전하였다는 점이다. 이같은 시도가 비록 당시에는 큰 반향을 불러일으키지는 못했지만, 훗날 송시의 발전에 있어서 유력한 방향타가 되었다.

이후 당조는 시간이 흐를수록 개혁적 정신이 퇴색해 버렸고, 당조의 중앙 집권화는 급속히 약화되었으며, 변방의 절도사는 계속적으로 토호土豪와 결탁하여 환관이 병권을 장악한 중앙 정부에 반기를 들고 대항하곤 하였다. 이렇게 왕조의 모순은 심화되어 결국 대제국 몰락의 길을 걸어가게 되었다. 이후 농민들이 중심이 되어 일어난 '황소의 난'(874-884년)과 '오대 십국'(907-960)의 장기적 분열 시기를 거쳐 조광윤에 의해 송조가 성립하였다. 이 과정에서 화북은 피폐해지고 생산력의 중심은 남쪽으로 옮겨가, 점차 강남지역은 사회·문화·정치의 중심지로 부각되어 많은 인물들이 이곳에서 배출되었다.

이상과 같은 역사적 배경하에 생산된 당조 후기시의 경향은 대체로 새로운 유미주의의 시기라고 하겠다. 귀재라 불리는 중당 말기의 이하李賀(790-816)는 귀족출신의 요절 시인인데, 그의 시는 비현세적 낭만성, 궁체시宮體詩의 정조, 기험奇險·화려한 조탁彫琢이 서로 어울려 처량하고 음울한 색채로 독특한 풍격을 형성하였다.29) 만당의 이상은(813-858)은 기울어가는 시대 정신 속의 전형적 시인이다. 그의 시는 화려하고 아름다운 시어와 필치로 점철되어 있으나, 이면에는 각고의 단련을 거친 괴벽한 많은 전고典故와 상징을 통한 독특한 의경이 융해되어 있어 작자의 본의를 쉽게 추측할 수 없다. 이들 외에도 두목杜牧(803-853), 피일휴皮日休(843-883) 등 당말 시인들의 작품에는 기울어가는 나라에 대한 애잔한 정서와 유미적 색채가 짙게 스며들어 있다. 한편 이즈음에 사詞는 민간사에서 화간파花間派로 대표되는 문인사로 넘어가면서, 점차 문인들의 손에서 다듬어지고 애창되기 시작하였다.

---

29) 李曰剛,《中國詩歌流變史》(上), 文津出版社, 1987, 台北, p.372.

4. 송대 이후

약 60년에 걸친 오대십국의 혼란시기를 거쳐 통일 왕조를 세운
송의 태조 조광윤은 이전까지와는 다른 성격의 중앙집권적 문치주
의를 중심으로 새로운 왕조를 열어나갔다. 그는 당대 이래로 발호
하던 번진 등 지방 군벌세력의 폐해를 익히 알고 있었으므로 무인
의 등장을 억제하며 비교적 정비된 과거제도를 통해 재능있는 인
사들을 중용하였다. 따라서 귀족 관료의 지위는 이전처럼 세습적
으로 보장받기 어렵게 되었고, 대신 황제는 보다 강력한 왕권을
바탕으로 합리적이며 개인적 능력을 지닌 '사士'를 통해 통치의 기
반을 마련하고자 했다. 역사학에서도 당을 무력 국가적인 형태의
것으로 보는 반면에 송을 보다 근세적인 재정 국가적 형태의 국가
로 여기는 것도 이같이 달라진 두 왕조의 성격을 말해주는 좋은
증거이다.[30]

이렇게 하여 등용된 지식인들은 황제의 은전을 입었으므로, 황
제로 대표되는 국가를 위해 봉사하는 것이 당연한 도리였다. 그리
고 그들은 달라진 시대적 여건 속에서 점차 당대唐代 문화의 영향
에서 벗어나 송대 특유의 문화적 특징을 형성해 나가게 되었다.
또한 송의 사회 문화적 여건도 이미 이전 시대와는 다르게 전개되
었는데, 그중 가장 중요한 몇 가지 요인은 강남을 중심으로 한 경
제의 발전에 따른 도시의 확대, 인쇄술의 획기적인 발전, 그리고
사상 방면에서의 신유학의 성립으로 요약된다.

도시의 번영은 문화 수용의 확대를 가져왔으며, 문학에서는 민
간에서 유행하던 소곡小曲들이 도시로 유입되면서 시중에는 연주와
가창을 전문으로 하는 악공과 가녀歌女가 생겨났으며 그 내용도 도
시인의 정서에 맞추어 지었다.[31] 여기에 문인들도 민간 수요에 힘

---

30) 필자의,《黃庭堅詩 硏究》, 慶北大學校出版部, 대구, pp.15-16.
31) 朱靖華·李永祜,《簡明中國文學史敎程》, 齊魯書社, 1988, 濟南, p.276.

입어 청춘 남녀의 애정 고사를 주된 내용으로 하는 노래를 짓게
되었고, 인쇄술의 발전은 이의 보급과 전파에 큰 몫을 담당하였다.

　사상 방면에서 볼 때 송의 지식인들은 새로워진 사회와 개인과
의 관계 설정으로 인해 새로운 세계관의 확립을 필요로 하게 되었
다. 그들은 중당 이래로 한유와 이고에 의해 새롭게 제기된 '치국
평천하治國平天下'의 거시적 경세론經世論과 인간 존재에 대한 근원
적 물음에 기초하여, 새로운 시대에 부응하는 이념을 만들어가기
시작했다. 그리고 이를 위해서 육조 이래로 민간에서 유행하여 당
시에는 이미 지식인 사회에까지 상당한 영향을 발휘하고 있던 도·
불(특히 선종)의 반성적反省的 사유 체계를 선별적으로 소화 흡수
하였다.32) 이것은 바로 주돈이周敦頤에 의해 신유학〔性理學〕으로
태동하였고, 시간을 두고 점차로 송의 정통 이념으로 자리잡게 되
었다. 즉 신유학은 유학의 현실 처방적 성격에다 원시 유가이래
시간이 경과하면서 약효가 떨어진 세계에 대한 '반성적 인식'을 보
강하여 새롭게 탄생한 것이다. 문화의 상층 담당자들은 이렇게 하
여 축적된, 보다 심화된 인식 지평위에서 개인과 사회의 존재 의
의에 대하여 적극적으로 사고하고 성찰하는 사변적 경향을 띠게
되었다. 그리고 이는 그들 생활의 한 부분인 문학 창작에도 자연
스럽게 표출되었다.

　문학에서 여전히 유력한 장르였던 송대의 시 경향에 대하여 유
력한 평자들은 다음과 같이 평가하고 있다.

　　① 근대의 제공諸公은 기이하고 독특한 해석을 가하여 마침내는
　문자로 시를 짓고, 재학으로 시를 짓고, 의론으로 시를 지었다. 어
　찌 공교함이 없을까마는 결국은　옛 시인의 시가 될 수 없다. 대개
　일창삼탄一唱三嘆의 음에 있어서 미흡하다.(남송, 엄우)33)

---

32) 필자의,《黃庭堅詩 硏究》, pp.68-69. 송대 신유학의 형성과 특징에
　　대해서는 이 책 pp.68-76 참조.
33) 엄우,《창랑시화·詩辯》, "近代諸公, 乃作奇特解會, 遂以文字爲詩,

② 당인唐人은 시로써 시를 지었으나, 송인은 산문으로써 시를 지었다. 당시는 정情을 전달하는 것을 위주로 하였으므로 《시경》에 가깝지만, 송시는 의론을 위주로 하였으므로 《시경》에서 멀어졌다.(청 오교吳喬)34)

③ 송인은 의론으로 시 짓기를 좋아한 이래, 발설을 다하여 남김이 없었으며 신비한 맛을 다 들추어내, 마침내 후인들의 역사적 비판을 받기에 이르렀다. 그들은 그것을 일컬어 '산문으로 시를 지어 운이 있는 문장이지 시체가 아니다'라고 하기에 이르렀는데, 이는 진실로 그러하다.(청, 주정진周庭珍)35)

첫째 예문에서는 엄우의 '문자로 시를 짓고〔以文字爲詩〕', '재학으로 시를 짓고〔以才學爲詩〕', '의론으로 시를 짓는〔以議論爲詩〕'경향에 대한 비판적 태도를 볼 수 있다. 그는 함축성과 시적 형상성이 결여된 시는 옛시인의 전통을 제대로 계승한 것이 아니라는 입장을 피력하였는데, 이는 당시 송대의 시단을 풍미하고 있던 강서시파의 시 경향에 대한 반론이다. 이어 오교와 주정진 역시 산문 및 의론식의 시가 가지는 결점을 지적하고 있다. 다시 말하면 송시는 이미 노랫말 또는 가사로서의 의미를 일정 부분 보유하고 있던 《시경》 이래의 전통적 의미의 시가 아니며, 운이 있는 산문이라는 의미이다.

당시와 송시에 대한 비교는 오랜 기간동안 상당히 많이 연구되어 왔다. 요시카와코지로吉川幸次郎는 《송시개설宋詩槪說》에서 송시의 특색으로서 다음과 같은 사항을 들었다. 그것은 현실주의적 경

以才學爲詩, 以議論爲詩. 夫豈不工, 終非古人之詩也. 蓋於一唱三嘆之音, 有所兼欠焉."

34) 《圍爐詩話》, "唐人以詩爲詩, 宋人以文爲詩. 唐詩主於達情, 故於三百便近, 宋詩主於議論, 故於三百便遠."

35) 《篠園詩話》 권1(《淸詩話續編》), "自宋人好以議論爲詩, 發洩無餘, 神味索然, 遂招後人史論之譏. 謂其以文爲詩, 乃有韻之文, 非詩體也. 此論誠然."

향으로서의 '서술성', '생활성', '사회성'과, 관념주의적 경향으로서의 '철학성', '논리성', '비애의 지양' 등이다.36) 이는 시의 발전사적 측면에서 볼 때 다시 '생활성', '사변성思辨性', '서술성'의 세 가지로 요약할 수 있을 것으로 생각한다. 이 세 가지는 서로 공유하는 부분이 있기는 하지만, 생활성은 시를 구성케 하는 실제적 동기로서, 사변성은 문인들의 시에 대한 접근 방식으로서, 그리고 서술성은 그것이 문체상으로 표출된 장르상의 변화 요인으로 파악된다.

실제로 송대에 와서 도시의 번영과 함께 시를 짓고 향유하는 계층이 점차 늘어나면서 각 시인당 시수도 당대에 비해 상당히 늘어났다. 《송시기사宋詩紀事》 중에 보이는 시인의 총수는 《전당시全唐詩》의 배에 달하며, 남송대에는 만수 가까운 시를 지은 이가 제법 된다. 또한 시인들은 당시와 달리 교유 및 수증시를 대폭적으로 지었는데, 이는 시의 효용이 생활과 교유에 밀착되어 있다는 점을 말해주고 있으며, 그것은 또한 신유학의 형이상학적 속성에 맞추어 관조적 색채를 띠면서 서술적 방식으로 표출되었다. 이는 당시와는 다른 송시의 시체상의 중요한 변화이다. 자유로운 서술에 용이한 고시가 많이 지어지게 된 것도 율시 중심의 당시에 대한 새로운 변화의 한 양상이다. 그리고 송대에 와서 '시화詩話'라고 하는 새로운 시비평의 장르가 생겨나, 창작 못지않게 중시되고 날로 성행한 것도 상기한 시의 시대적 성격의 변화와 무관하지 않다.

결국 중국시는 송대에 가서 생활 주변의 일상적 소재의 진술이라는 실제적 효용에 의해서, 그리고 대상에 대한 우주론적 사변의 확장이라는 관념적 사고에 의해서, 점차 시가 필수적으로 지녀야 한다고 생각되던 운율과 함축성을 잃어갔으며, 대신 산문적이며 이야기체인 수필적 요소를 강화시키는 쪽으로 바뀌어 갔다. 필자는 이상과 같은 송시 이래의 시의 성격의 변모를 시의 발전 단계

---

36) 吉川幸次郎저, 鄭淸茂역, 《송시개설》, 聯經出版事業公司, 1977, 台北, pp.1-62.

면에서 볼 때 '설시적 단계說詩的段階'로 명명하고자 한다.37) 즉 시
는 선사시기 이후 시경과 악부로 대표되는, 행위되고 직접 불리어
지는 '가시적 단계歌詩的段階'에서, 육조 이래 문인들의 손에 의해
점차 서정적 세계를 추구하며 읊조려지는 '송시적 단계誦詩的段階'
로, 그리고 다시 신유학적 세계관에 기초한 송대 문인들에 의해
읽혀지고 말해지는 '설시적 단계'로 그 양식과 행태가 전이되어 갔
다고 생각한다.

이렇게 하여 시는 일단 불려지는 노래로서의 음악성은 시대와
더불어 갈수록 약해지고 대신 문자 자체의 음률성만을 추구하거나 ,
아니면 이 역시 다른 장르에 그 역할을 내주며 산문적 요소를 증
가시켰다. 이후의 시는 당시와 송시로 대표되는 두개의 축, 즉
'운율성'과 '서술성'의 양자를 오가며 변모하는 시대와 사람들의 기
호 및 가치관 속에서 새로운 활력을 찾아내지 못하고 시학에 관한
논의만 깊어가는 가운데, 음악성, 음송성이 약화되면서 그 빈 자리
를 사나 곡 등에 양보하였다. 이는 한 문학 장르의 발전 과정에서
민간중심에서 문인 중심으로 옮겨가는 중에 일어나게 된 필연적
현상이다.

Ⅲ. 장르사적 발전단계론

앞장에서 중국시는 초기의 '가시적 단계'에서, 대체로 육조이후
당까지 '송시적 단계'로, 그리고 다시 송대 이후로는 산문성이 강화
되면서 애기하고 읽혀지는 식의 '설시적 단계'로 전이되어 갔다고
제시했다. 그러면 나아가 시의 이러한 발전사적 흐름과 그 규율을
통해 전체 장르를 관통하는 하나의 흐름과 틀을 설정할 수는 없는
것인가? 만약 이같은 개괄이 가능하다면 그것은 전체적으로 어떤

---

37) 필자의 《黃庭堅詩 研究》, p.372 참조.

방향과 성격을 띤 것일까? 물론 이같은 논의는 자칫 무리한 도식화에 의한 폐단을 불러일으킬 위험을 안고 있다. 특히 필자의 분석은, 비록 중국문학의 대표적이며 전통적 장르라고 할지라도, 시라는 한장르를 중심으로 하여 그 논의를 타 장르로 확대하는 것이기 때문에도 그러하다. 따라서 이같은 문제의 제기와 설정은 더 자세한 검증과 변별을 향후의 과제로 남겨두는 시안적試案的이며 탐색적 작업이 될 것이다.

필자는 요시카와코지로吉川幸次郎의 《원명시개설元明詩槪說·서문序文》을 읽으면서 장르사적 발전론에 도움될 만한 시사를 받았다.38) 그는 이 책에서 송·원·명·청대의 시의 성질과 지위의 두 방면에 걸쳐서 자신의 독특한 견해를 피력한 바 있는데, 그 중 중국시의 성질에 대하여 다음과 같은 두 가지를 언급하였다. 즉 하나는 원대 이후로는 시민 계층의 성장으로 곡 등 외래적 요소와 백화를 가미한 형태의 문학이 유행하기는 했어도, 시를 짓는 사람의 수 역시 대폭적으로 증가하였다는 점이며, 다른 하나는 시인들은 자기 시의 전범典範을 전대의 시인에서 찾는 경향이 많아졌다는 점이다. 예를 들면 종당시파宗唐詩派, 종송시파宗宋詩派 등 각종 파가 그것이라고 하였다. 이는 원·청 등 이민족의 지배에 대한 열등감의 반영으로서, 한족 번영기의 전통 장르에 대한 모의적 경향으로의 회귀적 성격에서 비롯된 것이 아닐까 생각한다.

또한 원대 이후의 시의 지위에 관해서 그는 다음과 같은 견해를 피력하였다. 그는 1910년대의 문학혁명을 통해 과거의 봉건성·제한성을 벗어나 백화가 문학 창작의 전면에 올라섰으며, 그 정당성이 역사적으로 인정되었다는 것이다. 이른바 '(문언 대 백화라는) 도구로서의 문학 언어가 문학의 가치를 결정하는' 방향으로 전개되었다고 하였다. 그런데 문제는 그로 말미암아 과거의 문학에

---

38) 이글은 《日本學者中國文學硏究譯叢》第2輯(吉林敎育出版社, 1987, 長春) pp.112-121에 中譯 수록되어 있다.

대해서도 가치평가 기준에 변화가 있었다는 점이다. 즉 원대 이후 상대적으로 급속히 신장한 '허구의 문학'인 희곡과 소설이 '비허구의 문학'인 산문 및 시와 공존하게 되었는데, 근래의 연구자들은 백화 문학 이후로 대두된 허구의 문학에 대한 가치 제고로 말미암아 비 허구의 문학에 대해서는 경시, 무시 심지어는 멸시하는 태도를 지 니게 되어, 과거의 문학에 대해 제대로 평가하지 못하고 있다는 것이 그의 논지이다. 그는 '허구의 문학' 장르는 진실한 감정을 표 현하는 도구로서는 부적합하였고, 이에 상응하는 대접은 시가 받 았으므로, 원대 이후의 연구에서 가장 먼저 중시되어야 할 것은 응당 시라고 하였다.

시와 문학에 관한 이같은 요시카와의 견해는 수긍되는 점과 그 렇지 못한 점을 함께 가지고 있는 듯하다. 수긍하기 어려운 점부 터 말하자면 그것은 그의 주장의 후반부이다. 당시에는 문학적 장 르의 발전 실상이 문인들 간에는 시가 계속 중시되는 상황 속에서 발전하였을 수도 있다. 그러나 문학사를 한 장르의 문학이 점하는 시대적 의의라는 총체적 변화의 측면에서 볼 때 한 시대의 문학에 대한 이해를 반드시 수량적이고 산술적인 계량치로써만 가늠할 수 는 없다. 나아가 그의 관점이 단순히 산술적 이해에서 끝난 것만 은 아니라고 할지라도, 아무래도 희곡과 소설을 단순히 이류와 삼 류의 문학으로 여긴 그의 태도는 시대 사회적 변동의 부분이 충분 히 고려되지 않은 부분이 있다.39) 비록 처음에는 그 움직임이 크 지는 않을지라도, 오히려 원대 이래로 새롭게 대두되기 시작한 희 곡 소설 등의 주로 백화로 된 신흥문학 장르가 기존의 문학에 대 체재로서의 역할을 하게 된 변화의 시대적 의미를 파악하는 것이 더 본질적이고 중요한 일이 된다.

한편 이상과 같은 요시카와의 시의 발전에 관한 논술은 동시에 다음과 같은 시사를 던져주고 있다. 그것은 장르사적 발전에 관한

---

39) 앞의 책, p.118.

고려 요소로서, 장르적 기본 속성에 관한 언급이다. 그는 전통적 장르였던 시와 산문을 비허구의 문학으로, 그리고 희곡과 소설을 허구의 문학이라 하였다. 여기서 원대 이후의 비허구의 문학의 증대는 사실성과 효용성을 중시하여 왔던 중국문학의 유가 중심적 성향으로부터의 탈출이라는 새로운 의미를 지니고 있다.

 필자는 지금까지 제2장에서 살펴온 '시의 발전사적 규율론'과 요시카와의 '허구와 비허구 두 종류의 문학론'을 중심으로 문학 장르의 역사적 발전규율을 시안적으로 제시하여 보고자 한다. 다시 말하거니와 모든 문학의 출발이 그러하듯이 중국문학도 처음에는 원시종합예술로서 제천의식祭天儀式을 겸한 인간들의 집단적인 축제 및 노동적 성격을 띠었을 것이다. 그러다가 시간이 흐르고 사회가 분화되면서 음악적 성분과 문학적 성분이 나뉘어지게 되었다. 춘추·전국시기에 음악과 문학을 사회와의 관련 속에서 밀접하게 짝지어 놓았던 일련의 기록들이 바로 이러한 역사적 과정의 증거이다. 그리고 중국에서 문예의 사회화에 대한 이론화 과정에서 중요한 역할을 하였던 것은 유가의 통치 철학이었다.

 공자이래 유가에서 중시하였던 것은 '인간 대 인간'의 문제, 즉 이를 확대 적용하면 '인간 대 사회'의 구도 속에서의 해결의 추구였다. 이 점은 같은 농경문화의 토양에서 나왔으면서도 '인간 개체 대 자연 또는 우주질서'와의 관계라는 문제에 치중했던 도가철학과는 다르다. 물론 유가에서의 해결 방식이 시대적 상황의 한계로 인해 필연적으로 인간 사회를 둘러싼 외적조건에 대한 객관적 인식이 결여된 채로, 치자治者의 인의와 도덕 수양 등 지식인의 윤리 문제같은 주관적 요인에만 매달렸다는 점에서 문제가 발견되기는 한다.40) 그러나 한편 사회적 모순에 대한 도덕적 수양을 갖춘 사람의 적극적 참여와 책임의식을 유도하고, 사회적으로 이러한 의

---

40) 송영배, 《중국사회사상사》, 1986, 서울, pp.110-116.("공자의 사
　　회윤리론에 대한 비판적 이해" 참조.)

식의 확산을 꾀하였다는 점에서 그 윤리적 청결성을 긍정적으로 평가할 수는 있을 것이다.

아무튼 유가적 이념에 의해 주도된 중국의 고대문학은 이른바 '기사紀事'와 '입언立言'이라는 현실적이며 효용적 문학을 중시하는 방향으로 흘렀고, 여기에서 오락적이거나 허구적 경향들은 상당히 많이 배제될 수밖에 없었다. 이러한 경향은 문자를 소유하고 있던 상층부 문학으로 갈수록 더욱 그러하였다. 여기서 그 맹위를 떨친 것은 산문에서는 역사산문과 제자백가의 입론이었으며, 운문에서는 처음에는 일반 민간에서 유행하기 시작한 노래의 가사들, 즉 실제적 생활 감정의 집체적 산물인 '가시적 단계'의 시경·악부 민가들이었다. 이들은 모두 기본적으로 실제적 사실의 기록에다 작자의 생각과 느낌을 더하여 문학화하였다. 결국 이 시기의 문학적 단계를 크게 보아 '사실의 문학' 즉 '기사문학적 단계'라 하겠다.

이후 정치적으로 통일 왕조시대를 끝내고 다시 분열기인 육조시대를 거치면서 문학에도 보다 전문적이며 유미주의적인 창작 경향들이 나타나게 되었다. 문학 내부의 소장르는 더욱 세분화되고 귀족 문인들은 문아文雅한 서정을 노래하기에 적합한 방향으로 장르를 발전시켜 나갔다. 또한 이 당시에는 문학을 운문(文)과 산문(筆)으로 나누게 되었는데, 운문에서는 문인들 개인의 서정을 중시하였으며, 이를 바탕으로 중국 문자의 미적 속성을 적극적으로 개발하여 형식면에서 근체 율시의 기초를 마련하였다. 이 시기에 운문은 전술한 대로 이전의 집체적 창작단계로부터 귀족 문인의 개인적이며 보다 전문화된 단계, 즉 '송시적 단계'로 전이되었다. 이러한 경향은 대체로 이후 당까지 지속되었다. 산문에서도 이러한 서정성과 미문의식이 중시되어 운문과 산문의 중간 형태의 변문이 발전하였으며, 전문적 문학 비평을 비롯한 모든 산문체에서 변려체騈儷體가 유행하였다. 중당 이후 일어난 고문운동은 바로 이러한 문인 중심의 비실용적 미문풍조에 대한 반발이었다. 이러한 육조 이래 당대까지의 귀족 문인들이 시를 중심으로 하여 꽃피운 문학의 단계를 '서정문학적 단계'라 할 수 있을 것이다.

당 이후 다시 오대십국의 혼란기를 거치고 통일을 이룩한 송조는 국가 권력체계의 변화, 사회의 안정, 경제의 발전, 시민 계층의 확대 등으로 문화에 대한 수요가 급격히 증대되었으며, 사상 방면에서도 이전의 여러 사상적 갈래를 극복 종합하여 새로운 문화적 국면을 맞이하였다. 문학 방면에서도 사람들은 이전까지의 것만으로는 만족하지 못하고, 같은 장르 또는 타장르에 대해서 새로운 방향 전환을 추구하였다. 운문에 대해서는 앞장에서 말한 바와 같이 설시적 단계로 접어들게 되었음을 상술하였으므로 재삼 거론할 필요가 없거니와, 여기서는 앞에서 충분히 언급되지 않은 소설·희곡 등 허구문학의 대두에 대하여 간략히 살펴보도록 한다.

쾌락과 유희의 추구는 인간 본연의 속성이므로, 고대부터 이에 대한 추구는 각 방면에 걸쳐 이루어져 왔다. 특히 그들이 처한 현실이 고통스러울수록 그 욕구는 더해지기 마련일 것이다. 그런데 중국에서 허구적인 문학은 실질적인 것을 중시하는 유가의 영향으로 인해 제대로 문학의 한 영역을 정식으로 차지하기가 어려웠다. 그러나 관료 선발제도의 정비 및 경제의 번영으로 인한 시민 사회의 성숙으로 관료들도 일반 민간에서 등용되기 시작하면서부터 민간의 오락적 욕구 또한 자연스럽게 분출되어 나왔다. 이같은 경향은 민간 계층이 경제적 성장과 궤를 같이할 수밖에 없으므로, 자연 그것이 가능했던 송대부터 시작되었다. 송·원대 문학의 특징은 이같은 저변 문학 장르의 성장으로서, 그 대표적인 것이 사·곡·소설이다.41)

당대唐代에 이미 민간에 유행하던 사는 송대에는 문인 사회에까지 널리 퍼져 시의 기세를 누르고 보다 통속적인 언어와 음율音律로써 일반의 많은 사랑을 받았으며, 사가 쇠퇴하기 시작한 원대에

---

41) 柳怡徵, 《中國文化史》 下, 中國大百科全書出版社, 1988, 上海, p.576.

는 산곡이 그 자리를 메워주었다. 한편 소설은 신화, 지괴, 전기소설 등을 거치며 나름의 발전을 해오기는 하였으나, 여타 장르에 비하면 미미하다고 해야 할 것이다. 그러나 당대부터 일반에 전파된 속강俗講의 영향과 함께, 송대에는 사람이 많이 모이는 저자 거리에서 강설講說하는 전문적인 이야기꾼이 생겨났고 여기서 백화소설이 맹아하였다. 한편 고대부터 연출되기는 했지만 아직은 미미한 수준에 그쳤던 희곡의 상연도 점차 자리를 잡아가, 송·원대에는 이민족 음악의 유입과 함께 상당한 수준에 이르러, 한 조대朝代의 대표적 문학 장르로 자리잡았다. 이같이 송·원·명·청대를 거치며 백화문학은 일반의 애호 속에 점차 그 기반을 확고히 다지게 되었다.

특히 명대 중엽에는 속강, 평화評話, 설창문학說唱文學 등 소설과 희곡이 급속히 확산되었다. 자본주의 맹아 단계에서 경제적 활력이 생기고, 사상적으로는 감성을 중시하는 양명학陽明學의 여파가 이를 뒷받침해 주었다.42) 이제 문학은 소수 귀족의 수요에 의한 것이 아니라 여러 계층의 생활상을 극적으로 묘사함으로써 광범위한 청중들에게 심심풀이로 한가로운 시간을 즐겁게 보내게 해주는 것으로 달라져갔다. 내용 중의 다양한 인물들은 비록 평범하고 비속할지라도, 진실하고 풍부하며 세속적인 모습으로 일반에 다가왔다. 희곡은 설창·연출·음악·무용 등과 결합해 종합예술로 발전하였으며, 소설중의 목각판화木刻板畵도 함께 발달하였다.43) 한편 통속적 백화를 중심으로 한 용어의 혁신은 시간이 갈수록 시의 시대 사회적 적응력과 전파력을 더욱 감소시켰다.

이렇게 문학의 큰 흐름은 정통적 고전주의와 '인욕人慾을 누르며' 관념적 이성을 중시하던 신유학적 세계관에 반발하여 주기론적主氣

---

42) 李澤厚 저, 권호 譯,《華夏美學》, 東文選, 1990, 서울, pp.276-294.
43) 李澤厚 저, 윤수영 譯,《美의 歷程》, 東文選, 1991, 서울, pp.460-
    464.

論的 낭만주의의 큰 흐름을 배태하였다. 그 묘사된 내용과 언어구사는 일상성, 통속성, 농도짙은 애정적 정감성 등의 근대지향성을 지니고 청말까지 각기의 단계에서 새로운 국면을 개척해나갔다. 허다한 상연용 희곡과 각 지방의 토조土調들, 《서유기》, 《수호전》, 《금병매》, 《홍루몽》 등의 통속소설은 이전에는 다룰 수 없었던 환상과 금전과 성의 문제를 추구하였고, 기존의 윤리적 터부를 과감히 깨뜨렸다. 결국 시민들의 문화수요의 확대와 욕구의 증대는 좀더 강렬한 오락성과 허구를 요구하였고, 이에 상응하는 문학 형식들이 개발·발전하는 계기가 되었다. 이렇게 오락적 수요에 부응하기 위해 전통적 장르였던 문언체의 시가 쇠퇴하고, 백화체의 소설과 희곡이 문학의 전면에 대두되었던 송·원 이후의 문학적 단계를 '허구문학적 단계'라 규정할 수 있을 것이다.

이제까지의 논의를 요약하여 중국고전문학을 장르 속성이 지니는 시대적 의의라는 측면에서 그 발전 양상을 개괄하면, 중국문학 초기의 사실 중시의 '기사문학적 단계'에서 문인들이 개인적 서정을 표현하는 '서정문학적 단계'로, 다음에는 민간문학의 문학 전면으로의 부상과 함께 오락성을 요구하는 '허구문학적 단계'로 그 중심축을 이동하며 발전해 간 것으로 보인다. 이같은 발전은 시가의 발전단계로서 필자가 제시한 바, 노래와 밀접한 관련을 지니며 운위되던 한대까지의 민간 악부 중심의 '가시적 단계', 고시부터 발원하여 육조 이래 성률의 강구와 함께 음악으로부터의 일탈을 본격화하여 읊조려지던 '송시적 단계', 그리고 송대 이후 시의 내재적 음악성마저 사·곡 등에 양보하고, 시에는 산문적 요소가 많이 도입되어 수필적 필체로 시를 쓰던 '설시적 단계'의 삼단 구분과 상당 정도 맞물리며 진행되었다고 사료된다. 이를 통해 보건대 시의 흥성과 문학 일반의 장르 성쇠는 그 시기나 속성면에서 어느 정도 상관 관계에 있는 것으로 보인다.

Ⅳ. 맺음말

장르 발전에 관한 문학적 중심축의 이동에 관하여 왕국유는 다음과 같은 견해를 피력하였는데, 이는 자세히 음미해 볼 만하다.

사언시가 진부해지자 초사가 생겼고, 초사가 진부해지자 오언시가 생겼다. 오언시가 진부해지자 칠언시가 생겼으며, 고시가 진부해지자 율절律絶이 생겼다. 그리고 율절이 진부해지면서 사詞가 생겼다. 문체의 유행이 오래되어 많은 사람이 사용하게 되면 자연히 낡고 고정된 격식이 만들어진다. 뛰어난 학자도 역시 그 중에서 스스로 새로운 뜻을 창출해내기 힘들게 된다. 그러므로 그에서 탈피해 다른 문체를 만들어내어 스스로 벗어난다. 모든 문체가 처음에는 번성하다가 나중에는 쇠미하는 것은 모두 이 때문이다. 그래서 후세의 문학이 앞의 것보다 못하다고들 하기는 하나, 나는 이를 믿을 수는 없다. 다만 한 문체를 놓고서 말한다면 이 이야기는 분명 옳다.44)

변증법적 사고의 양상을 보이는 왕씨의 논의는 문면 그대로 수용할 수 없는 일면이 있기는 하나 장르의 성쇠에 관해 다음과 같은 몇 가지를 시사해 준다. 그것은 한 문체에서 다른 문체로 유행이 옮겨가는 근본적 이유는 기존 문체에 빠져드는 문인들의 정체성에서 비롯된다고 이해된다. 즉 이는 문체에는 항상 역동적인 생명이 필수불가결의 요소라는 의미로 해석해도 좋을 것이다. 또 한 가지는 왕씨는 이 글에서는 '뛰어난 학자[豪傑之士]가 나와 새로운 문체를 창조해낸다'고 하였는데, 이는 사실 모든 '장르' —왕국유는 문체라고 표현하였다. 그러나 중국문학에서 '문체'와 '장르'는 명확한

---

44) 왕국유, 《人間詞話》 54條, "四言弊而有楚辭, 楚辭弊而有五言, 五言而有七言, 古詩弊而有律絶, 律絶弊而有詞. 蓋文體通行旣久, 染指遂多, 自成習套. 豪傑之士, 亦難於其中自出新意, 故遁而作他體, 以自解脫. 一切文體所以始盛終衰者, 皆由於此. 故謂文學後不如前, 余未致信, 但就一體論, 則此說固無以易也."

구분없이 사용되고 있으므로 여기서는 장르라는 말로 바꾸어도 무방하다—가 일반 민중에서 나와 문인에 의해 점차 생명력을 잃고 말라가다가 다른 장르의 출현에 의해 대체되는, 장르 발전의 일반적 법칙을 시사하고 있다는 점이다. 이같은 관점의 해석 속에는 앞서 말한 바 문학 수용의 보편화 현상에서 야기된 주력 용어의 변화, 즉 백화의 흥기라는 역사적 추세도 중요한 부분을 차지하고 있을 것이다. 이제 이같은 왕씨의 논의를 염두에 두며 다음과 같이 결론을 맺고자 한다.

　필자는 이제까지 시의 역사적 발전 과정에 대하여 중국의 사회 문화적 측면을 고려하면서 살펴보았다. 주로 문학 행위의 측면에서 볼 때, 시는 발생 초기의 음악 및 무용과 혼합된 제천의식에서 시작하여, 점차 현실적이며 사회적 의미가 강조되면서 시와 음악의 불가분적 성격에서 사회적 통치의 한 수단으로서 치자와 피치자간의 상호 교감기능을 담당하기도 하였고, 일반 민간에서는 노동과 생활 속에서 그들의 생활 감정을 손쉽게 발산하며 즐기는 도구로서 이용하였다. 필자는 중국시사상 발생 초기의 '시는 곧 노래'라는 음악적 성분이 중시되던 단계를 '가시적 단계'라 규정하였다.

　이후 육조와 당을 거치며 시는 점차 문인들에 의해 과정적으로 점유되면서 개인적 서정을 표현하는 도구로 사용되었으며, 형식면에서도 문자 자체의 내재적 운율을 추구하며 성운과 구법 등 까다로운 문자 유희의 지적 장치가 고안되었다. 이렇게 문인들에 의해 음송되며 읊조려지는 두번째 단계를 '송시적 단계'라 규정하였다.

　이후 시는 중국사에서도 그 성격을 달리 보게되는 송대를 지나면서 시민들의 문화적 욕구와 더불어 문인들의 일상 생활 속에서 인생과 사회를 관조하고 느낌을 교감하는 수필적인 산문체로 시를 지어갔다. 그대신 시가 본래 지니고 있던 중요한 속성인 음악적 측면은 점차 사, 산곡 등에 내주게 되었다. 이렇게 마치 말하듯이 수필적으로 쓰고 읽혀지는 세 번째 단계를 '설시적 단계'라 규정하였다.

다음으로는 이상과 같은 시안적인 시의 발전사적 규율을 문학의 성격과 관련하여 중국문학 장르 보편의 발전사적 규율로 확대 적용할 수 없을까 하는 점을 검토했다. 이에 대하여 필자는 시의 발전 단계와 시기적으로 상호 관련을 가지는 다음 세 단계로 구분하여 설명하였다.

먼저 춘추전국 시대 이래 대체로 한대까지 중국의 문학은 사회적 효용과 사실성을 중시하는 산문 중시의 '기사문학적 단계'에서, 점차 동한말 및 육조 이래 당대까지의 문인들 개인의 서정과 미적 추구가 강하게 드러났던 시 중심의 '서정문학적 단계'로, 그리고 송대 이후 시민 일반의 문화 향유폭의 확대와 함께 원·명·청대를 거치며 도성 곳곳에서 흥행한 오락적 수요의 증대, 그리고 이민족의 새로운 형식의 유입과 다양한 수용 양식의 발전 및 근대적 세계관의 지향 등으로 중국문학은 소설과 희곡 등을 중심으로 점차 '허구문학적 단계'로 전이하여 갔다고 생각한다.

이를 통해 보건대 시의 흥성과 문학 일반의 장르 성쇠는 일정 부분 상관 관계에 있는 것으로 보인다. 시를 가지고 말하자면 초기의 시는 집단적 효용에 충실하며 기사문학적 성격을 띠었고, 중기의 시는 개인의 문제에 대한 관심으로 전이되며 그들이 느꼈던 서정적 내용에다 그들이 본격적으로 눈뜨기 시작한 미의식을 더하여 섬세하게 조탁하였으며, 후기의 시는 풍성하고 다양해진 시민 생활의 문화적 욕구와 함께 기존의 입장에서 볼 때는 탈장르적 경향마저 보였으며, 대신 소설적 구성을 갖춘 다른 허구적 장르와 놀이들이 종합화하며 크게 대두되었던 것이다. 이를 중국문학 장르 일반에 확대하여 한가지 규율을 도출한다면 중국의 문학사는 '산문적 기사문학'에서, '시적 서정문학'으로, 그리고 '소설·희곡적 허구문학'으로 그 중심축을 이동하여 간 것으로 보아도 되지 않을까 생각한다.

　　결국 중국고전문학은 역사적으로 시에 있어서는 운용면에서 '가시歌詩→송시誦詩→설시說詩'의 삼단계를, 문학 일반에서는 '기사記寫→서정抒情→허구虛構'의 삼단계를 밟아 나간 것으로 요약 가능하다. 한편 이같은 필자의 논의는 도식화가 야기하는 예외적 사항들에 부딪칠 위험을 내포하고 있을 것이다. 예를 들어 모든 장르와 개별 문학형식이 이같은 규율에 부합되는가 하는 점등은 쉽게 해결될 수 있는 성질의 것이 아니다. 구체적으로 운문적 속성이 강한 부賦같은 장르를 어느 범주에 넣어야 할 것이냐 하는 문제 역시 쉽지 않은 문제이다. 한부漢賦는 왕실 권위를 옹호하고자 하였고 사물의 나열을 위주로 하였다는 점에서는 일면 기사문학적 성격이 엿보이나, 상당 부분 귀족 개인의 감정을 드러내지 않을 수 없었으며 특히 문자의 운율미를 중시하였다는 점에서 결국 문학 발전의 제2 단계로 여겨야 하지 않을까 생각한다. 그러나 송대 이후의 문부文賦 단계에서는 음송성이 약해지고 서술적 성격이 매우 강해졌다는 점에서 그 귀속을 단순화하기 어려운 면이 있다. 이는 한 예에 불과하지만 이같은 문제의 해결에는 향후 장르의 각 부면에 대한 충분한 연구와 검토, 그리고 구도의 보완과 세밀화가 요구될 수 있을 것이다. 그럼에도 불구하고 본고의 이같은 시도는 이를 통해 중국문학 발전의 거시적 연구와 비평 작업에 얼마간의 새로운 논의의 기회를 제공하는 의미를 지닐 수 있을 것이다.

　　　　　　　　(〈중국시가 발전단계론 탐색〉, 《중국문학》 20, 1992)

중국시에 나타난 비애 서정

I. 들어가는 말

서구문학 전공자 중에는 중국문학에는 진정한 의미의 비극성이 결여되어 있다는 견해를 제시하기도 한다. 이를 폭넓게 해석한다면 중국문학에는 비애 의식이 절실히 표현되지 않았다고 하는 말로 바꾸어 크게 무리가 있지는 않을 것이다. 하지만 이같은 관점은 문화의 독자성이나 표현 방식의 차이를 인정하지 않는 시각의 편협성에서 기인하는 견해로 보아 무방하다. 비극성의 정의를 어떻게 내리는 것이 옳은 것인지에 대한 논의는 일단 접어두더라도, 비극이 없는 사회가 없음에도 불구하고 ─ 또한 중국문학에 비극성이 드러나고 있지 않은 것도 아니다 ─ 중국문학에 대하여 이와 같은 이야기가 나오는 데에는 문화적 측면에서 볼 때 종국적 화해를 지향하는 중국인의 천인합일의 사유경향과, 이를 바탕으로 생성된 유가적 현실주의가 일정한 부정적 작용을 했을 것이다.

그럼에도 불구하고 중국문학에서 비극성이 약하다는 논의가 얼마간이나마 타당하다면, 이같은 논의는 주로 중국문학에서 서사문학 장르의 충분치 못한 발전으로부터 나왔을 가능성이 높아 보인다. 그러나 시가1)를 중심으로 하는 서정문학의 견지에서 본다면 이는 타당하지 않다.

사실 인간사의 가장 큰 화두들은 기쁨보다는 슬픔에 관한 것들이다. 그리고 기쁨은 쉽게 사라져도 슬픔은 오래도록 남는다. 이러한 각종의 슬픔은 창작과 감상 양면에 걸쳐 문학작품을 통해 승화 처리된다. 그러므로 비애 의식은 중국시에서도 중요한 부분을 차지하고 있다고 해도 좋을 것이다. 실제로 중국의 고전시가에는 상당히 많은 작품들에서 일정한 색조의 정적靜的 비애감이 깃들어 있는 것을 발견할 수 있다. 그러면 이제 왜 '비애 서정'을 중심으로 하는 중국의 시가에는 역사적으로 일정한 비애의 색조가 지속적으로 드러나게 되었는가 하는 데서부터 그 논의의 출발점을 삼고자 한다.

농경을 특징으로 하는 지리문화적 환경에서 배태된 중국 문학적 여건상 그들은 생활의 고뇌와 슬픔을 서사문학을 통해 표현하기보다는 운율적 노랫말을 통해 입에서 입으로 혹은 눈에서 눈으로 전파하며 그들의 감정을 토로해 나가는 것이 더 수월했을 것이다. 시경의 시나 한대 악부민가의 시들이 그러하다. 이에는 사실 중시의 기사紀事와 효용론적 입언立言만을 인정했던 중국 산문의 문학적 한계성도 작용했을 것이다.

중국에서 운문의 중심 형식인 시는 자체의 운율적 전파력과 이를 통해 사람의 심금을 울리는 힘을 가지고 있다. 동시에 춘추전국시대 이래 공자·순자 등 역대의 사상가와 그들의 전적에 의해 사회적·미학적인 각별한 의미가 부여되며 지속적으로 시는 중시되어 왔다.2) 특히 공자의 시에 대한 강조는 종합적 인식을 중시하

---

1) 여기서 '시가'란 전통적 의미의 시를 중심으로 하고, 장르 분화의 개념이 불분명했던 육조 이전까지 광의의 시가의 범주에 넣을 수 있었던 악부, 그리고 경우에 따라서는 辭賦까지도 포함될 수 있다. 그러므로 고대문학 초기 시대의 일반적인 운문 문학으로 이해해도 좋을 것이다.
2) 고대 중국시에 대한 사회적·미학적 의미부여 과정과 그 특색에 대

는 중국의 문화적 속성상 시의 다른 부면인 현실적 효용과 맞물리며 중국 고대문학에서 차지하는 시의 절대적 지위를 확정시켜 놓았다.

결국 "중국에서 왜 시가 서정 문학의 정화로 떠오르게 되었는가?"하는 문제에 대한 해답은 개인이 사회내에서 혹은 개체로서 겪는 각종 삶의 양상과 인식을 표현하는 유력한 도구로서 운율과 함축을 생명으로 삼는 것에 더하여, 중국 특유의 사회미학적 은유 작용을 통해 서정시의 영역을 상당기간 확대시켰던 데서 찾을 수 있다. 여기서 '서정'과 '시'의 결합, 즉 '서정성의 중국적 장르 선택'이 사회적 의의와 맞물리며 시를 통해 구현되었다고 여겨진다.[3] 더욱이 시는 현실적으로 지식인들의 신분 상승 및 교제의 유력한 수단으로 작용했으므로 사회적으로도 폭넓게 상용되고 전파되었다. 물론 역사적으로 시간이 흘러가면서 시대의 변화에 맞추어 시 역시 그들의 여러 가지 시대의식을 드러내는 방향으로 변하거나, 혹은 시 자체의 일정한 격식과 풍조를 통해 자기 발전을 하게된 것은 물론이다.

필자는 중국의 시와 문학의 발전 과정과 관련하여 〈중국시의 발전 단계론〉에서 중국시의 역사적 발전단계를 3단계로, 그리고 나아가 문학의 발전단계 역시 3단계로 설정하는 탐색적 작업을 행한 바 있다. 이 글에서 중국시는 문학행위의 운용 방식 측면에서 진한대까지의 '가시적歌詩的 단계'에서, 육조와 당시唐詩의 '송시적誦詩

해서는 본서의 〈중국시가발전 단계론〉 참고.

3) '서정성의 장르 선택'의 문제에 관해 필자는 이상과 같이 간략하게 언급했으나, 혹 "시만이 서정성을 가장 잘 드러내는가, 다른 장르로서는 불충분한가"하는 문제에 대해서는 장르론상 이론의 여지가 있을 수도 있다. 필자는 중국문학 여러 장르 중 시에서 보다 '감성적 인식의 사회미학적 은유 작용을 통한 함축적 전달'이 돋보이는 점에 주목한다. 그러나 이 문제의 해결을 위한 본격적 토의는 본고의 주제인 '비애 의식의 전개양상'에서 일탈할 우려가 있으므로 향후의 논의로 돌린다.

的 단계'를 거쳐, 송시 이후로는 '설시적說詩的 단계'로 전개되어 갔다고 했다. 그리고 문학의 흐름은 장르사의 주도적 측면에서 대체로 앞의 시기와 궤적을 같이하며 '기사문학紀事文學'에서 '서정문학抒情文學'을 거쳐 '허구문학虛構文學'의 단계로 나아갔다고 하는 견해를 제시한 바 있다. 아울러 고전 중국시는 서정문학적 단계에서 그 본질이 가장 잘 발휘될 수 있었다고 논했다.4)

우리는 앞에서 중국에서 '서정'과 '시'가 어떻게 관계를 맺게 되었는지에 대해 검토해 보았다. 그리고 여기서 '비애 의식', 즉 시인의 비애감이 드러나는 서정체계의 하나인 '비애 서정'의 비중이 결코 작지 않음을 알 수 있었다. 이상의 사실과 필자의 기왕의 연구를 토대로 하여 본고에서는 다음과 같은 사항을 검토해보고자 한다.

첫째로 "여타 장르와는 달리 시가 중에 중심적 색채로서 두드러지게 나타나는 비애 서정의 주제는 어떠한 양상을 띠고 나타나는가?", 둘째로 "이러한 비애 서정의 시사적詩史的 의미는 어떻게 요약될 수 있으며, 이로부터 비애 서정의 단계를 개괄할 수 있는가?", 그리고 끝으로 "여기서 단계의 제시가 가능하다면, 이는 본 연구자가 기왕에 설정한 시가발전의 단계와 결합하여 종국적으로 어떤 모습으로 드러나게 되는가?" 등의 문제에 주목하며 연구를 진행할 것이다. 이같은 작업은 그 성과에 따라서는 중국시의 주요한 부분을 차지하고 있는 서정성의 내면세계와 그 변화의 과정을 이해하는 단서를 제공하고, 이를 통해 중국인의 의식구조의 기층을 이해하는 데에도 일정한 참고를 기할 수 있을 것이다.

---

4) 여기서 '본질'이란 시적 서정 자체의 문학적 감동력과 그것을 담는 그릇의 형식미적 아름다움의 두 가지를 종합적으로 고려한 개념이다. 특히 표의문자인 한자의 '모호성'의 문자 심미를 주조로 하는 서정 촉발적인 중국문학적 여건에서, 시는 사회문학적 토양을 염두에 두지 않더라도 우월적 지위에 있게 된다.

Ⅱ. 비애 서정의 주제 유형

시가 중에서 비애 서정을 엿볼 수 있는 시의 종류는 주제에 따라 크게 다음과 같이 5종으로 나눌 수 있다. 그것은 (1) 시간과 인생, (2) 사회와 동란, (3) 이별과 향수 (4) 상사相思와 정한情恨, (6) 생활 중의 사변思辨이다. 본 장에서는 이들 각종 비애의 다양한 전개양상을 대체로 시간선 상에서 감상해보기로 하고, 이어 다음 장에서는 본 장의 작업을 토대로 시대에 따른 비애 서정이 지니는 시가사적 의미를 분석해보기로 한다.

1. 시간과 인생

유한한 생명을 지닌 인간은 시간과 공간의 지배를 벗어나기 힘들며, 시간의 경우 그 초탈은 더욱 힘들다. 결국 모든 철학의 귀결점은 죽음의 문제로 돌아간다. 그런 의미에서 시간의 문제는 비애에 관한 가장 원초적 물음이기도 하다. 이 때문에 시인은 계절의 작은 변화에도 민감하여 인생의 단촉短促을 아쉬워하며 이를 슬퍼하기도 하고, 혹은 인생행락을 통해 잠시나마 한계적 상황에서 벗어나려 하기도 하고, 나아가 향락이나 신선술에 탐닉하기도 한 것이다. 인간의 숙명적 비애감에 관해 요시카와코지로吉川幸次郎는 특히 동란기의 비애감에 주목하며 이렇게 말했다.

중국 서정시에서 사용한 소재는 비애를 중시하고 환락을 가볍게 다뤘으니, 이는 오랜 습관이다. 시경 300편 중에도 비애의 시가 환락의 시보다 많다. 그러나 시경시대에는 아직 낙관적 태도를 잃지 않았다……한대 이후 특히 육조시에서 인간이 절망적인 비애의 존재라는 것을 느끼기 시작했으며, 비관사상이 시의 기조를 이루었다. 사람들이 존재의 미미함을 의식하고 운명의 지배에 대해 무능력함을 느끼면서 절망의 정서가 생겨난 것이다. 적어도 시가의 영

역에서는 이러한 비애의 인생관이 보편적 색조를 띠었다.……그리
고 이같은 습관은 당대唐代에 이르러서도 완전히 청산하지는 못했
다.5)

특히 동한 중엽이후로 사회분열기에 들어간 육조시대는 혼란기
였으므로 더욱 비애의 정도가 심하게 노정되었을 것이다. 그러면
중국문학 초기 시대의 작품들부터 시대순에 따라 '시간과 인생'에
관한 대표적 작품들을 통해 그 구체적 면모와 변화를 살펴보도록
한다.

〈薤露〉	〈부춧잎의 이슬〉
薤上露	부춧잎 위의 이슬
何易晞	어찌 그리 쉬이 마르는가?
露晞明朝更復落	이슬이 마른 것은 내일 아침이면 다시 지련만
人死一去何時歸	인생은 한번 죽으면 언제나 돌아올까?

한대의 악부민가인 이 노래는 장례시에 불렀던 만가挽歌이다. 작
은 풀잎 위의 이슬과 같이 아침에 잠깐 빛나다가 사라지는 것이
인생이라고 설파한 이 노랫말은 오직 한 번 뿐인 인생의 덧없음을
짧지만 분명하게 전달하고 있다. 인생을 '아침 이슬'로 비유한 시는
이미 당시에 보편적 어구가 되어버린 듯하다.
　　다음 조조(155-220)의 〈단가행短歌行〉6)에는 인생의 유한성을
안타까워하며 강개慷慨한 가운데 고졸질박古拙質樸하게 비애감을 표
현한 그의 시풍7)과 함께 당시 혼란스런 사회상을 반영함과 동시
에 자신의 통일 위업을 달성하기 위한 시간의 경과가 아깝다는 마
음이 중의적으로 나타나 있다.

---

5) 吉川幸次郎, 《宋詩槪說》, 岩波書店, '中國詩人選集' 二集 권1, 東京,
　　1962, pp.34-35.
6) 〈단가행〉 全32구 중 首8句.
7) 鍾嶸, 《詩品·下》"曹公古直, 甚有悲涼之句."

<短歌行>(節錄)　　　　　<짧은 노래>
對酒當歌　　　　　　　술자리 마련해 노래 부르리니
人生幾何　　　　　　　인생은 얼마나 갈까?
譬如朝露　　　　　　　이를테면 아침 이슬과 같은데도
去日苦多　　　　　　　지난날 고달픔만 많았네.
慨當以慷　　　　　　　개탄하며 슬퍼할지니
憂思難忘　　　　　　　수심을 잊기 어렵네.
何以解憂　　　　　　　어찌하면 근심 풀건가
唯有杜康　　　　　　　오직 술이 있다네!

　민간악부에서 오언고시로 넘어오는 과도기적 단계에 처한 <고시 십구수> 중에는 인생의 무상과 그 슬픔을 표현한 것이 적지 않은데, 이중 <생년불만백生年不滿百>의 경우는 짧기만 한 젊음을 시름 속에 보낼 수는 없다는 데까지 발전해가고 있다.

<生年不滿百>[8]　　　　<인생 백년을 넘기지 못하는데>
生年不滿百　　　　　　인생 백년을 넘기지 못하는데
常懷千歲憂　　　　　　늘 천년의 근심을 품는구나.
晝短夜苦長　　　　　　낮은 짧고 괴로운 밤 긴데
何不秉燭遊　　　　　　어찌하여 촛불 밝혀 놀지 않나?
爲樂當及時　　　　　　즐기는 일은 때가 있는 법
何能待來茲　　　　　　어찌해서 미래를 기다리는가?
愚者愛惜費　　　　　　어리석은 자는 돈 쓰기를 아까워 하나
但爲後世嗤　　　　　　후세의 조롱꺼리만 될 뿐.
仙人王子喬　　　　　　왕자교王子喬같은 신선이란
難可與等期　　　　　　기대하기 어렵거늘!

　이같은 표현은 이미 단순한 무상감에서 벗어나 향락적 냄새까지 느껴지는 적극적 쾌락을 추구한다는 점에서 당시의 어지러웠던 사회상과 민간의 인생관을 엿볼 수 있게 해준다.[9] 조식曹植(192-

---

8) <古詩十九首> 제15수 <生年不滿百>.

232) 같은 이는 이러한 향락으로 나아가지 않고 오히려 현세적 삶을 벗어나 신선의 경지로 나아가고 싶어하는 마음을 그리기도 했다.10) 한편 동진 도연명의 경우는 당시로서는 좀 이른 경우지만 이와 다르게 이미 내면의 달관·평담경을 체득한 모습을 보여주고 있다.

〈雜詩〉其一	〈잡시〉 제1수
人生無根蔕	인생은 뿌리도 꼭지도 없이
飄如陌上塵	길가의 먼지같이 흩날린다.
分散隨風轉	흩어져 바람따라 움직여 도니
此已非常身	이는 이미 일정하게 정해진 몸이 아니라네.
落地成兄弟	세상에 태어나 형제가 됨에
何必骨肉親	어찌 꼭 피를 나눈 형제라야 하나?
得歡當作樂	기쁨을 만나면 즐겨야 할지니
斗酒聚比鄰	한 말 술로 이웃을 모은다.
盛年不重來	한창 때는 다시 오지 않고
一日難再晨	하루에도 아침은 다시 없으니
及時當勉勵	때맞춰 힘써 노력하세
歲月不待人	세월은 사람을 기다리지 않는 법.

---

9) 이같은 향락적 정서는 이미 한대의 악부 중에도 있었다. 고시 〈生年不滿百〉의 원형적 체취를 느끼게 해주는 작품으로 〈西門行〉이 있다. "서문을 나서서, 걸으며 생각하니, 오늘 즐기지 않으면, 언제를 기다릴까? 서둘러 즐기자, 서둘러 즐기자! 바로 이 때에! 뭣하러 수심에 울적할까? 다시 또 무슨 앞날을 기다리리! 좋은 술 빚고, 살진 소 잡아, 좋아하는 이 불러다가, 시름풀이로 쓰자. 인생 백년을 넘기지 못하는데, 늘 천년의 시름을 품누나. 낮은 짧고 괴로운 밤 긴데, 왜 촛불 밝혀 놀지 않을까? 구름 가는대로 놀러 다니려고, 저 낡은 수레와 여윈 말 준비해두었지.(出西門, 步念之, 今日不作樂, 當待何時? 逮爲樂, 逮爲樂, 當及時. 何能愁怫鬱, 當復待來兹? 釀美酒, 炙肥牛, 請呼心所懽, 可用解憂愁. 人生不滿百, 常懷千歲憂. 晝短苦夜長, 何不秉燭遊? 遊行去去如雲除, 弊車羸馬爲自儲.)"
10) 조식의 〈遊仙〉 시가 그러하다.

도연명(365-427)의 〈잡시雜詩〉 제1수인 이 시에서 그는 이미 인간에게 숙명적으로 규정된 존재적 한계를 사실 그대로 인식하면서도, 절망하지 않고 이를 극복하기 위한 타개책의 하나로 자신에게 주어진 삶의 주변을 사랑하고자 하는 진지한 자세를 보여주고 있다. 즉 이 작품은 존재와 죽음의 문제에 대해 삶의 무게를 자연과의 조화 속에 껴안으려 한다는 점에서 특징적이다. 이는 중국시에서 의경이나 표현면 모두 가장 높은 성취를 이룬 도연명에게서 보이는 탁월한 부분이기도 하다. 도연명의 시대적 성숙은 당시唐詩에서 자주 볼 수 있는 젊음과 시절에 관한 내용을 시화한, 다음 송지간宋之間(656?-712)의 사위 유희이劉希夷(651-678?)의 처연한 감회와 대비해 보면 더욱 잘 드러난다.

〈代悲白頭翁〉	〈백발 노인을 대신 슬퍼하여〉
①洛陽城東桃李花	낙양성 동쪽의 복사와 오얏꽃잎
飛來飛去落誰家	이리저리 날리며 어느집에 떨어지는가?
洛陽女兒惜顔色	낙양의 처녀들 얼굴을 아끼다가
行逢落花長歎息	떨어지는 꽃잎에 장탄식을 한다.
今年花落顔色改	금년에 꽃이 지면 얼굴빛도 달라질테니
明年花開復誰在	내년에 꽃 필 때는 다시 누가 있을까?
已見松柏摧爲薪	벌써 송백이 꺾여 땔나무되는 것을 보았고
更聞桑田變成海	뽕밭이 변해 바다가 됐다는 말도 들었네.
古人無復洛城東	옛사람은 이제 다시는 낙양성 동쪽에 살지 않는데
今人還對落花風	지금 사람은 아직도 낙화에 부는 바람을 마주하고 있다.
年年歲歲花相似	넌마다 해마다 꽃은 비슷해도
歲歲年年人不同	해마다 넌마다 사람은 다르구나.
②寄言全盛紅顔子	한창 나이 젊은 청년에게 부치노니
應憐半死白頭翁	저 반쯤 죽어가는 노인을 불쌍히 여기라.
此翁白頭眞可憐	이 노인의 백발 정말 가련키도 하구나

伊昔紅顔美少年	저이도 옛날엔 홍안의 미소년이었지.
公子王孫芳樹下	공자와 왕손은 꽃나무 아래서
淸歌妙舞落花前	낙화 속에 맑은 노래와 아름다운 춤으로 즐겼네.
光綠池臺開錦繡	광록지 같은 호화스런 누대에는 수비단 깔리고
將軍樓閣畵神仙	장군루에는 신선화가 그려졌지.
③一朝臥病無相識	하루 아침에 병들자 아는 사람 없어지니
三春行樂在誰邊	봄날의 즐거움 누구에게 있는가?
宛轉蛾眉能幾時	아름다운 눈썹 얼마나 갈까?
須臾鶴髮亂如絲	잠시잠깐 사이에 백발이 실타래 같아진다.
但看古來歌舞地	하릴없이 옛부터 춤추던 곳을 바라보니
惟有黃昏鳥雀悲	황혼녘에 새소리만 구슬프다.

총 26구로 된 이 시의 내용은 원문 좌측에 표기한 바와 같이 크게 3단으로 나누어볼 수 있다. 제1단에서는 세월과 함께 늙어갈 수밖에 없는 인생의 모습을 다각적으로 표현했다. 제2단에서는 노인의 입장을 빌어 시인의 권면과 함께 귀족공자들과 젊음을 만끽했던 화려한 한때를 회상했다. 끝으로 제3단에서는 젊음이 지나가 영락零落한 이후의 오늘로 돌아와 옛날을 그리워하는 심정을 드러내며 끝을 맺었다.

이 시는 "년년세세화상사, 세세년년인부동年年歲歲花相似, 歲歲年年人不同"이라는 구절로도 유명하며 표현 기교나 구성 및 용자用字 등이 빼어나다. 그러나 주제적 측면에서 볼 때 이 시는 다만 짧았던 화년華年을 아쉬워하고 노인에 대한 단순한 연민적 동정심만을 요청할 뿐, 인간의 생물학적 숙명에 대한 적극적 해결이나 세계와의 조화를 전혀 모색하고 있지 않다는 점에서 앞의 도연명의 시와는 격이 다르다. 이 시는 보통 젊은 시절을 회고한 것으로 해석되는 이상은(813-858)의 〈금슬錦瑟〉과도 유사한 풍미와 경계를 지니고 있다. 일반적으로 당시는 정태적靜態的 회화성繪畵性이 뛰어난데,

자연 경물 속에 시간의 경과를 아쉬워하는 이상은의 소시小詩 한편
을 본다.

<table>
<tr><td>〈登樂遊原〉</td><td>〈樂遊原에 올라〉</td></tr>
<tr><td>向晚意不適</td><td>저녁에 마음 석연치 않아</td></tr>
<tr><td>驅車登古高</td><td>수레 몰아 옛 동산에 오른다.</td></tr>
<tr><td>夕陽無限好</td><td>석양은 무한히 좋기만 한데</td></tr>
<tr><td>只是近黃昏</td><td>황혼에 가까와 아쉽다.</td></tr>
</table>

간단한 절구지만 한가로운 정경이 마치 한편의 그림을 보는 듯
한 느낌이 들게 한다. 끝구는 단순한 '황혼' 또는 '만년晚年' 혹은
'왕조의 쇠망'으로까지 다중의 해석이 가능할 것이다. 이 중 앞의
두 가지 뜻을 중의적으로 표현한 것으로 볼 때, 석양의 동산이란
경물에 빗대어 늙어가는 자기 자신의 신세를 안타깝게 여긴 '정경
교융情景交融'의 작품이다.

송대에 가면 당시까지 보인 세계에 대한 회화적이며 자연적 사
실의 전달을 벗어나 인간 자신이 주체가 되며, 인간의 숙명적 과
제였던 시간성의 문제도 상당 부분 수용·극복하게 된다. 사상적
으로 신유학의 형성으로 대표되는 송대 지성의 성숙이 시에 드러
난다.

<table>
<tr><td>〈少年見靑春〉</td><td>〈젊은이가 청춘을 보면〉</td></tr>
<tr><td>①少年見靑春</td><td>젊은이가 청춘을 보면</td></tr>
<tr><td>萬物皆嫵媚</td><td>만물이 모두 아름답다.</td></tr>
<tr><td>身雖不飮酒</td><td>자신이 비록 술마시지 않는다 해도</td></tr>
<tr><td>樂與賓客醉</td><td>즐거이 손님들과 취한다.</td></tr>
<tr><td>②一從鬢上白</td><td>한번 머리가 희어지기만 하면</td></tr>
<tr><td>百不見可喜</td><td>어떤 것을 보아도 기뻐할 게 없어진다.</td></tr>
<tr><td>心腸非古時</td><td>마음이 옛날과 같지 아니하고</td></tr>
<tr><td>更覺日月馳</td><td>세월의 흐름이 더 느껴진다.</td></tr>
</table>

聞歡已倦往	기쁜 일 들어도 이젠 그곳에 가기 싫고
得飽還思睡	배부르고 나면 또 잘 생각만 한다.
春歸只如夢	봄이 간대도 다만 꿈만 같아
不復悲憔悴	다시는 초췌해진 모습에 슬퍼하지 않는다.
③寄言少年子	젊은이들에게 말 전하노니
努力作春事	힘써 봄일을 하라.
亦勿怪衰翁	그리고 노쇠한 노인을 이상하게 여기지 말 것이니
衰强自然異	쇠약함과 강건함은 자연 다른 법이라.

왕안석(1021-1086)의 시로서 총 16구중 제1단인 전4구는 생생한 젊음에 대해, 제2단인 중8구는 늙어간다는 것에 대해 그 상태를 제1단과 대비하여 서술했으며, 제3단인 후4구에서는 젊은 사람들에 대한 당부로 끝맺고 있다. 제2단은 늙어갈수록 몸과 마음이 마른 나무같이 생명력이 줄어들어 드디어는 기쁨의 감정도 쇠잔하고 그저 비활동적으로 잠에 빠져드는 자신의 상태를 썼는데, 어찌 보면 늙음을 한탄하는 것만 같이 느껴지기도 한다.

그러나 그 필치는 이제까지 보아온 단순한 아쉬움과 한탄만이 아니다. "봄이 간다고 해도 초췌해진 모습에 슬퍼하지 않는다"는 내용은 이미 숙명을 숙명 그대로 받아들이는 성숙한 삶의 자세인 것이다. 이는 앞서 보았던 〈생년불만백生年不滿百〉이나 〈단가행短歌行〉류의 현실로부터의 도피도 아니고, 〈대비백두옹代悲白頭翁〉류의 회한과 안타까움도 아니다. 이같은 점에서 송시의 비애에 대한 태도는 비애 지양적 양상을 지니고 있다.11) 잠시 부기할 점은 언어

---

11) 이같은 예는 왕안석 뿐만 아니라 송대의 많은 시인에게서 보이는 현상이다. 다음에 節錄한 구양수의 〈重讀徂徠集〉(조래집을 다시 읽고)에도 이 점이 잘 나타나 있다. "사람이 한 세상 살아가며, 오래 살든 짧게 살든 백년을 넘지 못하니. 그 뒤에도 무궁한 세월이 있고, 그 앞에도 만세의 세월이 있었네. 오래 산다고 얼마나 될 것이며, 일찍 죽는다고 가여울 것도 못되네. 저 영원히 썩지 않는 것을 생각해보니, 명성이란 문장과 덕행이 만드는 것이지."(권호종, 〈歐

적 측면에서 3단의 첫구는 유희이의 〈대비백두옹〉 제2단 첫구와 같으며, 전체적 시의詩意는 도연명의 〈잡시〉 제1수 그리고 〈잡시〉 제5수[12]와 보다 더 가깝다는 점에서 본고에 소개된 시들 간에 일정한 연결고리를 발견할 수 있다.

2. 사회와 동란

사람들은 안락한 삶과 평화를 원하지만 역사적으로는 오히려 부단한 사회적 갈등과 마찰을 겪으며 살아 왔다. 그리고 이같은 세계는 결국 그 사회 내에 있는 구성원들에게 고통과 슬픔을 야기시킨다. 중국에서도 《시경》 이래 많은 시에 동란과 각종 사회적 억압에 시달리는 인민들의 생활상이 절실히 피력되어 있다. 때문에 이러한 주제는 여타 제재에 비해 비교적 서사적 서술 형태를 띤 것이 많다. 중국문학사상 최초의 문인집단을 이룬 건안칠자의 한 사람으로 사부辭賦에 능했던 왕찬王粲(177-217)이 한말 동란의 참상을 생생하게 목도하고 그린 〈칠애시七哀詩〉 역시 그 하나이다.

〈七哀詩〉	〈칠애시〉
① 西京亂無象	서경은 어지러워 제 모양이 아니니
豺虎方遘患	간악한 무리의 환란을 만났다.
復棄中國去	다시금 중원을 버리고 가
委身適荊蠻	형주땅에 몸을 의탁하려 하는데.
親戚對我悲	친척들은 나를 보고 슬퍼하고

陽修 시를 통해본 비애감의 극복〉(《중국시와 시론》(현암사)에서 참고.)

12) 유사한 부분은 다음과 같다. "내 나이 젊을 때에, 즐거운 일 없어도 저절로 즐거웠고(1-2구). ……세월은 급류처럼 잠시도 쉬지않아, 나를 붙잡고 놓질 않네. 앞길은 얼마나 남았는가, 머무를 데 알지 못하겠네. 고인들 촌음을 아끼라고 했는데, 생각하면 두럽게 하네.(11-16구)"

朋友相追攀	친구들도 쫓아오며 붙든다.
②出門無所見	문을 나서니 보이는 것 없고
白骨蔽平原	백골만이 평원을 덮었다.
路有飢婦人	길에는 굶주린 아낙이 있는데
抱子棄草間	안았던 아이를 풀숲에 버리고.
顧聞號泣聲	고개 돌려 아이 울음소리를 들으나
揮涕獨不還	눈물을 뿌리면서도 끝내 돌아가지 않는다.
未知身死處	"어디서 죽을지 모르는데
何能兩相完	어떻게 둘 다 살리오?"한다.
驅馬棄之去	말 몰아 두고 가려하니
不忍聽此言	차마 그 말을 들을 수 없네.
③南登覇陵岸	남으로 패릉 언덕 올라
回首望長安	고개 돌려 장안을 바라본다.
悟彼下泉人	〈하천〉시를 불렀던 사람들 생각이 나니13)
喟然喪心肝	아, 아! 내 가슴 아프구나.

　　3단으로 구성된 이 시는 그가 17세때 장안을 떠나 형주荊州의
유표劉表에게 기탁하러 떠나면서 지은 것으로서, 제1단에서는 집을
나서 길을 떠나게 된 배경을 말했고, 제2단에서 바로 그가 길가에
서 본 난亂의 참상을 여실히 그려냈다. 동란과 기아의 이중고에 허
덕이던 여인은 결국 아기를 버리고 차마 떨어지지 않는 발길을 떠
나는데, 왕찬이 이를 형상화한 것이다. 끝으로 3단에서는 언덕에
올라 무어라 말할 수 없는 참담한 심정을 토로하였다. 이 시는 악
부정신의 전통을 탁월하게 살려내 현실 고발의 주제와 함께 강렬
한 서정성을 드러내고 있다. 동란의 고통을 그린 작품으로는 한악
부로서 전장의 비참함을 그린 〈전성남戰城南〉, 동한말 환관 및 동
탁 등이 가세한 난중에 무자비하게 살육당하는 인민들의 모습을
사실적으로 그린 채염蔡琰의 〈비분시悲憤詩〉, 그리고 당대 백거이

---

13) 〈下泉〉시는 《시경·曹風》에 있으며, 주나라 사람들이 어지러운 세
　　상 속에서 현명한 군왕을 그리워하는 내용이다.

(772-846)·원진(779-831) 등의 악부시 등이 있다. 그리고 이밖에도 사회적 모순 속에 굶고 있는 가족을 보고만 있을 수 없어 칼을 빼들고 강도질을 하러 나가는 가장의 모습을 그린 〈동문행東門行〉 등이 있다.

사회적 혼란상을 개인의 서정으로 탁월하게 연결시킨 시인으로는 역시 '시사詩史'라 불리는 두보(712-770)를 꼽아야 할 것이다. 그의 시 상당수가 '안사의 난'을 겪으면서 목격한 일을 적고 있으며, 그 대표적인 것이 '삼리三吏' '삼별三別'의 사회 고발시들이다. 여기서는 비애 서정이 훌륭하게 형상화된 〈춘망春望〉을 보기로 한다.

〈春望〉	〈봄날 사방을 바라보니〉
國破山河在	나라는 무너져도 산천은 여전하여
城春草木深	성에도 봄이 와 풀과 나무빛 짙기만 하다.
感時花濺淚	시절에 느끼어 꽃을 보고도 눈물 흐르고
恨別鳥驚心	이별을 한탄하여 새 울음에도 마음 놀랜다.
烽火連三月	전쟁을 알리는 봉화는 석 달을 이어가
家書抵萬金	고향의 편지는 만금에 값한다.
白首搔更短	흰머리 긁어 더욱 성기니
渾欲不勝簪	이제는 비녀조차 전혀 못 꽂겠네.

757년 두보의 나이 46세 때 지은 이 작품은 안록산의 난으로 황폐하게 된 장안의 도성을 바라보며 억누를 길 없는 감정을 토로한 것이다. 용자用字면에서 보면 제3구의 '감시感時'가 제2구의 생명을 뜻하는 '춘春'을, 제4구의 '한별恨別'이 제1구의 죽음을 뜻하는 '파破'를 각기 받아 두 가지 의상意象이 대조되어 시인의 처연한 심정을 더욱 잘 드러내고 있다. 그리고 이는 작자의 '흰머리'로 귀결되어 암울한 비애를 더해준다. 아울러 제5구의 '연連'자는 제6구에서 호응하는 글자가 없는 듯이 보이지만 내용상 편지가 '절絶'해 있다는 점에서 내면적 호응 관계를 이루고 있는 점도 교묘한 표현이

다.

전반부의 일상적인 풍경에도 공연한 눈물을 흘리거나 놀란다든지 하는 정서적 상태와, 후반부의 장기적인 난으로 가족과 헤어져 소식도 끊긴 상황—이는 두보를 지탱해주던 힘의 원천이 봉쇄당한 것을 의미한다—과, 끝 부분의 비녀마저 지탱할 수 없는 신체적 곤고함 등은 결국 국가적 위기에서 비롯된 외부적 충격에 대한 내부의 방어기전을 거의 상실당한 고통스런 한 인간의 모습이라는 점에서 그 비감悲感을 더해준다.

〈貧婦詞〉	〈가난한 여인의 노래〉
誰知苦貧夫	가난한 남정네의 괴로움을 누가 알리?
家有想怨妻	집에는 상념과 원망에 찬 아내 있네.
請君聽其詞	그대여 내말 좀 들어보오
能不爲酸悽	이 어찌 슬프지 않겠소?
所憐抱中兒	불쌍한 품속의 아이는
不如山下鹿	산 아래 사슴보다도 못하고.
空念庭前地	부질없이 그리운 집앞 뜰은
化爲人吏蹊	관리들의 지름길로 변했네.
出門望山澤	문을 나서 산천으로 도망하려 하지만
回顧心復迷	돌아보면 다시금 마음 산란하다.
何時見府主	언젠가 높은 관리를 뵈면
長跪向之啼	무릎 꿇어 통곡을 하리라.

이 시는 풍아風雅의 사실적 정신을 강조한 원결元結(723-772)의 시로서, 관리들의 가렴주구로 비참한 생활을 하는 가난한 여인의 심정을 대변하여 노래했다. 기아에 허덕이는 아이들에 집마저 뺏긴 한 여인의 절박함은 그녀를 산속으로 도망할 생각도 들게 하지만 결국은 아이들 때문에 가지도 못하고 절망하는 여인의 모습을 충분히 짐작할 수 있다.

〈汝墳貧女〉14)　　　　　〈여수가의 가난한 처녀〉
汝墳家貧女　　　　　여수가의 가난한 집 처녀
行哭音悽愴　　　　　걸으면서 곡하는 소리 너무도 슬프다.
自言有老父　　　　　말하기를, 늙은 아비 있었는데
孤獨無丁壯　　　　　홀로 되어 아들도 없었다 하네.
郡吏來何暴　　　　　군의 관리가(궁노수를 징발하러) 왔는데 포
　　　　　　　　　　악하기 이를데 없어
縣官不敢抗　　　　　현의 관리는 감히 항의도 못한다.
督遣勿稽留　　　　　지체말고 (아버지에게) 떠나라 재촉하니
龍鍾去携杖　　　　　눈물 흘리며 지팡이에 의지해 가시는데.
勤勤囑四鄰　　　　　겨우 동리 사람에게 부탁하니
幸願相依傍　　　　　다행히 서로 의지하고자 했네.
適聞閭里歸　　　　　(얼마 후) 마침 동리사람 돌아왔다 하길래
問訊疑猶强　　　　　(아버지가) 아직은 억지로 계실거라 걱정하
　　　　　　　　　　며 물었는데.
果然寒雨中　　　　　아니나 다를까 겨울비를 맞고서는
僵死壞河上　　　　　양하에서 얼어 돌아가셨다 하네.
弱質無以託　　　　　여자의 몸으로서 기댈 데 없어
橫尸無以葬　　　　　가로 누운 시신을 장사지낼 도리 없으니.
生女不如男　　　　　딸로 태어나 아들만 못하니
雖存何所當　　　　　살아있으나 무슨 소용있는가?
拊膺呼蒼天　　　　　하늘을 향해 가슴치며 우니
生死將奈向　　　　　살아야 할지, 죽어야 할지?

　　매요신(1002-1060)의 시인데, 〈전가어田家語〉와 함께 인종仁宗
당시 서하西夏의 침입으로 인한 무리한 군역軍役의 현실과 관리의
횡포를 매섭게 고발하고 있다. 아들이 없는 이 집에선 대신 노인
이 징발되어 가다가 결국은 도중에 얼어죽었다. 이 소식을 들은

---

14) 시에 앞선 原注에서 작자는 이렇게 설명하였다. "그때 재차 궁수弓
　　手를 뽑는데 노소를 막론하고 징발했다. 큰 비가 내리고 혹심하게
　　날이 추워, 길에서 죽은 사람이 백여명이나 되었다. 壞河로부터 昆
　　陽 老牛陂까지 얼어죽은 시체가 줄을 이었다."

딸은 아버지를 잃고서도 그나마 시체를 거둘 길 없는 가운데 어디 하소연 할 데도 없이 길가에서 지나가는 사람에 대고 절규하며 살아야 할지 죽어야 할지 모를 비탄스런 심경을 절박하게 표현했다. 이러한 사태를 야기한 원인은 당시의 권세가들에게 있음에도 불구하고, 무력한 처녀는 어찌할 수 없는 절망감에 자신을 책망하고 있어 안쓰러움이 더해진다.

이외에도 과중한 세금에 허덕이는 인민들의 도탄을 고발한 것이나, 귀족들의 횡포, 관리로서의 간난艱難, 잘못된 법의 시행, 우국의 충정 등 각종 사회적 병리현상이 개인에 미치는 영향을 서술한 작품들이 이와 같은 범주에 속한다. 이렇게 비극은 개인적 요인에서 오는 것만이 아니라, 그가 속한 사회의 각종 모순에서 비롯되는 것을 볼 수 있다. 형식적 측면에서 볼 때 이러한 내용을 담은 시가의 형식은 대개 악부의 전통 속에 악부가행체樂府歌行體로 쓰여진 것이 많다.

3. 이별과 향수

인간의 삶은 만남과 이별의 연속이기도 하다. 이별에는 당연히 그리움이 따르게 마련인데, 그리움은 고향의 가족이나 친구에 대한 것과 남녀간의 사랑과 그리움이 있다. 향후 두 절에서는 이 두 종류의 그리움을 서술해보도록 한다. 먼저 친구와 가족에 대한 그리움을 보면 개인적인 것도 있지만, 역시 앞의 사회적 주제와 관련이 있는 경우가 많다.

<table>
<tr><td>〈悲歌(行)〉</td><td>〈슬픈 노래〉</td></tr>
<tr><td>悲歌可以當泣</td><td>悲歌는 울음을 대신하고</td></tr>
<tr><td>遠望可以當歸</td><td>멀리 바라보는 것은 돌아가고픈 마음.</td></tr>
<tr><td>思念故鄕</td><td>고향 생각에</td></tr>
<tr><td>鬱鬱累累</td><td>울적한 마음 쌓여만 가네.</td></tr>
</table>

欲歸家無人	돌아가려 해도 집에는 사람이 없고
欲渡河無船	강을 건너려 해도 건널 배가 없네.
心思不能言	이내 마음 어찌 말로 다하리
腸中車輪轉	창자 속에선 수레바퀴가 도는 듯하다.

　　이 시는 4언과 5언이 섞인 잡언의 한대의 악부시이다. 작자는 고향을 그리는 마음에 울음이 나올 듯하지만 이를 노래로 대신하고, 돌아가고픈 마음에 그저 멀리 바라보는 것으로 대신할 뿐이다. 그러한 향수에 시달리지만, 사실은 고향에는 맞아줄 가족도 없다. 그래도 작자는 고향에 가고 싶다. 그러나 이마저도 장애에 부딪히니, 자기를 태우고 갈 배부터 없다. 그래서 끝부분에서는 자기의 창자는 시름에 바퀴가 구르듯이 애가 닳는다고 말했다. 이 시에는 동란 중에 처한 유랑민의 불행이 자연스럽게 표출되어 있다.

〈去者日以疎〉15)	〈지난 날은 날로 멀어지고〉
去者日以疎	지난 날은 날로 멀어지고
來者日以親	올 날은 날로 다가오네.
出郭門直視	성문을 나서서 보니
但見丘與墳	다만 언덕과 무덤만 보이는데.
古墓犁爲田	옛 무덤을 갈아 밭을 만들고
松柏摧爲薪	송백을 꺾어 땔감을 하네.
白楊多悲風	백양나무엔 슬픈 바람 많이도 불어
蕭蕭愁殺人	쓸쓸하니 사람을 시름겹게도 하네.
思還故里閭	고향 동네에 돌아갈 생각하나
欲歸道無因	돌아가려 해도 갈 방도가 없어라.

　　이 작품에는 시간의 경과와 더불어 변해가는 죽은 자에 대한 마음이 솔직하게 드러나 있으면서도 그로 인해 생긴 빈자리를 채우지 못하는 현재적 자신의 외로움을 소슬한 풍경 묘사로 잘 드러나 있다. 끝에서는 어려운 처지에서 마지막 희망인 고향을 생각해보

---

15) 《古詩十九首》 제14수.

지만, 이 역시 동한대의 어려운 사회적 혼란 등으로 인해 갈 수 없다는 데서 해결점을 찾지 못하고 있다. 특히 시중의 '백양다비풍 白楊多悲風'구는 고시나 조식을 필두로 하는 육조시에서 '고대다비풍 高臺多悲風' 등으로 상용되었던 전형적 표현으로서, 시 전체에 배경 색으로서 쓸쓸한 정감을 전달해주고 있다.

〈送應氏〉其二16)	〈응씨 형제를 보내며〉 제2수
淸時難屢得	좋은 시절은 자주 얻기 어렵고
嘉會不可常	기쁜 만남은 늘 있지 않지.
天地無終極	천지는 무궁한데
人命若朝霜	인명은 아침 이슬같구나.
願得展嬿婉	원컨대 순조롭게 풀리시길
我憂之朔方	나의 친구 북방으로 떠나가네.
親昵並集送	친한 이들 모두 모여 환송하니
置酒此河陽	이곳 하수 북쪽 이별의 술자리.
中饋豈獨薄	송별연 어찌나 답답한지
賓飮不盡觴	빈객들 모두 마음껏 마시질 못하네.
愛至望苦深	(내게 대한) 사랑이 깊어 실망도 큰데
豈不愧中腸	어찌 마음이 아프지 않겠소!
山川阻且遠	산천이 가로막혀 멀기만 하건만
別促會日長	이별은 닥치고 만날 날은 머네.
願爲比翼鳥	그저 님 찾아가는 비익조가 되어

16) 조식, 〈送應氏〉 제1수 "북망산 언덕에 걸어 올라, 멀리 낙양의 산들을 바라보네. 낙양은 어찌나 적막한지, 궁실은 모두 다 타버렸네. 담장은 모두 무너지고, 가시나무만 하늘을 찌른다. 이전의 노인들 보이지 않고, 다만 새로이 젊은 사람만 보이는구나. 발길을 옮기려 해도 갈 길 보이지 않고, 황폐한 밭은 일구지 않네. 나그네는 오래도록 돌아오지 않아, 밭둑길을 알 수도 없네. 들판은 얼마나 쓸쓸하던지, 천리토록 인가의 연기 오르지 않네. 평시의 거처를 생각하니, 기가 막혀 말도 나오지 않네(步登北芒阪, 遙望洛陽山. 洛陽何寂寞, 宮室盡燒焚. 垣牆皆頓擗, 荊棘上參天. 不見舊耆老, 但覩新少年. 側足無行徑, 荒疇不復田. 遊子久不歸, 不識陌與仟. 中野何蕭條, 千里無人煙. 念我平常居, 氣結不能言)"

施翩起高翔   날개를 펼치고 높이 날아가고플 뿐!

　　이는 중국 서정시의 단계를 한 단계 올려놓은 조식의 시로서, 건안 21년(211) 조조를 좇아 서쪽의 마초馬超를 정벌하러 업성鄴城을 출발하여 가던 도중에 낙양洛陽에서 건안칠자 중의 하나였던 응창應瑒·응거應璩 형제를 만났다가, 이들을 북방으로 떠나보내며 지은 시이다. 총2수 중 제1수에서는 송별을 빌어 전란으로 황폐해진 낙양의 처참한 모습을 그렸고, 제2수인 이 작품에서는 시창작의 본사本事인 이별의 아쉬움을 그렸다. 시 전편에 한위인漢魏人들이 일반적으로 지녔던 짧은 인생을 아쉬워하는 마음과 함께 비장한 건안의 풍골이 흐른다. 이제 당인唐人의 향수감을 엿본다.

〈聞砧〉   〈다듬이 소리를 들으며〉
杜鵑聲不哀   두견새 소리도 이보다 슬프지 않고
斷猿啼不切   끊어지는 듯한 잔나비 울음도 이보다 애
　　　　　　　　　　　절치 않겠네.
月下誰家砧   달빛아래 어느 집 다듬이 소린지
一聲腸一絶   소리 하나마다 창자 한마디 끊기는 듯.
杵聲不爲客   방망이소리는 나그네 위한 것 아니나
客聞髮自白   나그네는 듣고서 머리마저 저절로 세는 듯.
杵聲不爲衣   방망이 소리는 옷 다듬기 위한 것 아니라
欲令游子悲   나그네에게 슬픔 주려는 것인가 보네.

　　맹교(751-814)의 작품으로서 지나가다 우연히 듣게된 다듬이질하는 소리를 통해 어느덧 고향집을 향한 그리움으로 다가서게 하고 있다. 다듬이 소리 자체는 실상 자신과는 무관하건만, 방망이 두드리는 소리 하나하나마다 자신의 애를 마디마디 끊는 듯한 아픔으로 돌아오고, 괴로움에 머리마저 세는 것 같다는 내용이다. 작자는 뚝닥뚝닥하는 방망이의 '소리'를 매개로 하여 향수를 읊었던 것이다. 용자用字상 '침砧'과 '객客'의 반복적 대비를 통해 비애감을

증폭시켰다.

〈逢入京使〉　　　　　〈入京使를 만나〉
故原東望路漫漫　　　　고향언덕 있는 동쪽을 바라보니 길은 아
　　　　　　　　　　　득하고
雙袖龍鍾淚不乾　　　　두 소매엔 눈물이 흘러 마르지 않네.
馬上相逢無紙筆　　　　말 위에서 상봉하니 지필도 없어
憑君傳語報平安　　　　잘 있다고 그대가 말이나 전해주오.

천보天寶 8년(749) 잠삼岑參(715-770)이 1차로 서역으로 나가면서 절도사였던 고구려의 장수 고선지高仙芝의 막부에서 지은 작품인데, 마침 장안으로 가는 입경사入京使를 만나 다급한 김에 말 위에서나마 장안에 있는 가족에게 안부를 전해달라는 순간적 장면을 포착했다. 다소 여성적 필치의 짧은 시편이지만 사적으로는 가족을 향한 애절한 마음이 공무公務를 치르는 군대의 다급한 분위기와 대조되며 강조되고 있다. 이 2수 모두 작은 소리나 장면 등의 사건에 부쳐서 향수를 그렸다. 당시에서는 이렇게 하나의 모티프를 통해 자신이 읊고자 하는 본사本事로 접어드는, 예리한 심미적 감성을 발휘한 시가 적지 않다.

한편 감성적인 당시에 비해 송인들은 이별이나 그리움 등 인간사의 감정의 표출을 억제하고자 힘쓴 흔적을 볼 수 있다.

〈別滁〉　　　　　　　〈저주를 떠나면서〉
花光濃爛柳輕明　　　　꽃빛 짙게 아름답고 버들은 맑게 날리는데
酌酒花前送我行　　　　술 따르며 꽃 속에서 나를 송별하는가.
我亦且如常日醉　　　　나는 그래도 일상과 같이 취할 것이니
莫敎弦管作離聲　　　　관현으로 이별의 연주를 하지 말기를!

이별은 누구에게나 미련과 아쉬움을 남기는 법이다. 그러나 여기서 작자인 구양수(1007-1072)는 〈취옹정기醉翁亭記〉에서 보여

준 태수太守와 같이 범인凡人과는 다른 관찰자이자 주재자적 자세를 견지하려 했다. 이는 개인적으로는 구양수에서 더욱 부각되는 모습이기는 하지만, 아쉬운 석별의 자리에서도 농도 깊은 이별의 정을 겉으로 드러내기 보다는, 우주의 자연적 질서와 하나되기를 추구하는 가운데 일상적 삶의 일관성을 유지하려는 자세를 취하고 있다는 점에서, 또한 구양수의 문단 내에서의 영향력 있는 지위와 관련해서도 이같은 창작방식은 송대 지식인들의 일반적 모습으로 유사 치환이 가능하다. 이러한 행동에는 바로 선학적 수양이 중심이 되어 새롭게 대두된 관념지향의 신유학이 자리하고 있다. 이같은 사대부적 평담·관조적 자세로 인해 송시에서는 감정이 고조되어야 할 곳에서도 점차 이를 지양하는 분위기가 주류를 이루어갔다.

4. 상사와 정한

남녀간의 사랑의 감정이야말로 서정시의 가장 보편적이며 변함 없는 주제의 하나이다. 특히 그 감정이 사랑의 기쁨보다는 그리움과 한恨이라면 더욱 비애 서정이 자리하는 값은 커진다. 그러나 이를 표현하는 시인들의 태도는 시대와 함께 얼마간의 변화를 드러내게 마련이다. 이에 대하여 몇몇 대표적 작품을 통해 그 역사적 변모상을 보도록 한다.

〈行行重行行〉17)	〈가고 또 가서〉
行行重行行	가고 또 가서
與君生別離	그대와 생이별을 하였네.
相去萬餘里	서로 만 여 리나 떨어져
各在天一涯	각기 하늘 한끝에 있는데.
道路阻且長	길은 험하고 또 멀어
會面安可知	만날 날 언젠지 알 수 없네.

---

17) 〈고시십구수〉 제1수.

胡馬依北風	胡馬는 북풍에 기대고
越鳥巢南枝	越鳥는 남쪽 가지에 둥지를 치는구나.
相去日已遠	서로 헤어져 날로 멀어가고
衣帶日已緩	허리띠는 날로 느슨해지는데.
浮雲蔽白日	뜬구름은 밝은 해 가리고
遊子不復返	나그네는 돌아오지 않네.
思君令人老	님생각은 사람을 늙게 만들어
歲月忽已晚	세월은 어느덧 석양이구나.
棄捐勿復道	아서라! 다시는 말하지 말자
努力加餐飯	애써 식사에나 힘쓸지니!18)

〈고시십구수〉가 혼란기였던 동한 중엽 이후에 민간의 정서를 위주로 형성된 것으로 보아, 이 작품에는 아주 멀리 요역을 나가 오래도록 만날 수 없는, 어쩌면 거의 돌아올 가망이 없는 남정네를 기다리는 여인의 심정이 그려져 있다. 설사 남정네가 돌아오지 못한다 하더라도, 그것이 유일한 희망이었던 여인에게는 자신의 전 부인 님을 다시 돌려줄 때까지 기다릴 수밖에 없었던 것이다. 그러나 세월이 흘러감에 대한 회한과 함께 이제는 가능한한 그리움을 전면에 내세우지 않고 내면에 간직해 두기로 한다. 즉 자신이 현실에서 할 수 있는 그나마의 몫인 건강을 지키기 위해 억지로라도 식사에 힘을 기울이자고 자위하며 님과 만날 날을 위해 기다리는 삶을 계속하는 것이다.

이렇게 수동적이고 소극적인 여인의 자세는 역사적으로 여성의 일반적 전형으로 자리매겨지기도 했지만, 한편으로는 전제 군주의 폭압과 동란 중에 처해 세계에 대해 유력한 대항 수단을 갖지 못한 한대인의 무력할 수밖에 없는 삶의 자세로 비쳐지기도 한다. 이

---

18) 끝 2구는 님에 대한 권면으로 해석하는 경우도 있으나, 이보다는 여인의 다시 만날 날을 기약하기 위한 자기 위안과 추스림으로 해석하는 것이 타당하며, 〈고시십구수〉에 드러난 전체적 정서에도 부합하는 것 같다.

같은 무기력함은 역시 같은 시대의 고시 〈섭강채부용渉江采芙蓉〉19)
에서도 유사하게 나타나 있다. 이제 육조 이후의 시가를 보기로
한다.

〈折楊柳歌〉	〈버들가지 꺾으며(절양류가)〉
腹中愁不樂	마음 속의 시름에 즐겁지 않은데
願作郎馬鞭	님의 말 채찍이 되면 좋겠네.
出入擐郎臂	들며 나며 님의 팔뚝에 입혀 있고
蹀座郎膝邊	걷거나 앉을 땐 님의 무릎에 있겠네!
〈閨怨〉	〈규중의 원망〉
閨中少婦不知愁	규중의 젊은 신부 시름을 알리요?
春日凝粧上翠樓	봄날 화장하고 비취빛 누각에 올랐다가
忽見陌頭楊柳色	불현듯 길가의 수양버들 푸른 색 보니
悔敎夫壻覓封候	낭군님 봉후의 길 나선 것 후회되네.
〈月夜〉	〈달밤〉
今夜鄜州月	오늘 밤 부주의 달
閨中只獨看	규중의 아내는 홀로 보겠지.
遙憐小兒女	불쌍토다 먼 곳의 어린아이들은
未解憶長安	장안의 이내 몸 생각하는지도 모르리라.
香霧雲鬟濕	향기로운 밤안개에 구름같은 머릿단 이슬 스미고
淸輝玉臂寒	밝은 달빛에 옥같은 팔뚝 차다.
何時倚虛幌	언제나 창문에 의지하여
雙照淚痕乾	달빛 속에 서로금 눈물 닦을까?

---

19) "연꽃을 꺾으러 강을 건너니, 연못가에 방초가 많기도 하다. 꺾어다
누구를 주려는가, 그리운 님은 먼곳에 계시는데. 고개 돌려 고향땅
바라보니, 멀고 먼 길 아득도 하여라. 마음은 같지만 떨어져 거하
니, 마음만 상한 채 일생을 보내네(渉江采芙蓉, 蘭澤多芳草. 采之欲
遺誰, 所思在遠道. 還顧望舊鄉, 長路漫浩浩. 同心而離居, 憂傷以終
老)"

이상 세 수의 시는 순서대로 육조시대 북조의 민가, 당 왕창령 (698?-757?)의 칠언 절구, 두보의 오언 율시이다. 먼저 첫번째 것은 앞서 소개했던 한대의 시가에 비해 보다 직선적으로 생동감 있게 사랑의 감정을 표현하였다. 그리고 왕창령의 〈규원閨怨〉 역시 철 모르는 젊은 여인의 입장을 대신하며 화사한 봄날 불현듯 생각 난 외지에 나간 낭군을 향한 정념情念을 아름답게 표현했다. 이 둘 은 모두 비교적 명랑한 필치 속에 님을 향한 사랑의 안타까움을 드러냈다. 세번째 〈월야月夜〉는 가족과 떨어져 장안에 홀로 떨어져 있는 두보가 자신의 아내를 그리며 쓴 시이다. 특히 재미있는 부 분은 제2연으로서 작자인 두보가 집의 아이들은 자기들의 엄마가 낭군인 자신을 생각하며 외로워하는 줄은 모를 것이라는 생각을 하고 있는 곳이다. 이 점도 그리움이나 비애에 대한 전대까지의 단순한 탄식과는 차원이 다른 부분이다.

또 하나 주목해야 할 부분은 앞서 한대의 시가들에서와는 달리 두보는 그의 아내를 '달'이라고 하는 매개체를 통해 양자 간에 연 결을 시도하고 있다는 점이다. 물론 〈절양류가〉에서도 그저 절망 에만 머물지 않고 가상적 매개인 '말 채찍'을 통해 허구적 상상 속 에서나마 님과의 접합을 시도하고 있다. 그러나 두보의 경우는 보 다 발전하여 현실적인 연결을 시도하고 있다. 그리하여 제2구의 '독獨'은 결구인 제8구에 와서는 하나가 아닌 '쌍雙'을 지향하며 이 별의 현실로부터의 위로를 기대한다.

이상과 같은 경우가 반드시 모든 시에 적용되거나 또는 시대에 따른 발전이라고 할 수만은 없을 것이다.[20] 하지만 대체로 시대와 더불어 비애적 상황에 대해 점차 차분하고 성숙한 대응을 보이고 있다는 점에서 보면 어느 정도 방향성이 없지 않다.

---

20) 일례로 한대의 악부인 〈飮馬長城窟行〉에서는 남편이 잉어 뱃속에 편지를 넣어 아내에게 소식을 전해오기도 한다.

〈妾薄命〉其一	〈첩의 박명함〉 제1수
主家十二樓	주인댁은 십이루각 부자로
一身當三千	한몸에 삼천의 사랑을 받았네.
古來妾薄命	옛부터 첩은 박명하다더니
事主不盡年	주인마님 모심에 수를 못 누리셨다.
起舞爲主壽	일어나 춤추며 축수했으나
相送南陽阡	남양의 무덤으로 보내드리고 말았네.
忍着主衣裳	차마 주인이 주신 옷을 입고서
爲人作春妍	남을 위해 고운 자태를 짓겠는가?
有聲當徹天	곡 소리는 하늘을 찌르고
有淚當徹泉	눈물은 구천에 닿아도.
死者恐無知	죽은 이 아마도 알지 못하리니
妾身長自憐	첩의 몸만 오래도록 불쌍하구나.

이 시는 진사도(1053-1101)의 작품으로서 주인을 잃은 첩의 입장에서 대필한 2수 중 제1수이다. 송시에는 남녀의 애정을 말하거나 여인의 그리움을 노래한 시가 매우 적다. 이 작품은 첩의 몸으로 주인을 섬기다 주인이 죽자 주인의 죽음을 슬퍼하기보다는 주로 자신의 신세와 영락零落을 걱정한 작품이다. 이제까지의 작품들에 비해 더욱 주인공의 '주체적' 입장이 강화되어 있는 것을 볼 수 있다. 제2수에서는 그 정도가 더 노골적이다. "한번 죽는 것은 참을 수 있어도, 나의 백년 인생은 어떻게 보낼까? 천지는 어찌 너그럽지 못하여, 이내 몸을 용납하지 않나?"21)라고 하여, 정체성 확립의 측면에서도 주인에 예속된 인간적 속박을 어느 정도 단절하면서 첩의 입장에서 보다 주체적으로 생각을 개진하는 모습을 볼 수 있다.

---

21) "一死尙可忍, 百歲何當窮. 天地豈不寬, 妾身自不容."

5. 생활 속의 사변思辨

비애감은 이상에서 말한 부단히 흐르는 시간이나, 동란 또는 사회적 압박, 고향에 대한 그리움, 상사 등의 특별한 동기를 통해서만 촉발되는 것은 아니다. 일상 생활 중에서도 시인이 부딪치게 되는 목전의 구체적 사물이나 사건 또는 경물을 통해 영회詠懷와 영사적詠史的으로 개인적 비감을 펼치기도 한다. 그리고 보다 많게는 송대 신유학의 세례를 받은 뒤 철학적 사변을 위주로 한 작품이 많이 등장하게 된다. 본 절에서도 역시 시대순으로 작품을 검토하기로 한다.

〈詠懷〉其一	〈영회〉 제1수
夜中不能寐	밤중에 잠 못 이뤄
起坐彈鳴琴	일어나 거문고를 탄다.
薄帷鑒明月	얇은 휘장으로 보름달 비치고
淸風吹我襟	맑은 바람은 내 소매로 찾아든다.
孤鴻號外野	외로운 큰기러기 들 밖에서 소리지르고
朔鳥鳴北林	북방새는 북쪽 숲에서 울어대는데.
徘徊將何見	배회해보지만 무엇을 보려하는가?22)
憂思獨喪心	근심으로 나 혼자서 마음 상한다.

완적阮籍(210-263)의 영회시 82수 중 제1수인 이 시에는 서두에서부터 작자의 포부가 실현될 수 없는 위진시기의 시대적 암울과 개인적 실의가 배경으로 다가온다. 잠 못 이루는 보름 밤 일어나 앉아 비감한 심정을 달래려고 거문고를 타는데, 처소 밖에서는

---

22) 이 구절은 혹 "새들은 배회하며 무엇을 찾으려 하는가?"로 새기기도 하나, 작자가 '울적한 심사에 밖으로 나와 이리저리 거닐어보지만 자기가 해결해야 할 것은 외부세계에 있지 않다'는 의미로 보아야 할 것이며, 또 새들의 배회로 해석한다면 2구 단위의 중국시의 節奏에도 잘 부합하지 않는다.

'외로운' 기러기와 '북방'의 새가 울어대고 있다. 이 작품은 시어 면에서 각고의 단련을 한 흔적이 보인다. 작자는 밝음과 어두움의 두 가지 의상意象 중 후자를 택하고 있는데, 그것은 짧은 시중에 '야夜', '고孤', '외外', '삭朔', '북北', '배회徘徊', '우사憂思', '독獨', '상심喪心' 등 수많은 시어에서 드러나며, 이에 상대되는 '명월'과 '청풍'은 대조 효과를 발하고 있다. 그래서 시에서는 구체적으로 어떤 종류의 비애 의식인지 드러나 있지는 않음에도 불구하고, 그가 느끼는 극단적인 고독과 번민의 무게가 침중하게 전체적 분위기 중에 묻어난다. 초당 진자앙(661-702)도 이와 비슷한 고뇌와 비애를 노래했다.

〈登幽州臺歌〉23)

前不見古人	앞으로는 옛사람 볼 수 없고24)
後不見來者	뒤로는 올 사람 볼 수 없다.
念天地之悠悠	천지의 무궁함을 생각하니
獨愴然而涕下	홀로 감개에 젖어 눈물 흐른다.

언뜻 보기에 막막하게 열린 천지간에 미미한 인간 존재에 대한 비감어린 토로같이 보이지만, 실은 자신의 뜻을 알아줄 이 없는 절대 고독의 순간에 무한한 시공 속의 자신을 상징하며 거창한 스케일로 써낸 작품이다. 직접적 창작 동기는 진자앙이 거란契丹을 정벌하기 위해 자신을 선봉으로 삼아달라고 요청했으나 거절당하자, 회재불우懷才不遇의 심정을 비분강개한 어조로 읊은 것이다.

송시에서는 이전 시대에서 보아왔던 직접적 감상이나 경물에 대한 감정의 이입은 대폭 줄어들고, 대신 신유학적 사변주의의 영향

---

23) 이 시는 진자앙이 〈薊丘覽古贈盧居士藏用〉(계구에서 회고에 잠겨 盧居士 藏用에게) 전 7수 중의 하나이다.
24) 전국시대 燕의 照王이 樂毅, 郭隗를 예우했고, 태자 丹은 田光을 예우한 일을 '古人'을 지칭하며 예로 든 것이다.

으로 인생과 세계에 대해 한 걸음 물러나 관찰자적 자세를 드러냈다. 그리고 이러한 관찰과 관조는 주변 경물 뿐 아니라 자기 자신에 대해서까지 이루어졌다.

〈和子由'澠池懷舊'〉	〈소철의 '민지澠池 에서의 옛 일을 회상하며' 시에 화답하여〉
人生到處知何似	인생에 자취를 남기는 것이 무엇과 같을까?
應似飛鴻踏雪泥	날아가는 기러기가 눈밭에 내려앉는 것과 같네.
泥上偶然留指爪	눈밭 위에 우연히 발자국을 남기지만
鴻飛那復計東西	기러기 날아가면, 동서를 가리겠는가?
老僧已死成新塔	(내가 시를 지어주었던) 노승은 이미 죽고 또 새 탑이 섰으니
壞壁無由見舊題	벽 허물어져 옛 시는 볼 길이 없다.
往日崎嶇還記否	지난 날 (민지에서의) 어려움을 아직도 기억하고 있는가
路長人困蹇驢嘶	길은 멀고 사람 지친 중에 절름발이 나귀 울어댔었네.

소식(1037-1101)의 이 작품은 동생 소철(1039-1112)의 시에 화답한 철리시哲理詩이다. 작품의 내용을 다시 음미해보면 인생이란 한 마리 새가 땅 위에 약간의 족적을 남겼다가 사라지는 것과 같다는 것이다. 땅 위에 잠시 머물던 새가 푸드득 하늘로 날아가 버리면 어디서 다시 찾을 수도 없고 다만 흔적만이 희미하게 남을 뿐이다. 시의 후반에선 동생과의 지난날을 회상하며 자신들이 과거길에 들렀던 절의 노승에게 써준 시도 노승의 영탑靈塔과 함께 스러졌음을 말했다. 그리고 끝에서는 동생과 겪었던 힘들었던 일을 회상하며, 인생행로를 걸어나가야 할 곤한 자신을 드러내며 끝을 맺었다.

　이 시는 칠언율시의 형식을 이루고는 있지만 내용은 마치 철학적 논술과도 같다. 더욱이 전개 면에서 볼 때 주제가 시의 모티프보다 시 전반부에 먼저 설명되고 있어 특이하다. 그러나 이 시야말로 송시다운 사변 철학의 특징을 가장 잘 드러낸 작품이며, 사변의 수준도 매우 높다. 한위 육조의 인생무상을 단순하게 노래한 작품과는 다른 지성의 성숙을 느낄 수 있다. 이 작품과 같이 송인들은 사물의 현상을 그대로 바라보기 보다는 그면의 본질을 파악하려고 했다. 시는 아니지만 소식의 〈전적벽부前赤壁賦〉에 이와 같은 생각이 잘 드러나 있다.

> 나는 이렇게 말한다. "그대는 물과 달에 대해서도 아는가? 흘러감이 이와 같으나 가는 것만이 아니다. 또 차고 이지러짐이 저와 같으나 결국 없어지거나 자라나지는 않는다. 사물을 변화의 관점에서 보면 천지는 일순간이라도 쉬임이 없다. 또 사물을 불변의 관점에서 보면 사물과 나 모두 무궁한 것이니, 부러울 게 무엇인가?"25)

물은 흘러가지만 결국은 순환하므로 가되 가지 않는 것이요, 달은 차고 이지러지는 것 같아도 다시 돌아오니 소장消長하는 것이 아니라는, 일견 소박한 것같은 소식의 물리학적 견해는 시대적으로도 탁월한 데가 있다. 이 글에 나타난 사물에 대한 관점의 양면성은 결국 송인의 세계에 대한 인식 지평의 확대를 의미한다. 또한 소식의 경우를 보면 자신이 선택한 장르가 무엇이든 결국 그는 자신이 하고 싶은 얘기를 다했던 천재성도 엿볼 수 있다. 그러나 대부분의 시인들이 모두 이같은 경지에 다달은 것은 아니다.

다시 본제로 돌아와 다른 각도에서 〈화자유'민지회구'和子由'澠池懷舊'〉를 논한다면 시의 생명인 서정성이 지나치게 절제되어 있어 전통적인 감성적 친근감을 기대하기 어려운 느낌이 든다. 이같은 류

---

25) 蘇子曰, "客亦知夫水與月乎? 逝者如斯, 而未嘗往也. 盈虛者如彼, 而卒莫消長也. 蓋將自其變者而觀之, 則天地曾不能以一瞬. 自其不變者而觀之, 則物與我皆無盡也."

의 창작 방식으로 인해 송시에서 서정성은 전대에 비해 급속히 약화되었다. 또한 장르사적 측면에서 볼 때도 이제는 가송歌誦되는 '시가'라는 표현보다는 말하고 읽혀지는 용도로서의 수필적인 '시'라고 하는 말이 더 걸맞을만큼, 시 장르 자체의 속성적 변모를 가져오게 되었다. 그리고 송대 이전에는 지녔으나 이제는 덜 갖게된 시적 서정성은 사로 넘겨주었다. 다시 말하자면 송대부터 시의 제재 영역의 축소와 서정적 성분의 감소화가 진행되었던 것이다.

Ⅲ. 비애 서정의 시사적 맥락

1. 비애 유형의 전개

이상에서 우리는 송대까지의 중국시가에 나타난 비애 의식의 종류를 주제에 따라 5종으로 구분하고, 그 각각에 대해 예를 통해 다양한 양상과 시대적 전개상을 고찰해 보았다. 본 절에서는 먼저 제2장에서 본 작품들을 중심으로 각종 비애 유형의 시가사적 전개와 관련한 의미를 도출하여 다음 절 작업의 초석으로 삼기로 한다. 그리고 제 2절에서는 이제까지의 작업 성과 위에 시가사적 측면에서 비애 서정의 층위별 단계론을 제시해보도록 한다. 이는 각 왕조별 특징 분석이 아니라 크게 중국 시사적 시대 구분에 의한 단계론으로 유형화를 도출해내는 작업이 될 것이다.

제 2장의 작업 내용을 간추려 보면 다음과 같다. 중국의 시가에 나타난 비애 서정은 제재와 내용에 의해 크게 다섯 종류로 나뉘는데, (1)시간과 인생, (2)사회와 동란, (3)이별과 향수, (4)상사와 정한, (6)생활 중의 사변이 그것이다. 그리고 이들 각각의 경우마다 시대적 순서에 의해 송대까지의 시가에 대해 대표적 작품을 통해 그 변모 양상을 고찰했다. 여기서 송대 이후의 시들에 대해서

검토하지 않은 것은 시가 송대 이후 다른 장르의 부상에 비해 일정 정도 쇠락의 길을 걸어갔으며, 또한 시의 창작 경향이나 방식 모두 큰 변화를 보이지 않는다는 점에서 일단은 논외로 하였다.

먼저 이들 각각에 대해 중국시의 비애 서정의 단계를 도출하기 위한 분석과 해설을 통해 전체적 계통을 세우는 기반으로 삼아보도록 하자. 제1절에서는 어찌할 길 없는 인간 존재의 숙명적 명제로서의 '삶의 유한성'에 대해 시가사의 초기에는 무력한 양태와 함께 불건전한 현세지향의 향락적 면모를 추구하기까지 하였다. 그러나 점차 시대의 추이와 함께 당대 이후로는 이를 슬퍼하기는 하지만 한대와 육조 이후 발달하여 점차 지식 계층에 전파된 미의식의 영향을 통해서 점차 심미적 단계로 나아가는 모습을 보여준다. 특히 번성했던 대제국의 영광을 누리기도 했던 당제국의 시에서 보편적으로 나타나는 회화 지향의 시가창작 경향은 정태적靜態的이기는 하지만 회화적 미의식의 추구라는 특색을 낳았으며, 후일 송대 시학에서 보이듯이 회화와 시의 상호 교섭의 토대가 되었다.

2절에서는 '사회의 질곡桎梏과 동란'을 주제로 한 시가에 대해 보았다. 중국사에 있어서 문화적 중심에 서있던 한족 지식인과 민중들은 주周·진秦 이래 한대의 흉노 등 이민족과 끊임없이 제기되는 자존심 상하는 마찰과, 환관 및 외척 등의 내부적 동요, 그리고 육조시대에는 370년 간에 걸친 남북조의 왕조 상쟁사 등으로 정체성을 상당 부분 손상당했다. 당대에는 서역 경영을 위한 소모전과 지방군벌의 발호와 내부적 갈등, 송대의 요·금 등의 남하로 민중들은 군역에 종사하지 않을 도리가 없었고, 게다가 지배 계층의 무리한 세금 부과 등으로 쉴 날 없는 세월을 보내야 했다.

이러한 류의 시가에 그려진 내용들은 서사적 내용을 담고 있으면서도 감동 진한 비애 서정의 한 전형을 이룬다. 동란의 한계적 상황 중에 인륜을 저버리고 아이를 버리는 여인의 모습, 전장의 황폐함과 무자비한 살육상, 사회적 모순 속에 강도질을 고민하는 가장의 고뇌 등이 여과없이 그려져 있다. 이 시들은 대체로 사회 고발적 내용이 주류를 이루므로 아무래도 그 톤이 높거나 색채가 강렬하다. 후대에도 백거이류의 사회시나 매요신의 〈빈녀사貧女詞〉 또는 황정견(1045-1105) 시에 있어서도 천재지변의 재난으로 도탄에 빠진 유민들의 모습을 그린 〈유민탄流民嘆〉 등이 이에 속한다. 한편 두보의 경우는 사회적 참상을 개인의 상황 속에 용해하여 거꾸로 시를 읽고 나서 이것이 사회의 모습을 고발한 것임을 알게 해주는 뛰어난 감동과 형상화의 능력을 보여주고 있다. 시대별 변모상으로는 후대로 올수록 혼란상에 대한 대책성의 논의가 시에 개재되기도 하지만, 고발성의 '시'이기 때문인지 큰 변화를 찾기는 어렵다.

3절의 '향수'와 4절의 '상사' 주제는 고향, 친구, 또는 남녀의 사랑과 이별과 그리움을 표현한 시가들로서, 초기의 시가에는 가족을 떠나 멀리 전선에 나가 돌아오지 않는 님을 무한정 기다리거나, 전쟁의 비참한 참상을 묘사한 것들이 많다. 3절의 경우는 떠나 있는 사람의 입장에서 썼으므로 남자의 입장에서 서술하고 있지만, 4절의 상사 주제는 낭군을 기다리는 여인의 입장에 기댄 것이 더 많다. 작품에 그려진 주인공들이 보여주는 세계관의 개폐 여부는 대체로 세계에 대해 적극적 모색을 할 수 없는 막힌 세계로 설정되어 있으며, 따라서 수동적이며 무기력하고 절망적인 모습이 주류를 이룬다. 그리고 이러한 여성적이며 수동적 미감은 사에서 크게 부각된다.

그러나 후대로 갈수록 초기시에 보이는 해결할 수 없는 무기력한 닫힌 전망으로부터 점차 주인공 자신의 세계를 향한 문을 열어가는 것이 보인다. 이는 타자 지향의 초점으로부터 작자 지향의 주체 관점으로 시점을 옮겨가며 해결을 모색하려 하다는 의미이기도 한다. 그리고 미학적 관점에서는 당대의 시가에는 시각과 청각 등의 감성 작용을 중시하는 심미 지향성을 강화하고 있는 점이 두

드러진다. 당시에 가장 일반적으로 보이는 회화적 이미지를 비롯해 본고에서 살펴본 맹교시에서의 다듬이 소리나 잠삼시의 마상이별馬上離別의 다급한 정경이 그 한 예이다.

　5절의 '생활 중의 사변'은 시인이 생활 중의 각종 소재를 통해 자신이 느낀 삶의 문제를 보다 추상화하며 사색한 작품들이 주류를 이룬다. 이에 해당하는 시들에서는 앞 절까지 보아 왔던 세계에 대한 일차적 영탄과 감회에서 벗어나, 자기 나름의 세계관을 주체적으로 모색하거나 제시함으로써 세계에 대한 개인적 승리 또는 적어도 세계와의 화해를 꾀하려 했다. 그러므로 작자의 의식적 노력이 가장 잘 드러나는 부분이기도 하다.

　특히 당대 '안록산의 난' 이후 혈연적 귀족사회의 해체와 함께 형성되기 시작한 지성의 반성적 기운은 송대 신유학의 성립으로 보다 이론적·도덕적 면모를 갖추게 되었으며, 중국시에서도 사회적 책임의식이 반영되어 전과 같은 자유분방함을 잃어버린 대신 보다 성숙한 풍모를 지니고 세계를 바라보는 여유를 찾게 되었다. 이는 원시유가 이후 오랜 기간동안 사회적 혼란을 겪으면서 무너졌던 사상적 정통성을, 비록 도와 선禪의 영향을 내포하기는 했지만, 오랜만에 재구성하게 되었고, 이것이 시경 이래 전통적으로 맹주의 자리에 위치시켰던 시가에도 영향을 준 현상으로 보아야 할 것이다. 송시를 쓴 많은 시인들은 시인이면서 동시에 당시의 정치에도 막강한 영향력을 행사한 문화 주도 세력이었다는 점이 이를 뒷받침한다. 그리고 이러한 시대는 이전에 시에서 다루었던 여성적 낭만성은 대신에 사詞라고 하는 비교적 신흥 민간 장르에 자리를 넘겨주었던 것이다.

　이와 함께 상기 5주제에서 공통적으로 볼 수 있는 현상은 중국 시가에 나타난 시가의 운용 주체에 관한 검토이다. 초기로 갈수록 민간적 성격이 강하고 반대로 후기로 내려갈수록 개인성이 강해진다는 점이다. 이는 고대문학 연구에 있어서 어찌 보면 당연하기도 한 사실이겠는데, 중국시사 초기의 시경이나 민간가요 및 악부가 민간의 '집단 서정'을 노래한 것이라면, 육조 이후로 시인들이 개인적 서정을 표현한 것은 시가 주체의 성격문제와 관련해 볼 때 '문인 서정'이라 할 수 있다.

2. 비애 서정의 단계

이제까지의 작업을 통해 본 절에서는 중국시에 개재된 몇 가지 층위層位의 문학적 개념들에 대한 결론을 시가발전사의 단계적 측면에서 도출해 보도록 한다. 필자가 이상의 작업에서 관심을 갖고 보았던 부분은 다음 두 가지이다. 그것은 ①중국시에 나타난 서정의 시대에 따른 운용 주체의 변화, ②중국시에서 서정의 중심 영역을 이루는 비애적 성격의 역사적 발전을 단계화시킬 수 있는가에 관한 부분이다.

그리고 이상의 사항이 충족된 뒤에는 이같은 개괄과 단계화는 중국문학 발전의 사적史的 규율론을 제시하고자 하는 필자의 일련의 작업으로서 필자가 〈중국시의 발전 단계론〉에서 제시한 '시가 발전의 3단계설' 및 '중국문학 발전의 3단계설'과는 어떠한 관계에 있으며 또 시가의 종국적 전개 방식이 어떤 것인지를 정리해 볼 것이다.

우선 서정 주체의 시대적 변모에 관해서는 왕국유(1877-1927)의 장르 발전에 관한 관점26)을 통해 시사되는 '장르 추이론推移論'에 의거할 수 있다. 즉 민간으로부터 생성된 시간의 추이와 함께 문인들의 손에 들어가 점차 아화雅化하여 고급화하는 대신 본래의 생생한 역동성을 잃게 된다. 대신 민간에서 새로운 생명력있는 문체가 탄생하는 과정을 반복한다는 것이 그것이다. 같은 논리로 볼 때 서정시 역시 민간에서 생겨나 문인의 손으로 가게 됨을 상정할

---

26) 〈중국시와 문학의 역사적 전개〉 제4장, 왕국유 인용문 참고.

수 있다. 그리고 이 점은 우리가 앞서 살펴본 여러 작품들을 통해서도 그 타당성이 충분히 인정된다.

이렇게 볼 때 중국시가는 발생 초기의 주술적, 노동적, 집단적 필요에 의해 생겨나 점차 사회성을 띠며 발전하며 문자로 정착하였다. 주에서 진한에 이르는 시기의 시가, 특히 민가와 악부시에는 이같은 민간의 집단적 성격의 서정이 짙게 배어 있다. 개중에는 기록문학으로의 정착과정에서 문자를 소유한 지식인의 손에 의해 이루어지거나 가필되었겠지만, 작품의 원형적 성질로 미루어 볼 때 이를 '집단 서정'이라 부를 수 있을 것이다.

다음 육조시대 이후로는 문인들이 문학의 의미에 대해 자각하기 시작하며 장르 분화도 자연스레 일어나게 되었다. 여기서 그들은 주로 자신들의 개인적 문제와 상황들을 시로 담아내기 시작했다. 이로부터 시가는 생동하는 세속성 대신 아화하기 시작하였다. 이후로는 문제에 접근하는 방식과 수준은 시대에 따라 모양새를 다르게 할지라도, 결국은 문인들의 손에 의해 그들의 의식과 수준을 반영했다는 점에서는 같으므로 이를 '문인 서정'이라 부르고자 한다. 이렇게 중국 시가사는 서정의 운용 주체에 따라 기본적으로 집단 서정과 문인 서정으로 구분할 수 있을 것이다.

한편 비애적 성격의 시가 발전사적 전개란 측면에서 본다면 다음과 같다. 첫번째 주나라 이후 진한기까지의 비애 서정은 제2장에서도 보았듯이 다분히 허무적 쾌락적 경향을 보이고 있으며, 등장인물 또한 삶에 대한 열린 전망을 지니고 있지 못하다. 이렇게 극복되지 못한 절망감을 위주로 하는 비애를 '허무적 비애'라고 할 수 있다.

다음으로 육조에서 당에 이르는 기간 특히 육조시기는 사회적 문화적 정체감의 상실로 염세주의와 유미주의에 빠졌던 기간으로서, 시인들은 여전히 일면 절망적이기까지 한 비애감을 제대로 극복하지 못한 상태였다. 그러나 문예면에 있어서는 문인들이 보다

미의식을 가지고서 적극적으로 창작에 임하기 시작했다.27) 문학방
면에서 율시의 형성이나 변려문의 발전 같은 것도 이에 힘입은 것
이다. 또한 육조부터는 인간사회에 대한 실망어린 반작용만큼 자
연에 대한 접근이 시도되었는데, 이 역시 문화적으로 심미의식의
구현과 고취의 중요한 대상이 되었다. 그리고 당대는 이러한 미의
식의 발견에 더하여 제국의 영화를 배경으로 각종 화려한 문화를
각종 예술 장르를 통해 만개滿開하였다. 이 시기의 시에는 율시의
완성 등의 형식미적 추구뿐만 아니라 예술적 미감도 짙게 추구되
어 있다. 회화적 성격을 띠며 나타난 이 시기의 비애를 '심미적 비
애'라 할 수 있을 것이다.

　송대는 '안사의 난' 이후 사회, 경제, 문화, 사상 등 각 방면에서
새로운 질서의 구축을 위한 시도가 이루어진 시대이다.28) 그렇기
때문에 중국사에서도 중당 이후를 새로운 시대구분의 한 전기로
인식하고 있다. 이들은 유·도·선의 사상적 융합 분위기 속에 지
성적 반성과정을 거치는 가운데 인간 존재의 국한성을 잘 인식하
고 있었으므로 지나치게 비탄에 잠기거나 혹은 반대로 세계에 자
신을 내던지는 일은 자제했다.

　그들은 사물에서 한걸음 떨어져 관조와 수용의 자세로 세상을
내다보고 심지어는 자신까지도 관찰의 대상으로 삼기도 했다. 그
러므로 송시에서는 기쁨이건 슬픔이건 간에 지나치게 발산적인 감
정의 격랑은 찾아보기 힘들며 남녀의 애틋함도 찾기 어렵다. 이렇
게 감정의 이면에 가라앉아서 내재화된 이성적 사변에 의해 조율
되었던 송시의 비애는 '사변적 비애'의 속성을 지닌다.

---

27) 李澤厚는 《美의 歷程》(윤수영옮김, 東文選, p.266) 육조시대의 문
　　화적 특징의 하나를 에서 '文(에)의 自覺'이라고 하였는데, 이는 예
　　술적 심미안을 총체적으로 의미하고 있다.
28) '안사의 난'을 전후로 하여 송대까지의 문화적 사상적 신경향에 대해
　　서는 오태석, 《黃庭堅詩 硏究》, 경북대출판부, 1991, pp.14-16,
　　pp.59-76 참고.

요약하면 중국시에 나타난 비애감은 초기의 '허무적 비애'로부터, 육조·당대의 '심미적 비애'를 거쳐, 송대의 '사변적 비애'로 전개되어간 것으로 정리된다.

Ⅳ. 맺음말

이제까지의 논지를 요약하면 결국 중국시가는 시가운용 주체의 측면에서 '집단적 서정단계'를 거쳐 점차 '문인 중심의 서정단계'로 발전해왔으며, 비애 서정 전개의 측면에서 볼 때 중국 시가발전의 제1기인 주진한기周秦漢期의 '허무적 비애기'로부터, 제2기인 육조·당대의 '심미적 비애기'를 지나, 제3기인 송대의 '사변적 비애기'로 전개되었다고 생각한다.

이를 시대를 중심으로 재구성한다면 주진한기에는 서정 주체의 측면에서 집단의 공감을 바탕으로 이루어졌으며, 서정 시가의 비애의 내용은 허무적 성격을 띠고 있었다. 이후 육조와 당대에는 문인 서정을 중심으로 운용되었는데, 이 시기의 비애의 특징은 심미적 성격을 띠고 있었다. 이후 송대에도 역시 문인들의 서정이 중심이 되었는데, 다만 서술 색채 면에서 철리화되었다. 이 시기의 비애의 특징은 이전에 발산되었던 여러 가지 감성들이 시속으로 내재되면서 사변적 관조성을 띠게 되었다.

여기서 한 가지 고려해야 할 사항은 어느 시대고 문화는 계층적 이중성을 가지면서 상호 작용 속에 발전해왔다는 점이다. 즉 중국에도 민간과 귀족계층의 문화가 병존하고 있었다는 점이다. 예를 들면 한대에 악부가 성행하는 동시에 귀족층에서는 부가 지어지고 있었으며, 당시가 지어질 때 민간에서는 변문을 비롯한 각종 생동하는 강창 문학이 있었다. 그리고 송대에도 시가 점차 아화하고 있는 동안에 사가 시의 본원적 역할을 보완해 주었고, 이후에는 다시 산곡이 대신하였던 것이다. 그럼에도 불구하고 본고에서 이렇게 서정의 운용주체의 성격을 갈라놓은 것은 문학사적 발전의 커다란 추이라는 측면에서 볼 때 그 주류적 흐름의 파악에 초점을 두고 있는 까닭이다.

끝으로 "이상과 같은 비애의 역사적 3단계 설정은 필자가 기왕에 시가의 운용방식으로서 설정했던 시가 발전의 '가시', '송시', '설시'의 3단계론과 어떠한 관계를 맺으며, 종국적으로 어떠한 전개 방식을 보여주는가?" 하는 문제는 다음 두 가지 조건을 충족하면 수월하게 풀릴 것이다. 하나는 시가의 운용과 비애 서정의 운용이 역사적으로 같은 궤적을 그리는가 하는 문제이고, 다른 하나는 두 가지 층위를 지니는 이들 개념의 시대구분 역시 같은 궤적 위에 있는가 하는 문제이다. 우선 비애 서정은 시가의 하위개념이므로 작은 차이는 있을 수 있겠지만 전반적으로 볼 때 큰 문제가 되지 않는다. 두 번째인 시가의 문학 행위적 운용방식과 비애 서정 전개의 시대구분 문제 역시 양자 간에 획정劃定된 시대가 크게 보아 같으므로 결국 두 논문을 통해 제시된 단계론은 용이하게 종합 설명이 가능하다. 따라서 이 두 사항은 앞서 비애 서정의 전개를 시대별로 재구성한 부분에 시가 운용의 구체적 방식을 덧붙임으로써 어느 정도 통합이 가능해진다.

본고의 결론을 최종적으로 요약하면 다음과 같다. 중국시 발전의 제1기는 시가 운용상 집단 서정이 주류를 이루며, 허무적 비애를 주조로 하는 가운데, 그 운용 방식은 가창적이었다. 다음 제2기는 문인 서정이 주류를 이루고, 심미적 비애를 주조로 하는 가운데, 그 운용 방식은 음송적이었다. 그리고 제3기 역시 보다 성숙한 문인 서정이 주류를 이루고, 사변적 비애를 주조로 하는 가운데, 그 운용 방식은 수필과도 같은 설시적 성격을 띤다는 것이다.

끝으로 필자가 중국시 발전의 3단계론과 함께 소략하게 개괄·

제시하였던 중국문학발전의 3단계론인 제1기의 산문 중심의 '기사 문학적 단계'로부터 제2기의 시 중심의 '서정문학적 단계'로, 그리고 제3기의 소설과 희곡 중심의 '허구문학적 단계'로의 전이론轉移論이 본고의 내용과 어떤 함수 관계에 있는지에 대한 부분은 문학의 아雅와 속俗의 문제 및 향후 중국문학사와 장르 전반에 관한 유기적이고도 종합적인 검토를 통해서 보다 정확하게 자리 매겨질 수 있을 것이다.

(〈중국시가에 나타난 비애 의식의 전개 양상〉,
《중국문학》 24, 1995)

중국시와 문학의 역사적 전개
─새로운 연구 패러다임을 위한 모색으로서

Ⅰ. 중국의 문학과 문화를 바라보는 관점에 관하여

필자는 대학시절 대학내 친구들과 어울려 이야기를 할 때 자기가 공부하는 학문 분야로 화제가 옮겨갈 경우 공통의 대화에 참여하기가 그다지 쉽지 않았던 기억이 있는데, 그 원인을 생각해보면 우선 필자 한 사람을 제외하고는 모두가 서양어문학을 전공하였던 데서 비롯된 것이 아니었나 생각된다. 서양어문학을 전공하는 학생들끼리는 서로 학문적 공감대가 컸던 것으로 기억되는데, 그들이 배웠던 문화의 동근성同根性이나 교수님들의 연구 방식 및 관점이 크게 다르지 않기 때문이었을 것이다.

아무튼 당시 필자는 조금은 소외된 느낌도 들었고, 또 그들의 대화에 참여하고자 약간의 노력을 하기도 했던 기억이 나지만, 이러한 경험은 적어도 서구문학과 중국문학이 서로 매우 다른 입지에 서 있다는 사실을 깨닫게 된 현실적 계기이기도 했다. 이렇게 같은 세대의 학생들끼리도 서로 소통되지 못한 것은 무엇 때문이었을까? 그것은 아마도 당시 우리들의 수준이 충분치 못했기 때문일 것이며, 다른 한편으로는―이 점은 아직도 다 해결을 보았다고 하기 어려우며, 그러므로 미력이나마 본 연구에서의 시도 역시 이로부터 그 의미를 찾을 수도 있다고 생각되는 부분인데―아직까지 학계의 연구 축적이 충분하지 않았던 것도 한가지 사유가 되지 않을까 생각한다. 역사적으로 우리의 근현대 연구사를 생각하면 동학東學이든 서학西學이든 당시의 연구 상황은 외래 학문들을 충분히 자국화하여 소화할만한 시기가 되기는 어렵다는 생각이다. 어찌보면 이는 근대화를 이루기도 전에 일제의 강점기를 지나고서 해방후 곧 동란을 맞은 우리나라의 현대사의 흐름을 볼 때 너무도 당연한 일일지도 모른다.

이제 한 가지 생각해 볼 일은 당연한 전제로서 우리가 '중국어문학'―중국어학 역시 크게 다르지 않겠으나, 필자가 문학을 전공하는 사람이므로 이하 중국문학을 위주로 말하고자 한다―을 공부하는 것은 무엇에 대한 이해여야 하며, 그것은 어떤 의미가 있는 일인가에 관해서이다. 필자는 무엇보다도 우선은 중국문화의 이해라는 중간 귀착점을 설정해야 하지 않을까 생각한다. 실상 우리의 삶과 중국이 전혀 관계가 없다면 우리가 중국의 무엇인가를 공부할 '실제적' 필요는 작거나 혹은 없을 것이다. 그러나 우리는 지리역사적으로 중국과 맞닿아 있고, 각종 외교·사회적 들고 나기와 문화 유입 등의 지대한 영향 관계 속에서 살아 왔다. 모든 학문이―특히 인문학이―인간에 대한 이해를 심화하는 것을 목적으로 한다면, 중국의 문학을 공부하는 일 역시 중국의 문화를 잘 이해하고, 이를 통해 중국인을 이해하고, 또 그들과 깊은 영향 관계에 있는 우리를 잘 이해하기 위한 것일 것이다. 이렇게 볼 때 너무 당연한 말이기도 하지만 우리의 중국문학에 대한 공부는 우리의 삶과 관계되는, 그리고 보편자적 세계 속에서의 중국문화 이해의 관점에서 행해져야 하며, 이것은 궁극적으로 우리―우리나라 사람들, 혹은 세계인류―의 삶을 풍성하게 하는 데 일정한 도움을 주어야 할 것이다.

  가상 공간(Cyberspace)이 바로 눈앞에서 펼쳐지고 사실과 비사실이 혼재되어 나타나는 21세기의 문턱에서 우리는 태평양 한쪽 편에 땅을 대어 살고 있다. 이렇게 공간의 개념이 가상공간으로까지 확장되어 집이나 사무실에 앉아서 세계와 교감하며 결국 하나의 거대한 단일적 시장과 문화를 향해 나아가게 된 것이 오늘이다. 문화적으로 서구는 방만한 물질적 토대위에 그들이 설정한 각종 패러다임(Paradigm)을 강요하며 세계를 통일해 가고 있다.

  이러한 시대에 우리는 지금으로부터 멀게는 4천년 전까지 거슬러 올라가며 외국의 언어와 문학과 문화를 연구하고 있다. 생각하면 우리가 ‘고려 시대’라고 할 때 얼마나 멀게 느껴지는가? 사실 남겨진 문헌이나 글도 많지 않다. 그런데 그것이 중국에서는 10세기 정도인 송대에 불과하고, 그 앞은 또 얼마나 멀리 인류 문화의 시원을 향해 가는가? 우리 중국어문학 연구자들은 이렇게 오래 전의 것들을 밥먹듯이 공부해 왔다. 우리는 중국의 고전문학 또는 문화에 대하여 어떤 인식과 느낌을 가지고 있는가? 대체로 다음 두 가지 인식을 지니고 있지 않나 생각한다.

  ① 오랫동안 중국의 문화적 영향하에 있다보니 우리의 생활 속에 상당 부분 체현되어 있어, 우리 것과 동근적同根的 유사성을 지니고 있으며, 나아가 구별의 필요성을 크게 느끼지 않는다.
  ② 중국문화의 사유 체계는 직관적, 종합적, 은유적 사유를 지향하고 있어 서양의 이성적, 분석적, 명증적 사유 방식과는 차이를 보인다. 특히 정치, 사회, 경제, 문화, 학술면에서 서구적 패러다임이 주류를 형성하는 오늘날, 중국적 상황을 객관화시켜 이해하고 활용할 유력한 현실적 잣대를 충분히 가지고 있지 못하다.

  제1항에서 말했듯이 사실 우리나라와 중국은 각기 독립적 존재임에도 불구하고 양국의 문화와 문학은 상호 매우 가까운 거리에

있어 서로를 바라볼 수 있는 거리와 여유를 확보하지 못했다. 특히 우리의 경우 왕위 책봉을 비롯한 외교정치와 사회문화적 교류의 상당 부분을 중국에 대해 대체로 일방적인 예속적 관계에 있었으므로, 중국 이외의 특별한 다른 경로가 없는 가운데 문화를 전수받아 중국의 문화와 문학에 대한 우리의 간섭이 없었던 것은 말할 나위도 없고, 우리 자체로서는 보다 주체적이며 독립적이지 못한 면을 지니고 있다. 이 부분은 교류가 활발할 수 없었던 시대에 대륙의 끝에서 문화 선진대국을 곁에 두고 있었던 작은 나라의 한계라고 할 수도 있을 것이다.

또한 제2항에서 말한 '객관화'란 말의 의미에 관해서도 생각해 볼 부분이 있다. 사실 객관화란 말은 변치 않는 일정한 가치를 지닌 상수적常數的 개념을 지니고 있다. 그러나 굳이 변증법적 세계관을 들먹이지 않더라도 소식이 〈적벽부赤壁賦〉에서 소박하게 말한 바와 같이 세상에 정지해 있거나, 혹은 변하지 않고 있는 것은 아무 것도 없다.1) 또 다른 의미지만 한편에서 보면 그 변함 또한 실상 변함이 아니라고 할 수도 있다. 그러나 시공간에 무관하게 이러한 일정성을 지니는 것이 가능할까? 그렇지 않을 것이다. 그렇다면 객관화란 결국 '주관화'와 상대적 의미를 지니는 초보적 의미에서 상황 혹은 '장場' 전체의 변수 속의 전체와 부분간의 바른 설정이요 바로보기가 된다. 결국 전체와 부분, 그리고 시간과 공간의 유기적 연관하에서만이 살아있는 객관화가 가능할 것이다.

상기 두 가지 사항은 모두 어떤 전제를 내포하고 있다. 그것은 대상을 바라보는 관찰자, 연구자, 비평가의 위상에 관한 문제이다. '학문'을 '연구자가 속한 당대의 현실과 부단한 교감을 통해 이루어

---

1) "그대는 물과 달에 대해서도 아는가? 이렇게 흘러가지만, 가는 것이 아니다. 또 차고 이지러짐이 저같으나 결국 없어지거나 자라나는 것이 아니다. 사물을 변화의 관점에서 보면 천지는 일순간이라도 쉬임이 없다. 또 불변의 관점에서 보면 사물과 나 모두가 무궁한 것이다."

지는 변증법적 해석학'이라고 정의할 수 있다면, 한국에서의 중국문학 역시 우리의 현실과 만나지는 부분에서 상호 교감을 통해 새롭게 해석될 때에 보다 그 의미와 독자성이 확보될 수 있지 않을까 생각한다. 여기에서 오늘의 한국사람이 중국의 문학을 바라보는 올바른 관점이 도출될 수 있을 것이다. 그것은 어제 혹은 오늘의 중국인의 입장에서 중국문학을 바라본 관점이 아니며, 어제 우리의 조상들이 중국을 바라보았던 관점과도 다를 것이다. 이를 통해 중국의 고전문학과 문화는 부단히 재해석되며 오늘과 만나는 가운데, 우리의 삶 나아가 인류에 값진 영양소를 더해 줄 것이다.

Ⅱ. 열린 연구방법을 위하여

1. 중국문학 이해를 위한 새로운 접근의 한 경우

이상에서 우리는 우리의 중국의 문학연구의 지향점에 관해 살펴보았다. 그러면 우리는 어떻게 이에 이를 것인가? 이 점에 대한 논의를 하기 전에 먼저 기왕의 연구 환경과 방식에 관해 잠시 되돌아보자.

먼저 연구의 기초적 환경 중 외국문학에서 가장 중요한 번역에 관해서 보도록 하자. 모든 문헌 연구의 기본은 텍스트의 직접적 이해가 첫 번째 관문이요 가장 핵심적 작업이다. 이를 통하지 않고는 어떠한 좋은 해석과 해설도 힘을 발할 수 없다. 사실 텍스트의 이해에만도 마치 시대 유행같이 번지는 다양한 읽기가 시도되고 있는 것이 각국 어문학 연구계의 현실이다. 그런데 기껏해야 수백년 전의 작품을 벗어나지 않는 대부분의 외국문학과 달리, 중국문학은 시대적으로도 광범위할 뿐 아니라, 판본과 저자, 훈고와 교감 등 왕왕 부수적 연구를 요하는 경우까지 있다.

여기에 우리나라의 사정을 말하자면 더욱 심각하다. 중국은 자국문학이란 점에서 논외로 하더라도 일본이나 미국만 하더라도 이미 많은 기본 자료가 번역되어 있으며, 연구시에도 꼼꼼한 번역을 요구하는 풍토가 정착되었다. 그런데 우리의 경우를 보면 번역과정부터 질과 양 양면에서 그리 제대로 갖추어져 있지 못하다. 더욱 심각한 것은 학계와 행정기관에서 모두 각종 연구지원이나 업적 인정시 논문에 비해 상당한 차별을 하고 있다는 점에서 향후의 전망도 그리 밝게 볼 수 없다는 점이다.

다음으로 연구 논문 작성의 구체적 방식과 방법론에 관해 보자. 기왕의 연구를 보면 우리의 경우는 대체로 작가 연구가 대부분을 차지하고 있다. 그리고 그 방식은 산발적으로 새로운 시도가 보이기는 하지만, 전통적 방식에 의거, 기왕의 연구 성과를 섭렵한 후 일정한 생애와 사상, 그리고 작품의 형식과 내용적 분석의 틀에서 아직은 크게 벗어나지 않고 있는 것으로 파악된다. 이같은 연구방식의 고정성은 나름대로 기왕의 자료에 대한 성실한 준비와 섭렵이란 측면에서 대상 작가와 작품에 대한 안정적 이해와 정리를 강조하는 장점이 있다. 하지만 하나의 구투舊套를 만들어내고 있다는 점에서 창의적 연구 활력이 소실당하는 측면을 간과할 수 없을 것이다. 사詞에서 일군의 작가들이 음악과 떨어진 채 단순한 전사塡詞에 의해 지어가다가 사 장르의 생명력을 약화시켰던 점을 인식할 필요가 있을 것이다.

그러면 연구에 활력을 불어넣을 새로운 연구 패러다임은 과연 어떤 성격을 띤 것이어야 할까? 필자는 광범한 층차와 요소를 포괄하는 이 문제에 대해 여기서 그 해답을 제시하려는 것이 아니며, 또한 제시할 능력도 가지고 있지 못하다. 다만 여러 가지 다양한 가능성 중에 필자 나름의 출구 모색을 위한 하나의 생각을 제시함으로써 중국문학 연구의 시야가 방법론적으로도 열려있음을 말함으로써 본 논의의 의의를 찾으려 할 뿐이다. 필자는 작가의 개별 연구 못지 않게 이와 병행하여 거시연구를 통한 전체적 조망 작업이 부단히 이루어져야 하고, 나아가 미시와 거시 연구가 함께 녹아 있어 상호간에 교호작용이 있을 때 연구가 더욱 살아 숨쉴 수 있다고 생각한다.

최근 중국문학의 사적 전개와 관련하여 방법론적 모색 중에 있던 필자에게 새로운 시사를 던져주는 한 권의 책을 읽었는데, 그것은 《중국문화의 시스템론적 해석》2)이다. 이 책의 두 저자는 각각 북경대 화학과와 중문과를 나온 부부로서 남편인 김관도金觀濤는 1947년생으로서 현재 홍콩에 거주하고 있다. 책 말미에 역자가3)가 편역한 〈부록〉에는 다음과 같은 내용이 있다.

> 사물에 대한 사람의 현실적 인식은 항상 불완전성을 지니고 있으며, 따라서 같은 사물이라도 보는 시각에 따라 다를 수 있다. 여기서 소개하는 시스템이론(系統論)이나 사이버네틱스(Cybernetics: 控制論)는 분석보다는 종합을, 개체보다는 유기적 연관을, 물질보다는 정보를 강조하는 사유방식 혹은 방법론이다.
>
> 그것은 원자론적(Atomistic)이 아니라 전체론적(Holistic)이다. 세계를 통합된 관계들의 집합이라는 시각에서 보는 것이 시스템론적 태도다……그것은 또 실체(Substance)의 관점에서 존재론을 세운 서구적 사고방식보다는 사물들의 관계(Relation)를 보다 중시한 동양적 사유방식에 가깝다. 동양의 오행사상은 결코 원자론이 아니다. 오행은 사물의 관계에서 상대적인 특성을 나타낸 것에 불과하다. 따라서 오행은 공간적 물질들뿐만 아니라 계절 등 시간적 대상이나 인간 관계 등 추상적 대상들에도 예외없이 적용되는 것이다.4)

한편 그는 중국 근대사에 나타난 개화기의 충격에 대한 응전 가능한 방식을 설명했는데, 이를 요약하면 앞의 셋은 전반서화全般西

---

2) 金觀濤・劉靑峯 공저, 김수중・박동헌・유원준 공역, 天池, 1994.3, 서울.
3) 경희대 철학과, 김수중 교수.
4) 같은 책, pp.237-238.

化, 전반묵수全般墨守, 중체서용中體西用이다. 여기서 현실적으로 가장 중요한 네번째 방식은 서구의 선진적인 부분을 수용하여 중국 전통체제의 하위시스템을 변화시켜 새로운 조화와 적응을 달성하려는 것인데, 이는 피상적 수용이 아닌 승화와 융합적 수용이라는 것이다. 그는 책에서 말하지는 않았지만,5) 몇 가지의 연구 방법적 선택을 놓고 고심했는데, 이중 네 번째 방식이 그가 중국의 문화현상을 설명하려는 새로운 시도 방식으로 보인다.

시스템이론으로 대표될 수 있는 이 이론은 버틀란피(Ludwig von Bertalanffy:1901-1971)에 의해 창시되었으며, 개방과 함께 1980년대 중국의 지식층에 풍미한 사상이다. 본래는 자연과학적 사유 체계였으나 후에 인문사회과학에도 적용되었으며, 핵심은 사물을 전체의 시각 속에서 그것을 이루는 각 층차간의 상호 유기적 파악을 강조하고 있다.6) 이 시스템론은 직관, 종합을 지향함으

---

5) 같은 책, p.143. 金觀濤는 중국 공산당이 신중국을 건설한 과정에서 선택한 마르크스주의가 바로 네번째 방식이었다며 이 주장을 제시했는데, 이 점은 전적으로 동의하기 힘든 면이 있다. 오히려 저자의 중국문화 설명을 위한 패러다임 설정의 원형으로 파악하는 것이 더 적당할 것같다.

6) 1980년대 중국 지식층에는 '三論'이 일대 유행했는데, 그것은 '시스템이론', '사이버네틱스', '정보이론'을 일컫는다. 시스템이론에 의하면 사물은 상호 유기적으로 연관되어 있으며, 상호간에 물질, 에너지, 정보의 교류가 이루어지고 있으며, 상위 시스템과 몇 개의 하위 시스템 사이에도 변증법적 상호 교류관계에 의해 시스템이 조절 유지되고 있다고 한다. 이중 상호 관련된 시스템 사이의 통신과 제어를 연구하는 분야가 '사이버네틱스'며, 통신들에 관한 보다 기술적인 측면을 담당하는 분야가 '정보이론'이다.
특히 사이버네틱스는 1940년대말 상대성이론, 양자 역학의 뒤를 이어 인체생물학, 의학, 군사공업, 자동제어학 등에서 자극받아 Norbert Wienner에 의해 성립된 현대 과학이 획득한 큰 업적으로서, 생산력의 증대에 힘입어 생물과 비생물을 포함한 일체 시스템을 제어하는 데에서 구조적 공통성과 법칙을 연구하는 과학이다.
이상의 시스템이론은 본래는 자연과학과 관련된 분야에서 시작되

로써 기존의 분석적 설명만으로 충분히 설명하기 힘든 동양적 사유 체계에 대해 각 부분의 기능과 관계와 의미를 전체적인 시각 속에서 파악하고자 한다는 점에서 새로운 돌파력을 지니는 것 같다. 시스템 이론 중에는 시스템관점, 층차관점層次觀點, 기능관점, 역동적 관점, 동형同型구조(Iso-Morphism) 등이 있으며, 사이버네틱스(Cybernetics：控制論)에도 정보변화 원리, 피드백(Feed-back)과 부負피드백(Negative-Feedback) 원리, 안정성(Stability) 이론, 최적제어 이론, 기능모의법(Simulation Method), 블랙박스 이론(Black Box, 黑箱理論) 등 다양한 하위 사유 체계가 있다.

상기한 시스템 이론은 한국 출간 시점인 1994년까지는 적어도 우리나라 인문학 분야에서는 제대로 소개된 책이 없을 뿐더러 일본 역시 사정이 비슷하다. 그러므로 이론의 전모와 응용을 기대하기에는 부족함이 많다. 하지만 필자가 이같은 새로운 학문방법을 설명한 것은 중국문학 연구 방법론의 다양화를 통해 다양하게 우리 삶의 실제와 관련시킬 수 있을 것이라는 기대감과, 새로운 사유 체계와의 접촉을 통해 기존의 방식으로는 해결이 쉽지 않았던 부분에 대한 망외望外의 단서를 제공받을 가능성 때문이다. 즉 '열린 관점과 접근'은 어떠한 의미에서든 새로운 해법과 관점을 제시받을 수 있다는 점에서 그 효용 역시 열려 있다고 할 수 있다.

었는데, 80년대 들어서 중국에서는 개방정책과 함께 이를 인문사회과학에도 마르크스주의의 한계를 극복하려는 의도에서 탐색과 적용을 시도했다. 최근에는 물리학의 성과를 수용하여 '新三論'이 대두됐는데, 그것은 '카타스트로피(突變) 이론', '霧散構造論(Dissipative Structure)', '협동학(Synergetics)'이다.(이상은 같은 책, pp.5, 238, 240-241, 248, 255 참조)

2. 중국문학에서 사적 규율론은 성립하는가?

필자는 1990년 이후로 학위논문 작성 과정에서 중국시 연구의 한 대주제로 상정했던 '중국의 시가 역사적으로 어떠한 길을 걸어 갔는가'에 관한 문제에 매달리며 시론적 성격을 지닌 2편의 논문을 발표한 바 있다. 〈중국시의 발전 단계론〉(92)과, 〈중국시에 나타난 비애 서정〉(95)이 그것이다. 이 작업은 단순화하기 어려운 인문학에서는 쉽게 하기 어려운 파격적인 도식화를 통해 한 장르의 역사적 전개상을 설명하고자 했다는 점에서 시안적 성격을 띠고 있다.

앞으로 이와 관련된 여러 층차의 연구를 병행함과 동시에, 토의를 통해 수정, 보완, 발전시켜나가야 할 부분이 적지 않을 것으로 생각한다. 그런데 필자는 이 작업을 하면서 종종 과연 '문학사 연구에서 정형적 규율화가 도출 가능하며, 그것은 의미있는 작업인가?' 하는 질문에 빠져들곤 했다. 그 이유는 주로 비생물체에 대해 어떤 일정한 유기체적 혹은 행태적(Behavioristic) 분석이 가능한가와, 복잡다단한 문학 현상에 대해 단선적 모형화가 타당한가에 관한 의문 때문이었다.

이 때 눈에 띈 것이 〈중국문화의 시스템론적 해석〉이었다. 이 책 속에서는 일례로 빛의 속성에 대한 예증을 들며 새로운 방법론적 틀의 필요성에 주목했는데,7) 이와 유사한 맥락 속에 중국의 사상체계의 중요한 기반의 하나인 오행五行을 원자론적 관점만이 아니라 관계론적 특성 속에서 이해하면서, 여러 가지 인간사적 현상과 다양한 사상 등 무생물계에도 적용 가능한 총체적 원리임을 주장하고 있는 점은 필자에게 새로운 시사를 던져주었다. 이제 다시

---

7) 빛이 입자인가 파동인가에 관한 많은 논의에서 빛은 입자론이나 파동론등 고전 물리학의 어느 한가지 밥법론으로는 설명되지 않았으며, 새로운 패러다임의 출현으로써만이 가능하다고 했다. (p.236)

이 책에서 들고있는 백락伯樂의 천리마 고사故事를 통해 패러다임 기능의 선도성에 대해 생각해 본다.

> 백락이 썼다고 알려진 《상마경相馬經》은 좋은 말을 구하는 방법을 소개한 책이다. 이 책에 근거해 천리마를 구하러 나간 백락의 아들이 데리고 돌아온 것은 천리마는 커녕 말과 무관한 두꺼비여서 그것을 본 백락은 박장대소했다고 한다.8)

여기서 김관도는 백락의 아들이 책에만 의존하지 않고 백락이 천리마를 잘 본 현실에 기초했더라면 그런 실수를 하지는 않았을 것이라고 했다. 이어서 이 우화 속에 등장하는 천리마는 일종의 패러다임 기능을 말하는데, 과학자들마다 자기 분야에서 정확한 인식구조를 수립하려 하는 것은 마치 제각기 천리마를 찾아나서는 것처럼 많은 곤란에 봉착할 것이라고 했다. 반대로 백락과 같은 사람이 천리마를 찾은 뒤 그 특징을 잘 알려 준다면, 즉 패러다임 기능을 충분히 해준다면 다른 사람들이 천리마를 찾는 일이 쉬워질 것이라고 했다. 이어서 그는 원시 과학구조가 근대 과학구조의 수립에 미친 영향은 바로 이러한 패러다임 기능을 해준 점인데, 그것은 기존의 틀이 비록 조잡하다고 해도 그것을 바탕으로 유사한 것을 만드는 일은 비교적 수월하다는 것이다. 그러나 참고할 만한 틀도 없이 복잡하고도 유사한 구조를 가진 두개의 체계를 만드는 일은 매우 어렵다고 했다.

이상과 같은 언급은 개별 사항의 분석 작업은 전체적 틀을 고려한 패러다임의 제시를 통할 때 보다 효율적 의미를 지닐 것이라는 점과, 신패러다임의 선도적 기능을 통하여 이후 보다 정치精致한 종합화를 향한 이론화가 가능할 것이라는 생각이 들게 한다. 이

---

8) 같은 책, p.54. 이 책의 제1장에 해당하는 〈중국 전통과학은 왜 근대과학으로 발전하지 못했는가〉의 제7절 '사회화의 지름길--패러다임 기능'의 서두 부분이다.

두 가지 점은 중국문학에서도 치환 적용이 가능하다고 생각한다. 즉 기왕의 개별적 작가와 작품의 특성을 그것 자체로서만 보거나 정치적 단락인 단대적斷代的 조대朝代 특성 등을 가지고서 문학에도 같이 적용해왔던 점이 기왕의 중심적 연구 방식이었다.

여기서 잠시 현대과학의 사유와 연결시켜 생각해 보도록 하자. 일리야 프리고진(Ilya Prigogine)은 복잡계로서의 열린 비평형 상태 하에서의 열역학적 이동에서 자기조직화적 무산구조론을 밝혀 1977년 노벨 화학상을 받았다.9) 일리야 프리고진의 카오스 이론으로부터 우리는 중국문학에서도 개별적 사실들이 비록 낱사건으로서 매우 불안정한 양상을 보여주고 있으나, 복잡 다양한 요소들의 상호 관계라는 총체적 측면에서보면 일정한 자기 조직적 규율화가 가능할 수 있다는 생각이 가능하다. 즉 우리는 중국문학이라는 모래밭에서 각 사유 층위별로 소이小異 중의 대동적大同的 양상들을 도출해내고, 그것들을 움직이는 동인動因과 자기 조직성, 즉 규율성을 추구해 나갈 가능성에 대해 열려 있다는 생각이다.

개별적 사항의 상위를 점하는 여러 층차들을 적정하게 고려하며 문학 발전의 구조를 인식하는 작업들이 이와 병행된다면, 전체 속에서 개별적 사항들이 지니는 위상을 파악하고 나아가 문학과 문화가 지니는 의미와 특성을 총체적으로 파악하는데 적지 않은 도움을 줄 것이다. 이들 신 패러다임의 설정 작업은 비록 처음부터 만족을 기대하기는 어려울 것이다. 하지만 토의와 수정 과정을 통해 보다 완성도 높은 틀과 이론에 도달할 수 있을 것이다. 이러한 전제 위에 필자가 시도하는 '중국시 혹은 문학의 역사적 발전 단계론' 역시 그 좌표적 의미를 찾을 수 있을 것이다.

---

9) 일리야 프리고진 저, 이덕환 역, 《확실성의 종말 ― 시간, 카오스, 그리고 자연법칙》 사이언스북스, 1977.

Ⅲ. 중국시의 역사적 전개론

1. 들어가기에 앞서

본 장과 다음 장의 논의는 주로 92년 발표한 〈중국시의 발전 단계론〉과 95년 발표한 〈중국시에 나타난 비애 서정〉 두 편의 내용에 기초하여 수정 재구성한 것이다.10) 재구성이라고 하지만 단순히 기왕의 논의를 재결합한 데 그치지 않고, 각 논문의 발표 이후 미흡하다고 여긴 부분이나 보완 또는 고쳐야 할 부분들에 대해서는 제목부터 상세 내용에 이르기까지 그간의 고찰을 더하여 일단락하는 마음으로 작성하였다.

우선 제목에 쓰인 용어 두 가지에 관한 전제적 해설부터 하고자 한다. 그것은 필자가 기왕의 논문에서 사용했던 '시가'라는 말을 '시'로 바꾸어 쓴 부분과, '발전'이란 표현을 '역사적'이란 말로 바꾼 데 대한 점이다. 영미시나 프랑스시를 말할 때 우리는 '영미 시가' 혹은 '프랑스 시가'라고 하지 않는다. 이것은 필자가 알고 있는 세계 대부분의 나라의 시에 대해서도 마찬가지다. 유독 중국시에 대해 우리는 '시가'라는 말에 익숙해 있다. 이는 중국시가 그만큼 노래와 음악과 밀접한 관련이 있음을 의미한다. 특히 공자로 대표되는 원시 유가가 시와 음악을 불가분의 관계로 인식한 것은 그가 사람들의 심성을 조화롭게 하기 위해 음악의 힘을 빌어 시를 중시했음을 의미한다. 그러나 후대로 내려갈수록 시가 역시 음악적 속성이 약화되었으며, 오늘날 현대 중국시를 일컬어서는 단순히 '시'라고 말하게 되었다. 따라서 필자는 제목을 중국시의 전 역사적 관점에서 보아, 보다 포괄적이며 보편적 의미를 지닌 '시'라는 말로 표현하였다.

---

10) 두편의 논문은 이 책에 수록된에 수록되어 있으며, 각각 《中國文學》 제20집(1992.12)과 제24집(1995.12)에 수록되어 있다.

둘째로 '발전'이란 말은 말 그대로는 '흥기하여 뻗어나간다'는 의미로 풀 수 있지만, 일반적으로는 역사적으로 전대에서 후대로, 미개한 데서 개명한 데로 전진 확장 향상의 의미를 지니고 있다. 이럴 경우 '발전'이란 말에는 이미 낮은 데서 높은 데로 나아간다는 일정한 가치개념이 개재된다. 그러나 오늘날 환경 문제만 놓고 보더라도 개발이 곧 발전인가 하는 문제에 대한 대답은 그리 쉽지 않다. 게다가 시가 후대로 내려갈수록 어느 면으로 보나 전진, 확장, 향상되었는가 하는 데 대한 대답은 그리 간단하지 않다. 각 가치에 따른 편향을 통해 각 시대에 맞는 모습으로 전개, 변화, 형성되었을 뿐이다. 그러므로 이보다는 '전개'라는 말을 쓸 수는 있어도, 협의의 '발전'이란 말은 주저되는 부분이 생긴다. 따라서 본고에서 필자는 일단 비가치 편향적 개념인 '역사적 전개'로 표현하였다.

2. 중국시의 역사적 전개론

조비曹丕는 문학 장르를 4가지로 나누면서 "시와 부는 아름다워야 한다"고 했다.11) 이는 시가 미를 지향해야 한다는 한말인의 인식을 단적으로 보여준다. 그러면 이러한 '아름다움'은 어떠한 성격의 미인가? 본래부터 인간에게 내재된 아름다움인가? 아니면 인간의 역사적 현실적 조건하에서 형성 변화되는 아름다움인가? 이 점은 미학의 과제이기도 한데, 잠시 서구의 경우를 살펴보면 대체로 미학의 창시자라 할 수 있는 칸트(Kant)와 같은 전통적 관점에서는 일체의 목적의식에서 벗어나 무관심적 상태에서 느껴지는 '주관적 취미 판정에 따른 보편타당성'으로부터 '미적 인식'이 성립된다고 주장해왔다. 이러한 관념적 미학관은 미를 추구하는 '예술'의 고유성과 독자성을 인정하는 점에서 의미있다. 반면에 예술과 현실

---

11)《典論·論文》, "詩賦欲麗."

사이의 거리를 떨어뜨리는 약점을 지니고 있다.

이에 따라 현대 미학에서는 관념적 형이상학적 논의에서 벗어나, 보다 경험적 실증적 현실적 접근을 꾀하였다. 상기 두 가지 서로 다른 미학적 입장은 20세기 미학의 양대 산맥을 이루었다. 경험적 미학관은 미를 구성하는 현실적 문제에 대한 보다 구체적 답변을 해주는 장점이 있는 반면, 관념적 미학이 지니는 본질적 근원적 문제에 대해서는 답변하기 어려운 면을 지니고 있다. 이렇게 볼 때 결국 미학에서도 양자의 장점을 아우르는 변증법적 상생의 과정을 통한 총체적 미학적 인식이 요구된다.

이제 중국으로 돌아와 중국인이 전통적으로 지녔던 미의식은 어떤 근거를 지니고 있는지에 관해 고찰해보기로 한다. 먼저 《설문해자》에 있는 '미'의 자해字解에 관해 살펴보면, "양羊이 크면 좋다. '미美'와 '선善'은 같은 뜻"이라고 했다.12) 그리고 이 말은 미학적으로 두 가지 방향으로 설명된다. "양이 크고 맛있으면 좋은 것"이라는 실질적 관념과 "토템 사상과 관련하여 제사시의 양머리 가면구"에 관한 제례적 관념이 그것이다.13) 그리고 이 둘은 공히 인간에게 이로운 것이 좋고 아름답다는 효용적 관념을 내포하고 있다. 그래서 미와 선이 같은 의미라고 한 것인데, 이 점은 공자의 음악이나 시에 관한 미학적 관념과 함께 주목할 부분이다.

중국문화의 본산인 공자는 시와 음악이 서로 떨어지기 어려운 관계에 있음을 주장하고, 이것들이 인간의 사회적 삶에 도움이 되는 중요한 도구이자 수양의 수단임을 누누이 강조했다.14) 그는

---

12) 《설문해자》, "羊大則美, 美與善同意."
13) 《華夏美學》, 李澤厚 저, 권호 역, 東文選, 1990, pp.8-9.
14) 그가 舜이 지어 전래됐다고 여긴 음악인 韶를 듣고서는 세 달이나 음식 맛을 알지 못할 정도로 감동이 컸을 만큼, 음악에 남다른 애호와 집착을 보였다. 또한 그는 衛에서 魯나라로 돌아온 뒤에 음악이 바로 잡아져서 雅頌이 각기 제 소리를 내게 되었다고 했는데, 이는 당시 오랑캐의 胡樂과 新聲에 의해 正聲을 내야할 시경시들이 더럽혀지는 것을 극히 경계했음을 보여주고 있어 그의 음악관의 일

"(인격의 수양은) '시'에서 흥기하여 일어나고, '예'에서 올바로 서며, '음악'에서 이루어진다"고 했는데,15) 이것은 교육이 시에서 시작되지만 음악 없이는 불완전함을 설파한 것이다. 또한 그가 음악[시]을 배우지 않으면 안 된다면서 교육에서 음악을 필수적으로 요구했던 점은 음악에 대한 정서적 반응이 자발적인 것만이 아니라 교육의 결과로서 생긴다는 점을 내포하고 있다. 그는 인간 세상에 도움을 주는 진眞·선善의 사회 교화와 의례儀禮를 중심으로 하는 윤리적 관점에서 음악[시]에 관한 미학적 접근을 꾀한 것이다. 이렇게 공자는 미에 대해 아름다움은 유용하면서도 선善해야 한다는 관점으로 일관했는데, 이는 유가의 문예관이 단순한 심미성보다는 그것이 유발하는 사회적 효용에 더 다가가 있음을 의미한다.

이상의 분석을 통해서 중국 역사시대 이래 초기의 시는 음악과 실제와 이론 양면에서 불가분의 관계에 있었음을 알 수 있으며, 공자는 사회적 이유로 음악과 시를 보다 밀접하게 연관시키고자 했던 것을 알 수 있다. 각종 사회 개혁을 위한 담론이 다양하게 쏟아져 나온 시대가 춘추·전국 시대라고 할 때, 공자의 시대는 이미 각 제후국간에 경쟁 관계에 돌입하여 사회에 대한 객관적 논리성과 합리성이 강하게 요구되던 시대의 전반부였다. 또한 문학 예술의 독자적 분화 발전 과정에 비추어 볼 때도 이 시기는 점차 시와 음악의 분화 초기에 접어들고 있었던 것으로 보인다.

다만 춘추말의 공자는 구질서가 무너지는 실정이 안타까워 계속 전대의 미풍이 남겨지기를 바라는 가운데 민심을 순화시킬 음악의 사회적 효용과 의미를 강조했던 것 같다.16) 다시 말해서 계층적으

단을 볼 수 있다

15) 《논어·태백》, "興於詩, 立於禮, 成於樂."

16) 이는 음악과 시의 관계가 역사적으로 긴밀하게 유지될 수 있었던 데에는 단순히 원시 종합 예술로서의 음악과 노래(시)와 춤의 삼위일체적 非分化性에만 기인하는 것이 아닌, 사회 계도적 원인이

로는 유가의 사회 발언권 강화를 위한 지배 이데올로기의 한 수단
으로써 음악과 시를 작용시키고자 한 것으로 보인다.

　이후 전국시대가 도래하면서 시는 외교의 도구로 더 이상 쓰일
수 없게 되었고, 점차 그 사회적 효용이 공자가 바랐던 만큼 강력
한 작용을 할 수 없게 되면서 시와 음악은 시간을 두고 점차 분화
의 길을 걸어갔고,17) 이 과정에서 후한대에는 고시십구수와 같이
민가이면서 동시에 오언시와 같은 정형적 형식을 갖춘 시로 굳어
가기 시작했다.

　그러나 민간에서는 서민들의 정서를 반영한 악부와 민가가 유행
하여 역시 음악 노래와 시는 아직 그런대로 밀접한 관련하에 있었
다. 대체로 역사시대 이후 전국시대를 거쳐 아무리 늦어도 한대에
이르기까지 시는 음악과 노래로부터 점차 분화의 길을 걷게 되었
으나, 완전히 절연되지는 않은 채로 동한 초기까지는 그런대로 가
창적歌唱的 모습을 지녀간 것으로 보이며, 많은 악부시들이 이를
말해준다. 문학 행위의 운용적 측면에서 필자를 이를 '가시적歌詩的
단계의 시'라고 하였다. 가시적 단계는 중국시사 전개의 제1단계에
해당된다.

　중국사를 볼 때 송에 이르기까지 크게 두 차례의 대변혁기가 있
었다. 첫 번째는 한말 위진남북조 까지의 장기간에 걸친 대 동란
기이고, 두 번째는 당대 중엽 안록산과 사사명의 난(755-763) 이
후 송조의 성립까지를 잡을 수 있다. 정치 사회 문화 각 방면의

　개재돼 있음을 보여준다.
17) 첫 번째 발표 시점인 1992년에는 이 점에 관해 주목하지 못한 채
　시의 발생 초기의 두 가지 속성으로서 ①시와 음악이 불가분 관계
　에 있다는 점과, ②시가 정치적 교화의 도구로 그 무게 중심을 옮
　겨갔다는 분석을 가했는데(p.244), 실상 聘問歌詠이 행해지지 않
　던 전국시대부터 시 자체의 발전단계로 보나, 정치사회적 현실로
　보나 시는 음악으로부터 점차 떨어져 나가기 시작했다고 보아야 할
　것이다. 그럼에도 불구하고 한 무제때의 악부의 역할로 보아 그 속
　도는 완만했던 것으로 보인다.

안정을 이루었던 전한은 유학을 국가 통치 이념으로 삼아 안정된
제국을 이루어 나갔다. 그러나 동한 이후 외환과 함께 내치에서
환관 외척의 발호 및 황건적의 난(184)등으로 지방의 대지주인
호족들이 실권을 잡으며, 점차 장기적 분열과 혼란기에 돌입하여
위진남북조 시대(220-589)를 열었다. 남조와 북조로 지역을 양분
해 왕조가 명멸한 이 시기에 남조에서는 육조가 꽃을 피웠으며,
북쪽에서는 유목 민족들이 침략하여 한족과 섞여 호한체제胡漢体制
를 형성했다.18)

　약 사백년에 이르는 이 시기동안 한대의 정통적 획일적 이념체
계였던 유교의 쇠퇴를 틈타 도불이 성장하며 대지주인 문벌귀족을
중심으로 새로운 문화적 양식이 배태되었다. 그 중요한 문화적 경
향은 분열기에 필히 수반되는 현상으로서 집체성에서 벗어나 개별
성을 지향했으며, 이에 따라 문학에서도 중심 그룹이었던 세습적
문벌귀족들에 의해 문인 개인의 서정화가 두드러지게 나타났다.
이들은 동한 이래의 세습적 대지주가 대부분이고, 경제사회적으로
자립적 성격이 강했다. 문학방면에서도 그 특성은 '자립성, 귀족
성, 개별성, 서정성, 유미성' 등의 특징을 띠며 자기 표현을 해나
갔다. 또한 그들의 이같은 경향은 당시의 혼란한 사회, 또 이로 인
해 성장한 도교와 불교의 흥기등과 맞물리며 사회적 문학적 기운
을 형성해 나갔다. 당시 귀족 계층을 중심으로 《문선》, 《옥대신
영》, 《문심조룡》 등 문학 전문 저작이 만들어지고, 변려문이 성행
한 것 등이 그 예이다. 그리고 주류 문학 장르였던 시에서도 역시
상기한 5종의 특성이 나타났다. 또한 인도에서 전파된 불경의 번

────────────

18) 이전까지 한족과 이민족의 지리적 경계는 대체로 만리장성이었다.
　　그러나 북방 호족의 침입으로 이들간에는 정치 사회 문화적 교류가
　　급격히 증대되었는데, 정치적 우세에도 불구하고 문화력이 약했던
　　호족은 대체로 한족 문화에 포섭되는 경향을 보였지만, 通婚 등을
　　통해 한족 사회내의 문화적 패턴 역시 바뀌지 않을 수 없었고, 이
　　에 따라 한족 문화 역시 여러 가지 중요한 변화들이 일어났다.

역 작업이 이 시기에 완성 단계에 이르렀으며, 표음문자인 범어梵語의 운율성에 새로운 주의를 기울여 중국문자의 미적 속성에 더하여 운율화가 가일층 진행되었다. 그리고 그 발전의 극점에 근체율시가 있다.

호족의 유입과 함께 기성 권위와 가치의 몰락을 목격한 당시 문인들은 급변하는 세계 속에서 특정한 이념을 노래하거나 위험하고 혐오스런 사회에 대한 관심을 피력하는 일보다는, 자연 친화적인 도불의 영향과 함께 보다 영속성을 지닌 자연에 몰입하거나 개인적 문예 창작의 세계로 침잠했다. 이는 창작활동의 주체 역시 이전의 민간으로부터 이제는 완전히 문인 계층으로 넘어간 것을 의미한다. 그들은 혼란한 사회와 무관한 듯이 내용과 형식 양면에서 자신과 자연의 교감을 찾으며 아름다운 필치로 시를 지었는데, 이미 이 시들은 중국문학 전개 초기의 민간적 시들과는 격과 용도가 달랐다. 이러한 기풍은 당대 '안사의 난'이 일어날 때까지 큰 변화 없이 지속되었다. 특히 당대에는 율시의 발전이 극에 달해 시의 음송적 효과를 높여주었다.

사회적 혼란으로 접어든 후한 이후 그 중심에 위치한 위진남북조 시대를 거쳐 당대에 이르기까지의 시들은 이미 음악에 맞추어 노래 불려지는 용도로써가 아니라, 귀족 문인의 개인적 서정을 피력하는 방식으로 그 운용과 용도가 바뀌어갔다. 극도로 정제된 성운과 율격을 중시한 이 단계의 시는 음송吟誦을 전제로 지어지고 운위되었다는 점에서 필자는 이를 '송시적誦詩的 단계의 시'라고 하였다.19) 송시적 단계는 중국시사 전개의 제2단계에 해당된다.

당 중엽 균전제均田制, 조용조租庸調 세법稅法, 부병제府兵制의 붕괴와 함께 지방 군벌 세력의 발호로 일어난 '안사의 난'을 기회로 중국은 두번째 변혁의 시대를 향해 간다. 이후 황제는 거의 명목

---

19) '송시'는 다른 말로는 길게 읊조린다는 '음시'로 부를 수도 있을 것이다.

적 존재였으며, 무인 세력과 환관이 전횡하는 가운데 황소가 농민의 불만을 등에 업고 난(875-884)을 일으킨 후로, 곧 오대십국 시대(907단계—960)를 거쳐 송조가 탄생하였다. 송의 특징을 간략히 거론하면 정치적으로는 황제 독재 체제하의 문인 관료 중심의 조직을 갖추고, 경제적으로는 도맥稻麥 2작 및 제도의 정비로 화남지역을 중심으로 급속한 경제력의 증대를 가져왔으나,20) 국가 방비력이 약해 대외적으로는 요遼와 서하西夏의 침입을 물적 자원에 의지해 해결해 국가재정에 부담을 주기도 했다.

신분제도는 과거제의 객관적 실시로 유력한 지주층의 자손들이 대거 과거에 참여하여 중앙정부에 진입할 수 있었으며, 이들이 이미 몰락한 육조 이래의 세습 귀족과는 달리 1대에 한하여 영예를 누릴 수 있었으나, 경제력이 전혀 없는 집안에서 과거에 전념할 수는 없는 노릇이므로 원천적으로 계층적 차별이 없어진 것은 아니었다. 과거에 합격한 이들은 당파를 방지케 할 목적으로 규정된 회피제도回避制度에 따라 고향에서 근무할 수가 없었고, 실무는 대개 그 지역 출신인 서리胥吏가 맡아 처리했다. 따라서 과거 급제자는 황제의 은전에 의해 임용된 중앙 정부에 속한 개별자적 성격의 관리였다.

송대의 문화는 활판 인쇄술의 발달로 지식과 정보의 보급이 서민에게 이를 만큼 원활해졌으며, 이미 민간 사회에 깊이 침투한 도교와 불교의 원리를 받아들여 사색적 성찰을 중심으로 하는 신유학의 성립으로 새로운 시대에 맞는 융회적融會的 사상 체계를 갖추었다. 문학방면에서는 중당 이래 한유 등 실용주의 학자의 주창으로 제기된 고문운동의 성과가 나타나 변려체를 일소하는 사회적 분위기를 형성했다. 이는 문학 언어의 사용과도 긴밀한 관계를 맺

---

20) 원래 강남지방은 저습지로 생활여건이 좋지 않았으나, 육조시대부터 개발되기 시작하였다. 화북과 강남의 인구비를 보면, 후한대에는 8:2던 것이, 남북조 시대에는 6.3:3.5였으며, 당 중엽에 4.5:5.5였다가, 남송대에 이르면 3:7로 완전히 역전된다.

고 있어, 구어적 가창이나 서술 요소가 가미된 문학 양식들이 문학 본류에 진입하기 시작하였다. 도시의 발달과 함께 민간에서 유행한 각종 공연 예술과 화본 및 애정적 서정을 노래한 사가 그것이다.

이제 이상의 사회문화적 토대 위에서 송대의 시는 전 시대와는 어떻게 달라졌는지 보자. 먼저 작가부터 보면 시인의 신분은 이제는 안정적인 세습 귀족이 아니며, 그들의 세계관은 '도학'이라고도 불리는 내성 지향적 경향의 새로운 패러다임에 의해 무장되었다는 점이다. 이같은 두 가지 사유만으로도 그들은 의식상 귀족적 성분이 약화되고 대신 역사와 사회에 대해 주체적이며 책임있는 개별적 고독자로서 인생과 세계에 대해 그 존재 의미를 고민해야 했다.21) 신유학적 분위기 속에서 문인들은 서로의 생각을 시를 통해 마치 편지나 수필을 주고받듯이 수증·화답했는데, 송대에는 대량의 교유시가 고시로 지어졌다. 송대에 가서 시인 1인당 시수가 부쩍 늘어난 것도 이같은 시의 교유화, 생활화, 수필화란 차원에서 이해할 수 있다.22)

아울러 인쇄술의 발달, 과거제의 확대, 학교의 보급 등으로 지식은 이제 극소수 계층의 전유물 만은 아니었다. 송대에 들어서 오경보다 더 중시된 사서의 집주를 주희가 상당 부분 백화체를 혼용하여 쓴 점을 생각하면 잘 알 수 있다. 백화는 폭넓게 강창과 화본에 통용되었고, 시에서도 간혹 속어나 속자 등이 튀어나왔다. 소식부터 황정견, 진사도 등이 말한 '이속위아以俗爲雅' 등의 주장도 같은 맥락에서 이해할 부분이다. 문체면에서는 구양수에 의해 힘을 얻은 고문운동으로 인해, 미적 문장은 쇠퇴하고 자신의 생각을 담담히 펴내는 실질적인 글들이 문학적 주류를 이루었다. 고문체

---

21) 貝塚茂樹 외저, 윤혜영 編譯,《中國史》, 홍성신서 pp.3-96, 279-314.
22) 동시에 작품의 숫자가 한 시대 문학 장르의 성쇠를 기늠하는 중요한 잣대가 아니라는 점도 생각할 수 있다.

에 가깝게 쓰여진 부의 문부화文賦化도 같은 맥락이다.

　이상과 같은 영향을 종합해 보면 송시는 생활성, 교유성, 수필성, 사변성, 산문성, 서술성의 특징을 띠는 것으로 요약된다. 그리고 중국시에서 전통적으로 강하게 요구되었던 음악적 성분은 이제는 거의 사라져 약간의 운과 음송적 격률 만이 명맥을 이어주는 정도가 되어버렸다. 그리고 내용면에서는 애정과 서정성을, 형식면에서는 음악성을 모두 신흥 장르인 사에게 자리를 내주고, 대신 시에는 산문성이 강화되는 방향으로 나아갔다. 사실 동서양을 막론하고 시는 운율과 함축을 생명으로 한다. 그런데 송시가 두 가지 본질적 속성에서 일정 부분 일탈했다는 것은, 시 장르의 역사적 측면에서는 당시에 대한 부담으로서 파악되는 측면은 있으나, 결국 문학 내에서 장르 주도성을 잃어버리는 결과를 보여주고 말았다.23) 필자는 송시 이래의 시가 상당 정도 읽혀지고 말하듯이 교유적 성격을 띠고 고시 중심으로 운용되었다는 데서 이 단계의 시를 '설시적說詩的 단계'의 시라고 하였다. 설시적 단계는 중국 고전시사 전개의 제 3단계에 해당된다.

　시의 실제적 운용 등 작가를 둘러싼 현실적 여건을 고려할 때,24) 필자는 중국시가 음악과 밀접한 관련이 있는 '가시적 단계'

---

23) 시가 본질적 속성을 잃어버림으로써 문학내에서의 장르적 주도력을 상실한 것인지, 아니면 역사적 상황에 의해 필연적으로 도래할 타 장르의 興起가 시의 본질적 속성을 일탈시킨 것인지에 관한 양자의 선후 문제는 좀더 폭넓고도 세밀한 검토를 필요로 할 것이다.
24) 시인은 자기의 시가 어떠한 행위적 측면에서 시대적, 문단적 상황에서 운용되리라는 어느 정도의 전제적 인식을 지니고 있다. 그는 어떤 구체적인 문학적 享受 행위를 통해서 자기의 시가 어떤 전달 과정을 거치게 될지를 염두에 두는 것이다. 즉 시인은 노래 불리워질 것인지, 읊조려질 것인지, 아니면 읽혀질 것인지에 대한 전제적 상황을 염두에 두면서 창작 활동을 하게 된다. 개별적으로 시인은 그 용도에 따라 작품 활동을 달리 할 수도 있고, 장르를 선택할 수도 있을 것이다. 하지만 필자가 시대적으로 3분하여 중국시 전개의 방식을 규정한 것은 주류적 운용 행위를 밝히기 위해서이다.

로부터, 한말 위진남북조를 거치면서 당대까지 '(음)송시적 단계'
로, 그리고 송대부터는 수필시적 단계인 '설시적 단계'로 전개되었
다고 파악하였다. 이는 중국의 시(또는 문학)가 어느 시기를 지나
면서부터는 다른 단계로의 도약을 한다는 얼마간의 괴리를 갖는
'단층적 전개 양상'을 띠고 있음을 의미하기도 한다.25)

　이상은 중국시의 운용이라는 다분히 형식적 요건에 비중을 두고
분석을 시도하였다. 문학 예술에서 한 장르의 속성은 두 가지 범
주에서 접근 규정될 수 있다. 한 가지는 장르가 담고 있는 내용에
의해 그 장르의 특성이 어떤 범주와 특성을 지니는가를 알 수 있
을 것이다. 다른 한 가지는 장르를 담는 그릇과 실현 행위에 의해
규정될 수 있다. 형식과 내용이 동전의 양면적 속성을 지니는 것
과 같이 사실 이 두 가지는 전혀 별개의 일은 아니다. 내용은 담
아지는 방식에 의해 제약되며, 담아지는 방식 역시 그 내용에 의
해 선택되는 측면이 있기 때문이다. 다만 본고에서 필자가 담아지
는 그릇에 더 치중했던 것은, 내용적 시대 구분의 경우라면 사조
적 유형화를 생각할 수 있는데, 이로써는 시의 역사적 전개면에서
특별한 변별도를 담보하기 어렵다는 점도 작용했다.

　이제 다시 하나 더 생각해야 할 일은 중국시사를 시의 운용 층

---

25) 사이버네틱스에 의하면 안정된 기존 시스템내에서 하위시스템의 일
　　부 이탈로 초래된 시스템 전체의 붕괴를 막기 위해서는 일탈한 하
　　위 시스템이 나머지 하위 시스템과 서로 영향을 주고 받으며 전체
　　시스템을 새로운 안정으로 진입시키거나(促進型), 본래의 적응상태
　　에서 이탈된 하위 시스템이 다른 하위 시스템들과의 상호작용 결과
　　이탈을 조장한 요인을 제거해 버림으로써 시스템 본래의 안정성을
　　회복시킨다고 한다.(抑制型) 이는 주기적이고 부분적인 붕괴의 과
　　정을 거쳐서 시스템 전체 구조에 고도의 안정성을 부여해주는 방식
　　이라고 할 수 있는데, 사이버네틱스에서는 이를 '超安定 시스템이라
　　고 한다.(《중국문화의 시스템론적 해석》, pp.102-103)
　　　중국시의 전개에 이 이론을 적용시킨다면 시 또는 문학 전체의
　　생존적 초안정을 위해 새로운 변화를 도모한 것으로 파악할 수 있
　　는데, 그 타당성에 대해 검토해 볼 필요가 있을 것이다.

차의 면에서 볼 때 몇 개의 단층 괴리적 모습을 띠고 전개하게 하는 동력과 동인은 무엇일까 하는 점이다. 쉽게 단정할 수 없지만, 그것은 작품의 창작과 운용 및 향수방식의 변화를 요구하는 작가를 둘러싼 모종의 힘(들)에 의한 것이라고 할 수 있으며, 그 힘은 그들의 시대와 역사적 조건속의 개인적 삶들이 문학적 장치 요소들과 부딪치며 소용돌이치는 가운데 터져 나올 것이다. 그중 유력한 한가지는 소박한 의미에서는 문학 변혁 추동의 '잠재적 독자 또는 대중'이라고 할 수 있을 것이다.26) 작가와 작품은 영향을 미치는(작가 자신을 포함한) 잠재적 독자의 선험적, 경험적 요구에 부응하여 변하지 않을 수 없게 되는 것이라는 생각인 것이다.27)

3. 중국시에서의 비애 서정의 역사적 전개론

이제까지의 작업은 중국시의 역사적 전개에 시의 운용과 형식적

---

26) 여기서의 '대중'은 현대적 의미의 구매력 또는 정치적 의사표현 능력을 지니는 대중(the masses)의 뜻으로 사용하지는 않는다. 그럴 경우 동서를 막론하고 18세기 이전의 상황에는 전혀 적용할 수 없기 때문이다. 필자의 경우 작가가 작품의 享受者일 수 있다고 상정하는 '잠재적 독자'를 지칭한다. 문학적 추동력으로서의 대중성의 부분에 대해서는 제4장 참조.

27) 작품 활동의 범주는 크게 보아 '創作體驗'과 '享受體驗'의 두 가지로 나눌 수 있는데, 넓은 의미에서 창작체험은 과정상 향수체험를 포괄하며, 향수체험은 창작체험을 포괄한다. 작품을 창작한다는 것은 부단히 감상하는 중간과정을 거쳐 나타난 결과이며, 작품은 감상한다는 것은 자기에게 던져진 작품을 보고 자기식대로 작품을 만들어나가는 과정이기도 하다. 그런 의미에서 작품은 고정 고립되어 있는 물체가 아니라 작가와, 독자와, 그리고 역사와 공간이라는 상황 속에서 유동 교감되는 실체이다.
   여기서 '선험적 요구에 부응한다'는 말은 작품이 작가와 만나기(창작되기) 전에 이미 유사한 성격의 다른 작품의 독자와 만난다는 의미이며, '경험적 요구에 부응한다'는 말은 작품 후의 독자와 교감되는 것을 의미한다.

접근을 위주로 한 전개 모형을 제시해 본 것이었다. 이번에는 그 하위 층차로서 내용적 측면을 중심으로 중국시에서 가장 큰 비중을 차지하고 있는 비애감이 역사적으로 어떤 모습을 그리며 전개되어 갔는가에 관해 보고자 한다. 본고의 구체적 내용은 비애 서정의 주제가 시대에 따라 어떠한 양상을 띠고 나타났으며, 그 단계와 의미는 무엇인가를 파악해 보도록 한다. 그리고 나아가서는 중국시의 역사적 전개와는 어떤 관련이 있는가에 관한 것이다. 이 같은 작업은 중국시의 주요한 부분을 차지하고 있는 서정성의 내면세계와 그 변화의 과정을 이해하는 데 도움을 제공받을 수 있을 것이다.

비애 서정을 논하기 전에 먼저 생각해봐야 할 점은 '중국 고대문학에서는 왜 서정성이 다른 장르에 비해 시를 통해서 성공적으로 발휘되었는가?' 하는 점이다. 중국시에는 전통적으로 서구와 같은 서사 구조가 잘 드러나 있지 않다. 서구에서와 같은 심각한 신화적 갈등 같은 것은 찾아보기 어려우며, 세계와의 대결 구도가 장편에 걸쳐 전개된 작품도 흔치 않다

중국 고대의 운문은 짧은 반복을 중심으로 간단하게 이루어졌다. 이에는 고대 시기의 서사용구의 제약으로 말미암은 원인도 크게 작용했을 것이라는 가정이 가능하다.28) 이와 함께 중국 고대문학에서 시의 우월적 지위 점유논리에는 표의문자인 한자가 '다의성, 유음성類音性,29), 함축성, 은유성'을 지니고 있는 점도 고려해 볼 수 있다. 그리고 이들 특징은 서경호의 주장대로라면 중국 고

---

28) 중국 고대의 한자를 중심으로 한 문학 행태상의 여건에 대해서는 김학주 교수의 《중국고대문학사》(민음사)를 참조.
29) 한자는 단음절성으로 인해 제한된 음으로 여러 가지 많은 다른 의미의 글자를 표현해야 했기 때문에, 다른 언어에 비해 음절의 중복이 빈번할 수 밖에 없는데, 필자는 이러한 현상을 이를 '유음성'이라고 말한 것이다. 음운의 조화를 추구하는 시에서는 이를 적극적으로 활용하여 미적 쾌감을 증진시킬 수 있었을 것이다.

대문학에서 '시적 속성으로의 회귀'와 관계되는 '절제화, 형식화, 표현의 우회화'를 지향하는데 긍정적 작용을 했을 것이다.30) 이러한 '시의 장르 우위'에 힘입어 사람들의 생활 중의 각종 생활 감정들이 노래로 불리워졌던 것이 다시 문자화되었으며, 공자 이후로는 상당수의 작품들이 사회미학적 은유 작용을 통해 교화와 풍간이라는 새로운 의미 영역을 확보해가며 문학의 정종으로 자리잡아 갔던 것으로 파악된다. 이것이 바로 바로 '서정성의 장르 선택'의 과정이다.

필자는 중국시에 나타난 비애 서정은 제재상 ①시간과 인생, ②사회와 동란, ③이별과 사향, ④상사와 정한, ⑤생활 중의 사변의 5종으로 구분한 바 있다. 주제 표현 및 운용 양면에서 중국 서정시의 역사적 전개상을 보면 중국시는 발생 초기의 제례적, 노동적, 집단적 필요에 의해 생겨나 점차 사회성을 띠고 발전하며 문자로 정착하였다. 주에서 진한에 이르는 시기의 시가, 특히 민가와 악부시에는 이같은 민간의 집단적 성격의 서정이 짙게 배어 있다. 개중에는 기록문학으로의 정착과정에서 문자를 소유한 지식인의 손에 의해 이루어지거나 가필加筆됐겠지만, 작품 생성의 원형적 성질로 미루어 볼 때 창작 과정에서 많은 이들이 관여했을 것이며, 또 다수의 묵시적 동조 과정이 있었을 것이라는 점에서 그 주류적인 시에 나타난 서정을 서정 주체의 측면에서 보면 '집단적 서정'이라 부를 수 있다.

육조시대 이후 문인들은 문학의 독자적 영역에 대해 자각하기 시작하며 자연스럽게 장르 분화가 일어나게 되었다. 주로 대지주층의 귀족 작가였던 그들은 사회에 밀착하기보다는 일정한 거리를 두고서 자신들의 개인적 문제와 감정들을 표현하기 시작했다. 이

---

30) 〈중국문학의 발생과정에 대한 관찰 —'문학적 규범'과 '문학적 경험'을 중심으로〉, 서경호, 《中國文學》 제22집, 1994. 한편 이와 관련하여 김월회는 〈中國文學의 存在方式 分析 試論〉(같은 책)에서 '詩的 思惟'라는 용어를 써서 논했다.

로부터 시는 생동감을 상실하는 댓가로 문인화, 개인화, 아화雅化하기 시작하였다. 이후로는 문제에 접근하는 방식과 수준은 시대에 따라 모양새를 다르게 할지라도, 결국은 문인들의 손에 의해 그들의 의식과 수준을 반영했다는 점에서는 같으므로 이를 '문인적 서정'이라 부를 수 있다. 이렇게 중국시사는 서정의 운용주체에 따라 기본적으로 '민간적 집단 서정'과 '문인적 개인 서정'으로 구분된다.31)

한편 비애의 시사적 전개의 측면에서 본다면 다음과 같다. 첫번째 주 이후 진한기까지의 비애 서정은 다분히 허무적 쾌락적 경향을 보이고 있으며, 등장 인물 또한 삶에 대한 열린 전망을 지니고 있지 못했다. 이렇게 극복되지 못한 닫혀 있는 절망감이 주류를 이루는 비애를 '허무적 비애'라고 할 수 있다.

이후 육조에서 당에 이르는 기간, 특히 육조 시대는 사회적 문화적 정체감의 상실로 염세주의와 유미주의에 빠졌던 시기로서, 시인들은 여전히 절망적이기까지 한 비애감을 제대로 극복하지 못한 상태였다. 그러나 그들은 자신들의 깊은 좌절감의 대체적 분출구로서 문학 자체의 심미성을 적극적으로 추구했다. 문학 방면에서 율시의 형성이나 변려문의 흥성 같은 것도 이에 힘입었다.

이와 함께 이 시기에서 주목할 부분은 심미구조적 전이 양상이다. 그 맥락은 자연 친화적 도불의 성행과 함께 시도된 자연에 대한 접근에서 찾아 들어갈 수 있다. 아울러 당대의 문화는 이러한 미의식의 발견에 더하여 제국의 영화를 배경으로 다양한 예술적 구현 방식으로 만개하였다. 이 시기의 시에는 율시의 완성 등 형식미적 심화뿐 아니라 예술적 미감도 강하게 추구되어 있다. 정태적, 회화적, 함축적 미감을 짙게 드러낸 이 시기 시에 나타난 미적

---

31) 용어의 요약 과정에서는 서정 운용 주체의 성격이나 양상을 보다 포괄적으로 잘 나타낼 수 있도록 '집단적 서정', '문인적 서정'이라고 표현했다.

장치가 강구된 비애를 '심미적 비애'라 할 수 있을 것이다.

송대는 '안사의 난' 이후 사회, 경제, 문화, 사상 등 각 방면에서 새로운 질서의 구축을 위한 시도가 이루어진 시대이다. 송인들은 세 사상의 융회 속에 개별자로서의 인간의 존재와 그 자신의 사회적 의미에 대해 깊은 형이상학적 반성을 드러냈다. 그들은 인간 존재의 국한성을 인식하고 있었으므로 지나치게 비탄에 잠기거나 혹은 반대로 세계에 자신을 내던지는 일은 자제했으며, 사물에서 한걸음 떨어져 관조와 수용의 자세로 세상을 내다보고 심지어는 자신까지도 관찰의 대상으로 삼았다.[32] 그러므로 송시에서는 기쁨이건 슬픔이건 간에 격렬한 감정의 발산은 흔히 보기 어려우며, 남녀의 사랑의 감정 또한 시에서는 찾아보기 어렵다. 이렇게 이면에 침잠하여 내재화된 송시류의 비애 서정을 '사변적 비애'라고 명명한다.

결국 중국시에 보이는 비애 서정의 특징을 들자면 고대 문학 초기에는 불안정한 삶의 조건에 대한 좌절적인 '허무적 비애기'로부터, 육조·당대의 문학으로의 감정 전이를 통한 '심미적 비애기'를 거쳐, 송대의 '사변적 비애기'로 전개되어간 것으로 정리할 수 있다. 이후 원명청 시대 시의 성향에 대해서는 검토를 유보한다.

Ⅳ. 중국문학의 역사적 전개론

필자가 이제까지와 같은 방식의 시도를 하게되었던 첫번째 시사는 장르적 성쇠에 관한 왕국유의 다음 논의로부터 받았다.

4언시가 진부해지면서 초사가 생겼고, 초사가 진부해지면서 5언

---

32) 당·송대인의 심미사상적 차별 양상은 이 책에 수록된 〈이백과 소식 문학의 시대사적 읽기〉를 참조.

시가 생겼다. 5언시가 진부해지면서 7언시가 생겼으며, 고시가 진부해지면서 율절이 생겼다. 그리고 율절이 진부해지면서 사가 생겼다. 한 문체의 유행이 오래되어 많은 사람이 사용하게 되면 자연히 낡고 고정된 격식이 만들어진다.

뛰어난 문인도 역시 그 중에서 스스로 새로운 뜻을 만들어내기 힘들게 된다. 그러므로 여기서 탈피해 다른 문체를 만들어내 스스로 벗어난다. 모든 문체가 처음에 번성하다가도 나중에 쇠퇴하는 것은 모두 이 때문이다. 그래서 후세의 문학이 앞의 것보다 못하다고 하기도 하지만, 나는 이를 믿기는 어렵다. 다만 한 종류의 문체를 가지고 말한다면 이 말은 바뀔 수 없는 이치이다.33)

왕씨의 논의는 문면 그대로 수용할 수 없는 일면이 있기는 하지만, '장르 성쇠'에 또는 나아가 '문학운용의 주체'에 관해 두 가지 중요한 관점을 보여주고 있다. 그것은 한 장르에서 다른 장르로 전이되는 근본적 이유는 기존 장르에 빠져드는 '문인들의 정체성停滯性'34)에서 비롯된다는 점이다. 즉 처음에는 새로왔던 문학 장르가 유행의 추이와 함께 문인들의 손에 들어가 점차 까다롭게 아화雅化하여, 그들만의 '닫힌 문학 양식'으로 만드는 만큼, 본래의 생생한 생명력을 잃게 된다. 대신 민간에서는 이를 대체하여 자신들의 표현을 담보할 새로운 생명력 있는 장르가 탄생하는 과정이 반복된다는 것이 그것이다.

여기서 찾을 수 있는 다른 한 가지 시사示唆는 왕국유가 비록

---

33) 《人間詞話》 제54조, "四言弊而有楚辭, 楚辭弊而有五言, 五言弊而有七言, 古詩弊而有律絶, 律絶弊而有詞. 蓋文體通行旣久, 染指遂多, 自成習套. 豪傑之士, 亦難於其中自出新意, 故遁而作他體, 以自解脫. 一切文體所以始盛終衰者, 皆由於此. 故謂文學後不如前, 余未敢信, 但就一體論, 則此說固無以易也."

34) 이 말은 문인들이 그것을 그대로 가지고 있다는 의미가 아니라, 중국 고전시대에 일반인들이 익히기 어려운 문학 언어로서의 문자적 특성과 함께 문인 특유의 지적 특성으로 인해 대중들이 쉽게 접근하여 향유하기 어려운 형태의 문학 양식으로 바꾸어 가, 어느 정도는 계층적으로 닫힌 문학화를 한다는 의미로 보아야 할 것이다.

'뛰어난 문인'의 역할을 강조하고 있으나, 문학 운용의 본질을 생각해보면 역사적으로 새로운 장르의 시발은 문인보다는 민간으로부터 나온 경우가 더 많다는 점을 간과할 수 없다는 것이다.35) 그렇다면 이 글은 중국에서 문학을 발전케 하고 장르적 운용에 변화를 가능케 했던 주요한 동력으로서 '묵시적 향수 및 공감층으로서의 잠재적 독자(또는 대중)'의 암묵적·전제적 동의가 장르사적 생명의 한 관건이라는 견해가 내포되어 있다는 생각이 든다. 일례로 문학 언어의 경우를 보면, 백화는 중국고전문학 초기의 경시에서 벗어나 후기로 접어들수록 문학의 중심 언어로 비중이 확대되어 간 것을 알 수 있으며, 동시에 백화를 채택한 문학 장르가 문학의 주류 장르로 부각되어간 역사적 과정 역시 이를 증명해 준다.

이제부터는 '이상의 중국시의 역사적 전개의 모형과 관련하여, 중국문학의 역사적 전개의 궤적으로 확장 설명해낼 수는 없는가?', 즉 전체 중국문학사의 운용 양상에 관한 사적 규율화의 문제를 생각해 보도록 한다. 이에 대하여 필자는 가설적으로 중국시 발전 단계와 시기적으로 상호 관련을 가지는 다음 세 단계로 구분하여 설명한 바 있다. 먼저 춘추전국 시대 이래 대체로 한대까지 중국의 문학은 유가적 지배 이데올로기의 영향으로 문학의 사회화 과정을 겪으며, 사회적 효용과 사실성을 중시하는 산문 중심의 '기사 문학적' 특성을 이루었다. 이후 점차 육조 이래 당대까지의 귀족 문인들 개인의 서정적 표출과 심미지향이 강하게 드러났던, 이른바 시 중심의 '서정 문학적' 특성을 띠었다. 그리고 송대 이후 시민 일반의 문화 향유폭의 확대와 함께 원·명·청대를 거치며 도성 곳곳에서 흥행한 오락적 수요의 증대, 그리고 이민족의 새로운 문예의 유입과 다양한 방식의 수용 및 근대적 세계관의 지향 등으로

---

35) 이 점 역시 역사와 입언문 등의 산문적 장르는 문자를 소유한 계층에서 시작되었으나, 實演的 문예 양식은 민간에서 비롯되었다. 발생에 관한 두 가지 출발과 관련하여 문학의 아·속 문제도 향후 장르사적 외연의 관점에서 포괄적으로 검토해 볼 부분이다.

중국문학은 소설과 희곡 등을 중심으로 하는 '허구 문학적' 특성을 띠며 전개되어 간 것으로 생각한다.

이상의 가설을 중국문학 장르 일반에 확대하여 한 가지 전개 규율을 도출한다면 중국의 문학사는 '산문적 기사문학'에서, '시적 서정문학'으로, 그리고 다시 '소설·희곡적 허구문학'으로 그 중심축을 전이하여 간 것으로 생각한다.

V. 맺음말

이제까지의 중국 고전문학의 전개를 요약하면 '시'는 운용적 측면에서 역사적으로 '가시→(음)송시→설시'로, 문학 일반에서는 문학의 주류적 측면에서 '기사→서정→허구'로 중심축을 이동하여 나간 것으로 설정했다. 그리고 내용상 시의 중심 성분이었던 비애 서정의 운용 주체의 성격에 따라 '집단적 서정'에서 육조시대 이후로는 '문인적 서정'의 시기로 옮겨갔다고 했으며, 비애의 내용상의 시기에 관해서는 초기의 '허무적 비애기'로부터 육조 이래의 '심미적 비애기'를 거쳐 송대부터는 '사변적 비애기'의 시기로 이행했다고 요약했다.

이상과 같은 몇 가지 사항들에 대한 필자의 모형화 시도에는 다음과 같은 문제들이 개재되어 있을 가능성이 있다. 첫째, 도식화로 인해 예외적 사항들에 부딪칠 위험을 내포할 수 있다. 즉 모든 장르와 개별 문학형식과 작가와 작품이 다 이같은 전개 방식을 가지고 있는가 하는 점이 그것이다. 예를 들어 운문적 속성이 강한 부賦 같은 장르를 어느 범주에 넣어야 할 것이냐 하는 문제 역시 쉽지 않은 문제이다. 그렇지만 '유형화'란 어느 정도의 작은 예외를 수반하므로, 이같은 작업의 필요성 또한 무시되어서는 곤란하다.36)

둘째, 본고에서 도출한 세 가지의 다른 문학적 단계의 전개가 한결같이 한말 육조와 당송 변혁기를 시간적 기준으로 삼고 있는 점에 대한 문제이다. 그런데 인류 역사는 중요한 분수령이 되는 시기, 즉 하나의 신기원(Epoch)에 해당하는 시기를 통해 단층적 또는 계단적 전개상을 그려왔다고 할 때, 역사학에서 중국사의 시대구분은 이 두 시기를 중요한 전환점으로 파악하고 있다는 점 또한 중국문학과 시의 전개에 대해 의미하는 부분이 있을 것이다.

셋째, 중국시와 문학의 각 전개 단계를 요약한 용어의 의미층차가 같지 않은 점에 관해서이다. 예를 들어 '집단'이나 '문인'이란 말, 또는 '허무적', '심미적', '사변적' 같은 것이 그렇다. 전자의 경우 본고의 사용 범주상 '집단'의 반대는 '개인'이며, '민간'의 반대는 '문인'으로 설정된 바, 사실은 '집단적 민간 서정'과 '개인적 문인 서정'으로 표현함이 옳겠으나, 특성을 나타내는 한마디 말로 간화시켜 표현한 것이다. 그리고 후자의 경우 각 시대의 특징으로 추출한 '허무적', '심미적', '사변적'이란 세 가지 용어는 전시대와 비긴 해당 시대의 특기할 만한 변화의 추이에 중점을 두는 입장에서 사용한 것이다. 즉 용어 전개의 단일 범주적 논리보다는 시의 운용이란 실질적 관점에서 눈에 띄는 변모 양상을 드러낸 것이다.

이외에도 문학 비평적 요인으로서 각 장르의 분화와 결합에 따른 장르 귀속의 문제, 시기구분의 기준 잣대의 층차 문제, 문학행위 계층의 아속 및 창작된 내용별 아속의 구분을 위한 기준의 마련 문제, 장르의 다층위성에 따른 혼선의 문제, 주제사상과 풍격적 유사성에 따른 구분의 모호성 문제, 고대문학 창작의 시발점에 관한 작가 규정 등의 기준 문제, 시기구분시의 개별적 특성의 대소

---

36) 일리야 프리고진의 '카오스 이론'은 '전체로서의 세계는 개체의 측면에서는 불안정하여 매우 큰 변화와 돌변을 겪는 것 같아도, 세계(공간과 시간)를 전체적 관점에서 볼 때 안정적 線을 그리며 변화해 나아간다'고 했다. 이는 문학 현상의 역사적 변화 발전에서도 일정한 시사를 해주는 부분이 있다.

를 어떻게 판별 분류할 것인가 하는 문제 등 고려, 취사, 검토할 사항이 한 두 가지가 아닐 것이다.

이같은 문제들의 해결을 위해서는 이상 여러 가지 사항에 대한 구도의 수정 보완과 다층적 세밀화를 통한 체계적 이론화, 그리고 무엇보다도 자료에 대한 보다 실증적 번역과 재해석 등 만만치 않은 작업과 연구성과가 요구된다. 그럼에도 불구하고 역량의 부족을 무릅쓰고 필자가 본고에서 시도하고자 했던 연구 방법론상의 새로운 접근에 대한 나름의 견해나, 그간의 논의에 몇 가지 관점을 더하여 중간보고의 심정으로 수정 보완한 본 논의의 미흡한 부분에 대해서는 이제 중국문학 비평의 열린 세계를 향한 첫 걸음에 다름 아니라는 말로 갈음하고자 한다.

(《중국시와 문학의 사적 전개에 관하여
— 새로운 연구 패러다임을 위한 모색으로서〉, 《중국어문학》 28, 1996〉

중국문학의 문과 질

Ⅰ. 들어가면서

중국의 문학사를 볼 때 특히 평론 부분에서 화미한 수사론과 질박한 원형론이 상당 부분 언급되어 있음을 볼 수 있다. 이들 두 개의 방향은 여러 가지 말로 표현되고 있다. 그 중 가장 표상적 이미지를 추출하자면 '문文'과 '질質'로 나타낼 수 있다. 이 두 개념은 상호 대비되어 전자가 형식·수사·표현기교·외재적 아름다움 등을 말하고 있다면 후자는 내용·바탕·원형성·자연미를 의미한다고 본다. 이 두 개념은 늘 대립적으로만 인식되는 것이 아니라, 어느 한 극단으로서 한쪽이 결핍한 것을 보충해 주는 보완적이며 구제적인 측면을 갖고 있기도 한다.

본고에서는 이 두 개념이 중국문학에서 사용되는 의미와 작용 및 유형 등을 고찰할 것이다. 먼저 문文과 질質의 개념을 정립하여 보고, 이 두 개념이 시대적으로 어떠한 상관 관계하에서 전개되는가를 거시적으로 통괄해 보면서 그 내적 동인動因을 찾아본다. 그리고 각론으로서 문과 질을 추구하는 각각의 입장을 살펴보고, 다시 문질조화론을 통해 이들에게서 도출되는 전개방식 및 지향점과 그 동인을 알아본다. 이러한 작업을 통하여 문질의 거시적이며 미시적인 전개의 모형에 대한 파악을 추구해 본다. 이와 같은 작업에는 중국문학 제가諸家의 대표적 견해를 발췌하여 집록한 《중국미학사자료선편中國美學史資料選編》(상·하)이 좋은 자료가 되었다.

II. 문·질의 제기

본 장에서는 먼저 문과 질에 관한 개념을 어느 정도 구체화시키는 일이 우선되어야 할 것이다. 그리고 이들은 어떤 범주에서 상호 대비되고 있는가를 알아보도록 한다. 문학에 국한할 때 문과 질은 외표와 내실, 사辭와 정情, 형상과 기골氣骨, 나무의 가지와 기둥 등으로 대비시킬 수 있다. 그리고 문과 질의 두 가지의 편중성의 문제에 대해서는 역대로 문보다는 질에 치우치고 있음을 쉽게 알 수 있다. 이러한 원인 중의 하나는 중국인들의 사고방식이 지엽적·분석적이기 보다는 대국적이고 종합적이기 때문에 바탕에 대한 우선성을 두기가 자연스러웠다는 점에서 이해가 가능하다. 또한 인위적인 세계보다는 자연적 세계를 더욱 상위의 것으로 여겼다는 점에서도 공교工巧한 문보다는 졸박拙樸한 질의 세계를 우선한 것으로 보인다. 하지만 이 두 세계가 독립적으로 있기보다는 오히려 상호성에 입각한 보완과 조화에 역대의 평가들이 그 초점을 맞추었다는 것이 옳을 것이다.

먼저 《설문해자設文解字》에 나타난 '문'의 의미부터 알아본다. '문이란 획을 교차시킨 것으로서, 엇섞인 무늬를 본뜬 것이다.'1)이라고 하여 '문'에 나타난 일차적 의미는 글·문학·문장이란 의미가 아니라 '사물의 아름답게 짜여진 무늬'란 의미로 쓰이고 있음을 보게 된다. 즉 외적 수식과 연관시켜 말하고 있다. '질'에 대해서는

---

1) "文, 錯畫也, 象交文."

같은 책 주에서 이끌어 내어 '박樸'의 뜻을 지닌다고 하여 소박한 바탕이나 근본과 관련시키고 있다. 이는 노자의 '소박함을 드러내고 통나무를 잡는다[見素抱樸]는 환원주의적 사고와 맥을 잇는다.

　문과 대비되는 질이란 사물을 이루는 기본적인 골조뿐만 아니라, 그 내면에 담겨 있고 또 발현되는 기본 정신과 이치까지도 포함하고 있다고 보아야 할 것이다. 그것은 바로 내용이라고 할 수 있겠는데, 이러한 의미에서 문과 질의 관계는 사실상 훨씬 더 폭을 넓혀 사물 또는 작품의 외재 요소와 내재 요소로까지 확대할 수 있다. 문학 작품의 경우 외재 요소라고 할 수 있는 것은 수식·기교·운율·구법 등이 포함된다. 내재 요소에는 본질을 이루는 원형적 구조 및 형이상학적 제 요소들이 포함된다. 또한 풍격상으로는 기氣 또는 골骨 등의 많은 함축어를 사용하여 다시 질에 대한 해석이 시도되기도 하였다. 그리고 이러한 문과 질은 상호 보완과 구제를 통하여 이상적 상태에 접근할 수 있다고 지적하였다.

　　바탕이 외식外飾보다 두드러지면 거칠고, 외식이 바탕보다 더 드러나면 번지르르함이 있다. 본질과 외식이 잘 어울려야 군자라 할 만하다2)

　　거칠도다, 군자는 배우지 않고서 사람을 만나서는 안되니, 닦아 꾸미지 않을 수 없다. 꾸미지 않으면 모양이 없고, 모양이 없으면 공경함이 없고, 공경함이 없으면 예의가 없고, 예의가 없으면 설 수 없다. 멀리서도 빛나게 하는 것은 꾸밈이 있어서요, 가까울수록 더욱 밝은 것은 학문으로써이다.3)

---

2)《論語·雍也》, "子曰, 質勝文則野, 文勝質則史, 文質彬彬, 然後君子."
3)《大載禮記·勉學》, "孔子曰, 野哉, 君子不可以不學見人, 不可以飾, 不飾無貌, 無貌不敬, 不敬無禮, 不禮無立, 夫遠而有光者, 飾也. 進而逾明者, 學也."

이 두 글은 공자의 말을 인용한 것으로, 바탕으로서의 질질(質)이 윤색 및 전달요소로서의 문·식(飾)과 상호 조화하여야 함을 말하였다. 다음 글은 문과 질의 생성적 측면을 이야기하고 있다.

> 사람의 감성은, 마음이 화락하고 만족이 있게 되면 즐거워지고, 즐거워지면 마음이 파동이 일고, 그런 움직임이 있으면 발을 구르고, 발을 구르면 요동하며, 요동하면 노래하고, 노래하면 춤을 추게 되고, 노래와 춤이 박자를 타면 금수라도 뛰놀게 된다. ……반드시 내용이 있으면 그것은 밖으로 드러나게 되는 법이다.[4]

이러한 주장은 고대 문헌 곳곳에 나타나 일반화된 관념이다.[5] 문은 본질인 질의 가시적 형태라고 하여 문질 생성의 선후관계를 밝히고 있다. 즉 감정의 움직임이 밖으로 발산되어 나타난 것이

---

4) 《淮南子·本經訓》, "凡人之性, 心和欲得則樂, 樂斯動, 動斯跳跳, 斯蕩蕩, 斯歌歌, 斯舞歌, 舞節則禽獸跳矣, ……必有其質, 乃爲之文."

5) 다음의 글들이 다 이러한 범주에 포함된다.
　《禮記·樂記》, "凡音之起, 由人心生也. 人心之動, 物使之然也. 感於物而動, 故形於聲, 聲相應, 故生變, 變成方, 謂之音. 比音而樂之, 及干戚羽旄, 謂之樂. 樂者, 音之所由生也. 其本在人心之感於物也. 是故其哀心感者, 其聲噍以殺, 其樂心感者, 其聲嘽以緩, 其喜心感者, 其聲發以散, 其怒心感者, 其聲粗以厲, 其敬心感者, 其聲直以廉, 其愛心感者, 其聲和以柔."; 〈毛詩序〉, "詩者, 志之所之也. 在心爲之, 發言爲詩, 情動於中而形於言, 言之不足故嗟嘆之, 嗟嘆之不足故永歌之, 永歌之不足, 不知手之舞之, 足之蹈之也."; 〈詩集傳序〉, "或有問於余曰, 詩何謂而作也? 余應之曰, 人生而靜, 天之性也, 感於物而動, 性之欲也. 夫旣有欲矣, 則不能無思, 旣有思矣, 則不能無言, 旣有言矣, 則言之不能盡而發於咨嗟詠歎之餘者, 必有自然之音響節奏, 而不能已焉. 此詩之所以作也."; 〈詩品序, 鍾嶸〉, "氣之動物, 物之感人, 故搖蕩性情, 形諸舞咏"; 《文心雕龍·體性》, "情動而言形, 理發而文見"; 《文心雕龍·知音》, "夫綴文者情動而辭發, 觀文者披文以入情"; 韓愈, 〈答尉遲生書〉, "夫所謂文者, 必有諸其中, 是故君子愼其實, 實之美惡, 其發也不掩, 本深而末茂, 形大而聲宏, 行峻而言厲, 心醇而氣和, 昭晰者無疑, 優游者有餘."

문이라는 것이다. 이는 문의 의미가 '무늬〔문紋〕'와 같이 파악되는 것과 궤를 같이 한다고 하겠다.

문·질의 상관성에 대한 또 하나의 논의는 청대의 왕부지王夫之 (1619-1692)에게서 찾아 볼 수 있는데 그에 의하면 문·질이란 원래 사물의 표리를 이루고 있으므로 분리시킬 수 없다고 하였다.

사물이 생성되면서 본래의 형체를 좇게 된다. 형形이란 질이요, 형이 생기면서 의재적으로 주어지는 상象을 지니게 되니 상은 문이다. 형이 있으면 반드시 상이 이루어지고, 상은 그 형을 좇아 이루어진다. 하늘은 상은 있되 형이 없으며, 땅엔 형을 이루고서 상이 없는 것이 없다. 그냥 보면 형이지만, 자세히 살펴보면 거기에 상이 있다. 따라서 질은 그냥 보아도 드러나지만, 문은 자세히 살펴야 드러난다. 그렇지 않으면 이를 볼 수 없다.

사물을 가지고서 논해 보자. '흰 말'은 '사람'과 다르다. 이는 단순히 '말'이 '사람'과 다른 것 이외에도 '흰 말'은 '백인白人'과도 다르다. 즉 '백설'이 '옥'과도 다른 이치이다. 그저 대략 보게 되면 '눈' '옥'은 서로 다르지만 '희다'라는 점에선 같다고 할 수도 있겠다. 그러나 자세히 살펴보면 '백설'의 '흰' 것과 '백옥'의 '흰' 것은 다른 것이다. '사람'과 '말', 눈과 '옥'은 질이 다를 뿐만 아니라 '희다'라는 문까지도 다른 것이다. 그러므로 '희다'라고 총괄하여 같게 표현하고는 있지만 '말이 흰 것'은 분명 '말'이고, '사람이 흰 것'은 분명 '사람'이며, '옥이 흰 것'은 '옥'이고, '눈이 흰 것'은 '눈'이다. '희다'고 하는 류類를 따라 '말'을 규정하든 '말'이란 류를 따라 '흰 것'을 규정하든, 이미 '말'이고서 동시에 '말로서 흰 것'이라면 그것이 비로소 '흰 말'이 된다. 그러므로 문·질은 따로 분리할 수 없으니, 그 무엇을 기다려서 합해질 수 있는 것이 아니며, 또한 어느 한쪽에 치우쳐서 더하고 뺄 수 있는 것도 아니다. ……그러므로 그 문을 손상하면 반드시 질도 손상된다.6)

---

6) 《尙書引義》 권6, 〈畢命〉, "物生而形形焉, 形者質也, 形生而象象焉, 象者文也. 形則必成象矣, 象者象其形矣. 在天成象而或未有形, 在地成形而無有無象. 視之則形也. 察之則象也. 所以質以視章, 而文由察著. 未之察者, 弗見焉耳. 請觀之物, 白馬之異于人也, 非但馬之異于人也,

논리적 쟁점이 되었던 백마론을 해설하는 가운데 사물에 있어서 문·질이 둘이 아닌 하나라는 불가분의 관계에 있음을 말하고 있는데, 사실 문학에 있어서도 문·질을 따로 이야기하는 것은 정도의 문제일 뿐이다. 그리고 그러한 분리를 통하여 전체로서의 명확한 이해를 수월케하는 점이 있는 것이 사실이다. 아무튼 왕씨王氏의 유기론적 문질 상관론은 다른 글에서도 일관되게 보이고 있다.[7] 이러한 견해는 먼저의 〈모시서〉 등에 나타난 견해보다는 진일보한 관점이다.

문과 질에 관한 논의는 상기와 같은 몇 가지 측면, 즉 바탕과 꾸밈, 질의 발현으로서의 문에 대한 상극적 발전을 통한 조화에의 지향[8] 등으로 이야기되고 있다. 이러한 논의에 대한 세부적인 고찰은 Ⅳ장에서 서술한다.

Ⅲ. 문·질의 시대사적 전개

문·질에 관한 논의는 문학 작품 혹은 작가의 세계관이란 미시적인 면에서만 파악될 것이 아니라, 확대하여 시대적 전개 양상 속에서도 어느정도 정리가 가능하리라 여겨진다. 이 경우 나타나는 문제점도 전혀 없지는 않으나,[9] 이를 통해서 문·질 전개의 역

亦白馬之異于白人也, 卽白雪之異于玉也, 疏而視之, 雪玉異而白同, 密而察之, 白雪之白, 白玉之白, 其亦異矣. 人之與馬, 雪之與玉, 異而質也, 其白則異以文也. 故統于一白, 而馬之白必馬, 而人之白必人, 玉之白必玉, 雪之白必雪, 從白類而馬之, 從馬類而白之, 旣已爲馬, 又且爲馬之白, 而後成乎其爲白馬. 故文質不可分, 而弗俟合也. 則亦無可偏爲損益矣. ……故欲損其文者, 必傷其質."

7) 《古詩評選》권5, 蕭子良〈登山望雷居士精舍同沈右衛過劉先生墓下作〉, '文因質立, 質資文宣, 衰王之由, 何關于此, 齊梁之病, 正苦體踽束而氣不昌爾. 文者氣之用, 氣不昌則更無文'

8) 이에 대해서는 Ⅲ장, Ⅳ장의 (3)절에서 언급하였다.

사적 궤적을 포착하는 것도 의의 있는 일이라 여겨진다. 여기에서 거시적으로 볼 때의 문질의 개념 역시 확대 적용되어야 할 것이다. 즉 질박한 내용을 위주로 하는 질의 문학과, 수사와 기교에 중점을 둔 문의 문학이 그것이다.

> 시대의 운세는 바뀌어 가며 움직이니, 질과 문은 교차하여 변한다. 이러한 고금의 실정과 이치를 가히 말로 표현할 수 있을까!10)

유협이 피력하고 있는 문과 질이 크게 보아서 시대에 따라 그 흐름이 교차하여 변한다는 거시적 문질의 전개론은 물론 어느 한 시대를 상호 배제적인 관점에서 파악해 버리는 독단론의 위험성을 내포하고 있기는 하다. 그러나 한편에서는 시대를 평면적 시각에서 벗어나 좀더 입체화시켜 각 시대의 특성과 차이점을 명확히 파악하게 해주는 장점이 있다. 이 점에 입각하여 본고에서는 문학에 있어서 시대적 대표성과 연관하여 문·질을 구분한 뒤, 그것을 움직이는 이치가 무엇인지 고찰해 보고자 한다.

중국은 춘추전국시대의 문화 건립기를 거치는 동안 제자백가의 출현을 통해 분업화된 문화의 장르를 유지할 만한 바탕을 마련하였고, 이미 한대에는 유학을 숭상하여 국가제도의 정비와 함께 실질적인 문화적 기틀을 확립하였다. 더욱이 전대前代에 활발하였던 제자諸子의 논의들은 입론적立論的인 것들이어서 예술적인 아름다움의 추구보다는 현실적 가치 지향의 것들이었고 또한 여기에 북방문화의 실질적 기풍이 유학과 함께 가세한 것이다. 따라서 기본적으로는 문화의 질적 기풍이 강한 시기라고 볼 수 있겠다.

---

9) 예를 들어 문질론의 주대상을 비평에 둘 것인가 창작에 둘 것인가, 동시에 어느 장르에 중점을 두어 논의할 것인가 등이 거시적 모델규명에 전제되는 층차적 문제점들이다. 본고에서는 주로 비평문학으로서 그 비평 대상은 전통문학 장르인 시·문에 역점을 두어 살펴보았다.
10) 《文心雕龍·時序》, "時運交移, 質文代變, 古今情理, 如可言乎."

물론 이러한 사회·사상적 요소들에도 불구하고 한대의 대표적 문학 형태라고 이야기되어 온 부부賦가 극도의 수사 문학의 입장을 취해 온 것도 사실이다. 그러나 이 당시의 부가賦家가 대체로 궁정의 사士·대부大夫·문인文人 등 권력 주변의 인물이란 점을 생각할 때, 그들이 집권자의 오락적 취향에 맞춰 아부의 수단으로 지은 작품이 많은 것은 당연한 일이다. 하지만 이러한 문학이 한 시대의 모든 계층의 정신을 대표한다고 말하기는 어렵다. 오히려 당시 널리 민간에 유포되고 있던 악부시·민가가 대표성을 지닌 문학 형태일 것이다. 물론 역시 식자들에 의해 옮겨지기는 했지만, 주대 이래로 민간에 구전되고 불려지던 민가들은 인간의 솔직한 정서를 전달하기에 충분하였고, 또한 민간의 애환이 그려져 있다는 점에서 그러하다.

산문은 기사체紀事體의 영향을 받아서 질박한 것들이 많아 후대에 당唐의 고문운동 및 명대 복고운동復古運動의 모델이 되기도 할 정도로 견실하였다. 한대에 이러한 산문론의 이론을 체계화하여 완성한 이로 왕충王充(27-140)을 들 수 있다. 그는 《논형論衡》 85편을 통해 수식을 배제하며 의미의 충실한 전달을 주장하는 언문일치의 실용론을 주장하기도 하였다.11)

비교적 질박한 한대의 문화적 토양은 아직까지도 문학의 전문성이 명확치 않았다고 하겠다. 유희적이고 우발적인 문학행위가 많았기 때문이다. 그러나 건안 시대를 필두로 위진남북조 시대(220-589)에 와서 문학은 새로운 국면을 맞이한다. 위魏를 필두로 한 삼국을 거쳐 다시 남북조의 패권기에 한대의 중앙집권적 유교문화는 개인주의적 도道·불佛로 조금씩 변모해 갔다. 이러한 국면에서 하루가 다르게 변하는 전체 사회의 안녕과 질서보다는 현실의 불

---

11) 《論衡·自紀》, "文貴約而指通, 言尙省而趨(朱熹校作趣)明', '蓋寡(當作實)言無多, 而華文無寡' 夫文由語也, 或淺露分別, 或深迂優雅, 孰爲辯者, 故口言以明志, 言恐滅遺, 故著之文字, 文字與言同趣, 何爲猶當隱閉指意."

안에서 벗어나고자 여러 가지 개인 추구적 풍조들이 생겨나기 시작했다. 신선술神仙術이나 기복적祈福的 종교와 함께 귀족들의 생활은 더욱 사치스럽게 되었고, 문인들 역시 이러한 상황 속에서 허무적이며 염세적 경향을 띠게 되었다. 이에 따라 사회 전반에는 소극적으로 자연에 회귀하려는 태도와 유미적 감상주의에 안주하는 성향 및 신선술 등으로의 도피 등의 경향이 팽배해졌다.

사회 전반에 걸친 현실 사회로부터의 이탈적 현상들은 반대적인 면에서는 문화의 진폭을 넓혀 주었다. 그러나 당시의 문학을 가지고서 말하자면 유미적 경향은 그것이 진행됨에 따라 점점 더 형식과 성률聲律의 틀에 작품의 생명력을 가두게 되고, 대신 수사에의 추구는 극에 달하게 되었다. 이런 기교적 세련미의 추구는 조비曹丕 이하 육기陸機, 사령운謝靈運, 사조謝朓, 심약沈約, 소통蕭統 등에 의해 정제화되었다. 시부 뿐만 아니라 산문과 운문의 중간적 성격을 띤 변체문騈體文이라는 새로운 형태가 등장할 만큼 산문에까지 그 바람이 강하게 불었다. 이러한 문文 추구의 풍조 속에서, 문질의 조화를 주장한 유협이나 종영鍾嶸 같은 이는 당시로선 오히려 예외적이었다. 그러나 육조시대의 강렬한 유미주의 덕분에 중국문학은 문자 심미 지향의 문화적 개성을 확보할 수 있었으며, 운문문학의 완성도 기할 수 있었다. 결과적으로 이러한 경향의 심화로 인하여 오히려 당송에 걸친 고문운동古文運動의 새로운 성취도 가능했다고 할 수 있다.

통일제국 당은 육조 시대의 화미한 문학적 기풍을 그대로 답습하는 듯했다. 국제도시 장안을 중심으로 많은 외래 문화의 접촉을 수용하였고, 또 안사의 난을 겪은 뒤 새로운 사회문화적 토대 위에서 점차 사회·문화적 변혁이 이루어졌다. 한유는 육조 이래 소수 문론가들의 주장인 문질적 문장관을 받아들여 다시 전통 유가의 입장에서 기존 당대문학과의 접목을 시도했다. 이렇게 탄생된 고문운동은 문이재도文以載道의 효용적 문장관을 표방하였으나, 사실 그 전개 과정은 부화한 수사에 치우친 알맹이 없는 육조 미문에 대한 반발로서의 고문을 통한 실질적 글쓰기였다. 이 운동은 유종원에 의해 문학성을 강화하며 발전하였고, 송대에 이르러 구양수·소식 등에 의해 완성되었다.

고문운동의 정신적 의의는 결국 문의 풍조에 대한 반발로서 질로의 회귀였다. 그리고 그 회귀는 단순한 복고는 아니었다. 이미 한대 이후 당대까지의 변화된 상황을 극복할 수 있는 새로운 발전이란 면에서의 회귀였다. 이러한 점은 본 장 뒷부분에서 다루고 있는 정正과 변變 그리고 성盛과 쇠衰의 상호 발전적 교차에 의한 새로운 지향이라고 보아야 하겠다.

송은 오대십국의 혼란을 거친 후, 제후의 할거를 막기 위해 숭문경무崇文輕武 정책을 썼다. 동시에 사회구조의 변화로 인한 생산력의 발전은 문화의 수용 능력을 확대시켰다. 따라서 당唐과는 다른 안정 속에서 사상전반에 걸쳐 인간 본위의 심도있는 고찰이 진행되었다. 이에 문학도 당말 송초의 화려한 기풍을 벗어나 생활적이고 실질적인 경향을 띠었다. 그리고 철학적 풍조는 감성보다는 논리의 발전을 꾀하여 문학 작품은 화려한 수사를 벗어나 견실한 방식으로 쓰여졌으며 학문적인 요소도 강조되었다. 여기에 이르러 문학은 부분적으로 나아갔던 화려함에서 다시금 질을 회복하였다. 그렇지만 이로 말미암아 문학 자체의 전달력은 제고되었으나, 미의식의 저하를 가져오기도 했다.

이후 몽고족의 원은 무력을 기반으로 전 세계에 걸쳐 광대한 제국을 형성하였고, 남송 이래 도시를 중심으로 한 상업의 흥성에 힘입어 민간이 쉽게 참여할 만한 문학형태로서 강창과 희곡의 흥성을 가져왔다. 백화를 사용하여 전통문학 장르보다 좀더 생생한 실제 생활의 전달을 기할 수 있었으나, 전통의 장르는 아직까지의 연구로는 어떤 뚜렷한 특징을 보여주지 않는다.

한족의 주권을 회복한 명은 이민족의 지배가 야기한 반작용에서 문학의 복고 운동을 진행했다. 그러나, 진한의 문장과 성당의 시를 모범으로 한 의고적擬古的 태도는 결국 글에 대한 주체적이고 창의적인 성격을 감소시켰으므로 당송대의 것에 비추어 발전적 동기가 약하였다. 오히려 이것은 그 실질에 있어서 작가의 주체적 개성이 약화된 결과, 형식과 표현에 심혈을 기울였던 시대의 문학과 내부적 맥을 같이 하는 점이 있다. 이같은 의고주의에 반대하여 나온 것이 양명학 좌파의 영향으로 개인의 성정을 있는 그대로 표현해야 한다고 나선 공안파公安派였다. 작가의 내면에 있는 성정을 사실적으로 표현하는 언지문학言志文學과 대조되는 것이 재도문학載道文學이라고 할 때,12) 당송의 고문운동은 재도문학의 입장에서 질의 문학을 피력했고 명말의 공안파는 언지문학의 입장에서 질의 문학을 피력한 것이다. 이렇게 볼 때 문학의 내용 자체가 언지적이냐 재도적이냐 하는 것은 거시적 문·질의 관점에서 볼 때 그 구분의 중요한 근거가 아님을 알 수 있다. 오히려 어느 정도까지는 문학 행위를 하는 작가의 태도가 얼마큼 창의적이며, 개성을 발휘하는가, 그리고 형식에 지나치게 속박되지 않는가 등이 그 척도에 가깝다 할 것이다. 이밖에 청대는 문화 전반에 걸쳐 전대까지의 문화유산을 정리하고 다시 분석했던 시기라고 하겠으므로 문학에 있어서도 종합화하고 있어서 특징짓기 어렵다. 다만 명대 이후 유행한 통속 문학의 성행과 관련해서는 일정부분 질質 추구적 양상이 보인다.

이상과 같은 시대별 문학의 특성은 그 시대의 모든 문학 현상에 그대로 적용될 수는 없는 것이나, 대강을 통해 문·질의 대비적 흐름을 파악할 수는 있을 것이다. 그것을 거칠게나마 표로 만들면 다음과 같다.

---

12) 언지言志와 재도載度 문학의 구분과 갈래에 관한 연구는 주작인 《中國新文學講話》(김철수譯, 乙酉文庫34. 原著名은 《中國新文學的源流》人文書店, 北京, 1932)을 참고. 여기서 협의의 '언지'는 '線情'의 뜻이다.

시　대	경　　향	특　　　징	문·질
한	질박·실질적	의미전달위주·창의적	질
육조	수사·기교적	구석적·창의적	문
당·송	문이재도	의미전달위주·창의적	질
명	의고주의	모의적	문
명말	언지문학	의사전달위주·창의적	질

상기한 문학의 시대적 전개 상황은 문과 질의 두 극단을 두 개의 추로 삼아 교차 발전을 꾀해온 것이라고 생각된다. 그리고 그 추세는 단순 교차가 아닌 인과적 발전 양상으로 보인다. 이전의 문(혹은 질)의 극화 가운데 그 폐단에 대한 반발로서 질(혹은 문)이 대두되며 이러한 과정이 반복되는 가운데 새로 나타난 질(혹은 문)은 이미 있었던 질과는 다른, 이전에 있었던 상황을 극복하는 질로서 나타나는 변증법적 전개 양상을 보여준다. 이러한 시대사적 전개 속에서 문학은 새로운 시대에 맞는 자기 형태를 찾고자 하였고, 거꾸로 새로운 문학적 상황의 확산으로 이번에는 시대적 상황이 영향받아 나아가기도 하는 교호交互 발전의 궤를 따랐다고 여겨진다.

이와 같은 시대상황에 따른 문학의 전개에 관한 견해는 청 섭섭葉燮의 《원시原詩》에도 잘 나타나 있다. 그는 문학 발전의 양상을 정과 변의 상관성 속에서 파악하였는데, 이것은 바로 문학의 문·질 관계가 시대에 따라서 나선형적 교차의 운동성에 의해 나타나고 있음의 다른 표현이다.

① 시는 삼백편에서 비롯되며, 규모와 형태는 한대에 갖추어졌다. 이로부터 위·육조·당·송·원·명 그리고 지금에 이르기까지 삼천여 년간 시는 질문質文·체재體裁·격률·성조·사구辭句 등에서 교차되고 바뀌어 왔다. 시는 본원이 있으면 지류도 있는 법이며, 근본이 있으면 말末도 있는 법이다. 또한 지류를 따라 본원으

로 거슬러 가기도 하고 말을 따라서 근본으로 돌아가기도 한다. 그 배움의 경지는 무궁하며 이치도 날로 새로 나온다. 이에 시의 도란 하루에 이어지거나 혹은 그칠 것이 아님을 알 수 있다. 그러나 어느 한 때를 놓고 논하자면 흥성함이 있으면 쇠퇴함이 있는 법이고, 천고를 놓고 보면 번성함은 반드시 쇠미함에 이르고, 또 쇠미함으로부터 다시 번성함이 있게 된다. 이전의 것이 반드시 성한 것도 아니요. 뒤의 것이 반드시 쇠함에 있는 것만도 아니다.13)

② 시인은 글을 짓는 처음에 이런 일에 마음을 쏟아야 한다. 반드시 먼저 느낌이 와 닿아 그 뜻이 일어나고, 그 뒤 말을 구사하며 구를 이루어 넓혀 문장을 이룬다. 느낌에 닿아 뜻이 일어날 때, 그 뜻과 말과 구절은 허공을 가르고 창조되는 것이니 모두 무無에서 생기는 것이며 임의대로 마음에서 취한다. 그래서 정情과 경景과 사事 등으로 나오는데 이것들은 아직 다른 사람들이 한 말이 아니라 내가 처음으로 한 말이다. 그러므로 말하고 듣는 이 모두 진심으로 기뻐 읊조린다. 그러나 만일 이런 뜻과 말과 구절이 먼저의 것과 조금 다르기는 하지만 이들을 두 번 보게 된다면 읊조리는 이는 이미 무릎을 치며 감탄하지는 않게 될 것이다. 여러 차례 보면 볼수록 케케묵어 양치질한 물과 같아 코를 막고 지나가게 될 것이다.14)

---

13) "詩始於三百篇, 而規模體具於漢. 自是而漢, 而文朝三唐歷宋元明以至昭代, 上下三千餘年間, 詩之質文・體裁・格律・聲調・辭句, 遞嬗升降不同, 而要之詩有源必有流, 有本必有末. 又有因流而溯源, 循末而返本, 其學無窮, 其理日出. 乃知詩之爲道, 未有一日不相續相禪而或息者也. 但就一時而論, 有盛必有衰, 綜千古而論, 則盛而必至於衰, 又必自衰而復盛, 非在前者之必居於盛, 後者之必居於衰也."
　　①②③의 문장은 모두《原詩》권1에서 순서대로 문학의 흐름을 분석한 글을 발췌한 것이다.

14) "原夫作詩者之肇端, 而有事乎此也, 必先有所觸以興起其意, 而後措諸辭, 屬爲句. 敷之而成章. 當其有所觸而興起也, 其意・其辭・其句・劈空而起, 皆自無而有, 隨在取之於心. 出而爲情・爲景・爲事, 人未嘗言之, 而自我始言之. 故言者與聞其言者, 誠可悅而永也. 使卽此意・此辭・此句雖有小異, 再見焉, 諷咏者已不擊節. 數見則益不解, 陳陳踵見, 齒牙餘唾, 有掩鼻而過耳."

③ 풍아風雅에는 정正과 변變이 있는데 그 정변이 시대에 관계된
다 함은 정치·풍속의 득과 실 그리고 융성과 오염으로부터 말미암
음을 말하는 것이다. 이는 시대를 가지고 시를 논함이니, 시대의
변화에 시가 뒤따르는 것이다. 시대가 변하여 계속하여 올바름을
잃지 않으려고 한다. 그러므로 번성하여 쇠하지 않음, 이것이 시의
본원(源)이다.

내 말하건대 후대의 시는 정과 변이 있어서 그 정변이 시에 관계
된다 함은 체격體格·성조聲調·명의命意·조사措辭·신고新故·승
강升降이 다른 것을 말하는 것이다. 이는 시로써 시대를 말하는 것
이나, 시가 여러 번 변하여 시대가 이에 부응하여 따르게 된다. 그
러므로 한·위·육조·당·송·원·명이 각기 성쇠를 했던 바는 오
직 변變으로써 정正이 쇠해짐을 구하려 한 것이다. 그러므로 성盛
과 쇠衰를 교차함, 이것은 시의 지엽의 흐름〔流〕이다.

본원에 대해 말하자면 마치 백천百川의 발원이 각기 다른 데서
나와 온갖 경로가 있지만 모두 바다를 향해감은 같은 것이다. 또
흐름에 대해 논하자면 마치 하천이 천하를 경행하다가 홀연 구하九
河로 흩어짐 같다. 강은 아홉으로 나뉘나 모두 바다를 향해감은 같
은 것이다. 역대로 한·위 이래의 시를 살펴보면 원源과 류流를 좇
아 승강하였다. 정이 원이 되어 늘 성한 것도 아니며 변이 류가 되
어 쇠하기 시작한 것도 아니다. 그저 정이 점차 쇠퇴함에 따라 변
이 나와 성할 수 있었던 것뿐이다.15)

①글에서는 문학의 시대에 따른 성쇠를 말하고 있는데, 성쇠의
변천에 대해서 그는 복고적 입장을 취하지 않고 있으며, 동시에

---

15) "且夫風雅之有正有變, 其正變係乎時, 謂政治風俗之由得而失, 由隆而汚,
　　此以時言時, 時有變而詩因之, 時變而失正, 詩變而仍不失其正, 故有盛
　　無衰, 詩之源也. 吾言後代之詩, 有正有變, 其正變係乎詩, 謂體格·聲
　　調·命意·措辭·新故·升降之不同, 此以詩言時, 詩遞變而時隨之, 故
　　有漢·魏·六朝·唐·宋·元·明之互爲盛衰, 惟變以救正之衰, 故遞衰
　　遞盛, 詩之流也. 從其源而論, 如百川之發源, 各異其所從出, 雖萬派而
　　皆朝宗於海, 無弗同也. 從其流而論, 如河流之經行天下, 而忽播爲九河,
　　河分九而俱朝宗於海, 則亦無弗同也. 歷考漢·魏以來之詩, 循其源流升
　　降, 不得謂正爲源而長盛, 變爲流而始衰. 惟正有漸衰, 故變能啓盛."

성쇠의 변천은 근본과 지류를 통하여 양면적으로 변화 가능하다는 암시를 하고 있다.

②글에서는 창작의 과정에서 각고의 노력과 영감을 통해 발표한 글은 전대의 누구도 말하지 않은 것으로서 값이 나가지만, 만일 이것을 조금 변형시켜 다시 써 먹는다면 이에 대해서는 처음 보았을 때의 감탄과 흥분이 사라지고 자꾸 보면 볼수록 가치가 낮아져 나중에는 전혀 새로움을 느끼지 못하는 진부한 글이 되어 버린다는 것이다.

③글에서는 시와 시대와의 관계를 언급하였다. '시대[時]→시詩', 즉 시대와 문학의 영향 관계에 대해서는 시가 시대의 정치·풍속에 영향 받음을 말하고 있다. 시대가 쇠해지면 시는 이를 바로 잡고자 변의 시로써 잘못된 것을 구하려 하는데 이것이 바로 시의 본 바탕인 '원源'이라고 했다. 또 '시대[時]→詩'의 영향 관계란 시의 체격·성조·조사·명의의 변천에 따라 시대가 그것들을 좇아 풍조가 변하니, 이것이 시대의 지엽에 있어서의 다양성인 '류流'라고 한다. 이 두 가지 '원源'과 '류流'는 시대에 따라 승강이 있는데, 이들 경우에 있어서 정正이 늘 성하고 변變이 쇠퇴의 시작만은 아니었다. 다만 정이 점점 쇠해짐에 따라 변으로써 구하고자 변이 성하였던 것이다. 이러한 정·변의 상호 운동성은 시대에 따라서 나타나는 상대의 결점을 보완하여 각자의 역할을 올바로 수행하기 위해 나온 해결의 방향으로서 진행된 것으로 보인다.

이상의 정·변으로 이야기되는 상호 운동성은 질·문으로 대체하여 문학의 흐름을 해석할 수 있을 것이다. 즉 질의 문학과 문의 문학은 시대와 문학과의 양쪽 추 사이에서 시대적 교차의 운동성을 보여 주어, 시대가 문학에 영향을 주는가 하면, 한편으론 문학이 시대에 영향을 주면서 질·문의 상호 변증법적 상호작용 속에서 발전해 왔다는 설명이 가능하다. 그리고 그러한 발전의 방향은 질·문간의 진자적 교차가 아닌 나선적 교차를 통한 발전이다. 그러면 이제 앞장에서 언급한 포괄적 개념으로서의 문·질의 상호적 특성들에 대한 역대의 평가와 문학론에서 지니는 의미를 알아본다.

Ⅳ. 문·질 각론

본 장에서는 문·질의 주안점에 따른 각기의 입장, 그리고 상호 조화론을 순차적으로 나누어 본다. 다만 기본적으로 전제되어야 할 것은 문만을 강조한 것은 상당히 드물다. 그리고 여기서의 조화론 역시 질 우선적 입장을 취하고 있는 것이라고 규정한다. 그러므로 문의 입장에서 조화를 주장한 것은 문의 입장으로 처리하였다.

1. 문 중심론

내용과 실질을 숭상하는 중국의 전통 사상 하에서 질을 도외시하고서 문만을 강조하기가 어렵다. 여기에서 문을 강조한다는 것은 형식주의적이고 심미적인 입장에서 작품의 예술성을 높이기 위한 시도로 이해할 수 있다. 따라서 이러한 견해는 운율·구법·평측·대우·수식 등의 아름다운 조화를 통한 감상의 만족을 목적하고 있다. 이러한 형식적 기교론은 그것이 극단적 심미론으로 가지 않는 한, 그 자체로서 독자적인 존립을 기하기 어려운 것이 사실이다. 따라서 문·질에 대한 논의도 경도되는 정도에 따라 그 입장을 결정해야 할 것이다.

건안칠자의 한 사람인 응창應瑒은 〈문질론文質論〉중에서 역대 왕조의 교차 중에 시대에 따라 드러나는 질에 대한 문의 우위를 말하기도 했다.16) 하지만 이것은 아직 본격적 문학론이라고 보기는 어렵다. 미문에 대한 본격적인 평가를 한 사람은 육기이다. 물론 이전에 조비의 《전론典論·논문論文》에도 약간 언급되나 이것은 너무 단편적이다.17) 육기는 창작론적 입장에서 문질을 함께 존중하였으나, 기본적으로 문의 문학에 대해서 영향준 바 크다.

> 문학 작품에는 여러 가지 모양이 있어서 그 형태가 자주 변한다. 뜻을 모을 때는 공교함을 숭상하고, 말을 사용함에는 아름다움을 귀히 여긴다. 성운이 서로 교차함은 마치 오색이 서로 펼쳐짐 같다. 비록 성률의 구사가 정해진 법도가 없어서 불안해 편치 않기는 하지만, 만약 그 구사의 변화와 순서에 능통할 수 있다면, 물길을 열어 샘을 받아들이는 것같이 자연스러울 것이다. 만약 그 순서를 놓쳐 나중에 알게 된다면 늘 말미를 가져다가 거꾸로 잇게 된다. 현황玄黃의 질서를 잘못 구사하게 되면 때가 묻어 선명치 못하게 된다.18)

육기는 창작의 과정에서 글을 쓰는 실제적인 순서와 방법에 대해 대우와 운율과 미의식이 극도로 강구된 변려체騈儷體로써 이야기 한다는 점도 재미있는 사실이다. 이 글의 주안점은 어떻게 하면 오색이 빛나듯이 오음이 서로 조화하며 순서와 법도에 맞는 문질병론文質並論의 글을 쓰겠느냐 하는 것이다. 이러한 미문에의 추구는 심약에게서 같은 논지로 자세히 설명되고 있다.

옷깃을 제치고 글을 쓰는 마음을 논함에 전인들의 글을 검토해

---

16) 《全上古三代秦漢三國六朝文·全後漢文·文質論》, "陰陽初分, 日月運其光. …否泰易趨, 道無攸一, 二政代序, 有文有質. …然後知質者之不足, 文者之有餘."
17) "夫文本同而末異, 蓋奏議宜雅, 書論宜理, 銘誄尙實, 詩賦欲麗."
18) 〈文賦〉, "其爲物也多姿, 其爲體也屢遷, 其會意也尙巧, 其遣言也貴妍, 暨音聲之迭代, 若五色之相宣. 雖逝止之無常, 固岐錡而難便, 苟達變而識次, 猶開流以納泉, 如失機而後會, 恆操末以續顚, 謬玄黃之秩序, 故淟忍而不鮮."

보면, 시문의 공졸工拙의 이치를 말할 수 있다. 오색이 서로 드날려 조화되고, 여덟 가지 악기로 내는 소리들이 조화하여 소리남은, 색깔과 음률이 각기 적합한 위치를 찾았기 때문이다. 궁상宮商의 오언이 서로 변하고, 고저가 조화하기 위해서는, 앞이 가볍게 뜨는 평성이라면 뒤에는 가라앉는 측성이 와야 한다. 한 구 중에도 음운이 다르며, 두 구 가운데 경중이 달라야 한다. 이러한 이치에 능통해야 비로소 글을 말할 수 있게 된다.19)

심약은 인간이 감성과 품성을 하늘로부터 받았으며, 이러한 재능을 최대한으로 아름답게 표현해야 한다는 것이다. 그리고 실제로 음의 조화에 관한 구체적 방법들을 몇 가지 언급하였다. 심약을 통하며 문인들은 글을 지을 때 성률에 대한 추구를 심화시켰고, 당에 와서는 근체 율시의 완성을 가져오게 되었다. 특히 한자는 문자의 특성상 성조어이면서 부수를 가진 점, 그리고 표의 문자라는 점 등으로 인해 청각적·시각적 만족을 기하기에 적합할 뿐만 아니라, 풍부한 동의어와 반의어 및 유음類音 등으로 인해 연자鍊字·대구對句에도 아름다움의 추구를 기할 수 있다는 점이 있다. 그러나 표현의 기교에 지나치게 신경을 쓴다 보면 내용이 빈약해지기 쉽다.

송초에는 만당의 유미주의를 이어 서곤체西崑體가 유행하였고, 사詞에 있어서는 화간파가 그러했다. 또 북송 중엽 이후 남송에 이르기까지 강서시파 말류의 시인들이 점차로 창작 방식의 형식화를 추구하였다. 황정견의 점철성금點鐵成金의 시법 추구적 창작 방식을 표방한 이들은, 표현의 기奇를 추구하며 독창적 경지의 개척을 위해 노력한 황정견과 달리, 이미 널리 유포되어 독창적이지 못하게 된 황정견의 방법을 재현하려고 하다가 그저 표피적 답습에서

---

19)《宋書·謝靈運傳論》, "若夫敷衽論心, 商搉前藻, 工拙之數, 如有可言. 夫五色相宣, 八音協暢, 由乎玄黃律呂, 各適物宜. 欲使宮羽相變, 低昂互節, 若前有浮聲, 則後須切響. 一簡之內, 音韻盡殊, 兩句之中, 輕重悉異, 妙達此旨, 始可言文."

끝나버렸다. 이렇게 시를 짓는 것이 한 가지 창작 기술같이 되어서는 질의 문학이 될 수 없다.

이밖에 문질 조화적이면서도 결국 문의 문학에 대해 영향을 준 사람으로 양梁의 소통蕭統(501~531)을 들 수 있다. 그가 편선하여 부로부터 시작되는 《문선》은 순수 시문 총집으로서 중국은 물론 한국에서도 역대로 과거시험의 학습 교재역을 하며 후대의 문학에 중요한 영향을 끼쳤다. 그는 〈문선서文選序〉에서 사륙변려문으로 문선의 기준 및 그의 문학관을 피력했는데, 서두에서는 사물이 간단·질박한 데서부터 시대의 흐름을 따라 점차 복잡·화려하게 된다는 발전론적·문 중심적 견해를 폈다.20) 아울러 이전까지 주요한 흐름이었던 경적經籍을 탈피하여 '편장篇章' '편한篇翰' '편십篇什' 등으로 불렸던 순문학 작품들은 역시 미문의식의 발로에서 이렇게 표현한 것이라고 생각된다. 이러한 맥락에서 결어 부분에 내건 선문選文의 기준이 되는 '내용은 깊은 생각에서 나왔으며, 그 의의는 아름다운 수사로 귀착된다.'21)는 말 역시 조화적 입장이면서도 미문에 대한 배려이다.

이러한 문 추구의 입장 표명은 조화론까지 포함하더라도 그리 많지 않음을 알 수 있다. 이 역시 적어도 겉으로는 실질적 효용을 중시했던 중국적 사유의 한 양상으로 보인다. 그러나 문학의 표현과 기교에 대한 연마와 추구는 후세로 내려가면서 계속 진행되었으며, 후대에 유행한 시화詩話가 이러한 문제를 주된 토의 과제로 삼았는데, 여기서 언급하지는 않겠다.

---

20) 〈文選序〉, "若夫椎輪爲大輅之始, 大輅寧有椎輪之質. 增冰爲積水所成, 積水曾微增冰之凜, 何哉. 蓋踵其事而增華, 變其本而加厲, 物旣有之, 文亦宜然, 隨時變改, 難可詳悉."
21) "事出於沈思, 義歸乎翰藻."

2. 질質 중심론

앞서 본 바와 같이 문 추구의 입장은 그리 많지 않다. 대부분이 질 추구의 입장이다. 질 추구의 입장은 사실 조화론까지도 포함 가능하다. 본절에서는 문의 극성極盛에 대한 반발로서 질을 추구한 것들을 다루기로 한다. 여기에는 고문운동에 관련한 입장들이 다수 포함된다.

육조의 유미적 경향에 반대한 본격적 인물은 양梁의 배자야裵子野(467~528)이다. 그는 〈조충론雕蟲論〉에서 당시의 극성한 심미적 경향을 다음과 같이 내용성이 빈약하다고 비난하여 고문운동을 열었다.

이로부터 여염집 젊은이나 귀한집 자제들은 육예六藝를 방기放棄하지 않은 이가 없었고, 그저 시부詩賦를 읊을 뿐이었다. 배우는 이는 시 짓는 일만을 위주로 하고, 경전의 장구章句를 따지면 어리석다고 여기게 되었다. 이에 지나친 수식적 글은 경전에 어긋나고, 오직 아름다운 것만을 훌륭히 여겼다. 관현管絃에 맞추지 않으면 예의에 귀결되지 않는 것으로 여겼으며, 속마음은 초목을 읊는 데만 뜻이 있고, 멀리로는 풍운을 말할 정도였다. 그 흥취는 위로 뜰 뿐 뜻이 약하였다. 말은 교묘하지만 핵심이 없고, 완곡하여 은미하지만 뜻이 깊지 못했다. 주요한 일을 논하고자 하여도 이 역시 송의 유풍을 좇을 뿐이었다. 만약 계찰季札이 있어 음악을 듣는다면, 이것들은 다 나라를 흥성하게 하는 것들이 아니니, 공자의 아들 리鯉가 공자 앞에서 정원을 조심스레 걸어가듯이 감히 이를 짓지 않을 것이다. 순자가 말한 '난세의 징조는 그 글을 보면 탐닉되어 화려하다'라는 말이 어찌나 그럴싸한지!22)

---

22) "自是閭閻年少, 貴游總角, 罔不擯落六藝, 吟詠情性. 學者以博依爲急務, 謂章句爲專魯. 淫文破典, 斐爾爲功, 無被於管絃, 非止乎禮義, 深心主卉木, 遠致極風雲, 其興浮, 其志弱. 巧而不要, 隱而不深, 討其宗途, 亦有宋之(遺)風也, 若季子聆音, 則非興國, 鯉也趨庭, 必有不敢. 荀卿有言, '亂代之徵, 文章匿而采', 斯豈近之乎."

  당시의 기교적 풍조에 반대한 주장은 특히 유협의 《문심조룡》 곳곳에 나타나고 있다. 그는 종합적으로 문학 이론을 정리하였는데, 이 가운데 문질관은 그의 중요한 안건 가운데 하나였다. 먼저 문의 폐해를 지적하여 질의 우선성을 말한 것들을 발췌한다.

  위진이래 점차 문식文飾에 힘쓰게 되었다.23)

  경미輕靡한 작풍은 가볍고 힘이 없어서 휘날려 세속에 얽매이기 쉽다.24)

  표현에 있어서 골골骨을 기다림은, 신체가 뼈를 세움과 같다.25)

  환담桓譚이 말하길 '작가는 가기 좋아하는 형식이 있어서, 누구는 부화浮華하여 실질적 핵심을 깨닫지 못하기도 하고, 누구는 많은 것을 좋아해서 요체를 발견하지 못하기도 한다.'26)

  장자와 한비자의 말을 살펴보면, 수식이 지나쳐 과도한 사치에 빠지게 됨을 알 수 있다.27)

  옛날의 시경 시인들은 내용을 전달키 위해 문식文飾을 가했는데, 뒤의 사인辭人들의 부송賦頌은 문식文飾을 위해 내용을 만들어 낸다.28)

  비취털의 낚시에 계피 미끼를 달면 오히려 고기를 잡을 수 없음을 알겠다.29)

---

23)〈議對〉, "魏晋以來, 稍務文麗."
24)〈體性〉, "輕靡者, 浮文弱植, 縹緲附俗者也."
25)〈風骨〉, "辭之待骨, 如體之樹骸."
26)〈定勢〉, "桓譚稱, '文家各有所慕, 或好淫華而不知實覈, 或美衆多而不見要約.'"
27)〈情采〉, "詳覽莊韓, 則見華實過乎淫侈."
28)〈情采〉, "昔詩人什篇, 爲情而造文, 辭人賦頌, 爲文而造情."
29)〈情采〉, "知翠綸桂餌, 反所以失魚."

말은 수식을 함으로써 멀리 전달된다는 것은 사실이다. 마음 속
생각이 결정되고서야 밖으로 꽃이 핌을 볼 수 있다. 고운 비단은
퇴색하기 쉽고, 무궁화는(아침에 피어 저녁에 지므로) 헛되이 아름
답다. 내용이 없는 지나친 문식은 그 맛이 금방 싫증나기 쉽다.[30]

근대의 문인들은 화미華美에만 힘써 실질을 방기한다.[31]

송옥·경차 이래로 과식夸飾이 성행하여, 사마상여는 그 풍조를
이어 쓸 데 없는 수식이 더욱 심해졌다. ……이들은 그 위세를 과
장하여 사실을 어그러뜨린 것이다.[32]

수식이 그 요점을 추구하면 내용과 표현이 함께 성하지만, 수식
이 너무 지나치면 명名과 실實이 어긋난다.[33]

유협은 질 중심의 문·질 조화론자이므로 과도한 수식이나 실질
이 빈약한 문의 풍조에 대한 반대가 컸다. 질 우선적 조화론은 다음
절에서 보기로 한다. 문의 폐해를 지적한 견해는 왕통王通[34](584~
618)·진자앙陳子昂(661~702)·한유 등의 고문가를 거치며 이어
진다. 그 중 진자앙의 다음 글은 질박한 한위漢魏의 기풍을 회복할
것을 주장하고 있다.

문장의 도가 폐하여진지 오백년이 되었습니다. 한위의 풍골은 진
송에 전해지지 않았지만, 문헌을 통해 찾아 볼 수 있습니다. 제가
한 때 제량齊梁의 글을 살펴보니 수사 위주의 글은 번잡하기만 하

---

30) 〈情采·贊〉, "言以文遠, 誠哉斯驗, 心術旣形, 英花乃瞻, 吳錦好渝,
    舜英徒艶, 繁采寡情, 味之必饜厭."
31) 〈程器〉, "近代辭人, 務華實棄."
32) 〈夸飾〉, "自宋玉·景差, 夸飾始盛, 相如馮風, 詭濫愈甚, …… 此欲
    夸其威而其事義暌剌也."
33) 〈夸飾〉, "然飾窮其要, 則心聲鋒起, 夸過其理, 則名實兩乖."
34) 《中說·王道》, "今言政而不及化, 是天下無體也, 言聲而不及雅, 是天
    下無樂也, 言文而不及理, 是天下無文也."

여 흥기興寄가 이미 끊어졌습니다. 볼 때마다 탄식만 하였습니다. 고인들을 생각할 때 늘 이리저리 수식을 기하여 퇴폐적 아름다움만 있어 풍아風雅가 지어지지 않을까 하여 염려될 뿐입니다.35)

금대金代에는 왕약허王若虛가 강서시파 말류의 폐단을 느껴 그들을 맹공격하면서 반형식주의를 주장하였다. 그는 특히 강서시파의 종주인 황정견을 비난하여 강서시파의 창작 방식의 형식성을 뿌리부터 흔들고자 하였다. 그의 황정견에 대한 공격은 너무 지나쳐 일면 객관성을 결여한 듯이 보이기는 하나, 전반적인 그의 문학관념에 대한 피력은 질의 문학이란 관점에서도 예리함이 있다. 이러한 주장은 남송말부터 금까지 유행된 형식주의 및 반형식주의의 논쟁이 있었던 풍조에서도 기인하는 것이다.36)

황산곡黃山谷의 시는 기奇할 뿐 묘妙함이 없고, 끊고 자르기만 하였지 시원함이 없다. 학문을 나열하여 풍요함으로 여겼고, 진부한 말을 조금 바꾸어 새롭게 했다고 여겼다. 그리하여 전체가 자연스레 이루어져 마음 속으로부터 우러나오는 맛이 부족하다. ……우리 삼촌 주앙周昻의 논설이 타당하다. '송의 문장은 황노직黃魯直에 와서 이미 한 쪽으로 치우쳐서, 진후산陳後山 이후로는 그 폐해를 이겨내지 못했다. 중용의 입장에서 큰 안목으로 본다면 그 시비와 진위를 보아 알 수 있을 것이다.'37)

---

35) 《四部叢刊》, 《陳伯王集》 권1, 〈興東方左史修竹篇序〉, "文章道弊五百年矣. 漢魏風骨, 晋宋莫傳, 然而文獻有可徵者. 僕嘗暇時觀齊梁間詩, 彩麗競繁, 而興寄都絶, 每以永嘆, 竊思古人, 常恐透迤頹靡, 風雅不作, 以耿耿也."

36) 그 중 육유(1125~1210) 역시 강서시파를 우호하기는 했지만 질적인 측면을 강조했다. 〈上辛給事書〉, "君子之有文也, 如日月之明, 金石之聲, 江海之濤瀾, 虎豹之炳蔚, 必有是實, 乃有是文, 夫心之所養, 發而爲言, 言之所發, 比而成文. 人之邪正, 至觀其文, 則盡矣決矣"

37) 《濾南遺老集》 권39, 〈詩話〉, "山谷之詩, 有奇而無妙, 有斬絶而無橫放, 鋪張學問以爲富, 點化陳腐以爲新. 而渾然天成, 如肺肝中流出者不足也. ……善乎, 吾舅周君之論也. 曰, '宋之文章至魯直, 已是偏仄

그의 강서시파에 대한 공격이란, 강서시파 자신은 두보를 조산祖山으로 한다고 하지만 실은 서곤체를 좇고 있다는 것이다. 왕씨는 그들이 평실平實한 형사形似의 문학이 아닌 소기小技적인 진언陳言의 포장鋪張을 일삼는다는 점에서 질박한 기풍을 진작시키려고 했던 것이다. 왕씨의 이론은 너무 직선적인 데다가 간략하고 두루 객관적인 입장을 견지하지 못해 편협적이나, 적어도 문의 문학 말류의 폐단을 시정해 보려 했다는 점에서는 좋게 평가받을 것이다.

위경지魏慶之의 평어評語로써 본절의 관점을 맺도록 한다.

세상에서 글의 기려綺麗함을 좋아하지만, 글을 아는 이는 이를 경시한다. 젊은이는 풍화농설風花弄雪을 좋아하지만 나이 들면 싫증이 나기 마련이다. 그러므로 문장에는 논지가 이치에 맞는 것과 맞지 않는 것이 있는데, 맞는다면 아름답게 수사를 써서 풍화농설을 하여도 모두 훌륭한 경지에 들어갈 수 있으나, 맞지 않는다면 일체가 다 장황한 말이 된다. 위로 제량齊梁 시대의 문인들로 유몽득劉夢得·온비경溫飛卿 등에 이르기까지 왕왕 수사 위주로 풍화농설만을 말해 정기正氣를 해쳤으니 그 과실은 이치를 견지하지 못하고 말만이 남아도는 때문이다.[38]

3. 문·질 조화론

문·질 조화적 입장을 취하는 이들은 대개가 질을 중시하는 가운데서 문과의 조화를 통해 작품성이 커짐을 말하고 있다. 본 절에서는 그 전개 양상을 보도록 한다. 육기는 실제 창작에서는 문을 중시했으나, 이론상으로는 문·질 조화론을 지향했다.

處, 陳後山而後, 不勝其弊矣. 人能中道而立, 以巨眼觀之, 是非眞僞, 望而可見也."

38)《詩人玉屑·綺麗》, "世俗喜綺麗, 知之能輕之, 後生好風花, 老大卽厭之. 然文章論當理與不當理耳, 苟當於理, 則綺麗風花, 同入於妙, 苟不當理, 則一切皆爲長語. 上自齊梁諸公, 下至劉夢得·溫飛卿輩, 往往以綺麗風花, 累其正氣, 其過在於理不勝而詞有餘也."

　　마음을 다하여 생각을 모으고, 여러 생각들은 구사하여 글로 표
현한다. 천지를 형상 속에 다 모아넣고, 만물을 붓끝에 꺾어 집어
넣는다. 처음에는 메마른 입술을 머뭇거리다가 끝내는 젖은 붓에서
흘러 나간다. 이치는 나타내려는 생각을 도와 기둥을 세우고 수사
는 가지를 드리워 무성하게 한다.39)

　　이 글은 창작의 과정을 설명하면서 질로서의 이理와 문의 수식
이 상호 보완적인 점을 이야기하고 있다. 이러한 논의는 종영의
〈시품서詩品序〉에서 문체와 연결되어 나타난다.

　　이 세 가지 흥興·비比·부賦를 확대하여 정황에 맞추어 쓸 수
있다. 풍골로써 근간을 삼고 수식으로써 윤색한다면, 그것을 감상
하면 기분이 좋고, 그것을 들으면 마음이 움직이게 되니 이것이 시
의 지극한 상태이다. 만약 비比·흥興만을 사용하면 뜻이 너무 심
각해지는 결점이 있다. 뜻이 심각하면 말이 껄끄럽다. 만약에 부만
을 쓰면 뜻이 너무 뜨게 된다. 뜻이 뜨면 글이 조리가 없어진다.
그리하여 글이 흐르는 것만을 좋아하여 문장이 멈춤이 없어 괜히
번다하기만 하고 산만해지는 폐단이 있게 된다.40)

　　〈시품서〉에서의 문체는 시를 주조로 하는 운문의 문체를 다루고
있는데 중국시의 전통적 수사기법인 흥興·비比·부賦 셋 중에서
다시 비흥과 부의 이분적 관점에서 작품의 문질과의 친소 관계를
다루고 있다. 비흥이 우회적 방법으로 의미의 강조에 접근해 있다
면, 부는 전통적으로 사물의 묘사에 의한 전달을 위주로 하고 있
는 점 때문에 과식夸飾적 요소를 배제하기 어렵다는 점에서 문에
가깝게 보고 있다는 것이다.

---

39)〈文賦〉, "罄澄心以凝思, 眇衆慮而爲言, 籠天地於形內, 挫萬物於筆端,
　　始躑躅於燥物, 終流離於濡翰, 理扶質以立幹, 文垂修而結繁."
40)"宏斯三義, 酌而用之, 幹之以風力, 潤之以丹彩, 使味之者無極, 聞之
　　者動心, 是詩之至也. 若專用比興, 患在意深, 意深則詞躓. 若但用賦
　　體, 患在意浮, 意浮則文散, 嬉成流移, 文無止泊, 有無漫之累矣."

다음은 진陣 안지추顏之推(531~595?)의 문질론이다. 그가 남북조 양쪽에 모두 살았던 영향인지 문·질의 조화의 입장에서 두 가지를 함께 수용하고 있다.

고인의 글은 큰 재질에 빼어난 기운이 있어 글의 체제와 풍격이 지금과는 사뭇 다르다. 그러나 구성이 소박하여 치밀함이 없다. 지금은 음률이 아름답고 장구가 대장對枕을 이루어 글의 금기 사항을 잘 지켜 옛 글보다 훌륭한 데가 많다. 당연히 옛 체제를 위주로 하고 지금의 사조를 덧붙여 두 가지를 다 살려야지 어느 한 쪽 이라도 버려서는 안 될 것이다.41)

조화론에 대한 집중적이고도 전문적인 의견을 개진한 것은 유협이다. 이는 《문심조룡》에 나타난 주안점의 하나로서, 특히 〈정채情采〉편이 대표적이다. 그의 문질관은 질 우위적 조화론이다.

① 성현의 저작물을 총칭하여 '문장'이라고 할 때, 그 원뜻은 아름다운 문채가 아니고 무엇이겠는가? 물의 성질은 허하면서도 파문이 맺히고, 나무의 바탕은 실질적이면서도 꽃을 피게 한다. 결국 문이 질에 기댄 양상이다. 범·표범이 겉무늬가 없다면, 날가죽은 개·양과 다를 바 없으며, 무소 코뿔소의 외피도 염색을 기다려서야 훌륭하게 되는 것이니, 이는 질이 문에 힘입은 양상이다.42)

② 눈썹 연필로 낯을 예쁘게 꾸밀 수는 있으나, 아름다운 모습이란 본디의 정숙한 자세에서 나오는 것이다. 또한 문채로써 말을 꾸밀 수는 있으나 글의 아름다움은 작가의 본마음에 근거하는 것이다. 그러므로 작가의 성정은 문의 세로선이요, 문식은 이理의 가로

---

41) 《顏氏家訓·文章》, "古人之文, 宏林逸氣, 體度風格, 去今家遠, 但緝綴疏朴, 未爲密緻耳. 今世音律諧靡, 章句偶對, 諱避精詳, 賢于往昔多矣. 宜以古之制裁爲本, 今之辭調爲末, 幷須兩存, 不可偏棄也."
42) "聖賢書辭, 總稱文章, 非采而何? 夫水性虛而淪漪結, 本質實而花萼振, 文附質也. 虛豹無文, 則鞟同犬羊, 犀兕有皮, 而色資丹漆, 質待文也."

선이다. 경선이 바르게 되고서 위선이 이루어지며, 이가 정해진 후
에 수사修辭를 펼 수 있다. 이것이 글을 짓는 근본 법칙이다.43)

③ 그러므로 진실된 성정을 위하는 자는 핵심적이고 간략하면서
도 진실을 서술하고, 문식을 위하는 자는 말이 너무 아름다우면서
도 번다하다. 그런데 후대의 작자들은 부화한 말을 추구하고 진실
을 경시하여 풍아의 도를 멀리 버리고 사부辭賦만을 가까이 받들었
다. 따라서 정을 체득한 작품은 날로 줄어들고, 문채를 좇는 기풍
은 더욱 성했다. ……도리桃李가 말이 없어도 그 밑에 절로 길이
생기는 것은 열매라는 실질이 있기 때문이다. 남자가 난을 심어 기
르면 향기가 없는 것은 남자에게는 그러한 성정이 없기 때문이다.
초목같은 미물도 진정한 성정을 의지해 실질을 기다리는데, 하물며
문장이란 뜻을 서술함을 근본 삼는 것인데 표현과 뜻이 상반된다면
그 글을 어찌 믿을 수 있겠는가?44)

윗 글에서 유협은 문·질 각각이 지니는 장점(①)과 함께 당시
까지의 문·질 문학의 대체(③)를 서술하였고, 문·질의 상호적
위치를 설정하였다(②). 여기서 질은 기둥이 되고, 문은 질을 풍성
케 하는 가지와 꽃임을 밝혀, 서로의 장점으로 상대의 가지지 못
한 것을 보완하여 전체로서의 이상적 상태를 지닌 작품이 나와야
한다고 하였다. 그리고 부기하여 실질적 핵심이 결여되어서는 안
된다고 하여 질에 보다 큰 비중을 두고 있음을 밝혔다(③). 유협
의 조화적 문질론은 시대를 통틀어 타당성 있는 탁월한 주장으로
수용되어 이에 대한 반론을 찾기 힘들다.

송대 엄우의 입장도 역시 조화론으로 말할 수 있을 것 같다. 그

---

43) "夫鉛黛所以飾容, 而盼倩生於淑姿, 文采所以飾言, 而辯麗本於情性.
  故情者文之經, 辭者理之緯, 經正而後緯成, 理定而後辭暢, 此立文之
  本源也."
44) "故爲情者要約而寫眞, 爲文者淫麗煩濫, 而後之作者, 採濫忽眞, 遠棄
  風雅, 近師辭賦, 故體情之製日疎, 逐文之風愈盛. ……夫挑李不言而
  成蹊, 有實存也, 男子樹蘭而不芳, 無其情也. 夫以草木之微, 依情待
  實, 況乎文章, 述志爲本, 言與志反, 文豈足徵."

는《창랑시화滄浪詩話・시변詩辨》에서 선가禪家의 방법을 통한 문학론을 폈는데, 시에 있어서 중요한 것은 묘오妙悟라고 하며 시는 이치를 강조한 글과는 다른 흥취가 있어야 한다고 했다. 그는 여기서 강서시파의 형식주의를 반대하고 나서서 일견 문에 상반되는 듯이 보이지만, 여러 가지 창작 방식상의 노력을 기울여 기교에 대한 내적 집착을 엿볼 수 있다. 그리고 시작에 있어서는 이치에만 급급해서도 안되지만 표현의 덫에 걸려서도 안된다고 주장하여 '전체로서 자연스러운〔渾然天成〕' 중에 서정성을 회복해야 한다고 말해 조화론자의 입장을 보여주고 있다.[45) 그러나 여타의 조화론자와는 달리 질보다는 문에 더 치중하였다.[46)

격조파格調派에 속하는 청대 섭섭葉燮의 시론은 매우 견실하다.

시인의 규칙은 일단一端만이 아니다. 골격骨格, 성조聲調를 항상 먼저 힘써야 하니 이는 비평가가 다 알아야 할 것들이다. 그리고 시인의 능사도 역시 한 가지만이 아니니, 창로蒼老와 파란波瀾이 있다. 일가에 이르고자 한다면 시를 평하는 이들이 조예 깊게 알아야 할 경지이다. 본인의 식견으로 체격・성조와 창로・파란이 시인들의 요언要言과 묘의妙義이지만, 사실은 다 시의 외피에 해당되는 것들이지 시의 골간은 아니다.……이로 미루어 볼 때, 이 몇 가지는 모두 질을 중심으로 삼아야 한다.

시가가 체격・성조・창로・파란을 규칙으로 하고 능사로 삼음은 지당한 일이다. 그러나 필히 시의 성정性情・재조才調・흥회胸懷・견해見解를 갖추어 질로 삼아야 할 것이다. 마치 형을 이루는 골이 있고서야 여러 가지 방법으로 이에 덧붙여 나오는 것 같고, 흰 비단이 채색을 받는 그 바탕이 있고서야 하나 하나씩 더해지는 것 같

---

45) "夫詩有別材, 非關書也. 詩有別趣, 非關理也. 然非多讀書, 多窮理,
    則不能極其至. 所謂不涉理路, 不落言筌者上也. 詩者, 吟詠情性也.
    盛唐諸人, 惟在興趣, 羚羊挂角, 無迹可求, 故其妙處, 透徹玲瓏, 不可
    湊泊. 如空中之音, 相中之色, 水中之月, 鏡中之象, 言有盡而意無窮."
46)《滄浪詩話》의 상당 부분을 詩作상의 기교에 대해 할애하고 있음도
    이를 말해 주고있다.

다. 그러므로 체격·성조·창로·파란을 그냥 문이라고 할 수 없음
은 질을 기다려야 비로소 문이 되기 때문이다. 또한 그냥 외표의
모습이라고 할 수 없으니 골을 기다려서야 비로소 겉모습이 된다.
그러므로 나는 시 배우기를 좋아하는 이에게 필히 먼저 격물에 힘
써야 한다고 권한다. 지식으로써 그 재질을 채우면 질이 갖추어지
고 골이 세워진다. 그리고 제가의 논설로써 여유롭게 문에 노닌다
면 얻지 않음이 없으니, 피상이라는 비난을 면하게 될 것이다.47)

체격은 작품의 체제요, 성조는 음률의 궁상宮商과 고하高下이
다. 창로는 작품의 원숙성이며, 파란은 작품의 외양이다. 이러한
네 가지는 모두 시작詩作의 근본은 아니며, 그 보다 우선하는 시
인의 성정·재조·흥회·견해라는 질을 기다려서 나타나는 것으
로서의 피상이라 하고 있다. 따라서 시인이 노력해야 할 일은 격
물치지格物致知하여 가슴속에 풍부한 내용을 담도록 해야 한다고
주장한다. 이는 시인의 근본인 재才·담膽·식識·력力을 통해 강
화되며, 그러할 때 비로소 시의 근본인 이理·사事·정情에 통달
하여 훌륭한 작품이 생산된다고 했다.48)

---

47) 《原詩三》, "詩家之規則不一端, 而曰體格, 曰聲調, 恒爲先務, 論詩者
所爲總持門也. 詩家之能事不一端, 而曰蒼老, 曰波瀾, 目爲到家, 評
詩者所爲造詣境也. 以愚謂之, 體格聲調與蒼老波瀾, 何嘗非詩家要言
妙義, 然而此數者其實皆詩之文也, 非詩之質也, 所以相詩之皮也. 非
所以相詩之骨也. ……由是言, 之數者皆必有質焉以爲之者也. 彼詩家
之體格·聲調·蒼老·波瀾, 爲規則, 爲能事, 固然矣. 然必其人具有
詩之性情, 詩之才調, 詩之胸懷, 詩之見解, 以爲其質, 如賦形之有骨
焉, 而以諸法傳而出之, 猶素之受繪, 有所受之地, 而后可一一增加焉.
故體格·聲調·蒼老·波瀾, 不可謂爲文也, 有待于質焉, 則不得不謂
之文也. 不可謂爲皮之相也, 有待于骨焉, 則不得不謂之皮相也, 吾故
善學詩者, 必從事于格物, 而以識充其才, 則質具而骨立, 而以諸家之
論優游以文之, 則無不得, 而免于皮相譏矣."
48) 《原詩二》, "曰理曰事曰情, 此三言者足以窮盡萬有之變態, 凡形形色
色, 音聲狀貌, 擧不能越乎此. 此擧在物者而爲言, 而無一物之或能去
此者也. 曰才曰膽曰識曰力, 此四言者所以窮盡此心之神明, 凡形形色
色 音聲狀貌, 無不待於此而爲之發宣昭著. 此擧在我者而爲言, 而無一

상기한 섭섭의 시론에서 특기할 만한 문질관은 체격·성조·창로·파란의 네 가지가 그 자체로서는 독립적인 문으로서 존재할 수 없고 질에 힘입어서만이 올바른 문이 되고, 바른 겉모습으로 드러나게 된다는 주장이다. 어찌보면 너무나도 당연하다고 할 수 있는 이 주장은 그 근저에 문질의 불가분성·불분리성에 초점을 두고 있다. 유기적이며 종합적으로 문학 창작의 기제를 설명했다는 점에서 섭섭 논의의 탁월함이 엿보인다. 문학에서 엄밀한 의미에서 내용과 형식을 분리해서 이야기 할 수 없듯이 문과 질의 관계도 엄격한 의미로는 분리할 수 없는 것이다. 다만 논의의 편의와 성격을 규정하기 위하여 분리해 말할 뿐인 것이다.

앞에서 살펴본 섭섭의 정변적 문학 발전관 역시 문·질의 상호촉발적 작용을 설명해 주기에 충분하다고 여겨진다. 즉 문의 약함이나 쇠함이 있을 때는 질로써 발전을 꾀하며, 질의 약함이나 쇠함이 있을 때는 문을 통해 이를 타개해 나가는 방식이다.

섭섭의 《원시》 상당부분에서 섭섭의 입장이 문질과 정변 등의 변증적 발전 양식에 의한 문학관을 지닌 점은49), 필자가 본 문·

不如此心以出之者也. 以在我之四衡在物之三, 合而爲作者之文章, 大之經緯天地, 細而一動一植, 詠歎謳吟, 俱不能離是而爲言者矣."

《原詩一》, "惟理事情三語, 無處不然. 三者得, 則胸中通達無阻, 出而敷爲辭, 則夫子所云辭達, 撻者通也, 通乎理通乎事, 通乎情之謂. 而必泥乎法, 則反有所不通矣. 辭且不通, 法更于何有乎?"

49) 葉氏는 新·舊, 즉 '生新'과 '陳熟'의 두 대비를 통해서도 그러한 관점을 강조하고 있다.

《原詩三》, "陳熟·生新, 二者於義爲對待, 對待之義, 自太極生兩儀以後, 無事無物不然. ……對待之美惡, 果有常主乎? 生熟新舊二義, 以凡事物參之, 器用以商·周爲寶是舊勝新, 美人新知爲佳, 是新勝舊, 肉食以熟爲美者也, 果食以生爲美者也, 反是則兩惡. 推之詩獨不然乎? 舒寫胸襟, 發揮景物, 境皆獨得, 意自天成能令人永言三歎, 尋味不窮, 忘其爲熟, 轉益見新, 無適而不可也. 若五內空如, 毫無寄托, 以勦襲浮辭爲熟, 搜尋險怪爲生, 均爲風雅所擯. 論文亦有順逆二義, 幷可與此參觀發明矣."

질의 상호 발전 양식이 상호 유기적으로 관계하는 가운데 더욱 이
상적인 상태로 나아갈 수 있다고 파악하는데 도움을 주고 있다.
작게는 문이 질을 타개하고 질이 문을 타개해 가는 것이라고 하겠
지만, 넓게 보면 문이 질을 구제하여 주고 질은 문을 구제하는 가
운데 더 나은 상태의 질과 문으로 향하는 것이다. 이러한 상호 유
기적 발전과정은 바로 문학 발전의 중심 패턴으로 생각된다.

V. 맺음말

이제까지 고찰한 문과 질에 대한 역대의 상관론에 대한 평가는
일정한 위험을 내포하고 있다. 왜냐하면 문이나 질의 개념에 대한
정의를 어떻게 내리느냐, 또 그 정의의 적용 한계를 어디까지 설
정하느냐 하는 문제에는 여러 가지 논의와 편향이 개재될 수 있기
때문이다. 그럼에도 불구하고 본고에서 문·질론의 역사적 과정을
고찰한 것은, 이 부분이 중국문학비평 영역의 중요한 핵심 개념의
하나이기 때문이다. 본고는 주로 내용과 형식 기교의 측면에서 논
의한 중국문학 역대의 문학론가들의 견해를 중심으로 그들이 언급
한 문·질의 관점의 주체를 개괄적으로 보았다. 그리고 거시적인
면에서 문학사의 흐름은 특히 전통 문학장르를 중심으로 볼 때
문·질이 상호 유기적으로 이해되어야 함을 설명했다.

구체적으로는 개별 평가들의 경우 중국의 문학적 상황 자체가
질 우선적인 점을 부인할 수 없는 가운데에서도, 그 비중을 따져
문·질 위주론, 조화론의 세 가지 주장을 살펴보아 문과 질이 수
용되는 상황을 그려보았다. 역사적으로 문·질 조화의 입장이 다
수를 점하고 있는 가운데 질을 우선하는 경향이 주류를 이룸을 알
수 있었다. 이러한 주장은 초기에는 유협을 통해서, 그리고 후기에
는 섭섭을 통해서 더욱 확고한 입지를 마련했다는 생각이다. 특히

문학의 발전에 관한 견해는 유협도 그러하지만 섭섭은 정변과 성쇠의 상호 교체를 통한 시대와 작품과의 관계 설정에 대하여 그리고 문·질 두 요소간의 상호성에 대하여 매우 심도 있는 설명을 가하여, 유기적 인식체계를 견지하였음을 보여준다.

중국 문학에 있어서 문·질의 논의는 개별적 논의라기보다는 문학 이론적 논의이며, 또 그 논의의 폭이 큰 만큼, 보는 시각에 따라 다르게 비쳐질 수도 있으나, 본고와 같은 시도를 통하여 문학에 내재된 기본 규율과 속성이 조금씩 제자리를 찾아갈 수 있을 것이라고 생각한다. 본고에서 또 하나 과제로 남겨둔 점은 동양 문화적 배경에서 문학을 전적으로 독립화하기 힘든 점을 고려할 때, 문·질에 대한 논의가 기타 예술론 즉 서書·화론畵論 등에서 나타나는 양상을 관계적으로 살펴보는 일이 될 것이다. 이러한 논의를 통하여 보다 더 통일적이며 거시적인 문·질론이 자리를 잡아갈 수 있을 것이다.

(〈중국문학상의 문·질론의 전개〉,
《중국어문학》 10, 1985)

육조·당·송 문인시의 문예 심미

Ⅰ. 들어가면서

1. 텍스트와 해석에 관하여

전통적으로 작품을 이해한다는 것은 저자의 의도를 이해하거나 재현한다는 말과 동의어로 이해되어 왔다. 그러나 실상 이것은 쉬운 일이 아닐 뿐더러 불가능하기까지 하다. 현대 서구문학비평의 다양한 논의는 기표(Signifiant)와 기의(Signifié)간의 무한한 변주로 인하여, 현대문예비평은 그 무게 중심을 저자로부터 텍스트를 거쳐 독자로까지 옮기고 있다. 이제 텍스트는 복원 불가능한 작가의 생각을 재현하는 일로부터 독자와 작품이 만나는 위상공간상에서의 다양한 그림 그리기로 전이되고 있다.1)

---

1) 텍스트의 영원한 재해석이라는 후기구조주의의 데리다(Jacques Derrida)적 差延(Différance)의 해체(Deconstruction), 또는 구조주의적 정신분석학의 라깡(Jacques Lacan)적 차별의 무의식 구조의 추적, 그리고 혹은 프랑크푸르트학파의 계몽주의자인 아도르노(Theodor Adorno)적인 주객관의 변증법적 통일 및 비미학화(Deaestheticzation) 등은 규정 불가능한 본래의 의미를 향한 다양한 천착들이다.

한편 전통적 해석학에 의하면 독자는 기호 체계(작품 또는 텍스트)를 통하여 저자의 의도가 내재하고 있는 텍스트의 한계 내에서 몇 가지 타당한 유형(Type)을 추출해 낼 수 있을 뿐이라고 생각한다. 허쉬(E. D. Hirsh)는 "저자가 글을 쓸 당시에 저자적 의미를 지배했던 일반적인 관습과 관점을 텍스트의 내재적 유형(Intrinsic Genre)이라 부르고, 비평가의 임무는 이 내재적 유형을 발견하여 저자의 의도를 안정적으로 그리고 타당하게 결정짓는 일"이라고 했다.2)

허쉬의 견해는 "의식은 언어 이전의 현상"이라는 생각에 토대하고 있으며, 저자의 의도 또는 의식을 회복하는 일은 텍스트라는 언어를 통하여 언어 이전의 의식을 찾아가는 역순의 작업이다. 그러나 '의식'과 '언어'간의 선후 문제는 소쉬르, 가다머 등을 거치며 현대 비평가들에 의해 언어의 의식에 대한 선결성으로 드러났다. 허쉬의 해석학적 전망은 지나치게 저자의 의미 회복을 강조함으로써 오히려 텍스트를 통해 저자와 만나게 되는 과정에 현실로 발생하는 독자의 현재적 의미를 무시하였고, 결국은 현대 해석학의 풍요로운 통찰과 전망들을 협소화시키는 결과를 낳게 된다는 점에서

---

2) 구해석학파에 속하는 허쉬는 신해석학파인 가다머(Hans-Georg Gadamer) 등이 전통의 지평과 텍스트 사이의 '해석학적 순환'의 관점에서 주장한 바 "독자와 텍스트가 긴장과 이해의 상호 관계 속에서 대화를 통한 상호 삼투적인 '지평의 융합(Fusion of Horizons)'을 지향한다"고 한 견해를 비판하고, 해석의 궁극적 타당성의 기준을 안정된 저자적 의미에 두어야 한다"고 주장했다. 허쉬는 비록 '저자적 의미(meaning)'와 함께 부차적인 '독자적 의의(significance)'의 여지를 남기기는 했지만, 결론적으로 '안정된' 저자적 의미에 근거해 내린 해석은 다시 독자적 이해와 만난다는 점에서 다시 불안정적으로 변하므로 그의 견해는 모순적일 수밖에 없다. 허쉬의 관점 소개는 이경재, 《현대문예비평과 신학》, 호산, 1996, 서울, pp.50- 53, pp.64-67, K. M. Newton의 *Twentieth-Century Literary Theory*, 2nd Edition; New York: St. Martin's Press, 1997, pp.51-56. 참조

그의 견해는 불충분할 수밖에 없는 희망 사항에 그쳤다. 이와 같은 언어철학적 사유를 통해 현대문예비평은 불안정적으로 영원히 그 의미가 연기되며 독자에 의해 새롭게 해석되는 포스트구조주의, 포스트모더니즘적 비평에 이른다.

이렇게 서구의 해석학적 관점을 설명한 것은 중국문학과의 상관성 때문이다. 이 둘은 의미 설정 면에서 언어와 개념의 선후에 대한 인식, 연구방식 면에서 동일한 해석학적 준거를 지니고 있다. 전자와 관련해서는 '말은 뜻을 다 담지 못한다[言不盡意]'는 중국의 전통적 언어철학적 사고와 기본적으로 맥락을 같이 하는 측면이 있다. 그리고 후자는 [작품→작가의 의도]라는 단선성에 비중 두어 왔던 중국문학 연구 방식과도 궤를 같이 하며, 일정 정도 본고에서 필자가 추진하려고 하는 작업과도 상관된다.

2. 주안점

그러면 이렇게 다양하게 읽혀지고 해석될 수 있는 현대 서구비평의 텍스트 읽기의 열린 세계는 중국 고전시학에서 어떤 방식으로 접근 가능할 것인가?3) 광의의 텍스트 이해의 다양한 변주의 하나로서 필자는 본고에서 중국 고전시사의 절정으로 불리는 당시 唐詩를 전후로 한 '위진남북조 — 제목에서는 간칭하여 '육조六朝'로 칭했음 —, 당, 송' 세 시기의 문인시에 나타난 시적·문예심미적 특징들을 시대사적·문학사적으로 설명해 보려고 한다.4)

---

3) 중국문학의 작품 분석과 그것이 지니는 의미 역시 오늘을 사는 우리 시대의 문학비평적 논의들로부터 무관하기는 어렵다. 또한 그렇다고 해서 문화적 토양이 다른 것을 무시한 채 무비판적으로 받아들일 수만은 없다. 그런 의미에서 특히 동서양의 문제가 만나게 되는 오늘날의 중국문학에 대한 우리의 해석학적 여정은 아무도 가지 않은 길이기도 한 셈이다.

4) 위진남북조(이하 '육조'로 간칭): 220-589, 당: 618-906, 송: 960-1126, 1127-1279. 또 '문인시'라고 한 것은 민간시와 구별해야 한

그 구체적 시기와 대상과 방법은 위진남북조, 당, 송 세 시기의 문인시에 드러난 문인들의 의식과 심미표현 의식 변화의 궤적과 특징에 대한 현상 비교적 고찰이 될 것이다. 이는 개별 텍스트와 문인 집단〔群體〕의 이면에 숨겨진 문화적 심미 의식을 역사적 맥락에서 동태적으로 읽어보는 일로서, 이들 시기가 중국시의 상승, 절정, 변화기에 해당하는 만큼 그 인식 변화의 궤적 추적은 중국 시사의 추향趣向 이해에 관한 의미있는 단서를 제공해 줄 것이다.

그런데 천년에 이르는 해당 시기의 시인과 작품의 수는 일단 숫적으로 엄청날 뿐만 아니라 그 개별적 경향과 특징들은 사실 균일하지도 않다. 어떻게 보면 이 짧은 편폭의 논문에서 이러한 일은 불가능하게까지 보인다. 그러나 "부분이 전체를 반영하고 있다"는 유기체적 관점에서 본다면 이러한 일이 불가능한 것만도 아니라는 생각이다.5) 즉 몇 편의 시문과 단서들을 통해서도 시대를 관통하

다는 생각에서이다. 민간시와 민간 문학의 문제에 대해서는 추후 별도의 기회에 고찰할 생각이다.

5) 프랙탈 기하학이나 카오스 이론에서 단일한 작은 범위내의 사건들은 일견 불균일하고 혼란된 양상을 보이고 있는 것 같이 보이지만, 전체의 양상 속에서 파악할 때, 이들은 거시적으로 일정한 패턴을 보이기도 하면서, 사실은 각 부분내에서도 자체로서 일정한 전체로서의 모습을 지니고 있는 것을 발견할 수 있다.

일례로 개미 집단의 표본을 보면 전체 개미의 20%만이 열심히 일하고 나머지는 빈둥거린다고 한다. 그러나 재미있는 점은 그 중에서 일하지 않는 80%, 혹은 일하는 20%를 다시 따로 분리할 경우에도 같은 결과가 나온다는 것이다. 즉 同型構造(Isomorphism, 類質同像)를 지니고 있는 것이다. 이같은 예는 작게는 나뭇잎과 나무, 해안선이나 은하의 구조로부터 응용 설명되는 프랙탈(Fractal) 기하학이나, 모든 세포가 이미 유기체의 모든 정보를 그 자신 속에 담아가지고 있음으로써 8배체까지는 체세포의 자기 복제가 가능한 생명 복제의 개념과도 맞닿아 있다. 부분과 전체는 자체적 '내재'와 외부와의 상호적 '관계'라는 양면성을 지니고 있는 것이다. 즉 각 부분은 자신의 외부에 있는 다른 각 부분들과 교류관계를 맺으면서 동시에 이러한 전체의 모든 형태나 정보를 다시 자기 내부에 그대로 반영하고 있다.

는 심미의식의 주류를 파악할 수도 있을 것이다.

이상의 목표를 효과적으로 수행하기 위하여 본고의 논술은 시대와 작가, 그리고 작품으로부터 추출 가능한 문예심미와 사조적 특징을 시의 발전사적 궤적 속에 대비적으로 논할 것이다. 먼저 제2장에서는 건안 문단으로부터 시작되며 현학과 율화律化의 길을 걷게 되었던 위진남북조 시사상의 몇 가지 요소들을 유기적으로 엮어 본다. 다음 제3장에서는 중국 고전시의 정점에 있었던 당시의 심미적 특징 요인들에 주안점을 두어, 이것이 지니는 몇 가지 심미적 특징들을 예시例詩와 함께 고찰한다. 그리고 제4장에서는 안사의 난 이후 달라진 사회문화적 여건 하에서 송인들의 시에 대한 심미의식의 변모와 그 이면적 의미를 설명해 본다. 그리고 이에 기초하여 제5장에서는 이상 각 시대별 논의들을 시대 심미의 관점에서 재해석하여 중국시의 전체적 추이를 파악한다.

이상 세 시기의 시에 대한 접근 방식은 중국문학 연구에 대하여 필자가 생각해왔던 몇 가지 관심 사항들이 되겠는데, 그것은 중국 시사의 중심 시기를 흐르는 중국시와 시인들에 관한 작가 군체적, 중심 형식적, 문학 언어적, 세계 인식적, 그리고 궁극적으로 문예 심미적 규명이 될 것이다. 제한된 편폭상 시의 인용은 최대한 억제하고 시명詩名 만으로 대체하도록 한다.6)

이명현 교수는 이를 'MOW(Monad with Open Window)'라고 했다.(이상 오창희, 《과학과 철학》 제7집, 과학사상연구회, 통나무, 1996, 서울, pp.140-153)

이같은 관점을 援用할 때 우리 연구자들은 중국시사중의 개별적 부분들로부터도 전체적 특성을 이루는 핵심 요소의 한 부분을 찾아내고 그 연관적 의미를 해석하는 작업이 일정 정도 가능할 것이다. 그러나 그 해석이 견강부회한 것이 아니며 또한 전체와 부합하는 타당한 방향의 논리인가 하는 점은, 이러한 작업의 타당성 여부와는 별도의 노력과 식견이 요구되는 부분이다.

6) 중국의 시선집으로서는 다음을 참고할 수 있다. 胡光舟主編, 《中國歷代名詩分類大典》 1-4冊(廣西人民出版社, 1990, 南寧) 및 劉亞玲主

본고의 작업은 개별 작품이나 한 작가에 관한 분석이 아니라 각 시대의 문인시로부터 공통적으로 추출되는 '시대 심미'에 관한 논의가 된다. 현대 비평적으로 말하면 텍스트의 이면에 담긴 기의의 원형(Archetype)을 향한 탈은폐의 시도이면서, 사이드(Edward Said)적으로 말하자면 각 시인의 개별 작품이 전체 상황에 대한 비자발적인 참여에 대한, 그 원형적 모습과 의미를 개별적 작품 또는 사실들로부터 거슬러 올라가 찾아보는 탐사이기도 하다.7) 그런 의미에서 본고의 작업은 텍스트 당시의 상황과 인식에 대한 접근과 복원이라는 원론을 지향하고 있지만, 결국은 그것을 바라보는 오늘 우리들의 경험과 기대와 텍스트 해석의 역사적 지평에 기초한 텍스트의 또 다른 해석 작업이 된다.

제한된 편폭에 너무 큰 이야기를 일삼는 까닭에, 검토 과정에서 세부를 놓치고 왜곡을 야기할 가능성도 배제할 수는 없겠지만, 객관성의 확보를 위한 가능한 노력을 기울일 것이다. 문인 의식과 심미적 원형 이해를 목적하는 이 작업은 중국 고전시사의 핵심 시기에 있어서 문인들의 군체 심미 의식과 문예 규율상의 중국적 특징의 일단을 더듬어 보는 기회이자, 개인적으로는 송대로부터 시

編, 《中國歷代詩歌鑒賞辭典》(中國民間文藝出版社, 1988, 北京), 楊佐義主編 《全唐詩精品譯注匯典》上, 下 (長春出版社, 1994, 長春), 繆鉞·周振甫 《宋詩大觀》(商務印書館, 1988, 上海), 余冠英主編 《中國古代山水詩鑒賞辭典》(江蘇古籍出版社, 1989), 李春祥主編, 《樂府詩鑒賞辭典》(中州古籍出版社, 1990, 北京), 孫映逵主編 《中國歷代詠花詩辭典》(江蘇科學技術出版社, 1989, 南通縣).

7) 사이드는 시가 어떠한 콘텍스트로부터도 독립적으로 존재하는 유리된 대상이라고 할 수는 없으며, 결국 각 시와 시인은 비자발적인 집합체의 표현이라는 문화의 群體的 관점에서 바라보았다. 그리고 미적 기원에 관한 비평적 주제들을 상상하는 한가지 길은 언어의 구조물이 아니라 텍스트를 동태적인 場으로 보는 것이라고 하여, 詩를 문화적 틀을 찾는 한 단서로 파악했다. Edward W. Said, 'The World, the Text, and the Critic'(Cambridge: Harvard University Press, 1983), pp.156-157.

대를 소원遡源해 올라가고 있는 과정에서 필자가 다음 단계로 기획하고 있는 위진남북조 문예사조론 이해의 거시 배경 및 실증적 해석 과정으로서의 의미도 지니게 될 것이다.

Ⅱ. 육조시론

1. 건안建安 시단

위진남북조 시대(220-589)는 서한 유학 통일기 이후 동한의 혼란 끝에 도래된 본격적인 분열기이다.8) 370년 간에 걸친 위진남북조 시대는, 남조와 북조로 대별된다. 남조에서는 위魏·촉蜀·오吳의 삼국 중의 오吳와 동진東晉, 송宋, 제齊, 양梁, 진陳을 일컫는 육조가 있었으며, 이들은 모두 건강建康(지금의 남경)에 도읍하여 세습 귀족적 문벌 사회를 꽃 피웠다. 북조에서는 흉노와 탁발족 등의 다섯 이민족이 교차적으로 통치한 오호십육국 등을 거쳤는데, 남조의 문화력에는 미치지 못한 것으로 평가되고 있다. 위진남북조 시대는 사회적 혼란으로 염세주의적 풍조가 주류를 이루고 있으나, 문화적으로는 한대 이래의 유가 중심의 문화가 와해되면서 주변의 다양한 민족들의 문화가 섞이면서 상호 유입·소통되어 역설적으로 오히려 새로운 변화와 탄력이 붙은 시대이기도 했다.

본 절에서는 먼저 위진남북조 문학의 출발기인 건안 시단으로부터 논의를 시작해 보도록 한다.9) 위진남북조 시의 기본 근간이 건안시대(196-219)에 틀을 잡아나갔다는 점에서 건안문학의 실상

---

8) 삼국시대 직후 司馬씨의 西晉(265-316)의 과도적 통일기(280-316)가 잠시 있기는 했다. 이때 불교가 무역 루트를 통해 대량 유입되어 중국 불교의 번성기로 진입할 여건을 갖추게 되었다.

9) 건안은 한의 연호였으나, 문학적 건안시기는 190년경 조조(155-220)의 영도 아래 시작되어 조식(192-232)이 죽을 때까지이다.

은 중국시사에서 매우 중요하다. 조조를 비롯한 위 문제文帝 조비 (187-226), 조식, 그리고 왕찬王粲(177-217) 등의 건안칠자는 경사자집經史子集 중 문학의 독자성에 눈을 떴다. 이 점은 그들이 기존의 권문세가와는 다른 토대와 관점을 지니고 있었기 때문에 가능했다.10) 그들은 명분과 공리功利에 매몰되지 않으며, 기존 귀족과도 다른 독립적인 시각으로 인간의 숙명과 세계인식을 심화 이해하면서 서정적 작품을 만들어냈다.11)

먼저 지역적 기풍 면에서 보수성이 강했던 남방의 오나 촉과 달리, 위는 비교적 자유로운 성향을 띠고 있었으며,12) 성향 면에서도 조조 삼부자는 전대와는 다른 능력 위주의 관점에서 국가를 경영했다. 그들에게는 한대 이래의 유가 전통의 와해와 건안 문단의 반전통적 속성이 자리하고 있었다.13) 문학 인식면에 있어서도 비록 전면적이지는 않았지만, 그들 스스로가 공자 이래의 〈모시서〉

---

10) 조조는 환관의 손자로서, 정치적으로 名士집단과 적대적이며, 사회 적으로 衣冠望族(예의를 중시하는 지방 귀족들)과도 어울릴 수 없었다. 조조 집단은 예법의 허위성에 반대하고 중용적 '誠'을 지향하여, 인간의 본성 회복과 소박한 자연성을 중시하고, 人情에 호소하는 접근 방식을 보여 주었다.

11) 소식의 〈적벽부〉에도 "달 밝고 별빛 드문데, 까막까치 남쪽으로 나는구나. 큰 나무 주위를 세차례 돌지만, 어느 가지에 깃들건지?(月明星稀, 烏鵲南飛. 繞樹三匝, 何枝可依)"의 앞 2구가 소개되었지만, 유명한 32구로 된 조조의 〈단가행〉 앞머리는 이렇게 시작된다. "술잔 앞에 놓으면 노래를 부를지니, 인생살이 얼마나 된다고! 이를테면 아침이슬 같아서, 지나온 나날 괴로움도 많았네. 강개한 상념에, 마음 속 근심 잊기 어렵네. 어찌하여 시름을 풀거나? 오직 술이 있을 뿐!(對酒當歌, 人生幾何? 譬如朝露, 去日苦多. 慨當以慷, 憂思難忘 何以解憂, 唯有杜康)" 시 속에 비록 천하 제패의 야망을 드러내고는 있으나, 천하 영웅 조조에게 보이는 또 다른 각도의 서정과 감회이다.

12) 錢志熙, 《魏晋詩歌藝術原論》, 北京大學出版社, 1993, p.87.

13) 조비 역시 제왕의 자리에 있었음에도 불구하고 〈煌煌京洛行〉, 〈善才行〉 등의 악부에서 다분히 도가적 성향을 보여주고 있다.

로 대표되던 문학의 사회적 공리성功利性에 더 이상 미련을 두지 않고,14) 문학예술의 순수성과 독자성을 상당 부분 인정했다는 점에서 이전 시대와는 다른 면모를 보여주었다. 건안시대에 문학은 경전·제자·역사서로부터 탈피하여 독자적 행보를 취해나갔다.

시와 관련한 건안문학의 향방을 요약하면, 먼저 그들은 한대 이래의 악부·민가와 부의 두 전통위에서, 이들로부터 일정한 자양을 섭취하여 나름의 방식으로 새로운 문학적 전통을 만들어 나갔다. 또한 내용 면에서는 그들의 휘하에 있던 문인들과의 교감을 통해 강개慷慨한 슬픔을 주된 정서로 채택하는 방식을 취했다. 그리고 부의 묘사성은 영물과 자연을 읊은 건안 이래의 시로 다량 전입되었다. 이는 악부와 부의 절묘한 교합巧合이기도 했다. 악부 민가의 애잔한 슬픔과 부의 영물·자연의 묘사성은 상호 작용을 하여 오언시로 정착해 갔다.

이제 건안 문인들에 대해 한대문학의 영향 계승 관계를 시인의 세계관의 측면에서 조망해 본다. 건안 문인들은 더 이상 한대 부에서 보여주었던 자존심 없는 광대의 모습이 아니었으며, 건안 문학은 악부 민가와 같은 민간적이면서 단순 반복적 비감에서 그치지 않고, '건안 풍골'로 칭해지는 격조와 절제를 지닌 비감을 문인화한 방식으로 표현했다는 점에서, 한대와는 일정한 차이를 보여준다. 건안 문인들은 길거리의 신성新聲을 풍아風雅와 같은 맥락에 놓고 즐기며 문인화된 시를 써나갔는데, 이는 그들이 사상적으로 반전통적 성향을 지녔기 때문에 가능했다. 조비는 민간의 청상곡淸商曲에 근거한 슬픈 노래 신성은 족히 마음의 소리를 토할 수 있어 사람을 감동시킨다고도 했다.15) 또 "시와 부는 화려해야 한다"고

---

14) 羅宗强, 《魏晉南北朝文學思想史》, 中華書局, 1996, p.20.
15) 조비의 사언악부 〈선재행〉 중 "슬픈 곡조는 미묘하여, 맑은 기운에 향기를 머금고 있다. 정나라와 초나라의 곡조를 흘려 곡이 음률에 잘 들어맞네. 마음을 감동시키고 귀를 움직여, 그 화려한 아름다움을 잊기 어렵네.(哀絃微妙, 淸氣含芳. 流鄭激楚, 度宮中商. 感心動

말하기도 했는데,[16] 이는 속악俗樂의 수용과 그것의 문인화를 뜻
한다.

<七哀>　　　　　　　　<칠애>
明月照高樓　　　　밝은 달 높은 누대를 비추고
流光正徘徊　　　　흐르는 달빛 막 배회를 한다.
上有愁思婦　　　　위에는 시름겨운 여인이 있어
悲歎有餘哀　　　　비탄으로 한숨 소리 들린다.
借問歎者誰　　　　탄식하는 이 누구인가 물으니
言是宕子妻　　　　집 떠난 나그네의 여인이란다.
君行逾十年　　　　"낭군 나간지 십년이 되어
孤妾常獨棲　　　　외로운 첩은 늘 혼자 사는데.
君若淸路塵　　　　그대가 만약 길가의 깨끗한 먼지라면
妾若濁水泥　　　　저는 흐린 물 속의 진흙 같아요.
浮沈各異勢　　　　뜨고 가라앉음이 서로 다르니
會合何時諧　　　　만나고 헤어짐에 언제 함께 할 날 있으리?
願爲西南風　　　　원컨대 이 몸 서남풍이 되어
長逝入君懷　　　　저 멀리 낭군의 품 속에 들어간다면!
君懷良不開　　　　그대 가슴, 정말 열리질 않으니
賤妾當何依　　　　천첩은 어찌해야 할지요?"

　　조식의 이 시는 《악부시집樂府詩集》에서는 제목이 <상화가相和歌
·초조곡楚調曲> 중의 <원시행怨詩行>으로 되어 있다. 당시 왕찬,
완우 등이 모두 <칠애七哀>시를 썼는데, 매승의 <칠발>에서 시작된
'칠七'은 음악과 관련이 있는 명칭으로 보기도 한다. 조식은 민간
악부체의 자연스러운 형식을 통하여, 내적으로는 암유暗喩를 시도
한 것 같다. 그렇게 본다면 장기간 행역을 나간 남편을 그리는 여
인의 심정에 기대어, 형인 문제가 자기를 너그럽게 대해주기를 바
라는 심정을 그린 것으로 해석 가능하다. 이러한 비흥의 수법은

____

耳, 綺麗難忘.)"
16)《典論·論文》, "詩賦欲麗."

동시에 〈모시서〉에서 말한 "말한 자는 죄가 없고, 들은 이는 족히 교훈으로 삼을 만한" 풍風의 의미도 지니고 있다고 할 수 있다.17)

건안 문학의 특징은 조씨 문단의 반전통성에 힘입어 문학의 독립이 추진되었으며, 이와 관련하여 서정적 주조는 한대 이래 악부·민가에서 보편화되었던 '비애 서정의 문인화'로 요약할 수 있을 것이다. 비애 서정은 건안 풍골을 통해 세계 인식상의 무게와 함께 감정 표현 면에서의 일정한 절제와 격조를 지니면서 출발하여 혼란스러웠던 육조시대 문학의 중심 서정으로 자리잡아 문학 영역 독립의 견인차적 역할을 담당했다. 그리고 구형句形 면에서는 사언에서 벗어나 한대의 민간 고시부터 시작된 오언시를 기조로 하며 큰 방향을 잡아갔다.

2. 현학과 자연

중국 지성사에서 간과할 수 없는 하나의 흐름은 위말 정시正始 연간(240-248)에 일어난 현학이다. '정시'는 위 폐제廢帝 조방曹芳의 연호이다. 당시는 조씨의 황권파와 사마염司馬炎 등의 명문 호족간의 피나는 정권투쟁 끝에, 이후 265년 서진西晉을 개창한 사마씨司馬氏의 문벌 세족이 중심 세력으로 부상하던 시기였다.18) 당시 문인들은 살육적인 강권 통치에 환멸을 느끼며 죽림竹林으로 피하거나 도가적 세계관에 의지했다.

위진인魏晉人들은 이미 사회적 효능을 잃어버린 유가 이념에 항거하며 대안을 영속하는 자연에서 찾고자 했다. 그 사유적 총결은 현학으로 나타났으며, 하안何晏19)(190-249)과 왕필王弼(226-249)

---

17) 〈모시서〉, "主文而譎諫, 言之者無罪, 聞之者足以戒., 故曰風."
18) 張松如主編, 鍾優民攢, 《中國詩歌史—魏晉南北朝》, 吉林大學出版社, 1989, pp.96-97.
19) 하안이 어렸을 적에 조조는 하안의 어머니를 거두어들였으며, 미남이었던 하안은 궁정 문인으로서 마치 太子와 같이 화려하게 지내

을 통해 체계화되었다. 이들은 세계의 기초가 '무無'에 근거하고 있으며, 모든 행동도 인위적인 도덕 관념이 아닌, 자연의 조화에 순응해야 한다고 주장했다. 이는 사회사상사적으로 한대 금문경학今文經學의 부정으로서 문벌세족 사회의 새로운 가치 근거이면서, 유가 경학에서 도가 현학으로의 사상사적 변혁이라는 의미를 지닌다.

위진 현학은 문벌 사족의 구미에 맞는 관방성官方性을 지니기는 했지만, 본체론적(Ontology) 질문을 통해 사유 영역의 확대와 심화를 꾀했다는 점에서 후대의 중국문학과 그 이론체계의 지평 확대에 매우 중요한 자양을 제공했다.[20] 일례를 들면 언言·상象·의론意論, 경계론境界論, 육기陸機 〈문부文賦〉의 형이상학적 고찰과 문심조룡의 추상사유에 이르기까지 모두 이러한 당시의 사유경향과 맥을 같이 한다.[21]

문학면에서 이를 실천적으로 행한 문인들이 완적阮籍(210-263), 혜강嵇康(223-262) 등의 죽림칠현竹林七賢이었다.[22] 그들은 산수

조비의 미움을 받았다. 이 점도 현학의 출발과 所在를 보여준다.

[20] 자연·통변·본말·유무·허정·言意·形神 등의 개념이 문학적인 고려 대상으로 넘어오게 된 것은 현학에 힘입었다는 것이다.(周勛初저, 중국학연구회 고대문학분과,《中國文學批評史》, 이론과실천, 1994, pp.422-423.)

[21] 이 부분에 관한 광범한 고찰은 笠征·張少康·盧永璘,〈魏晋玄學與文學理論批評的新發展〉, 福岡大學人文學叢, 第 23권 第1號, 平成 3年 8月, pp.123-162, 참조.

[22] 이들이 실제로 당시에 문인 群體로서 활동한 것이 아니라, 죽림칠현의 인물들이 동시대에 존재했다는 점에서 후대의 사학史家들이 가공적으로 상상에 의해 지어낸 것일 가능성을 제기하는 학자도 있기는 하나, 적어도 이들이 서로 인식하고 있었다는 점은 분명하다. (이상 Donald Holzman, *'Poetry and Politics: The Life and Works of Ruan Chi, A.D. 210-263'*, Cambridge and New York: Cambridge University Press, 1976, p.81; David R. Knechtges, *'History of Chinese Literature(1999) : Wei Jin Nanbeichao Literature'* Note pp.32-33에서 재인용)

자연 속에서 불변하는 영속적 대상으로서 자연을 추구하며 예의와
형식을 거절하고 시주詩酒로써 인생을 영위했다. 죽림칠현은 주로
문답식 및 논변식論辯式으로 재성才性과 인물에 대한 품평을 즐겼는
데, 그것이 '청담淸談'이다. 완적이나 유령은 "명교名敎를 넘어 자연
에 맡긴다"는 자세로써, "도가가 근본이고 유가는 현상에 불과하다"
는 왕필과 하안의 주장을 문학적 실천으로 옮겼다.23)

특히 완적의 영회시 82수의 전체적인 주조는 비애감을 드러내
고 있지만, 구체적 의도가 드러나지 않는 지나친 비유와 흥상興象
으로 인해 그 의미하는 바를 알기 어렵다. 하지만 풍부한 서정적
색조를 띠고 있다는 점에서 문인 서정의 한 범례를 보여준다. 이
러한 방식은 공자의 발언으로 운위된 "글은 말을 다 펴내지 못하고,
말은 뜻을 다 펴내지 못한다〔書不盡言, 言不盡意〕"는《주역周易·계
사전繫辭傳》의 전통에서 비롯하여, 청담의 "말은 다 표현했으나 뜻
은 아직도 끝나지 않는다〔言盡而意不盡〕"로 이어진 언어문학적 사
유 방식의 문학 창작상의 소극적 표출이다.

<詠懷>14　　　　　　　　<영회시> 제14수
開秋兆涼氣　　　　　　가을 기운을 느끼게 하는 차가운 기운에
蟋蟀鳴床帷　　　　　　귀뚜라미는 침상가 휘장 뒤에서 우누나.
感物懷殷憂　　　　　　계절의 변화에 은근한 근심 일어나
悄悄今心悲　　　　　　시름겨워 마음엔 슬픔이 가득하네 .
多言焉所告　　　　　　하고픈 많은 말 어찌 고할거나?
繁辭將訴誰　　　　　　번다한 말을 누구에게 하리요?
微風吹羅袂　　　　　　미풍에 비단 소매 날리는데
明月耀淸暉　　　　　　명월은 맑고도 분명하게 빛난다.
晨鷄鳴高樹　　　　　　새벽 닭 높은 나무에서 울어대니
命駕起旋歸　　　　　　수레를 재촉해 일어나 돌아가야겠네.

---

23) 백원담編譯,《인문학의 위기》, 푸른숲, 1999, p.27 吳炫(문학평론
　　가)의 언급 중에서.

이 시는 죽림칠현의 한 사람인 완적(210-263)의 영회시 82수 중의 하나로서 무언가 알 수 없는 시인의 분만憤滿을 느낄 수 있다. 이 작품뿐 아니라 완적의 많은 시에는 창작 동기가 드러나 있지는 않아 무엇을 말하는지 구체적으로 알 수 없으면서, 자신의 내면을 향한 어떤 울분과 좌절의 정서가 짙게 배어 있다. 이로부터 우리는 어지러운 시대를 살면서 어떻게 화를 입을지 몰라 염려하는 당시 지식인들의 존재적 고뇌와 우수를 읽을 수 있는데, 청담의 언의론言意論은 이러한 시대 배경 하에 유행했던 사유방식이다.

역시 죽림칠현의 일원이면서 성품이 소탈·강직하여 나중에는 처형을 당했던 혜강의 경우는 자연합일적인 사언시를 상당량 지었다. 이는 아직 오언시가 완전히 주류로써 정착하지 않았음을 보여주는 부분이다. 이러한 경향은 도연명의 경우에서도 다소 찾아볼 수 있다. 현언시는 동진대에는 유선시遊仙詩로 나아갔는데, 대표적으로 곽박郭璞(276-324)은 유선시 제 14수에서 세상살이를 벗어나 오만한 은일을 추구하기도 했다.24) 도연명(365-427)은 혼란스런 세상 속에서 비록 소승적이긴 했으나, 탈속하지 않고 평상의 생활 속에서 거사불居士佛 또는 시은市隱의 자세로 자연에 합일코자 했다는 점에서 독특한 면모를 지닌다.

<連雨獨飮>　　　　　　　<장마에 홀로 술을 마시며>
運生會歸盡　　　　　　태어나면 반드시 죽어 돌아가니
終古謂之然　　　　　　그것은 영원한 진리라 하겠네.
世間有松喬　　　　　　적송자赤松子와 왕교王喬가 신선되었다 전하나

---

24) 그러나 중국 전통의 문인들이 은일을 말한 것을 액면 그대로 수용해서는 안된다. 그것은 입세入世의 또 다른 방편이었다. 《맹자·진심》이나 백거이가 말한 바 "처지가 궁하면 홀로 그 몸을 보존하고, 뜻을 얻으면 두루 세상을 다스린다(窮則獨善其身, 達則兼善(/濟)天下)"는 말이 그것으로서, 이 두 상반성은 실제 운용상 동전의 양면과 같은 작용을 하고 있다.

於今定何間	지금은 과연 어디에 있는가?
故老贈余酒	친한 노인은 내게 술을 주면서
乃言飮得仙	마시면 신선이 될 수 있다 하네.
試酌百情遠	한 잔 마시니 온갖 걱정 사라지고
重觴忽忘天	두 잔 술엔 어느덧 하늘도 잊겠네.
天豈去此哉	하늘의 도리, 어찌 이와 다를까?
任眞無所先	자연에 몸 맡기니 선후를 가릴 것도 없네.
雲鶴有奇翼	구름위를 나는 선학仙鶴은 기이한 날개 있어
八表須臾還	순식간에 우주를 돌아오네.
自我抱玆獨	나는 이런 나만의 외로움을 품고
僶俛四十年	안간힘을 쓴지 어느 사이 사십년이라 .
形骸久已化	몸은 오래 전에 벌써 시들었어도
心在復何言	마음은 그대로니, 무얼 다시 말하리요!

도연명이 전원으로 돌아오던 해인 405년에 지어진 이 작품은 시 중에 언급된 것과 같이 그의 인생 40년간의 회고적 감회이기도 하다. 그는 지조를 굽히고 현실에 맹종하는 것도, 허무한 신선을 바라는 것도 마다하고 비록 몸은 늙어가도 전원으로 돌아가 자연에 맡기는 영혼의 자유를 갈망하고 있다. 그가 세속을 떠나지 않으면서도 자연과의 합일 속에 정신적 자유를 구가하고 있는 점은,25) 송대의 거사불적居士佛的 문인 생활의 정취와 유사하면서도 시인과 자연과의 합일도가 오히려 더 높다는 점에서, 그의 시세계는 시대적으로 볼 때 매우 이른 시기에 보이는 성숙함이라고 할 수 있다. 도연명의 많은 시에서 자연과 술은 중요한 모티프가 되는데, 그것은 현실에 대한 초월의 한 방편으로 작용했다.

  현학의 문학에 대한 또 다른 영향은 자연시 및 전원시의 추구와

---

25) 〈飮酒〉 제5수의 "사람 사는 동리에 초가집을 엮어도, 수레와 말 다니는 번잡함이 없다. 그대 '어찌하여 그럴 수 있는가?'고 묻는다면, 마음이 머니 땅 또한 외지다네(結廬在人境, 而無車馬喧. 問君何能爾, 心遠地自偏)"라는 구절에서 그의 일상 생활 속의 이상적 삶의 형상이 잘 나타나 있다.

도 관계가 깊다. 그리고 서진 이래 불교의 지식인 사회로의 전파
와 함께 사령운 등에서 보이는 산수시의 유행, 그리고 문학 이론
전문 저작인 《문심조룡》의 출현까지도 결국 현학과 불교와의 합류
를 통해 깊이 있는 사색과 성찰이 가능해진 결과로 해석 가능하
다.26)

3. 불경 번역과 율화律化

중국에 불교가 처음 전래된 것은 서한말로서 B.C. 3세기경이었
다. 그러나 처음에는 쉽사리 확산되지 않은 채 수백년 간의 잠복
기를 거쳤다. 보다 본격적으로는 280년 오를 멸망시키며 잠시나
마 이룬 통일 왕조인 서진(265-316)이 중앙아시아 각 도시들과의
교역 과정에서 주로 Silk Road를 통해서, 그리고 동진의 구마라지
바鳩摩羅什(Kumarajiva,314-413/350-409)가 Mahayana Text
를 중국어로 번역하면서부터, 지식인 사회에 전파되기 시작했다.
그리고 이는 탁발족拓跋族(Toba)의 북위(386-534)를 중심으로
본격적으로 수용되어 돈황의 각종 불교 예술을 꽃 피우기에 이르
렀다.

불경의 번역과정은 중국문예사에서 중요한 의미를 지닌다. 소리
나는대로 표기되는 Sanskrit어[梵語, 梵文]를 중국어로 옮기는
과정에서 중국인들은 성조의 변화에 주목하게 되었다. 대체로 한
말부터 위(진) 사이에 형성된 반절법反切法은 불경의 번역과 매우
밀접한 관계가 있으리라고 추정된다.27) 사성에 관한 연구록에 관
해서는, 불교에 조예가 깊었던 사령운(385-433)이 범음梵音 14음

---

26) 玄學을 중심으로 한 이 시기의 문예 사조에 대해서는 2001년 〈위
　　진남북조 문예사조론〉(《중국어문학》 38집, 245-273)을 참조.
27) 주광잠의 《시론》(정상홍역, 동문선, 1991, p.304)에도 이러한 견
　　해가 있으나, 시기에 대해서는 주장하는 사람에 따라 조금씩 다르
　　다.

에 근거하여 범문梵文의 자모를 전습傳習했다거나,28) 중국시의 율
화가 급속히 정비되던 제(479-502)·양(502-557) 시대의 심약
(441-513)이 사성의 음운 규칙을 연구하여 《사성보四聲譜》를 지
었지만 없어졌다거나, 돈황에서 발견된 구마라십의 《통운通韻》에도
사성에 관한 기록의 편린이 보인다.29) 이같은 성조에 대한 관심을
통해 중국시는 이전 보다 훨씬 더 정제된 모습으로 성운의 아름다
움을 추구하며 율화의 길로 확고히 들어서게 된 것이다.

　한편 사령운은 422년 영가永嘉(절강성 소재)로 유배되었다가 이
듬해 고향인 시녕始寧으로 돌아와서도, 산수의 아름다움에 심취하
여 묘사성이 강한 산수시를 대량 지었다. 그런데 여기서 눈여겨
볼 점은 사령운의 산수시가 단순히 산수의 외양만을 묘사한 것은
아니라는 점이다. 그는 산수의 아름다움을 감상〔賞〕하는 가운데,
그 이면에 놓여있는 대자연의 구성원리〔理〕를 인식하려는 노력을
기울인 것이다. 이는 그가 어려서부터 도교 스승〔杜明師〕 가족과
15년간이나 함께 생활한 데다가, 후에는 불교에 심취했기에 가능
했다.30) 사령운 등 육조 문인들의 산수에 대한 심취는 현학의 예

---

28) 蔡鎭楚, 《中國古代文學批評史》, 岳麓書社, 1999, 長沙, p.162.
29) 《文鏡秘府論Bunkyo Hifuron》(804-806년 중국을 방문한 일승日
　　僧 空海〔일명 遍照金剛 또는 弘法大師: 774-835〕가 편한 책에는
　　唐代의 성조와 반절에 관한 설명들이 일부 소개되어 있다.
30) 5언 22구로 된 사령운의 〈於南山往北山, 經湖中瞻眺詩〉에서 앞 16
　　구는 남쪽 산에서 북쪽 산으로 가는 도중의 호수에서의 경치를 묘
　　사했으며(앞 16구 해석은 金萬源, 서울대 박사학위논문, 1992.
　　8, 《사령운시 연구 — 山水詩를 중심으로》 p.152 참조), 끝 6구에
　　서 작가의 생각을 드러냈다. 끝 6구의 내용은 이렇다. "조화를 느
　　끼는 데 마음에 싫증 없고, 경물을 바라봄에 눈길 갈수록 도타와진
　　다. 옛 사람과 멀리 떨어져 있음 아쉬울 건 없지만, 서로 같이할
　　이 없어 안타깝네. 외로운 유람은 개인적 감정의 한탄에서 시작한
　　일이 아닐진대, 자연을 감상〔賞〕하는 일을 그만둔다면 자연의 이치
　　〔理〕 그 누구와 통하리?(撫化心無厭, 覽物眷彌重. 不惜去人遠, 但
　　恨莫與同. 孤遊非情歎, 賞廢理誰通)" 즉 여기서 사령운의 산수 유

술 사유와 상호 작용하면서, 남제南齊 사혁謝赫 이후 동기창董其昌에 이르는 회화나 당시 이래의 형이상학적 시학 등 중국 지성의 문예심미 세계의 심화에 철학적·사변적 자양이 되었다.

육조 문예의 전체적 방향을 미적 관점에서 논해 본다. '현학과 자연' 및 '불경 번역과 율화', 서진 태강太康(280-289) 년간의 순수 예술 심미적 작풍, 자연 묘사 경향 등은 송 이후 제량시대로 가면서 더욱 유미 제일주의로 심화되어 결국 궁중 귀족 개인의 생활상의 화려한 서정을 드러내는 영물적 궁체시로 정착했다. 대상면에서 볼 때 현학 시대의 산수 자연으로부터 인위적 영물로의 규모의 축소화는 그 자체로는 육조시가 택할 수 밖에 없었던 내적 귀결이면서 질적 심화이기도 했다. 이는 크게 보아 자연적이며 민간적인 것으로부터 인위적이며 문인적인 것으로의 전화轉化 과정이었는데, 부연하면 계층적으로 민간성에서 세습 귀족성으로, 그리고 속성상으로는 질박함으로부터 섬세함으로, 사상 내용으로부터 형식기교로의 큰 추세선 상의 모습이었다. 그리고 이러한 경향은 육조시대가 보여주었던 외적 배경으로서의 탈중심적인 사회문화적 특성과 무관하지 않다.

양대(502-557)에는 왕실을 중심으로 태자 소강蕭綱 등을 중심으로 궁체시가 일대 성행했다. 이들은 연회를 열면서 이름답고 사치스런 사물과 여인의 모습을 화려한 수사로 표현했는데, 궁체시의 특징은 염정과 영물, 그리고 성률미이다. 이들 귀족 문인의 순예술적 미의 추구는 사상 내용적으로는 조대말적 현상으로 인식할 수 있으나, 형식 기교 면에서 이후 당대 율시의 완성에 토대를 마련해주었다는 점에서 의미 있다.

계층적으로 양대의 유미주의는 상층 문인들의 정서와 비교적 순

람은 개인적 울분과 회포에서 비롯된 것이 아니라, 영속하는 자연의 본원 이치〔常理〕에 대한 분석적 관찰〔賞〕에 의미가 있음을 볼 수 있다.

수 심미를 추구했다는 점에서는 한대의 부와 유사한 면을 지니지만, 한대의 그것이 부를 중심으로 하는 정치적 추수追隨 성향을 보이고 있음에 반해, 육조의 문예심미는 변문과 시를 중심으로 귀족 개인의 서정 표출에 중심을 두었다는 점에서 합치하지 않는다. 또한 양의 궁체시는 이후 북송 서곤파의 궁체시풍과도 패턴상의 유사성은 보이고 있지만, 실제 운용 방식, 교유와 창화唱和, 그리고 시대의식면에서 일정한 차이가 있다. 즉 시적 성장과 전환기라는 두 시대간의 차이만큼 시적 발현 양상의 내적 기울기[$f'(x)$]와 속성은 다를 수밖에 없었다.

Ⅲ. 당시론

1. 음률과 예술 심미의 지향

시 또는 운문은 작자의 서정을 내재적·외재적 '운율'과 '함축'을 통해 그려내는 것을 생명으로 삼는다. 이렇게 운율을 중시하는 시에서 당대(618-907)의 시가 중국 고전시의 정점에 서 있다는 말은 바로 율시의 음률미가 최대한 추구되었다는 말로 바꾸어도 좋다. 당시의 운율성에 관한 본질적 논의는 잠시 뒤로 미루고, 먼저 주광잠의 시와 음악간의 상관론을 보자. 그는 《시론》에서 ①음은 있고 뜻이 없는 시기(원시적 시), ②뜻으로부터 음으로 나아가는 시기(음악 위주의 시기로서 시의 정식 성립기: 시경, 악부), ③뜻에 중점을 두고 음은 가볍게 보는 시기(점차 음악과 분리되어 노래할 수 없는 시: 한위 이후의 시), ④문자 자체의 음을 중시하는 시기(문인들이 곡조를 사용하지 않고 낭송만 가능)로 나누었다. 이 중 네 번째 단계에서 성률에 대한 강구가 가장 활발하게 일어났다고 했다. 필자 역시 운용적 측면에서 중국시의 발전 단계를 3

단계로 나누어, ①한대 이전의 '가시적歌詩的 단계', ②위진남북조 및 당시의 '(음)송시적(吟)誦詩的 단계', ③송시 이래의 '설시적說詩的 단계'로 구분·설명한 바 있다.31)

당대의 시는 초당사걸 및 심전기沈佺期·송지문宋之問이 활약한 당초부터 율시의 정형화를 향해 힘차게 나아갔으며, 성당대 두보에 이르러 절정에 달했다. 이러한 율미律美의 추구는 육조 성률론의 기초 위에서 그리고 진사과를 통한 인재의 선발 등 시인 우대책에 의한 시의 흥성에 힘입은 바 크다. 시학 이론 방면의 노력도 적지 않아서 상관의上官儀의 《필찰화량筆札華梁》, 왕창령王昌齡의 《시격詩格》, 가도賈島의 《이남밀지二南密旨》, 교연皎然의 《시식詩式》, 사공도司空圖의 《이십사시품二十四詩品》 등 35종 이상의 시학 이론서가 나오기 시작한 점도 이 시대의 특징이다. 채진초蔡鎭楚는 이론과 실천 면에서 당시唐詩의 성률 강구가 ①성률 규칙의 간화簡化, ②대장율對仗律의 발전, ③용운用韻과 편장篇章의 정형화定型化라는 세 가지 특징을 띠고 있다고 요약했다.32)

그러나 '안사의 난'(755-763)을 계기로 중당 이후의 시는 전반기의 외재적 화려함과 내적 자신감을 잃어 갔다. 이는 전반기의 시인들이 주로 세습 귀족사회에 근거한 궁정문인적 전통을 이은 데 반해, 후기 시인들은 중소 지주층으로 저변이 확대된 데다가, 사조적으로도 내성적 자아 관조를 향하기 시작하거나 사회에 대한 현실적 발언력이 증대된 때문이다.

그렇다고 해서 이 시기 시에 유미성향의 순수 예술 심미가 사라진 것은 아니다. 삶과 현실에 관한 나름의 개성을 드러낸 일군의 시인들이 보이는데, 이들은 두 부류로 나눌 수 있다. 이하李賀(790-816)와 이상은李商隱(812-858)이 어둡기는 하지만 염려艷

---

31) 이 책에 수록된 〈중국시의 발전 단계론〉 참고.
32) 蔡鎭楚, 《中國古代文學批評史》, 岳麓書社, 1999, 長沙, pp.201-203.

麗하거나 환상적인 유미성을 보여준 순수 예술심미를 정방향적으로 표현했다면, 한유(768-824)와 가도(779-843)는 괴탄스럽고 기험한 어휘와 수사로써 시를 지은 경우이다. 특히 이하와 이상은은 많은 시에서 상징적 수법으로 시를 지어 역사적으로 중국시의 상징 여력을 제고하고 심미 지평을 확대했다. 한편 이상은의 시세계가 여성 취향을 드러내며 내적 상심을 탐미적으로 표현했다면, 이하는 삶과 죽음의 가장자리에서 방황하는 기괴함 속의 병약성을 드러낸 점에서 다르다.

〈神絃曲〉	〈신에게 부르는 노랫가락〉
西山日沒東山昏	서산에 해지고 東山 어두워지니
旋風吹馬馬踏雲	회오리 바람은 말을 몰고 구름 위를 닫는다.
畫弦素管聲淺繁	고운 거문고 흰 피리 가락은 얕으면서 화려하고
花裙粹緣步秋塵	꽃치마는 사각소리 내며 가을 먼지 날린다.
桂葉刷風桂墜子	계수나무 잎은 바람결에 날리고 열매 떨어지니
靑狸哭血寒狐死	푸른 빛 이리는 피울음 울고 여우는 추위에 죽네.
古壁彩虯金貼尾	옛 벽에 그려진 화려한 용은 황금 꼬리가 달렸고
雨工騎入秋潭水	우뢰의 신은 가을 못 속으로 들어간다.
百年老鴞成木魅	백년 묵은 늙은 올빼미는 고목나무 귀신이 되고
笑聲碧火巢中起	웃음소리 속에 푸른 귀신불 나무 숲에서 인다.

이하는 귀鬼의 세계를 탐미화하여 바라본 독특한 시인인 바, 이 작품 역시 제사시의 귀신을 불러내는 과정과 그 양상들을 상상적으로 그려내어, 이 세상의 인간적 세계의 비감과 저 세상의 신적 세계의 화사華奢가 서로 착종錯綜 되고 있다. 이런 의미에서 〈이소

離騷〉 등의 초사적 성격을 띠고 있기도 한데, 기성의 중국 전통의 보편적 미감과는 다른 범주의 심미 세계를 열었다는 점에서 특기할 만하다.

앞서 당대의 율시는 운율과 기상면에서 최고봉에 올랐다고 했는데, 그렇다면 당시의 본질적 특징과 관련하여 이 점을 어떻게 이해할 수 있을까? 율시에는 우리나라의 시조나 일본의 하이쿠보다 훨씬 엄격하게 준수해야 할 형식적 틀과 규칙이 있다. 한 수의 시를 짓기 위해서는 일정한 글자수, 엄격한 성조와 운의 사용, 구법·문법·구문·사류事類와 엄정한 대장법對仗法 등 각종 규율을 지키면서 작가 자신의 생각을 풀어내야 한다. 작가는 시상이 떠올랐다 하더라도 이미 문화적 전통에 의해 확정된 일정한 격식에 맞추어야 하는 것인데, 이는 세계 다른 나라 문학에서 찾아보기 쉽지 않은 형식 우월적 특징으로 보인다. 이를 필자는 중국시의 '형식 선결성'이라고 부르고자 한다. 이는 마치 사의 전사塡詞와 같은 것으로서, 시의 '전시塡詩'인 셈이다.33)

이렇게 되면 일단 시인에게는 주어진 형식에 맞추어 자신의 감정을 진술해 나가야하는 부담이 생기므로, 시창작이 쉽지만은 않은 일이었을 것이다. 그러나 다른 관점에서 보면 이 점은 오히려 정해진 규칙에 의한 재미있는 문자적 유희로 작용했을 가능성도 있다. 특히 과거 시험에서 시를 중시하고 있던 상황에서는 동기 유발 효과가 상당히 컸을 것이다. 그렇다면 당대 문인 시인들은 시상詩想을 주어진 틀에 맞추는 가운데 자신의 감정을 피력하는 하나의 지적 게임을 즐긴 셈이다.

결국 율시의 '형식 선결성'은 자유로운 민간 운문과는 달리 까다

---

33) 중국시 발전의 본원적 여건과 속성에 대해서는 〈중국문학비평 사유론〉 제4장 '운문 중심주의'를 참조. 이런 의미에서 두보의 시가 내용과 형식 양면에서 모두 탁월하다는 평가를 받는 것은 내용 구사력과 塡詩力이 탁월하게 발휘되었다는 말도 된다. 한편 송대 말류 강서시파의 경우는 그 반대의 예가 될 것이다.

로운 규칙을 즐기는 문인적 시쓰기라는 방향으로 나아간 것으로 해석할 수 있다. 그리고 이후 송대에는 다시 달라진 도학적 분위기와 연결되는 가운데, 새로운 쓰기 방식으로서의 수필처럼 읽어주고 이야기하듯 쓰는 산문화로 나아가게 되었다. 이러한 음률성의 약화 등의 요인으로 송시는 다른 여러 요인들의 복합적 상황과 서로 작용하면서, 여러 중국문학 장르들 가운데서 점차 중국문학 전통의 우월적 지위를 잃어갔다.

2. 회화적 정감 심미의 추구

소식(1037-1101)은 당대의 시인 왕유(701-761)에 대하여 "왕유의 시를 음미하면 시 가운데 그림이 배어나고, 왕유의 그림을 감상하면 그림 속에 시가 묻어 있다"고 평했는데,34) 이는 왕유의 시詩·화畵간의 소통성이 뛰어남을 말한 것이다. 사실 왕유의 시만 놓고 보더라도, 그의 시에는 불교적 평정 속에 자연과의 합일적 경지를 추구한 시가 많이 있어, 도연명 시와 같이 읽는 이로 하여금 마음 편한 느낌이 들게 한다. 그의 〈녹채鹿柴〉, 〈죽리관竹里館〉, 〈종남산終南山〉, 〈적우망천장작積雨輞川莊作〉 등이 그렇다.

앞에서 도연명과 사령운을 언급한 바 있는데, 잠시 도연명과 왕유로 이어지는 자연합일적 전원 및 자연시, 그리고 사령운과 나아가서는 죽림칠현 등의 현실에서 떨어진 자연으로서의 산수시의 심미적 의미를 중국인의 심미사유와 관련지어 생각해 보도록 한다. 왕국유의 경계론을 차용하여 이들의 경계를 설정하자면, 전자의 합일적 시경은 정경교융의 무아지경으로, 후자의 유람적 또는 격리적 경지는 자아와 산수간의 일정한 간극을 지닌 유아지경으로 나누며, 중국인들은 전자를 더 고차적인 경지로 인식했다.

---

34) 〈書摩詰藍田烟雨圖〉(《東坡題跋》권5, 上海遠東出版社, 1995),
　　"味摩詰之詩, 詩中有畵, 觀摩詰之畵, 畵中有詩."

여기에는 합일과 비합일의 정서적 층차에 따른 차별적 평가가 작용하고 있으나, 같은 자연이라 하더라도 현실을 중시하는 중국인의 의식구조 속에서는, 현실에 거하면서 동시에 정신적 초월을 기하는 경지를 더 선호했다는 이야기이기도 하다. 이 경우 중국인의 심미의식에서는 居士佛적이며 시은적 생활 자세가 탈속적인 것보다 더 선호되었다는 말이 성립된다. 그리고 이 점은 송대 문인들의 지성적 정취와도 맞아떨어지게 되어, 역사적 맥락 면에서 심미의식의 일관성을 발견할 수 있다.

다시 당시를 회화적 정감 심미와 관련하여 고찰하도록 한다. 시의 속성으로서는 앞서 언급한 운율 외에 함축을 들 수 있으며, 중국에서 시와 회화의 공통점은 생략과 함축에 있다. 당시의 경우 적어도 당시삼백수를 비롯해 상당수의 시에서 우리는 어떤 정태적 靜態的이며 회화적인 여백의 미를 느끼게 된다. 그리고 그곳에서 사경寫景과 서정은 잔잔히 만나 새로운 경계를 창출해 낸다. 당시적 풍격의 기조는 이성적 관찰 및 표현이라기 보다는 서정적 정감 세계에 의지하고 있다는 점에서 정감적이라고 할 수 있다. 즉 정감 심미면에서 회화와 시詩 간의 내재적 교감이 일어나고 있는 것이다. 왕유의 많은 시를 비롯하여, 유종원의 〈강설江雪〉, 장계張繼의 〈풍교야박楓橋夜泊〉, 유우석劉禹錫의 〈망동정望洞庭〉 등 거의 대부분의 절구시는 물론, 최호崔顥의 〈황학루黃鶴樓〉, 이백의 〈송우인送友人〉, 두보의 〈등악양루登岳陽樓〉 등이 그렇다.

다음 왕유의 〈과향적사過香積寺〉는 깊은 산사를 찾아가는 작가의 자기 수양적 심정이 산수 자연과 자연스레 녹아 전체가 하나의 내적 통일체로서 이미지를 구성하고 있다.

<table>
<tr><td>〈過香積寺〉</td><td>〈향적사를 지나면서〉</td></tr>
<tr><td>不知香積寺</td><td>향적사 어딘지 알 수 없는데</td></tr>
<tr><td>數里入雲峯</td><td>구름 속 봉우리로 몇 리를 들어가니.</td></tr>
<tr><td>古木無人逕</td><td>마른 나무 가득한 중 길은 없어도</td></tr>
</table>

深山何處鍾	깊은 산 어디선가 종소리 들려오고.
泉聲咽危石	샘물은 흘러 높은 바위 틈새로 울며
日色冷靑松	햇빛 푸른 소나무에 닿아 시원하구나.
薄暮空潭曲	어스름 저녁에 사람 없는 못굽이에서
安禪制毒龍	편히 앉아 좌선하니 잡념이 사라지네.

이제는 시 형식으로서의 절구와 관련한 두 가지 문제를 생각해 보기로 한다. 먼저 그 미적 접근 방식이다. 우선 당대의 대부분의 절구시가 사경 위주로 된 점은, 율시가 대체로 '사경寫景→서정抒情'의 전개 방식을 취하고 있는 것을 볼 때, 일견 서정을 그리기에는 편폭이 너무 짧기 때문에 미처 서정으로 나아갈 틈도 없이 끝을 맺어야 하는 것같이 보인다. 그러므로 작가적 서정의 노출은 말미나 중간에 슬쩍 운을 띄워주는 선에서 꼬리를 감추는 경우가 대부분이다. 이 점은 여백의 미를 중시한 문인적 심미 표출로 보인다.

다음으로는 장르 발전사 면에서 절구의 생성 문제와 관련해 생각해 본다. 당대에는 문인 율시가 완성되어 극점에 다다랐고, 절구에 대해 그간 율시의 반半이라는 해석이 일정한 흐름을 이루어 왔는데, 이는 외형적으로 절구가 율시의 반에 해당하는 모습을 띰으로써 더욱 그렇게 보인다. 그런데 위진남북조 시대 민간에서는 남·북간에 기풍상의 차이는 있었으나, 양측 모두 민가가 많이 애송되었다. 그리고 그 형식은 거의 모두 5언 4구체가 정격이었다. 필자가 보기에 민간문학의 창작 형식은 일정한 시간 간격을 두고 문인화를 향해갔던 중국문학적 규율성이 보편적이라고 상정할 경우,35) 절구 역시 육조시대 민가, 특히 청상악淸商樂에서 발원한 양자강 유역의 남조 악부민가로부터 문인화했을 가능성이 매우 높다.36)

---

35) 이점은 오언시, 사, 산곡 등 많은 장르에서 그 예를 찾아볼 수 있다.(이 부분은 이 책에 수록된 〈중국시와 문학의 역사적 전개〉 참조.)

36) 유영표 교수는 〈韓國 律·絶의 起源問題〉(《중국어문논집》 제2집,

다만 내용 면에서 남북조 민가와 당시唐詩 사이에는 일정한 차이
가 보인다. 남북조 민가는 비록 짧은 5언 4구지만, 대부분의 경우
단도직입적으로 서정 정조를 드러내고 있다.37) 그러나 문인 작가
위주인 당시에서는 사경 위주에 서정의 일단을 곁들인 선에서 함
축적으로 처리하고 있다. 이러한 함축과 아화는 한 문예 양식이
문인화하는 과정에서 나타나는 전형적 양상인데, 이것은 앞 절에
서 언급한 당대 시인들의 주류적 심미의식인 음률 심미의 추구 및
정태적·회화적 서정 심미들과 상호 긴밀한 관련을 맺으며 발전해
나갔다. 이렇게 볼 때 당대의 절구는 남북조 민가에서 형식을 받
아, 문인들의 손에서 문인적 음률성(즉 송시적誦詩的 단계로서의
시의 음률 추구)과 회화성을 띠면서 문인 서정화, 즉 아화했을 가
능성이 크게 보인다. 이같은 추론은 이후 장르적 운용상에 관한
보다 심층적 조사를 통해 확증될 수 있을 것이다.

3. 현실과 문학의 접근

시는 작가 개인의 서정을 위주로 하지만, 한편에서는 사회적 발
언을 염두에 두기도 한다. 시경 이래 악부 민가에서 우리는 그 구
체적 형상들을 쉽게 찾아볼 수 있다. 육조 순예술주의 이후의 당
시에서 보이는 또 다른 한 특징은 사회에 대한 발언으로 문학과
문화의 건강성을 회복하자는 움직임인데, 한유·유종원(773-819)

부산경남중국어문학회, 1985, p.62)에서 중국에서 절구는 한대
악부·민가에서 발원하여 육조의 남조 문인들이 가세하면서 그 이
름을 얻게 되었다고 했는데 타당한 추론이다.
37) 남조의 대표적 애정 민가인 〈한밤의 노래(子夜歌)〉를 보더라도 "밤
깊은데 잠 못 이루고, 보름달은 어찌도 밝은지. 상념 중에 님의 부
르는 소리 들리는 듯하여, 부질없이 빈 하늘에 대고 대답하였네(夜
長不得眠, 明月何灼灼. 想聞散喚聲, 虛應空中諾)"라고 하여 寫景 부
분은 거의 없고 서정을 위주로 전개하고 있는데, 이는 대부분 민가
의 전형이다.

의 고문운동과 백거이(772-846)·원진(779-831)의 신악부 운동
이 그것이다. 먼저 이 두 그룹의 양상을 보면 전자는 이론과 시쓰
기 간에 일정한 연관을 발견하기가 힘드나, 후자(특히 백거이)는
일반 민정民情에 부합하는 제재를 가지고 쉬운 어휘를 구사함으로
써 주장과 실천면에서 상당한 일치를 보이고 있다.

　사회에 대한 문학의 효용론은 이전에도 있었으나, 시대 상황과
의 교감을 통해 구현되므로 매양 같은 방식으로 나타나지는 않는
다. 그러므로 이는 일정한 사조적 흐름 속에서 읽을 필요가 있다.
그리고 중당대에 일어난 이같은 사조를 형성하는 동인動因으로는
중하층 관료출신의 사士와 이전까지의 세습귀족간의 사회 계층적
갈등,38) 구어와 문언간의 역사적 간극 확대의 문제, 도불의 대두
에 대한 유가의 주도권 확보, 생명력 있는 민간문학으로의 복귀
등의 문제가 내재되어 있다고 생각된다.

　언어 문제를 보면, 문언과 구어는 한대 이래로 점차 분리의 길
을 걸어왔으며, 육조 변려문騈儷文의 흥성으로 그 괴리는 더 심해
졌다. 한유는 유가의 도를 부흥하고 사상 경향의 건전성 회복과
언어의 실질성을 제고할 목적으로 고문운동을 제창했다. 그는 비
록 선진 제자의 고문으로의 복귀를 주장하기는 했으나, 말 그대로
의 복귀가 이루어진 것은 아니며, 또한 그렇게 될 수도 없었다. 사
실 당대의 고문에는 육조 변려문의 기교와 미적 감각들이 어느 정
도 이월·침투된 것은 분명하지만, 당시 횡행하던 무분별한 유미
적 작풍에 일격을 가해 변려체가 쇠퇴한 것은 한유의 공헌이었
다.39) 당 이래 진자앙(661-702), 이백(701-762)의 고풍시古風

---

38) 특히 신악부 운동과 고문운동의 주류인 한유, 유종원, 백거이, 원
　　진은 모두 중소지주 출신으로서, 민간에서 과거를 통해 발탁된 인
　　재들이었다는 점에서 그들의 의식은 기성의 귀족문벌과 달랐다.
39) 현실주의와 반현실주의의 관점으로 구어와 문어간의 괴리 문제에
　　대한 역사적 고찰은, 《중국문학의 현실주의와 반현실주의》(원저명:
　　夜讀偶記)(모순 著, 박운석 譯, 영남대 출판부) pp.25-29를 참고

詩들, 그리고 백거이의 신악부체의 시가 이론에서 보였던 바와 같은 실질적 글쓰기 담론들은 변려문의 내용적 공소성을 반대하고 보다 실질적인 언어로의 접근을 꾀했던 시대의식의 반영이었다.

그러나 이러한 움직임을 반대편에서 보면, 중당 이후에 일어난 한유 등의 변문 타파를 통한 글의 내용과 형식상의 건강성 찾기와 문학 언어의 구어와의 간극 좁히기의 노력은, 큰 흐름에서 점진적으로 시가의 음률성이 약화되는 방향으로 나아가게 했으며, 결국 송대에 가서는 시 본래의 음악성은 사에 내주고 송시는 산문화의 길로 접어들게 된 계기가 되었다.

이상에서 볼 때 당시는 형식면에서 기본적으로 성당까지, 나아가 중만당까지도 상당한 음률미를 띠면서 나아갔다. 또한 시의 심미적 측면에서는 정태적靜態的인 회화미를 주조主潮로 삼았다. 운율과 함축을 중심으로 삼는 시에서 이같은 경향은 당연히 시의 전형으로 인식될 일이었다. 다만 앞서 말한 것 같이 중당 이후의 일련의 거시적 사조의 변화로 인해 중국시는 북송 중엽부터 새로운 국면을 맞이하게 된다.

Ⅳ. 송시론

1. 이성 심미로의 전이

주지하다시피 송대(북송 960-1127, 남송 1127-1279)의 시는 당시와는 다른 양상과 속성을 띠고 전개되었으며, 그것은 대체로 이성화, 사변화, 생활화의 길이었다. 본 장에서는 송시에 나타난 심미적 특징을 시사적 맥락과 연결지어 생각해 본다.

먼저 역사적 조건 면에서 송대는 강남의 풍부한 생산력에 기초

할 만하다.

하여 안정적인 사대부 문화를 꽃피울 수 있었다. 문화적으로 황제 독재체제하의 문인 중심의 관료 체제를 채택한 송대 사회의 신분적 특징은 중소지주 출신의 관료 문인들이 사회 전면에 부상했다는 점이다. 과거를 통해 선발된 이들 문인들은 시대적 사회적 책임의식을 지니고 유·도·선의 사상적 융합과정을 통해 새로운 문화를 만들어 나갔다. 그 출발은 도학가로 불리는 일군의 지식인들에서 비롯되었다. 주돈이周敦頤(1017-1073), 유개柳開(947-1000), 목수穆修(979-1032), 석개石介(1005-1045) 등 송초의 지식인들은 우주 자연의 본원적 이치를 규명하고자 노력했으며, 궁극적으로 그러한 인식이 사회적 효용으로 이어지기를 바랐다. 이러한 까닭에 그들은 문학을 도道의 하위 개념으로 인식하고, 반궁체적反宮體的 문학 색채를 띨 수밖에 없었다.

이어 나타난 문화의 주도 세력인 구양수(1007-1072), 소식(1037-1101), 왕안석(1021-1086) 등의 고문가 및 경세가들도 문학의 중요성을 인식하기는 했으나, 여전히 '안으로 자기 성찰을 하여 밖으로 치세에 도움이 되는' '내성외왕內省外王'의 자기 성찰적 경세론에 힘을 쏟았다. 즉 송대의 문단은 기본적으로 사상 조류의 영향에서 자유롭기 힘들었던 것이다. 특히 문인 관료들이 장악한 주장르인 시에 있어서는 여타 장르보다 기풍상의 보이지 않는 제약이 더욱 심했다. 그리고 아름다운 서정과 염정적 색채는 사로 옮겨갔다. 즉 장르의 역할 분담이 이루어진 것이다. 이제 시에서는 경치를 읊는다 하더라도 당시와는 다른 접근 방식을 취하고 있음을 보게 되는데, 그것은 송인들의 의식 기저에 사물을 바라보는 관점에 변화가 일어났음을 알려주는 징표이다.

〈題落星寺嵐漪軒〉　　〈낙성사 남의헌을 기념하여〉
落星開士深結屋　　　낙성사의 보살은 깊은 산중에 개창했고
龍門老翁來賦詩　　　용문龍門의 노인장은 이리 와서 시를 읊었
　　　　　　　　　　었지.

小雨藏山客坐久	보슬비는 산을 감추고 객은 앉아있은 지 오래고
長江接天帆到遲	긴 강물은 하늘에 닿아 돛배는 가는 것이 더디다.
宴寢淸香與世隔	생활 중의 맑은 향은 세속과 격절했고
畫圖妙絶無人知	탱화는 절묘한데 알아줄 이 없구나.
蜂房却自開戶窓	벌집 같은 방들은 하나씩 문을 열었고
處處茶煮藤一枝	곳곳에 차 끓이는 향 속에 등나무 한 줄기!

 1080년에 지어진 황정견의 요체拗體 경물 율시는 전체적으로 전고 하나 사용하지 않고도 기묘한 의경을 이루며, 내용과 형식 및 율격 면에서 독특한 송시적 면모를 보여 준다.40) 제2연은 황정견의 명구名句로 운위되는데, 대장對仗 속에 특이한 장법章法을 보여주고 있다. 그리고 제4연 역시 사찰내 각 방문과 차향茶香을 황정견만의 방식으로 묘사했는데, 이러한 묘사는 송시가 당시와는 상당히 다른 의취意趣를 지향하고 있음을 보여준다.

 창작과 이론 양면에서 송시의 사변적·지취적 경향은 송대의 선학과 화론을 통해 더욱 심화되었다. 그들은 선학적 수양과 사유 방식을 시창작의 중요한 원리로 차감借鑒하기 시작했다. 송대의 많은 문인들이 '시를 배우는 것은 참선을 하듯 해야 한다[學詩如參禪]'고 한 것은 선학과 시학의 상관 관계가 그들 사이에 매우 깊게 인식되었음을 보여준다. 또한 그 이론으로서 소식과 황정견(1045-1105) 및 강서시파 시인들이 오입悟入, 운미韻味, 활법活法 등 '순간적 또는 본질적 깨달음[頓悟]'과 그 선문답적 표현을 중시하는 여러 이론에 매달렸는데, 이는 많은 승려들과 교유하는 가운데 종교 철학으로

---

40) 낙성사는 강서성 南康에 있는 절이며, 제1구의 '開士'는 보살·승려란 뜻이며, 노인은 자신의 외숙인 李常을 가리킨다. 이 시의 요율성에 대해서는 필자의 《황정견시 연구》(경북대학교 출판부, 1991, pp.250-251)을 참고.

부터 얻은 문화적 참조가치이다. 소식의 〈화자유민지회구和子由澠池懷舊〉나 〈제서림벽題西林壁〉등은 시의 철학·사변화의 대표적인 예이다.41)

한편 시는 회화와도 심미적 교감을 했다. 하지만 당·송시 간의 미적 인식은 다른 점이 있다. 앞서 말한 바와 같이 당시에서는 주로 경물에 대한 회화적·사경적인 정서에 근거한 '정감미情感美'가 돋보이는데 반해, 송시에서는 경물과 사상으로부터 곧바로 이성적 인식의 세계로 들어가 사변적·의취적인 '의경미意境美'가 두드러진다. 물론 당대나 그 이전에도 생활 속의 정감의 표현은 시의 기본적 속성이었다. 그러나 문인들의 생활 속의 이지적 정감 표현의 수단으로서 시가 쓰여졌다는 것은 시의 운용상의 변화이면서, 시의 속성상의 변화를 의미한다. 즉 송시에서 보이는 감성 인식에서 이성 인식으로의 전이와 장르사적으로 볼 때의 시의 쇠락은, 바로 본래 감성 인식의 영역에 속했던 시가 그 영역을 벗어나면서 필연적으로 야기될 수밖에 없는 결과였다고 할 수 있다.

시에서 보이는 당·송간의 심미적 대조는 회화사적으로도 보인다. 중국회화사에서 당대까지의 심미인식은 기본적으로 재현(Representation)이었으며, 원대에 이르러서 표현(Expression)으로

---

41) 〈蘇轍의 '澠池를 회상하여 子瞻형에게 보내며' 시에 화답하여〉: 인생에 자취를 남기는 것이 무엇과 같을까?, 날아가는 기러기가 눈밭에 내려앉는 것과 같네. 눈밭위에 우연히 발자국을 남기지만, 기러기 날아감에 동서를 가리겠는가? 老僧은 이미 죽고, 새 탑이 섰으니, 벽 허물어져 옛날 지어준 시는 볼 길이 없다. 지난 날 어려움을 아직 기억하는가? 길 멀고 사람 지친 중에 절름발이 나귀 울어 댔었지.(人生到處知何似, 應似飛鴻踏雪泥. 泥上偶然留指爪, 鴻飛那復計東西. 老僧已死成新塔, 壞壁無由見舊題. 往日崎嶇還記否, 路長人困蹇驢嘶); 〈西林寺 壁에 題詩하여〉: 가로 보면 재(嶺)가 되고, 곁에서 보면 산봉우리라, 원근 고저에 같은 것이 없구나. 廬山의 진면목을 알수 없는 건, 이 몸이 산중에 있기 때문인가!(橫看成嶺側性峯, 遠近高低無一同. 不識廬山眞面目, 只緣身在此山中)

전이되었다.42) 사실 당대의 그림이 자연을 바라보는 심태心態 면
에서 실질적 의미의 재현만은 아니지만, 서정화된 가운데 형상에
가까워지려는 노력이 드러난다는 점에서 재현적이다. 그러나 송대
에 이르면 자연(또는 대상)을 바라보는 방식에도 분명한 차이가
생겨나게 되며, 그 결정적인 획은 소식의 문인화文人畵(Schlors'
Painting)에서 그어진다. 이는 한 마디로 대상에 대한 외피적 묘
사가 아닌 내재적 사유가 더 중요하다는 인식의 전환이었다.

이로부터 화畵는 시詩의 하위적 지위에서 상승하여 점차 시와 동
가화同價化되어 갔다. 황정견은 그들에게 화공이 아니라 학자로서
처신하기를 요구했는데, 이는 북송 문인들이 화가들에 대해 자연
을 새로운 관점에서 바라보고 재창조하기 바라는, 즉 인식의 전환
을 요구한 것이다.43) 이론사적 측면에서, 소식이 의도한 것은 아
니었으나, 그의 형사形似와 신사神似에 대한 언급은 당시와 송시의
경계에 관한 논의라는 관점으로 확대해 보아도 무방하다.44)

송인들은 대상을 자신의 지식인적 교양에 의해 한 차례 크게 바
꾸어 이성적 사변 관조의 눈으로 바라본 것이다. 사물을 바라보는
관점에 관한 소식의 '형사와 신사론'도 맥을 같이 한다.45) 이로써
시와 화는 상호적인 차감借鑒 과정에 들어간 것이다.46) 정감 심미

---

42) Susan Bush, '*The Chinese Literati on Paingting: Su Shi
  to Tung Chi-chang*', Harvard University Press, 1971,
  Cambridge, p.13.
43) Susan Bush, 앞의 책, pp.25-26, p.44, 82.
44) 《蘇軾詩集》 권29(제5책) p.1525,〈書鄢陵王主簿所畵折枝二首〉(제
  1수): "그림을 논하는 데 형사로써만 한다면 식견이 아이와 같은
  것이다. 또 시를 지을 때 반드시 이와 같아야만 한다고 하는 것 역
  시 분명 시를 제대로 아는 사람이 아니다. 시와 그림은 본래 같은
  법도로서, 天工과 淸新이다.(論畵以形似, 見與兒童隣. 賦詩必此詩,
  定非知詩人, 詩畵本一律, 天工與淸新.)"
45)〈장르사적 관점에서 본 소식의 문예이론과 시〉4-4-1 '詩畵一律,
  形似와 神似 —畵論의 시학적 적용론' 참고.
46) 이 책에 수록된〈장르사적 관점에서 본 소식의 문예이론과 시〉4장

에서 이성 심미로의 전이는 당인과 송인의 문학 예술 양면에서 보여지는 시대사적 차이이다. 그리고 그 토대에는 문인관료 지식인의 사회사적 인식, 신유학 및 선학의 사조적 영향, 회화사적 심미 전환 등이 자리하고 있다.

2. 교유적 생활시

송대의 사회경제적 생활 여건은 인구 증가와 함께 풍요한 강남을 중심으로 대중 문화를 꽃 피웠다.47) 송대의 시민문화 상황을 기록해 놓은 맹원로孟元老의 《동경몽화록東京夢華錄》과 오자목吳子牧의 《몽양록夢梁錄》에는 당시 북송의 수도인 변량汴梁(지금의 개봉開封)을 이렇게 묘사했다.

> "뜰이 있는 큰 집이 종횡으로 얽혀 있어 그 수를 알 수 없다. 곳곳의 옹문擁門에는 찻집과 주점이 있어 음식이 진열되어 있다. …… 야시夜市는 삼경이 되어야 끝나고 오경이면 다시 열리는데, 여기 저기서 시끄러운 소리가 밤새도록 끊이지 않는다. …… 큰 길 가에선 새로운 가락의 노래와 아양 떠는 웃음이 들려오고, 찻집과 주점에선 피리와 비파를 탄다. 온 사방의 배가 다투어 모이고, 온 세상의 진귀한 음식이 시장에 가득하다."48)

이는 실제로 12세기 북송 변량의 각 계층 사람들의 다양한 삶의 모습을 그린 장택단張擇端의 〈청명상하도淸明上下圖〉에서 확인할

-4절, '胸中成竹과 隨物賦形 —禪學과 畵論의 借鑒' 참고.

47) 700년경 당대의 인구 5, 6천만에 비해, 1,100년경 북송 전체의 인구는 약 1억 1천 정도였다. 정치 행정의 중심지였던 開封의 인구는 100만을 상회했으며, 군대를 합하면 140만이었다.(존 킹 페어뱅크, 《신중국사》, 까치, 1994, p.109.)

48) 周勛初 저, 중국문학연구회 고대문학분과, 《중국문학비평사》, 이론과실천, 1992, p.467.; 孟元老等, 《東京夢華錄·夢梁錄·都城紀勝·西湖老人繁勝錄·武林舊事》, 中國商業出版社, 1982.

수 있다. 시민과 귀족들의 여가 생활이 이러한 풍요를 누리는데 힘입어 사와 화본 등의 민간 문예가 꽃을 피우면서 점차 봉건적 사회질서는 무너져가고 시민적 사회로 나아갔던 것이다.

경제력의 증대가 야기한 시민 계층의 대두는 사회 구성체적 성격과 문화 향유의 양상을 다양화하였다. 관료 문인들의 계층적 토대는 세습귀족이 아니라 중소지주로 저변이 확대되었고, 과거를 통해 임용된 이들은 출신은 서민 계층에서 나온 경우가 적지 않았으나, 그들의 의식은 사회 계도적이었다.

이들 신유학의 세례를 받은 문인들의 문학적 행태는 비록 여전히 고답적이긴 했으나, 장르 운용 방식에서는 다른 모습도 보여주었다. 일상의 민간적 서정은 사를 통해 표출하고, 사대부로서의 도학적 서정은 시를 통해 표현한 것이다. 특히 시 양식 면에서 당대에는 그리 많지 않던 일상 생활 속에서 문인간의 교유를 주목적으로 하며 상대방의 운에 맞추는 차운·화답시가 대폭 늘어났다. 이러한 교유시의 모티프는 각종 예술품과 기념물을 매개로, 또는 그 자체의 우호성에 근거하여 지어졌으며, 생활의 거의 모든 일들이 교유시의 촉발 요인으로 작용 가능했다. 이 점은 당대唐代의 교유시가 송대에 수적인 면이나 질적 심화면에서도 차가 클 뿐만 아니라, 그 동기 요인도 당시가 상봉과 이별 등 극히 제한적으로 운용되었던 것과는 달리 폭이 넓어졌다.

송인들은 일상 생활 중에 만나게 되는 보다 확대된 모티프들을 시로 연결시키게 되었다. 제재면에서 생활시 교유시의 증가는 시적 제재가 늘어난 것을 의미한다. 한편 시 영역의 확대, 즉 정감세계의 확대는 시적 전유성專有性·독자성의 측면에서 볼 때 시의 전통적 영역이 확산과 함께 와해되어가는 과정으로 보인다. 이렇게 하여 송시는 당시의 감회나 기행시, 묘사시와는 다른 인식적 표현으로서, 주로 문인들 간의 교유와 세계관의 피력을 위한 사회적 자아표현 방식의 유력한 도구로 인식되었다. 즉 시쓰기는 전과는 다른 방식으로 쓰여지게 된 것이다. 송대의 시는 개별자적 사색이므로 양자가 꼭 같지는 않지만, 중국 전통의 유가적 효용주의에 어느 정도 회귀·접근하는 모습도 띤 것이었다. 운용 방식의 고급화와 함께 시의 예술 심미적 맛은 감소될 수밖에 없었다.

3. 산문적 시쓰기

송시가 지니는 시대 심미적 변별성은 글쓰기 방식과 그 형식에서 외양상 가장 잘 드러나는데, 그것은 형식, 언어, 그리고 산문적 글쓰기에서 두드러진다. 당시가 운율미의 추구를 최우선 가치로 생각하며 형식의 완성도를 높이려 힘을 쏟았던 데 반해, 송시는 형식보다는 내용을 우선시했다. 그들은 일상생활 속의 이야기를 심각하게 축약적으로 꾸미기보다는 그저 편안히 말하듯이 또는 수필을 쓰듯이 '담담하게' 전달하려 했다. 이렇게 할 때 그들은 자연성이 가장 잘 살아날 뿐만 아니라 심미적 가치도 훌륭해진다고 생각한 것 같다. 매요신이 말한 바, 시란 그 표현을 평담하게 하기가 힘들다고 한 것이 그 예이다.49) 이렇게 송대의 시는 산문화의 길을 가지 않을 수 없었으며, 이는 소식 문예에서 보이는 '장르 초월' 혹은 '탈장르'적 경향과도 맥을 같이 한다.50)

이렇게 되면서 그들은 시 형식 면에서 당연히 형식의 제약이 심한 율시 보다는 고시를 선호하게 되었다. 교유시를 많이 지었으며, 자연 운을 앞 사람의 운에 맞추어 우호와 실력을 보여주는 방편으로 삼았다. 당시에 비해 절구가 줄어든 것도 같은 맥락인데, 이에 더하여 사경에 그치지 않고 그 안에 의미를 부여하는 과정에서 편폭 짧은 절구는 그다지 적합한 양식으로 인식되지 않았던 것 같

---

49) 《娛書堂詩話》 권下(《續歷代詩話》 中), "作詩無古今, 惟造平淡難."
50) 소식 시와 이론의 장르 초월성에 대해서는 〈장르사적 관점에서 본 소식의 문예이론과 시〉 참조.

다.

언어 문제에 대해서는 먼저 앞서 말한 사회·경제·문화적 토대에 기초하여, 송대의 민간문화와 문인 문화간의 주고받기 양상에 관해 고찰한다. 송대는 문예로 치면 강창·화본·사 등의 민간문화와, 시·사 등의 문인문화가 서로 묘한 구도 속에서 만난 시기라고 할 수 있다.51) 이 부분을 고찰하기 위해서는 신분 체제의 변화로 인해 민간에 토대를 둔 중소 지주 출신의 문인 관료들의 의식 구조에 대해 생각해 볼 필요가 있다.

이들은 자기들의 출신 성분에도 불구하고 일단 관료가 된 다음에는 관료로서의 책임과 문화를 지키고자 했으며, 그 형성에는 신유학적 인간상이 결정적 영향을 끼쳤다. 이들에서 보이는 도학자적 정서와 일상에 대한 초월 의식 등이 그것이다. 그러나 한편에서 그들은 자유로운 민간 문화와도 내밀한 교감을 했던 것이다. 그 두드러진 부분은 언어적 측면으로서, 화본과 강창에서 백화의 문학 언어로의 진입이 그러하고, 시에서도 역시 일정 부분 구어적 표현들이 나타나게 되었다는 점도 그렇다.

도학자적 정서 속에 딱딱한 내용이 주를 이루는 황정견의 시에서 있어서도 이 시를 비롯한 몇몇 시들은 당시 사용되던 속어를 대량 사용하여 해학화하거나 새로운 면모를 창출하기도 했다.

〈乞猫〉	〈고양이를 구하려고〉
秋來鼠輩欺猫死	가을 오니 쥐떼는 고양이 죽었다고 까불며
窺甕翻盤攪夜眠	항아리 뒤지고 그릇을 뒤집으며 밤잠을 어지럽힌다.
聞道狸奴將數子	듣자니 고양이가 새끼 몇 마리 낳았다는데
買魚穿柳聘銜蟬	생선 사다가 버들가지에 꿰어 나비를 불러 볼까!

---

51) 전기의 사는 창작면에서는 문인적이지만, 활용면에서는 민간적이라고 할 수 있다.

황정견의 절구인 이 시는 내용도 해학적이지만, 어휘 사용에서 고양이를 가리키는 말로 '묘猫, 이노狸奴, 함선銜蟬' 등 당시의 속어까지 다양하게 구사했으며, '문도聞道〔聽說〕'나 '장將〔帶〕' 등의 백화 또는 방언을 그대로 사용했고, 구법 자체도 백화적이다. 결국 북송 중엽 이후 본격화한 속어나 구어의 정통 문학장르 언어로의 진입 경향은 이미 달라진 사회문화적 여건의 반영이기도 하며, 소식, 황정견, 진사도 송대의 주류 시인들이 주창했던 '속어를 시에 사용하여 전아하게 만든다'는 '이속위아以俗爲雅나 '옛 말을 시에 사용하여 새롭게 만든다'는 이고위신以故爲新'의 한 구체적 성과이기도 하다.52)

사실 백화 성분의 증가와 도학자적 정서는 상충적인 것으로 보인다. 그러나 이미 도학가의 대표자인 주희의 《사서집주四書集注》역시 백화를 대폭적으로 구사하고 있는 것을 볼 때, 사상과 언어 간의 이분법적 연결의 차원을 이미 벗어난 것으로 파악된다. 이 점은 송대적 고문운동의 여파이기도 하다. 사실 당대 한유의 문장을 보면 평이성과 험괴성〔怪異〕이 함께 나타나는데 반해, 송대의 고문가들은 평이한 글쓰기〔文從字順〕를 지향했다.53) 이는 앞서 말한 바와 같이 구양수·매요신 등이 조어造語는 평담하게 하기가 어렵다고 한 말과도 내통한다. 그리고 이는 내용적 평담성 뿐만 아

---

52) 〈戱呈孔毅父〉 역시 '이속위아, 이고위신' 등 '點鐵成金'의 수법을 활용한 해학시이다. "붓선생〔管城子〕은 고기 먹을 相이 못되어, 돈 형님〔孔方兄〕은 절교장을 보냈네. 문장의 효용이 세상 다스림에 없다면, 거미줄에 맺힌 이슬과 다를게 뭔가? 교서랑, 저작랑은 늘상 내리는 벼슬이니, 수레 타거나 인사할 줄만 알면 되지. 문득 절에서 蔬饌 함께 하던 생각에, 꿈결에 가을 기러기 따라 고향의 東湖로 가고자!(管城子無食肉相, 孔方兄有絶交書. 文章功用不經世, 何異絲窠綴露珠. 敎書著作頻詔除, 猶能上車問何如. 忽憶僧床同野飯, 夢隨秋雁到東湖.)"
53) 周勛初 저, 중국문학연구회 고대문학분과, 《중국문학비평사》, p.159.

니라 언어적 평속성으로도 이어지기기도 한 것이다.

이같은 양면 가치의 병존적 양상은 근본적으로는 송대 문인 특유의 '문화적 이중성'에서 그 원인을 찾을 수 있다. 즉 문화적 이중성은 송대 문인의 의식과 표현 간의 상호 충돌적 괴리이자 착종錯綜이다. 즉 그들의 출신 토대에서 비롯된 일반 서민 문화의 민간적 속성과, 문인 관료로서의 도학자적 책임 의식이 문학 속에 드러난 모순적이며 착종적 양상을 말한다. 백화와 문언, 세속적 내용과 도학적 정서, 사와 시, 평담과 험괴성, 간이함과 난삽함 등 다양한 착종은 모두 송시의 배경을 이루는 잠재적 동인動因들이다.

그럼에도 불구하고 송시가 큰 주류로서는 도학적 정서를 지니면서 어려운 전고와 독법讀法을 향해 나간 것을 보면, 송시의 속어와 골계의 구사 등 구어적 표현의 사용을 이 시대 시의 전면적 경향으로 볼 수는 없다는 생각이다. 결국 송시의 기조는 도학적 정서를 생활 속의 모티프로부터 찾아내 수필적이며 산문화된 새로운 창작 방식을 전개했고, 이에 따라 전통적 의미의 시의 맛은 감소되었다. 이런 점에서 말류 교조적 강서시파에 의해 시가 더욱 형해화한 남송대에, 엄우가 송시의 일반 경향을 강력히 비판하며 감성적 형상미를 추구한 것은 시대적 필연이었다.

V. 맺음말

1. 요약

이제까지 필자는 중국고전시사의 절정으로 불리는 당시를 전후로 한 '위진남북조, 당, 송 세 시기의 문인시에 나타난 심미적 특징들을 시대사적·맥락적 관점에서 분석해 보았다. 사실 위진남북조, 당, 그리고 송대는 중국 고전시의 상승, 절정, 변화기에 해당하는 만큼, 중국시 발전 양상의 심미적 이해에 있어서 중요한 관건이 되는 시기이다. 본 장에서는 먼저 이제까지의 내용을 간략히 요약하고자 한다.

먼저 육조 시대의 경우 ①건안 시단, ②현학과 자연, ③불경 번역과 율화律化에서, 당대에는 ①고도의 음률미 및 순예술 심미 지향, ②회화적 정감 심미의 추구, ③현실과 문학의 접근으로, 그리고 송대에는 ①이성 심미로의 전이, ②교유시의 운용, ③산문적 시 쓰기를 중심 논제로 삼아 중국시의 시대 심미적 특징을 개괄했다.

이상의 내용을 시대별로 단순 요약하면 다음과 같다. 율시 형성의 초기 단계인 육조시는 건안부터 시작된 탈유가적 경향의 문인시로 나아갔다. 그들은 민간의 악부 민가의 전통 위에 절제된 비감한 기개와 서정을 문인화하였고, 이후 현학의 요소가 더해지면서 육조시는 철학적·자연추구적·사유적 속성을 띠며 중국시의 사유와 심미 지평을 확대했다. 그리고 불교의 전파와 번역 과정에서 중국시는 운률과 성조면에서 새로운 단계로 접어들어, 율화의 방향을 향해 나갈 수 있었다. 그리고 이러한 방향은 정치 중심에서 일정한 거리를 둔 세습 귀족과 문인들의 기호에 부합되는 것이었다.

당대는 이미 시작된 육조 운율과 심미 지향에 기초하여 미학적 심화 과정을 밟아 나갔으며, 그 결과 시는 적어도 형식적 완성도 면에서 최고조에 달했다. 이는 심미적으로 시인들이 창작시에 주어진 형식에 맞추어 시상을 안배하고 표현하는, '형식 선결성'을 내재 규율로 정착시켜 나갔다는 의미로 해석할 수 있다.

당인들의 문예심미는 음악적 성률 뿐만 아니라, 소식이 왕유의 시에 대해 말한 것 같이, 여백의 미학으로서의 정태적 회화미를 추구하고 있는 것으로 파악된다. 아울러 묘사 방식에 있어서 절구는 사경 위주로, 그리고 율시에는 사경과 서정의 적절한 조화 배합이 나타남을 보게 된다. 한편 중당 이후 사회적 동요 속에 성장한 비세습적 신흥 관료 문인들은 자신들의 사회에 대해 보다 냉철한 판단과 의식을 표현했고, 그 결과 시는 전에 비해 보다 귀족적 의식과 성분이 퇴조하고 평속한 대중적 취미성이 부각되었다.

오대십국의 혼란기를 극복한 송대의 시는 주로 양식상으로는 고시를 통해, 인식 면에서는 이성적 시쓰기를 지향했는데, 이는 송의 사대부들이 지닌 강렬한 시대사회 의식에서 비롯되었다. 그리고 이렇게 지은 시들은 문인 상호간의 교유와 사회문화적 의사 전달의 수단이 되었다. 송대 문인들의 전반적인 경향은 내용적으로 도학자적 의취意趣에 얽매여 감성인식의 표현에 자유롭지 못했다는 점이나, 한편으로는 부분적이나마 백화가 전통적인 문인 문학 장르인 시에까지 끼어들기 시작했으며, 소식·황정견 등의 '이속위아以俗爲雅, 이고위신以故爲新'의 점화론點化論 등은 그 이론적 반영이었다. 그리고 이러한 경향들은 여러 제약 요건들로 인해 장르적으로 새로운 분출구를 찾기 어려웠던 시의 쇠락과, 이에 반하여 상대적으로 부상한 속문학적 저변의 확대와 연결되면서 전개되어 나갔다.

2. 재해석

이상 중국 전통문학의 최고 지위를 누렸던 시의, 문인시사적 세 시기에 대한 맥락사에 대하여 우리는 다음과 같이 재해석할 수 있다. 혼란한 시대를 뒷 배경으로 한 위진남북조 문인시의 발아기는 한대까지 중심부를 차지했던 유가 이념이 와해되어 가는 자리에 현학 및 불교문화가 들어오면서, 자연으로 대표되는 문인들의 의식사유의 지평이 확대되고 자유로운 개인적 서정 심미라는 토양이 탄탄하게 일궈졌다.

당대에는 시를 과거의 중요 과목으로 편입시키면서 시 발전의 탄력이 강하게 붙었는데, 시의 중시는 공자 이래 중국 사회 특유

의 자기 수양과 시·음악을 둘이 아닌 하나로 보는 중국 특유의
윤리와 문예간의 합일적 문예관념의 정책적 구현에 힘입은 것이
다.54) 당시의 특징적 양태는 육조 성률론의 음률 지향의 극점을
향한 상향적 발전과 예술 심미면에서 정태적 회화미에 기초한 서
정 정감의 함축화이다. 즉 음악과 회화를 시와 근거리에 포진시켰
다고도 볼 수 있는데, 이는 문예의 상호 차감이 당 나름의 방식으
로 이루어졌음을 의미하기도 한다.55) 이를 통해 당시 작가 중에는
번성기인 만큼 다양한 심미 세계를 추구하는 작가가 늘어났는데,
왕유·맹호연, 이하·이상은, 한유·가도, 백거이·원진, 고적高
適·잠삼岑參 등의 다양한 모색들이 그것이다.

한편 시의 양식 문제와 관련해 볼 때 우리는 당대의 율시로부터
대체로 다른 어느 나라보다도 강하게 드러나는 것으로 파악되는
하나의 경향을 인지할 수 있는데, 그것은 "형식 선결성"이다. 즉
음률과 성운 면에서 이미 결정지워진 시 양식에 시인의 서정을 배
합시키는 방식이 그것이다. 다시 말하면 사에 있어서의 전사塡詞와
같이 시에서도 '전시塡詩'가 이루어진 셈인데, 이는 당시의 발전 단
계가 필자가 주장한 바, 가시적 단계로부터 이미 송시적 단계로
진입했음을 알려주는 증거이다. 아무나 잘 구사할 수 없는 이같은
방식을 통해 당의 시인들은 지식인 특유의 유희와 쾌감을 느꼈을
것이며, 진사과 등의 과거를 통해서는 출세를 보장받기도 했다. 한
편 당시에 나타난 중심 서정은 감성 서정이었다.

송대 문학은 신유학적 사변주의, 고문운동의 완성, 민간문화의
저력 확장이라는 배경에 근거하여 특징지어진다. 일단 송시의 외
적 특징을 보면, 시에서는 당시를 대표하던 율시가 퇴조하고 고시

---

54) 《논어·태백》, "(배우는 이는) 시를 통해 진작되고, 예의를 통해
　　(자기를) 일으켜 세우며, 음악을 통해 완성한다.(興於詩, 立於禮,
　　成於樂)"
55) 그 교호와 借鑒의 송대적 양상에 대해서는 필자의 《장르사적 관점
　　에서 본 소식의 문예이론과 시》를 참고.

가 지어졌으며, 대신 고급 문화로서의 문인 교유를 중심 모티프로 한 차운·화답시가 대거 운용되었다. 이는 당시에서 적극적 '형식 선결성'으로 나타났던 전시 방식의 송시적 이월과 변용이라고 할 수 있다.

송시의 내적 특징은 쓰기 방식에서 산문화 된 수필적 쓰기, 즉 필자가 말하는 바 '설시적 단계'로 접어든 데서 찾을 수 있다. 사유 면에서는 신유학의 영향으로 이성 서정이 중시되면서, 시적 지취와 의경이 강조되었다. 이에 따라 중국시 전통의 감성 서정은 상당 부분 퇴색하고, 대신 철학적 사색이 곳곳에 배어 들었다. 이는 '천리를 존양存養하고 인욕을 없애려는[存天理, 滅人欲]' 신유학의 문학 방면에 대한 작용이다.

송시는 장르 내부뿐 아니라, 외연적 측면에서 고찰할 필요가 있다. 먼저 강남의 경제력에 힘입어 성장한 민간의 문화적 저력은 문학에서도 중요한 변수로 작용했다. 민중은 그들에게 맞는 백화를 사용한 강창과 화본 등 도시 경제에 맞는 연창문예에 빠져들었으며, 기루妓樓에서는 염정적 색조가 강한 사가 유행했다. 물론 시에서도 이러한 추세에 일정 부분 부합하여 '이속위아, 이고위신'을 주장하며 민간 속성을 수용하지 않은 것은 아니었으나, 기본적으로 송대 사대부들은 사회적 책무감 속에, 그들만의 소통 수단으로 점차 협소화한 시의 진행 방향을 돌이키거나 혹은 궤도를 수정할 어떠한 생각도 하지 않는 가운데, 다른 장르의 성장에 반하여 시의 비중은 상대적으로 축소되는 결과가 나타났다. 이는 시를 사대부들의 고급 문화로 협소하게 운용한 데 따른 필연적 결과이기도 하다.

이상의 개별 텍스트와 문인 집단의 이면에 숨겨진 시대 심미의 변화의 궤적에 대한 동태적 읽기로부터, 중국시의 거시적 추향을 다음과 같이 요약할 수 있다. 먼저 형식면에서 위진·육조에서 일어나 당대에 절정을 구가한 중국 문인시는 시대 사회와의 긴밀한 관계 속에 위진·육조의 개화開花에서 당대의 만개滿開로, 그리고 송대에는 빠르게 성장한 대중의 문화적 저력과 문인들의 고착적 도학 정서가 착종錯綜되면서 변곡變曲과 쇠퇴기를 맞이하게 된 것으로 파악된다. 그 이면에는 민간 문화의 부상에 따른 전통 문인 문예의 상대적 장場의 왜소화 현상, 그리고 시가 담아냈던 서정 성분의 변질 및 영역의 축소와 문인들의 고착적固着的 성향이 작용했다.

특히 송대 이후 시의 위력이 현격히 떨어진 것은 남송 엄우도 개탄했듯이 음악성과 서정성의 결여가 더욱 심해졌기 때문이다. 재미있는 것은 본래 있어야 할 음악 성분이 시에서는 계속 약화되어버린 반면에, 속문학 장르인 소설, 희곡, 강창 등 각종 민간문예는 지속적으로 음악적 성분을 유지 발전시켜 재미와 함께 큰 위력을 발휘하며 오늘에 이르렀다는 점이다. 이로 미루어 볼 때 남송 이래 중국시의 영역과 위상 저하는 기본적으로 대중문화를 향한 시대사회적 변화에서 기인하기도 했지만, 시적 본질인 음악성의 소실 및 문인들의 시적 운용의 고급화에 따른 독점적 고착화에서 이루어진 것이라는 이야기가 가능하다.

둘째로 중국시사상 문학 내적 결실 문제에 관해서 보자. 앞서 말했듯이 비록 중국 고전시의 영역이 민간 문예에 의해 좁아졌다고 해서 그 자체로서의 소득마저 없는 것은 아니었다. 중국시는 내적 심미 사유 면에서 위진 현학기에는 자유로운 내성內省 사유의 자각으로부터 순예술 심미가 발아했으며, 당대에는 문화적 다양성과 형식 심미의 완성을 거치면서 세련화 되었고, 송대에는 당시 지성의 중요한 비중을 차지했던 화론과 선학 등 주변 문예·사상과의 교감을 통해 장르간 차감借鑑 활용이 이루어짐으로써, 이후 중국시의 심미 세계가 자기류의 관점 제시와 내적 풍부와 이론적 체계를 기할 수 있게 되었다는 점은 성과의 부분일 것이다.56)

---

56) 시·서·화간의 상호 차감에서 받아들인 문인화 등을 통한 재현으

끝으로 위진 이래 당대를 거쳐 송대에 이르기까지, 중국시는 크게는 문학 장르의 독립을 향한 자기류의 행보를 거듭하고는 있었지만, 그렇다고 해서 중국시의 심미세계가 중국 문화의 거류巨流인 인성의 완성이라는 전통적 강령 즉 '인격 심미관'에서 탈피했다고 할 수는 없다. 왜냐하면 송시에 나타난 신유학적 의취의 추구는 예술 자체로서의 미를 십분 용인한 것으로 보이지 않기 때문이다. 문인들이 이같은 '사회적 자아의 완성'이라는 부담에서 놓여날 기회는 명 중엽 이후의 사회경제적 사조와 함께 부상했으며, 적어도 시에서는 미완으로 끝난, 공안파의 혁신적 주장에서 비로소 가능했었다.57) 하지만 그 때 시는 이미 시대적·사회적 주류 장르로서의 위치에서 멀어졌으며, 또한 여전히 상층 문인들의 전유물로서의 의의를 유지해갔던 것이다. 그런 의미에서 장르사적으로 시의 민간성을 향한 지향은 서지마徐志摩 등의 서정적 현대시에서 비로소 가능했던 것인지도 모른다. 결국 송시의 쇠퇴와 함께 중국 고전시대에 모호성·심미성을 특화한 중국 문자 심미와 맞물리며 문인을 중심으로 흥성했던 시의 전성기는 하강 국면으로 들어서게 되었다. 송 이후의 시적 흐름과 의미에 대해서는 후일을 기약하기로 한다.

(《육조·당·송 문인시의 문예 심미관 연구》,
《중국어문학》 35, 2000)

로주터 표현으로의 방향 전환과 그 시적 영향이나, 선학에서 우러난 직관 정서의 이론적 체계화 등이 그 예가 될 수 있다.

57) 공안파의 두 강령은 기성 권위에 구애받지 않는 진솔한 감정의 거침없는 토로와, 소설 희곡을 향한 장르적 해방이다.

제 3 부
작가와 문학사

이백과 소식 문학의 시대사적 읽기
― 〈장진주將進酒〉와 〈염노교念奴嬌·적벽회고赤壁懷古〉를 통하여

Ⅰ. 들어가면서

　이백(701-762)과 소식(1037-1101)은 중국의 수많은 시인들 중에서도 당대와 송대를 대표할 뿐 아니라, 중국 운문의 최고봉에 달하여 중국문학사를 빛낸 진주와도 같은 시인들이다. 각기 당과 송의 중심기를 산 두 작가와 문학작품은 약 300여년의 시간적 거리를 두고 있으면서도, 천부적인 문학적 재능, 호방·광달曠達한 기질, 무구속의 자유 정신, 자기류의 언어 구사, 거침없는 필력 등 여러 방면에서 두드러진 개성과 성취를 보여주고 있다는 점에서 서로 비슷하다. 또한 사회적 인생에 있어서는 거침없는 자기 표현으로 정치적 곤경을 겪거나 필화에 걸려, 두 시인 모두 죽을 고비를 넘기고 유배를 당한 끝에 일생을 마친 인생 족적 면에서도 유사하다.1)

---

1) 이백은 756년 '안사의 난' 당시 숙종에 반기를 든 永王 李璘에 가담한 죄로 夜郎 유배의 명을 받았으며, 소식은 신법파의 실정에 대한 정치적 비판이 '烏臺詩案'의 필화로 번져 황주(湖北省 黃岡: 1080-1084)로 유배되었다.

이들은 공히 다양한 문학 장르를 구사하며 뛰어난 성과를 거두었는데, 이백은 악부와 절구, 나아가 민간에 유행하던 사에 이르기까지 영역을 가리지 않고 생각을 자유롭게 피력하여 창작 영역을 확대했다.2) 또한 소식은 시·사·부는 물론 서·화에 이르기까지 고정된 형식의 틀을 넘어서며 새로운 실험을 주저하지 않아, 문학 예술의 시야를 확장해 나가며 신장르 개척에 중심적 역할을 담당했다.3) 이같이 새로운 장르적 심화와 개척에까지 이른 결과의 근원을 더듬어가면, 그 한 자락에는 두 사람의 천부적 '자유 정신'이 자리하고 있음을 보게 된다.4)

그러면 이 두 작가는 과연 전반적으로 유사하게 근접하고 있는가? 물론 그렇지만은 않다. 가계와 출생과 인생살이가 다르고, 또한 그들의 시대 상황과 정신이 다르다. 그리고 이들 요인들은 작

---

2) 이백의 사는 淸平調 3수, 菩薩蠻, 橫江詞 6수 등 15수로 알려져 있으나, 〈청평조〉는 절구체이며, 그외 몇몇 작품들도 위작으로 의심받고 있는 실정이다. Frankel, Hans H. "The Problem of Authenticity of the Eleven Tz´u Attributed to LiPo" 《中央研究院第二屆國際漢學會議論文集》(文學組), 台北, 1989, pp.319-334; Bryant, Danial. 'On the Authenticity of the Tz´u Attributed to LiPo' Tang Studies 7, 1989, pp.105-036.: 이상 David Knechtges, 'Introduction to Tang and Song Literature'(1999, Unpublished): University of Washington, pp.201-202.

3) 그중 서화 부분에서는 화공의 그림과 다른 문인화의 세계를 열고 그 지위를 시의 지위에 버금가게 끌어올렸으며, 예술 장르의 심미적 소통에 관한 이론화에 획기적 기여를 하여 董其昌에 이르게 했다는 평가를 받고 있다.

4) 이백 부분은 필자의 〈이백 '고풍오십구수'고〉(《東亞文化》 20, 서울대학교 동아문화연구소, 1882.12)을 참조. 소식 문예이론 형성의 심미론적 교감 과정의 거시분석과 공로에 대해서는 이 책에 수록된 〈장르사적 관점에서 본 소식의 문예이론과 시〉를 참조. 여기서 필자는 소식의 서화론 등 시론과 교감된 문예이론들의 장르사적·미학적 의미에 주로 중점을 두어, 소식 문예가 '장르 통합적 창신성을 지니고 있다'고 평했다.

가와 작품 형성에 어떤 형태로든 영향을 미쳤음에 틀림없다. 그렇다면 이 두 작가의 문학 세계에서 같고 다른 부분은 무엇인가? 또한 어떠한 분석의 시각이 유효한가? 이로부터 우리는 무엇을 얻을 수 있는가?

한꺼번에 포괄하기 어려운 이들 문제는 다양한 방식의 접근이 가능할 것이다.5) 그 중의 하나는 작품의 외부 세계이자 작품의 존재 근거인 각 작가를 둘러싸고 있는 시대와 관련한 지성사적 고찰일 것이다. 여기서 작가의 경험세계와 시대정신 등 외부세계는 작가와 작품을 둘러싸는 거대한 배경이 되어 작가와 작품 형성에 개입한다.6)

이러한 생각에 근거하여 필자는 본고에서 이백과 소식 문학 세계의 외부 배경이 되는 당과 송이라는 시대정신과, 작가적 삶의 족적이 두 시인의 작품에 어떻게 녹아 있는지를 비교·분석해 볼 것이다. 즉 그들의 문학을 통해 시대를 살아나간 작가정신을 탐구하고, 그 정신은 그들의 시대에 어떤 작용과 의미를 지니고 있는 것이었는지, 나아가 그들간의 문학적 위상과 거리와 그 의미를 따져보는 데 주력할 것이다.

그 구체적 방식은 이백과 소식의 작품 중 유사한 풍격과 내용을 보여주는 시가 한 편씩을 선정하여, 이 작품들을 통해 그들의 문학세계와 세계 인식을 들여다보는 비교 분석의 방식을 취하기로 한다. 본고에서의 작품 읽기는 작품이라는 창을 통한 작가의 세계의식 엿보기가 된다. 사실 이 작품들은 운문이므로 편폭이 길지

---

5) 이러한 작업에서 주의할 일은, 그 방향과 무관하게, 분석자가 대상인 이백과 소식에 대해 그들이 살았던 공간과 시간과 사고의 다층위적 位相空間으로부터 격리하여, 증류수와 같은 비실재의 무연관 속에서 바라봐서는 안될 것이다. 그간의 문학적 분석은 실제 상황에 대한 인식의 구현 및 설명이란 측면에서 다소 검토의 여지를 안고 있다. 분석 주체와 객체간의 관계적 상황론에 대해서는 이 책에 수록된 〈중국문학비평 연구의 패러다임적 논의〉 참조.
6) 텍스트 구성의 한 요인으로서 충분조건 관계에 있다는 의미이다.

않다. 작품의 이해를 돕는 방편으로서 필자는 미시 속의 거시 분석 바라보기를 행할 예정이다. 필자가 본고에서 계획하는 바는 작품이 그들의 인생과 시대와 어떻게 연결될 수 있는지를 고찰하는 데 있기 때문이다.

탐구의 구체적 여정은 시대의 문화와 정신, 그리고 그들의 인생 족적이 될 것이다. 그리고 작품의 선정은 이백의 악부 〈장진주將進酒〉와, 송금십대곡宋金十大曲7)의 하나인 소식의 사 〈염노교念奴嬌·적벽회고赤壁懷古〉로 하였다. 이 두 작품은, 비록 최상은 아닐지라도,8) 모티프, 주제, 전개, 풍격 면의 유사성과 함께 양인의 세계를 바라보는 유관한 의식이 담겨져 있다고 보아서이다.9)

이러한 대비적 분석은 외부적으로 동일한 시대적 조건하에서 각기 다른 문학적 지향으로 나타난 이백과 두보 간의 대비와는 다른 의미를 지닌다. 그것은 거시적으로는 당과 송이라는 두 개의 조대에 관한 시대정신적이며 지성사적 변화의 족적에 관한 동태적이며 범례적 고찰이기도 하고, 문예심미적으로는 시대의식의 개별 작가로의 인식 전이와 심미표출 패턴에 관한 대비적 사례 연구가 될 것이다.

---

7) 〈念奴嬌〉(蘇軾), 〈蝶戀花〉(蘇小小), 〈鷓鴣天〉(安幾道), 〈望海潮〉(登千江), 〈春草璧〉(吳激), 〈摸魚兒〉(辛棄疾), 〈雨霖鈴〉(柳永), 〈生査子〉(朱淑眞), 〈石州慢〉(蔡松年), 〈天仙子〉(張先).

8) 어떤 의미에서 최고의 목적부합적 예증 선정은 오히려 분석의 객관성과 타당도를 떨어뜨릴 수 있다.

9) 장르 문제와 관련하여 본고의 연구 방식에 관해서 부언하면, 두 수 모두 좁은 의미의 시는 아니지만, 두 작가 모두 장르를 넘나드는 자유로운 정신에 의해 기존의 전통에 연연하지 않은 작가들이었고, 악부와 사는 기본적으로 장단구의 형태라든가 음악에 맞춘다는 측면에서 매우 가깝다. 따라서 유사한 풍격을 자아내는 두 작품의 비교는 일정한 의미를 지닐 수 있을 것이라는 생각이다.

Ⅱ. 작품 읽기:
〈장진주將進酒〉와 〈염노교念奴嬌·적벽회고赤壁懷古〉

〈將進酒〉10)	〈장진주〉(이백)
1 君不見	그대는 모르는가!
2 黃河之水天上來	황하의 물이 하늘에서 흘러내려
3 奔流到海不復回。	힘차게 바다로 흘러내려 다시는 돌아오지 않는 것을!
4 君不見	그대는 모르는가!
5 高堂明鏡悲白髮	고귀한 집 밝은 거울 앞에서 백발을 설위하는 이를!
6 朝如靑絲暮成雪	아침의 푸른 실같던 머리, 저녁 되니 눈같이 세었네.
7 人生得意須盡歡	인생은 좋을 때 마음껏 즐겨야지
8 莫使金樽空對月。	금 술잔은 하릴없이 달만 보게 놓아두지 말게나.
9 天生我材必有用	하늘이 나 같은 인재를 낸 것은 필히 쓸데가 있어서니
10 千金散盡還復來	천금은 다 써도 다시금 생기리라.
11 烹羊宰牛且爲樂	양 삶고 소 잡아 또 한번 즐겨보세
12 會須一飮三百杯。	한번 마시면 삼백잔은 마셔야지.
13 岑夫子11)	잠훈岑勛선생,
14 丹丘生	원단구元丹丘여!
15 將進酒	술을 들게
16 君莫停12)	멈추질 말고.

---

10) 瞿蛻園·朱金城校注,《李白集校注》(1) 권3, 上海古籍出版社, 1980, p.225.; '將進酒'는 악부 鼓吹曲辭 '鐃歌十八曲'의 하나이다.

11)《分類補注李太白集》의 집주자인 송대 楊齊賢은 '岑先生'이 岑參이라고 추정했는데, 瞿蛻園, 朱金城 등은《李白集校注》에서〈酬岑勛見尋就元丹丘對酒相待以詩見招〉란 시에서 두 사람이 함께 언급된 것으로 보아 岑勛이 옳다는 近人 詹鍈의 견해를 지지하고 있다.

12) '君'은 一本에는 '杯'로 되어 있다. 敦煌 殘권에는 이 두 구(6자)가

17 與君歌一曲	노래를 한곡 불러줄테니
18 請君爲我側耳聽	그대들은 날 위해 귀 기울여 들어주게.
19 鐘鼓饌玉不足貴	풍악과 좋은 안주는 마음에 없고
20 但願長醉不願醒	원하는 일은 단지 오래도록 취하여 깨어 나지 않는 것!
21 古來聖賢皆寂寞	옛부터 성현들은 모두가 적막했었거니
22 惟有飮者留其名。	오직 마시는 자만이 이름을 남겼지.
23 陳王昔時宴平樂	진왕 조식은 옛적에 평락관平樂觀에서 술자리를 벌일 때
24 斗酒十千恣歡謔	한말에 만전짜리 술을 마음껏 즐기게 했었네.13)
25 主人何爲言少錢	주인은 어찌하여 돈이 떨어졌다 말하는가?
26 徑須沽取對君酌。	곧장 가서 술 받아와 그대와 대작을 해야겠네.
27 五花馬	다섯 무늬 말갈기를 가진 오화마와
28 千金裘	천금의 가죽옷이 있다네.
29 呼兒將出換美酒	아이를 불러 이를 내다 좋은 술과 바꿔오도록 하게
30 與爾同銷萬古愁。	그대와 함께 만고의 시름을 풀어보리라!

없다.

13) 후한 明帝때의 洛陽 西門 밖에 소재한 궁으로서, 曹植의 〈名都篇〉
   의 "돌아와 평락관에서 연회를 여니, 좋은 술은 한 말에 만냥이라
   (歸來宴平樂, 美酒斗十千)"란 구를 지칭.

〈念奴嬌·赤壁懷古〉14)	〈염노교·적벽회고〉(소식)
1 大江東去	(양자강) 큰 강은 동으로 흘러
2 浪淘盡	파도는 다 쓸어가버렸네
3 千古風流人物。	천고에 드날렸던 인물들을!
4 故壘西邊	옛 누대의 서쪽이라고
5 人道是	사람들은 말하지
6 三國周郎赤壁。	삼국시대 주유周瑜의 적벽이란다.
7 亂石崩雲	어지러운 바위는 구름을 찌르고
8 驚濤裂岸	놀란듯한 파도는 강언덕에 무너뜨릴 듯 세차게 부딪쳐
9 捲起千堆雪。	천겹의 흰 눈을 크게 말아올리는 듯하네.
10 江山如畫	강과 산은 그림같이 아름다운데
11 一時多少豪傑。	한 때의 호걸들이라니!
12 遙想公瑾當年	아득히 공(주유)의 좋았던 당시를 생각하니
13 小喬初嫁了	소교는 막 시집을 갔을 때
14 雄姿英發。	용맹하고 영명한 자태였다네.
15 羽扇綸巾	깃털 병풍부채와 비단 두건의 (제갈량과)
16 談笑間	담소하던 사이에
17 强虜灰飛煙滅。	강적은 재로 날려가 연기 속에 사라졌네.
18 故國神游	고향 촉땅의 상상에15)
19 多情應笑我	상념에 빠진 나를 우습다 할지 모르겠으나

---

14) '염노교'는 사의 형식률에 따른 詞牌의 이름이고, 부제인 '적벽회고'가 작품의 실제 내용을 지칭한다. 당시 34세였던 吳의 周瑜는 蜀의 劉備(諸葛亮)와 연합하여 208년(建安 3년) 赤壁大戰에서 양자강 북쪽으로부터 공격한 魏 조조의 대군을 격파했으며, 이로써 삼국은 세력균형의 鼎立期로 들어간다. 소식이 읊었던 적벽은 黃州에 있으므로 실제 전장은 양자강을 따라 수백 킬로를 더 올라가야 한다. 소식은 이 사실을 알고 있었으면서도 시상을 과거의 일에 연결하기 위해 이곳을 借鑑했다고 보여진다. '人道是' 부분이 이를 약하게나마 받쳐 준다.

15) 소식의 고향은 蜀 지방으로서 그는 周瑜와 연합한 劉備의 蜀의 입장에 있음을 알 수 있다.

20 早生華髮。   흰머리는 어찌도 빨리 생겨나는지!
21 人間如夢   인생살이 꿈과 같아
22 一樽還酹江月。   한잔 술을 강물 속 달에 따른다.

※ 원문 옆의 。표: 韻.

　먼저 이 작품들의 장르와 형식적 구성을 본다 〈장진주〉는 악부로서 고취곡사의 '요가鐃歌 18곡' 중에서 제명을 따온 악부체 시가이다. 30구(또는 '君不見'을 다음구에 붙일 경우는 28구)에 3·5·7언을 혼용하며 운은 6개의 운을 환운했다.16) 그러나 대체로 대우를 이루고 있다. 한편 소식의 사 〈염노교·적벽회고〉(이하 '염노교'로 약술)는 부제가 〈대강동거大江東去〉이며, 쌍조雙調에 4개의 입성 측운仄韻을 운용하고 있다. 이백의 시에서는 자유로운 운의 운용, 측운의 사를 쓴 소식에게서는 적벽의 이미지에 걸맞는 남성미의 지향을 읽을 수 있다.

　두 수를 개관하면 이백의 악부 〈장진주〉는 짧고 아쉬운 인생살이 중의 음주에의 탐닉을 호탕하게 표현했고, 소식의 사 〈염노교〉는 적벽대전 당시 영웅 호걸들의 자취를 좇아 기리면서 그들과의 교감과 인생의 무상함을 그린 작품이다. 이 두 작품은 풍격상 유사한 느낌을 던져주는데, 단번에 써내려간 듯한 호방한 필치와 기상을 느끼게 하면서도 한편으론 일말의 쓸쓸함이 여운으로 남는다.

　이제 한 수씩 들여다보기로 한다. 먼저 이백이 중년기에 지은 것으로 추정되는 〈장진주〉의 내용 전개는 4단 혹은 작게 6단으로 구분할 수 있으며, 4단으로 나눌 경우 이는 ①인생 무상(1-6행: 소1·2단), ②그 중의 급시행락及時行樂으로서의 음주의 필요(7-12행), ③대작의 즐거움(13-20), ④적막감의 해소를 위한 술에의 열광적 탐닉(21-30: 소5·6단)으로 전개된다.

---

16) 여섯 운은 〔灰, 月, 灰, 庚/靑, 藥, 尤〕로서 평측운을 섞어가며 자유롭게 환운했다.

이를 세부적으로 감상해본다. 이백의 시는 처음부터 웅장한 모습으로 다가온다. 하늘로부터 내려온 황하의 물은 한번 바다로 흘러가서는 다시는 돌아오지 않음을 들어 인생의 무상함을 말했다. 그리고는 눈 깜짝할 새에 무차별적으로 찾아오는 시간이라는 숙명을 막을 길은 없다는 것을 절감하며 좋은 시절을 놓치지 말아야 한다고 했는데, 이백은 그 해결을 음주에서 찾고 있다. 13행부터는 대작하는 두 친구들과의 즐거움을 그리면서 소원은 오직 이 술에서 깨어나지 않기를 바란다고 했다. 그리고 옛 성인들의 음주를 들어 자신의 음주 이유를 대고17), 나아가 술이 떨어졌으면 어떻게 해서라도 가지고 와야 한다고 재촉하면서 만고의 시름을 해소하기 위한 음주로의 도취를 강조했다.

두 번째 1082년(46세, 신종神宗 원풍元豊 5년) 소식의 황주黃州 유배시절에 지은 〈염노교〉는 사풍을 변화시킨 장본인답게, 만당 이래의 완약한 염사艶詞와는 풍격과 정취가 다르게 자신의 생각을 그려가고 있다. 적벽에 선 소식은 208년(헌제獻帝 건안 13년) 오·촉 연합군과 위魏와의 사이에 일어났던 적벽대전의 영웅 인물들을 호방한 필치로, 그러나 동시에 서정적 감상과 함께 그려나갔다. 내용은 크게 4단 또는 작게 8단으로 구분할 수 있으며, ①작품의 전고가 되는 적벽의 제시(1-6), ②적벽의 형세(7-11), ③주유周瑜의 대전 당시의 모습(12-17), ④현실의 정경(18-22)으로 전개된다.

사의 앞 부분에서는 인걸들을 모두 씻어가 버린 시간과 같이, 물결 세차게 흘러가는 양자강의 모습을 묘사하여 독자들로 하여금 적벽대전의 역사적 현장에 다가가게 해준다. 그리고 10-11행에서는 변함없이 흐르는 강과 산, 당시의 호걸들을 대비시킴으로써 말을 맺는다. 나머지 생각들을 독자의 몫으로 남겨놓은 것이다. 어휘

---

17) 제21행의 '적막' 부분은 음주 속에 탁월한 문장 성취를 이룬 문학가를 포함한 성현의 지고한 뜻을 알아줄 이 없는 세상에 대한 이백의 자기 동일시적 감정이다. 이같은 전통은 유령劉伶의 〈주덕송〉의 좌절적이며 초탈적 음주와도 맥이 닿는다.

사용상 도도한 강물, 어지러운 괴석怪石, 부딪쳐서 눈 같이 부서지는 파도 등은 모두 남성적인 장미壯美를 느끼게 해준다. 9행까지의 기세는 10-11행의 영탄으로 일단 수렴되는 양상을 보인다. 한편 상념 어린 회고는 앞의 기세와 대조를 이루면서 작품 전체를 구성하는 양강陽剛과 음유陰柔의 상반된 두 이미지를 생성하면서 대조를 이루고 있다.

뒷부분에서는 전쟁 당시 주유周瑜의 영웅적인 모습을 낭만적으로 그렸다.18) 그리고는 다시 현재로 돌아와 이 모든 것들을 흘러가는 물길 속에 —시간 속에— 묻어버린 지금, 당시에도 모든 것을 목도했을 '달'빛 어린 강물에 술을 뿌려 그들을 위로했다. 한편으론 역시 사정없이 지나가는 시간 속에 처해 있는 자신을 위로한 것이기도 하다. 이 두 작품은 어떻게 보면 호탕한 듯이 느껴지고, 또 다른 한편으론 흘러가는 시간에 대한 인간 존재의 숙명적 비애를 느끼게 한다.

이상은 두 작품을 표면적으로 살펴본 내용들이다. 두 작품은 모티프가 〔강물→시간(인생)→적막감→술〕의 순서로 이전되고 있다는 점에서 같다. 내용적으로도 두 작품 모두 도도한 시간의 흐름 속에 일회적 삶을 사는 우리네 인생에 대한 애상한 마음이 작품의 이면에 짙게 깔려 있다. 그러나 이백은 음주로의 탐닉으로 나아갔고, 소식은 영웅적 인물들의 옛 격전장에서 그들을 생각하며, 또한 자신을, 나아가 인간의 숙명을 생각하며 회상과 함께 강물에 술을 뿌렸다.

이제 잠시 작품의 표면적 읽기에서 벗어나, 당과 송에서 각기 그 시대의 절정기를 살았던 두 사람의 인생, 그리고 그들을 둘러싼 당시의 시대 정신을 고찰해 봄으로써, 이면적 작품 읽기의 바

---

18) 15-16행의 깃털 부채와 비단 두건 차림은 역대로 제갈량의 전형적 모습이다. 그러나 시중에서 대전의 중심 인물은 주유이므로, 주유가 제갈량과 담소하는 사이 조조의 대군을 격파했다고 해야 한다.

탕으로 삼고자 한다. 본고에서 우리는 시대정신과 문학작품과의 관계에 대한 이해를 통해서, 이백과 소식 문학의 세계 인식, 두 사람의 문학세계간의 접점과 분기, 이 두 작품간에 존재하는 문학적 거리, 그리고 나아가 문학사적 전개의 한 면을 파악해 볼 수 있을 것이다.

Ⅲ. 사회와 문화

본 장에서는 이들 문학세계 구성 배경의 형이상학적 대범주에 속하는 당송 두 시대의 시대 사조를 통해 그들 문학세계의 사회·문화·문예적 배경을 고찰한다. 이는 결국 당송대의 지성사적 흐름의 이·소 문학과의 관련 사항인데, 이중 송대의 사회·문화·사상적 특징, 그리고 황정견에 이르기까지의 북송 문학의 흐름에 대해서는, 황정견의 시학적 관점과 의미를 중국시사의 흐름 속에서 위상 짓기 위한 목적으로 작성했던 필자의 《황정견시 연구》(1991) 도입부에서 비교적 소상히 서술했다. 특히 당송 시대변혁에 관해서 '안사의 난'(755-763)을 기점으로 시작된 사회·문화·사상적 변화가 송대로 이어지고 있음에 주목하여 서술했으므로, 같은 내용은 본고에서 중복하지 않는다.19)

1. 시대 개관

중국사의 시대 구분에 관해 역사학계는 안사의 난을 분기로 하여 사회·경제·문화 방면에서 전후의 시대가 서로 다른 특징을

---

19) 제2장 〈황정견 문학의 배경〉(pp.14-76): (1)문학사적 배경, (2) 사상사적 배경: 제3장 〈황정견의 생애와 사상〉(pp.77-134): (1) 생애, (2)교유, (3)사상 경향.

지닌다고 파악한다. 일본의 내등호남內藤湖南과 궁기시정宮岐市定 등을 중심으로 하는 경도대학京都大學 쪽에서는 8세기 중엽이후부터 혈연 중심의 세습 귀족제도의 몰락이 시작되고 과거제의 정비로 인한 사士의 대두 및 국가 운영의 중심이 무력국가로부터 재정국가로 바뀌고 있다고 보아 중세에서 근세로 넘어가는 분기로 보고 있다.[20] 동경대학 쪽에서도 시대의 성격 문제는 일치하지 않지만, 안사의 난을 중요한 사건으로 보는 데는 일치하고 있다. 이제 두 조대朝代를 사회·문화적으로 개관해 본다.

(1) 당(618-907)

당은 위진남북조 시대의 장기적 혼란을 통일한 수隋(581-618)의 뒤를 이어, 대내적으로는 비교적 강력한 율령체제와 대외적으로는 적극적인 포용정책으로 대제국을 이루었는데,[21] 태종의 '정관貞觀의 치治'(627-649)와 현종의 전기 치세기간인 '개원開元의 치治'(713-741)는 당 제국의 전성기에 해당된다. 정치적 자신감을 바탕으로 육조에서 개화하기 시작한 당 문화는 귀족적 예술 풍격을 보이며 화려하게 꽃필 수 있었다.

그러나 현종 통치의 후반기인 천보天寶 시기에는 조용조租庸調의

---

20) 민두기編, 창작과비평사, 《중국사 시대구분》 및 宮崎市定 저, 曺秉漢 편역, 역민사, 《중국사》 참고; 한편 1920년대 內藤湖南은 당·송 분기의 특징으로서 사회문화적 측면에서 지배체제의 변화, 황제 독재체제의 확립, 서민의 지위 상승 등을 들었다. 다음으로 內藤의 설을 발전시킨 宮岐市定은 사회경제적 측면에서 보완하여 '宋 이후 근세설'을 계승 발전시켰다. 즉 귀족의 몰락과 사대부의 등장, 상업의 발달과 기술 혁신, 민족주의의 대두, 계약적 전호제의 성립등이 그것이다. 반면에 周滕吉之, 加藤繁, 前田直典, 仁井田陞 등 주로 마르크스주의적 관점의 동경대학 계열의 견해는 이 시기를 전국시대 이래 지속된 노예적 고대사회의 종결기로 보았다.

21) 그들은 일단 주변민족을 정복하면 그들의 자치를 인정하되 당의 권위를 받들도록 하고, 규모에 따라 都護또는 都督을 파견하는 등 융화적 동화책을 썼는데, 이 정책은 태종때 확립되었다.

근간이었던 균전제와 부병제의 동요로 유랑 농민이 대거 출현하는 등 각종 모순들이 누적되어 표면화한 데다가, 현종 자신도 정치에 싫증을 느끼고 이임보李林甫와 양귀비의 육촌인 양국충楊國忠 등에 맡겨, 전기의 치적과는 상반된 길을 걸었다. 한편 당 제국의 주변 지역에서는 시간이 가면서 강대한 반발 세력들이 생겨남에 따라, 토착 번진 세력들을 인정하지 않을 수 없었다. 결국 755년 화북 번진의 대절도사였던 안록산이 기병하여 파죽지세로 장안을 함락하고, 현종은 사천으로 피난을 가기에 이르렀다. 표면적으로 볼 때 안사의 난(755-763)은 권력 쟁탈전으로 보이지만 실은 당대의 균전제와 부병제 등 율령통치 체제의 내부적 붕괴라는 의미를 지니고 있다. 즉 이백(701-762)의 시대는 외적으로는 여전히 번영을 구가하고 있었으나, 밑에서는 내부 모순에 의한 부식 끝에 이것이 외부로 표출된 시기였던 셈이다.

사회적으로 볼 때 수 문제文帝가 종래의 구품관인법九品官人法 대신 도입한 과거제는 당초에는 형식적인 것이었으나, 비정상적 방식으로 정권을 잡은 측천무후는 자신에 반대하던 기성 권세가를 억제하기 위해 새로운 계층을 확보할 목적으로 과거의 문호를 대폭 넓혔다. 그 결과 당 후기에는 과거로 등용된 사람이 귀족 계층과 대등할 정도로 사회적 영향력이 커졌다. 세습귀족과 전혀 다른 생활기반과 의식구조를 가진 이들은 다음 시대의 견인차 역을 담당하게 된다.

당은 안사의 난 이후로도 약 140년간 지속됐는데, 그것은 강남 지역의 풍부한 생산력이 뒷받침해 주었기 때문이다.22) 이어 전개

---

22) 중국의 경제적 중심은 지속적으로 남하하였다. 강남 지방은 본래 저습지로 후한말까지는 인구 과소지역이었으나 육조시대부터 개발되어 당 중엽 이후로는 화북의 경제력을 능가했다. 강남과 화북을 전체로 볼 때, 강남의 인구 구성비율은 후한대의 20%, 남북조시대의 35%에서, 당 중엽에는 55%로 역전되었으며, 남송대에는 70%로 화북과 압도적인 차이를 보였다.

된 강북의 오대五代와 강남의 십국十國이 할거하던 '오대십국'(907-960) 시대는 중국사에서 시대 성격의 전환이란 점에서 매우 중요한 시기였다. 북쪽의 오대는 유목 국가로서 능력 위주의 왕위계승제로 인해 권력투쟁이 상존했다. 그리고 이 혼란기에 위진남북조 이래의 자기보존적인 문벌 귀족사회는 절도사의 군사력 앞에서 몰락하였으며, 이는 송대 사대부 사회로 넘어가는 토양을 마련해 주었다.

(2) 송(북송 960-1127, 남송 1127-1279)

오십여년 간의 과도기를 거쳐 통일된 송은 군주독재체제를 가동하여, 모든 권력 행사에 황제가 직접 개입 결정하도록 했다.23) 신분 제한이 없는 과거제의 실시로 숭문崇文 풍조가 정착했고, 이를 통해 선발된 신흥 사대부들은 전과 다른 독특한 문화를 형성해 갔다.

경제적으로 송대는 농업을 진작하여 신흥지주, 즉 형세호形勢戶가 소작제도에 의해 경영하는 전호제佃戶制라는 생산 관계상의 변화가 일어나고, 이전에 문벌귀족에 전적으로 예속되었던 농민은 보다 자유로워졌다. 민간에서 전호제는 농민들의 생산동기를 자극하고, 또 농민의 자율성이 신장됨에 따라 사회적 활력이 증대되었으며, 자영 농민들의 신분상승과 구매력의 증대는 송대 사회의 평민문화 확대의 원동력이 되었다. 아울러 차와 도자기 등 문화 생활을 위한 수요 역시 폭발적으로 증가했다. 국제적으로는 군사력의 약세와 이민족의 민족 의식의 각성으로 인한 외교적 압박은 있었으나, 항주와 소주 등 강남이 경제의 중심이 되면서 상업 조직과 생산활동의 증대 및 교통의 발달로, 국내외 해상무역도 활발하

---

23) 과거, 감찰, 禁軍 등에서 황제 개인이 인재를 선발하고 관리하며 감독하는 등 독점적 권한을 유지했다. 이것은 장기적 혼란을 통한 귀족 계층의 소멸과 지속적인 강남 경제의 발달이 뒷받침해 주었으므로 가능했다. 신흥 사대부는 대개 형세호의 자제에서 나왔다.

여 문화적 교류도 확대되었다.

이같은 토대 위에 과거에 의해 선발된 지식인들은 이전에 문벌 귀족들로 인해 별 의미가 없었던 관리로의 등용 가능성이 대폭 높아지면서, 과거 합격은 이제 곧 관리로의 임용을 의미하게 되었고, 이들은 황제와 국가에 대해서 강한 소명감을 지녔다. 이들의 의식 기저에는 도·불적 요소가 도입·융화된 신유학적 사유가 깔려 있었으며, 이들이 주도하는 송대의 문화는 이전과 다른 모습을 지니고 발전했다. 문인들은 승려와 도사들과 자유로이 왕래하며 시문을 주고받았으며, 학문예술의 자유가 확대되어 한당漢唐과는 다른 평담·심원한 예술 경향을 지향했다.24)

한편 외교와 경제면에서 보면 북송 중엽 이후의 상황은 그리 좋지 않았다. 외부와의 전쟁은 늘 불이익을 초래하며 끝났으며, 그것은 국가 재정의 부담으로 돌아왔다. 송인들의 '우환의식'은 이러한 외부적 운명에 대한 불안감에서 비롯되었다. 결국 서하西夏 및 요遼와의 장기적 대결 및 화해로 인해 군사비 및 물자의 지출로 엄청난 재정적 부담을 안게 된 북송 후기 신종은 1069년(희녕熙寧 원년) 왕안석의 상소를 받아들여 혁신적 개혁 조치인 신법을 시행했다. 왕안석의 신법은 기본적으로 국가 재원의 할당 및 구성을 새롭게 하여 부국과 강병을 목적으로 하였으나,25) 사마광司馬光을 영수로 하는 구파의 반대로 치열하고도 긴 정치적 투쟁은 북송 말까지 계속되었으며,26) 소식은 그 소용돌이의 중심부에 있었다.

---

24) 戴麗珠,《詩與畵》聯經出版事業公司, 1978, 台北, pp.73-76.

25) 농촌의 青苗法(식량 융자)과 募役法(화폐 납세제), 강병책으로서의 保甲法(부병제적 군사조직제)과 保馬法(군마 할당제), 상업관계의 市易法(자본 융자)과 均輸法(공물 기준제)이 중심 법령으로서, 이의 실시로 재정은 흑자로 반전되었다. 신법에 대한 역사적 평가는 명암이 엇갈린다.

26) 처음에는 신법의 효용과 당위 문제에 관한 쟁론으로 시작되었으나, 1086년 당사자인 왕안석·사마광이 모두 죽고, 시간이 흐를수록 점점 본래의 정신과는 무관한 투쟁으로 변질되었다.

2. 문예 사조

이백과 소식 문학세계의 밑그림을 파악하기 위해 설정한 본 절에서는 당송대의 사상·문예의 중심적 조류를 고찰함으로써, 이후 이백과 소식의 개인적 족적들과 맞물려 양인의 문학 작품의 향방과 경위를 이해하는 단서로 삼고자 한다. 고찰 방식은 시대별로 사상적 조류와 문예 심미의 특징을 두 요소의 상호 관계 속에서 파악해 볼 것이다.

(1) 위진남북조(220-589)

위진남북조(편의상 이하 '육조'로 간칭) 문예 사상의 특징은 전반적으로 한대까지의 유가 중심의 세계에서 벗어나서 상대론적이며 반전통적 의미를 지닌 도가와 불가 사상이 문인 사회에 침투하기 시작한 점을 들 수 있다. 이는 사상의 자유를 야기하여 결국 문예와 문학이 이전의 효용론적 속박에서 벗어나 독자적 행보를 할 수 있게 해 주었다. 이같은 도·불적 가치에 따라 문인 문학의 내용과 형식은 이전과는 다른 내향적·평담적·총체적 가치 지향의 심미적 기호를 보여주었다.

서진西晉(265-316) 죽림칠현竹林七賢의 '청담' 기풍, 동진東晉 (317-420) 곽박郭璞(276-324)에서 보이는 도교적 피난의식 및 유선遊仙과 현언玄言의 대상으로서의 산수자연관, 불경의 번역27) 및 불교적 가치의 문학적 전용, 그 한 양상으로 보이는 송宋(420 -479) 사령운謝靈運의 산수자연에의 심취와 그 심미적 이론화,28)

---

27) 불교는 중국 본래의 도가 이념과 유사성이 많아 동진의 鳩摩羅什
　　(314-413 또는 350-409)이 불경을 번역하면서부터 도가적 개념
　　들을 차용해 설명했으며, 이후 서로 보완적으로 전개되었다.
28) 사령운은 15세까지는 도사의 집에서 자라다가, 423년(58세) 부터
　　는 불교에 매우 심취하며 〈山居賦〉등 가작을 많이 남겼다. 그는 사
　　물에 대한 작가의 감상〔賞〕을 통해 그 안에 내재되어 있는 보편적

심약沈約(441-513)의 '사성팔병설四聲八病說'에서 찾을 수 있는 '자연—작품' 간의 심미사유적 동형 구조(Iso-morphysm)[29] 등은 모두 문화적 추향이 도·불적 가치 중심으로 내적 전이가 진행되기 시작했음을 보여 준다. 육조 운문에 보이는 작품 세계는 인간 생활의 실망스런 모습보다는 항구 불변의 자연을 중시하고, 일개인의 힘으로는 제어할 수 없었던 현실보다는 이상향의 탈속脫俗을 지향하며, 세계에 대한 거시적 조망보다는 순수심미적 탐닉에 빠지는, 그리하여 외부세계로 눈길 주기를 꺼려했던 소승적小乘的 의식 구조로 보인다.

(2) 당(618-907)

전목錢穆은 중국 학술사상사에서 후대에 막대한 영향을 끼친 두 사람의 인물로, 달마 이래 선종의 제6대조인 당 혜능慧能과 이학의 집대성자인 송 주희朱熹를 들고,[30] 송대 이학의 홍기는 선종과 관계 있다고 지적했다. 사실 당 황실은 무종武宗을 제외하고는 모두 숭불정책을 썼다. 중당 한유(768-824)는 불교에 심취한 헌종에게 억불책을 쓰자고 상소했다가 유배당할 정도였다. 이에 따라 각종 종파가 생기고 전국의 산마다 사원이 크게 증가했으며, 이천여권의 불경이 번역되고 이론을 정립하는 등 활동이 활발했다. 승려와 사찰도 급속히 늘어나서, 현종(712-756재위) 때에는 5,358소의 사찰이 있었고, 무종(841-846재위) 때에는 4만여 소나 되어 억제책을 쓰기도 했으나, 별 효과가 없을 정도로 불교가 전성기를 누렸다.)[31] 지식인들도 불교와 가까워서, 노조린盧照隣(634-686?), 황

    원리인 '理'를 포착해내야 한다고 했다. 이는 송대 禪學 및 詩·畵論의 심미적 관점과 맥락이 닿는다.

29) 이 책에 수록된 〈중국문학비평 사유론〉에서는 '자연의 문학 작품으로의 심미구조적 전이'라고 했다.

30) 錢穆, 《中國學術思想史論叢》4, 台北東大圖書公司, 1983, p.141.: 汪學群, 《錢穆學術思想評傳》, 北京圖書館出版社, 北京, p.126.

보염皇甫冉(714-767), 왕유王維(701-761), 맹호연孟浩然(689-740),
위응물韋應物(735-789?), 교연(釋)皎然(760?), 가도賈島(793-865?),
한산寒山, 사공도司空圖(837-908) 등은 승려 또는 불교 신자이거
나, 사찰을 다니며 승려들과 교제하며 시를 남기거나, 선리禪理를
시에 적용했으며, 후기로 갈수록 그 경향은 강해졌다.32)

한편 한위漢魏 육조를 거치면서 민간과 문인 사이에 이미 널리
유포된 도교는 당 고조가 동성同姓인 노자의 묘를 세우고 왕조의
정통성을 살리려 정치적으로 활용했고, 태종(626-649재위)은 불
교의 지나친 유포를 염려하며 '불교에 대한 도교 우선(道先佛後)'
의 원칙을 정했으며, 현종(712-756 재위)은 《도덕경》을 강학케
하고 도사를 관리로 임용하는 등 특혜 정책을 폈다. 그 결과 도교
는 종교로서 민간에 폭넓게 유포된 불교에 미치지는 못했으나,33)
대체로 고종(650-683 재위) 이래 사대부층과도 가까운 거리를
유지했다.34)

그의 인생 족적을 통해서도 알 수 있겠지만 이백이 도교에 매달
린 동기는, 개인적 취향과 시대정신과도 무관하지는 않으나, 현실
적으로는 현종 등 당 황실의 도교 존중정책에 의한 관로 개척과
밀접한 관련을 가지고 있다. 이들은 은일자로 자처하며 산림에 거하

---

31) 당대까지의 불교의 도입 및 발전 경과와 선종 계보도는 필자의 《황
    정견시 연구》, pp.62-63 참조.
32) 王啓興, 〈寺院文化與唐代詩人〉, 《唐代文學硏究》, pp.91-104; 目加
    田誠, 《唐代詩史・自然歌詠と禪》, 龍溪書舍, 1981, 東京, pp.261
    -279.
33) 그러나 도교와 불교는 역사적으로 그 유사성과 중국적 수용 방식으
    로 크게 구별되지 않은 채 오늘에 이르렀다.
34) 고종에서 현종에 이르는 사이 도교는 다음과 같은 사회적 양상을
    띠게 되었다. ①도사와 道觀의 증가, ②노자와 장자등의 사대부층
    으로의 보급, ③조정의 저명한 도사 초빙, ④공주의 도관으로의 입
    적 및 왕공 대인의 사택의 도관화 등이다.(施逢雨, 〈唐代道敎徒式
    隱士的崛起─論李白隱逸求仙活動的政治社會背景〉: 呂正惠編, 《唐代論
    文選集》, 長安出版社, 1985, 台北, p.196.)

다가 기회를 얻어 관도에 나서기도 하였는데,《구당서》와《신당서新
唐書·은일전隱逸傳》에는 오균吳筠, 하지장賀知章, 진계秦系, 육구몽
陸龜蒙 등의 이름이 거명되어 있으며, 이밖에 맹호연, 저광희儲光
羲, 잠삼岑參, 왕유도 이에 해당된다.35) 문학정신면에서 도가의 문
학예술 정신은 사회적 구속을 탈피하는 자유정신을 고취하고, 형
식면에서 육조 이래의 졸박미를 예술 심미의 주조로 삼아, 외표적
수사가 지니는 결함을 보완하였다.

　　문학사상면에서 당초의 진자앙陳子昻은 육조의 수사주의 전통을
배격하고 한위의 풍골을 주장하며 건강한 글쓰기를 주장했다. 다
시 안사의 난 이후 한유, 유종원(773-819), 이고李翶(772-841)
는 새로운 시대정신으로 유학 정통론을 내세워 아름다운 수사에만
치우쳐 알맹이가 빠진 글쓰기를 배격하고 고인의 도를 담은 내용
있는 글쓰기를 주장했다. 그러나 국력이 쇠미해가던 때였으므로
사회 전반적인 유미주의 풍조를 바꾸지는 못했지만, 이들의 주장
은 후일 송대에 부합하는 시대 정신으로 각광을 받았다.

　　남송의 엄우嚴羽가 송시를 비판하면서 "시를 논함은 선禪을 논하
듯이 해야 한다. 선의 도는 묘오妙悟에 있는데, 시의 도 역시 그렇
다. ……성당 시인들의 관심은 오직 흥취에 있었다"고 한 것은 정
감 중심의 당대 문예의 주안점을 잘 설명해 주는 말이다.36) 회화
는 왕유를 중심으로 부드럽고 담백한 남종화가 성행하며 사변·관
조적 경향으로 흘러 송대 소식 이후 동기창董其昌(1555-1936)에
이르는 문인화 계열의 창시자가 되었으며, 힘이 느껴지는 북종화
는 이사훈李思訓(651-716)을 시조로 원체院體의 화풍을 형성해 나
갔다.

---

35)　神樂岡昌俊,《中國における隱逸思想の硏究》, ぺりかん社, 1993,
　　東京, pp.281-282; 중국에서 도가와 불가는 서로 지근 거리에서
　　주고 받으며 발전해 왔으므로, 은일의 속성 역시 이 둘이 섞인 경
　　우가 많다.
36)《滄浪詩話》, "論詩與論禪…盛唐詩人惟在興趣."

요약하면 강성한 제국의 면모를 지녔던 당의 문예와 문학은 육조의 귀족적 문풍을 계승 발전시켰다. 사대부의 문화와 사상은 비교적 개방적이었고, 기풍은 낭만적이었다. 서역 문화와 교류하면서 각종 사상과 학파와 종교적 다양성들이 자유롭게 섞일 수 있었던 때문이다.37) 크게 보아 아직 문화의 형성기였으므로, 전반적으로 이론보다는 창작이 중심이 된 시기였다. 육조와 같은 현실 외면과 공허함은 사라지고, 활달함과 함께 귀족적 화려함이 배어났다. 이는 내향적 특징을 지닌 중국 전통문화에 대한 새로운 돌파이기도 하다.

그러나 상황은 이백이 살았던 8세기 중엽 안사의 난을 분기로 달라졌다. 당 전기의 문예는 육조 문예의 유미적 경향을 그대로 답습하며 기상이 상승하여 활발한 기풍과 함께 순수 심미를 추구하는 난만한 문예지상의 황금시대였다면 안사의 난을 겪고 난 후기는 하강국면이 시작되어 감상적 유미주의에 빠져들어 갔다고 할 수 있다.

시는 초기에 초당사걸初唐四傑, 심전기沈佺期(650?-715?), 송지문宋之問(656-712)을 거치면서 점차 형식미를 완성하여 성당대에는 중국문학의 심미 지평을 심화시켰다. 이들은 내용상 궁체로부터 시작하여, 자연, 변새, 낭만, 사회, 풍유, 험괴, 개성, 유미에 이르기까지 다양한 관심을 보여주었다. 이백으로 말하자면, 그는 문화 예술 등 제 방면에서 정점기였던 성당기를 살았으며, 낭만적인 성향의 도교적 경향과 호쾌한 기상을 드러내 시대의 절정기에 부합한 문학 풍격을 보여준 작가라고 할 수 있다.

---

37) 余恕誠, 〈論唐代的抒情長篇〉: 《唐代文學硏究》, 廣西師範大學出版社, 1992, 桂林, p.46; 한편 靑木正兒는 중국 문예사조를 ①실용 오락의 시대(상고에서 한), ②문예지상의 시대(육조와 당), ③의고 모방의 시대(송에서 청)로 구분했으며, 당 문예의 만개현상을 상고주의에 치우친 중국의 전통적 성향을 뛰어넘는 것으로 평가했다.

(3) 송(북송 960-1127, 남송 1127-1279)

오대의 혼란을 딛고 통일한 송의 사조는 당과 많이 달라졌다. 앞에서 보았듯이 군주독재, 세습귀족층의 몰락, 과거의 개방, 가문적 집단 체제가 아닌 개별자로서의 사士의 특성, 내외적 우환의식에 대한 사대부로의 책임감, 경제적 풍요에 의한 평민층의 대두 및 지배계층과 평민층의 시발적 동일성 등으로, 사조와 문학도 전시대와 다른 모습을 지니게 되었다. 먼저 사상적으로 유가는 도교와 불교의 장점을 흡수하여 신유학(성리학性理學, 이학理學, 도학道學, 주자학朱子學)이라는 새로운 사유 양태를 보여주었다. 이렇게 초기 송학은 한당漢唐의 훈고적 경학에서 탈피하여, 자기 수양과 도의 계통을 중시했으며, 경사자집經史子集을 총체적으로 바라보고, 사회적 개혁에 관심을 두었다.38) 북송대 신유학의 중심인물은 10세기 초의 유개柳開(947-1032), 석개石介(1005-1045)와, 주돈이周敦頤(1017-1073), 정호程顥(1032-1085), 정이程頤(1033-1200), 장재張載(1020-1077) 등이다.39)

한편 시와 산문 등의 문학 방면에서는 문학을 수양의 하위 개념으로 인식한 도학가 보다는, 구양수歐楊修(1007-1072), 매요신梅堯臣(1002-1060), 소식(1037-1101), 황정견黃庭堅(1045-1105), 진사도陳師道(1053-1102) 등 고문가 문인들이 주도했다. 이들은 한유의 고문운동의 정신을 계승하여 사회와 인생에 대한 책임 있는 의식을 중시하면서도 아울러 문학의 미적 가치도 추구했다. 이러한 경향은 서곤파 등 송초의 시인들이 당말의 유풍을 답습하여 염려한 유미시와 궁체시를 지은 것과 비교하면 커다란 방향 선회이다.

이들은 자기 수양 및 삶에 대한 진지한 고민과 반성적 고찰에 기초하여, 사물의 이면에 깔린 이치를 발견하려고 노력했으므로,

---

38) 汪學群, 《錢穆學術思想評傳》, pp.129-132.
39) 송초 이래의 사상사적 전개와 특징에 대해서는 필자의 《황정견시연구》 제2장 2절, 〈송대 신유학의 전개〉(pp.68-76)를 참고.

내향화·사변화·달관화의 방향으로 나아갔다. 송시에서는 당시唐詩에서 흔히 볼 수 있는 가벼운 기분의 영물서정이나, 혹은 외표적인 회화적·경물적 서정은 더 이상 중심 주류가 아니었다. 대신 섬세한 서정적 감상은 사를 통해 표현했다. 송대 시창작의 특징은 화답시, 차운시次韻詩와 같은 교유시가 증가하고, 당시에서 이미 절정에 달한 율시 보다는 사변적 의론을 담기 적합한 고시를 애용했으며,40) 시학을 학문 연마의 일환으로 생각했으므로 전인들의 시의와 시어를 변화시켜 표현하는 번안적 창작이 주류를 이루고,41) 의론화의 일환으로 시화詩話가 유행했다.

왕안석의 신법이 시행되던 소식의 시대는 북송의 시대 정신이 정점을 향해 분출되던 때였다. 그는 상기한 북송시의 추향 중에서 위로는 한유와 구양수의 문학정신을 계승하고, 아래로는 황정견 등 강서시파를 이어주는 이론적·창작적인 교량 역할을 훌륭히 수행하면서 문예의 전 장르에 걸쳐 기존의 장르적 영역 구분을 허물고, 자기류의 생각을 거침없이 풀어내는 탁월한 역량을 보여주었다.42) 역사적으로 그의 문학은 이론과 창작 모두 자유로운 정신과 창의적 역량을 한껏 발휘하여 그 물줄기를 마르지 않게 대준 깊고 큰 호수였다.43)

---

40) 북송대 문예사상, 시적 변화의 내적 경과 분석은 이 책에 수록된 〈장르사적 관점에서 본 소식의 문예이론과 시〉 제3장 및 제4장 1절 '아·속의 상호 작용'을 참고.

41) 張高評, 《宋詩之傳承與開拓 —以翻案詩, 禽言詩, 詩中有畵爲例》, 文史哲出版社, 1990, 台北, pp.1-116.

42) 송대 문인의 심미의식, 문인화와 시의 장르적·심미적 소통에 관한 심층적 고찰은 Susan, Bush, 'The Chinese Literati on Painting: Su Shi(1037-1101) to Tung Ch'i Ch'ang(1555 -1636)'(Harvard Yen-Ching Institute Studies, no. 27. Cambridge, Harvard University Press, 1971) pp.1-82 참조.

43) 소식의 문예이론 형성의 심미과정의 거시분석에 대해서는 필자의 앞의 논문을 참조. 한편 소식의 정치, 사상, 시학, 유배, 서화, 詞

Ⅳ. 작가와 인생, 그리고 문학

본 장에서는 이백과 소식의 생애 중에서 그의 문학세계 형성에 관련되는 부분을 추출해서 문학적 성향과 연결, 해석하는 토대로 삼는다. 편폭상의 제한으로 지금은 상식에 속하는 여러 부분들은 기존의 연구 성과에 기대는 한편, 필요한 부분들을 추출하여 연구 방향에 맞추어 논의하도록 한다.

1. 이백(701-762)

이백의 생애와 시의 창작 시기 문제는 선명치 않은 부분이 많아서 복잡하다.44) 특히 이백의 가족 배경과 출생문제가 그러한데, 이 부분은 매우 논란의 여지가 많은 부분이면서도 이백의 독특한 언행과 문학 의식을 이해하는데 있어서 중요한 단서가 된다고 생각되므로 상론詳論한다. 그의 가계에 대해 이백의 친척인 이양빙李陽氷은 《초당집서草堂集序》에서 이백이 '농서隴西 성기인成紀人'이라고 본관을 밝히고 있으며, 이와 함께 묘비명을 쓴 이백의 친구 범전정范傳正 역시 이양빙과 마찬가지로 '이백의 선조는 농서 성기인

───────────────

의 종합 분석을 통한 지성사적 고찰에 관해서는(특히 불교 관계 등) 최근 소식 연구의 성과서로 꼽히는 Ronald, C. Egan의 *Word, Image, and Deed in the Life of SuShi*(Harvard-Yenching Institude monography series 39, 1994)을 참조.
44) 이백의 생애와 시문의 창작연도는 책마다 견해가 다른 부분이 많아 일치하지 않는다.《李白詩文繫年》(詹鍈編著, 作家出版社, 北京, 1958),《李白年譜》(安旗·薛天緯, 齊魯書社, 濟南, 1982), 〈關于李白 '蜀道難'·'將進酒'·'梁甫吟'·'遠別離'的寫作時代〉(王運熙·楊明:《李白研究論叢》, 李白研究學會編, 巴蜀書社, 成都, 1987 pp. 215-225),《李白集校注》1-4 (瞿蛻園, 山東大學文史哲研究所編),《中國歷代著名文學家評傳》 제2권, 〈李白〉(山東教育出版社, 山東, 1983, pp.187-231),《李白》(青木正兒, 漢詩大系8, 集英社, 東京, 1970),《李白》(小尾郊一, 集英社, 東京, 1982) 등을 참고했다.

이며 수말隋末의 혼란 중에 쇄엽碎葉(SuiYe)으로 옮겨 성을 바꾸고 숨어 살다가 신룡神龍 연간 초에 촉蜀으로 돌아왔다'는 내용을 적고 있다.45) 이백의 출생에 대해서도 이설이 분분하여 확정하기 어려운 상태로서, 이백의 비碑가 있었던 사천의 면주綿州(지금의 창명彰明)설, 산동山東설, 서역西域설,46) 터어키설에 이르기까지 다양하지만, 쇄엽설이 유력하다.47)

이상을 종합해보면 이백의 선조는 수대隋代에 중앙아시아로 쫓겨나 그곳에서 살다가 이백을 낳고, 705년경 중국으로 돌아와 촉땅인 사천四川에 정착하여 비교적 여유 있게 살며 725년까지 거주했다는 추정이 가능하다.48) 이 중 적어도 그들 가족이 중국 외의 지역 또는 도독都督 관할 등의 변방 지역에서 촉땅으로 들어와 살게

---

45) 范傳正, 〈唐左拾遺翰林學士李公新墓碑一幷序〉; 한편 王琦는 《李太白年譜》에서 이양빙이나 범정전이 제시한 연호 '神龍'은 697년부터 시작된 '神功'의 잘못이라며 의심했으나, 두 발음이 유사한 데서 기인한 착오일 수도 있다고 여지를 남겼다.

46) 陳寅恪은 이백의 서역 출생설을 제기하였고, 郭沫若이 중앙아시아인 Kyrghyzstan의 Takmak에 해당되는 碎葉으로 주장했다. 쇄엽은 唐代에 중국에 속했으므로 쇄엽설은 유력한 설로 보인다. 《이백년보》(安旗·薛天緯, p.4) 참조. 한편 馬里千은 《李白詩選》(三聯書店, 1998) 부록에서 곽소우의 碎葉설에 대해 문헌 고증이 잘못되었다고 반론 예증을 들었으나, 기존의 이양빙, 범전정의 기록에 대하여 편의적 잣대를 가지고 그중의 많은 부분들을 허구로 보고 있다는 점에서, 역시 견강부회한 감을 지울 수 없다.

47) 서역 등 다른 나라에서 중국에 들어가 살게된 사람들이, 구미의 John이 張씨로 되는 경우와 같이, 중국성을 붙여 사는 것은 쉽게 상정할 수 있다. 예를 들어 한대 악부에서 악부시를 정리했던 李延年이 서역 음악에 조예가 깊었던 점으로 미루어 서역인일 가능성을 배제하지 않는 학자도 있다.(David Knechtges) 이백의 경우에는 더욱이 당실이 이씨 성이므로 '李'성을 붙였을 가능성도 없지 않다. 이백의 이목구비가 선명하다는 설이 사실이라면 비록 선조가 중국인이었을지라도 서역 관련설은 가능성이 더욱 커진다.

48) 山東大學文史哲研究所編, 《中國歷代著名文學家評傳》, 山東教育出版社, 1983, 山東, 제2권, p.189.

된 것은 움직일 수 없는 사실로 보인다. 이백은 시문에서 자신이 명문가의 후손이며 촉인蜀人임을 누차 밝히고 있는데,49) 이는 사실일 수도 있지만, 역설적으로 그가 촉에서 태어나지 않았다는 반증으로서도 유효하다.50) 즉 그곳에 적응하여 일정한 사회적 신분을 확보할 수 있기 위해서는 그렇게 행세할 가능성도 높아지는 것이다.

　그러나 사실 본고에서 보다 의미 있는 것은 이백이 서역인의 피가 있느냐, 혹은 서역에서 낳았느냐 여부의 일차적인 고증 문제보다는, 이백이나 혹은 그의 아버지 이객李客에게 타관에서 살며 그 지역의 중심 인물과 대등하게 될 때까지 느낄 수밖에 없는 '외지인 의식'이 자리하고 있었는가가 중요하다는 생각이다. 이 부분에 관해서는 다시 범정전의 '신묘비新墓碑' 기록에 이백의 아버지 이객은51) "관직을 구하지 않았다"고 기록되어 있는데,52) 이는 출신 가문을 중시하던 세습 귀족적 사회에서 자신들의 당대에 수직 상승을 하기에는 그들의 사회적 뿌리가 미약했음을 보여준다.

　외래 정착이 사실이라면 필자는 결국 이백에게 외지로부터 중국으로 들어와 살며 느낄 수밖에 없었던 외지인 의식(타관의식)이 있었다고 본다. 이백 자신이 농서인이라고 말하기 좋아했던 것을 볼 때, 만약 서역설이 옳다면 그의 의식에는 출신 배경에 대한 은폐의식이 있었던 것으로 보아야 할 것이다. 은폐의 이유는 첫째로

---

49) 《李白集校注》 권27, 〈贈張相鎬〉 제2수, p.762, "本家隴西人, 先爲漢邊將. 功略蓋天地, 名飛靑雲上. …十五觀奇書, 作賦凌相如." 여기서 '邊將'은 한대의 장수 李廣을 가리킨다.
50) 《중국역대저명문학가평전》(p.189)에서는 황족일 가능성에 대해서는, 당대 사회의 기풍으로 볼 때 오히려 자중하는 것이 보통이라며, 의심하고 있다.
51) 촉에 돌아온 이백의 아버지는 결국 객지인이란 뜻으로 별명처럼 붙어다니기 시작했던, '李客'이란 이름으로 남고 말았다.
52) "高臥雲林, 不求祿仕."; 문벌을 따지던 당시 사회에서 적어도 외지에서 온 자신의 당대에 관직에 관심을 둘 수는 없었을 것이다.

사회적 자아 실현에 걸림돌이 된다고 여긴 때문일 것이며, 둘째로
는 촉 문화에 대한 자부심 때문일 것이다.53) 최근 이백 문학의 형
성 배경과 관련하여 중국의 연구자 가진화賈晉華는 촉 문화와 이백
의 문학에 대해 다음과 같이 주장했다. 그는 촉 문화의 특색을 복
서卜筮, 역수曆數 및 황로학黃老學에서 찾으면서, 인접한 초楚 문화
와 부단한 교류를 하고, 문학적으로 촉 출신인 사마상여司馬相如
(179-117BC.)와 양웅揚雄(BC.53-AD.18) 및 당대의 진자앙陳子
昂(659-700/702) 등을 배출했다며 촉 문화와 이백과의 관련을
도출해내고 있다.54) 이 글은 이백에 대한 사회문화적인 접근으로
서 보다 폭넓은 시야를 제공해주고 있다.55) 앞으로 검토해 나가겠
지만, 사실 이백의 인생과 시문에서 우리는 낭만성, 종횡술縱橫術
과 도가적 성향, 사마상여와 진자앙에의 존중의식 등을 쉽게 발견
할 수 있는데, 이러한 관점은 이백의 문예의식 이해에서 긍정적으
로 작용한다.

　이제는 그의 소시적의 문인 소양과 사상경향을 보도록 한다. 그
는 어려서부터 영민했으며, 《신당서·본전新唐書·本傳》에는 "소시적
에 아버지는 '자허부'를 암송하도록 하셔서 내심 그를 사모했다"고
되어 있으며,56) 실제로 이백이 〈명당부明堂賦〉와 〈대렵부大獵賦〉를

---

53) 이 점은 서역설 여부와 관계 없는 상수항으로서 존재한다.
54) 前漢 사마상여와 양웅 모두 촉의 중심지인 成都, 그리고 唐 진자앙
　　은 성도 옆의 射洪 출신.
55) 賈晉華, 〈蜀文化與陳子昂·李白〉: 《唐代文學硏究》, 廣西師範大學出
　　版社, 中國唐代文學會等主編, 1992. 桂林, pp.163-185. 이 글에
　　서는 촉문화위에서 배태한 진자앙과 이백 문학의 특징을 다음 세가
　　지로 요약했다. 즉 ①양인은 촉 출신인 양웅과 사마상여를 소시적
　　부터 학습하고 추종했다. ②그 영향으로 양웅 및 사마상여의 드넓
　　은 기세와 壯美를 보여주고 있다. ③양인 모두 초사, 특히 屈騷의
　　영향, 특히 '賢人失志'의 비분감을 보여주고 있다는 것이다.
56) 《이백집교주》 권27, 〈秋於敬亭送從姪耑遊廬山序〉(p.1566); 앞의
　　주 참조.

지은 것도 20세 이전의 일이다.57) 가진화의 연구에서도 알 수 있듯이, 그가 같은 촉 출신인 부의 대가 사마상여를 먼저 배운 점과, 문학 장르 중 아름답고 과장된 수식을 일삼는 현란한 부체부터 학습한 것을 알 수 있다.58) 그리고 역시 15세에 신선술을 사모했고,59) 검술을 배웠다고 기록했다.60) 이후 21세(722년, 개원 10년)부터 광산匡山(대천산戴天山)에서 약 3년 간 독서에 힘쓰며 세상에 나갈 준비를 했는데, 이것은 그가 익주자사益州刺史로 나가던 소정蘇頲에게 글을 보였을 때, 소정이 "이 사람은 천하의 영재로서, 붓을 들면 그치질 않는다. 풍력風力이 아직 성숙되지 않았으나, 크게 될 자질이 보인다. 학문에 힘쓴다면 사마상여와 견줄만 하다"고 칭찬한 데 힘입은 것 같다.61)

24세(725) 때에 그는 자기를 알아줄 사람을 발견하기 위해 세

---

57) 安旗의 《이백연보》(p.14)에서는 15세때의 기록에 이 일을 넣었으며, 적어도 20세 이전에 장부長賦를 지었음을 밝혔다.

58) 여기에는 당시 진사과 등 과거제의 영향도 있었을 것이다.

59) 〈題嵩山逸人元丹丘山居〉에는 "집은 본래 자운산에 있어, 道風이 땅에 떨어지지 않았네(家本紫雲山, 道風未淪落)"라고 했다. 자운산은 그의 묘비명이 세워졌던 彰明縣에 있으며, 도교의 승지이다. 《舊唐書》에는 "어려서부터 초속의 기운(逸氣)이 있으며, 뜻과 기운이 크고 열려있어, 하늘을 날 듯이(飄然) 세상을 벗어날 마음(超世之心)이 있었다"고 적고 있다. 그의 도교에의 경도가 이미 10대부터 이루어지고 있음을 보여준다.

60) 각각 〈感興〉 8수 중 제5수 및 〈與韓荊州書〉 참조. 이백이 이렇게 모든 배움의 시작을 15세라고 自述한 것은, 그의 과장기를 생각할 때, 공자가 "나이 열다섯에 학문에 뜻을 두었다"고 한 말에 상응키 위한 것 같다.

61) 《이백집교주》 권26, 〈上安州裴長史書〉(pp.1545-1556). 이 글의 내용 상당 부분이 자신 또는 타인의 입을 빈 자화자찬적 언설들로 점철되어 있으며, 본관이 金陵이라고 말하기도 하는 등 액면 그대로 믿기 어려운 구석이 많다. 그 내용 중 의미있는 부분은 다음과 같다. "오세에 六甲을 외우고, 십세에 百家를 공부했다", 일찍이 동쪽으로 유람을 떠났는데, 1년도 안되어 30만전을 다 썼으며, 실의에 빠진 선비들을 도와주었다"는 내용 등이다.

상으로 나섰다. 당시 투주渝州, 형주荊州, 오吳 지방을 돌면서 그곳
의 악부민가를 익혔는데, 이는 이백 문학의 큰 밑거름이 되었
다.62) 27세에 재상을 지냈던 허어사許圉師의 손녀와 혼인을 하여
안륙安陸에 터전을 마련했다. 그는 이 시기에 본격적으로 제세濟世
에 뜻을 두었던 것 같다. 그리고 30세(731, 개원 19년)에 장안에
처음 들어가 종남산終南山에 있는 현종의 누이인 옥진玉眞 공주의
별관에 거했으나,63) 냉대만 받고 공주를 만나지 못했다. 이백으로
서는 한 차례의 실의였다.

　여기서 잠시 당대의 신분 상승 구조를 본다. 당대에 선비로서
출세의 길은 대체로 세 가지였는데, 좋은 가문의 사람이거나, 많은
인원은 아니지만 과거에서 선발되거나, 당 황실에서 특별히 대접
하는 도사가 되는 길이었다. 이백의 시대에는 각종 도교 우대정책
에 힘입어 은사들이 대거 늘어났고, 그들간에는 일종의 정치 입문
을 위한 교제 활동이 많이 보인다.《구당서》와《신당서》중 이 시
기 이후의 기록에는 많은 '산인山人', '야인野人', '일인逸人', '은사隱
士', '처사處士', '징군徵君' 등의 이름이 등장한다.64) 배경이 없는
데다, 신분적 제한이 있는 과거에서 꿈을 이루기 어려웠던 이백으
로서는 세 번째의 길이 제일 손쉬웠을 것이다. 그러므로 당시 사
회에서 도교 사원인 도관道觀은 단순한 은거자들의 수도 집단만이
아니었다. 제한된 과거 급제자 중에서도 소수만을 임용했던 상황
에서, 뜻을 얻지 못한 정치 지망생들의 구관求官 통로의 의미도 함
께 지니고 있었던 것이다.65) 이로 볼 때 비록 실패로 끝나기는 했

---

62) 이들 지역을 다니면서 지은 대표적인 악부는 渝州에서〈巴女詞〉,
　　荊州의〈荊州歌〉, 오 지방의〈長干行〉,〈楊叛兒〉등이다.
63) 옥진공주는 현종의 누이동생으로서 출가하여 도사가 되었으며, 장
　　안에 옥진관玉眞觀을 지었다.
64) 施逢雨,〈唐代道教徒式隱士的崛起 ― 論李白隱逸求仙活動的政治社會
　　背景〉pp.210-213. 이 논문의 주 68, 69에는, 잠삼, 유장경, 맹
　　호연, 이백, 고적 등 이와 관련한 시인과 시제목이 있다.
65) 숭도 정책이 전성기에 달했던 당시에 은일자야말로 관리에 뜻을 둔

지만 이백의 옥진공주에 대한 접근 시도는 같은 맥락이었다.

31세(732) 때 종남산에 거하며 자존심을 죽이면서까지 구관활동을 했으나 헛되기만 한 울적한 마음을 풀지 못해 장안의 건달들과 어울리기도 했었다. 당시의 심정은 〈행로난行路難〉 제2수에서 볼 수 있다.66) 34세(735) 때 다시 세상으로 나아가 인재를 잘 발탁한다는 한조종韓朝宗을 만났으나, 역시 뜻을 이루지 못했다.67) 이렇게 세월을 보낸 그는 36세인 737년(개원 25년) 가을에 원단구元丹丘가 있는 숭산嵩山에 가서 도사인 원단구 및 잠훈岑勛과 자주 어울리기도 했다.

그런데 이들은 〈장진주〉의 창작 시기와 관련된다. 이백 시의 상당수는 사람마다 창작 연도에 대한 의견이 다른데, 〈장진주〉도 이

많은 사람들이 몰려드는, 명분과 실리의 두 방향으로 언제든지 선택해 나아갈 수 있는 매력있는, 그러나 역시 경쟁이 치열한 곳이었다.

66) 《李白集校注》 권3 樂府, 〈行路難〉 제2수, "大道는 푸른 하늘과 같이 크고 분명한데, 내 유독 그 길로 나가지 못하는구나. 장안의 건달이나 따라다니면서, 장닭이나 개싸움에 배와 밤 내기는 않겠네! 검 두드리고 노래 불러 괴로운 소리를 읊조리지만, 옷자락 끌며 왕궁의 문을 기웃거리는 건 마음에 안드네. 회음땅 사람들은 한신을 비웃었고, 왕실 공경들은 가의를 꺼렸지. 그대는 모르는가! 옛날 연나라 소왕은 곽외를 존중해, 빗자루로 마당 쓸고 허리숙여 그를 후대했지. 극신이나 악의는 은혜에 감동하여 간과 쓸개를 바쳐 재주를 드러내었네, 소왕의 백골 위엔 덩쿨풀만 엉켜있구나. 갈 길 험하기도 하구나, 돌아가자!(大道如靑天, 我獨不得出. 羞逐長安社中兒, 赤雞白狗賭梨栗. 彈劍作歌奏苦聲, 曳裾王門不稱情. 淮陰市井笑韓信, 漢朝公卿忌賈生. 君不見, 昔時燕家重郭隗. 擁篲折節無嫌猜, 劇辛樂毅感恩分. 輸肝剖膽效英才, 昭王白骨縈蔓草. 行路難, 歸去來!)"

67) 당시 한조종은 형주자사로 있었는데, 후진을 잘 발탁하여 당시 선비들은 "살아서 만호의 侯에 봉해지기 보다, 한번이라도 한형주를 만나는게 소원이네"라는 말이 돌 정도였다. 이백은 〈上韓荊州書〉를 지어 자신의 재능과 회포를 극언하여, 알아줄 것을 피력했지만, 이루어지지 않자 〈襄陽歌〉를 지어 그의 이름이 虛名이라고 암유적으로 비난할 정도로 불안정하고 급박한 심정을 드러냈다.

에 속한다.68) 대부분의 경우 이 시는 궁으로부터 떠나온 745년 혹은 744년에 지은 것으로 보고 있다.69) 유력한 견해로는 작품계년을 쓴 첨영詹鍈 및 왕운희王運熙, 양명楊明은 천보 4년(745)을, 연보를 쓴 안기安旗는 개원 25년(737)을 주장하여 상당한 차이가 난다.70) 이는 이백이 장안에 다녀온 두 번의 시기 중에서 어느 쪽

---

68) 이백 시가의 창작연도는 주 44)의 자료 중에서, 비교적 상세히 고찰한 앞의 세 자료를 참조.

69) 이들이 근거로 든 시 중의 원단구와 잠훈을 만난 데 대한 양자의 견해 역시 다르다. 〈이백집에는 〈見岑勛見尋, 就行丹丘對酒相待, 以詩見招〉 및 〈酬岑勛見尋〉 시들이 있는데, 본고에서 고찰하는 이백의 〈將進酒〉시에 대해, 일반의 744,5년설과 달리, 《이백연보》를 쓴 安旗는 또 다른 시각에서 자료들을 연결하여 737년에 지어진 것으로 보았다. 이렇게 안기의 경우 창작 시기에 관해 일반의 관점과 다른 경우가 다수 눈에 띈다. 예를 들면 역시 강한 失意를 드러낸 〈梁園吟〉은 대부분의 책에서 744년을 주장하는데 반해, 그는 고증을 통해 부인하고 732년으로 주장했다.

70) 양자는 각기 간헐적으로 시중에 나오는 원단구와 잠훈에 대한 방증 문건의 고찰, 황하를 지난 부분에 대한 지역적 고찰, 시가 풍격에 관한 고찰 등을 다루고 있으나, 시기를 어느 한쪽으로 확정짓기는 힘들다고 생각한다. 한편 소수파에 속하는 安旗는 737년을 주장한 근거로서, 시중에 나오는 岑夫子와 丹丘生을 들어 이백이 두 사람과 술자리를 벌였으며, 〈장진주〉는 〈酬岑勛見尋〉과 같이 이 때 지은 것이라고 했다. 또 다른 근거로는 연보에서 이백시집을 보면 30세에 長安에 처음 들어가기 전의 작품에서는 시름을 표한 것이 매우 적은데 반해, 두번째 長安에 왔다간 이후 시는 좌절감이 크게 나타나 있다고 평가했다. 즉 안기는 이에 의거하여 前期로 본 것이다.

　　필자가 보기에 안기의 연보는 勞作이기는 하지만, 생년과 나이와의 관계를 비롯하여 많은 착오가 발견되므로, 전적으로 신뢰하기는 어렵다. 한편 〈장진주〉에는 조식의 평락관이 나오는데, 故址는 낙양에 있으며, 조식은 진왕에 봉해졌는데, 陳은 하남에 있다. 이에 의거, 安旗등은 詩作 장소를 황하에서 멀지 않은 하남 지역으로 추정했다. 황하 유역에는 737년과 744년경 모두 경과했으므로, 사실 저작연도 확인에 큰 도움은 안된다.

에 귀속시키는가에 따라 달라지기 때문이다. 본고에서는 이 둘을 겸하여 볼 것이다. 창작연대에 대해서는 별도의 진전된 고증 작업이 필요할 것으로 보이므로 더 세부적인 논의는 하지 않는다. 이백의 세계의식을 고찰하려는 본고에서 그나마 다행스러운 것은 그 어느 경우이든, 성격은 조금 다르지만, 이백이 인생에서 다른 어느 시기보다 깊은 실의에 빠져 있었다는 공통점이 있다는 점이다.

30대부터 오랜 기간 구관求官에 매달린 이백은 문장이나 은일자로서도 관리의 길이 열리지 않았으며, 40세에는 검술로 구관할 생각을 하기도 했었는데, 이를 통해 그만큼 집착이 강했음을 볼 수 있다. 또한 41세 때는 조래산徂徠山에 은거하며 다른 5인과 함께 '죽계육일竹溪六逸'의 이름을 얻으며 술과 노래로 세월을 보내며 은사隱士들과 교제하며 지냈다. 이러한 활동의 연장선상에서 그는 742년(천보 원년天寶元年) 도사 오균吳筠과 하지장賀知章의 도움으로 드디어 현종의 부름을 받게 되었다. 그 해 가을에 입경하여 먼저 하지장과 만났는데, 하지장은 이백의 글을 보고 놀라 '하늘에서 쫓겨온 신선〔謫仙〕'이라고 평하고 그를 천거했다. 깍듯한 예우로 맞이한 현종이 이백을 한림공봉翰林供奉에 임명함으로써 744년 초 궁을 떠날 때까지 그의 궁중생활은 시작되었다.

그러나 기대와 달리 이백에게는 정치적 소신을 펼 기회가 주어지지 않았다. 한림학사는 주로 황제의 개인적 소일을 위한 자리였기 때문이다.71) 그의 장안 시기는 〈주천酒泉〉 등 음주에 관한 시가 주종을 이루고 있는데, 여전히 술 마시는 시절이었던 것 같다.72) 게다가 그는 지나친 술기운에 당시의 권력자인 환관 고력사와 양귀비楊貴妃를 부리기도 하는 등의 분에 넘치는 행동을 보여

---

71) 현종 개원 초년인 713년(이백 12세) 최초로 翰林院을 만들어, 문장, 거문고, 바둑, 서화, 술수, 僧道 등에 관한 직무를 돌보게 했으며, 翰林待詔 또는 翰林院供奉을 두었다.

72) 李長之, 《道敎徒的詩人李白及其痛苦》, 澳門文集書店, 1939, 香港, pp.53-54.

황제 주변의 정치권과 화합하지 못했으며, 그 결과 황제 역시 그를 소홀히 대하게 되었다. 이백은 결국 궁을 떠나게 해달라고 부탁하는 형식으로 43세(744, 천보 3년)되는 3월에 장안을 떠나 기나긴 유랑생활을 시작했다. 실패한 입궐이었던 셈이다.

당시 이백의 실의는 대단해서 많은 작품에서 그 심정을 표현했다. 비록 장안시기 전기에는 기대감과 함께 〈궁중행락사宮中行樂詞〉, 〈청평조淸平調〉 등 밝은 색채의 작품을 지었으나, 후기 작품은 뜻대로 되지 않는 심정과 울분을 표한 것이 많다. 이백의 연보를 연구한 많은 연구자들이 〈장진주〉의 창작시기를 장안을 떠난 직후인 744년 또는 745년으로 보는데, 이 경우 〈장진주〉에 나타난 음주에의 도취는 그 울분의 또 다른 표현으로 볼 수 있다.

54세(755년) 때는 당 왕조의 사회·경제·권력적으로 누적된 문제들의 총체적 폭발이자 중국사의 중요한 분수령이 되는 안사의 난이 일어나 763년까지 계속되었다. 756년(지덕至德 원년) 말 여산廬山에서 은거하던 이백은 혼란 중에 숙종과 권력투쟁중인 영왕永王 이린李璘의 거듭된 요청을, 당시 형편을 잘 모르고 받아들였다. 이듬해 1월 그의 막부로 가 지은 〈영왕동순가永王東巡歌〉 11수에서는 어서 난을 평정하여 국가에 공을 세울 것을 희망했으나, 한달 만에 영왕은 숙종에 패배하여 살해되었다. 도주하다 팽택彭澤에서 자수한 이백은 이후 본인과 가족의 열성 어린 노력으로 겨우 석방되어 야랑夜郎으로 유배되었으나, 도중에 사면되어 심양潯陽으로 돌아가 죽을 고비를 넘겼다.

또 한번의 사건은 60세(761년)에 있었다. 그는 이광필李光弼이 대군을 일으켜 유전劉展의 난을 토벌한다는 소식을 듣고 자원했으나, 병으로 금릉金陵(남경)에서 중도 포기하고 말았다. 이후 그는 당도령當塗令이던 친척 이양빙李陽氷에 의지하여 지냈으며, 62세(763년)에는 건강이 더욱 나빠졌다. 그 해 중양절을 넘기고는 이미 회복키 어려운 지경임을 알고, 평생 자신이 지은 시들을 이양빙에게 맡기고 〈임종가〉를 손수 짓고는 62세를 일기로 최후를 맞이했다고 한다.

762년 현종과 숙종이 차례로 죽고 대종代宗이 즉위하여 이백에게 임금을 보좌하는 좌습유직을 내렸으나, 그가 병사한 뒤였다. 죽어서나마 평생의 소원을 조금은 이룬 셈이다. 그는 사후 당도에 묻혔으나, 817년 관찰사 범전정范傳正은 당도 청산靑山 부근으로 이장하여 신묘비新墓碑를 세우고 그의 아들 백금伯禽은 종내 관도에 오르지 못했고 두 딸은 그곳의 농민에게 시집갔으며, 백금의 아들은 이미 12년간 행방이 묘연하다고 기록했다.73)

전체적으로 보면 먼저 이백의 생애는 가족적 배경부터 분명치 않은 점이 적지 않게 보이는데, 바로 그 불분명한 언표로부터 우리는 거꾸로 이백의 세계에 대한 대처 방식을 읽을 수도 있다. 그가 태어나기 직전 또는 태어난 직후, 그의 부친은 외지에서 오랜 기간 살다가 촉에 들어와 정착했으며, 이백은 자신의 재능을 펼치고자 평생 동안 신분 상승을 위해 인맥과 문학적 재능과 도교와 검술에 이르기까지 필사의 노력을 다했으나, 아쉽게도 40대 초 장안에서의 2년을 제외하고는 뜻한 대로 되지 않았다.74)

그는 자신의 뿌리 약한 가족적 배경을 사실로써 받아들이거나 정면에서 대처하기보다는, 생략과 과장과 기상천외한 언행으로 대신했다. 사회적 자아 실현과 관계된 이같은 외지 출신의 타관의식과 내적 불안정성은 신분 상승의 욕구와 만나면서 평생 자신의 재능을 인정해 줄 사람을 찾으러 다니게 하였다. 그리고 당시에 그가 택한 유력한 방식은 명산대천을 유람하는 은자의 길이었다. 어

---

73) 范傳正, 〈唐左拾遺翰林學士李公新墓碑〉 및 山東大學文史哲研究所編, 《中國歷代著名文學家評傳》, 山東敎育出版社, 1983, 山東, 제2권, p.225.

74) 이백의 사회적 자기 표현은 743년 부터 장안에서의 2년여의 기간과, 758년 '안사의 난' 중의 영왕편으로의 가담과 유배, 그리고 죽기 1년 전인 762년 이광필의 기병에 대한 자원 등 세 차례였다.

렵사리 얻었던 한번의 소중한 기회를 잃으면서 그는 다시 실의 속에 방랑하는 악순환의 고리를 이어나갔다.

이백은 성격적으로 회재불우한 인물이 지니기 쉬운 특징들 중 낙천적 방향인 자기 과신, 자기 중심주의적 사고, 비현실적 낭만성, 낭비벽, 방랑의식 등의 성향을 보였다. 그리고 그가 얻은 것은 본래의 천부적 재능에 더하여, 삶의 무게 속에서 얻게된 세계 인식과 문학적 감수성이 반영된 불후의 작품들이었다. 요약해서 말하면 이백의 삶과 문학에 보이는 각종 독특한 언행의 한 가지 원인을 위에서 서술한 바와 같이 당시 문벌 제도하에서 이백 가족배경의 약한 착근성이라는 각도에서 고찰할 때 상당 부분 이해정합됨을 볼 수 있다.

2. 소식(1037-1101)

소식은 북송(960-1127) 후기 정치적 변혁기에, 치열한 당쟁의 와중에 서 있었으므로, 그의 문학세계를 이해하기 위해서는 이 부분에 대한 이해가 필수적으로 요구된다. 소식은 1037년 1월 8일 사천 미산眉山에서 태어났다.75) 이백과 소식 두 사람 모두 촉蜀을 지역 기반으로 삼는 점에서 같다. 소식의 집안은 대체로 문인 기풍을 갖춘 집안이었으며, 소식의 아버지 소순蘇洵(1009-1066)에 의하면 미주에는 당 측천무후 때부터 정착해 살기 시작했다고 한다. 소순은 소시에는 수사적 문장학에 재미를 못 느껴 학문에 열

---

75) 음력으로는 1036년 12월 19일로서 혹본에는 1036년으로 되어 있다. 소식의 생애와 연보 등 관련 사항은 《蘇軾評傳》(曾棗莊, 四川人民出版社, 1984, 成都), 《蘇軾新評》(朱靖華, 中國文學出版社, 1993, 北京), 《蘇軾思想硏究》(唐玲玲·周偉民, 文史哲出版社, 1995, 台北), 《蘇東坡》(近藤光男, 集英社, 1964, 東京), 《宋代文學史》(孫望 등, 人民文學出版社, 1996, 北京), 《宋元文學史稿》(吳組緗·沈天佑, 北京大學出版社, 1989, 北京) 등을 참고했다.

심을 내지 않았으나, 27세에 소식을 낳으면서부터 학문에 뜻을 두어, 드디어 소순, 소식, 소철蘇轍(1039-1112) 삼부자가 '삼소三蘇'의 칭호를 얻으며 '당송 팔대가'안에 모두 들어가는 집안이 되었다.76)

소식은 어려서부터 재주가 뛰어났고 7세부터 공부하여 10세에는 미주의 천경관天慶觀의 도사 장이간張易簡에게 가서 소학을 공부했는데, 이해에 왕안석王安石(1021-1086)은 부재상에 해당되는 참지정사參知政事였다. 21세(1057년)에 소식 형제는 구양수가 주재하는 예부의 고시에서 나란히 급제했는데, 인종仁宗은 두 사람의 재상감을 얻었다고 기뻐했다. 그는 26세(1061)에 〈진책進策〉과 〈강론講論〉 각 25편을 황제에게 올려 자신의 혁신적 주장을 체계화하여 밝혔다.

이후 그는 첫 임지인 봉상鳳翔(인종:1062)을 필두로, 경사京師(신종神宗:1069), 항주杭州(통판通判:1071), 밀주密州(1074), 서주徐州(1077), 황주黃州(오대시안烏臺詩案, 1차유배:1080), 상주常州(1085), 경사京師(철종哲宗:1085), 항주杭州(1089), 영주穎州(1091), 경사京師(1092), 혜주惠州(2차 유배①: 1094), 담이儋耳(지금의 해남도海南道: 2차 유배②:1097)를 다니며 1101년 상주常州에서 65세를 일기로 파란 많은 인생을 접었다.77) 소식의 인생과 문학에서 뺄 수 없는 부분은 두 차례의 유배로서, 황주(1080-

---

76) 소순의 학문과 문장 성취는 27세, 48세를 분기로 3분된다. 그는 章句, 名教, 聲律 등 사상적 속박을 지향하는 공부를 싫어하여 이 관계의 책들을 모두 불사르고, 27세 이후로는 논어, 맹자, 한유 등의 고문을 7,8년간 학습하여 일가에 이르게 되었다.

77) 소식의 행적 순서도는 《蘇軾評傳》(曾棗莊, p.323)의 簡圖에서 1-26까지 번호를 매겨 이동 지명을 정리했으며, *Word, Image, and Deed in the Life of Su Shi*(Ronald C. Egan, Harvard University, Cambridge, 1994, pp.xviii-xiv)에서 그 기간을 정리했다. 簡表는 《蘇軾評傳》(曾棗莊), 《蘇東坡》(近藤光男) 등을 참조.

1084)와 혜주(1094-1097) 및 해남도(1097-1100) 시기가 이에 해당된다. 소식의 유배는 모두 신법파와의 투쟁으로 야기되었으며, 특히 첫 번째 것은 중국사에서도 유명한 문자옥인 '오대시안'의 결과였다.

소식의 나이 33세 되던 1069년 신법이 시행되었는데, 소식 등의 구파는 신법의 부당함을 들어 강력히 반대했으므로 양파 간에는 치열한 당쟁이 전개되었다. 결국 1079년(신종, 원풍元豊 2년) 7월 어사 하정신何正臣 등은 소식이 신정新政에 반대했다는 죄목으로 호주지사로 있던 그를 소환하여, 8월에 어사대御史臺〔오대烏臺〕에 감금시켜 몇 달에 걸친 조사를 하였다. 그 이유는 소식이 시문을 통해 신법을 반대하고 헐뜯었다는 것으로서, 이는 결국 황제를 비난한 것으로 확대 해석되었다.78) 당시 정권을 잡은 신파의 주도로 그는 사형을 언도 받았으나, 그 해 연말 소철과 왕안석 및 인종의 비인 대왕대비까지 나서서 소식을 옹호했고, 신종 역시 현명한 신하를 죽였다는 악평을 얻고 싶지는 않았으므로, 소철은 그의 원대로 좌천시키고, 소식은 '충황주단련부사充黃州團練副史, 본주안치부득첨서공사本州安置不得簽書公事'로 감형되어 황주(호북성 황강黃岡)로 유배의 길을 떠났다.79)

---

78) 당시 소식은 그들이 수집한 각종 시문에 대해 취조를 받았는데, 그 내용은 대체로 항주시기에 그가 백성들의 생활을 보고 느껴 적은 〈山村〉, 〈戲子由〉, 〈開運鹽河詩〉와 같은 시들이다. 대상 시와 취조에 대한 소식의 입장은 Charles Hartman의 논문 'Poetry and Poetics in 1079—The Crow Terrace Poetry Case of Su Shih'(*Chinese Literature: Essays, Articles, Reviews,* 1990, Vol.12) pp.16-35 부분을 참조.

79) 오대시안의 경과, 의미, 문학적 영향은 다음 세 논저를 참조. ①앞 Charles Hartman의 논문(pp.15-44), ②앞 Ronald C. Egan의 책 제2장 'National Politics: Opposition to the New Politics'(pp.27-53). ③曾棗莊, 《蘇軾評傳》(修訂本:pp.118-128), ④다른 책 《황정견시 연구》(경북대출판부, 1991, pp.88- 91).

사실 소식은 이미 신법을 반대해 왔고 또 비판한 글을 누차 공표했으므로,80) 그들의 포위망을 벗어날 수는 없었다. 그러나 순수한 시까지도 황제에 대해 '불신不臣'의 죄를 지은 것이라 얽어매려 한 것은,81) 오대시안이 순수한 의도가 아니라, 정적들을 제거하려는 목적으로 야기되었음을 보여준다. 실제로 소식과 글을 주고받았던 구파의 많은 사람들도 이에 연루되어 하옥, 재판, 좌천되었으므로, 그 정치적 여파는 대단했다.

소식의 가족들은 오대시안을 통해 엄청난 고통을 겪었으므로, 부인 왕씨는 소식을 원망하며 시를 불태우기까지 했다고 기술하고 있다. 그러나 가장 힘든 것은 소식 자신이었다. 그는 자신으로 인해 많은 사람들이 고통과 좌천을 당하게 된 데 대해 가슴 아파하면서, 앞으로는 과거 인물에 대한 글은 쓰지 않겠다고 다짐하기까지 했다. 사실 소식은 직언극간과直言極諫科 출신으로서, 진사는 간관諫官을 자임하여 조정 대신들과 의견이 다르면 함께 토론하여 황제의 결정에 도움이 되도록 하는 것이 그들의 당연한 책무였다. 그러나 이 일로 소식과 그 시대의 많은 지식인들은 문자옥의 화가 어떤 것인지를 경험하는 기회가 되었다. 따라서 주변에서 불행을 같이 겪은 황정견이나 진사도 등 소문蘇門의 학사들은 후학들이 이 점을 교훈 삼을 것을 당부하기도 했다.82)

---

80) 《소식평전》(p.125)에서는 오대시안에 연루된 소식의 시를 다음 네 범주로 나누었다. ①분명한 신법 비판시, ②時政 비판시, ③백성들의 고통을 묘사한 시, ④순수영물 및 서정시이다.

81) 이를테면 소식의 〈왕복수재소거쌍회王復秀才所居雙檜〉시에서 "노송나무의 뿌리 구천의 굽지 않은 곳까지 이르니, 세상엔 오직 칩룡만이 이를 알겠네(根到九泉無曲處, 世間惟有蟄龍知)"라는 구절에 대해, 副宰相인 王珪가 "칩거한 용은 바로 소식을 일컫는다'고 하자, 신종마저도 "시인의 논의가 어떻게 이와 같이 될 수 있는가? 저기 노송나무를 읊은 것이지 어찌 짐의 일과 관련이 되리요?"라고 하며, "자고로 용에 대해서는 많은 이야기가 있어 왔다. 어찌 순씨의 팔용(여덟 아들 이름 중의 龍字)이나 공명의 '와룡'이 군왕을 지칭하겠는가?"라고 했다.(《소식평전》 p.126)

그의 회한 어린 복합적인 감정은 1080년 처음 황주에 도착했을
당시에 지은 다음 시에 잘 나타나 있다. 비록 소식 문학의 중요한
부분인 해학적 기운과 여유가 보이기는 하지만, 유배지에서의 생
활에 대한 걱정과, 이러한 상황에 처해지게 된 데 대한 회한이 드
러나 있다.

<table>
<tr><td>〈初到黃州〉83)</td><td>〈황주에 처음 도착하여〉</td></tr>
<tr><td>自笑平生爲口忙</td><td>평생을 입으로 인해 다망함을 자조하니</td></tr>
<tr><td>老來事業轉荒唐.</td><td>늙으막 인생 경영 갈수록 황당하다</td></tr>
<tr><td>長江繞遙郭知魚美</td><td>장강이 저 멀리 성곽을 도니 생선 맛 좋
은 줄 알겠고</td></tr>
<tr><td>好竹連山覺筍香.</td><td>좋은 대나무를 보니 산마다 죽순의 향을
느끼겠다</td></tr>
<tr><td>逐客不妨員外置</td><td>유배된 객으로서 원외의 자리면 됐으니</td></tr>
<tr><td>詩人例作水曹郎.</td><td>시인들은 예의 수부랑水部郎을 지내는가
보다84)</td></tr>
<tr><td>只慚無補絲毫事</td><td>다만 조그마한 도움을 줄 일도 없이</td></tr>
<tr><td>尙費官家壓酒囊.</td><td>그저 국가가 현물로 주는 퇴주退酒 주머
니나 축낼까 부끄럽다85)</td></tr>
</table>

---

82) "동파의 문장은 천하에 빼어나지만, 그 단점은 비난하기 좋아하는
데 있다. 그 궤를 따르지 않도록 조심해야 한다.(東坡文章妙天下,其
短處好罵.愼勿襲其軌也.)"(황정견: 《豫章黃先生文集》 권19); 〈答洪
龜父書〉; "소식의 시는 처음에 劉禹錫을 배워 怨望과 풍자가 많으
니, 배울 때 이 점을 조심하지 않을 수 없다.(蘇詩始學劉禹錫,故多
怨刺,學不可不謹也.)"(陳師道: 《後山詩話》)

83) 《全宋詩》 14, 권803, 〈蘇軾 20〉, 北京大學出版社, 1993, 北京,
p.9300.

84) '이전에 何遜과 張籍이 여기서 水部郎을 지낸 걸 보면 내게 부여된
문서를 결재하지도 못하는 정원 외의 이 자리는 아무래도 시인들을
위한 자리인가 보다'고 다소간 해학화하여 말한 것이다.

85) 송대에는 봉급 중에 일정 부분은 물건으로 주어 전체 금액에 계산
하는데, 그렇게 하면 명목금액과 차가 커진다. '壓酒囊'은 국가 양

소식은 1080년 황주시기부터 필화를 초래한 자신의 언행을 되돌아보면서, 정치, 사회, 인생에 대한 인식의 심화 과정에 들어갔다. 그는 세간의 불경과 사변적 경학에 심취하여, 《금강경》을 직접 필사하고, 《역전易傳》과 《논어설論語說》의 주석 작업을 시작했으며,86) 내적 자기 수양과 연마에 힘썼다.87) 그의 사상경향과 문학 세계는 이전과는 달라져서 다른 방식의 자기 성찰과 세상 바라보기를 하게 되었고, 그 결과 그의 시는 이전보다 성숙해져 평담한 가운데 깊이를 지니게 되었다.88) 소식 시의 풍격을 초기에는 '호방豪放'으로, 황주 시기 이후인 후기에는 '평담平淡'으로 양분하는 것은 이러한 연유이다.89) 아무튼 실제로 소식 문학의 백미라고 할 수 있는 많은 작품들이 황주시기에 탄생되었으니, 〈염노교·적벽회고〉(1082), 〈적벽부赤壁賦〉(1082), 〈완계사浣溪沙〉(1082), 〈제서림벽題西林壁〉(1084), 〈석종산기石鐘山記〉(1084) 등의 명편이 나왔던 것이다. 이것은 자신을 뽑아준 구양수의 "시는 처지가 궁한 이후에 훌륭해진다"는 말의 훌륭한 증거가 된 셈이다.90)

조처에서 술을 만든 뒤, 봉급에 대신해서 주는 퇴주 주머니를 말하는데, 아무런 할 일이 없는 자기의 향후 생활을 암시하는 중의적 표현이다.

86) 이 작업들은 혜주 및 해남도 유배기에 계속되었다.

87) 周裕鍇는 《宋代詩學初探》(巴蜀書社, 1997, 成都, p.137)에서 송대 문인들의 자기 수양 방식은 보통 세 가지인데, 도덕적 정신 수양과, 학술적 독서 수양, 그리고 예술적 감성 수양으로 나뉜다고 했다.

88) Charles Hartman, 'Poetry and Poetics in 1079 ─ The Crow Terrace Poetry Case of Su Shih' pp.35-43.; 《황정견시 연구》, pp.41-42에서, "나의 평생의 성취를 묻는다면, 황주·혜주·담주 시절이다.(問汝平生功業,黃州惠州儋州: 〈自題金山畫象〉)"라고 자평했다.

89) 謝桃坊, 《蘇軾詩研究》, 巴蜀書社, 成都, 1987. pp.178-202 및 《황정견시 연구》 pp.42-51에 내용 요약.

90) 《歐陽文忠公文集》 권42, 〈梅聖兪詩集序〉, "대체로 세상에 전해지

황주 시기 문학의 장르상의 특색은 필화에 연루되었던 장르인 시가 줄고 사詞·부賦의 창작이 늘어났다는 점이다.[91] 그러나 소식의 문학이 황주 시기 이후 이전과는 다른 단계와 모습을 보이고 있다고 해서, 그의 근본적 태도와 관점이 바뀐 것은 아니며, 또한 세계에 대한 타협도 적극적으로 시도한 것은 아니었던 것 같다. 1085년 신종이 죽고 10세의 철종이 즉위하여 선인태후宣仁太后가 수렴청정하던 원우元祐 시기(1086-1094)에 사마광司馬光을 정점으로 한 구파가 득세했는데, 이 때가 소식의 정치적 절정기였다.[92]

당시 그는 신법을 완전히 폐지하자는 구파의 주장에 대하여, 이번에는 신법의 좋은 부분은 살려두면서 폐해야 한다는 독자적 주장을 하거나, 또는 구파가 행했던 상벌의 기준을 문제삼음으로써 구파 중심 세력과도 갈등하게 되었고,[93] 결국 신구파 양쪽의 공격을 받아 1089년 지방관을 자청해 나가게 되었다. 비록 현실은 힘

는 시들은 옛날 곤궁했던 사람들의 말에서 나온 것이 많다. 선비가 자신이 가지고 있는 재능을 세상에 펴낼 수 없는 사람들은 많이들 산이나 물가로 벗어나기를 좋아한다. 밖으로 곤충과 물고기, 나무와 풀, 바람과 구름, 새와 짐승들을 보고는, 왕왕 그 기괴함을 추구하곤 한다. 또 안으로 근심스러운 생각과 북받치는 감정이 쌓이면, 원망과 풍자로 빗대어 쫓겨난 신하와 과부의 탄식같은 절실한 정서를 드러내 표현하기 어려운 정서를 써내게 된다. 궁하면 궁할수록 시는 더욱 잘 짓게 되므로, 시가 사람을 곤궁케 하는 것이 아니라, 곤궁한 사람이 된 후에 시가 좋아지는 것이다."

91) Michael A. Fuller, 'The Road to East Slope: The Development of Su Shi's Poetic Voice', Ch.5, Stanford University Press, 1990.

92) 1085부터 1089년 초 지방관을 자청하여 杭州로 나가기까지의 3, 4년 간으로서, 禮部郎中, 起居舍人(이상 1085년: 元豊 8년), 中書舍人, 翰林學士知制誥(1086: 元祐 원년), 翰林學士知制誥 兼侍讀(1087), 權知禮部貢擧(1088: 원우 3년) 등을 지내며 많은 문인학사들의 중심이 되었다.

93) 朱靖華, 《蘇軾新評》, pp.9-10.

들지라도 편협한 마음을 갖거나 안일함을 따르지 않고, 판단 유보적인 붕당적 자세를 거부하며, 옳다고 생각한 일은 굽히지 않으면서도 자기를 반성하는 삶의 정신, 이것이야말로 소식의 인생과 문학의 진정한 성취라고 할 수 있을 것이다.

1079년 오대시안의 문자옥은 소식의 개인사적 작용뿐만 아니라 중국지성사적으로도 상당한 사건이었다. 강력한 황제 독재체제하의 송대 사회에서 오대시안은 저작과 관련한 문인 탄압의 전형적 모델이 되었다. 이로 인해 문인들은 자신에게 위험이 될 수 있는 부분에 대해 세심한 주의를 기울여야 했으며, 그것은 내향화와 수사적 교묘함의 추구를 야기했다. 뛰어난 비유와 형상능력을 지닌 소식은 문예이론 측면에서 외적 '평담'경을 지향하며 내적으로는 풍부한 함의를 담보할 것을 주장한 '중변론中邊論', 형사와 신사의 교묘한 절충적 포괄론, 사물에 따라 형상을 펼쳐낸다는 '수물부형隨物賦形'의 내외상응적 심태에 관한 이론 등을 주장했는데,94) 이 것들은 모두 이원적 가치를 하나로 포괄한다는 점에서 '심미사유적 동형구조'를 지향한다. 기표와 기의의 세계에 대한 중국적 천착이라고도 할 수 있는 이상의 문예이론, 그리고 또 다른 성과인 각종 문예창작적 성취들은, 역설적으로 오대시안의 쓰라린 경험을 극복하여 발전적으로 전이되어 나온 소식 문학의 또 다른 성과이기도 하다.95)

이외 황주시기 이후의 1086년 이후 원우 년간의 자취와 1094년 이래의 혜주 및 해남도의 머나먼 제2차 유배시기는 그에게 경제적·체력적·가정적으로 모두 힘든 시기였으나, 이 시기에도 자신의 내적 여유와 중심을 잃지 않으려 노력한 것을 시문과 《동

---

94) 이들 이론에 대해서는 이 책에 수록된 〈장르사적 관점에서 본 소식의 문예이론과 시〉를 참조.
95) 그러나 오대시안만이 이같은 내형화된 암유적 수사화의 유일한 요인은 아니었다. 이미 신유학을 통해 큰 흐름을 형성하기 시작한 중국 지성사의 방향은 문학적 표현의 내향화 및 복합화와 서로 부합한다.

파지림東坡志林》등 여러 기록을 통해 볼 수 있다. 만년의 부분들은
〈염노교〉이후의 시기이기도 하며, 이제까지의 족적으로도 1082년
에 지어진 〈염노교·적벽회고〉를 둘러싼 소식 문학의 작가적 배경
을 파악하는데 있어서 큰 그림이 그려진 것으로 보아 생략한다.

Ⅴ. 다시 읽기 — 〈장진주〉와 〈염노교·적벽회고〉

1. 작품 상황

제2장에서 우리는 두 작품의 표면적인 내용들을 개관해 보았다.
그리고 두 사람을 둘러싼 시대와 사조, 그리고 인생 역정을 지나
다시 작품에 이르렀다. 지금 우리는 작품의 이면에 드리워진 배경
들을 어느 정도 이해하였으므로, 이제는 다시 작품으로 들어가 작
가가 말하고자 하는 의식적·무의식적 메시지들을 찾아 읽어보도
록 한다.

먼저 작품의 작성년도 및 그것과 작가의 인생이 서로 만나는 부
분을 보도록 한다. 〈장진주〉의 작성년도는 대부분 745년경 지은
것으로 보고 있으나, 연보를 고증한 안기安旗는 737년에 지은 것
으로 추정하여 논란의 여지가 있다. 이 부분은 앞에서 논했으므로
재론하지 않는다. 전문 고증을 하지 않은 필자로서 확정하기는 힘
들다. 이러한 불확실성에도 불구하고 한가지 다행인 것은, 두 경우
중 어느 경우라 하더라도 필자가 진행하는 이백의 세계관 이해에
큰 걸림돌은 되지 않는다는 점이다.

737년의 경우라면 그는 30세부터의 다방면의 관로官路 모색이
거의 벽에 부딪치면서 그 실의와 울분을 술로 달랠 때였다. 구관求
官에 대한 그의 집착이 컸던 만큼 울분도 컸던 것으로 보인다. 많
은 작품에서 자기를 알아주지 않는 세계에 대한 원망과, 그럼으로

써 은거할 수밖에 없는 '귀거래'의 심정이 보인다. 한편 745년경으로 볼 경우에도 역시 장안의 생활을 실패로 끝내고 궁을 떠나 다시 세상을 떠돌던 시기가 되므로 그 실의와 울분은 짐작하고도 남는다.

소식의 〈염노교〉는 1082년(46세) 첫 유배시기인 황주에서 지었다. 《소식연보蘇軾年譜》에는 1082년 7월 16일 〈(전)적벽부(前)赤壁賦〉를 지은 직후인 7월 중에 〈염노교〉를 지은 것으로 되어 있다.96) 연보 끝 부분에서 보이듯이 소식은 도사道士와 누차 뱃놀이를 하며 사와 부를 지었다. 같은 시기,97) 같은 장소에서 지어진 〈적벽부〉를 연결하여 고찰하는 것은 이 작품의 이해에 큰 도움을 줄 것이다. 편폭의 문제로 본고에서 이를 두루 다루지는 않고 필요에 따라 연결을 시도하겠지만, 천하의 명문이요 풍부한 문학사상을 내포하고 있는 〈적벽부〉를 연결할 수 있음으로써, 우리는 이 짧은 작품의 배후를 풀 수 있는 큰 원군을 만나게 되는 셈이다.

〈적벽부〉가 지어지게 된 상황에 대해서는 역시 《소식연보》의 〈염노교〉조 바로 앞에 있는 〈적벽부〉조에서, "부賦 중의 통소를 부는 '객客'은 양세창楊世昌으로서, 소식의 다른 시에 의하면 음률에 밝고 통소를 구성지게 잘 분다"는 내용이 있다.98) 종래인鍾來因이란 학자는 다른 논문에서 양세창이 도사라고 밝히고 있다.99) 또

______

96) 孔凡禮, 《蘇軾年譜》 中冊, 권21, 中華書局, 1998, 北京, p.545. "《紀年錄》謂爲七月作, 次〈赤壁賦〉之後. 詞見《東坡樂府》.", "〈東坡赤壁〉謂坡仙亭石刻有此詞, 草書. 書後有款識, '久不作草書, 適乘醉走筆, 覺酒氣拂拂, 似指端出也. 東坡醉筆.' 此文見《佚文彙編》권六, 文字間不同. 草書詞及跋, 當作於此時或略後."

97) 같은 날(7월 16일)일 가능성도 있다.

98) 〈次韻孔毅父久旱已而甚雨三首〉 제3수, "楊生自言識音律, 筒簫入手淸且哀": 王文誥輯註, 孔凡禮點校, 《蘇軾詩集》, 中華書局, 1982, 北京, 4책 p.1124.

99) 鍾來因, 《소식여도가도교蘇軾與道家道敎》(道敎研究叢書), 學生書局, 1990, 台北, pp.435-454. 저자는 이 책에서 소식이 소시부터 도가의 소양을 익힌데다가, 황주 시기부터 인생의 고초를 겪을

10월 15일 지은 〈후적벽부〉에는 '도사'가 등장하는데, 이 역시 양도사이다. 종씨에 의하면 양도사는 술을 잘 담글 줄 알아, 나중에는 소식도 양조를 잘하게 되었다고 한다. 유가뿐 아니라 노장과 불가에 박식한 소식이 유배지에서 다시금 도가와 접촉하는 순간의 기록인 셈이다. 이는 작품의 이면에 깔려있는 사상적 경향과 작품 이해의 방향을 가늠케 해주는 키가 될 수 있을 것이다.

〈장진주〉를 시의 전개 국면에 따라 다시 정리하면 황하의 강물(1-3행), 덧없는 인생(4-6), 음주의 당위성(7-12), 대작의 즐거움(13-20), 과거의 주연의 예(21-24), 광기적 음주에의 탐닉(25-30)의 순으로 이야기가 전개되었다. 한편 〈염노교〉는 양자강의 강물(1-3), 본사本事인 적벽의 발견(4-6), 적벽의 풍경(7-9), 과거 인물의 회상(10-11)에 이어, 제2단에서는 주유의 젊은 시절(12-14), 대전 당시의 제갈량과의 여유 있는 모습(15-17), 현실로 돌아온 소식(18-20), 꿈같은 인생과 그들을 위한 술 올림(21-22)으로 끝내고 있다.

2. 모티프적 분석

이와 같은 전개를 이번에는 시적 모티프의 처리라는 관점에서 본다. 2장에서 우리는 두 작품의 모티프가 대체로 '강물→시간(인생)→적막감→술'로 옮겨지면서 전개되는 유사성을 보았다. 우리는 먼저의 읽기와 달리, 이러한 모티프의 처리 방식을 좇아 두 작품을 대비·분석해 본다.

(1) 강물: 영속하는 자연

〈장진주〉는 서두에서 곤륜산에서 발원한 황하가 '하늘'로부터 시

수록 더욱 도교에 심취했다고 했다. 종씨는 〈적벽부〉를 소식의 도가적 성향을 보여주는 예의 하나로 들어 상세히 분석했다.

작하여 황해로 흘러 들어가 다시는 돌아올 수 없음을 말하여, 장
엄하게 서두를 열었다. 〈염노교〉역시 시작 부분에서 양자강 큰
강물은 넘실넘실 흘러가며 천고의 인물들을 다 쓸어가 버렸다고
했다. 이것은 공간적 흐름이 시간적 흐름으로 전이된, 공자 이래의
시공 관념의 일체화이다.100) 두 수 모두 유한한 인생과 영속하는
자연의 대결국면을 암묵적으로 제시하며 작품이 전개된다. 풍격
면에서 두 작품 모두 초기값이 스케일 크고 강한 이미지로 설정되
어 있다.

(2) 시간: 일회적 인생

다음 4-6행에서 이백은 이러한 도도한 강물의 흐름을 시간으로
치환했다. 백발을 서러워하는 부귀한 노인을 통해 누구에게나 사
정없이 다가오는 시간은 거역할 길이 없다는 것을 강조했다. 반면
에 소식은 자기가 노닐고 있는 적벽을, 사람들의 말을 비는 형식
으로, 역사의 적벽으로 전환하여 장소를 일체화시킨 후 시간 여행
을 시작한다. 이 부분은 두 수 공히 시간의 흐름, 즉 '덧없는 인생'
이라는 본 주제로의 진입 부분이다. 일반적으로 요시카와코지로吉
川幸次郎 이래 중국문학에서 시간의 흐름에 대한 비애감(탄서歎逝)
의 처리 방식에 있어서 한위漢魏인은 향락적 해결을 지향하고 있으
며, 송인은 관조적으로 나아가고 있다고 평가한다.101) 이 숙명에
대한 두 사람의 해결 방식은 무엇인가?

(3) 적막감 또는 시름: 현실과 숙명

이들의 적막감 혹은 시름의 구체가 무엇인지에 대해서는 직접
언급되어 있지 않다. 그러면 그들의 시름은 단순한 탄서歎逝일까?
먼저 〈장진주〉에서 이백은 성현은 모두 적막했으며 자신 역시 성

---

100) 《論語‧子罕》, "子在川上曰, '逝者如斯夫! 不舍晝夜.'"
101) 〈중국시에 나타난 비애 서정〉 참조.

현들과 동일시하며 그 적막감을 술로써 풀어야 한다고 역설하고
있다.(21-22행 및 30행) 이 부분은 그 시름을 풀기 위해 음주하
고, 그리하여 좋은 문장을 남긴 문인들과의 자기동일시가 내재된
것으로 보인다. 그러면 자신이 술을 마시는 것은 가슴 깊은 곳에
있는 말할 수 없는 적막한 무엇을 풀기 위한 것이라는 것인데, 그
적막감의 실체는 무엇일까? 무차별하게 흐르는 시간의 경과라는
보편적 적막감 외에 또 다른 무엇이 있는 것인가?

여기서 잠시 이백의 창작 환경을 보면, 먼저 737년 그는 뛰어
난 자신의 재능에도 불구하고 36세에 이를 때까지도 뜻을 펼 자리
를 얻지 못한 울분을 가슴에 안고 있을 때였다. 이 시가 744년
또는 745년에 지어진 것으로 보아도 조정을 떠난 후의 좌절과 울
분과 허탈은 이루 말할 수 없었던 때였으므로, 두 경우 모두 시에
서 발견되는 이백의 울적한 마음이 주변 환경과 무리 없이 연결된
다. 21-22행의 성현들의 적막과 23-24행의 평락관平樂觀에서 주
연을 벌인 조식曹植(192-232)의 예시가 그것을 뒷받침한다. 조식
은 뛰어난 재능에도 불구하고 황제가 된 형 위문제魏文帝 조비曹조
(187-226)의 핍박을 받으며, 그 울분을 견디며 살다간 인물이다.
즉 이백은 자신을 조식과 같은 불우한 천재에 비긴 것이다.

그러나 현실은 단호할 정도로 그를 거부하고 수용하지 않는다.
그래서 울분에 찬 이백은 다시 마지막 구에서 술로서 만고의 시름
을 풀어보겠다고 한 것이다. 이같은 울분과 자기 위로는 〈양원음梁
園吟〉102)이나 〈양보음梁甫吟〉103) 등 여러 시에서 발견할 수 있다.

---

102) 《이백집교주》 권7 '고근체시', "평대의 나그네 수심 걱정 많으니,
　　　술잔을 앞에 놓고 〈양원음〉을 짓노라. 위의 도성을 배회하다 읊었
　　　다는 완적을 생각하며, '녹수 위로 큰 파도 넘쳐오른다'고 노래 읊
　　　조려 보네. 큰 물결 일어 장안을 어지럽히니, 길은 멀어 서쪽 장
　　　안엔 언제나 다다를까? ……동산에 높게 은거하여 때를 기다려
　　　일어난 후, 창생을 구제해도 늦지는 않으리라.(平臺爲客憂思多,
　　　對酒遂作梁園吟. 却憶蓬池阮公詠, 因吟淥水揚洪波. 洪波浩蕩迷舊
　　　國, 路遠西歸安可得……東山高臥時起來, 欲濟蒼生未應晚.)" 끝 부

이백은 사정없이 흐르는 시간에 대해서, 그리고 자신의 꿈을 이루지 못하고 있는 자신의 인생에 대해서 시름겨워 하고 있음을 볼 수 있다. 그리고 그는 그 시름을 삭이기 위해 술을 택한 것이다.

　소식 역시 이백과 유사한 시름을 느끼고 있었던 것 같다. 그는 역사적 영웅들에 대한 회고적 감상 끝에 다시 노년을 향해가고 있는 자신의 현실로 돌아와서, 흘러가는 세월을 생각하며 인생이란 마치 한바탕의 꿈과 같다고 말한다.(20행) 이때의 소식은 오대시안의 가슴 아픈 상처와 분노와 회한을 가슴에 안고 황주로 온지 2년이 경과한 시점이었다. 세상에 올바른 도를 펴보고자 했던 꿈은 중도에 어이없이 좌절되고 쑥덤불과 같이 정치적·문학적 동지들은 뿔뿔이 흩어지면서 인생의 깊은 감개를 느꼈을 것이다. 그래서 황주시기부터 소식은 도불에 심취하고 이로부터 마음의 안정을 취하고자 했던 것이다.

　이같은 심정은 그들의 인생 곳곳에서 드러난다. 이백과 소식이 시로써 이어진 경우가 있는데, 바로 이백의 〈심양자극궁감추작潯陽紫極宮感秋作〉과 소식의 〈화이태백和李太白〉 시이다. 이 시들은 양인이 49세에 지나온 인생을 돌아보며 지은 것인데, 소식의 시는 바로 이백의 시에 화답한 차운시이다. 장안을 떠나와 5년째인 이백은 인생 49년을 그르쳤다는 회한과 함께 은일隱逸의 심정을 음주의 마음과 함께 비추었고, 소식 역시 1084년 황주에서 지은 화답시에서 인생살이란 마음대로 바꿔 새로 시작할 수 있는 것이 아니

　　분에는 '창생을 구제하고, 사직을 지키겠다'(安社稷, 濟蒼生)는 이백의 필생의 소망이 드러나 있다.

103) 《이백집교주》 권3 '악부', "나는 용을 부여잡고 성군을 뵈려하나, 천둥장군 진동하며 하늘 북을 울려대네……겹겹이 닫힌 문 들어갈 수가 없어서, 이마로 빗장 찧으니 문지기가 노발대발, 백일은 나의 정성을 알아주지 않으니, 나는 마치 기나라 사람이 일없이 하늘 무너질까 걱정한 꼴인가!(我欲攀龍見明主, 雷公砰訇震天鼓……閶闔九門不可通, 以額叩關閽者怒. 白日不照吾精誠, 杞國無事憂天傾.)"

라며, 임금이 있는 북쪽 창가에 기대 담담히 기다리는 자신을 묘
사했다.104)

이백과 소식이 느꼈던 적막감과 시름은 표면적으로는 세월에 대
한 탄서歎逝로 나타나 있지만, 의식의 심연에서는 현실적인 실의와
울분에서 비롯되고 있기도 하다. 이백의 구관求官의 거듭된 실패,
소식의 정치적 패배가 그 발원이다. 여기서 잠시 소식의 사에 그
려진 적벽전 당시의 인물들에 대해 보도록 한다. 208년 적벽전
당시 주유는 34세, 제갈량은 28세였다. 그들은 나이 삼십에 자신
의 뜻을 세상에 한껏 펼쳤는데, 자신은 46세에 말직의 권한마저
행사할 수 없는 유배객인 것이다. 이에 또 다른 감개가 없을 수
없다.

다시 작품으로 돌아간다. 그러나 한편으론 일세를 풍미했던 그
들도 사라지고 지금은 강물만이 도도히 흐르고 있다.105) 흰머리

---

104) ① 이백, 〈潯陽紫極宮感秋作〉(《이백집교주》 권24, p.1,400) "인
  생 사십구년을 그르쳤는데, 한번 가서 다시는 돌아오질 않네! …
  들밖에 사는 심정 쓸쓸하기만 하고, 세상의 이치는 자주 뒤집히
  니. 이제 도연명이 돌아가니, 농가의 술은 응당 익었겠구려(四十
  九年非, 一往不可復. … 野情轉蕭散, 世道有翻覆. 陶令歸去來, 田
  家酒應熟.)"
  ② 소식, 〈和李太白〉(《소식시집》 권23, 4책, p.1,232 "나이 사
  십구세에 이곳에 돌아와 북쪽 창가에 유숙하네. … 謫仙은 분명
  멀리에 있을테니, 이 선비(이백) 돌이켜 살려낼 수가 없구나. 세
  상의 이치는 바둑 장기와 같아서, 그 변화는 앞에 둔 판을 덮어놓
  고는 없던 듯이 할 수는 없네. 이제 영지버섯이 자라고 반도 복숭
  아 익기를 기다려볼까나.(行年四十九, 還此北牕宿. 謫仙固遠矣,
  此士亦難復, 世道如奕棋. 變化不容復, 惟應玉芝老, 待得蟠桃熟.)"
  ③ 앞 2수에 대한 황정견의 화답시 〈次韻子瞻和李太白潯陽紫極宮
  感秋詩韻懷太白子瞻〉가 더 있으나, 소개하지 않는다. 시 3수의 내
  용 분석과 의미는 David Palumbo-Liu, *The Poetics of
  Appropriation — The Literary Theory and Practice of
  Huang Tingjian*' Stanford University Press, Stanford,
  California, 1993, pp.109-116 참조.

늘어가는 나이, 한 유배객의 회고에, 이러한 생각을 모르는 사람들은 자기에게 무슨 정념이 그리 많으냐고 묻는다. 간난을 겪은 소식은 흰머리가 희끗희끗하니, 그저 인생살이 한바탕 꿈과 같음을 깨달아, 위로 삼아 강물에 술잔을 뿌리는 것이다. 끝구의 '뢰酹'자에는 '술을 땅에 뿌려 제사를 지낸다'는 뜻이 있으므로, 그 표면적 형식은 자신이 아니라 적벽대전의 영웅들에 대한 추념의 의미로 뿌려진 것이다. 그러나 동시에 우리는 이 술잔이 자신을 위로하거나 또는 그 이상의 다른 의미를 지닌 것일 가능성에 대해서도 생각해 볼 필요가 있다. '술' 부분에서 재론한다.

　두 사람이 수심을 표현하는 방식은 조금 다르다. 이백의 시는 자기의 생각을 비교적 거침없이 드러내고 있다. 그러나 소식의 방식은 이백과 다르다. 이는 소식 자신의 정치적 경험, 그리고 당대 唐代와는 다른 내성 지향의 송대적 표현방식에 기인한다. 소식의 경우 그 문장의 특징은 비유와 전고 사용에 뛰어나다는 점에 있다. 즉 현실의 구체적 사물로부터 본원적 이치(상리常理)를 파악하여,106) 이를 훌륭한 비유로써 형상화했던 것이다. 그러나 필화에 휘말린 이후인 황주시기부터 그는 이전보다 더욱 조심스런 글쓰기를 했으며, 앞의 작가론에서 보았듯이 장르적으로도 투명한 장르인 사·부에 치중했다. 그러나 1074년 "글은 목적을 가지고 지어야 한다"고 설파한 그는 함부로 의미 없는 글을 짓지는 않았을 것이다.107) 수면 아래 감추어져 잘 보이지 않았을 뿐이다.

---

105) 그러한 의미에서 17행의 재로 날아가 스러진 것은 비단 조조만이 아니라, 그렇게 주도했던 주유와 제갈량도, 그리고 나아가서는 소식 자신까지도 사라지게 될 운명인 것이다. 그리고 나서 시점은 자연스럽게 현재의 자신으로 돌아온다.

106) 《蘇軾詩集》 권1, p.367, 〈淨因院畵記〉; 이 책에 수록된 〈장르사적 관점에서 본 소식의 문예이론과 시〉, 4-5-2 '常理와 傳神' 참조.

107) 소식, 〈樂繹先生文集敍〉, "선생(顔太初)의 시문은 모두 목적으로 가지고 지은 것으로서, 정밀하고 힘차고 확고하고 절실해서, 말은 반드시 당세의 과실을 지적했다.(先生之詩文, 皆有爲而作, 精悍確

(4) 술: 회피와 화해

〈장진주〉에서 이백은 자기를 시름겹게 하는 존재적·상황적 시름으로부터의 해방과 탈피를 위하여, 급시행락으로서, 또 성현들의 한 행태로서, 음주를 정당화하고 이를 위해 과도한 모습을 연출하기도 한다.108) 그러나 이는 현실로부터의 회피였다. 취흥이 고조될수록 가무를 통해 그의 흥은 고조되며 현실과는 다른 세계로 들어간다. 하지장賀知章이 말한 적선謫仙이요, 시선詩仙의 참모습인 것이다. 주인은 이미 술도 돈도 없다고 하지만, 다 소용이 없다. 오직 이 찰나적 구원이자 신을 접하는 접신적接神的 경지는 지속되어야만 한다. 술이 깨면 다시 냉정하고 쓸쓸한 현실이 기다리고 있으므로, 다시 땅으로 내려가기는 싫다. 이백은 만고의 시름을 풀기 위해서 열심히 술에 매달린 것이다. 흘러가는 인생과 자신을 알아주지 않는 현실에 대한 울분을 술로 해결하려고 한, 술에 대한 강한 집착은 이백의 가슴속 울분의 크기를 의미한다.

그러면 그 울분은 어떤 성격의 것인가? 그에게 울분을 느끼게 한 대상에 대한 이백의 시각은 어떠한 것이었을까? 필자의 견해로는 이백의 많은 작품들이 차분한 이성적 정조 보다는 보다 직접적인 감성인식으로 표출되고 있음을 보게 된다. 또한 이백의 많은 작품에서 세계는 철저히 자기를 중심으로 한 동심원의 세계를 이루고 있음을 발견할 수 있다. 여기서 음주는 이러한 본심의 직접적인 도화선으로 작용한다. 이백은 이 세계의 중심에 서서 세계를 향해 자기에게 어서 다가올 것을 요청한다. 이는 어떤 의미에서는 의식상의 불균형이다. 심각하진 않지만 〈장진주〉 안에서도 이같은 의식상의 자기 중심주의적 편린들을 자주 발견할 수 있다. 제9행,

---

苦, 言必中當世之過.)"

108) 그가 말한 성현은 유가적 성현의 모습과는 거리가 멀다. 오히려 세상에서 벗어나 시주를 일삼았던 죽림칠현적 은일자로서의 성현일 것이다. 그의 사상적 경향을 드러내고 있다.

10행, 18행, 21-24행의 이면적 내용, 그리고 25-29행이 그것이다. 이러한 내외에 대한 시각 불균형은 소식과 대비되는 부분이다.

결국 이백과 소식이 느낀 문제는 비슷할 지 몰라도 그것을 바라보고 풀어나가는 방식은 서로 달랐다는 것을 알 수 있다. 이백의 경우는 문제에 대해 보다 열린 눈으로, 또는 정면에서 풀어나갔다고 하기는 어렵다. 사실 그의 인생과 문학을 개관하면 그의 주된 관심은 어서 관직을 얻어 국가에 큰 공을 세우고, 다시 은거하여 은일자의 삶을 사는 것으로 요약할 수 있는데,109) 이는 어느 시대에도 성취하기 쉽지 않은 비현실적 전망들이다. 그는 비현실을 현실에서 이루려고 한 것이다. 그리고 그 준비되지 않은 꿈의 좌절에 대하여, 성현과 조식의 울분을 자기의 울분과 동일시하기에 이른다. 이 21-24행 부분은 겉으로는 술을 이야기하고 있으면서 속으로는 이들과의 동일시를 통한 울분과 시 창작을 말하고 있다. 그러면서도 이백의 경우 현실적 해법의 무게 중심을 현실 일탈적인 음주에 두었다. 이것은 관조와 사변을 통해 자존을 굳게 지켜나갔던 소식과는 다른 점이다.

〈장진주〉에서도 보이듯이 음주로의 도피와, 관직에의 집착 등은, 비록 그가 안사의 난 초기에 얻은 죄로 자중할 수밖에 없기는 했겠지만, 안사의 난 당시 침잠한 태도와 관점 등을 볼 때, 궁극적으로 자신의 시대 속에서 자신과 사회에 대해 보다 큰 시야를 가지고서 숙고한 것 같지 않다. 이런 점에서 그의 의식은 자신의 외부세계에 대한 고려보다는 늘 자기 자신을 향해서만 있었다고 평가된다. 물론 그에게도 백성들의 고통과 삶을 그린 작품들, 그리고 생기발랄한 민가들이 있기는 하지만, 그 시대를 개괄하는 통찰력과 문제의식이 있었는지는 의문스럽다. 다만 예외

---

109) 그의 정치적 이상이나 현실적 식견은 찾아보기 힘들다. 감성적 목적만이 눈에 띌 뿐이다. 부단히 민정을 살펴 신법의 문제점을 지적하고 나름의 대책을 중앙에 올린 소식과는 상당히 다른 부분이다.

적으로 만년에 기병起兵에 자원하여 현실에 뛰어들고자 했지만 불
발되었고, 또한 60세의 그가 전장에 나갈 현실적·객관적 여건은
아니었다고 생각된다. 결국 그는 세계 내에서의 자신의 좌표 설
정과 그에 대한 대응 면에서 성숙한 조응력을 보여주지는 못한
것으로 보인다.

그러면 소식은 자기에게 다가온 현실적·숙명적 문제들에 대해
어떠한 태도를 보였는가? 이백과 마찬가지로 소식의 문제들 역시
개인의 힘으로는 어찌할 수 없는 불가역적인 문제들이었다. 소식
은 〈염노교〉와 같은 때 지은 〈적벽부〉에서 객과 함께 삶의 문제에
대해 논하고 있다. 〈적벽부〉의 해당 부분은 이렇다.

　　7월 16일 소식이 객(양세창楊世昌)과 함께 배를 띄우고 노는데,
　주흥이 돋아 뱃전을 두드리며 시를 노래불렀다. 객이 그 노래에 맞
　추어 퉁소를 부니, 흐느끼는 가락이 매우 구성져 비통한 마음이 들
　었다. 소식이 그 까닭을 물었더니, 객은 이렇게 말했다. 이 노래는
　조조의 노래로서, 그가 비록 주유에게 혼은 났으나 일세의 영웅이
　었다. 그러한 조조 역시 지금은 어디로 사라지고 없는데, 하물며
　나와 그대가 강가에서 일엽편주를 띄우고 술잔을 권함에 있어서랴!
　천지간 인생살이란 창해의 좁쌀 알갱이 같이 아득한 것이요, 우리
　네 인생이 짧음을 슬퍼하고 장강長江의 무궁함을 부러워 하나, 신
　선을 끼고 높이 날아 저 달을 안고 영원히 사는 일은 쉽사리 얻을
　수 있은 일이 아님을 알아서, 슬픈 바람결에 노래 가락을 실은 때
　문이라고 답했다.(요약)
　　이에 소식은 이렇게 말했다. "그대는 물과 달에 대해서 아는가?
　가는 것이 이와 같으나 가는 것만이 아니요. 또 차고 이지러짐이
　저와 같으나 결국 없어지거나 자라나는 것이 아니오. 사물을 변화
　의 관점에서 보면 천지는 일순간이라도 쉼이 없고, 〔또 사물을 불
　변의 관점에서 보면 사물과 나 모두 다함이 없으니, 무엇을 부러워
　하겠는가?〕 ……강 위의 맑은 바람과 산간의 명월만이 귀로 들으면
　소리가 되고, 눈으로 보면 형태를 이루어, 그것을 취함에 막을 이

없고, 마음대로 써도 다함이 없소. 이것이 바로 조물주의 무진장이
니, 내 그대와 함께 실컷 즐기는 바일세.110)

　다하되 다함이 없고, 끝나되 끝나지 않는 것, 우리네 인생에서
그것은 무엇일까? 소식은 무엇을 바라고 있었던가? 도교적 신선의
세계였을까? 불가적 해탈의 세계였을까? 소식은 양도사(楊世昌)의
인간 존재에 관한 숙명론적 비관주의 정조에 대해, 그것은 절망이
아니라 극복이자 해탈이어야 함을 말하고, 그것을 발견할 때 우리
는 숙명에서 자유로워질 수 있다고 한 것이다.
　그 논거로서 소식은 양도사에게 사물에 대한 소박한 변증법적·
이중적 바라보기인, 이른바 '수월론水月論'을 멋지게 펼친다. 표면에
보이는 현존재적 지평이 세계의 전부가 아니며, 따라서 위의 〔　〕
부분 속의 글과 같이 우리의 존재 역시 자연과 함께 무궁한 것이
기도 하다는 초월적 인식을 보여주고 있다. 존재와 사물에 대한
통찰 어린 비유는 실상 오늘의 철학적·과학적 담론으로서도 매우
시사적이다.111) 존재에 대한 바라보기로서의 양면적 속성을 통해

---

110)《蘇軾文集》권1, pp.5-6.〈赤壁賦〉"蘇子曰 '客亦知夫水與月乎?
　　逝者如斯, 而未嘗往也. 盈虛者如彼, 而卒莫消長也. 蓋將自其變者
　　而觀之, 則天地曾不能以一瞬. 自其不變者而觀之, 則物與我皆無盡
　　也. 而又何羨乎? …惟江上之淸風, 與山間之明月, 耳得之而爲聲,
　　目遇之而成色. 取之無禁, 用之不竭. 是造物者之無盡藏也, 而吾與
　　子之所共適.'"

111) 하이덱거(Heidegger)에 의하면 현존재에 대해서는 노에마와 노
　　에시스의 두 각도의 고찰이 가능한데, 의식의 지향성에 의해 所與
　　되는 대상으로서의 노에마(Cogitata Noemata)의 각도에서 보
　　면('거기—있음(Da-sein)'이라는 공간적 한정성을 지닌 존재, 즉
　　'세계 안에 있음(In-der-Welt-Sein)'의 존재를 의미한다. 한편
　　대상을 향한 지향성(Intentionality)의 의미를 지니는 노에시스
　　(Noesis)의 각도에서 현존재는 공간성을 초월하여 비역사적〔실존
　　적 역사〕이며 시적 '실존'의 세계로 나아갈 수 있게 된다.(이경재,
　　《현대문예비평과 신학》, 호산, 1996, 서울, pp.27-53); 이에
　　관한 소식적 해법은 뒤에 논의될 것이다..

그는 영고성쇠榮枯盛衰하는 인간 존재의 벽을 돌파하려고 했던 것
이다. 우리는 이로부터 소식의 혜안과 시야와 깊이를 발견하게 된
다. 그러면 결국 그가 작품에서 지향한 초월과 해탈은 무엇이며,
그는 이를 해결했는가?

　다시 〈염노교〉로 돌아와서 앞 소절 '적막감' 부분의 논의를 이어
본다. 사의 끝 부분에서 작가의 시점은 역사적 영웅 인물의 회고
로부터 간난을 겪으며 어느새 머리가 희끗희끗하게 늙어가고 있는
자신으로 옮겨온다. 그리고 안타까운 음주 탐닉 속에 세계와의 대
결국면을 최종적 화해로까지 이끌어 내는 모습을 보여주지 못했던
이백과 달리, 소식은 이제 자기의 술잔을 강물에, 아니 강물속 달
을 향해 흘러내린다. 이것은 영웅간의 교감 속에 억울하게 황주
로 귀양간 자신을 달래는 일체화의 모습이다. 어떤 면에서 이것은
구체적으로는 역사의 인물들을 위로하고 또 자신을 위로하는 행위
이며, 나아가 존재하는 모든 생명체들을 씻어가버린, 그러면서 영
속하는 자연에 대해 소통을 꾀하는 행위이다.112) 즉 유한성 속에
갇힌 인간이 시간이라는 존재의 지평을 과거와 미래로 확장·연결
하는, 한계와 무한계간의 상호 소통이며 자기해탈의 노에시스
(noesis)적 실존의 세계로의 나아감이다.113) 한편 수사 기법면에

---

112) Ronald, C. Egan은 'Word, Image, and Deed in the Life
　　of SuShi'(pp.221-228)에서는 〈적벽부〉와 〈염노교〉를 연결시켜
　　분석했으나, 소식의 조조와 주유에 대한 호불호의 관점에서 본 중
　　국 학자들의 견해에 치우친 나머지, '客'의 실체 및 대화의 의미
　　분석이나 소식 의식의 존재적 상황에 대한 분석으로 나아가고 있
　　지는 않다.

113) 이 부분에 대해 Vincent Yang은 'Nature and Self: A Study
　　of the Poetry of SuDongpo with Comparisons to the
　　Poetry of William Wordsworth'(Peter Lang Publishing
　　Inc, New York, 1989, p.133)에서 달[月]로의 귀의적 표현은
　　전통적인 불교적 이미지라고 했는데, 소식의 불교와의 친연성으로
　　미루어 보아도 개연성이 있다. 한편 적벽부에서의 楊世昌 도사의
　　등장과 관련해 볼 때 도가적 해석 역시 무리가 없을 것이다.

서 작품 말미에서의 달을 통한 화해는 시작 부분의 천고의 인물들을 다 씻어가 버린 '인간—자연'간의 갈등 구조에 대한 수미쌍관적 화해로서, 이러한 수법은 소식문학의 독특한 표현 방식의 하나로 평가되고 있다.114)

다시 소식의 사유로 돌아와 이를 〈적벽부〉의 관점을 빌어 설명하자면, 그것은 변하되 변치 않는[變而不變] 자연[水月]과, 사라지고 없는 영웅인물과 또 사라질 자신인 우리네 인생[人]의 소통적 의식이며 접점인 것이다. 이러한 상호 소통을 통하여 그는 비로소 현실과 인간 존재의 벽을 넘어 우주와의 합일을 이룬다. 즉 우리 인생도 이렇게 물처럼 흘러가지만, 물이 없어지는 것이 아니고 달이 사라지는 것이 아니듯이, 인간도 표피적인 현재적 상황만이 전부가 아니며, 또한 그냥 죽는다고 해서 영원히 사라지는 존재만은 아님을 말한 것이다. 그렇기 때문에 그는 격랑에 처해서도 자기류의 스케일을 잃거나 흔들리지 않고 중심을 잡아나갈 수 있었던 것이다. 이러한 통찰은 소식 개인의 성숙의 징표이며, 동시에 그가 살았던 시대정신의 성숙의 표지이기도 하다.

---

114) 소식의 많은 시들은 처음에는 서로 관계 없어 보이는 앞의 이야기와 결미의 이야기가 끝에 가서는 서로 긴밀하게 내적 조응을 하며 전체 이야기를 개괄하며 마무려 주게 된다. 비유와 형상에 뛰어난 소식 시가 지니는 성취 부분이다. 독자의 입장에서는 이중적 읽기가 요구된다.(Michael A. Fuller *The Road to Eastern Slope: The Development of Su Shi's Poetic Voice* Stanford: Stanford University Press, 1990, pp.54-57)

VI. 맺음말 — 시인과 시대 정신

우리는 이제까지 〈장진주〉와 〈염노교·적벽회고〉라는 서로 다른 두 세계로 들어가는 문을 통해 이백과 소식의 문학세계가 지니고 있는 상관적 특성과 서로의 거리를 확인해 보았다. 두 작품은 호방豪放·광달曠達한 유사한 풍격, 모티프, 제재, 도가적(혹은 불가적) 사상 경향, 전개방식을 가지고 있으면서도, 내부적으로는 현실에 대한 회피적 심리와 화해의 지향이라는 서로 다른 길을 향하고 있다는 것을 알 수 있다. 본 장에서는 이제까지의 작업을 반복하여 설명하지 않고, 당과 송 두 시대를 살다간 유력한 두 문인이 보여준 세계의식과 그 성숙을 시대정신의 각도에서 요약해 봄으로써 결어에 대신한다.

이백의 경우 〈장진주〉와 인생 탐구에서 보았듯이 세계에 대한 그의 조응방식은 기본적으로 사고와 시야의 확장을 적극적으로 도모하지 않은 자기 중심적 바라보기였음을 알 수 있었다. 문벌귀족 사회에서 당시로선 중요했던 일임에도 불구하고 불확실한 가족적 배경, 의식의 기저에 있었을 것으로 보이는 외지인 의식, 편집적인 구관求官 행태, 시문 곳곳에서 나타나는 자아도취적 언행, 무절제한 생활과 가족에 대한 무성의, 현실 인식의 결여, 안사의 난 등 사회적 관심사에 대한 시야 확장의 불비不備 등은 모두 주관적 자기중심주의에서 기인한 현상들로 보인다. 그는 사회적 성취에 필수적 사항인 자신을 객관화하려는 노력을 하지 않았으므로, 그가 이상으로 설정한 '창생을 구제한 후의 명예로운 은거〔濟蒼生後, 功成身退〕'에는 쉽게 다가갈 수 없었던 것이다.

그러나 현실 정치에 대한 끈질긴 추구와 집념 및 그 좌절에 따른 울분은 이백 문학의 중심 원천이었으며, 이백은 그 꿈과 좌절을 먹고서 문학이라는 꽃을 피워냈다. 특히 〈장진주〉에서 보듯이 음주로의 탐닉은 그의 천부적 재능에 즉흥적 창작력을 더해주는 기름의 작용을 했다. 다른 각도에서 보면 앞 단락에 열거한 이백의 편벽한 자기 중심적 세계관은 오히려 예술적 창작에서는 부단히 자신을 고무하면서 그 세계에 몰입하는 천재적 작가의 모습으로 보이기도 한다. 우리는 앞의 제3장 '문예사조' 부분에서 성당 특히 개원시대(713-739)가, 전통적으로 정중동靜中動의 내화된 가치를 중시하는 중국문화사의 예외적 돌출기였다고 했다. 우리는 그 시대의 정점을 살았던 이백의 문학에 대해, 권리만 가지고 태어나 자유정신과 개성을 마음껏 발휘하다 간, 그리하여 중국시의 절정기에 아름다운 작품을 실같이 뽑아내어 낭만주의 문학의 금자탑을 세울 수 있었던 행복한 시인이었다고 평가할 수 있을 것이다.

그러나 그의 문학 예술의 탁월한 성취에도 불구하고 문학의식의 성숙성이란 측면에서는 본고에서 분석한 것과 같이 치기 어린 미성숙을 발견하게 된다. 자신이 부딪친 문제에 대해 음주에의 탐닉이라는 일시적·감정적인 해결로 비껴가고 있는 점은, 특히 소식과 비교할 때, 이백 문학이 지니는 개인적, 그리고 나아가서는 시대적 한계를 보여준다. 그리고 이러한 끊임없는 분방함, 반전통적 사상과 태도, 용속한 기성 권위의 부정과 호쾌한 기상,115) 탁월한 임기적 창작력의 이면에는 이백이 현실에서 추구한 '구관의 욕망', 매이지 않는 '자유 정신', 그리고 불확실한 출신 배경과도 관련이 있는 '의식의 비평형성'이 밑그림으로 자리하고 있으며, 이들은 양날의 칼이 되어 이백의 문학과 문학 세계를 형성하는 중요한 긍정적·부정적 요인으로 작용한 것이다.

북송 신법 시기의 절정기에서 그 파란을 전 인생에 걸쳐 겪었던 소식은 이백과는 다른 의미에서 역시 왕조의 중심기를 살았던 시인이었다. 그는 송대 사대부로서 갖추어야 할 각종 사상을 융회관통融會貫通한데다 자기수양을 더하여,116) 심도 깊은 창발력을 보이

---

115) 王瑤, 《中國詩歌發展講話》, 中國靑年出版社, 1982, 北京, p.55.

며 문학과 예술을 자기화해 새로운 생명을 지니게 하고, 그것들을 문하의 학사를 비롯한 많은 후대인과 풍성하게 나누어 가졌다. 허다한 문예이론과 회화 전통의 창출 및 시·사·부의 창작으로의 체화가 그것이다. 이러한 점에서 소식은 중국문학의 폭과 깊이를 심화시킨 역사의 거인인 셈이다.

상술한 바와 같이 소식 문학의 특징은 나열된 개별적 사물들을 근원적 이치와 문제〔常理〕로 연결시키고, 미묘한 내적 긴장을 지닌 언어 구조로써 양자간의 해결을 지향해 나갔던 점이다. 〈염노교·적벽회고〉를 통하여 우리는 인생살이의 현실적·숙명적 한계를 절감하면서도 세계와의 자기 화해의 길을 심도 있게 모색하고 형상화했던 소식류의 해법을 찾아볼 수 있었다. 그렇다면 소식의 문학세계와 예술의 탁월함은 그가 이론화하여 제시했던 바, '사물에 따라 형상을 펼쳐내고〔隨物賦形〕'117) '호방한 가운데 신묘한 이치를 구사하는〔寄妙理於豪放之外〕'118) 문예이론의 전인격적·창작적 구현으로 가능했다고 할 수 있다.

어찌 보면 이백과 소식은, 이 두 작품과 같이 천산天山의 하늘에

---

116) 《行營雜錄》에는 신법 시행의 주역이며 그를 유배시켰던 신종과 신하들간에 이백과 소식에 관한 일화가 있다. 근신近臣이 신종에게 "이백의 재주는 소식과 비슷하옵니다"고 말하니, 신종은 "그렇지 않소. 이백에겐 소식의 재주는 있으나, 소식의 학문은 없소"라고 했다고 한다. 이는 소식의 식견의 탁월함에 대한 황제다운 인정이자 평가였을지도 모른다.(鍾來因, 《蘇軾與道家道敎》, p.440)

117) 《蘇軾文集》 권16, p2069, 〈自評文〉, "吾文如萬斛泉源, 不擇地皆可出, 在平地滔滔汨汨, 雖一日千里無難. 及其與山石曲折, 隨物賦形, 而不可知也. 所可知者, 常行於所當行, 常止於不可不止, 如是而已矣. 其他雖吾亦不能知也."

118) 《蘇軾文集》 권71, p.2210, 〈書吳道子畵後〉, "詩至於杜子美, 文至於韓退之, 書至於顏魯公, 畵至於吳道子, 而古今之變, 天下之能事畢矣. 道子畵人物, 如以燈取影, 逆來順往, 旁見側出, 橫斜平直, 各相乘除, 得自然之數, 不差毫末, 出新意於法度之中, 寄妙理於豪放之外, 所謂遊刃餘地, 運斤成風, 蓋古今一人而已."

서 내려와 황토물 넘실거리며 힘차게 흐르는 황하와, 만고의 풍상
을 휩쓸며 가파른 절벽 사이를 지나 굽이굽이 동쪽으로 흘러가는
양자강이라는 중국문학사의 두 줄기 큰 강일 것이다.

(〈'장진주'와 '염노교·적벽회고' — 이백과 소식 문학의 시대사적 읽기〉,
《중국학보》 40, 1999)

가도의 시 창작

I. 가도 문학의 배경

1. 시대 개관

가도賈島는 당대사唐代史의 일대 분기점이며 중국 역사에서도 시대구분의 중요한 획을 긋는 '안사의 난'(755-763)이 끝난지 오래되지 않은 779년(대종代宗 대력大曆 10년)에 태어나서 843년(무종武宗 회창會昌 3년)까지 65세를 일기로 살았던 중당대의 시인이다. 대당제국의 번영과 영화를 구가했던 현종의 치세治世를 막 내리게 한 안사의 난은 단순히 지방 병권의 왕권에 대한 반란이라는 차원을 넘어 당제국을 지탱해주던 균전제와 조용조 제도의 파탄을 비롯해 과중한 세금, 지방 번진 세력들의 발호, 환관의 득세, 격심한 당쟁 등 사회 전체에 걸친 복합적 문제들을 야기했다. 그리고 가도는 이러한 문제들이 드러나기 시작하던 시대에 살았다. 이후 당은 875년부터 일어난 농민 반란인 '황소의 난'을 겪으며 906년 멸망했다.

한편 이렇게 왕조의 몰락의 기폭제가 되었던 안사의 난은 신분 계층의 변동과 기존의 권위를 대신할 새로운 사상의 주입이라는 측면에서 볼 때는 분명히 하나의 기회이기도 했다. 그리고 이는 현실적으로 아직 충분하지는 않지만 전보다는 정비된 과거 선발제를 통해 구체화되었다. 이를 통해 발탁된 중소 지주 출신의 신흥 관료들은 육조 이래의 세습 귀족과는 달리 시대의 전면에 서서 무엇인가 새로운 활로를 모색하려고 했다.

이같이 전환기에 접어든 가도 시대의 문인들은 이전의 왕유 (699-759)나 맹호연(689-740), 그리고 이백(701-762) 등의 성당 시인들과 같이 미래에 대한 단순한 낙관적 전망 및 낭만주의적 정신의 구가에만 매달릴 수만은 없었다. 이들은 약해져가는 나라의 운명을 걱정하며 새로운 이념과 가치를 마련하고 변모하는 사회에서 일정한 소임을 맡고자 했다. 그리고 이들 중 새로운 정신적 변혁운동의 주체로 나선 대표적 인물은 한유(768-824)와 백거이(772-846)였다.

한유와 백거이는 각기 '고문 운동'과 '신악부 운동'을 주도했다. 한유는 사상개혁운동의 일환으로서 주로 산문 방면에서의 문체 개혁운동을 주창했는데, 유가적 도道의 부흥을 통한 실질적 문장쓰기 운동을 구체화시켰다. 또 백거이는 원진과 함께 신악부 운동을 이끌면서 현실 사회를 반영하는 작품 쓰기를 주장하고, 민간에서 좋아하는 쉬운 언어와 제재를 사용하여 대중적 호응을 얻었다. 한유와 백거이의 일련의 문학운동은 각기 유가의 복고를 주장하고 산문에 치중했다거나 시가의 대중적 현실주의 정신을 강조한 점에서 표면상으로는 서로 다른 듯이 보인다. 그러나 근저에 신흥 지식인의 시대 정신과 유가적 도道의 부흥이라고 하는 동일한 정신사적 토대를 가지고 있었으며, 이는 위태로운 변혁기에 처해 국가의 정신을 바로 세우고자 한 당시 지식인으로서의 시대 정신의 발로였다.

논의를 좁혀 시가 창작면에서 백거이가 천속평이賤俗平易한 언어로 독특한 경지를 이룬 것에 못지 않게, 한유 역시 시 방면에서 독창적 면모를 보여주었다. 그는 의식적으로 성당의 율시적 체계의 탈피, 고시적 시구의 운용, 백거이와는 또 다른 거리낌없는 표현경의 개척, 비일상적 시재詩材의 소재화, 시어와 의상意象의 돌출성, 험괴險怪한 용운用韻, 기자奇字・벽자僻字・허자虛字의 사용 등을 마다하지 않았다. 이같이 자기 나름의 개성적인 창작 방식, 그리고 시구에 대한 각고의 다듬기 등은 맹교孟郊(751-814)나 가도 등 그의 문하에 있던 시인들에게도 중요한 영향을 주었다. 그리고 이는 후에 송시의 특징 형성에도 상당한 기여를 하였다.

2. 성장과 승려 생활

현존하는 자료를 통해 알 수 있는 가도의 생애에 관한 언급은 자료에 따라 다른 것이 많으며, 의문점 역시 적지 않다. 그러므로 본고에서는 자료에 세심한 주의를 기울여 그의 생애를 재구성하도록 한다. 《신당서新唐書》 권178 〈한유전韓愈傳〉에서는 가도에 대해 이렇게 적고 있다.

> 가도는 자字가 낭선浪仙으로서 범양인范陽人이다. 처음에 그는 승려였으며, 이름은 무본無本이었다. 그가 동도東都〔洛陽〕에 왔을 당시에는 중이 오후에 거리를 나다니지 못하게 금하고 있었다. 가도는 시를 짓다가 상심했는데, 한유는 그를 안타깝게 여겨 글짓기를 가르쳐주었고, 결국 절을 떠나 진사에 응시했다. 그가 힘써 시를 지을 때면 공경 귀인들을 맞닥뜨려도 이를 알지 못했다. 하루는 경조윤京兆尹을 만났는데 가도가 나귀를 탄 채로 피하지 않자, 불러 묻고는 한참이 되어서야 풀려나기도 했다. 그는 여러 차례나 과거에 응시했으나 붙지 못했다. 문종文宗때에는 비방에 연루되어 장강주부長江主簿로 쫓겨갔다. 회창會昌 연간 초에 보주사창참군普州司倉參軍에서 보주사호참군普州司戶參軍으로 옮기게 되었으나, 명을 받지 못하고 죽었으니 그의 나이 56세1)였다.2)

---

1) 이는 李嘉言 등이 《長江集新校・賈島年譜》(上海古籍出版社, 1983,

가도에 관한 기록은 기록된 책마다 조금씩 다르기 때문에 이상의 기록도 다 믿을 수 있을지 의문이나, 정사라는 점을 감안하면 숫자의 오기로 인한 '56세' 부분을 빼고는 가장 믿을 만하다.

이밖에 《당재자전唐才子傳》에 그래도 일화를 중심으로 한 소상한 내용과 연구자들의 검토가 있어 도움이 된다.3) 하지만 그의 승려 시기 문제 등에 있어서는 다른 기록들과 어긋나는 부분도 있어 전적으로 신뢰하기는 어렵다. 또한 당대 소강蘇絳은 가도의 묘지명인 〈가사창묘지명賈司倉墓地銘〉에서 그의 사적을 간략히 적었는데, 좋은 참고가 된다. 이밖에 잡설이나 필기 중에도 단편적인 기록이 보이지만 서로 일치하지 않는다.

이렇게 가도의 사적에는 신빙성있는 자료가 부족한 실정이어서 연구에 어려움이 있다. 이상의 자료로부터 본 가도의 사적에 관한 편차는 대체로 ①가도의 생졸년, ②승려를 지낸 시기, ③한유를 만난 시기, ④지금의 사천성 봉계蓬溪에 해당되는 장강 주부로 나간 시기, ⑤그의 출신과 가정생활의 문제 등이다. 최근 그의 생애에 관한 고증에 일정한 연구성과들이 나왔으나, 아직까지 전면적이고도 원만한 해결을 보고 있지 못한 상태이다. 특히 ②, ③은 이견이 가능하고, ④는 경위가 의문으로 남아있으며, ⑤는 결정적인 자료를 찾지 못한 가운데 가도의 묘지명에만 그의 부인이 그를 거두었다는 기록이 있을 뿐이다. 가도 연구의 족적은 주로 앞서 소개한 이가언李嘉言 외에, 잠중면岑仲勉, 진효장陳曉薔, 정육유鄭毓瑜, 정기진鄭紀眞, Catherine A.Witzling 등을 거쳐 오늘에 이르렀다.4)

---

p.138)에서 밝힌 바 오기에 인한 65세의 착오이다.
2) 〈列傳〉 제101, "島字浪仙, 范陽人. 初爲浮屠, 名無本. 來東都, 時洛陽令禁僧午後不得出, 島爲詩自傷. 愈憐之, 因敎其爲文, 遂去浮屠, 擧進士. 當其苦吟, 雖逢値公卿貴人, 皆不之覺也. 一日見京兆尹, 跨驢不避, 呼詰之, 久乃得釋. 累擧不中第. 文宗時坐飛謗, 貶長江主簿. 會昌初, 以普州司倉參軍遷司戶, 未受命卒, 年五十六."
3) 孫映逵校注, 《唐才子傳校注》, 中國社會科學出版社, 1991, 河北省 遵化縣, ; 《唐才子傳校箋》, 中華書局, 台北.

대체로 가도의 생애는 33세까지의 초년기, 여러 차례의 과거응시와 낙방 및 관직을 구하기 위한 구사기求仕期, 59세 이후 죽기까지 관직을 영위했던 몇 년간의 만년기의 세 시기로 나눌 수 있다.[5] 그러면 이제부터 이들의 연구 성과를 토대로 먼저 가도의 생애를 고찰해보도록 한다.

가도의 자는 낭선浪仙이며 혹 낭갈이라는 설도 있으나 전자가 옳다.[6] 호는 갈석산인碣石山人인데 이는 '솟을바위 산 사람'이란 뜻으로, 여기서 갈석산은 가도의 고향인 범양范陽 근처에 있는 산으로서 그가 자주 놀러갔던 산이다.[7] 고향은 지금의 북경 근처에 해당하는 범양인이다. 그의 조상 중에 관직을 지냈다는 이야기는 없다. 〈가사창묘지명〉에 '조상의 관직은 상세히 따져보지 않았으나 대체로 고답高踏하여 관직에 나아가지 않았다'고 한 것으로 보아[8], 한미寒微한 출신으로 생각되며, 조상들의 기록도 전기 중에는 보이지 않는다.

앞서 본 바와 같이 그의 생애에 관한 문제 중 먼저 그의 생졸년에 관한 문제는 앞서 본 《신당서》 권178 〈한유전〉 말미의 기록에는 그가 56세로 죽었다고 되어있으나, 이는 65의 잘못임이 공론으로 되어 있다. 이렇게 보면 그의 생졸년은 779년부터 843년이 된다.

---

4) 岑仲勉 〈賈島詩註與賈島年譜〉(學原 제1권8기), 陳曉薔 〈賈島的生平和他的詩〉(中國一周 제738기), 鄭紀眞 《賈島詩研究》(台灣師大碩士論文, 1992), Catherine A. Witzling 〈The Poetry of CHIA-TAO: A Re-Examination of Critical Stereotypes〉(Stanford Univ. Ph.D. 1980)

5) 鄭紀眞, 《賈島詩研究》, 台灣師範大學 碩士論文, 1992, 台北, pp. 30-33.

6) 아래 주에 보이는 권10 〈贈翰林〉 시중의 '浪'은 가도의 호가 '浪仙'임을 말해준다.

7) 《唐才子傳新箋》, 中華書局, 台北, p.321.

8) 《全唐文》 권763, "祖宗官爵, 頗未研詳, 中多高踏不仕"

438 제3부 작가와 문학사

다음 문제는 그의 승려 시기에 관한 문제이다. 이 문제는 앞의 문제만큼 단순하지 않다. 먼저 《당재자전唐才子傳》 권5 〈가도〉 부분을 보면, "처음에 과거에 연속으로 떨어져 주머니가 텅 비어 결국 부도浮屠가 되었다. 이름은 무본"이라 되어 있다. 원문 중의 '부도'는 인도어 'Buddha(佛陀)'의 음역으로서 승려 혹은 사원에 기거하는 사람을 의미한다. 그런데 처음에 본 신당서의 기록에 의하면 초년에 승려였다가 후에 한유를 만나 환속하고 과거 준비를 한 것으로 되어 있어 서로 상반된다. 즉 양자의 기록상 '승려'와 '과거'라는 두 사건의 선후가 서로 상충되는 것이다.

이 문제는 일단 접어두고 그가 과거에 누차 실패했다는 기록을 보도록 하자. 이러한 기록은 자신의 시에서도 보인다. 이가언이 33세부터 계산하여 10년 뒤인 821년(43세)쓴 것으로 추정한, 한림승지학사翰林承旨學士였던 원진에게 보내는 〈증한림贈翰林〉시에서 "유독 혼자서만 과거의 고배를 마심이 불쌍하구나. 십여 년 간 낭선浪仙은 봄날을 흘려 보냈구나"9)라고 했으며, 〈즉사卽事〉시에서도 "열 번 응시함을 스스로 한탄하니, 그 누가 감히 세 번 부르심을 기다릴까?"10)라고 한탄했다. 이를 통해서도 그는 과거에 열 번쯤 낙방한 것으로 추정된다. 하지만 그가 과거 시험을 본 명확한 시기는 현재 기록으로는 확증하기 어렵다. 또한 가도 역시 자기의 어릴적 성장 과정에 대해서는 거의 언급하지 않았던 점도 추단을 어렵게 해주는 부분이다.

그런데 연보를 연구한 이가언에 의하면 한유가 가도에게 처음으로 시를 써줄 때도 '무본無本 스님'으로 명명한 점,11) 가도의 초년기가 분명치 않다는 점 등을 들며 승려시기가 먼저이고 과거를 본 것이 나중이라고 추정하고 있으나 더 이상의 고증에는 이르지 못

---

9) 권10, "應憐獨向名場苦, 曾十餘年浪過春."
10) 권3, "自嗟憐十上, 誰肯待三徵."
11) 《韓昌黎集》, 〈送無本師歸范陽〉.

하고 있다. 현금 많은 연구자들이 이 설을 존중하고 있으며 그 타당성도 인정되므로, 본고에서도 이 설을 따르겠다. 이가언은 연보 고증에서 그의 승려에 관한 기록을 798년(20세)조에 "초년에 승려가 되었으며, 이름이 무본이다"라고 기록했는데,12) 그 자신도 가도가 구체적으로 어느 해에 승려가 되었는지는 모르겠다고 했다. 여기서 간과하지 말아야 할 한 가지 사항은 그가 승려 생활을 그만 둔 뒤에도 불교와는 여전히 깊은 관계를 맺고 있었다는 점이다.

가도의 친족 중엔 승려가 많다는 점도 그와 불교와의 깊은 인연을 말해주는 방증 자료가 될 것이다. 가도의 시속에 자주 등장하는 무가상인無可上人이란 승려도 그의 친척일 가능성이 있다는 점이다.13) 무가상인과의 관계는 827년(49세)에 가도가 포강蒲絳에 갔을 때, 무가상인이 지은 〈객중에 종형 가도가 포강에 놀러 왔다고 하여, 이에 보내드리네〔客中聞從兄島遊浦絳因寄〕〉에 대한 다음 시에서, 무가상인은 그를 종형으로 부르고 있다.14)

〈送無可上人〉　　〈무가상인을 보내며〉15)

圭峯霽色新　　　규봉엔 맑게 갠빛 새로운데

---

12) "貞元14年 戊寅(798) 20歲"條, "早歲爲浮屠, 名無本"

13) 孫映逵,《唐才子傳校注》,〈無可〉(p564), "無可上人, 長安人, 高僧也. 工詩, 多爲五言. 初, 賈島棄俗時, 同居靑龍寺, 呼島爲從兄". '종형'이란 말은 일반으로 친척 형제에게만 사용한다. 그러나 이 글에서는 무가의 고향이 가도와 다르고, 또 行文상 '무가'가 가도를 종형으로 부른 것은 그들이 같이 청룡사에서 거했었기 때문인 것 같이 느껴지므로, 이 글만으로는 그들이 반드시 친척 형제인지 확증하기 힘들다. 그러나 가도의 법명이 '무본'이라는 점이나 서로 여러 시에서 형제의 정을 가지고 무가상인이 그를 꼭 '종형'이라 부른 점이 이들을 형제간으로 보아도 좋지 않을까 생각된다.

14) 이 시는《全唐詩》권814에 있으며, 또 권815에는 무가상인의 〈秋寄從兄賈島〉, 권814에 〈弔從兄島〉등의 시가 있다.

15) 권3,〈送無可上人〉

送此草堂人	여기서 초당스님 보내야겠네.
鹿尾同離寺	부채 부치며 함께 절을 떠났다가
蛩鳴暫別親	귀뚜라미 울 때 잠시 형제와 헤어져.
獨行潭底影	홀로 가는데 못 물에 그림자 비치고
數息樹邊身	몇 번이나 나뭇가에서 몸을 쉬노라.
終有烟霞約	종국에 노을 속에 은거하자던 약속 있으니
天台作近隣	천태산을 이웃으로 삼아야겠네.

제3연은 가도가 고심해서 만든 가구佳句로써 잘 알려진 작품이다. 가도는 여기서 무가상인과의 작별의 아쉬움을 노래했는데, 같이 초당사를 나와선 헤어지고 혼자 호젓한 산길을 가는 모습이 담담히 그려져 있다. 그리고 끝에 가서는 둘이 함께 천태산에서 은거의 약속을 지키자고 하며 끝맺었다. 제 4구에서 '친親'자를 쓴 것은 역시 가도와 무가상인과의 친척 관계를 말해주는 증거가 될 것이다. 또한 다음 시에서는 승려인 그의 친조카가 그를 찾아온 이야기가 담겨있다.

〈訪鑒玄師姪〉	〈감현선사 조카가 방문하여〉16)
維摩靑石講初休	유마선사 푸른 바위 위에서 강론을 잠시 쉬는 것은
緣訪親宗到普州	친조카가 보주땅 찾아왔기 때문이라네.
我有軍持憑弟子	나의 물병을 자제를 시켜 들리고는
岳陽江裏汲寒流	악양강의 찬물을 퍼오게 하노라.

840년(62세) 9월 가도는 처음으로 임직한 장강주부長江主簿로서의 3년 임기가 만료되어 수주遂州에서 가까운 보주普州의 사창참군司倉參軍으로 자리를 옮겼고, 이어 그의 친조카 감현鑒玄이 찾아왔을 때 지은 시이다. 그리고 가도의 시에는 당시의 시인과 승려 등 130여명이나 되는 인물이 등장한다.17) 이상의 몇 가지 예를 통해

---

16) 권9, 〈訪鑒玄師姪〉.

서도 가도 혹은 그의 집안은 불교 및 사원과 깊은 관계에 있을 것으로 충분히 추정된다. 이상과 같이 가도의 생애를 돌이켜 보면, 그는 보잘것없는 집안 출신으로서 적어도 성장기에는 불문佛門에 들어가 승려가 되었을 가능성이 많으며, 후에 낙양과 장안으로 나와 입신양명에 뜻을 두었으며, 그것은 연속적인 과거 낙방과 문인들과의 교유를 통한 본격적 문인 활동으로 이어진 것으로 추정된다.

3. 구관과 실의

(1) 과거 응시

가도는 810년(32세)에 뜻을 품고 한유의 친구인 맹교孟郊를 만나기 위해서 고향을 떠나 낙양으로 갔다. 그러나 그는 맹교를 만나지 못하고 말았는데, 이듬해에 지은 맹교에게 쓴 시에서 이렇게 읊었다.

〈投孟郊〉	〈맹교에게 드리며〉18)
月中有孤芳	달 가운데 외로운 계수나무향
天下聆薰風	천하가 훈풍을 느낀다.
江南有高唱	강남에 높은 노랫가락 있어
海北初來通	바다북쪽에서 처음 와 인연을 맺네.
容飄淸冷餘	얼굴은 표연하여 맑은 나머지
自蘊襟抱中	나는 이를 가슴에 담아두네.
止息乃流溢	그곳에 머물자니 넘쳐 흘러나며
推尋却冥蒙	잡고서 찾자니 어두워 분간키 어렵구나.
我知雪山子	내 서역의 설산에 고승 있다 들었거니
渴彼偈句空	높은 시구에 목 말라도 얻을 수 없어라.
必竟獲所實	반드시 실질을 얻을지니

---

17) 李珉浩, 《賈島詩硏究》, 고려대 석사학위논문, 1985, p.10.
18) 권2, 〈投孟郊〉

爾焉逐深衷	그것들은 깊은 충심 만족시킬 것.
錄之孤燈前	외로운 등불아래 시구를 옮겨도
猶恨百首終	오히려 100수면 끝나 마음만 안타까울 뿐.
一吟動狂氣	한번 읊으니 미친듯이 속정이 일어나고
萬疾辭頑躬	온갖 병마 내몸을 떠난다.
生平面未交	살면서 한번도 본적은 없지만
永夕夢輒同	밤새 꿈꾸어도 한가지라네.
敍詰隋君師	누구를 배웠는가고 그대 물으면
詎言無吾宗	어찌 스승이 없다 하겠소.
余求履其跡	그대의 족적 따르려 하나
君曰可但攻	그대는 노력만 들이게 하니.
啜波腸易飽	파도를 마셔 배부르긴 쉬워도
揖險神難龔	높은 산을 따르려니 정신은 좇기 힘드네.
前歲曾入洛	작년에 낙양에 들어왔었지만
差池阻從龍	길 어긋나 그대 뵙지 못했네.
萍家復從趙	정처없는 이사람 다시금 趙땅으로 가지만
雲思長縈嵩	구름은 늘 저 숭산굽이 생각한다.
嵩海每可詣	숭산과 바다야 늘 갈 수 있어도
長途追難窮	그대 향한 먼길이야 다하기 어려우니.
願傾肺腸事	원하는 바 가슴속 정성 다 기울여
盡入燋梧桐	그을린 오동 거문고같은 이 시에 다 넣고자!

가도는 맹교에 대해 숭모崇慕의 뜻을 전달하고 그의 가르침을 청하였다. 시중 "작년에 낙양에 들어왔지만, 길 어긋나 그대 뵙지 못했네."라고 한 것은 가도가 낙양에서 맹교를 만나려고 한 사실을 가리킨다. 맹교와 가도는 그들이 살아온 역정이나 시를 짓는 태도가 유사하다. 그러나 이들은 연배차도 근 30년이나 되므로 잘 어울리기는 쉽지 않았다. 아무래도 가도의 문학적 생애에 가장 중요한 만남이 있었다면 그것은 11세 연상의 한유와의 만남이다. 이에 관해 《당재자전唐才子傳》에는 가도의 시가 창작태도와 관련된 유명한 퇴고推敲 이야기를 기록하였다.

가도가 늙은 말을 타고 이응李凝의 처소에 가는데 '새는 못가의
나무에서 자는데, 스님은 달밤에 대문을 민다'는 시구를 얻었다. 그
러다가 곧 '스님이 두드린다[敲]'로 바꿀 생각이 났으나, 마음을 정
하지 못해 중얼거리며 손으로 밀고 두드리는 흉내를 내며 가는데,
옆의 사람들이 보기에 의아스러울 정도였다. 마침 한유는 경조윤京
兆尹으로 수레를 타고 나가다 우연히 셋째 골목에 이르러 만났다.
좌우에서 그를 잡아다가 말앞에 데려다 놓고 물으니, 가도는 사실
대로 고하여 '퇴推'와 '고敲'를 못 정해 정신이 없어 피하질 못했노
라고 했다. 한유는 오랫동안 멈추어서는 '고敲'로 하는게 좋겠다고
하며 함께 돌아갔다. 둘은 시도詩道를 논하고 사적인 교분을 맺었
다. 드디어 글쓰는 법을 가르쳐주고, 절을 떠나게 하여 진사에 응
시케 했다. 한유는 시에서 '맹교를 북망산에 묻었더니, 해와 달과
바람과 구름이 홀연 별 볼일 없이 느껴졌었네. 하늘이 문장이 단절
될까봐 걱정하여, 다시금 가도를 인간 세상에 내보내 주었구나'라고
읊었다.19)

　　한유와 가도가 서로 처음으로 만나게 되었다는 이 이야기는 구
성 자체가 매우 극적이기는 하나 사실성은 떨어진다. 또한 역사적
사실과 부합되지 않는 점도 하나 보이는데, 그것은 맹교가 죽은
해는 814년으로서 가도의 나이 36세 때이다. 그러나 한유와 가도
는 이미 811년경에 서로 시문을 주고받았던 것으로 알려져 있
다.20) 그러므로 이러한 이야기는 호사가들의 이야기일 가능성이
크다. 아무튼 가도는 이 일화로 인해 '퇴고'라는 매우 특징적인 고

---

19)《唐才子傳校箋》, "乘閑策蹇李凝幽居, 得句曰, '鳥宿池邊樹,　僧推月下
　　門', 又欲作 '僧敲', 煉之未定, 吟哦引手作推敲之勢, 傍觀亦訝.　時韓
　　退之京兆尹, 車騎方出,　不覺衝至第三節.　左右擁列馬前,　島具實對,
　　未定推敲,　神遊象外,　不知廻避 .　韓駐久之曰, '敲字佳'.　遂並轡歸,
　　共論詩道,　結爲布衣交,　遂授以文法, 去浮屠,　擧進士.　愈贈詩曰, '孟
　　郊死葬北邙山, 日月風雲頓覺閑.　天恐文章渾斷絶,　再生賈島在人間.'"
　　인용된 시중 '邊'자는 원문에서 '中'으로 되어 있고 注에서 "一作
　　'邊'"이라고 했는데, 여기서는 '邊'으로 고쳤다.
20) 韓愈의 〈送無本師歸范陽〉은 811년 지은 것으로 인정되고 있다.

사성어의 주인공이 되었다.

실상 811년(33세) 봄 가도는 장안에서 낙양으로 가서 처음으로 한유와 만났는데, 한유와의 만남은 그의 인생과 문학 모두에 걸쳐 중요한 사건이 되었다. 당시의 두 사람의 만남을 한유는 "처음으로 낙양의 봄을 알았거니와, 도화나무 가지엔 붉은 씨알 줄을 이었었지"라고 당시를 묘사했다.21) 당시 가도가 낙양에 왔을 때의 정황을 보면, 《신당서新唐書·본전本傳》은 '동도東都까지 왔는데, 당시 낙양령洛陽令은 승려가 오후에는 밖에 나가지 못하도록 금했으므로 그는 시를 지어 상심傷心을 표했다'고 기록했다.22) 《당재자전》역시 이와 대동소이한데 그가 장안 남문 동쪽에 있는 청룡사青龍寺에 거했다고 기록했다.23) 또 《당시기사唐詩紀事》에는 "가도가 승려였을 때 낙양령은 중이 오후에 절을 벗어나지 못하도록 했다. 가도는 시에서 '소나 양만 못하니, 유독 저녁이 되어서야 돌아가는구나'라고 읊었다."고 했다.24)

한편 이가언은 〈가도연보賈島年譜〉에서 고증을 통해 청룡사가 장안에 있는 절이라고 하여 이상의 기록에 문제가 있음을 시사했는데, 그렇다면 이 기록들은 가도가 시명詩名을 드러내기 전에 낙양에 처음 온 일과, 한유를 만난 후 그를 따라 장안으로 들어와 청룡사에 거한 일이 기록자의 관점에서 볼 때 중요한 사실만을 기록하는 중국 특유의 기사적 어법으로 한꺼번에 기록된 것으로 보아야 하지 않을까 한다.

811년 당시 한유는 국자박사國子博士로 재직중이었는데 가도의

---

21) 韓愈, 〈送無本師歸范陽〉, "始識洛陽春, 桃枝綴紅糝."
22) "來東都, 時洛陽令禁僧午後不得出, 島爲詩自傷."
23) 《唐才子傳校注》, p.457, "來東都, 旋往京, 居靑龍寺. 時禁僧午後不得出, 爲詩自傷."
24) 권40, "賈島"條, "島爲僧時, 洛陽令不許僧午後出寺. 島有詩云, '不如牛與羊, 獨得日暮歸'." 인용된 시는 현재 단 2구절만 남아있고, 시제도 알 수 없다.

재주를 안타깝게 여겨 글을 가르쳐주며 환속을 권유했다. 한편으로 한유는 정통 유가였으므로 승려들에 대해서 그다지 좋은 대접을 하지는 않았는데,25) 이 점도 그의 환속을 권하는 계기였을 것이다.

당시 가도와 한유·맹교·이익李益 등은 장안에 있었는데, 이 무렵부터 가도는 한유의 소개를 통해 그의 친구 및 문하생들과 교제했다. 그리고 그는 이후 관직에 나가기 전까지, 한차례 고향인 범양范陽에 다녀온 일 및 친구들을 찾아 멀리 방문한 일 외에는 거의 장안에 머물렀다. 이로부터 가도의 "하루하루 시공부로 역시 자신을 닦고, 한해한해 공들임이 과거에 있네."26)라는 요합姚合의 시대로 과거를 위한 생활을 계속하였다. 당시 과거는 전체적으로 상당수가 조祖·부父의 그늘 아래 합격을 하였으며, 명경과와 진사과 등의 시험을 통해 선발되는 사람은 10%정도였고, 이중에서도 특히 진사과는 한해에 2,30명 정도 밖에 뽑지 않으므로 보통 100:1정도의 경쟁률을 뚫어야 했다. 그렇기에 당시에 "서른에 명경이면 늦고, 오십에 진사면 빠르다."는 말도 있었던 것이다.27) 그러므로 가도의 과거 공부 역시 요합의 말과 같이 치열할 수밖에 없었다.

한편 한유는 819년 정월 장안 서쪽의 봉상鳳翔 법문사法門寺에서 부처의 손가락뼈를 봉안하는 일에 대해 헌종에게 〈논불골표論佛骨表〉를 올려 강력히 반대했다가, 52세의 나이에 지금의 광동·복건 경계에 있는 조주자사潮州刺使로 귀양길에 올랐다. 당시 가도는 8천리 먼길을 떠나는 한유의 불운한 귀양에 마음 아파하며 몇 수의 시를 지어 위로했다. 그러나 한유의 불행은 오래가지 않았다. 그는

---

25) 《後村詩話》 "唐僧見於韓集者七人, 惟大顚·穎師免嘲侮."(李章佑 《韓愈詩 이야기》 p.287.)
26) 《全唐詩》 권496, 姚合, 〈送賈島及鍾渾〉, "日日攻詩亦自强, 年年供應在名場."
27) 金元中, 《唐詩鑑賞大觀》, 까치, p.732, "三十老明經, 五十少進士."

이듬해 820년(42세)에는 장안에서 보다 가까운 곳에 위치한 원주자사袁州刺史를 거쳐 오늘날 전국의 각급 국립학교를 총괄하는 장관격인 국자좨주國子祭酒로 다시 장안으로 돌아왔다. 그러나 이해 가도는 이같은 기쁜 소식에도 불구하고 여전히 과거에 붙지 못한 채 장안의 자은사慈恩寺 문욱원文郁院에서 추운 겨울을 보내고 있었으며, 건강마저 좋지 않았다.

814년(36세) 한유의 오랜 지기인 맹교의 죽음에 이어 819년 가을에는 정치개혁에 참여했다가 유배 생활을 하던 유종원(773-819)도 사망했다. 그러나 가도의 시에는 유종원과의 교유 기록은 보이지 않는다. 아마도 유종원이 805년부터 장안을 떠나 영주와 유주 등 외지로의 오랜 유배를 시작했던 때문일 것이다.

821년(43세) 그는 시험전에 당시 전통귀족의 이익을 대변하는 이당李黨에 속한 원진(779-831)에게 시문을 보내 천거를 부탁했지만, 결국 그 해에는 권세가의 자제들만 붙고 소속이 불분명한 가도와 같은 사람들은 모두 떨어질 수밖에 없었다.28) 이에 장적張籍(767?-830?)은 임금에게 올해 예부의 시험이 특히 불공정하다고 진언하니, 조사토록 한 결과 사실로 드러나자 전면 재시험을 치르게 한 일도 생겼다.29) 그러나, 결국 가도는 그해의 시험에서 낙방을 하고 말았다.

(2) 제명除名과 실의

822년(44세) 그는 다시 진사과에 응시했다. 이 때 그는 자신감을 가지고 이번에는 정말 붙을 수 있다고 자부했던 모양이다. 그러나 이 해 가도에게는 치명적인 사건이 일어났는데, 《감계록鑑戒錄》 권8 〈가오지賈忤旨〉에 당시의 상황이 잘 나타나 있다.

---

28) 李嘉言, 《長江集新校·年譜》, p.150.
29) 司馬光, 《資治通鑑·唐紀》 권57.

가도가 처음에 과거장에 가던 날 선배들을 깔보아서 800명 수험
생들이 모두 자기보다 못하다고 여겼다. 혼자서 자주 중얼거리는
등 방약무인하였다…공경들은 그를 싫어하여 시험관들과 의논한 결
과 임금께 상주하여 가도와 평증平曾 등의 허풍장이가 시험장의 분
위기를 해친다고 하며 쫓아내기로 하니, 이를 '과거장의 열 가지 부
정〔擧場十惡〕'이라 불렀다.30)

이러한 기록은 《북몽쇄언北夢瑣言》에서도 '칙명으로 평증·가도를
내쫓았으니, 그들은 편벽되고 시원치 않은 사람이어서 채용할 게
없었다'고 기록하고 있다.31) 더 이상의 자세한 정황을 알 수는 없
으나, 세상이 자기에게 등 돌리는 것과 마찬가지인 이 엄청난 제
명 사건으로 그는 더할 나위 없이 상심하고 말았다. 그의 낙담하
고 억울한 심정은 다음 시에 잘 나타나 있다.

〈病蟬〉　　　　　〈병든 매미〉32)
病蟬飛不得　　　병든 매미 날지를 못하고
向我掌中行　　　내 손아귀로 떨어지네.
折翼猶能薄　　　찢어진 날개 얇기만 한데
酸吟尙極淸　　　신음소리는 그래도 청명하기만 하다.
露華凝在腹　　　꽃이슬로 뱃속을 채우다가
塵點誤侵睛　　　티끌이 잘못하여 눈에 묻었지.
黃雀幷鳶鳥　　　꾀꼬리에 소리개까지 있어
俱懷害爾情　　　다같이 너를 해치려 하는구나.

시중에서 작자는 병들어 날개 찢긴 매미에 자신의 신세를 우의
적寓意的으로 비유하였다. 매미는 날기에 지쳐 찢어진 날개로 떨어
지지만, 그래도 깨끗한 이슬만 먹은 매미는 맑은 소리를 잃지 않
고 울어댄다. 이 시에는 가도가 과거에 실패하는 모습과 그래도

---

30) 《唐才子傳校箋》, 中華書局, p.317.
31) 권6, "制貶平曾賈島, 以其僻澁之才, 無所采用."
32) 권6, 〈病蟬〉

꿋꿋하게 지조를 잃지 않고 고고한 정신을 잃지 않으려는 작자의
내면세계가 엿보인다. 하지만 이렇게 실의에 빠진 매미에게 닥친
운명은 가혹하기 짝이 없어 다시금 뭇새들의 위협에 봉착해 있다
는 내용을 통해 세상에 대한 내면적 불만을 드러냈다. 성운 면에
서도 작자의 심정이 드러나 매 홀수구 끝자는 측성 중에서도 모두
입성자入聲字를 사용하여 템포를 급박하게 끌어갔다.

〈下第〉	〈불합격〉33)
下第只空囊	시험에 떨어지고 주머니만 텅비니
如何住帝鄕	어떻게 장안에 거할 수 있나.
杏園啼百舌	살구나무 정원엔 때까치 지저귀는데
誰醉在花傍	누가 취하여 꽃길에 있는지.
淚落故山遠	눈물 떨어지는데 고향땅 아득하고
病來春草長	병마저 찾아드는데 봄풀 무성도 하다.
知音逢豈易	알아줄 이 만나기가 어찌 쉬울까마는
孤棹負三湘	외로운 노 저어서 상수湘水로나 가야지.

　시험에 떨어지고 결국은 주머니마저 비었으나, 갈곳 없는 외로
운 나그네의 신세가 그려졌다. 그는 고향에도 가기 어렵고 게다가
병마까지 찾아들어 고통을 느끼고 세상에서 실패한 굴원과 같이
상수로나 가버리겠다는 자포자기의 심정을 실감나게 그렸다. 두보
가 잘 사용했던 정황과 경물의 대비법으로 강조한 3연에서 그의
슬픔은 극에 이르고, 이어 마지막 연에서 소극적인 해법을 모색함
으로써 결미를 맺었다. 특히 이 시에서는 선비의 자존심으로 말하
기 어려운 경제적 곤궁까지 털어놓은 것은 그가 경제적으로 매우
고통받고 있다는 것을 알 수 있다.
　한편 당시 가도의 장안의 생활은 823(45세)에 남긴 〈영회詠懷〉
시에서 "어느덧 집 떠나 노인이 되었네"라든가 "여러 해 병들어도

---

33) 권3, 〈下第〉.

누구 하나 찾지 않는다"고 말한 것 등으로 미루어34), 집을 떠나 오래도록 혼자 지냈으며, 가세도 곤궁했을 것이라 짐작된다. 현재 남아있는 자료에는 가도의 출신이나 가족 관계 및 생계 문제에 대한 기록은 〈형악으로 떠나는 스님에게〉에서 "어려서 집을 떠나, 돌아갈 절도 없다"는 말이 가장 직접적인 언급일 뿐35), 그 외에는 분명하지 않다. 다만 한유가 가도가 아플 때 옷가지와 식량을 대준 것이 가도의 시에 남아있고,36) 친구들이 그의 곤궁을 안타까워한 기록을 시중에서 간간이 볼 수 있을 따름이다. 사후에 부인이 그를 거두었다는 기록은 있으나 결혼 시기는 분명치 않다. 만년에 결혼했다고 생각하기는 어려우므로, 아마 여러 가지로 생활비가 많이 드는 장안에서 과거공부를 위해 가족과 떨어져 혼자 살고 있었다고 보아야 할 것이다.

그러면 당시 가도의 상황을 보다 상세히 이해하기 위해 그가 거주하고 있던 환경에 대해 알아보도록 하겠다. 그해 겨울 달리 취할 방도가 없었던 가도는 여전히 장안에 머물고 있었는데, 그곳은 낙유원樂遊園 동쪽에 위치한 승도방昇道坊37)이란 곳으로서 멀리 장안성 남쪽의 종남산終南山이 보이는 구릉이었다. 《속현괴록續玄怪錄》에 "장유張庾는 진사에 응시했는데, 장안의 승도방 남쪽 길에 거했다. 그곳은 온통 묘지터로서 전혀 사람의 종적이 없는 곳이었다."고 기록하고 있고, 당시 주객랑중主客郎中으로 있던 장적도 그

---

34) 권10, 〈詠懷〉, "不覺離家作老人", "經年抱疾誰來問."
35) 권3, 〈送僧遊衡嶽〉, "有家從小別, 無寺不言歸."
36) 권7, 〈臥病中에 붓 기울여 한유의 안부편지에 답하여(臥疾蹺筆酬韓愈書問)〉 "한번 아파 한 달여에, 자주 편지해준 건 오직 그대뿐. 바다위로 떠오는 달이 되고프지, 산으로 숨어드는 구름은 싫어라. 내게 옷을 보내주시고, 단지에는 음식도 함께 나누었군요. 이내 몸 강건한지 알고프시면, 병든 학 아직 무리를 떠나지는 않았다오.(一臥三四旬, 數書惟獨君. 願爲出海月, 不作歸山雲. 身上衣蒙與(一作 '頻寄), 甌中物亦分. 欲知强健否, 病鶴未離群.)"
37) 여기서 '坊'이란 중들의 기거하는 곳이나 혹은 동리를 뜻한다.

의 거처를 지나다 가도를 만나고 가기도 했는데, 장적의 시 〈가도
의 들 밖의 집을 지나며〉에 "마침 그곳을 지나다가 그저 시름 속에
저녁에 홀로 돌아왔네."38)거나 〈가도에게〉에서의 '울타리 떨어져
나가고 황량한데 동복은 굶주리고, 낙유원상에서 오랫동안 머물었
네'39)란 시구로 미루어 아마 그곳은 쓸쓸한 황원荒原이었던 것 같
다.

824년(46세) 여름 그는 다시금 한유에게 시를 올렸다. 당시 한
유는 병란의 기미를 원만하게 해결한 공로로 822년 가을 행정관
서인 상서성尙書省중의 으뜸인 이부吏部의 차관격인 시랑侍郎으로
임명되었었고, 경조윤京兆尹을 거쳐 곡절 끝에 다시 이부시랑으로
있을 때였다.40) 그해 가을 가도는 건강이 나빠져 칭병稱病하여 쉬
고 있던 한유를 찾아 장적과 함께 부근의 남계南溪로 참으로 오랫
만에 뱃놀이를 떠났다.41) 여기서 한유는 3수의 〈남계에서 배를
처음으로 띄우고[南溪始泛]〉이란 오언고시를 지었는데, 한유의 시
에 의하면 남계에는 당시까지 배를 띄운 적이 없어 온 마을 사람
들이 놀라 많이들 나와 이를 구경했다고 한다.42) 그리고 이 해
12월 한유는 57세를 일기로 세상을 떴다. 인생의 강력한 후원자
를 잃은 것이다.

한편 이 무렵 가도는 후일 권세가로서 일세를 풍미했던 영호초
令狐楚(767-837)를 처음으로 만났으며,43) 이후 그의 시에는 영호

---

38) 張籍, 〈過賈島野居〉"好是經過處, 惟愁暮獨還."
39) 〈贈賈島〉"籬落荒凉僕饑飢, 樂遊園上住多時."
40) 일설에는 사직하였다고도 한다.
41) 李嘉言, 《長江集新校》 p.156, 張籍 〈祭退之〉 참조.
42) 노장시, 《韓退之評傳》 p.235, 〈南溪始泛〉 참조.
43) 가도가 그를 만난 시기가 분명치는 않으나, 대체로 824(46세) 9
    월부터 828(50세) 10월 사이이다. 영호초는 26세에 진사에 붙은
    뒤, 824년 예부시랑, 그리고 각주의 자사와 절도사를 거쳐 828년
    호부상서, 그리고 중서사인을 거쳐 결국은 재상에 오른다. 그는 백
    거이 원진과 자주 시를 주고 받았으며 이상은과의 은원恩怨관계로

초에게 보내는 시가 자주 보인다. 또한 산기상시散騎常侍로 있던 이익, 하중河中의 소윤小尹이었던 양거원楊巨源, 승려 각흥覺興, 막역한 친구였던 주경여朱慶餘, 고비웅顧非熊, 옹도雍陶, 그리고 호현위鄠縣衛 이곽李廓 등과 교유했다. 여기서 고비웅은 장경長慶년간(821-824)에,44) 주경여(797-?)는 보력寶曆 2년(826)에, 옹도는 834년에 진사가 되었다. 같이 교유하던 문인들이 필생의 숙원인 진사에 급제하여 속속 부임하는 모습을 보는 가도의 심정은 가히 짐작할 수 있다.

그리고 830년(52세)에는 한유에 이어 그와 절친했던 장적(766-830)도 세상을 떠났다.45) 장적은 자字가 문창文昌으로 어려서는 빈한했으나 33세에 진사가 되었고, 한유가 그를 매우 아껴 국자박사國子博士에 천거했으며, 수부원외랑水部員外郎을 거쳐 국자사업國子司業을 지냈다. 그런데 이는 모두 현장의 직책이므로 생활은 여유가 없었다. 장적은 맹교, 유우석劉禹錫, 가도, 왕건王建 등과 잘 어울려 문학적 집단을 이루며 활동했을 뿐 아니라, 원진, 백거이 등과도 자주 시를 주고받았었다. 이제 장적마저 죽었으니 가도의 상심은 매우 컸으며, 어느덧 그의 인생도 황혼기에 들어서고 있었다.

이후 831년(53세)에는 왕건을 보기 위해 잠시 광주光州에 다녀왔으며, 833년(56세) 봄에는 옹도가 진사에 급제해 전별시餞別詩를 남겼다. 그리고 직후 금주金州로 자사 요합을 만나러 갔으며), 요합이 다시 항주로 전임되어 역시 시로써 전송했다. 그 이듬해 가도는 항주로 가서 다시금 요합을 만났고, 그해 11월 그의 시우

도 잘 알려져 있다.

44) 李嘉言《長江集新校》p.158. 이가언은《당재자전》의 회창 5년 급제설은 잘못됐다고 했다.

45) 이가언은 장적의 사망년도에 대해 연보 중 830년조에 설명하면서, 829년부터 830년 사이이며, 이 해일 가능성이 많다고 했다. 한편 다른 연대기나 사전 등에는 830년으로 되어 있다.

詩友였던 노동盧仝도 사망했다. 가도는 〈노동의 죽음에 곡하여〔哭盧
仝]〉 1수로 애도하였다. 그리고 836년(58세)에는 채경蔡京과 정
사鄭史가 급제하였고, 이들에게도 시를 지어 보냈다. '거장십악擧場
十惡' 사건 이후 가도는 재기의 길을 찾지 못하고, 사람들을 보내
고 맞이하는데 많은 시간을 쓰며 살 수밖에 없는 회한의 세월을
보내야만 했다. 그렇기 때문에 그의 시에는 유독 송별시가 많다.
인생의 행로에서 각자의 일을 찾아 스쳐가는 타인들에 대해 그저
관망할 수 밖에 없는 한 지식인의 적막과 고뇌와 실의를 미루어
짐작할 수 있다.

4. 임직任職

가도의 생애 추적에서 또 한가지 의문점은 관직에 나아간 시기
와 과정에 관한 부분이다. 제2절 첫머리에서 보았듯이 《신당서》
권178에는 '문종때에는 비방에 연루되어 장강주부長江主簿로 쫓겨
났다. 회창會昌 년간 초에 보주사창참군普州司倉參軍에서 보주사호참
군普州司戶參軍으로 옮겼으나, 명命을 받지 못하고 죽으니 그의 나
이 65세였다'고 하였다. 또 소강蘇絳의 〈묘지명墓地銘〉에는 "글을
잘 지어 과거에 응시했으나 급제하지 못했고, 뜻밖에 비방에 걸려
평복을 벗고 관복을 입어 수주遂州의 장강주부로 3년을 지냈다. 재
임중 손에서 책을 놓지 않았으며, 기한이 차서 보주의 사창참군으
로 자리를 옮겼다."고 적었다.46)

가도의 새로운 인생은 개성開成 2년(837년, 59세)에 시작되었
다. 그런데 여기서 한가지 의문이 생긴다. 가도는 여태까지 관직에
나아가지 못해 온갖 노력을 기울였는데, 죄를 지어 쫓겨나는 이에
게 오히려 관직이 생긴 것이다. '책수責授'란 책망하여 관직에 임명

---

46) "穿楊未中, 遽罹誹謗, 解褐授遂州長江主簿三年, 在任卷不釋手, 秩滿
　　遷普州司倉參軍."

한다는 의미이다. 즉 좌천의 의미이다. 그렇다면 이 사건의 자초지
종은 어떠하며, 또 그 관직은 어느 정도의 직급인가? 혹 이전의
관직은 없었는가?

　현존하는 자료를 가지고서 이에 대한 시원한 답을 기대하기는
어려우나, 적어도 이 시기 앞에 그가 관직을 지냈다는 기록은 없
다. 이 문제 해결의 실마리는《당재자전唐才子傳》에서 찾을 수 있
는데, 하나는 사건의 경과에 대한 직접적인 언급이고 하나는 관직
자체에 관한 간접적인 내용으로 필자의 견해로는 뒤의 것이 보다
타당하다고 여겨진다. 그것은 그가 죽을 당시에 지냈던 '보주사창
참군'이란 자리도 죽고나서 보니 '집안에 돈 한푼 없고 나귀와 옛
거문고만 남았다'47)는 기록으로서, 그가 만년에 몇 년간 지냈던
직위가 그다지 중요하지 않은 한직이었음을 알 수 있으며,48) 이는
당시의 여러가지 전적에서 확인된다. 그러면 그의 출사 임직에 관
한 직접적인 언급은 어떤 것인가?《당재자전》에서는 이렇게 기록하
고 있다.

　　하루는 선종이 미복微服을 하고서 발길이 절에 머물렀다가 종루
　위에서 읊조리는 소리가 들려서 올라가 보고는 가도의 책상위에서
　책을 취하여 들여다 보았다. 가도는 알아보지 못하고 얼굴빛이 변
　하며 어깨를 밀고 눈을 흘기며 책을 뺏어 들고는 "그대는 자기 마
　음대로 하는데 어떻게 하여 여기에 들어 왔소?"하였다. 선종이 간
　뒤에 일을 알고는 매우 두려워하면서 궐앞에 엎드려 죄를 빌었는
　데, 왕은 그를 맞이했다. 다른날 어명에 의해 한 깨끗한 관리로서
　폄적貶謫된 신하와 함께 수주遂州 장강주부로 발령을 냈다.49)

---

47)《唐才子傳新箋》p.331, "臨死之日, 家無一錢, 惟病驢古琴而已."
48) 李克恭의〈弔賈島〉에는 "선종은 그를 귀양보내 한가로운 일 맡겼다
　　(宣宗謫去爲閑事)"고 했다. 물론 여기서 선종은 잘못된 기록이다.
　　개성開成 2년(837)이므로 문종이 옳다. 그러나 직책상 "한가로운
　　일을 맡겼다."고 하는 기록마저 의심할 필요는 없다.
49)《唐才子傳校箋》p.328.

가도가 장강주부로 나간 것은 837년(59세)인 문종때이므로, 선종과는 아무런 관련이 없다. 그러므로 이 내용은 그의 임직과 관계되는 내용으로 구성되어 있음에도 불구하고 이야기의 출발부터 문제가 있는 기록이다. 다만 이 글은 가도가 고지식하고 일면 편협한 측면이 있다는 점을 인정하는 자료로서의 의미는 있을 것이다.

그러면 여기서 가도 시대의 정치적 상황을 살펴보도록 하자. 당시는 산동지역에 기반을 둔 전통 귀족들의 이익을 대변하는 이덕유李德裕파와 신흥계층의 이익을 대변하는 우승유牛僧孺파의 821년부터 시작된 20여년간의 정치적 대립이 하루가 다르게 치열한 당쟁을 치르고 있을 때였다.

진인각陳寅恪은 당대唐代 문인의 사회적 입지 마련에 관해 《당대정치사술논고唐代政治史述論稿》에서 "이·우당을 출입하며 시종 어느 한 당에 속하지 못한 이상은 같은 사람은 결국 양당 모두의 용납을 받지 못한다. 그래서 '명관에 나아가지 못하고, 세상에서 쓰이지 못하고 생을 마치게 된다' 이점은 중·만당 사대부의 사회적 입지를 연구하는 가장 중요한 관건이므로 소홀히 해서는 안된다."고 했다.50) 그런데 가도는 처음에는 이당 사람인 원진에게 기댔다가, 나중에는 우당의 영호초에게 기댔던 것이다. 그러므로 두 파벌의 틈바구니에서 분명한 처신을 하지 못한 가도는 결국 어느 일방의 후원도 얻지 못하고 말았다. 그러나 그가 59세에 그나마 작은 직위를 얻은 것은 영호초와 연결된 우당의 도움으로 가능했던 것 같다.51)

가도는 그해 9월 장안을 떠나, 10월에 동정호 서쪽의 재주梓州에 이르렀으며, 11월경 장강에 이르렀다. 임지로 가는 도중 한유

---

50) 진인각, 《당대정치사술논고》 台灣 國立中央硏究院 歷史語言硏究所 專刊, p.74.
51) 李嘉言, 《長江集新校》 p.177 주(40) 참조.

이후의 제2의 후견인인 영호초에게 보낸 시 〈영호상공께 부쳐〉[52] 에서 "지팡이 짚고 산과 역을 달려가며, 만나는 이에게 재주를 묻는다. 장강 거기는 언제나 도착하려나, 지나는 사람은 오히려 수심 짓는다."고 했다. 여기서 가도가 재주의 위치를 물은 것은 수주에 가려면 먼저 재주를 거쳐야 하기 때문이다. 수주는 검남도黔南道의 중심인 성도成都 동쪽에 있다. 이곳은 동정호 서쪽에 위치하고 있으며 수도 장안에서는 남쪽으로 좀 내려오는 곳이다. 그는 달포를 걸려 이곳에 와서는 역시 우당인 검남동천절도사黔南東川節度使 양여사楊汝士에게도 융숭한 대접을 받았다.

장강주부로서 지낸 그의 생활상은 그렇게 자세하지 않다. 다만 〈묘지명〉에 그가 손에서 책을 놓지 않고 독서에 열중했다는 기록이 있을 뿐이다. 주부란 직명 자체가 기록과 문서를 관장하는 직책이므로 매일 책과 함께 생활하기는 좋았을 것이다. 839년(61세) 쓴 〈장강의 관청〉[53]에서 "말과 마음이 조용한 것을 좋아하니, 청사에서 저녁노을 진 하늘 넓게 비었다. 귀가하는 관리 밤중에 자물쇠 걸어두니, 다니던 뱀 옛 동굴로 들어가는 듯하다"고 했다. 미루어 그의 생활 여건이 좋지 않았음을 추측할 수 있다.

840년(62세) 9월에는 어느덧 3년 임기가 만료되어 수주에서 가까운 보주普州의 사창참군司倉參軍으로 자리를 옮겼다. 이 때 승려인 그의 친조카 감현鑑玄이 찾아와 매우 즐거워 했으며, 이어 보주자사普州刺史는 그에게 규조糾曹라는 직책을 맡을 것을 권했으나, 그는 거절하고 맡지 않았다. 회창 3년(843) 7월 28일 가도는 관사에서 한 많은 세상을 등지고 영겁의 세계로 돌아갔다.[54] 그의

---

52) 권3, 〈寄令狐上公〉, 一作 〈赴長江道中寄令狐上公〉, "策杖馳山驛, 逢人間梓州. 長江那何到, 行客替生愁." 우당의 중요한 인물인 영호초는 837년 11월에 죽었으므로, 이 시는 영호초가 죽기 한 두달전에 쓴 것이다.

53) 권5, 〈題長江廳〉, "言心俱好靜, 廨署落暉空. 歸吏封宵鑰, 行蛇入古洞"(節錄)

나이 65세였다. 안타깝게도 그가 죽은지 열흘도 되지 않아 보다
높은 관직인 보주사호참군普州司戶參軍에 제수되었으나, 가도 자신
은 이를 알지 못했다. 소강은 가도의 〈묘지명〉에 이렇게 기록하였
다.

> 회창 계해癸亥 7월 28일 군의 관사에서 임종했으니 그해 춘추가
> 65세였다. 오호! 열흘이 못되어 보주사호참군이란 직책에 제수되었
> 다는 연락이 왔다. 영광스런 명령은 왔지만, 공에게 무슨 소용이
> 있겠는가?55)

앞서 보았듯이 그가 죽고나니 그에게는 병든 나귀와 오래된 거
문고만이 남았다고 한다. 한 시인의 죽음으로서는 생전의 외로움
만큼이나 단촐한 죽음이었다. 그리고 부인 이외의 가족 상황도 알
수가 없다. 이듬해 844년 부인 유씨는 그의 유지를 받들어 보주
안악현安岳縣 이풍향移風鄕 남쪽 언덕에 안장하였다.

Ⅱ. 작품 세계

가도의 시집으로는 그의 관직 이름을 따서 지은 《장강집長江集》이
있다. 그런데 그의 시집은 시간이 흐르면서 판본도 어지러워지고
이에 따라 시수詩數에도 차이가 생겨났다. 현재 가장 완정한 판본으
로는 《가랑선장강집賈浪仙長江集》 10권 및 〈보유補遺〉 1권이 있다.
《사고전서총목제요四庫全書總目提要》에는 《가장강집賈長江集》에는

---

54) 그의 사인으로 일설(《唐詩紀事》,《全唐詩話》)에는 가도가 여행중
에 고기를 먹은게 잘못되어 죽었다고도 한다.('The Poetry of
CHIA-TAO: A Re-Examination of Critical Stereotypes',
p.36, pp.301-302 참조)
55) "會昌癸亥歲七月二十八日, 終于群官舍, 春秋六十五. 嗚呼, 未汲浹
旬, 又轉授普州司戶參軍. 榮命雖來, 於公何有."

378수의 시가 전한다고 했다. 그러나 이설이 분분해 379수, 381수, 399수, 401수설 등 여러가지가 있는데, 금세기 가도 연구의 권위자인 이가언은 379수 설을 주장하였다.56) 시주집詩註集으로는 진연걸陳延桀이 1937년 주를 단 《가도시주賈島詩註》가 상무인서관商務印書館 국학소총서國學小叢書로 나와 있다. 그리고 교점본校點本에는 이가언이 《전당시》를 저본底本으로 삼은 《장강집신교長江集新校》가 있는데, 권말 부록으로 상세한 검토를 거친 가도의 연보, 연보에 관한 토론, 연보의 외기外記, 교우고校友考, 시의 연원 및 영향과 시평집詩評輯 등의 자료가 80쪽 분량으로 수록되어 가도 연구에 큰 도움을 주고 있다. 이밖에 시작상의 요체와 주의점 및 시평 등에 관한 주장을 적은 《시격詩格》57) 1권이 전한다.

정기진鄭紀眞은 가도의 시를 총 390수로 보고 시체별로 분류 정리했는데, 절구가 62수, 율시가 277수이며 그중 오언 율시가 전체의 반을 넘는 217수로 보았다.58) 그러니 가도의 시는 오언 율시가 적어도 양적으로는 압도적임을 알 수 있다. 본 장에서는 가도의 시를 제재와 내용에 따라 크게 4종으로 구분하여, 가도시의 면모를 잘 드러내거나 내용상 의미 있는 시들을 중심으로 그의 시세계를 감상, 분석해 보도록 한다. 시의 내용 분류는 그 경계가 아주 명확하기는 어려우며, 기준의 적용도 모호한 측면이 많다. 결국 시인의 구체적 형편과 시적 특징에 맞출 수밖에 없는데, 가도의 경우는 교유交遊, 생활, 경물, 불교류로 나누는 것이 좋을 것 같다. 그 구체적 내용을 보면 다음과 같다. 먼저 교유시는 사회적 활동과 관련한 작품 활동을 위주로 하며, 창화唱和, 수증酬贈, 화답和答, 송별送別, 애도哀悼 등의 내용이 포함된다. 생활시는 기거 중심의

---

56) 《長江集新校》, 前言, 上海古籍出版社, 1983, 上海, p.366.
57) 《新唐志・崇文總目》 중에는 《詩格》이라 되어 있다. 판본에 따라서 《二南密旨》 및 《詩格密旨》라고도 되어 있다. 모두 같은 책이지만 후인의 위작일 가능성이 크다.
58) 《賈島詩研究》, pp.83-84.

일상 생활 속에서 계절의 변화에 따른 감상이나, 개인적 서정, 영회詠懷, 사변 등을 서술한 작품들이며, 경물시는 유람이나 여행 중의 경치나 영물 및 이와 관련한 제시題詩 등이 포함된다. 그리고 끝으로 불교류는 가도의 시인적 특성을 고려한 항목으로서 그가 많이 관계했던 승려나 사원을 중심으로 지어진 시들을 앞의 세 경우와 별도로 분리한 것이다. 분류의 어느 양쪽에 걸쳐 있는 시는 비교적 비중이 큰 쪽에 포함시켰다.

1. 교유시

가도는 33세때 장안으로 가서 과거를 준비하면서부터 한유의 도움하에 많은 문인들과 교유를 시작했다. 그가 처음으로 만나려 했던 사람은 맹교였는데, 다음 작품에서는 인생과 사회에 대한 자신의 생각을 피력하였다.

〈寄孟協律〉	〈孟協律께 드리며〉59)
我有弔古泣	나는 옛 도가 전하지 않음에 애달파 울지
不泣向路岐	길 갈라져 우는 것은 아니라네.
揮淚灑暮天	눈물을 해지는 저녁하늘에 뿌리고
滴著桂樹枝	계수나무 가지에 떨구니.
別後冬節至	이별후에 겨울이 와
離心北風吹	북풍은 이별의 시름을 흔들어댄다.
坐孤雪扉夕	외로이 앉아 사립문 밖 눈내리는 저녁을 보며
泉落石橋時	돌다리 아래 물 떨어지는 소리를 들을 때.
不驚猛虎嘯	사나운 호랑이 포효엔 놀라지 않아도
難辱君子詞	과분한 그대의 글을 받아 드니 얼마나 어렵던지 답하려 했으나.
欲酬空覺老	부질없이 늙음을 깨닫고는
無以堪遠持	멀리까지 부쳐 드릴 시 없음에.

---

59) 권2, 〈寄孟協律〉.

嵾嶢倚角窗	높디 높은 산이 창가에 기대어 있는데
王屋懸淸思	왕옥산王屋山 봉우리에 내 맑은 정신이 걸려 있군요.

  이때 가도는 왕옥산에 있었으며, 맹교로부터 처음으로 시를 받아들고는 감사한 마음으로 맹교의 시에 화답하는 형식을 취하고 있다. 시의 도입부에서는 혼탁하고 냉혹한 세상에 대해 고도古道의 회복을 바라는 작자의 마음을 표현했다. 옛 것을 존중한다는 말은 한유의 고문운동의 구호와도 일치한다. 이어서 그는 홀로 떨어져 사는 적막한 생활 중에 소중한 시를 보내준 데 대해 감사의 마음을 표했으며, 아울러 자신의 은거 정신을 강조하였다. 원로에 대한 존경의 자세가 보이는 작품이다. 한편 다음 작품은 한유가 불교를 반대하다가 미움을 사 조주자사로 좌천되었을 때 그의 억울한 마음을 위로해 준 시이다.

〈寄韓潮州愈〉	〈조주자사 한유께 부쳐서〉60)
此心曾與木蘭舟	이 마음은 일찍이 목란배와 더불어
直到天南潮水面	곧장 하늘남쪽 조주 물가에 갔거니와.
隔嶺篇章來華岳	재 넘어 (그대의) 시편은 이곳 화산에 이르고
出關書信過瀧流	남전관 벗어난 (나의) 편지는 농수를 지나리.
峯懸驛路殘雲斷	가는 길은 산마루에 걸려 조각구름도 잘리고
海浸城根老樹秋	바닷물은 성곽 밑 가을 늙은 나무에 가 치민다.
一夕瘴煙風권盡	하루 저녁에 장독 기운을 바람이 깨끗이 말아 걷어가고
月明初上浪西樓	달은 밝게 낭서루에 피어 오르네.

---

60) 권9, 〈寄韓潮州愈〉.

1연에서 가도는 단숨에 한유에게 달려가고픈 자신의 마음을 잘 표현했다. 2연에서는 이별 후의 정경을 읊어 멀리 남쪽의 한유와 자신의 시문을 통한 화답을 말했다. 3연은 한유가 있는 바닷가 조주까지의 험난한 여정을 표현했다. 사실 이 구절은 한유가 조주로 가면서 같이 동행하던 종손從孫 한상韓湘에게 지은 〈좌천되어 남관藍關에 이르러 질손 한상에게 보여주며〉 중의 '구름은 진령秦嶺을 가로지르니 집은 어딘가? 눈쌓인 남관에서 말도 못나가네'61)에 상응하는 구절이다. 끝의 4연에서는 아열대 기후의 독기가 피어오르는 남방 오지일지라도 그가 있음으로 해서 맑은 기운이 피어오를 것이라고 그를 위안하였다. 이 작품의 접근 방식을 각 연별로 보면 사의寫意, 사실寫實, 사상寫想, 사원寫願의 순으로 전개하여 각기 독특한 맛을 지니고 있다.

또 청대의 김성탄金聖嘆은 《선비당재자시選批唐才子詩》에서 가도시에 대해 평상적 심리와 평상적 율격으로 짓지만, 이를 읽으면 매양 특별히 빼어난 새로움이 느껴지니, 연자鍊字·연구練句 등이 전인前人과 다르다고 했다. 바로 이 시중의 4연이 그러하다. 1-3연에서는 한유와 자신의 쓰라린 마음과 처경處境을 읊다가 4연에서는 갑자기 방향을 바꾸어 한유로 인해 그 열악한 조주 지방도 좋은 곳으로 변할 것이라고 희망적으로 돌변시켜 새로운 국면으로 바꿔버린 것이다. 이같은 구성 역시 시구를 애써 다듬는 가도의 창작태도에서 기인한다.

한편 그의 생활이 가난했던 만큼 소박한 사귐도 적지 않았던 듯하다. 다음 시는 간단한 절구 중에 친구를 보내는 이별의 아쉬움이 절실하게 나타나 있다.

---

61) 〈左遷至藍關示侄孫湘〉, "雲橫秦嶺家何在, 雪擁藍關馬不前."

〈送別〉　　　　　〈송별〉62)
門外便伸千里別　　문밖에서 손 내밀어 천리길 작별하는데
無車不得到河梁　　수레없어 다리까진 못나갔네.
高樓直上百餘尺　　높은 누대에 곧바로 백여척을 올라
今日爲君南望長　　오늘 그대로 인해 남쪽을 오래도록 바라
　　　　　　　　　보네.

　누구를 보내는지는 알 수 없지만 소시小詩 속에 이별을 아쉬워하는 작자의 마음이 잘 나타나있다. 작자는 가난한 살림에 수레도 없어 먼길을 떠나는 손님을 마을앞까지 전송하지는 못하고 그저 집앞에서 작별을 고한다. 그리고는 누대로 달려가 한층한층 올라감으로 해서 떠나가는 손님을 더 먼데까지 보려고 한다. 이 시에 나타난 수레나 다리 및 높은 누대가 실재하지 않는다고 해서 작품의 완성도를 해치지는 않는다. 이는 사실적 표현보다는 언어적 함축과 의경을 중시하는 중국 서정시의 장점이기도 하다. 사실 '강가의 다리'나 '높은 누대'는 각기 이릉李陵과, 이백 및 왕지환王之渙의 시에서 원용했다.63) 그러면서도 전인의 시경에 못지 않은 효과를 거두었다. 이것이 곧 황정견이 주장한 '점철성금點鐵成金'의 창작수법이다. 한편 그는 왕왕 친구에게 보내는 형식을 통해 자신의 감정을 기탁하였다.

〈秋暮寄友人〉　　〈가을 저녁 친구에게 보내며〉64)
寥落關河暮　　　요락한 관문關門 강가의 저녁
霜風樹葉低　　　서릿발같은 바람에 낙엽들 떨어지네.
遠天垂地外　　　광활한 하늘은 저 땅끝으로 드리우고
塞日下峰西　　　추운 해는 산봉우리 서쪽으로 진다.
有志煙霞切　　　저 높은 안개노을 중에서 속세와 끊을 생각

---

62) 권9, 〈送別〉.
63) 李陵, 〈與蘇武詩〉"携手上河梁, 遊子暮何之"；李白, "危樓高百尺"；
　　王之渙, 〈登鸛雀樓〉"欲窮千里目, 更上一層樓"
64) 권6, 〈秋暮寄友人〉

	있으니
無家歲月迷	세월을 어지럽힐 집도 없네.
淸宵話白閣	맑은 밤 백각봉白閣峯에 대해 말하자면
已負數年棲	벌써 몇 년이나 깃들어 살았다네.

제목상으로는 수증시지만 실제로는 자신의 감회서정을 서술한 작품이라고 보아 무방하다. 전체적으로 은거의 심정을 피력한 이 시는 '추모秋暮'라는 표제어부터 전체적으로 쓸쓸한 이미지를 나타내는 말이 많다. 시어를 자세히 보면 '요락寥落', '관모關暮', '상풍霜風', '수엽樹葉', '원천遠天', '지외地外', '새일塞日', '봉서峰西', '연하절煙霞切', '무가無家', '세월미歲月迷', '청소淸宵' 등 거의 모든 말이 초세음울超世陰鬱한 느낌을 주는 말들이다. 이밖에도 동사로 사용된 '저低' '수垂' '하下' 역시 하강조의 말들이다. 가도는 자기도 모르는 사이에 그가 살았던 인생의 쓰라림을 작품에 그대로 반영하고 있는 것이다.

〈哭張籍〉	〈장적의 죽음에 곡하여〉65)
精靈歸恍惚	영혼은 아득한 곳으로 돌아가고
石聲韻曾聞	스님의 경쇠 두드리는 소리만 들렸네.
卽日是前古	오늘이 예전과 같듯이
誰人耕此墳	그 누가 이 무덤도 땅갈아 경작하리.
舊遊孤櫂遠	접때같이 혼자 노저어 멀리
故域九江分	고향땅 구강九江 갈래로 갔는가?
本欲蓬瀛去	본래 봉영산으로 가고자 했으니
餐芝御白雲	영지를 먹고 백운을 부리려 했다네.

한 사람에 대한 교유시의 최종적 형태는 애도시가 될 것이다. 이 작품은 830년 죽은 장적의 죽음을 슬퍼한 시이다. 그는 장적의 무덤 앞에서 오열하는 목소리로서가 아니라, 스님이 두드리는

---

65) 권8, 〈哭張籍〉.

경쇠 소리 중에 침잠된 정신을 통해 명멸하는 인생의 의미를 시간
과 공간 속에서 구하고자 했다. 장적은 죽어 사라진 것이 아니라
배를 타고 멀리 그의 고향으로 돌아갔거나 아니면 깊은 산으로 돌
아가 대자연과 함께 조화하는 존재가 되었기를 바라고 있다. 사실
장적은 본래 구선求仙을 표면적으로 드러내지는 않았으나, 그의
시에는 이러한 류가 적지 않다. 이에 가도는 그가 만년에 은거하
고자 한 뜻을 살려 위로했던 것이다.

2. 생활시

가도는 환속還俗하면서까지 출사出仕의 뜻을 펴고자 하였으나,
끝내 그 뜻을 이루지 못하고 생애의 대부분을 뜻을 얻지 못한 가
운데 살아가면서 어쩔 수 없이 겪게된 내면의 고통과 갈등이 적지
않았을 것이다. 그러면 이러한 일상을 살면서 가도가 의지하고자
한 신조는 무엇일까? 그는 다음 두 시에서 이렇게 자신의 생활철
학을 논했다.

<不欺>　　　　　<속이지 말자>66)
上不欺星辰　　　위로는 성신星辰을 속이지 말고
下不欺鬼神　　　아래로는 귀신을 속이지 말자.
知心兩如此　　　같은 생각 지닌 이들이 함께 이와 같이 하면
然後何所陳　　　그 다음에 무얼 말하리!
食魚味在鮮　　　생선을 먹는 맛은 신선함이요
食蓼味在辛　　　여뀌풀 먹는 것은 맛이 매운데 있지.
掘井須到流　　　우물 파는덴 물길에 닿아야 하고
結交須到頭　　　친구 사귐엔 머리끝까지 깊어야하네.
此語誠不謬　　　이말 정말 틀림없으니
敵君三萬秋　　　그대를 대해 삼만년이나 가리라.

---

66) 권1, <不欺>.

이 시에서 가도는 솔직함을 강조하는 자신의 생활 신조를 산문 구로 여과없이 드러냈다. 하늘과 땅에 대해 부끄럼없는 생각을 하고, 또 이를 알아주는 사람을 만나 서로 교감하여 변치 않는 것이 인생의 큰 즐거움이라고 했다. 이는 결국 정직과 지기와의 만남, 그리고 신의의 세 가지 지침으로 요약할 수 있다. 가도는 평생 불운과 궁핍 중에 살았지만, 그가 지키고자 했던 덕목은 이와 같은 것이었음을 시를 통해서 확인할 수 있다. 이 시는 시적 언어가 아닌 평이한 산문으로 시를 썼다. 이는 가도시에 자주 보이는 중요한 특색으로서, 한유의 고문운동과 같은 선상에서 이해해야 할 부분이며, 또 후에 송대의 '산문으로 시를 쓰는' '이문위시以文爲詩' 작법과 직접적 영향 관계를 형성하고 있다.

가도는 상경한 직후인 812년(34세) 장안성 서쪽에 위치한 연수리延壽里라는 곳에 거주했는데, 부근에는 811년에 만났던 장적이 살고 있었다. 장적은 그의 좋은 교제 상대이기도 했으므로 시집 중 두 사람간의 시문의 왕래도 보인다. 그는 이웃 장적의 동네인 연강리延康里에 대해 재미있게 표현했다.

<table>
<tr><td>〈延康吟〉</td><td>〈연강리의 노래〉67)</td></tr>
<tr><td>寄居延壽里</td><td>연수리에 사니</td></tr>
<tr><td>爲與延康里</td><td>연강리와는 이웃이라네.</td></tr>
<tr><td>不愛延康里</td><td>연강리를 좋아하는 건 아니지만</td></tr>
<tr><td>愛此里中人</td><td>이 마을 사람들을 좋아한다네.</td></tr>
<tr><td>人非十年故</td><td>사람은 십년된 친구가 아니고</td></tr>
<tr><td>人非九族親</td><td>사람은 구족의 친척도 아니지만.</td></tr>
<tr><td>人有不朽語</td><td>사람이 썩지 않는 말을 지녀</td></tr>
<tr><td>得之烟山春</td><td>안개 자욱한 산 봄날을 얻은 듯하네.</td></tr>
</table>

이 시는 연강리는 연수리의 옆동네로서 도회지의 동네이니 마음

---

67) 권2, 〈延康吟〉.

에 들 것은 없어도 그곳에 사는 사람이 마음에 든다는 내용을 해학적으로 읊었다. 그리고 그가 심중에 두고 있는 이웃은 장적을 가리키는 것 같다. 사실 가도는 장적과의 관계를 염두에 두고 이곳에 거주하게 된 것 같다.68) 끝의 두 구절에서는 노골적으로 장적의 시를 칭송하고 있음을 볼 수 있다. 이 시는 기교면에서 볼 때 마치 백거이의 시와 같이 매우 평이한 언어로 이루어져 쉽게 읽히며, 시어의 중복도 심하다. 아니 오히려 시인은 그러한 중복의 효과를 노리고 있다. '리里'자가 4회, '인人'자 역시 4회, '애愛'자가 2회씩 있고, '연수리'와 '연강리'도 서로 발음이 유사하다. 이 시는 내용적 측면보다는 형식 면에서 독특한 특성을 드러내고 있는데, 그것은 앞구의 뒷말을 다음 구에서 잇는 '사슬식의 구조'를 취하고 있다는 점이다. 약간은 장난기어린 중복적인 사슬 구조로 인해 상당히 쉬우면서도 매끄럽다. 그런 점에서 이 시는 가도시의 일반적 구사 방식과는 다른 예외적이며 새로운 면모를 보여준다.

앞서 본 시는 초년 시절의 비교적 가벼운 내용의 시이다. 내용 상 가도의 시는 그의 순탄치 못한 인생 역정을 그대로 드러낸 것이 많은데, '거장십악' 사건 이듬해인 823년(45세) 가을 가도는 궁벽한 곳에서 홀로 외로움과 가난과 실의의 상처를 새겨보며 다음과 같은 작품을 남겼다.

〈詠懷〉	〈영회〉69)
縱把書看未省勤	책을 보아도 부지런함의 의미를 깨닫지 못하고
一生生計祇長貧	일생의 생계는 다만 오랜 가난일 뿐.
可能在世無成事	아마도 세상에서 이룰 일 없을 듯하여

---

68) Catherine A. Witzling, *'The Poetry of CHIA-TAO: A Re-Examination of Critical Stereotypes'*, Stanford Univ. Ph.D. 1980, p.81.
69) 권10, 〈詠懷〉.

不覺離家作老人   어느덧 고향 떠나 노인이 되었네.
中嶽深林秋獨往   중악中嶽의 깊은 숲을 가을날 홀로 가
南原多草夜無隣   남쪽 들녘엔 풀이 많아 밤중엔 이웃사람
                      도 없어.
經年抱疾誰來問   여러해 병 들어도 누구 하나 찾지 않는데
野鳥相過啄木頻   들새만 자꾸 와서 나무를 똑똑 쪼아댄다.

이 시에는 가을밤 숲속에서 그가 10년간 해왔던 과거공부의 의미와 생계를 해결하지 못하고 홀로 장안에서 외롭게 사는 40여 년 인생의 의미를 새삼스레 되새겨 보고 있다. 병들고 늙어가며 사람이 그리운데도 오는 이 하나 없이 그저 새들만이 지나가다 와서는 문을 두드리듯이 나무를 쪼아대곤 한다고 하였다. 다음 두 수의 시는 매미를 영물하는 가운데 시간 속에 영락零落해가는 자신을 바라보고 은거를 바라는 마음과 담담히 어려운 현실을 수용하려는 자세가 나타나 있다.

〈聞蟬感懷〉   〈매미 소리를 듣고 느낀 바 있어〉[70]
新蟬忽發最高枝   새 매미가 갑자기 가장 높은 가지위에
                      서 울기 시작하니
不覺立聽無限時   저도 몰래 일어나 마냥 정신을 빼앗길
                      때.
正遇友人來告別   마침 친구를 만나니 작별인사 하러 왔
                      다는데
一心分作兩般悲   한마음에 각기 두 가지 슬픔이 이네.

가도의 작품에는 매미를 제재로 하여 지은 시가 몇 수 보이는데, 대부분 자신의 심리상태를 대변하여 등장시키고 있다. 따라서 그의 매미에 대한 느낌은 연민이라는 말로 요약 가능하다. 생태학적으로 매미는 7년씩이나 애벌레 등의 과정을 거쳐 매미가 되어서

---

70) 권9, 〈聞蟬感懷〉.

는 '높은' 나뭇가지 위에서 맑은 소리로 낭랑하게 단 1주일을 울다
가 죽는다고 한다. 아마 가도는 매미에게 삶의 고아함과 시간의
단촉성短促性내지 무상감의 의미 부여를 하고 있는 것 같다. 이러
한 매미는 여름이 다 지나갈 무렵에야 나타나서 높게 울어대고 작
자는 자기도 모르게 일어서서 열중하며 이에 완전히 빠져버린다.
그리고 그는 계절의 전이轉移를 느끼면서 유한할 수밖에 없는 자신
의 삶에 대해 시간이라는 거역할 수 없는 장벽을 의식하며 감상에
젖었을 것이다. 그런데 바로 그 시간에 친구가 찾아와서는 잠시적
이든 영속적이든 지금까지 이어져 왔던 인간적 유대의 얼마간의
단절이라는 또 다른 하나의 장벽을 시인 앞에 드러낸 것이다. 이
러한 단절감과 영락감은 짧은 시 속에서 시인의 심중을 흔들며 지
나가고 있다. 2구와 3구의 별개의 사건을 '정正'이라고 하는 말로
잘 이어주고 있다.

<table>
<tr><td>〈早蟬〉</td><td>〈아침 매미〉71)</td></tr>
<tr><td>早蟬孤抱芳槐葉</td><td>아침 매미 홀로 향기로운 홰나무 잎을
붙들고 있는데</td></tr>
<tr><td>噪向殘陽意度秋</td><td>지는 해 향한 울음은 가을을 넘기려는
뜻이라.</td></tr>
<tr><td>也任一聲催我老</td><td>또한 한번 울음은 나의 늙음 재촉하듯.</td></tr>
<tr><td>堪憐兩耳畏吟休</td><td>불쌍도 한데 두귀는 울음소리 그칠까
두렵네.</td></tr>
<tr><td>得非下第無高韻</td><td>과거에 낙방하지 않았어도 격조 있는
소리는 없으니</td></tr>
<tr><td>須是靑山隱白頭</td><td>청산에 백발로 은거해야 할까보네.</td></tr>
<tr><td>若問此心嗟歎否</td><td>만약 이 마음 탄식하는가 물으면</td></tr>
<tr><td>天人不可怨而尤</td><td>하늘도 사람도 원망이나 허물하지 않
는다 하리라.</td></tr>
</table>

---

71) 권9, 〈早蟬〉.

이 시는 '거장십악' 사건 직후에 지은 것으로 어려움에 처한 가
도의 고뇌와 현실 수용의 자세를 잘 보여주고 있다. 〈병선病蟬〉에
서와 같이 가도는 왕왕 자신을 매미에 비겼는데, 아마도 7년이라
는 오랜 기간의 탈태 과정을 거쳐 매미가 된 후 단 며칠을 살고
죽는 운명을 지닌 점을 동정하고 있는 것 같다. 제 1연에는 곧 죽
을 운명의 가을 매미가 등장하고 있으며, 연을 거듭할수록 점차
시점을 시인의 상황으로 접근시켜 끝내는 자신은 은거하여 살면서
자신에게 주어진 어려운 상황을 담담히 수용하겠다고 했다. 시에
나타난 중요한 의미의 전이는 연이은 과거의 낙방과 제명, 가난,
늙음, 은거, 상황의 수용 등으로 현실의 문제를 어떻게든 수용하려
는 태도를 보여주고 있다. 시어의 사용상 3구의 첫머리에는 시에
서는 잘 쓰지 않는 허자虛字 '야也'를 써서 매미로부터 자신에게로
관점을 껄끄럽지 않게 이동시켰다.

〈朝飢〉	〈아침을 굶으며〉72)
市中有樵山	시중에는 땔나무 산더미를 이루었어도
此寺朝無煙	이 집엔 아침되도 밥짓는 연기 안나네.
井底有甘泉	우물 밑엔 달콤한 샘물이 있으나
釜中乃空然	솥 속은 텅 비어 있다.
我要見白日	나는 밝은 해를 바라보려 해도
雪來塞靑天	눈이 와 맑은 하늘 가리는구나.
左聞西牀琴	앉아서 서상의 거문고 소리 듣자는데
凍折兩三弦	겨울이라 얼어서 두세 줄 그대로 끊어진다.
飢莫詣他門	배고파도 남의 집에 가지는 말자
古人有拙言	옛 사람의 소박한 말씀 있지 않은가!

입신立身하지 못한 가도에게는 포부의 사회적 실현의 좌절 말고
도 현실적으로 경제적 어려움이 늘 뒤따라다녔다. 10구로 된 이
시는 추운 겨울날 밥도 해먹지 못하고 땔감도 없이 추위에 떠는

---

72) 권1, 〈朝飢〉.

절대 기한飢寒의 고통을 눈물나게 이야기하고 있다. 앞 4구에서는 풍성함과 궁핍함, 유와 무의 대조를 통해 자신의 어려운 상황을 부각시켰다. 다음 4구에서는 현실의 고통을 잊고 정신의 세계로 나아가고자 해도 이를 방해하는 현실이 '해'와 '눈' 그리고 '거문고 소리'와 '추위로 인한 줄 끊어짐'을 통해 비유적으로 표현되어 있다. 그리고 끝 2구에서는 이러한 역경을 선비적 지조로써 이겨내려는 의지가 엿보인다. 그러나 이러한 가도 역시 배고픔이라는 인간의 기본적 요청을 이길 수는 없어 결국 곡식을 구하러 다니기도 했다. 뜻대로 하지 못하는 불행한 상황에 대한 회한과 좌절의 크기를 짐작할 수 있다.

〈病起〉	〈병에서 일어나〉73)
嵩丘歸未得	숭산에 돌아가지 못하니
空自責遲廻	괜시리 늦어짐을 자책해 보네.
身事豈能遂	신상의 일을 어찌 마음대로 하겠는가
蘭花又已開	난꽃은 또 벌써 활짝 피었구나.
病令新作少	병 앓아 신작시 적고
雨阻故人來	비가 와 친구들 방문을 막으니.
燈下南華권	등잔 밑에서 장자를 가져다가
祛愁當酒杯	시름을 제거하려 술잔으로 삼아보네.

뜻한 바는 이루지 못하고 귀은歸隱의 계획도 옮기지 못한 가도에게 '신세지감身世之感'이 없을 수 없을 것이다. 이러한 마당에 거기에 병까지 앓는 바람에 좋아하던 시도 짓지 못하고 비마저 내려 올 사람도 없는 한적한 날 저녁, 그는 일체의 현실적 잣대를 부정하고 초월적 세계를 제공해주는 《장자》를 들고는 술마시듯 현실의 시름을 풀어 위안받으려는 생각이 잘 나타나 있다. 이렇게 제한적인 현실에서 꿈을 이루지 못하는 그에게 있어서 은일의 선계仙界는

---

73) 권6, 〈病起〉.

하나의 현실 도피적 이상향이기도 했다.

〈寓興〉	〈흥에 부쳐서〉74)
莫居暗室中	어두운 방에 살지 말지니
開目閉目同	눈을 뜨나 감으나 매한가지라
莫趨碧霄路	푸른 하늘 길로 달리지 말지니
容飛不容步	날수는 있어도 걸을 순 없다네
暗室未可居	어두운 방은 거하기 어렵고
碧霄未可趨	푸른 하늘은 달릴 수 없지
勸君跨仙竹	그대에게 권하니 신선의 지팡이 짚고서
日下雲爲衢	해 아래 구름을 길로 삼자네

이 시에서 그는 자기를 제한하고 있는 캄캄한 현실적 공간을 극복하려는 시도로써 인간세계의 속박을 벗어날 방도를 모색했다. 그것은 하늘의 세계 곧 선계였으니, 인간세상과 같이 앞을 향해 발로 달려서만은 도달할 수 없는 곳이며, 오직 신선의 대지팡이에 의한 비상을 통해 도달하는 곳이다. 가도에게는 현실의 고통과 좌절이 클수록 이같이 이상을 향한 비상의 욕구도 컸을 것이다.75) 이 작품에서 볼 수 있는 또 한 가지 사항은 그가 앞의 〈불기不欺〉나 〈연강음延康吟〉에서와 마찬가지로 시의 산문구를 통한 전개 방식을 취하고 있으며, 시어 또는 시구가 앞말을 잇는 사슬식 구조를 택하고 있다는 점이다. 이렇게 율시적 전개방식을 깨는 과감한 시도는 당시 고문운동을 주창한 한유와도 일정한 영향 관계에 있는 것 같다. 또한 제1, 2연은 각기 격구대隔句對이며 각 연내에서는 도치된 설명으로 인과관계를 나타냈다. 이러한 파격과 독특한 시도들은 시의 새로운 경지 개척을 위한 가도의 노력이 엿보이는

---

74) 권1, 〈寓興〉.

75) 〈遊仙〉(권1)에서는 "돌아올 때는 학을 타지 않아도, 몸에 저절로 날개가 돋으리.(歸來不騎鶴, 身自有羽翼)"라고 하는 등 선계를 향한 비상을 보다 직접적으로 그렸다.

부분이다.

3. 경물시景物詩

가도의 시 중 소재 면에서 많은 비중을 차지하고 있는 것은 아무래도 여행과 유람 등을 하며 산수자연을 보고 느낀 바를 적은 자연시와, 기타 자연물이나 사물을 서정적으로 읊은 영물시일 것이다. 본고에서는 이들을 경물시라고 부르기로 하고, 그의 시적 특징을 잘 보여주는 작품을 몇 수 보기로 한다.

〈雪晴晚望〉	〈눈 갠 날 저녁 경치를 바라보며〉76)
倚杖望晴雪	지팡이 짚고 눈 갠 경치 바라보니
溪雲幾萬重	계곡에 운무 몇 만겹인가?
樵人歸白屋	나무꾼은 초막으로 돌아가고
寒日下危峯	차가운 해는 높은 봉우리 뒤로 떨어지네.
野火燒岡草	들불은 산등성이를 태우고
斷煙生石松	한 줄기 연기는 바윗가 소나무사이로 피네.
却回山寺路	산사의 길로 돌아가는 중에
聞打暮天鐘	하늘가로 저녁 종소리 들리네.

〈暮過山村〉	〈저녁에 산촌을 지나며〉77)
數里聞寒水	몇 리를 차가운 물소리 들으며 가는데
山家少四隣	산촌에는 사방에 인가도 드물다.
怪禽啼曠野	괴이한 새 울음소리 넓은 들판에 퍼지고
落日恐行人	지는 해는 행인을 무섭게 한다.
初月未終夕	초승달은 하룻밤을 지키질 못하고
邊烽不過秦	봉화불도 진秦땅은 지나지 않네.
蕭條桑柘外	쓸쓸한 뽕나무 가시나무 저멀리
煙火漸相親	피어오르는 연기 점점 친근해지네.

---

76) 권6,〈雪晴晚望〉.
77) 권8,〈暮過山村〉.

이 2수의 시는 모두 저녁산의 모습을 읊고 있다. 앞시는 눈 온 뒤의 안개 자욱한 산의 원경遠景을, 둘째 시는 직접 겪은 산길의 정경을 묘사한 점이 다르다. 시의 맛으로 이야기하자면 전자는 유종원의 〈강설江雪〉과 같은 정적 회화미와 함께 전형적인 당시唐詩의 면모를 갖추었으며, 후자는 이미 성당시와는 다른 가도시 특유의 괴이하고 음산한 분위기를 지니고 있으며, 외로운 저녁 산행 중에 한 줄기 희망을 바라는 마음이 실감나게 그려져 있다. 사실 가도는 시어의 단련에 힘썼던 시인인데, 그렇게 지은 시의 결과는 두 가지 방향으로 갈라진다. 하나는 그가 바라던대로 선적 정취 속에 자연스런 음절과 조화스런 시경으로 나아간 경우이고, 다른 하나는 남과 다른 독창적 면모를 꾀한 결과 기상奇想이 드러나고 표현이 딱딱해지는 경우이다. 앞의 시들은 이 두 경우의 각각에 해당된다. 모두 가도 시의 면모를 드러내고 있으나, 전자는 일반적인 당시의 면모와 별로 다를 것이 없고, 후자의 경우가 사실은 가도시적 특색을 드러내는 경우라고 해야 할 것이다.

시의 전개 방식을 보면 첫째 시에서 작자는 1연에서는 멀리 눈 내린 산을 조망한 뒤, 2-3연으로 가면서 나무꾼과 화전민의 모습을 자연경과 각각 대비시키며 점차 가까이 다가갔다. 그리고 4연에서 작자는 산사로 돌아와 이제까지의 시각적 정경을 일거에 청각적인 것으로 바꾸어 결미를 장식했다. 둘째 시에서는 산길을 홀로 걸어가는 작자가 날이 어두워가며 점차 무서움을 느끼게 되는 심정을 솔직하게 표현했는데, 중간에 '괴금怪禽', '낙일落日', '초월初月', '변봉邊烽' 등을 통해 시전체의 분위기를 유심험괴幽深險怪하게 하였다.

한편 이 시는 온도감에 있어서는 처음의 '한수寒水'에서 '낙일落日'과 '초월初月'을 거쳐 '변봉邊烽'으로 점차 따뜻한 이미지로 변화시켜 나갔다. 이미지 전개와 냉온감의 전개와 관련하여 이같은 점은 필자가 보기에 늘 그러하지는 않았지만, 현실에서 좌절만을 맛보았던 그가 자기가 만나게 되는 주변의 사물에 대해 친화적인 관점을 잃지 않았다고 한 Catherine A. Witzling의 주장에 대한 다른 측면의 논거로 작용하기도 한다.[78]

〈翫月〉	〈달을 즐기며〉[79]
寒月破東北	차가운 달은 동북쪽으로 흩어지고
賈生立西南	가생賈生은 '서남쪽'에 서 있네.
西南立倚何	'서남쪽'에 무얼 '의지해 서 있나'
立倚靑靑杉	푸르디 푸른 소나무 '의지해 서 있다.'
近月有數星	달 가까이 몇 개의 별 보이는데
星名未詳諳	별이름 알수가 없네.
但愛杉倚月	다만 '소나무가 달에 의지함'을 사랑하니
我倚杉爲三	나는 '소나무에 기대' 세 번째가 되네.
月乃不上杉	달은 '소나무 위로 오르지' 않으니
上杉難相參	'소나무 위에 있으면' 『같이 하기』 어려워라. /(1)
眙睔子細視	눈여겨 자세히 바라보며
晴瞳桂枝劚	계수나무 가지를 파헤쳐 본다.
目常有熱疾	눈이 자주 뜨거워지는 병 있었으나
久視無煩炎	오래도록 보아도 눈따가움 없네.
以手捫衣裳	손으로 옷깃을 더듬으니
零露已濡霑	이슬방울에 이미 젖었구나.
久立雙足凍	'오래도록 서니' 두발이 얼었고
時向股膣淹	이때는 허벅지마저 한기가 스며든다.
立久病足拆	'서 있기 오래하니' 병든 다리 갈라지는 듯
兀然黐膠黏	곧추서 딱딱히 굳어 버렸네. /(2)
他人應已睡	남들은 응당 자고 있을 때

---

78) Catherine A. Witzling 〈The Poetry of CHIA-TAO: A Re-Examination of Critical Stereotypes〉, p.121. Catherine의 경우 賈島에 대해 그의 감정을 '寒'이라는 데 너무 집착하는 것은 피상적 이해를 낳는다고 하며, 그의 세계에 대한 감정은 편안함과 친근함이라고 해야 오히려 공정하다고 주장했다.(p.80) 그러나 필자로서는 그녀의 이러한 이해에 전적으로 동의하기 어렵다.

79) 권1, 〈翫月〉.

轉喜此景恬　　오히려 나는 '이 경치'의 고요함을 즐긴다.
此景亦胡及　　'이 경치' 또한 어느 정돈가
而我苦涎眈　　내가 진정으로 탐하는 것을!
無異市井人　　나는 시정배들과 다를 바 없으니
見金不知廉　　황금을 보면 염치도 '모른다네.'
不知此夜中　　'모르겠네', 이밤에
幾人同無廉　　몇이나 내가 좋아하는 것을 같이 즐기는지.
待得上頂看　　나는 가장 높은 데까지 오르기를 기다려서 달
　　　　　　　을 봐도
未擬歸枕函　　침대로 갈 생각이 안나네. /(3)
强步望寢齋　　억지로 '걸어' 침실을 바라보다간
步步情不堪　　'걸음걸음'이 욕심을 못눌러.
步到竹叢西　　'대숲' 서쪽으로 '걸어가'
東望如隔簾　　동쪽을 바라보니 주렴사이로 보는 것 같네.
却坐竹叢外　　'대숲' 밖에 앉으니
清思刮幽潛　　맑은 생각은 어둡고 답답한 마음 없앤다.
量知愛月人　　달을 사랑하는 사람을 이해하겠으니
身願化爲蟾　　이몸 원컨대 달두꺼비 되었으면! /(4)

　이 시는 밤에 달을 감상하러 나와서는 소나무에 기대어 달과 소
나무와 자신이 삼위일체가 되어 홀로 무정無情의 교유를 즐기는 심
정을 그렸다. 도연명과 이백이 이미 읊었던 내용이므로 주제 자체
는 그렇게 특별하지 않다. 그러나 그 풍격은 도연명같은 평정도
아니며, 이백과 같은 표연飄然함도 아니다. 가도는 달을 감상하는
자신의 상태를 '무정의 사귐'〔無情遊〕으로 즐거워하면서, 한편으로
는 다른 사람과 차별화를 시도하며 자신만이 느끼는 즐거움을 배
가한다. 19연으로 된 이 시의 내용을 더 자세히 보면, 처음부터
각 5행씩 나누기 시작하여 시 번역에 표한 것과 같이 총 4단으로
나누면 1단에서는 달을 감상케 된 연유를, 2단에서는 달을 바라보
는 자신과 땅위에서 느끼는 추위를 그렸다. 3단에서는 다른 사람
과 구별되는 자신만의 고아한 즐거움을, 그리고 4단에서는 침실로

가다가 다시금 완월翫月의 욕구를 이기지 못하고 총죽叢竹 속에서 대나무 사이로 달을 바라보며 이에 완전히 빠져드는 자신의 정신을 섬세하게 묘사했다.

　이 작품의 특징은 시의 형식적 구성미에 있다. 이를 읊은 방식은 앞구의 끝말을 다음 구의 앞말로 이어가는 방식으로서, 앞에서도 몇 번 보아온 사슬식 구조를 취하고 있다. 시중에 보이는 ' '표 부분들이 모두 이에 해당된다. 그리고 그 언어는 같은 언어의 반복인 경우도 있지만, 이외에도 '구립久立'과 '립구立久'(제17, 19구), 그리고 '상삼上杉'과 '상참相參'(제10구)같은 경우에도 시도하고 있으며, 경우에 따라서는 격구대를 구사하는 등80) 다양한 실험 정신과 다양한 각색脚色을 시도하였다. 이같은 방식은 한대 악부에서 보이는 '정진체頂眞體'에서 그 연원을 찾을 수 있고81), 육기의 '연련주演連珠' 50수도 이같은 유형에 속한다. 그러나 역대 시인 중에서 가도만큼 이 방식을 다발적이며 진지하게 추구한 경우는 찾아보기 어렵다.

尋隱者不遇	〈은자를 만나러 갔으나, 만나지 못하다〉82)
松下問童子	소나무 밑에서 동자에게 물었더니
言師採藥去	"스승은 약초 캐러 가셨지요.
只在此山中	이 산중에 계시기는 하지만,
雲深不知處	구름 깊어 알수 없답니다."

　이 작품은 가도의 절창絕唱으로 잘 알려져 있어서 따로 설명이 필요 없을 정도이다. 이 시는 은자의 여러 면모를 다 생략하고 단지 은자의 행방에 관한 문답을 중심으로 시화한 것이다. 번역 중 동자의 대답은 2구 만으로 해석할 수도 있겠다. 한편 가도가 불교

---

80) 9행과 10행은 유사한 내용으로 격구의 대對를 이루고 있다.
81) Catherine A. Witzling 〈The Poetry of CHIA-TAO: A Re-Examination of Critical Stereotypes〉, p.316.
82) 《長江集》 詩附.

에 대한 조예가 깊다는 점을 고려하여 한가지 이 시의 심층적 해석을 한다면, 시중의 은자는 구체적 인물로 볼 수도 있겠고, 혹은 진리 그 자체로 볼 수도 있을 것이다. 후자로 보면 그 의미는 더욱 심장深長해진다. 진리는 우리들 인생의 주위에 존재하지만, 대부분의 사람들은 이를 보지 못한다. 이 점에서 작자는 진리를 가리는 구름을 걷도록 요청하고 있는 것이라는 해석도 가능하다. 선문답과 같은 문답식 대화체로 산문적 화법을 사용하고 있다.

4. 불교시

가도에게 있어서 은일은 인생의 최종적 귀결점으로 설정되어 있다. 그는 초년에 승려로서 지냈다가 세상에 다시 나와 생활을 하기는 했지만 뜻하는 바를 얻지 못했고, 어려울 때마다 그에게는 불교와 시창작이 큰 힘이 되어주었다. 특히 그는 많은 승려들과 교제하였고, 실제로 환속 이후에도 사원에서 생활을 많이 하였다. 그의 종제從弟인 무가상인에게 보낸 다음 시에는 은일의 심정이 잘 드러나 있다.

<寄無可上人>　　　〈무가상인에게〉83)
僻寺多高樹　　　외진 절엔 높은 나무들 많았는데
涼天憶重遊　　　날 차가워지니 다시금 가고 싶어라.
磬過溝水盡　　　경쇠 소리는 시내 끝을 지나고
月入草堂秋　　　달빛은 가을 초당으로 들어온다.
穴蟻苔痕靜　　　구멍 속 개미, 이끼엔 자취도 없이 고요하고
藏蟬柏葉稠　　　숨어있는 매미는 빽빽한 측백나무 속에 있네.
名山思徧往　　　명산을 두루 다니고 싶다더니
早晚到嵩丘　　　그대 언제나 숭산에 돌아오는가?

---

83) 권3, 〈寄無可上人〉.

앞 3연은 모두 무가상인이 머물던 초당사의 경치를 생각하며 묘사했는데, 외면상으로는 무가상인과는 전혀 무관한 듯한 내용이다. 그러다가 4연에 가서 비로소 그가 어서 유람을 끝내고 돌아와 만날 수 있기를 바라는 희망으로 끝을 맺었다. 결국 이 시의 의미 전개는 기승전결로 이루어지지 않고, 3경 1정의 구조를 지니고 있다. 무가상인과 같이 있던 초당사에 대한 그리움이 잘 드러나는 시이다. 3연은 역시 가도다운 쓸쓸하고 차가운 의상意象이 상징적으로 표현되어 있다. 다음 시에는 그가 바라던 은거의 희망이 보다 직접적으로 나타나있다.

〈宿慈恩寺郁公房〉	〈자은사 문욱공의 방에 기거하며〉84)
病身來寄宿	몸 아파 와서 묵으니
自掃一床閒	스스로 한 침상의 한적함을 쓸어버린다.
反照臨江磬	석양은 강가에 와 닿고
新秋過雨山	초가을 산에 비 뿌리고 가네.
竹陰移冷月	대숲 사이로 차운 달 움직여가고
荷氣帶禪關	연꽃향은 선문禪門을 두드리네.
獨往天台意	홀로 천태산天台山으로 갈 생각 있으니
方從內請還	다시 돌아갈 것을 내청內請해볼까 하네.

이 시는 820년(42세)에 지은 것인데, 가도는 여전히 과거에 붙지 못한 상태에서 장안의 자은사 문욱원에 있었다. 당시 그는 건강도 좋지 않았는데, 이 작품은 당시의 심경을 잘 드러내주고 있다. 전체적으로 쓸쓸하고 선정禪靜한 분위기를 지니고 있으며 뜻대로 되지 않는 구사求仕의 길에 대한 회한의 정서가 천태산에의 은거로 연결되었다. 그러나 이미 환속하여 완전한 은일이 쉽지 않은 가도에게 다음 작품은 이를 대체할 강렬한 또 다른 성취 동기가 있음을 보여주고 있다.

---

84) 권7, 〈宿慈恩寺郁公房〉; 7구의 "往"은 혹 "住"로 되어 있다.

〈送天台僧〉   〈천태산 스님을 보내며〉85)
遠夢歸華頂   오래된 꿈은 화산 봉우리로 돌아가는 것
扁舟背岳陽   조각배에 악양호를 등지고 떠나네.
寒蔬修淨食   차가운 소채蔬菜로 소박한 식사를 하고
夜浪動船床   밤 파도는 배 안 침상을 흔든다.
雁過孤峯曉   기러기 외로운 새벽 산봉우리를 지나고
猿啼一樹霜   원숭이는 서리내린 한그루 나무위에서 우네.
身心無別念   이 몸과 마음에 다른 잡념 없으니
餘習在詩章   마지막 남은 습관은 시작詩作에 있을 뿐.

　　시점과 시간의 경과가 분명하지 않은 이 작품은 전반과 후반으로 나누어 생각해야 할 것 같다. 현실에서 득의得意하지 못한 그에게 있어서 은일은 종국적인 꿈이었다. 따라서 1연에서 그는 배를 타고서 절로 돌아가는 스님을 향해 자신의 소원을 이입시킴으로써 시작한다. 이러한 이입을 통해 스님과 자신은 동일시되어 스님의 상황은 자연스럽게 자신이야기 이기도 하다. 2연에서는 스님이 타고 가는 배 안의 상황을 상상하였다.

　　3연부터는 서술 시각을 스님으로부터 자신에게로 완전히 옮겼다. 그리고 새벽녘까지 상념에 잠 못 이루며 밤 경치를 감상하기도 하다 결국 자신에게 있어서 최종적인 과제인 시창작의 삶의 도경으로 끝난다. 결국 가도에게 있어서 시는 그가 할 수 있는 현실적이며 최대한의 자기 표현의 수단이자 목표였다. 한편 이 시에서 두드러지는 부분은 4연과 같이 시중에 시를 쓰는 자신의 모습과 생각까지도 객관화시켜 표현한 점이다. 시에서의 자기투영은 적어도 당대唐代 이전의 시인들에게는 흔히 보이지 않던 일이었다. 가도는 보다 넓은 사회적 문제 등에 관심을 기울이지 않은 대신 개인적 곤경과 선종의 세례를 통해 점차 내성적 관찰에 힘을 기울이게 되었고, 그 결과 이같은 자기 묘사가 가능하게 되지 않았을까

---

85) 권4, 〈送天台僧〉.

생각한다.

　다음 작품도 역시 이 시와 유사한 방식으로 은일의 장소로서 화산의 사원의 유심幽深한 정경을 그려내고 있다. 특히 상상적 정경이 떠오르는 모습을 표현한 2연은 표현이 매우 아름답다.

<table>
<tr><td>〈寄華山僧〉</td><td>〈화산의 스님에게〉86)</td></tr>
<tr><td>遙知白石室</td><td>멀리서 흰 석실石室 알았거니</td></tr>
<tr><td>松柏隱朦朧</td><td>그중에 아스라히 송백松柏이 숨어 있네.</td></tr>
<tr><td>月落看心次</td><td>달은 바라보는 마음 속으로 지고</td></tr>
<tr><td>雲生閉目中</td><td>구름은 감은 눈에서 생겨난다.</td></tr>
<tr><td>五更鐘隔岳</td><td>오경의 종소리는 봉우리 저쪽에서 들리고</td></tr>
<tr><td>萬尺水懸空</td><td>만 길 물길은 하늘에 걸렸네.</td></tr>
<tr><td>苔蘇嵌巖所</td><td>풀이끼 어린 깊은 골짜기의 처소</td></tr>
<tr><td>依稀有境通</td><td>희미하게 통하는 길 하나 나있네.</td></tr>
</table>

　그는 본래 승려였다가 환속하여서 구사의 길을 걸었고, 이것이 잘 되지 않자 은거의 생각을 버리지 않았다. 실제로 승려들과 빈번한 왕래를 했으며, 절에서 기거한 시기도 적지 않았다. 그의 종교적 경향은 선종으로서 율법보다는 좌선에 의해 진리에 도달하고자 한다.87) 이는 그의 시 〈신년新年〉(권6)의 '누가 이 한을 풀어주리요, 어찌 북종인이겠는가?(誰能平此恨 豈是北宗人)'라고 한데서도 그가 남종선南宗禪을 추구하고 있음을 알 수 있다. 그는 많은 승려들과 만나고 헤어지며 지은 작품이 적지 않은데, 무명의 승려들을 보내면서 지은 〈송승送僧〉이란 제목의 시 중 2수를 감상해보자.

---

86) 권7, 〈寄華山僧〉.
87) 권5, 〈寄賀蘭上人〉, "스승이란 없으니 禪은 스스로 깨닫는 것.(無師禪自解)"

〈送僧〉　　　　　　　　〈스님을 보내며〉88)
池上時時松雪落　　　지당위로 간간이 송설 떨어지고,
焚香煙起見孤燈　　　분향연기 오르는데 외로운 등불 보인다.
靜夜憶誰來對坐　　　고요한 밤 누구 생각하며 마주앉을까?
曲江南岸寺中僧　　　곡강 남쪽 기슭 절의 스님이로다.

〈送僧〉　　　　　　　　〈스님을 보내며〉89)
此生披衲過　　　　　이 인생 회색 승복 입고 지내니
在世得身閑　　　　　세상에서 몸 한가롭다.
日午遊都市　　　　　낮이 되면 도시를 돌고
天寒往華山　　　　　날 추우면 화산으로 돌아가네.
言歸文字外　　　　　말은 문자의 밖으로 돌아가고
意出有無間　　　　　뜻은 유무 간에 나온다.
仙掌雲邊樹　　　　　화산 봉우리 구름가 나무 사이로
巢禽時出關　　　　　날짐승 수시로 들고난다.

　　7언 절구인 앞시는 겨울밤 법당안의 그으윽한 정경과 낮에 헤어진
낙유원樂遊園 부근 곡강曲江가의 스님을 생각하는 가도의 심경을 그
렸다. 5언 율시인 뒷시는 겨울날 만났다 헤어지는 스님의 모습을
통해 유유자적한 가운데 진리를 찾는 구도자의 세계가 그려져 있
다. 특히 끝연은 한마디 화두와 같이 함축적 이미지를 남긴 가운
데 여운을 남기며 맺고 있다. 두 수 모두 선적 정취 속에서 작자
의 평화로운 심리상태를 자연스러운 표현을 통해 나타냈다. 정태
적 회화미가 강하여 조용한 가운데 함축적 의미 전달을 꾀하는 당
시唐詩의 전형적인 면모를 보여주고 있다.

〈夏夜登南樓〉　　　　〈여름밤 남루南樓에 올라〉90)
水岸寒樓帶月躋　　　물언덕 차운 누대에 달과 함께 오르니

---

88) 권10, 〈送僧〉.
89) 권8, 〈送僧〉. 仙掌은 華山의 두 봉우리가 만나는 곳.
90) 권10, 〈夏夜登南樓〉.

夏林初見岳陽溪	여름 숲 속에 비로소 악양의 강물이 보이네.
一點新螢報秋信	한점 새로 나온 반딧불은 가을을 알리는데
不知何處是菩提	어디가 보리인지 알 수가 없네.

이 작품은 그가 죽기 한 해 전인 842년(64세) 보주사창참군으로 있을 때 지은 것이다. 여기서 남루는 안악현安岳縣의 공부루工部樓인데, 그는 이 누대에 올라 마지막 여름날의 하룻밤을 보냈다. 시중의 "보리"란 부처가 그 밑에서 진리를 깨친 보리수의 보리(菩提)인데, 범어梵語 'Bodhi'를 가리키며 부처의 깨달음 또는 "정각正覺"을 의미한다. 이 시는 다른 시에 비해 비교적 직접적으로 불교적 진리의 실체, 즉 정각에 대한 물음을 던지고 있다. 특히 제4구와 대비되는 3구의 명멸하는 "한점 반딧불"은 존재의 가벼움을 인식케하는 매개체로도 해석할 수 있을 것이다. 이러한 매개를 통해 가도는 역시 우주의 실체와 운행의 섭리에 대한 사변으로 들어가 진리의 소재를 캐묻고 있는 것이다.

가도는 눈에 보이는 사물을 있는 그대로 보지 않고 그 존재의 이면에 개재된 배후의 세계에 보다 깊은 관심을 가졌다. 이같은 사변성은 반드시 가도에게만 보이는 것은 아닐 것이다. 그러나 현실이 따뜻한 위로가 되지 못했던 가도의 경우에는 사물의 배후적 세계에 더 관심을 갖게 되었을 것이다. 그리고 이러한 사유방식에 불교적 수행과 소양이 큰 뒷받침이 되어주었다. 특히 그의 종교가 남종선이었기 때문에 더욱 그러했다.91) 비록 입신양명을 위해 과거에 뛰어들고 세속에 몸을 묻히기는 했지만, 일생을 통해 땅에 발을 딛고 있으면서도 이상의 선계를 추구하고 선정을 통해 자신의 내면을 탐구하는 자세를 심화·확장시켜 나갔던 것이다.

---

91) Catherine A. Witzling , *The Poetry of CHIA-TAO: A Re-Examination of Critical Stereotypes*, p.224.

이상으로 가도시의 내용을 살펴보았다. 그의 시는 내용면에서 과거의 실패로 인한 생활 반경의 협소성으로 인해 주로 개인의 생활 범주에서 벗어나지 못하고 있다. 따라서 사회적 관계란 그와 시를 주고받았던 그리 많지 않은 문인과 승려들이 전부였다. 본 장에서는 가도의 시를 4종으로 구분해서 구체적 면모를 예술적 부분도 함께 검토해 보았다. 내용을 위주로 그의 시를 요약하면, 문인관리와의 교유를 중심으로 한 것, 생활 주변의 일상적 영회詠懷를 표현한 것, 여행이나 유람 중의 자연 경물을 감상하며 이에 대한 서정을 노래한 것, 그리고 승려와의 교유 및 사찰에서의 기거를 다룬 것으로 나누었다. 비록 그가 읊었던 제재의 범위가 좁기는 해도, 반대로 제재를 다루는 깊이, 즉 자기 자신에 대한 바라봄의 깊이는 상당한 정도에 이르고 있다. 그는 여의치 않은 세상에 대한 시야를 자신의 안으로 거두어 자연과 불교의 선적 세계에 대한 추구를 통해 감내했던 것이다. 아울러 경물을 묘사하고 감정을 이입시키는 기교적 천착穿鑿도 다양하게 구사했음을 볼 수 있다.

Ⅲ. 가도 시의 특징과 평가

1. 창작 태도와 풍격

가도가 처한 현실이 어려우면 어려울수록 그의 시에 대한 정열은 더욱 유일한 대안이자 분출구가 되었다. 그의 시가창작에 관한 일화는 여러 가지가 남아 있다. 본 장에서는 이들 중 몇 가지 일화를 살펴봄으로써 그의 시에 대한 창작 태도를 가늠해보고, 아울러 그 핵심어인 "고음苦吟"이란 말이 실제 시에서는 어떠한 작용과 풍격을 야기하는가를 검토해 보기로 한다.

가도의 고음에 얽힌 일화로서 '퇴고'에 얽힌 한유와의 만남은 앞에서 살펴본 바 있으며, 그가 시에 얼마나 집착했는가에 대한 고사가 《당재자전》에 있다. "(가도는) 매년 섣달 그믐날 밤이면, 꼭 일 년간 지은 것들을 상 위에 올려놓고 분향 재배하고 술을 따르며 '이것은 제가 일년 내내 고심한 것들입니다.'고 축문祝文을 올렸다. 그리고는 통음痛飮하며 노래 불러댄 후에 끝냈다."고 했다. 시를 대하는 진지한 태도를 잘 말해주는 고사이다. 또한 1장 2절 《신당서·한유전》에서 간략히 언급한 구류拘留의 고사가 《당재자전교전唐才子傳校箋》에는 보다 상세하게 언급되어 있다.

  하루는 노둔한 나귀를 끌고 수레 뚜껑을 열고 장안 거리를 횡단하고 있었다. 마침 추풍이 매섭게 불어 낙엽을 쓸어가니, "낙엽이 장안에 가득하다"고 하고는 대구를 생각하는데 잘 되지 않았다. 갑자기 "추풍이 위수에 불어오네"라는 구절로 대를 잇고는 매우 즐거워했다. 그러다가 경조윤 유서초와 맞부딪치는 바람에 하루 저녁을 잡혀있다가 아침에 풀려났다.92)

사실 여부에 대해서는 유서초劉棲楚의 경조윤 시기 등 몇 가지 의문점이 남기는 하지만, 이 글로부터 우리는 적어도 가도가 시짓기에 매우 고심한 사람이라는 점만은 잘 알 수 있다. 여기서 문제가 된 시구는 《장강집長江集》 권5의 〈강상江上의 오처사吳處士를 생각하며〔憶江上吳處士〕〉 중 제2연의 구절이었다. 그의 시에 대한 열정은 다음 시를 통해서 확인할 수 있다.

〈戲贈友人〉   〈친구에게 장난삼아 지어 주며〉93)
一日不作詩   하루라도 시를 짓지 않으면
心源如廢井   마음의 샘은 못쓰는 우물과 같아.

---

92) 《唐才子傳校箋》 권5, "嘗跨蹇驢張蓋, 橫截天衢. 時秋風正厲, 黃葉可掃, 遂吟曰, '落葉滿長安'. 方思屬聯, 杳不可得. 忽以 '秋風吹渭水'爲對, 喜不自勝. 因唐突大京兆劉棲楚, 被繫一夕, 旦釋之."
93) 권2, 〈戲贈友人〉.

筆硯爲轆轤	붓과 벼루는 도르래가 되고
吟詠作縻綆	읊조림은 두레박줄이 되네.
朝來重汲引	아침이 오면 다시금 물을 길어
依舊得淸冷	여전히 맑고 시원한 물 얻어낸다.
書贈同懷人	글지어 지기에게 보내니
詞中多苦辛	글중에 신고辛苦 얼마나 많은가!

 장난으로 지었다고 하는 이 시는 사실 시에 대한 그의 뜨거운 열정을 충분히 느끼게 해준다. 여기에서 한 가지 추측 가능한 것은 가도에게 있어서 시는 처음에는 과거와 출세와 교제를 위한 한 가지 유력한 수단으로서의 의미가 더 컸을지도 모른다는 점이다. 불우한 과거시험 탈락자가 자신을 나타낼 수 있는 다른 여건을 구비하고 있지 못할 때, 시작詩作은 오히려 그것 자체로서 하나의 큰 의미이자 목적으로 다가올 수도 있다. 그는 시를 통해서 세계와 대화하고 자신과 대화하며 스스로 위로 받았던 것으로 보인다. 그리고 시에 집착하면 할수록 그는 시속으로 파고 들어가 생명을 부여하는 일에 열중했다. 이것이 구체적으로 드러난 행태가 바로 고음苦吟의 작업인 것이다. 고음에 대한 언급은 가도의 시 가운데에도 직접 등장한다.

〈寄賀蘭朋吉〉	〈하란붕길賀蘭朋吉에게〉94)
往往東林下	동림사東林寺 밑으로 가고 가보니
花香似火焚	꽃향내 마치 향을 사르는 듯
故園從小別	고향땅 어려서 떠났는데
夜雨近秋聞	밤비는 가을 가까워지는 소리 듣는 듯하다
野菜連寒水	채소는 차가운 물가옆으로 이어 있고
枯株簇古墳	마른 나무들 옛무덤에 총총하네
汎舟同遠客	배타고 함께 멀리 나갔던 나그네
尋寺入幽雲	절 찾아 깊은 구름 속으로 들어왔는데

---

94) 권3, 〈寄賀蘭朋吉〉, "苦吟遙可想, 邊葉正紛紛"

<table>
<tr><td>斜日扉多掩</td><td>석양에 사립문 닫아두고</td></tr>
<tr><td>荒田徑細分</td><td>황량한 밭 사이 길 가늘게 나뉘어졌다</td></tr>
<tr><td>相思蟬幾處</td><td>서로 그리워하는 매미 여기저기서 울고</td></tr>
<tr><td>偶坐蝶成群</td><td>짝지어 앉은 나비는 한떼를 이루었구나</td></tr>
<tr><td>會宿曾論道</td><td>함께 모여 자며 도를 논해 보다가</td></tr>
<tr><td>登高省議文</td><td>산에 오르니 글월 논할 일 없네</td></tr>
<tr><td>苦吟遙可想</td><td>'고음'하며 멀리 생각하는데</td></tr>
<tr><td>邊葉正紛紛</td><td>가장자리 나뭇잎 어지럽게 날린다</td></tr>
</table>

　　승려 하란賀蘭에게 보낸 이 시는 끝에 나오는 '고음'구 외에 가도가 어려서 고향을 떠났다는 사실도 확인케 해준다. 이밖에도 "흰 수염 여기저기 돋아나는데, 저도 몰래 흐르는 두 줄기 눈물. 말없는 중에 홀로 하는 아침 저녁, 고음의 시 누가 기쁘게 들어주랴!"95), "냇물 서쪽 읊조리기 애쓰는 나그네, 한밤중에 이야기하다간 또 그리워하네."96), "고음하며 그리워하는 곳에, 하늘 차고 물 급하게 흐른다."97), "삼월하고도 바로 그믐날, 봄경치는 고음하는 나를 두고 떠나려나. 그대와 함께 오늘밤은 잠자지 말자, 새벽종 울리기 전 아직은 봄이 아닌가!"98) 등의 시에서 '고음' 또는 '음고吟苦'라는 말을 발견할 수 있는데, 이는 모두 가도가 외로운 중에 시가의 창작과 시어의 단련에 애쓰고 있음을 보여준다. 또 그의 동료들 또한 가도를 일컬어 "하루 종일 읊조리고 앉아 배고픔을 참으니, 만

---

95) 권4, 〈秋暮〉, "북문의 수양버들 잎, 어지럽게 날리는 줄 몰랐었네. 학을 만나러 물가에 가니, 맞이하는 스님 홀연 구름 등지네. 흰 수염 여기저기 돋아나는데, 저도 몰래 흐르는 두줄기 눈물. 말없는 중에 홀로하는 아침 저녁, 고음의 시 누가 기쁘게 들어주랴!(北門楊柳葉, 不覺已繽紛. 値鶴因臨水, 迎僧忽背雲. 白鬚相並出, 暗淚兩行分. 默默空朝夕, 苦吟誰喜聞.)"

96) 권4, 〈夜雨同厲懷皇甫荀〉, "溝西吟苦客, 中夕話兼思."

97) 권5, 〈懷博陵故人〉, "吟苦相思處, 天寒水急流."

98) 권10, 〈三月晦日贈劉評事〉, "三月正當三十日, 風光別我苦吟身. 共君今夜不須眠, 未到曉鍾猶是春."

인 중에 그대같은 이 찾아보기 힘드네."(王建)99), "읊조림과 추위
에 이빨도 다 빠질 것 같고, 재주는 빼어나 스스로 이름이 드리워
지네."(요합姚合)100)라고 그의 고음을 알아주었다. 다음 맹교孟郊의
시는 가도의 시에 대한 진지한 열정과 그의 독특한 풍모를 잘 표현
하고 있으며, 또한 한유는 가도에 대해, "교묘함과 궁함과 괴상함
과 변화를 얻어, 왕왕 평담을 만들어낸다."고 평하기도 했다.101)

〈무본 스님에게 장난삼아 드리네〉
長安秋聲乾	장안의 가을 소리 마르고
木葉相號悲	나뭇잎은 서로 처량한 소리 낼 때.
瘦僧臥氷凌	깡마른 스님이 얼음장위에 누워
嘲詠含金瘡	상처를 머금고 읊어대는 듯하네.
金瘡非戰痕	상처야 전흔戰痕이 아니지만
峭病方在茲	남다른 병처病處가 바로 여기에 있네.
詩骨聳東野	시의 골기骨氣는 동야東野보다 빼어나고
詩濤涌退之	시의 파도는 동야東野 위로 솟구친다.
有時踉蹌行	때때로 (고음으로) 비틀거리며 걸으면
人驚鶴阿師	사람들은 학과 같은 스님에 놀라는구나.
可惜李杜死	이두李杜가 죽은게 아쉽구나
不見此狂癡	이(시에) 미친 친구를 못보다니!

다음 작품은 이미 1장 2절에서 본 〈무가상인을 보내며〉 중 특
히 3연의 "홀로 가는데 못물에 그림자 비치고, 몇 번이나 나뭇가
에서 몸을 쉬노라."102)라는 표현에 만족해하면서 3연 밑에 부기附
記한 작품으로, 가도의 시에 대한 열정이 핍진逼眞하게 드러난다.

---

99) 《全唐詩》 권300, 〈寄賈島〉, "盡日吟詩坐忍飢, 萬人中覓似君稀."
100) 《全唐詩》 권4970, 〈寄賈島〉, "吟寒齒應落, 才峭自名垂."
101) 韓愈, 〈送無本師歸范陽〉, "姦窮怪變得, 往往造平淡". 여기서 '姦·
　　窮·怪·變'은 각각 巧思, 苦吟, 新奇, 創造를 뜻한다고 보기도 한
　　다.(張淸華主編, 《韓愈詩文評注》, 中州古籍出版社, p.691, 1991.)
102) 권3, 〈送無可上人〉, "獨行潭底影, 數息樹邊身."

<書詩後>   <시를 쓰고난 후>103)
二句三年得   두 구를 삼년 걸려 얻고는
一吟雙淚流   한번 읊조림에 눈물이 흐르네.
知音如不賞   알아줄 이 칭찬 없으면
歸臥故山秋   돌아가 가을 옛산에 눕겠네.

우리는 여기서 두 구를 삼 년씩 걸려 얻어내고는 감격에 젖어 눈물 흘리는 시인의 순수성을 볼 수 있다. 그의 시 중에는 이같은 고음의 고통과 자세를 노래한 작품이 많다. 이와 동시에 이를 인정받지 못할 때 크게 낙심하는 여린 면모도 함께 느끼게 된다. 이는 그만큼 그의 시세계의 배후에는 현실적으로 늘 여의치 못한 환경이 있다는 의미도 된다. 사실 앞 시의 3연이 정말 3년씩이나 걸려 얻을 만큼 훌륭한 구절인지는 확신하기 어렵다. 그리고 과도한 천착穿鑿은 오히려 시야의 보편성을 잃게 하며 편협한 표현으로 빠지게 될 우려도 없지는 않다. 하지만 이같은 창작 태도는 시구詩句에 대한 진지한 열정위에서 철저한 단련과 완벽을 기하려는 그의 성품을 보여 준다. 이렇듯 과거 준비로서든 자신 해탈의 과정으로서든 시외에는 뚜렷이 다른 할 일이 없었던 점은 좋게 말하면 성실한 고음 시인이라는 칭호를 붙이게 만든 요인일 것이며, 한편으로는 그의 시세계의 폭을 좁게 한 원인으로 작용할 수도 있다.

그러면 이같은 고음苦吟의 태도는 그의 시가 풍격을 어떠한 방향으로 나아가게 했는가? 풍격이란 단순한 예술분석만이 아닌 시를 중심으로 하여 그의 인격의 영역까지 포함한 총체적인 개념이다.104) 따라서 이러한 말 속에는 그들의 전인격全人格이 함께 용해되어 있는 것이다. 가도의 풍격에 관해서 소식은 당대唐代의 몇 몇 시인에 대해 <제류자옥문祭柳子玉文>에서 "원진은 가볍고 백거이

---

103) 권3. <送無可上人> 註文.
104) 袁行霈 著, 朴鍾赫 等譯, 《中國詩歌藝術硏究·自序》, 아세아문화사. 1990. p.8.

는 통속적이며, 맹교는 춥고 가도는 수척하다. 〔元輕白俗, 郊寒島瘦〕"고 그들의 풍격을 평한바 있는데, 이같은 평어評語는 역사적으로 매우 유력한 힘을 갖게 되었다. 여기서 "맹교는 춥고 가도는 수척하다."고 한 평가가 어느 정도의 차이를 가지며 또 얼마나 타당한지는 속단하기 어렵다.105) 다만 두 평어는 매우 유사한 의미를 공유하고 있으며, 이 두 사람이 따뜻하고 풍성한 면모와는 거리가 있는 창작적 풍미風味를 지녔음을 알 수 있다. 맹교와 가도는 시대, 출신, 인생, 교분, 문학적 배경 등 여러 면에서 유사한 역정을 걸었다. 이들은 출신이 한미寒微하고 뜻을 얻지 못한 궁사窮士로서 만년에 미관微官을 지냈으며 가족적 사회적 경제적 피폐疲弊를 많이 겪은 점 등에서 서로 같다. 또 문학적으로도 한유와 함께 창작활동 면에서 유사한 모색과 풍격으로 시를 쓴 점도 같다.106) 그러나 맹교는 46세인 796년에 늦게나마 진사에 붙었으니, 가도에 비하면 그래도 형편이 낫다고 해야 할 것이다. 또한 용모 면에서도 가도는 키가 크고 수척했다고 한다.107) 이러한 점에서는 가도에게 '수척하다瘦'란 평어가 적당한 듯하나, '춥다寒'와의 차이를 속단하기란 아무래도 쉽지 않다.

참고삼아 이 두 사람에 대해 《맹교·가도시선》을 쓴 유사한劉斯翰이 내린 비교를 보면, 이 둘은 다 같은 고음 시인이지만, 맹교는

---

105) 王世貞 같은 경우는 《藝苑巵言》에서 "郊寒島瘦, 此是定論"이라고 전적으로 수긍했다.

106) 앞서 언급한 가도시의 사슬식 구조는 맹교시에서도 심심치 않게 나타난다. 맹교의 〈憶江南弟〉, 〈送道士〉, 〈送淡公十二首〉(제3수) 들에서는 그 특징이 현저하게 나타난다.

107) 孟郊, 〈戲贈無本二首〉"瘦僧臥水凌, 嘲詠含金痍"; 陳曉蕾은 〈賈島的生平和他的詩〉에서 "그의 시는 '瘦' 1자 — 즉 맑고 마른 외모 — 로써 상징할 수 있다."고 했다. 또 韓愈는 〈送無本師歸范陽〉에서 '無本(賈島)는 글을 쓸 때, 몸은 크지만 그의 담력에 따라가지 못하네. 내 일찍이 나타내기 어려운 것을, 용감하게 나아가 하지 못함이 없네.(無本于爲文, 身大不及膽. 吾嘗示之難, 勇往無不敢)"이라고 했다.

입세入世의 유학을 종지宗旨로 여기고 상대적으로 세상에 대한 열정과 집착 속에 울분을 토로했으며, 가도는 불노佛老에 빠져 현실에 대해서는 소극적이고 담박淡泊 황탄荒誕한 면이 있으며 현실을 피해 스스로 빈곤을 감수하려는 모순적 정신이 있다고 평했다. 그리고 맹교시 풍격에 대해서는 '웅오雄驁, 생초生峭, 아려雅麗, 기고奇古'의 네 가지를, 가도에 대해서는 '광괴狂怪, 청고淸苦, 고한高閑, 고담古淡'의 네 가지를 들었다.108) 또 이가언李嘉言은 '수瘦'자에 대해 '한고寒苦', '벽삽僻澀', '협착狹窄', '쇄세瑣細'한 생활과 사상 및 견문 등이 작용하여 형성된 풍격을 이른다고 했다.109)

필자는 가도시의 풍격을 논할 때에는 사회적 자아 실현이 충분하지 못한 데 따른 소극적 정서, 그리고 본인의 경력적 편향이 불문佛門의 영향에서 벗어나지 않고 있다는 점, 그리고 지금까지 보아온 대로 사회적 관심보다는 개인적 서정과 감상 및 은일의 심정을 위주로 창작하였다는 점, 그리고 내면의 정신세계 속에서는 자기와 다른 사람을 구별하려는 경향 등을 주요한 배경 요인으로 고려해야 한다고 생각한다.

가도시의 중요한 풍격에 대해서는 소식이 맹교·가도에 대해 평한 바와 같이 '수척하고 춥다瘦寒'를 하나로 묶어 표현해도 좋겠으나, 필자는 풍격이 자신이 살아온 인생 역정과도 밀접한 관련을 맺는다는 점에서 여기에 인생의 역정을 대변하는 '청고淸苦'라는 말을 덧붙이고 싶다. '청'은 비록 그가 세속에 몸을 담기는 했지만 그의 불교와의 인연 및 종국적 은일을 꿈꾸고 현실생활에 힘차게 뿌리내리지 못한 점을, '고'는 과거의 낙방과 구사求仕의 좌절이 야기한 그의 사회적 경제적 가족적 고통과 적막감을 요약하고 있다. 이는 자신을 시정市井 사람들과는 차별하는 자기 나름의 고결한 의

---

108) 《孟郊·賈島詩選》〈前言〉, 三聯書店香港分店, 1986, p.11.
109) 李嘉言, 《李嘉言古典文學論文集》, 〈長江集新校·前言〉, 上海古籍出版社, 1987, 上海, p.359.

식과도 밀접한 관계가 있다.110) 이러할 때 그가 감수할 수밖에 없었던 고한苦寒의 시간들이 맑게 빛나는 것이다. 그러면 그의 작품에 보이는 청고淸苦·수한瘦寒한 면은 과연 어떠한 것인가? 먼저 다음 두 작품을 통해 내용 및 예술적 측면에서 상기한 풍격과의 관계를 살펴보기로 한다.

〈宿山寺〉	〈산사에서 묵으며〉111)
衆軸聳寒色	뭇봉우리 차운 색 띠며 솟구쳤고
精廬向此分	산사는 이 산봉우리와 떨어져 있네.
流星透疏木	유성은 성긴 나무틈새로 지나가고
走月逆行雲	달은 흐르는 구름에 거슬러 간다.
絶頂人來少	산 정상엔 오는 이 적고
高松鶴不群	높은 소나무위 학은 무리짓지 않았다.
一僧年八十	한 스님은 나이 팔십에
世事未曾聞	세상 일은 들은 바 없단다.

이 시는 전반에선 가을쯤 되는 산사의 밤풍경, 즉 순수한 경경景을 그리고 있다. 그리고 후반에선 정情 혹은 사事로서 산사와 관련된 사상을 시의 앞 부분과 관련하여 묘사했다. 가장 빼어난 구절은 제2연으로서 맑은 밤하늘에 별똥별이 나뭇가지 성긴 틈새로 떨어지고, 달은 구름 가는 반대로 흐르는 듯이 보이는 경치를 매우 아름답게 표현한 부분이다. 그리고 전 시의 주제는 3연의 '불군不群'이라는 말에 있다. 그것은 세상 중에 홀로 깨어있는 듯이 외로운 가운데 곧은 정신을 추구하고 있음을 보여주고 있다. 이를 부연敷衍하면 불군의 자각적 정신이라고 해도 좋을 것이다. 이러한 정신이 세상을 얻어 적극적으로 구현될 때는 한유와 같은 독창적 문화

---

110) 〈翫月〉 시에서 그는 문면상으로는 "시정배들과 다를 바 없다"고 표현했지만, 사실은 그들과 다른 사람임을 시 전체를 통해 강조했다.

111) 권8. 〈宿山寺〉.

운동의 기수로 나아갈 수 있을 것이며, 그렇지 않고 기세를 얻지 못해 한 개인의 내면세계로 움추려들 때에는 가도같은 방식으로도 나타나기도 한다.112) 이는 풍격적 측면에서 청고 수한에 가깝다 하겠다.

이 시를 예술적 측면에서 더 검토해 보면 차가운 밤중의 산사는 여러 산봉우리와 다른 쪽에 떨어져 존재하고 있다. 그리고 유성이 떨어지는 밤, 달은 구름과 반대의 방향으로 흘러가고 있는 것이다. 가도 역시 깊은 밤에 홀로 깨어서 이러한 사실을 관찰하고 있다. 이러한 '불군'은 시의 후반에서도 학은 '높은' 소나무 위에 '홀로' 앉아있으며, 고승도 세상사와는 무관한 삶을 살아가고 있다. 시 속에 나타난 모든 존재, 즉 '산사', '유성', '달', '학', '스님'들은 각기 홀로 자기 본연의 위치에 충실할 뿐이다. 그러면서도 이 모든 차가운 존재들은 관찰자 가도와 함께 어느 사이에 서로 일체가 되어 하나의 독특하면서도 청랭淸冷한 이미지를 형성하고 있다.

〈泥陽館〉	〈이양관泥陽館〉113)
客愁何併起	나그네 시름 어찌하여 함께 일어나는가
暮送故人回	저녁에 친구를 전송하고 오는데.
廢館秋螢出	낡은 여관에 가을 반딧불 나오고
空城寒雨來	텅빈 성에는 찬비 내린다.
夕陽飄白露	석양은 맑은 이슬에 불어오고
樹影掃青苔	나무 그림자는 푸른 이끼를 쓸어내린다.
獨坐離容慘	혼자 앉아 객과 이별한 얼굴 참담하니
孤燈照不開	외로운 등불 비출까 켜지 않네.

---

112) 〈검객劍客〉(권1)은 "십년에 검하나 갈아, 서리같은 칼날 써보지 않았네. 오늘 그대에게 보이나니, 그 누가 옳지 않은 일 있던가? (十年磨一劍, 霜刃未曾試. 今日把示君, 誰有不平事)"라고 하여 매우 기세 좋게 써내려 갔다. 그러나 이같은 힘찬 시는 그의 시집 중 거의 유일하다.

113) 권5, 〈泥陽館〉.

제목의 이양은 지명이다. 친구를 이별하고 홀로 여관으로 돌아와 느낀 이별의 시름을 적은 이 작품은 가도의 시중 그리 어렵지 않게 찾을 수 있는 평범한 시의 하나이다. 그러나 시를 자세히 살펴보면 시어 하나마다 각고의 단련을 기한 흔적을 찾아볼 수 있다. 전체적으로 시는 분위기가 매우 가라앉아 있다. 그렇게 느끼게 되는 주요한 원인은 우선 시어에 있다. '객수客愁', '모송暮送', '폐관廢館', '추형秋螢', '공성空城', '한우寒雨'. '석양夕陽' '백로白露', '수영樹影', '청태靑苔', '독좌獨坐', '이용離容', '고등孤燈' 등 대부분의 시어들은 모두 매우 쓸쓸하거나 또는 청랭한 느낌을 주는 말들이다. 두 자로 된 이 말들은 주로 '형용사+명사'로 이루어졌고, '모송暮送'과 '독좌獨坐' 두 곳만이 '부사+동사'로 되어 있다. 명사 중에는 그 '시름'이나 '그림자' 같이 일정한 방향을 지니는 말도 있으나, 대부분은 '여관' '반딧불', '성', '해' 등과 같이 자체로는 특별한 의미지향이 없는 경우이다. 이 경우 형용어에서 '저녁', '가을', '빈', '지는' 등의 의미를 부여해 시 전체를 음산하게 이끌어 갔다. 전체 40자 중 26자가 소슬蕭瑟한 느낌을 주는 말로 구성되어 있고 나머지는 주로 이를 연결해주는 연결사들이다. 이 작품은 전체적 분위기상 정경의 묘사를 통해 작자의 외롭고 쓸쓸한 상념을 담은 가도시의 전형을 이루고 있다.

다음으로는 이러한 시어의 조각들을 결합하는 구성력에서 그 원인을 찾을 수 있다. 1연은 첫머리에 주제어인 '객수客愁'를 내세워 시를 시작하면서 이별의 본사本事를 제시했고, 2, 3연에서는 돌아오는 길의 정경을 감정이입의 방식으로 백묘白描하였다. 그리고 4연에서는 홀로 여관에 돌아와 앉으니 실로 참담한 심정이 되어 자기 혼자만 있는 쓸쓸한 얼굴을 확인하기 싫어서 불을 켜지 않는다며 끝을 맺었다. 여운이 남는 맺음이다. 전체적으로 보면 1,4연은 일을 말했고, 2, 3연은 경치를 읊었는데 평정한 경물 중에 가도의 단련이 들어간 부분이다.114) 특히 3연은 동사의 사용이 매우 독특하다. '표표飄飄'와 '소소掃'를 평소 잘 사용하지 않는 명사와 결합하여 새로운 느낌을 만들고 있다. '석양은 맑은 이슬을 비추고, 나무 그림자는 푸른 이끼에 드리운다'고 해야할 것을 '불어온다'와 '쓸어내린다'로 표현한 것이다. 이같은 구절을 찾기까지 고음하는 가도의 모습이 눈에 선할 만큼 문학적 정취와 시어 구사력이 돋보인다.

또한 대對에서도 소홀히 하지 않아, 1연의 '기起'와 '회回', 2연의 '출出'과 '래來', 3연의 '표飄'와 '소掃' 등의 동사가 상관관계를 지니고 있다. 2연의 '여관'과 '반딧불', '텅빈 성'과 '찬비', 3연의 '석양'과 '이슬', 그리고 '나무 그림자'와 '푸른 이끼' 등의 4가지 소재들은 각기 한쌍을 이루어 내부적으로 잘 어울리는 관계에 있다. 동시에 이들은 각연의 출구出句와 대구對句라는 측면에서도 서로 좋은 결합을 이루고 있다. 이러저러한 생각없이 종합적으로 볼 때, 이 시는 나그네를 이별한 적막한 심정을 그지없이 잘 나타냈다. 이렇게 가도의 시는 언뜻 보면 평범한 시어들이 그저 저절로 조화를 이룬 것 같아도, 상세히 검토해 보면 각각의 시어 나름대로 의상意象을 충분히 살린 가운데, 전체와 부분의 유기적 관계 형성을 통해 정교한 효과를 기한 경우를 왕왕 찾아볼 수 있다. 평측 관계를 보면 평기식平起式 수구불입운首句不入韻의 오율五律로 상평성 회운灰韻을 썼다.

연구자 중에는 기술적 분석으로서 가도시 중의 다용어를 조사한 사람도 있는데, 가도의 시에는 '산山'(130회), '추秋'(95), '운雲'(87), '월月'(83), '우雨'(75), '풍風'(68), '야夜'(63), '설雪'(48), '송松'(46), '조鳥'(31)의 순으로 많이 나온다고 했다.115) 이밖에

---

114) 明代 楊愼의 《升菴詩話》에서는 "가도시의 오언 율시는 起結이 平平하고, 頸聯은 用工이 深刻하다."고 했으며, 元代 方回는 〈原東居喜唐溫琪頻至〉(권4)시에 대해 "起句 10자는 자연스러우면서 아름답고, 중간 4구는 用工하여 아름답고, 末句는 放寬하여 역시 크게 自在하다."고 평했는데, 역시 가도가 시의 중간 부분에 힘을 쏟음을 알 수 있다.(鄭紀眞, 《賈島詩研究》, pp.131-132)

많이 사용되는 어구들은 '석양夕陽(낙일落日, 사일斜日)'(26회), '초草'(38), '엽葉'(32), '태苔'(19), '선蟬'(20), '학鶴'(18)가 있고, 사람으로는 '승僧'(28), 기물器物은 '종경鐘磬'(40), 건축물은 '사寺'(20) 등이다. 또 성질을 나타내는 형용어로서는 '한寒'(59), '고孤'(33), '독獨'(24) 등이 많이 등장하는 것으로 조사됐다. 이같은 용어 분석의 결과도 역시 앞서 이야기한 가도시의 '수한 청고'의 풍격을 보여주는 지표들이다.

2. 예술적 성과와 위상

가도시는 어떠한 역사적 연원을 가지고 있는가? 간민화簡敏華는 진연걸陳延傑의 《가도시주賈島詩註》에 주가 달린 출처를 통계적으로 분석했다. 그 결과 296종의 출처 중 가장 많이 나온 순으로 30회 이상 나온 경우를 들면, 두보(123회), 이백(63회), 도연명(41회), 한유(39회), 왕유(36회), 사령운(35회)이 된다.116) 가도시의 연원을 반드시 주석의 출처와 연관시킬 수는 없겠지만, 상기인들의 시가 그의 창작에 어느 정도 영향을 미쳤으리라는 점은 짐작이 간다. 이들 작가군은 두보와 한유, 그리고 이백과 도연명 및 왕유와 사령운으로 나눌 수 있으니, 전자는 시어의 조탁과 단련에, 후자는 시경詩境의 자연표일自然飄逸과 상관될 것이다.

가도는 오언율시에 능하며 뜻을 중심으로 서술하는데 능하다. 이 점은 성당의 왕유, 맹호연(23회) 등의 자연시파와 유사하다.117)

---

115) 이 통계는 林明德의 〈雪來松更綠--試論賈島的詩歌〉에 의거한 것으로서, 가도의 작품이 아니거나 의심받는 것들을 뺀 수치이다.(鄭紀眞, 《賈島詩硏究》, pp.98-99 再引.)

116) 〈賈島硏究〉, 《東南學報》 第9期, pp.29-38.

117) 송대 趙師秀는 전적으로 가도를 배워 시를 지었는데, 일찍이 요합과 가도의 시 202수를 選하여 《二妙集》(失傳)을 내기도 했다. 또 다른 한권은 《衆妙集》이라 이름했는데, 역시 가도와 관련이 있는 시인 75명의 시를 뽑았는데 이중에 왕유와 맹호연도 들어있다.

따라서 이들의 시구가 많이 인용된 것은 당연하다. 특히 왕유는 불교적 경향을 가진 자연시인이며 정적인 회화미를 추구했다는 점에서 가도의 시풍과 깊은 관련을 지니고 있다. 가장 많이 적출된 두보의 영향 관계에 대해서는 손근孫僅의 〈두공부집서杜工部集序〉에 "공의 시의 지파支派는 여섯이 있는데…, 가도는 그 기벽함을 얻었다."고 했는데, 타당한 평가이다. 이밖에 그는 대력십재자大曆十才子의 시와도 관계를 맺고 있다. 이들의 시는 《중묘집衆妙集》에도 있으며, 가도를 배운 송대의 구승시九僧詩에 대해 기윤紀昀은 이들이 대력십재자에서 비롯되었다고 함으로써 이들 삼자간에 서로 연관 관계가 있음을 말해주고 있다.

가도의 시적 특징은 넓게는 중당대 시대정신의 선구자인 한유를 중심으로 한 문인집단의 새로운 성격의 시문의 창작경향에서, 또 개인적으로는 시에 대한 진지한 열정과 탐색에서 비롯된다. 그의 시는 내용적 측면에서 개인적인 생활의 서정과 감회를 자연계의 경물에 교묘하게 투사하여 평정한 분위기 중 내향적 탐구를 통해 궁고窮苦한 이미지를 창출해내는데 성공했다. 그러나 단점으로는 비세속적 경력 및 생활의 좁은 권역을 벗어나지 못한 영향으로 시의 제재가 편협하다. 그는 자신의 내면의 울타리를 벗어나기 위해 자연계와의 교감을 중시하는 한편 불교 및 노장을 통한 해탈을 추구하였던 점이 눈에 띈다.

이제까지 작품을 통해 보아왔듯이 가도의 시는 예술기교면에서 더 빛을 발한다. 검토한 시들을 중심으로 가도시의 예술적 특징들을 종합하면 다음과 같이 요약할 수 있을 것이다. 그것은 '작가의 내면세계를 향한 탐색과 그 표현', '음유미陰柔美의 지향', 예술기교면에서 '시어의 단련', 맹교와 함께 추구한 '사슬식 구조의 사용', '정태적 회화미의 심화', 율시의 경우 1연의 '유수대流水對 다용多用', '용전用典의 기벽奇僻함', 시 중 '돌출적이며 파격적 표현의 활

(簡敏華, 〈賈島研究〉, pp.63-64)

용' 등으로 요약할 수 있다. 그러나 그가 최종적으로 지향했던 것은 이같은 여러 가지 단련을 거친 후의 종국적인 평담경의 추구 즉 '고음의 평담'일 것이다.

그의 문학사적 역할에 대해 《당재자전唐才子傳》에서 "원화 년간은 원진과 백거이가 풍속을 변화시켜 가볍고 천속한 것을 숭상했다. 가도는 홀로 격조에 의거해 외진 길로 들어가 부염浮艶한 기풍을 교정하였다."고 기록하였는데118), 이상과 같은 그의 시가 창작상의 특징으로 미루어 볼 때 충분히 수긍할 만한 평가이다. 그러면 기왕에 살펴보았던 풍격적 특징 외에 예술기법면에서 가도시를 다른 시인의 작품과 구별시켜주는 구체적 면모를 검토해 본다.

〈客喜〉	〈나그네의 기쁨〉119)
客喜非實喜	나그네 기쁨은 진정한 기쁨이 아니요
客悲非實悲	나그네 슬픔도 진정한 슬픔이 아니라네.
白廻信到家	편지는 백번이나 집에 돌아가도
未嘗身一歸	몸은 한번도 가지 못했네.
未歸常嗟愁	가지 못하면 늘 시름하고
嗟愁塡中懷	시름하면 가슴속 회한만 쌓인다.
開口吐愁聲	입 열어 한탄 쏟아내면
還却入耳來	돌아와 오히려 귀속으로 들어오네.
常恐滴淚多	늘 눈물 쏟는 일 많아
自損兩目輝	두 눈의 밝음 손상당하네.
鬢邊雖有絲	귀밑머리 세어 실같이 되었어도
不堪織寒衣	겨울옷조차 만들 수 없다네.

이 작품은 앞에서 감상한 〈연강음延康吟〉이나 〈우흥寓興〉과 유사한 형식의 시이면서 다양한 수법을 동원하였다. 산문투의 화법으

---

118) 《唐才子傳校箋》 권5, p.320. "元和中, 元白變尙輕淺, 島獨按格入僻, 以矯浮艶."
119) 권1, 〈客喜〉.

로 전개된 이 시는 약간은 장난스런 감을 내비치고 있다. 이 작품은 ① 산문구와 유수대流水對, ② 반복어법, ③ 사슬식[고리식] 구조, ④ 해학적 성분의 가미, ⑤ 점층적 구성 등에서 독특하다. 전 12구의 오언고시인 이 시를 자세히 살펴보면 1연 '객희비실희客喜非實喜, 객비비실비客悲非實悲'는 5개의 글자가 교묘하게 2번씩 사용되어 10자를 이루고 있다. 2연에서는 '신信'과 '신身'이 발음이 유사하고 운(진운眞韻)이 같은 점을 이용하며 양자의 입장을 대조적으로 부각시켰다. 3연부터 끝까지는 '시름' → '회한' → '한탄' → '귀속' → '눈물' → '손상' → '흰머리'로 나아갔다. 그 방식은 앞말을 뒤에서 이어 받는 점층식으로 전개하였고, 끝에 가서는 이러한 향수의 결과 생긴 흰머리로는 타지에서의 추운 겨울을 날 옷도 짤 수 없다고 말함으로써 얼마간은 해학적 여운을 남기며 고향을 그리는 마음을 표했다. 정교한 시어와 구성적 단련이 돋보이는 작품으로서, 여기에 가도시의 장점이 있다.

〈携新文詣張籍韓愈途中成〉　〈새로 글을 지어 장적과 한유에게 가지고 가다가 도중에 이루다〉120)

袖有新成詩	소매 속에 새로이 시를 지어 가지고
欲見張韓老	장적·한유 원로께 보이려고.
靑竹未生翼	푸른 대지팡이에 날개도 돋기 전에
一步萬里道	한걸음에 만리길을 날듯이 가네.
仰望靑冥天	저 푸르고 아득한 하늘 쳐다보니
雲雪壓我腦	구름과 눈이 가득하여 내 머리를 누를 듯.
失脚終南山	종남산은 어디론가 없어져
惆悵滿懷抱	쓸쓸하니 가슴 가득한 회포가 이네.
安得西北風	어찌하여 서북풍을 얻을까
身願變蓬草	이내 몸 차라리 쑥대풀 된다면!
地祇聞此語	땅의 신이 혹 내 말을 듣고
突出驚我倒	돌연 나를 놀래켜 넘어뜨릴 것 같네.

---

120) 권2, 〈携新文詣張籍韓愈途中成〉.

이 시는 810년(32세) 겨울에 지었는데, 연대를 알 수 있는 시 중에선 가장 이른 작품이다. 산문시라고 해도 무방할 만큼 산문적 구법을 많이 사용했으며, 자연 유수대의 형식을 띠고 있다. 당시 한유는 792년에, 장적은 799년에 진사에 올랐으므로 가도에겐 이미 매우 어려운 사람들이었다. 이들에게 가도는 처음으로 시를 지어서 보이려고 마음 급히 가던 길이었다. 1, 2연은 그러한 사정을 기술한 것이다. 도중에 하늘을 보니 눈과 구름으로 온하늘이 가득하고 매우 음산한 날씨였으며, 그가 즐겨보던 종남산마저 이미 보이지 않았다. 그는 불현듯 무언가 알 수 없는 슬픔을 느꼈다. 그리고 어서 구사求仕의 길이 성공하기를 바라는 심정이 되었다. 그리고는 오히려 서북풍을 타고 굴러가는 쑥대풀이라도 되었으면 하는 자조적인 생각을 했다. 북쪽은 임금이 계신 방향을 말한 것으로서 관리의 길을 의미한다. 당시 의지할 데 없는 가도로서는 서북풍을 따라 흘러가는 쑥대풀마저도 부럽게 느껴졌던 것 같다. 그러나 그는 다시금 이같은 심정을 이 음산한 대지를 관장하는 지신地神이라도 안다면 자기를 쓰러뜨릴 것만은 심정이 되어 허약한 자신을 부끄러워하는 것으로 끝냈다. 끝연에서와 같은 자기 단속의 마음가짐이야 물론 의미있는 일이다. 그런데 갑자기 시상의 전개가 기괴한 방향으로 흘러 지신이 자신을 넘어뜨릴지도 모른다는 내용을 제시한 것은 아무래도 시의 전체적 전개와는 동떨어지고 무언가 괴이한 느낌이 드는 것을 지워버릴 수 없다.121)

이와 같이 돌출적인 시상의 비약으로 괴상한 기풍을 자아내는

---

121) 이러한 이유에서인지 《전당시》본에 의거한 《四部叢刊》본에서는 '倒'를 썼으나, 명청본에서는 '到'로 되어있는 본도 있다. 진연걸陳延傑의 《가도시주》에서도 '到'라고 되어 있으며, 빨리 그들에게 가려는 마음이 담겨져 있다고 설명했다. 심지어는 의미의 순조로움을 위해 明初刊本인 汲古閣刊에서는 '擎我到'로 되어 있다. '到'로 되어 있다 하더라도 지신을 등장시킨 것은 역시 전체적 흐름에 비춰볼 때 순조롭지 못함을 면키 어렵다.

점 또한 가도시의 독특한 면모이다. 이왈강李曰剛이 《중국시가유변
사中國詩歌流變史》에서 그를 중당의 '괴삽파怪澀派'에 분류한 것도 가
도시에 왕왕 나타나는 유심·기괴한 면모와 관련이 있을 것이
다.122) 그리고 이러한 괴상한 돌출은 그의 창작태도에도 부분적으
로 있었던 것으로 전해진다. 요합은 "발광하여 읊조리면 곡하는 듯
하고, 수심겨워 앉아 있으면 참선을 하는 듯하네. 새로 시를 지은
것이 몇 수인데, 나돌아 세인들의 입에 전하네."라고 했다.123) 이
러한 점은 그의 시에 대한 성벽과 시적 경향을 알게 해주는 부분
이다.

〈題朱慶餘所居〉	〈주경여朱慶餘의 집에 제題하여〉124)
天寒吟竟曉	날은 추운데 시짓기는 새벽이 되어 끝냈고
古屋瓦生松	고옥엔 기와틈새로 소나무 자란다.
寄信船一隻	소식 전할 한척의 배는
隔鄕山萬重	고향까지 만겹의 산이 막혔네.
樹來沙岸鳥	나무들 다가오고 강언덕 위의 새들
窓度雪樓鐘	창으로는 눈쌓인 누대의 종을 보내준다.
每憶江中嶼	강 위의 섬들을 생각할 때마다
更看城上峯	성 위의 산봉우리를 다시금 바라보네.

　주경여(797-?)는 이름이 가구可久이며 장적을 통해 알게 된 사
람으로서 826년 진사가 되었다. 이 시 역시 전체적으로는 자연경
물을 읊으면서, 그중에 고음의 생활 속에 간접적 방식으로 고향을
그리는 자신의 심정을 그렸다. 구성을 보면 1연에서는 자신의 시
간적 공간적 상황을 그렸으며, 2, 3연은 경어景語로서 가도의 단련
이 들어간 부분이다. 그리고 4연은 다시 향수를 이면에 숨긴채 그

---

122) 《중국시가유변사》 (上) pp.368-370. 괴삽파에는 한유, 맹교, 가
　　도, 이하 등이 포함되어 있다.
123) 姚合,〈寄賈島〉"狂發吟如哭, 愁來坐似禪, 新詩有幾首, 旋被世人傳."
124) 권7,〈題朱慶餘所居〉.

리움을 정경에 기탁했다. 작자의 시점은 자신의 상상에 따라 자유롭게 집안에서 배 위로, 그리고 다시 현실의 집으로 돌아와 산봉우리를 바라보는 것으로 끝난다.

특별히 가도의 노력이 엿보이는 부분은 3연 두 번째 구의 제2자에 있는데, 평범한 '온다'고 하는 '내來'와 '건너온다'는 '도度'자를 통해 그는 시의 정태적 이미지를 동태적인 것으로 바꾸는데 성공하였다. 시에서 이 글자들의 쓰임은 움직이는 자신이 대상을 바라보는 것이 아니라, 자기의 시야로 대상이 다가오고 있음을 말하고 있다. 3연은 사실은 고향으로 가 소식을 전할 상상의 배를 타고 가면서 보게되는 풍경이다. 만일 이 구절들을 '배가 가는데 숲이 보이고 새들이 날며, 창에는 눈쌓인 누대의 종이 보인다'고 했다면 경치는 좋을지 몰라도 표현의 경지는 심화되지 못했을 것이다. 가도는 배를 타고 가면서 보이는 정경에 대해 사실은 움직이는 자신을 부동不動의 위치에 놓고서 움직이지 않는 숲과 그 위를 나는 새들, 그리고 종루가 자신에게로 다가오고 있는 것으로 표현한 것이다. 이러한 일상을 넘어서는 감각적 새로움을 통해 가도의 시는 보다 생명력있는 의경을 확보하였던 것이다.

가도의 시는 상기한 여러 가지 특징들로 인해 결국 문학사적으로도 일가의 시체를 이루어냈다. 엄우는 《창랑시화·시체》에서 '가랑선체賈浪仙體'를 독립하여 놓았다. 잔문殘文만이 전하는 북송北宋 채거후蔡居厚의 《채관부시화蔡寬夫詩話》 중에도 '당말오대 때에 세상에서 시를 지어 스스로 기뻐하는 자들은 모두 가도를 종주로 삼았으니, 이를 가도격賈島格이라 칭했다'고 하였다.125) 또 명대 양신 楊愼은 《승암시화升菴詩話》에서 "만당의 시는 두 파로 나뉘는데, 한 파는 장적을 배웠으며…, 한 파는 가도를 배웠다. 이동李洞, 요합姚合, 방천方干, 유부喩鳧, 주하周賀, 구승九僧이 그들이다. 그 사이에도 여러 파가 있지만, 이 두 파를 넘어서지 못한다."고 했다.

---

125) "唐末五俗流以詩爲自喜者, 皆宗賈島, 謂之賈島格."

그의 시는 당대에는 그리 큰 각광을 받지 못했으나, 후대에 장기간에 걸쳐 많은 추종자를 낳았다. 그의 사후 만당대에 곧 가도의 시는 크게 유행하였다. 아마 그들이 느끼고 호흡했던 시대적 고민과 무기력이 가도의 시가 풍격과 서로 부합했고, 이에 그들이 쉴 수 있는 문학의 세계로 침잠해 간 것이 아닌가 여겨진다. 이들 추종자에 대해 이가언은 〈가도시의 연원과 그 영향賈島詩之淵源及其影響〉에서 각가各家의 시화를 통계내 22명의 만당 시인을 들었다.126) 그 대표적 인물로는 마대馬戴, 주하周賀, 정곡鄭谷, 요합姚合, 이동李洞, 사공도司空圖 등이 이에 속한다. 이들 중 특히 이동은 개인적으로 가도를 대단히 흠모해서 동銅으로 그의 형상을 만들어 휴대하고는 또 염주를 가지고 다니며 늘 "가도불賈島佛"이라 외우고 다녔다고 한다. 또한 가도시를 좋아하는 사람들이 있으면 직접 가도의 시를 써주고는 "이는 불경과 다름없으니, 돌아가 분향하고 재배하라."고 일러주었다고까지 한다.127)

청대의 이회민李懷民은 《중만당시인주객도中晚唐詩人主客圖》에서 시인들을 크게 두 파로 나누었다. 하나는 장적을 정점으로 하는 '청진아정淸眞雅正'파이고, 다른 하나는 가도를 정점으로 하는 '청기유초淸奇幽峭'파이다. 그리고 많은 시인들을 자신의 견지에서 '상입실上入室', '입실入室', '급문及門' 등의 단계로 나누어 차별화한 계통도를 엮었는데, 여기서도 역시 가도는 '청기유초'한 풍격의 우두머리로 분류했다.

오대십국 이후의 혼란기를 거쳐 송이 건국하여 아직 새로운 문화적 활력을 확립하지 못한 북송초에는 위야魏野, 임포林逋128) 등

---

126) 《李嘉言古典文學論文集》, pp.372-373.
127) 《唐詩紀事》 권18 및 《唐才子傳·李洞傳》.
128) '九僧'이란 말은 《六一詩話》에 처음으로 보이는데, 惠崇을 비롯한 아홉 승려를 가리킨다. 歐陽修 당시에 시집은 이미 보이지 않고, 현재 134수의 시가 남아 있다.(필자의, 《黃庭堅詩 研究》, 慶北大學校出版部, p.17)

의 시인들이 가도를 추존하여 '만당파'라는 시명을 얻고 송초시단
세 파 중의 하나로 활약했다. 이들은 오언 율시를 주로 지으며 가
도와 주하의 청고공밀淸苦工密한 기풍을 학습하며 창작활동을 했다.
남송대에는 광종光宗때의 '영가사령永嘉四靈'이라 칭하는 사령파 시
인들이 가도와 요합을 배우고자 노력했다. 이들은 서조徐照, 서기
徐璣, 옹권翁卷, 조사수趙師秀로서 모두 자호 중에 영靈 자를 썼고,
강서시파의 폐단을 반대하는 등 시관과 시풍이 유사하다. 이들은
가도보다는 실제로는 요합에 더 가까웠지만, 오언 율시를 많이 짓
고, 경치의 묘사에 힘썼으며, 용사用事를 기피하고, 고음을 통한
각의刻意에 힘썼던 점에서 가도와 유사하다.

　이밖에도 드러내놓는 전승 관계라 할 수는 없어도 가도의 고음
과 시어에 대한 각고의 단련을 중시하고, 최종적인 자연스런 융화
의 표현경을 추구한 점 등은 송시의 특징을 형성하는데 결정적인
공로가 있는 황정견(1045-1105)의 시의식과도 유사하다. 그리고
송대에 와서 시어의 산문화가 시가창작의 일반적 경향으로 굳어지
게 되었는데, 이같은 점도 가도시의 특징과 같다. 시가 언어의 산
문화 경향을 비롯한 시의 비시화非詩化는 역사적으로 볼 때 한유의
고문운동에 힘입어 시작되었고, 송대 고문운동이 완성하면서 함께
발전했다. 그리고 동시에 이러한 산문화는 시의 발전사적 맥락과
도 맞아떨어지면서 송시에 와서 완전히 정착하게 된다. 여기서 시
의 발전사적 맥락이란 당대에 발전을 극한 율시가 송대에는 점차
시의 본래적 기능인 음악성을 점차 사詞에 내주고 사상적 문학사
적 제반 조건과의 관련 속에 점차 수필식의 읽는 시인 '설시說詩'의
성분이 강조되어 갔다는 의미를 담고 있다. 이렇게 가도시에 보이
는 여러 특징들 중 〈불기不欺〉(권1)와 같은 산문적 성격 및 〈휴신
문예장적한유도중성携新文詣張籍韓愈途中成〉(권2)와 같은 돌출적 파
격미의 추구 등 몇몇 장치들의 의미는 고문운동의 흥기〔唐〕와 완
성〔宋〕이라는 역사적 맥락에서 볼 때 좀더 정확한 자리를 찾아줄

수 있을 것이다. 또 그가 지향했던 여러 가지 각고단련의 시가 창작의 노력은 "시어가 사람을 놀라게 하지 않으면 죽어서도 못 그친다."의 철저한 창작 수업의 계승이며129), 종국적으로는 흔적 없는 다듬기 즉 자연스런 표현〔渾然天成〕을 위한 인위적 노력을 한 각고단련에 의미가 있을 것이다. 그리고 이러한 시작법은 송대 황정견과 강서시파에서 송대적 시창작 방식으로서 새롭게 꽃 피웠던 것이다.

Ⅳ. 맺음말

이제 가도 문학의 특징을 종합적으로 요약해보고자 한다. 가도는 안사의 난 이후 중당대의 시인으로서 초기에는 승려로서 불문에 있었으나, 후에 입신을 위해 환속했다. 그러나 한유 등의 도움에도 결국 그는 연이은 과거의 낙방과 구사의 좌절로 일생을 궁고하게 시만을 쓰며 지내다가 만년에 겨우 지방의 말단 관직을 지냈다. 그러나 그는 이러한 시 창작의 결과 비록 당대의 생활인으로서는 실패했을지 몰라도 문학사에서는 생존시보다 훨씬 큰 족적을 남겼다. 이 점은 그가 기한飢寒에 떨면서도 끝까지 진지하게 시창작에 전념하고 자신의 감정을 충실히 작품화하는데 일정한 성과를 거두었기 때문이다.

그의 시는 내용면에서 자신의 생활을 중심으로 한 문인선비들과의 시유詩遊, 생활 중에 부딪치는 다양한 감회, 유람 등을 통한 자연경물에 대한 영회, 승려들과의 교제 등으로 요약된다. 이와 같은 한정된 사회생활의 영향으로 가도의 시는 폭넓은 제재를 구현하지 못하고 좁은 세계에 머물고 있는 점이 단점으로 지적된다. 하지만 뜻대로 할 수 없었던 현실 생활상의 어려움은 내면세계에 대한 탐

---

129) 杜甫,〈江上値水如海勢聊短述〉"語不驚人死不休."

색으로 이어졌고, 그 과정에서 자연 또는 불교적 세계와의 교감을 통해 자신의 내면에 쌓인 느낌들을 각고단련을 통해 시로 끄집어 냈으며, 이러한 태도는 학시적學詩的인 송시에 영향을 주었다.

가도는 창작 태도면에서 시 이외에는 아무 것도 돌보지 않는다고 할 정도로 진지한 고음苦吟의 시인이었다. 한글자 한구절을 되새기고 각색脚色을 하여 최종적으로는 꾸민 흔적이 겉으로 드러나지 않게 하려고 노력했으며, 이러한 고음과 평담경의 추구는 송시의 형성에도 많은 영향을 주었다. 그의 시적 특징은 내면세계를 향한 탐색, 음유미의 지향, 시어의 단련, 구법전개상 사슬식 구조의 사용, 정태적 회화미의 심화, 유수대 다용, 용전의 기피, 돌출적인 파격미의 지향 등으로 요약되며, 본고에서는 이들에 대해 개별 작품들을 통해 검토하여 보았다.

가도의 시는 만당과 북송초, 그리고 남송에 걸쳐 광범한 영향을 행사했다. 그 영향은 주로 작법면에 치중되었다. 그러나 가도의 추종자들이 처했던 시대의 곡선이 대체로 국면의 하강기에 처했다는 점이나 추종 시인들의 역량 미흡 등으로 인해 문학적 성과는 그리 크지 못했다. 그러나 거시적으로 볼 때 '송시의 형성'과 '가도의 시가창작'이 서로 고문운동, 각고단련의 창작 태도, 그리고 형식기교에 치우친 창작수법 등에서 상관 관계에 있다는 점은 가도시의 역사적 위상을 매기는데 있어서 그 공과功過와 함께 중요하게 고려해야 할 사항이다.

(〈가도의 시가 창작 연구〉,
《중국문학》 22, 1994)

장르사적 관점에서 본 소식의
문예이론과 시

I. 들어가면서

중국시가 당대唐代에 와서 완성도가 정점에 달했다는 말은 당시唐詩가 지닌 아름답고 정제된 운율미와 수묵화같은 회화적 표현경에서 비롯된 평가일 것이다. 한편 송시는 율시의 퇴조와 함께 고시의 부흥기를 맞으면서 전반적으로 당시적唐詩的인 매끄러움과는 다른 미적 지향을 추구했는데, 읽기도 쉽지 않고 맛도 껄끄러운 이취理趣가 강한 것으로 인식되어 왔다. 서정을 중심축으로 하는 시에서 이성적 논리가 강해지는 것은 그렇게 바람직하게 보이지 않았을 것이다. 사람들은 후대로 갈수록 딱딱하고 어려운 송시 대신 시인적 풍류를 정감있게 즐길 수 있는 당시를 선호하게 되었으며, 이는 결국 송시에서부터 시의 정체 내지 쇠퇴가 시작됐다고 하는 견해까지 나왔다. 이렇게 당시와 송시에 대해 상호 차별적인 평가를 내리거나 그 특징을 대조적으로 적시摘示한 것은 국제적으로도 여러 편의 논문과 저작에서 시도되었다. 그중 무월繆鉞의 〈논송시論宋詩〉나 요시카와코지로吉川幸次郎의 《송시개설宋詩槪說》은 당송시에 대한 균형감 속에 송시의 독자성을 인정한 점에서 의미있다.

본 연구자는 송시 연구의 첫 번째 매듭으로서, '강서시파'의 맹주이자 송시적 풍모 형성의 중요한 성취자인 황정견의 시와 시론을 중심으로 학위논문을 작성하면서, 송시를 대표하는 황정견의 시를 통하여 송시가 당시唐詩와는 상당 부분 다른 방식으로 창작되었다는 점을 구체적으로 검토한 바 있다. 이후 이에서 더 나아가 가설적 제안으로서 중국시의 발전 단계에 대해 '가시歌詩→송시誦詩→설시說詩'의 3단계론을 제시하고, 다시 범주를 넓혀 중국문학 전체의 역사적 발전단계론을 확대 적용해 보았다.1)

이상의 탐색적인 연구를 해오면서 필자는 결국 중국시사中國詩史에서 그 정상에 서 있는 것으로 운위되는 당시唐詩, 그리고 이를 이은 송시와의 연결 관계에 대하여 체계적인 맥락의 파악이 중국시사의 올바른 이해에 도달하는 중요한 관건임을 실감했다. 이같은 필요에 따라 본고에서는 송시를 대표하는 강서시파가 종주로 추앙한 황정견을 자신의 문하에 두었으며, 창작 성과면에서도 중국시사 중의 걸출한 인물로 꼽히는 소식의 문예이론과 시에 대해 시사詩史 및 장르사적 위상과 역할을 고찰해 보고자 한다. 사실 황정견의 시론과 시는 상당 부분 소식으로부터 원용된 흔적이 나타난다. 결국 소식의 시학 체계를 살피는 일은 송시의 이해에 관건이 된다.

이제 잠시 소식 시에 대한 국제 학계의 연구 동향을 살펴볼 필요가 있다. 소식 관계 논문 저작은 그의 문예상의 탁월한 성취에 힘입어 국내외를 막론하고 부단히 생산되어 오고 있으며, 중국에서는 1980년대 중반 이후 '소식연구학회蘇軾研究學會' 결성 이후, 대규모 국제회의가 개최되고 소식의 시, 사 등에 관한 각종 전문 연구서가 양산되어 나올 만큼 연구의 폭과 깊이면에서 성장했다.

---

1) 이 책에 수록된 〈중국시와 문학의 역사적 전개〉 참고.

2,700여수나 되는 시수와 풍부한 이론만큼 논문의 종류도 생애生涯, 시기時期, 주제主題, 소재素材, 형식形式, 전고典故 및 특정 작품에 관한 것 뿐만 아니라, 시가비평적 차원에서 미학 및 철학사상과 관련된 것 등 매우 다양하다.[2]

그런데 한가지 아쉬운 점은 특히 국외의 경우 소식의 개별 작가적 면모나 유배 시기 등 특정 시기의 작품 연구에 초점을 맞춘 경우가 많고, 논조도 대부분 그의 문학적 성취라는 장점의 측면에만 매달리는 느낌이 든다. 이는 소식 문학의 위대성에 대한 중국인적 자부심이나 애정에서 기인하기 때문일 것이라는 점에서도 이해가 되지만, 연구의 객관성과 냉정성의 유지라는 측면에서는 아쉬움이 없지 않다. 더구나 연구 관점 면에서 중국시의 장르사적 발전과 관련하여 소식의 문예이론과 시가 지니는 의미 및 후대와의 관련에 대한 역할과 의미를 파고 들어간 것은 흔치 않다.

중국시사에서 소식의 문예이론과 시는 황정견과 강서시파로 이어지는 송시적 특징 형성에 막대한 영향을 미쳤다는 점에서, 보다 크게는 송대에 들어서면서 중국 운문 문학사에서 차지하는 시의 질적 속성의 변화와 이로 말미암은 문학 장르에서의 시의 위상 변화라는, 두 가지 작용으로 인해 의미있게 다루어져야 한다. 사실 장르사적 측면에서 송대는 시 장르의 속성의 질적 변화기였다. 구양수에서 비롯된 변화의 단서는 소식을 거쳐 황정견에 와서 안정적 형세를 이루었고, 이어 황정견을 추종한 강서시파 시인들이 송대 시단의 중심 세력으로 부상했던 것이다.

본고에서 필자는 중국문학에 대한 외국문학 연구자의 입장에서, 구체적으로는 송시적 특성화를 향해 나아갔으며, 거시적으로는 시

---

2) 소식 시에 대한 국내외 저작 및 학위논문의 구체적 면모에 대해서는 조규백, 《소식시연구》(성균관대박사학위논문, 1995) pp.5-9 참고. 또한 台灣의 소식 연구 현황은 衣若芬의 《近五十年(1949-1999) 台灣蘇軾硏究近槪述》(pp.1~77 : 洪葉文化事業有限公司)를 참고 할 수 있다.

장르의 속성이 본질적으로 변화하기 시작했던 중심부에 위치한 소식의 문예에 대한 관념과 시가 지니는 장르사적 의미와 위상에 대해 고찰하고자 한다. 여기서 '장르사적 위상과 의미'란 무엇을 내포하는가? 필자는 중국시사에서 송대의 시가 본질적 요건이었던 음악성을 다른 장르에 내어주는 '장르 속성의 전이 과정'에 본격적으로 진입했음을 염두에 두고 있다. 이런 의미에서 이를 '장르 외연의 관점'으로 파악하면 좋을 것이다. 결국 소식의 이론과 창작 양면에서 이상과 같이 보이는 '장르 형식의 초월' 또는 '영역 파괴'를 문학 장르의 속성 변화라는 시각에서 볼 때, 소식의 역할과 위상은 보다 세밀히 검토해야 할 부분이 있을 것이다.

소식을 중심으로 한 시 장르 속성 변화의 맥락 이해에 주안점을 둔 본고의 논지는 다음과 같다. 제2장에서는 장르 변용의 관점에서 소식 문예관 형성의 외연적 분석을 할 것이다. 1절에서는 먼저 소식에 이르기까지 북송시의 추이를 개관할 것이다. 주로 당시와 다른 송시적 특색이 형성되어 간 과정을 요약한다. 2절에서는 소식 문예관의 형성 기반으로서 북송대 문예사상의 추이와 특징을 경제·사회·문화·사상 등 주변적 여건들과 연결하여 고찰한다. 이 작업을 통해 소식 문예이론과 시의 배후적 여건과 토양을 이해하고자 한다.

제3장에서는 북송 문예사상의 추이를 장르 변용의 관점에서 고찰해본다. 본 장의 논의는 소식 문예 형성의 기본 구도에 해당된다. 1절에서는 송대 사회의 변혁으로 서민층의 부상과 계층의식의 완화 등에 힘입어 문예의 세속화가 이루어지고, 이에 대한 문인들의 반응에 관한 아속雅俗간의 상호작용론을 논한다. 2절에서는 유가와 도불道佛이 융합한 신유학의 내재적 모순의 문학적 표출 양상을 본다. 3절에서는 선학禪學과 화론 등이 시학에 미친 부분으로서 정감 형상 추구의 당唐과는 다른 송대적 사변思辨 형상의 추구 양상에 관해 살펴본다.

제4장에서는 소식 문예이론에 대해 장르 변용의 과정을 중심으로 고찰한다. 사실 문예란 시·서·화·음악 등을 포괄하는 개념이다. 소식은 자신의 문예 심미의 표출을 어느 한 장르나 형식에 국한시키지 않고, 그의 문학적 인식 역시 시·사·산문·회화·서예와 음식에 이르기까지 여러 장르를 자유롭게 넘나들고 있는 실정이다. 따라서 본고에서는 소식의 문예를 포괄적으로 보아 장르 초월 양상에 관해 고찰할 것이다. 본 장의 논의에는 문예에 대한 소식의 기본적 인식과, 문학으로의 구체적 전용론轉用論이 포함된다. 크게 보아 사물에 대한 본질적 이해, 창작에 대한 작가의 태도, 작품화의 구체적 과정으로서 표현론으로 구분할 수 있다.

중국문학 주도 장르의 전이와 변화라는 장르사적 관점에서 소식 문예의 의미와 위상을 매겨보고자 하는 본 연구는 송시의 전개와 변화 발전의 내적 동인을 규명해 보는 기회를 제공하고, 시 장르 속성 변화의 핵심 시기였던 소식 당시의 문학의 구체적 실상을 파악케 할 것이며, 궁극적으로는 시·사 등 중국문학 장르간에 있어서 각 장르의 기본적 속성의 역사적 교호交互 과정에 대한 이해에 도움을 줄 것이다. 본고의 주안점은 시를 중심으로 하는 소식의 문예관이 중국시의 장르 속성의 변화에 작용한 구체적 면모와 지위에 관한 분석 등의 문학비평적 고찰이므로, 시 작품의 자체 분석을 위주로 하지는 않는다.

Ⅱ. 북송시의 추이

본 장에서는 소식에 이르기까지의 북송시의 추이를 개관함으로써 소식 문예 형성의 배경적 이해에 다가가고자 한다. 북송초의 시는 당시의 영향에서 탈피하지 못해 원진元稹·백거이白居易의 천근淺近·평이平易, 가도賈島의 담백한 영물과 자구의 단련, 이상은李

商隱·이하李賀·두목杜牧의 심미표현을 배웠다. 크게 백거이를 추존하는 향산파香山派, 가도를 추존하는 만당파晚唐派, 이상은을 추존하는 서곤파西崑派의 세 부류가 시단을 주도했는데, 《서곤수창집西崑酬唱集》으로 유명한 양억楊億(974-1020)·유균劉筠(?-1024) 등의 서곤파가 가장 세력이 컸다. 이들의 전고와 대장對仗 등 수사 위주의 궁체시는 구양수 이후 송시의 주류로부터 배격되었다. 서곤체의 부화浮華한 수사주의는 송조의 기틀 형성과 함께 유儒·도道·선禪 삼가 융합적 성격의 신유학적 분위기가 고조되면서 시경향도 왕우칭王禹偁(954-1001)의 반기反旗에 이어, 유개柳開(947-1000), 목수穆修(979-1032), 석개石介(1005-1045) 등 '문이재도文以載道'를 주장하는 도학가의 주도로 자기 성찰적인 경향을 띠어 갔다.

한편 서곤체에 대해 한가지 검토해야 할 점은 이들이 배격했던 기교주의의 요소들이 이후 송시에도 어떤 모습으로든 남아서 송시의 한 특색으로 남아있기도 했다는 점이다. 이를테면 송시의 주요한 특색이 된 전고의 다용 등의 번안기법翻案技法이나 수창酬唱 형식의 시창작, 시어의 조탁雕琢 등이 그렇다. 결국 구양수 등이 제창한 반대론은 서곤파의 궁체시적 시정신에 대한 반대였으며, 이월적移越的 가치들은 여전히 작용하고 있었다는 말이 된다.

송시의 큰 방향을 설정하여 문단의 창도자를 자부한 사람은 구양수歐陽修(1007-1072)이다. 그는 한유韓愈의 문학 정신을 구현하고자 지나친 수사 위주의 문풍을 배척하고 고문의 부흥을 주장하여 시문 혁신운동을 창도했다.3) 그는 870수의 시에서 산문체의 시어와 구문을 상당량 구사하고,4) 의론議論을 즐겼다. 또 험괴險怪한 시어와 용운用韻에 힘을 기울였는데, 이는 한유의 시 경향과 궤를 같이 한다.5) 또 한유의 '사물이 평형을 잃으면 울림이 있다'는

---

3) 구양수의 '以文爲詩'론 등 문예이론과 시 경향은 필자의 《黃庭堅詩研究》(경북대출판부, 1991) pp.23-27 참고.
4) 權鎬鐘, 《歐陽修詩研究》, 서울대학교 박사학위논문, 1992, p.11, pp.348-361.

'물부득평즉명物不得平則鳴'설에 촉발받은 것으로 보이는 '시궁이후공詩窮而後工'설6)을 주장하여 실제 생활에서 우러나온 시의 가치와, 정감보다는 이성적 글쓰기를 중시했다. 이상의 주요한 문학적 관점들은 매요신과 왕안석, 소식, 황정견 등 송시의 주류로 계승되었으며, 특히 소식의 경우 구양수의 문학이론을 심화하고 창작에서 성공시켜 송시의 질적 변화를 가져왔다.

구양수가 사상과 문학 양면에 걸쳐 건전한 문풍의 배양에 힘을 기울였다면, 그의 좌우에서 실제 시창작을 통해 송시의 기틀을 잡아나간 이는 매요신(1002-1060)과 소순흠(1008-1048)이다. 2,900여수의 시를 지은 매요신은 '고음한담苦吟閑淡'한 반면, 223수로 비교적 적은 시를 남긴 소순흠은 '일필호매一筆豪邁'한 시원스러움으로, 두 사람의 기풍은 서로 달랐는데, 송시적 특징의 초기 형성은 주로 매요신을 통해 이루어졌다. 매요신은 서곤체의 유미주의적 기풍에 반대하여 시어의 단련에 힘을 기울였으며, 평담한 '조어造語'를 추구했으나,7) 내화된 시의詩意로 인해 그 맛이 떫다고

---

5) 止水選注, 《韓愈詩選·前言》(三聯書店, 1983, 홍콩)에서는 韓愈의 '以文爲詩'的 특징을 ①鋪叙의 수법, ②議論의 적절한 운용, ③시가 형식의 산문화로 들고, 언어 운용상 奇語·險語·高詞의 사용이라고 했다.

6) 《歐陽文忠公文集》 권42, 〈梅聖俞詩集序〉, "대체로 세상에 전해지는 시들은 옛날 곤궁했던 사람들의 말에서 나온 것이 많다. 선비로서 자신이 가지고 있는 재능을 세상에 펴낼 수 없는 사람들은 많이들 산이나 물가로 벗어나기를 좋아한다. 외적으로는 곤충과 물고기, 나무와 풀, 바람과 구름, 새와 짐승들을 보고서, 왕왕 그 신비스러움을 추구하곤 한다. 또 안으로 근심스러운 생각과 북받치는 감정이 쌓이면, 원망과 풍자로 빗대어 쫓겨난 신하와 과부의 탄식같은 절실한 정서를 드러내, 표현하기 어려운 인간적 정서를 써내게 된다. 그런 까닭에 궁하면 궁할수록 시는 더욱 잘 되는 것이다. 즉 시가 사람을 곤궁케 하는 것이 아니라, 사람이 궁하게 된 후에 시가 좋아지는 것이다."

7) 梅堯臣, 《梅堯臣集編年校注》 下, 권26, 〈讀邵不疑學士詩권, 杜挺之忽來, 因出示之, 且伏高致, 輒書一時之語以奉呈〉 "作詩無古今, 惟造

평가된다.[8] 또한 내용 면에서 복어, 이, 벼룩, 지렁이, 구더기, 옛날 돈 등 이전의 시에서는 보기 힘들었던 다양한 제재를 대상으로 세밀한 묘사를 가하였는데,[9] 이는 제재 면에서 시의 산문화로 평가할 수 있다. 그의 시는 시풍의 혁신, 평담한 풍격, 제재의 확대, 정밀한 관찰과 표현, 시의 산문화와 의론화로 요약되는데,[10] 이는 송시적 특징 형성에 기여한 구양수 일파의 공통점이기도 하다.[11] 영향면에서 고음苦吟의 창작 태도는 황정견에게, '평담平淡·고담古談'의 미학적 지향의 구체화는 소식에게 일정한 영향을 준 부분으로 이해된다. 이같은 이유로 유극장劉克莊은 송시의 개산대조開山大祖가 구양수가 아니라 매요신이라고 말하기도 한다.[12]

이후 북송시의 최고봉에 이른 역사적 인물은 왕안석(1021-1086)과 소식(1037-1101)이다. 이들은 공히 지공거知貢擧로서

平淡難. 譬身有兩目, 了然瞻視端."

8) 구양수,《육일시화六—詩話》"(매요신의) 요즘 시는 더욱 옛스럽고 굳어서, 씹으면 맛이 써서 입에 물기가 어렵다. 처음에는 橄欖을 먹는 것 같지만, 그 참 맛은 더욱 오래도록 남는다.(聖兪近詩尤古硬, 咀嚼苦難嘬. 初如食橄欖, 眞味久愈在)"

9) 송용준,〈매요신 시의 혁신적 성격〉:《中國語文學》19집, 1991.12, pp.9-15.

10) 문명숙,《매요신시연구》, 고려대학교 박사학위논문, 1992.6, pp.392-399.

11) 朱東潤은 매요신의 시에 대해 다음 세 가지 단점을 들었다. "①시가 산문에 접근하여 운율이나 형상성이 결여되어 있다. ②시제의 선택에 있어서 俗惡함을 피하지 않았다. ③시의 구성이 너무 직설적이어서 서둘러 시를 끝내는 느낌이 든다"고 했는데, 이는 송시의 특징과 연결되어 있다. 이상〈梅堯臣詩的評價〉《梅堯臣集編年校注》, 上海古籍出版社, 1980, pp.23-25 및《宋詩論文選輯》三, 黃永武·張高評 編選, 復興圖書出版社, 1988, 高雄, pp.357-358) 참고.

12)《後村大全集》권174, "歐公詩如昌黎, 不當以詩論. 本朝詩惟宛陵爲開山祖師. 宛陵出, 然後桑·濮之哇淫稍熄, 風雅之氣脈復續, 其功不在歐尹下."

과거 주관자였던 구양수에 의해 선발되었으며, 신법의 시행과정에서 서로 정적관계에 있기는 했으나, 문학적으로는 같은 맥락하에서 송초의 추종적 시정신을 극복하고 자신의 개성과 역량을 통해 당시唐詩와는 다른 송시의 특징을 만들어냈다. 소식 문예에 선행하는 시대사적 흐름을 개관한 본 장에서는 왕안석의 문예상의 특징 이해에서 일단 논의를 맺기로 한다.

경세가經世家인 왕안석은 현실주의적 정신하에서 문학의 내용을 우선하며 서곤체를 반대하기는 했지만, 그렇다고 해서 형식과 외피外皮를 무시하지는 않았다.13) 그의 시경향은 전기에는 자신의 정치적 견해와 포부를 담기 쉬운 영사시詠史詩가 많았으며, 특색은 구양수의 영향으로 의론성, 풍부한 비유와 산문 정신에 있었다. 그러나 만년에 두 번째로 재상직을 물러나 한거閑居하면서는 내용적으로는 자신의 생활 감정과 철학을 드러내어 맑고 깨끗한 초탈적 超脫的 정취를,14) 기교면에서는 자구의 단련鍛煉, 허자와 요구拗句, 대우對偶와 전고典故, 두보와 같은 엄정한 시율 등에 힘을 기울였다.

왕안석 시의 특색인 의론적 경향, 정밀한 용전用典, 자구의 단련 鍛煉, 점화點化와 번안翻案 등 기교주의적 지향들은 이후 황정견 등

---

13) 〈上人書〉 "이른바 文이란 힘써 세상에 도움이 되게 지어야만 한다. 이른바 표현(辭)이란 그릇에 새겨진 조각과 같다. 만약 工巧하거나 화려하기만 바란다면 반드시 용도에 맞출 필요가 없다. 만약 용도에 맞추고자 한다면 또한 반드시 工巧하고 華麗할 필요가 없다. 요컨대 합당한 사용을 근본으로 삼고, 아로새겨 그려넣는 것을 장식으로 삼아야 한다. 용도에 맞추지 않음은 그릇을 만든 本意가 아니다. 그런데 장식을 하지 않는 것도 역시 본의가 아닌 것인가? 아니다. 그러나 꾸밈 역시 그만둘 수는 없으니, 이를 앞세우지만 않으면 괜찮다."

14) 胡仔, 《苕溪漁隱叢話》前集, 권35, "黃山谷은 이렇게 말했다. '王荊公의 만년의 小詩들은 아름답고 정밀하기 그지없으며 時俗을 벗어나 있다. 매번 이들을 읽어 맛볼 때마다 상큼한 이슬이 이와 뺨 사이로 방울지는 것 같다.'(山谷云, 荊公暮年作小詩, 雅麗精絶, 脫去流俗. 每諷味之, 便覺沆瀣生牙頰間.)"

송시파의 중요한 특색으로 계승되어 간접적 영향을 주었다. 다만 왕안석에게 한 가지 아쉬운 점은, 연배가 아래였던 소식에게는 황정견 등의 유력한 추종자가 많아 문학적 보조를 같이 맞춰나갈 수 있었던 데 반해, 왕안석은 은거하며 개인적 성취에 만족했던 점이다.15) 그러나 그의 문학적 성취가 법도 있고 맑은 풍격이나 고도의 예술적 정련 면에서 일가를 이루었음은 분명하다.16)

이제 소식의 문예이론과 시의 이론사적 의미를 파악키 위한 작업에 앞서 개략을 파악하기 위해 소식의 시에 대하여 간략한 평가를 해둔다. 그의 시는 내용적으로도 다양한 경향을 가지고 있으며, 형식면에서 비유와 까다로운 전고의 사용에 능하고 구법과 장법 사용이 뛰어났다.17) 또 자신의 천재적 개성와 재능을 잘 드러내어 구성과 전개가 행운유수行雲流水와 같이 변화한다. 풍격면에서는

---

15) 《王荊公》, 양계초梁啓超, 中華書局.(李燕新, 〈荊公詩之評價〉, 《宋詩論文選集》 3권, p406 再引) "송시의 장관은 필히 소蘇·황黃으로 미루어 올라가게 된다. 왕형공과 소동파를 비교하자면, 동파의 千門萬戶하는 천부적인 재능의 발휘는 실로 형공이 따라갈 수 없다. 그러나 형공의 風度있고 근엄한 면은 우리 후학들이 모범으로 삼을 만하며, 또 이는 소동파보다 앞서 있는 듯하다. 산곡山谷은 강서시파의 祖宗으로서, 그 특색은 삐져나오듯 딱딱하고 풍도가 심원하여, 생기가 멀리까지 솟구친다. 그러나 이러한 시체는 사실 형공에서 시작되었으며, 산곡은 그 장점을 최대한 발휘한 것일 뿐이다. 산곡을 시조로 삼는 사람이라면 당연히 형공도 시조로 해야하는 소이가 자연 도출되는 것이다. 이로 미루어 형공이 송시의 한시대의 기풍을 열었다고 해도 과언은 아니다."

16) 유영표 교수는 《왕안석 시가문학 연구》(서울대 박사학위논문, 1992, pp.458-461)에서 왕안석 시를 참신한 시각과 탁월한 故事 사용력과 前人 시구의 點化力 등 8종의 성취와 3종의 한계로 요약했는데, 한계 역시 그의 시의 특징을 잘 드러내주는 내용으로 보여 소개한다. ①강한 의론성, ②수사기교에 치중, ③강렬한 의도성으로 인한 시적 정취의 손상이 그것이다.

17) 蘇軾詩의 字法, 句法, 章法의 구체에 대해서는 王洪, 《蘇軾詩歌研究》, pp.77-107 참고.

전기의 시가 호방하고 적극적 정서가 강한 데 비해, 후기 시는 도연명을 애호하며 평담하며 초연한 풍격을 지향한다.[18]

송시의 전개과정을 볼 때, 구양수, 매요신에서 왕안석, 그리고 소식과 황정견은 시문혁신운동의 전개를 통해 하나의 맥을 가지고 만당과 서곤파의 부화浮華한 시풍을 건강한 자기수양적 경향으로 바꾸었다.[19] 그리고 이들은 각기 자기류의 개성을 발휘하며,[20] 당시와는 다른 송시적 특색을 완성해갔다.

Ⅲ. 소식 문예관 형성의 기본 구도

본 절에서는 소식 문예이론과 시가 지니는 장르 변용적 양상 파악을 위한 정지적整地的 작업으로서, 북송 문예사상의 추이와 특징을 시 경제·사회·문화·사상 등의 주변 요인과 연결시켜 고찰해 보도록 한다. 이는 소식 문예관을 형성하는 기본적 틀이 될 것이다. 그 내용은 ①사회적 변화와 아雅·속俗간의 상호 작용, ②신유학의 내재적 모순 및 고문운동, ③송대적 사변 형상의 추구의 세 가지이다.

1. 사회적 변화와 아·속간의 상호 작용

먼저 사회적 측면에서 통일 제국을 이루었던 당 제국과 달리, 송은 외교 국방면에서는 국력의 약화로 늘 북방 민족의 존재에 대

---

18) 소식 시의 내용적 분석은 曹圭百, 《蘇軾詩研究》를 참고, 소식 시학의 개괄과 시적 특징은 필자의 《黃庭堅詩 硏究》, pp.37-58 참고.

19) 周揚·錢仲聯·王瑤·周振甫 主編, 《中國文學史通覽》, 東方出版中心, 1996, p.225.

20) 陳師道, 《後山詩話》 "詩欲其好, 則不能好矣. 王介甫以工, 蘇子瞻以新, 黃魯直以奇, 而子美之詩奇常工易新陳, 莫能不好."

해 부담을 느끼지 않을 수 없었다.[21] 실제로 조광윤이 송을 건립했을 때에도 북쪽에는 거란이 국가의 모습을 갖추고 있었으며 경제적 보상을 통해 현상을 유지하다가 결국 흠종欽宗때에 금金의 침입으로 북송이 망하고, 밑으로 쫓겨난 남송은 쇠약한 가운데 겨우 명맥을 유지했다. 이렇듯 송은 계속 북방 이민족의 위협 속에 있었고, 이는 강남 경제의 활력과 문치주의의 문화력에도 불구하고 사회·정치·문화 전반에 걸쳐 송인들을 위기감에 시달리게 하는 요인으로 작용했다. 내부적 정견의 차이로 실패했지만, 범중엄과 왕안석의 신법은 이에 대한 타개책의 하나였다.

아울러 신분 구조에도 질적 변화가 생겼다. 송조의 중심 세력은 당까지의 중앙 세습 귀족의 몰락으로 생긴 공백을 메우며 상승한 지방 장원莊園의 중소 신흥 지주층인데, 이들은 중국사의 전개에서 이전의 세습귀족과는 다른 새로운 계층이었다. 송은 비교적 공정한 과거를 통해 개방적 신분사회를 구성했다. 그리고 생산력의 증대로 새로운 지주층이 생성되면서 소규모지주와 자영농들은 도시 경제권으로 흡수되어갔으며, 도시의 경제는 '청명상하도淸明上下圖'에서 보이듯이 활발한 모습을 띠었다. 민간의 오락적·문화적 욕구가 증대되어 가면서 강창·사·화본 등이 번성했으며, 전반적으로 '문화의 속화俗化' 현상이 두드러지게 진행되었다. 이는 과거제의 정비를 통한 사대부 계층의 유동성의 확대, 교육 기회의 증대,[22] 경제적 번영 등에 의한 문화 공유폭의 확대를 의미한다.

그러면 문화적 속화의 확대는 문학에서 어떤 의미를 지니는가?

---

21) 실제로 안사의 난이후 장기간의 불안정에 시달리고, 또 오대십국을 거쳐 통일한 송대의 영토와 인구, 개간한 토지 등은 당에 비길수 없을 만큼 쇠락한 상황이었다.(王洪, 《蘇軾詩歌硏究》朝華出版社, 1993, 北京, p.180; 張毅, 《宋代文學思想史》, 中華書局, 北京, p.321.)

22) 송대에는 교육과 사상면에서 중앙의 태학뿐만 아니라 전국적으로 관학과 서원이 많이 설립됨으로써 교육의 기회가 증대되었다.

속화의 확대와 신유학의 도학적 초월지향 의식의 대두가 야기한 문예사상상의 특징은 사인士人들이 처한 세속적 환경과, 그들이 지향하는 도학자적 풍모로서 고결한 의식 지향 간의 간격이다.23) 이에 대한 문인들의 대응 양상은 속화에 대한 정면 수용과 지식인들의 반발적 변용의 두 가지로 나타났다.

　정면적 수용의 측면에서는 먼저 문장 언어에서 백화의 사용이 눈에 띄게 늘어났다는 점이다.24) 심지어 남송대에는 도학가였던 주희조차도《근사록近思錄》,《사서집주四書集注》등 다수의 저작에서 백화체에 가까운 문장을 구사했다. 한편 반대적인 입장으로서 세속화에 대한 초속적超俗的 양상은 특히 소식의 이론을 수용한 황정견과 진사도에서 강렬하게 드러났는데, "차라리 운율이 안맞을지언정, 구句가 약하게 되어서는 안되며, 용자用字가 교묘하지 못할 망정, 시어가 속俗되어서는 안된다. 이는 유신庾信의 장기이다"라는 주장은 송인들의 도덕적 자중 의식을 잘 보여준다.25) 백화의 수용, 이속위아以俗爲雅론 등 점화론點化論의 구법적 강구 등은 거시적으로 보면 정면적 혹은 반면적 대응이 모두 대세의 수용의 서로 다른 양상, 즉 '정용正容'과 '변용變容'이었다.

　문화적 속화가 시에 미친 영향은 시적 언어 외에 산문·백화의 요소가 강화되었다는 점인데, 이 점은 고문운동과도 관계되는 부분이다. 이에 따라 허자虛字와 구법句法면의 분절성分節性·정제성整

---

23) 송대 신유학의 사상 갈래는 완고한 道學家, 현실적 經世家, 보수·개량주의적 古文家로 구분되지만, 대체적 경향은 내성에 의한 수양을 중시하며 '存天理, 滅人欲'을 주장하는 세속 초탈의 관념적 경향을 띠고 있다.

24) 문장언어와 구두언어의 구별이 비교적 분명했던 이전 시대까지와는 전혀 다른 양상이다. 한 장르 전체로 보면 唐 전기에 대한 송 화본의 대두가 대표적이다.

25) 黃庭堅,《豫章黃先生文集》권26,〈題意可詩後〉, "寧律不諧, 不使句弱. 寧用字不工, 不使語俗, 此庾開府之所長也"; 陳師道,《後山詩話》, "寧拙毋巧, 寧樸毋華, 寧粗毋弱, 寧僻毋俗, 詩文皆然."

齊性이 약해졌으며, 형식의 구속력이 강한 율시 대신 자유로운 고시가 시체의 주류를 점하게 되었다. 변용적 측면에서 문학이론 방면에서 두드러진 점은 소식, 황정견, 진사도가 함께 주장한 '이속위아以俗爲雅, 이고위신以故爲新'의 주장이 그렇다. 나아가 사의 시화를 지향하는 '이시위사以詩爲詞'의 경향 역시 세속적 애정류의 사를 보다 점잖게 시화한다는 점에서는 '이속위아'와 같은 맥락에서 해석할 수 있다. 이러한 장르 변용, 또는 내용 변용은 사대부 계층의 속문화 수용의 한 양상이다.

또한 시의 제작 동기와 효용면에서도 운용 양상이 달라졌다. 개방적 신분관계하에 상하층 간에 벽이 낮아지면서 이전과 같은 개인적 감상과 감회만이 아닌, 실제적 생활상의 효용을 지닌 차운次韻·화답和答 및 기념을 위한〔題詩〕 고시古詩가 시의 주류를 이루었다. 이는 율시 중심의 당시적唐詩的 세계에 대한 송시 나름의 역사적 돌파라는 의미를 지닌다.

2. 신유학의 내재적 모순 및 고문운동

문화 주도층인 송대의 사士는 정치외교적 위기의식과, 관료 사회 속에 처한 개인 존재의 고독감을 느끼면서 문화의 색조 역시 전대와는 다르게 변해 갔다.26) 여기에 신유학의 영향으로 송 문화는 당의 화려하고 단순·경쾌한 청년적 기상과 달리 내향적이며 자기수양적인 모습을 띠었다. 그들의 계층적 기반은 전대와 같은 세습적 귀족 사회가 아니라, 민간의 중소 지주층이었다. 송대의 과거 출신자들 중 과반수가 자신의 3대 이내에 관리가 배출되지 않은 비관료 가문 출신들이었다는 점이 이를 말해 준다. 한편 사회 상

---

26) 송대의 관료제도는 중앙집권적 황제 독재체제로서 首長으로서의 관리의 권한도 극히 제한되었으며, 그나마 결탁을 방지하기 위한 회피제도로 고향에 부임하기가 어려웠으므로, 관리로 나간 士의 고독은 어쩔 수 없었다.

층부에 오른 문인 사대부들은 도학적 분위기와 함께 계층적 아화雅化를 추구했는데, 그것은 세속적 기반에 대한 자신들의 심리적 정체성 획득의 한 과정이었다.

송대의 유학은 한·당의 명맥만 유지하던 사장적辭章的·주소적注疏的 입장과는 달리, 현실적 문제에 대한 본질적이며 실질적 대처를 중시하며 복고주의적 선진先秦 유학을 지향했다. 문학 방면에서도 이에 상응하는 논리로서 구양수 일파에 의해 고문운동 내지 시문혁신운동이 제창된 것이다. 송인들은 삶의 조건들을 현실에 기초하여 본의本義로부터 고민하고 개선하려고 했으며, 더욱이 육조이후 수·당대에 크게 성행한 도·불과의 융합을 모색하여 자기 수양의 내성적 반사反思를 중시했다.27) 이것이 당시의 사상적·문화적 복고주의의 본질이다.

사실 신유학은 입세주의인 유가가 도가와 선학을 함께 수용하게 됨에 따라 일정 정도의 내재적 모순은 지니고 있었다.28) 이는 '겸제천하兼濟天下'를 추구하는 입세주의의 유가와 '독선기신獨善其身'을 추구하는 도·불의 상반된 입장만큼의 괴리이기도 하다. 즉 사상에서 신유학의 성립은 본질적으로 몸은 세속에 있으면서도 의식은 초탈을 향해 나아가는, 내재적 모순의 융화를 향한 지향이기도 하다. 그렇기 때문에 당시의 지식인들에게는 입신을 추구하면서도 이를 하찮은 것으로 치부하려는 모순된 관념이 짙게 깔려있었다.

이러한 '속중탈속俗中脫俗', '입이출入而出'의 이중적 심리구조는 문예이론으로도 나타났는데, 그것은 어쩔 수 없이 세속적인 것을 받아들이면서도, 한편으로는 도학적 품격을 지키고자 하는 아화雅化

---

27) 새로운 유학인 신유학으로, 본성 이치를 궁구하는 성리학으로, 하늘의 이치 또는 도를 추구하는 이학 또는 도학으로 불렸다.

28) 중국사상사 및 미학사에서 말하는 바, 儒·道(佛)의 상호 보완구조의 성립은 상반되는 관점을 지닌 이 둘이 역사적 전개과정 속에서 문인들의 의식 속에 보완적 관계로 공존하게 된 점을 말하는 것이지, 주장들의 대립성 자체가 無化되었다는 뜻은 아니다.

의식이다. 앞서 말한 '이속위아, 이고위신'의 표현론이나, 황정견의 구법론인 반속론反俗論은 다같이 이러한 의식의 문학론적 표출이다.

도학자적 정서의 보편화는 시에서도 나타나 도리를 따지고 인생관을 토로하는 기풍이 만연하였다. 철학적 사색의 증대에 따라 시의 분위기는 침중沈重·평담平淡·창연蒼然한 색채를 띠게 만들었다. 내용적으로 의론시와 철리시가 증가했으며, 당시적 정감성은 사변적 관조로 바뀌어 갔다. 운문적 정감적 형상미가 줄어드는 대신 산문적이며 노경미적老境美的 이취理趣를 추구하는 방향으로 바뀌어갔다.

문단의 영수였던 구양수는 한유의 정신을 이어 산문에서 질박한 고문을 쓰자는 고문운동을 주장했는데, 이것이 산문은 물론 시에도 영향을 미쳐 시문혁신운동으로 전개된 것이다. 실질적 문장 쓰기인 고문운동 역시 새로운 유가 정신으로의 복고적 혁신론이다. 고문운동의 영향으로 시에는 산문체의 글쓰기가 적용되었다. 이것이 엄우가 비판한 '이문위시以文爲詩'인데, 송시의 대표적 특징으로서 단순히 형식뿐 아니라 내용적 변화가 개재된 시의 서술 방식이다. 산문정신의 강화로 인해 시의 생명인 음악성은 약화되고, 대신 산문적 서술성이 강화되면서, 형식면에서 고시가, 그리고 내용면에서 교유시가 유행했다. 이렇게 하여 시의 역사적 발전 단계는 음송적吟誦的 단계에서 설시적說詩的 단계로 전이되어 갔다.

3. 송대적 사변思辨 형상의 추구

중국미학사에서 중요하게 취급되는 주제는 감성인식 세계의 확장에 관한 문제이다. 공자 이래의 현실적이며 규범론적 시학이론에 대한 반면사유는 노장과 선학으로부터 발아하여, 화론畵論에서 꽃을 피웠으며, 시학으로 재충전되었다. 이상의 제반 문화 요소들은 모두 하나의 공통점이 있는데, 그것은 제1의적 문자에 대한 부정적 관념이다. 어찌할 수 없어 문자를 사용할지라도 표면에 드러난 말이 아닌, 이면에 개재된 의상意象을 헤아려 잡아내야 한다는 관념이다. 이는 직각 관조와 대립·보완의 사유를 특징으로 하는 중국문화적 사유 구조의 한 전형이기도 하다.29) 이런 유사성으로 인해 사경寫景에서 사의寫意로 이행된 송대의 선학과 화론은 시학과 상호 이론적 차감借鑑관계에 있었던 것이다.

불교는 중국 전래과정에서 선종을 위주로 토착화했으며, 송대에는 구양수를 비롯한 많은 사대부들이 선승들과 왕래했다. 선종이 중국 문화 사유에 끼친 가장 중요한 영향은 내향적 관조를 통한 자기 성찰이라고 할 수 있는데, 노장과 현학의 반문명주의적이며 자연회귀적인 주장과 보조를 같이 하며 발전해 왔다. 더욱이 송대 신유학이 주창한 '존천리存天理, 멸인욕滅人欲'의 자아성찰론에 힘입어, 선종은 세속에 다가가 중국 사대부의 일반적 교양으로서 자리하게 되었다.

이제 내향적 관조를 중시하는 독서인의 교양으로 자리잡은 선학은 시학에도 일정한 영향을 미쳤는데, 그것은 비이성적 직각 체험, 순간적 돈오頓悟, 이심전심과 불립문자, 함축적·임기적臨機的 활참活參을 특징으로 하는 점에서 형상적 함축과 운률을 생명으로 하는 시학과 유사하다. 따라서 송대의 많은 사람들은 "시를 배우기를 선禪을 하듯이 하라[學詩如參禪]"고 했다.30) 이는 영감과 직각적 인식과 연상의 중요성에 대한 또 다른 표현이다. 특히 소식과 황정견은 선승들과 교유했으며 선학에 대한 소양도 매우 깊었다. 이들은 교유를 통해 문예 방면에서 사변적 형상미를 추구할 단서를 얻을 수 있었을 것이다.

---

29) 중국 문화사유 구조의 특색에 대해서는 이 책에 수록된 〈중국문화 사유의 이해 — 중국문학 이해의 배경적 관점에서〉 참조.
30) 葛兆光 저, 정상홍 역, 《선종과 중국문화》, 동문선, 1991, pp.245 -250.

선리禪理를 시학에 처음 응용한 것은 당말 교연皎然의 《시식詩式》과 사공도司空圖의 《이십사시품二十四詩品》인데, 함의성이 풍부한 풍격 용어를 선리와 연결하여 해설했다는 점에서 의미있다. 사공도는 '함축'이란 풍격 용어의 풀이에서 "한 글자를 쓰지 않아도 진정한 의미를 다 전달한다"고 했으며,31) 남송 엄우는 시도詩道와 선도禪道는 다같이 묘오妙悟에 관건이 있다고 하며, 자취없는 가운데 무궁한 뜻을 머금어야 좋은 작품이라고 했다.32) 소식·황정견의 이론을 계승한 강서시파 시인들은 '오입悟入'과 '운미韻味'를 주장하고, '활법活法'과 '포참飽參'을 말하며 시의 형상미를 강조했다.33) 이렇게 사변적 형상론은 의경론으로 발전하여 중국시학에서 확고한 지위를 점했으며, 소식 역시 그 맥락의 중심에 위치한다.

그림과 시의 관계도 밀접하여 송대의 화론과 시론은 상호 작용 관계에 있었다. 북송北宋의 유명한 화가 곽희郭熙는 "옛사람이, '시는 형태 없는 그림이고, 그림은 형태 있는 시이다.'라고 했는데… 나도 이 말을 사표師表로 삼고 있다."고 했다.34) 사실 중국의 그림은 대상의 단순한 재현을 목적하지 않는다. 이는 심재心齋·좌망坐忘의 미적 관조 중에서 사물의 표상 뒤에 숨어 있는 본질로 들어가는 일이며, 〈포정해우庖丁解牛〉와 같이 단순한 기技가 아닌 도道를 추구하는 것이다. 그러므로 형상 추구의 중국 화론은 장자를 그 출발점으로 볼 수 있으며, 나아가서는 선학과 맥을 같이 하게 된

---

31) 《二十四詩品·含蓄》, "不著一字, 盡得風流."
32) 《滄浪詩話》, "論詩如論禪…大抵禪道惟在妙悟, 詩道亦在妙悟"; "盛唐詩人惟在興趣, 羚羊掛角, 無迹可求. 故其妙處透徹玲瓏, 不可湊泊, 如空中之音, 相中之色, 水中之月, 鏡中之象, 言有盡而意無窮."
33) 曾季狸, 《艇齋詩話》, "後山論詩說換骨, 東湖論詩說中的, 東萊論詩說活法, 子蒼論詩說飽參. 入處雖不同, 然其實皆一關捩, 要知非悟入不可."; 여기서 진사도의 '환골'은 "學詩如學仙, 時至骨自換."(《次韻答秦少章》)으로서, 황정견의 환골탈태론과는 다른 의미이다.
34) 郭熙, 《林泉高致·畫意》, "前人言, 詩是無形畫, 畫是有形詩. 哲人多談此言, 吾人所師."

다.

시화詩畵의 상호 영향 관계로 보자면, 송대 고문운동은 시·화 모두에 영향력을 행사했다. 산수회화의 기본 정신은 시와 은밀히 부합하므로, 구양수를 필두로 한 문인들은 당시 유행하던 산수화를 감상하여 독특한 느낌을 표출했는데, 이것은 화론에 적지 않은 영향을 주었다.35) 일례로 구양수는 논화시論畵詩 1수를 남겼다.

〈盤車圖〉36)	〈반거도〉
古畵畵意不畵形	옛사람의 그림은 뜻을 그려냈지 형체를 그리지 않았지
梅詩詠物無隱情	매요신은 시로 영물詠物할 때 정감을 드러낼 줄 알았네.
忘形得意知者寡	형체를 놓아야 비로소 뜻을 얻게 됨을 아는 이 적으니
不如見詩如見畵	시를 보는 것이 그림을 보는 것만은 못한가 보다.

매요신은 "반드시 표현하기 어려운 경물을 눈앞에서 보듯이 묘사하고, 다함이 없는 뜻이 표현 밖으로 드러나도록 해야만 시가 훌륭하게 된다"고 했는데,37) 이 역시 시·화 상통론의 관점에서 나온 견해이다. 또한 곽희는 "그림은 전체적인 대상을 보는 것이지, 하나 하나의 형상을 그리는 것이 아니다"고 했는데, 이렇게 송대 화론의 시론으로의 이론적 전용은 사상적 영향에 힘입어 단순한 사경보다는 사의의 비중을 적지 않게 두었다. 시 역시 시적 제재에 대한 자기화된 표현을 형상적으로 나타내므로 그림과 유사한 과정을 거친다. 본질을 체득하려는 관찰의 중시나, 구성면에서의

---

35) 徐復觀 저, 권덕주 등역, 《中國藝術精神》, 동문선, 1993, p.404.
36) 《歐陽文忠公文集》; 앞의 책, p.404 再引.
37) 歐陽修, 《六一詩話》, "梅聖兪語余曰, '…必能狀難寫之景, 如在目前. 含不盡之意, 見於言外, 然後至矣.'"

포치론布置論 역시 소식과 황정견 등에 의해 채용된 바 있는데, 무엇보다도 화론의 시론으로의 전면적 차감에 힘썼던 사람은 문인화를 창시하기도 한 소식이다. 이 부분에 대해서는 다음 장에서 다루기로 하겠다.

Ⅳ. 소식 문예이론과 시의 장르 변용 양상

본 장에서는 이제까지 고찰한 소식에 이르기까지의 시대적, 문학적, 문예사조상의 토대 위에서, 소식의 문예이론과 시를 통해 전개된 소식 시의 장르적 변용 양상을 네 가지 층면層面에서 분석해 보도록 할 것이다. 이들 4항목 간에는 경계가 모호하거나 혹은 다른 영역에 함께 관계하는 내용도 있으나, 논의의 용이성과 체계화를 위해 구체적으로 다음과 같이 갈래를 나누었다.

①당과 다른 송의 사회적 성격의 변화에 따른 세속화의 확대와 관련한 '아·속 교호론交互論'이다. 사인士人의 세속과의 상호 작용의 측면에서 소식 문예의 의미를 본다. 생활 환경의 변화가 시의 운용에 미치는 변화 요소 및 이와 관련한 시학상의 주장의 의미를 파악한다. ②철학적 사변과 정신적 지향을 가늠할 수 있는 '사변론'이다. 생활 사변의 보편적 분위기 속에서 인생과 사회를 대하는 소식의 관점을 시적 속성의 변화라는 측면에서 고찰한다. ③소식 시와 문예관에 나타나는 '산문화'의 특징과 의미를 고찰한다. 송시의 최대 특징인 산문적 시쓰기의 면모와, 장르간 또는 장르사에서 지니는 구체적 의미를 고찰한다. ④대상에 대한 관찰로부터 작품화에 이르기까지 작가의 자유 정신과 천재성의 측면에서 흉중성죽胸中成竹과 수물부형隨物賦形으로 대표되는 다양한 창작론을 분석한다. 선학과 화론이 소식 시학에 미친 시의 장르적 변용과 관련하여 소식 문예의 창작 지향과 구체적 이론을 재검토해 본다.

　이상 소식의 문예와 관련된 주장들은 본래 의식적이고 체계적으로 주장한 것들은 아니다. 그리고 주장은 어떤 부분은 문예이론으로, 또 어떤 부분은 실제 시창작을 통해 나타났다. 본고의 목적은 소식의 문예이론과 시 등 문예 전반에 나타난 그의 문학적 의식이 시장르의 속성 변화를 야기한 점을 파악하는 데 있으므로, 본 장에서는 그 이해의 전면성을 위해 문예이론과 시적 특징을 함께 포괄하여 논의할 것이다.

1. 아·속의 상호 작용
　— 교유시와 고시의 성행, 이속위아의 점화론

　전술한 바와 같이 송대 사회의 경제적 발전, 과거의 정비로 인한 계층 장벽의 완화, 교육 기회의 확대, 문화적 수요의 증대 등의 사회적 여건 변화는 도시의 발전을 가져왔으며 문인과 서민간의 계층적 거리를 좁혀 사회적으로 아속의 차이가 완화되었다. 이러한 세속화의 확대가 소식의 시가창작 형식에 작용한 부분은 우선 화답·차운 등의 교유交遊·수증시酬贈詩의 증가이다. 교유시는 당대唐代에는 짓는 이가 매우 적었다가, 송대에 와서 대대적으로 지어지기 시작한 시형식으로, 화답이나 차운 뿐만 아니라, 각종 제시題詩들은 상대에 대한 우호와 기념의 성격을 띠고 있다.

　사실 교유시는 소식에 와서 시작된 것은 아니고, 구양수 매요신 등도 이미 상당량의 교유시를 남겼다. 이 부분에 대해서는 보다 정밀한 고찰이 필요하지만, 대체로 당과는 다른 도시 중심의 사회 관계의 변화, 경물에서 생활로의 시적 대상의 이동, 시사詩社의 결성, 사변적 시작 경향 등에 기인한 것으로 여겨진다.

　또한 사회적 아속의 접근과 관련해 당시적 세계를 넘어서기 위한 돌파는 시체의 변화에서도 나타났다. 당시의 주류를 이루었던 근체율시는 시간이 갈수록 급격히 감소하고 대신 고체시가 많이 지어졌다. 소식의 경우에도 그의 대표적 시체는 칠언 고시이다. 교유시의 비중이 급증함에 따라 운은 맞추지만, 자유로운 형식으로 인해 시상을 마음대로 개진할 수 있다는 장점이 있다. 또 7언이 5언에 비해 비교적 긴 서사와 산문적 내용을 서술하기에도 적합하다는 점에서, 7언 고시는 생활시화한 송시적 특색에 알맞는 시체로 자리잡아 갔다.

문화의 세속적 확산과 관련하여 시에 먼저 나타난 현상 중의 하나는 언어의 속화이다. 이는 시어의 차용으로 나타났는데, 그것이 '이속위아'와 '이고위신以故爲新'의 점화론이다. 소식은 "시는 어떤 의도를 가지고 지어야 한다. 용사用事는 옛것을 가지고서 새롭게 해야하고, 속俗한 것을 가지고 아雅하게 해야 한다. 기이한 것을 좋아하고 새로운 것만 좋아함은 잘못된 것이다. 유종원의 만년의 시는 도연명과 매우 흡사하다. 이 잘못을 잘 알았던 것이다"라고 주장했다.38) 이는 사회적으로는 사대부 문화의 서민문화 수용의 한 양상으로 파악할 수 있으며, 그 수용 태도는 제3장에서 말한 바와 같이 영역에 따라 정면적 혹은 반면적으로 양면에 걸쳐 나타났다.

한편 이속위아론은 전인의 시어의 단련이라는 단순한 차용의 의미도 있으나, 나아가 장르의 관점에서 보면 여타 속문학 장르의 아적 장르로의 차용이란 의미로 해석되기도 하는데, 아속의 관점에서 그 의미는 같다.39) 이후 이속위아 등의 점화론은 황정견,40)

---

38) 孔凡禮點校,《蘇軾文集》권67(제5책), 中國古典文學基本叢書, 北京, 1986,〈題柳子厚詩二首〉, "詩須要有爲而作, 用事當以故爲新, 以俗爲雅. 好奇務新, 乃詩之病. 柳子厚晚年詩, 極似陶淵明, 知詩病者也."

39) '이속위아'의 주장은 보통 시에서 里俗한 것도 회피하지 않고 아화하여 사용한다는 의미로 시용되지만, 사곡, 제궁조, 잡극, 소설 등의 속문학적 색채나 내용을 사대부의 아스러운 문학 장르나 내용으로 가공·용해시켜 차감하는 '化俗爲雅'와, 이를 그대로 집어넣는 '以俗入雅'의 2종으로 나누기도 한다.(張毅,《宋代文學思想》, p.135,

진사도를 비롯한 강서시파에서 크게 계승 발전시켜 송대 시학의 중요한 특색으로 자리잡았다. 문학사면에서 이 이론은 지나치게 학시적學詩的 태도를 지닌 강서시파가 적극 채용하면서, 타인의 구절을 지나치게 차용하는 번안론飜案論으로 인식되었다. 이는 시인의 개성과 창의성을 감쇠시키는 요인으로 작용했으며, 기교주의와 모방론의 부작용을 낳기도 했다. 아울러 독서와 학문을 중시하는 태도와 점화 인신의 주장 등은 후배들에게서는 용전用典과 구법의 강구로 나아가게하여 당시와 구별되는 송시적 특징을 형성하는 데 적극적인 작용을 했다. 이상의 요인들은 소식에서 시작하여 황정견을 거쳐 강서시파에서 시단 전체로 확대되었는데, 긍정과 부정의 양면적 결과를 낳았으며 이 역시 송시의 한 여정이었다.

 소식 문예에 보이는 아속의 문제와 관련한 상기 현상들은 주로 사회문화적 배경이 문예에 미친 영향 관계라는 측면에서 다룬 것이며, 구체적으로는 언어의 구어화口語化, 세속적 어구語句의 차용과 점화, 시 형식면에서 교유시의 대폭 증가와 고시의 성행으로 나타나는데, 이들은 당시와 다른 송시적 특성화와 새로운 창작 전통의 형성에 적지 않은 기여를 했다. 이밖에 이문위시와 이시위사의 창작 경향 및 시대를 휩쓴 고문운동의 영향도 아속의 문제와 무관하지 않지만, 이에 대해서는 사변화思辨化, 산문화와 더 관계가 깊으므로 뒤에서 다루도록 한다.

---

 pp.178-191)
40)《黃山谷詩集注》內集 권12,〈再次韻(楊明叔)·幷引〉, "以俗爲雅, 以故爲新, 百戰百勝, 如孫吳之兵. 棘端可以破鏃, 如甘蠅飛衛之射. 此詩人之奇也."

2. 철리화 — 생활 사변, 이의론위시以議論爲詩

송대의 외치外治면에서의 불안정성으로 인한 문인 지식인들의 현실적 불안감, 신유학의 형성으로 인한 도학자적 정서의 보편화, 선학의 침투로 인한 사물의 이면적 관찰 풍조, 고문운동의 부흥에 의한 생활 사변의 증대 등은 송시의 철리·사변성을 강화시키는 작용을 했다. 이러한 의론성은 이전에는 산문에서 언급되었던 내용들로서, 소식의 경우 그의 정치적 문예적 비중과 함께 철리적 사색은 그의 시의 내용적 근간을 이루는 특색으로 자리잡았다.41)

소식은 "시란 일정한 목적을 가지고 지어야 한다"거나, "선생〔晁繹〕의 시문은 어떤 뜻을 가지고서 지은 것으로서, 정확하고 기세가 힘찬 가운데 온 힘을 다해, 그 말은 당세當世의 과실의 핵심을 지적해냈다"는 평어는 내용면에서 소식의 사회와 인생에 대한 일정한 가치 지향의 문학관을 보여준다.42) 그가 부임한 곳마다 그곳의 문제점과 정치적 견해를 밝힌 것은 현실 사회에 대한 높은 관심을 보여주는 대목이다.

그의 관심은 비단 정치·사회적인 것만이 아니고, 오히려 삶과 인생 전반에 관한 사색과 느낌을 글로 표현하곤 했다. 그렇기 때문에 내용적 철리화는 소식시의 형식적 산문화 함께 중요한 특색을 이룬다. 그는 왕왕 독서 수양의 중요성을 강조했으며, 자신의

---

41) 洪柏昭,〈論蘇軾詩的議論化和散文化〉:《東坡硏究論叢》, 蘇軾硏究學會, 四川文藝出版社, 1986, 成都, pp.33-46. 議論詩의 종류와 방식은 다음과 같다. ①철리성의 의론, ②處世爲人에 관계된 의론, ③憤世疾俗의 의론, ④서사·영사적 의론의 4종이며, 서술 방식은 ①형상 묘사후에 의론·설리를 펼치는 방식, ②묘사와 의론을 섞어 서술하는 방식의 2종이다.

42)《蘇軾文集》(中國古典文學基本叢書, 中華書局)권67(제5책) p.2109,〈題柳子厚詩二首〉(제2수), "詩須要有爲而作, 用事當以故爲新, 以俗爲雅好奇務新, 乃詩之病"; 권10(제1책) p.313,〈晁繹先生詩集敍〉, "先生之詩文, 皆有爲而作, 精悍確苦, 言必中當世之過."

시와 사에서 이를 구체화했다. 아래의 예는 인간의 삶의 의미를 풍부한 비유로써 성공적으로 구현한 작품이다.

〈소철의 '민지에서의 옛 일을 회상하며 자첨형에게 보내며' 시에 화답하여〉43)

人生到處知何似	인생에 자취를 남기는 것이 무엇과 같을까?
應似飛鴻踏雪泥	날아가는 기러기가 눈밭에 내려앉는 것과 같네.
泥上偶然留指爪	눈밭 위에 우연히 발자국을 남기지만
鴻飛那復計東西	기러기 날아가면, 동서를 가리겠는가?
老僧已死成新塔	(내가 시를 지어주었던) 노승은 이미 죽고 또 새 탑이 섰으니
壞壁無由見舊題	벽 허물어져 옛 시는 볼 길이 없다.
往日崎嶇還記否	지난 날 (민지에서의) 어려움을 아직도 기억하고 있는가
路長人困蹇驢嘶	길은 멀고 사람 지친 중에 절름발이 나귀 울어댔었네.

1062년 지은 이 시는 멀리 떨어져 있는 동생을 그리워하는 심정을 인간 생명의 존재론적 토로討露로 확대 사색했다. '설니홍조雪泥鴻爪'란 성어까지 남기며, 기러기가 날다 눈내린 촉촉한 진흙에 잠시 몇 발자욱 자취를 남기고 떠나는 것으로 인생의 의미를 비유한 것은 탁월한 형상미학적 표현이라 하지 않을 수 없다. 이렇게 의론화 중에도 소식은 그의 천부적 재능에 힙입어 현실 속에서 물상의 본질을 체득하고, 형상·감정·철리 등을 유기적으로 엮어냄으로써 관념적 철학론으로 빠지지는 않았다.

시의 후반에서는 동생과의 지난날을 회상했다. 1056년 자신들

---

43) 《蘇軾詩集》 권3(제1책) pp.96-97, 〈和子由澠池懷舊〉; 蘇轍 詩의 원제목은 〈懷澠池寄子瞻兄〉이다.

이 과거 응시 길에 들렸던 절의 노승에게 써주었던 시도 노승의 영탑과 함께 스러졌음을 말했다. 끝에서는 동생과 겪었던 힘들었던 일을 회상하며, 인생행로의 각오를 다짐해 두면서 끝낸다. 이 시는 칠언율시면서도 철학적 사변을 잘 나타냈는데, 삶의 본질에 다가가며 느끼는 절망감 가운데서도 존재의 의미를 긍정하려는 성숙한 송시적 면모가 물씬 풍긴다. 다음 시 역시 진리 추구에 대한 인간의 철학적 사색이 엿보인다.

〈西林寺 壁에 題하여〉44)
横看成嶺側成峯　가로 보면 고개가 되고, 곁에서 보면 산봉우리 되니
遠近高低無一同　원근 고저에 같은 것이 없구나.
不識廬山眞面目　여산의 진면목을 알 수 없는 건
只緣身在此山中　내가 이 산중에 있기 때문이지.

절구로 된 이 시는 1084년 열흘 간의 여산 유람 끝에 지은 시이다. 언뜻 여산의 아름다움을 어떻게 표현해야 좋을까를 말한 단순한 사경시寫景詩같이 보이지만, 소식은 여산의 수려함 뿐 아니라 세계 또는 진실을 대하는 시각과 관점의 문제를 언급했다. 열흘이나 여산의 아름다움에 매료되어 있었으면서도, 이렇게도 보이고 저렇게도 보이는 여산의 진면목을 보지 못하는 것은 자신이 여산 안에 있기 때문에 전체의 면모를 제대로 파악하지 못하는 것이 아닐까 하고 생각한 것이다. 숲에서 나오니 숲이 보인다는 사색적 노래와도 같은 의미이다. 이상에서 본 두 수는 공히 당시唐詩의 서정적 정감과 거리를 둔 철리적 사색의 형상미를 지닌 작품이라 할 만하다. 사고의 시대적 성숙을 보여주는 반면, 정감 표현에서 당대까지의 전통적 시와는 다른 무게와 격을 느끼게 해준다. 이러한 사변 지향의 시창작에는 많은 선승들과의 교류와 당시 유행했던

---

44)《蘇軾詩集》권23(제4책) p.1219, 〈題西林壁〉.

'학시여참선學詩如參禪'의 주장도 큰 영향을 미쳤다.

한편 시적 감흥과 묘오를 중시한 남송의 엄우는 송시의 특징을 언급하면서 송인들의 상리尙理 취향을 비판했다.45) 이취理趣를 지나치게 추구하여 정감이 결여된 점을 지적한 것이다. 그는 송시의 대표격인 소蘇·황黃을 비판하여, "요즘의 여러 문인들은 기이하고 독특한 해석으로써 문자로 시를 짓고, 재학才學으로써 시를 지으며, 의론으로써 시를 짓는다. 어찌 공교工巧하지야 않겠는가만은 일창삼탄一唱三歎의 감흥이 부족하다. ……동파東坡와 산곡山谷은 스스로 자신의 뜻을 내어 당시唐詩의 풍격이 변했다"46)고 했다. 또한 장계張戒는 "소식은 의론으로 시를 지었고, 황정견은 기이한 글자들을 가져다가 땜질했다"고 소·황을 질타했다.47) 이는 거꾸로 송시 특징 형성에 미친 소·황의 역할을 말해주는 의미도 된다. 그러나 소·황이 지나친 사변화·의론화·철리화로 이취를 추구한 나머지, 시의 서정적 정감 전달에 장애 요소가 되었다는 의미에서 유념할 부분이다.

---

45) 《창랑시화·시평》, "시에는 말(詞)과 이치(理)와 意象(意)과 감흥(興)이 있다. 남조인은 말에 힘썼으나 이치에 약하고, 본조本朝 송인들은 이치를 숭상하지만(尙理), 의상과 감흥에 약하다. 당인들은 의상과 감흥을 숭상했어도 이치가 그중에 있으며, 한위인의 시는 말과 이치와 의상과 감흥의 흔적을 찾아낼 길 없이 훌륭하다."(원문 생략)

46) 《滄浪詩話·詩辯》, "近代諸公, 乃作奇特解會, 遂以文字爲詩, 以才學爲詩, 以議論爲詩, 夫豈不工, 終古人之詩也. 蓋於一唱三歎之音, 有所歉焉.…至東坡山谷, 始自出己意以爲詩, 唐人風變矣."

47) 《歲寒堂詩話》권上, "國風離騷固不論, 自漢魏以來, 詩妙於子建, 成於李杜, 而壞於蘇黃. 余之此論, 固未易爲俗人言也. 子瞻以議論作詩, 魯直又專以補綴奇字, 學者未得其所長, 而先得其所短, 詩人之意掃地矣."

3. 산문화
— 시문혁신운동, 이문위시以文爲詩, 이시위사以詩爲詞

당시와 비겨 본 송시의 가장 큰 특징은 내용적 측면에서 철리적 사변성思辨性과 생활성으로, 형식적 측면에서 서술적 산문성으로 요약 가능하다.48) 송시의 이와 같은 특징들은 어느 한 사람에 의해 일거에 형성된 것은 아니지만, 대체로 구양수가 고문운동의 기치 하에 시문혁신운동을 제창한 이래, 소식에 의해 최고봉에 올랐다. 사실 송시의 시적 변용은 시의 산문화로 요약 가능하다. 그리고 본 장에서 들고 있는 소식 문예와 시에 나타난 제반 특징들의 가장 큰 줄기 역시 산문화와 직간접으로 연결되어 있다. 본 절에서는 소식의 산문적 서술성에 관해서 문예와 시의 양면에서 고찰하도록 한다.

소식 시의 산문성은 시대사적으로는 고문운동의 영향이 가장 크다. 그리고 그것은 한유, 구양수, 소식의 계승 관계를 통해 뚜렷하게 부각되어 갔다.49) 조익趙翼은 "산문으로 시는 짓는 것은 한유로부터 시작되었다가 소식에 이르러 더욱 그 말들을 크게 풀어써 새로운 면모를 열어 놓았으니, 일대一代의 큰 유행을 이루었다"고 소식 시의 특징을 평가했다.50) 한편 전종서錢鍾書는 '이문위시'에 대해 문인의 시와 시인의 시로 나눈 관점을 소개했다.51) 즉 한

---

48) 필자의 〈중국시의 발전 단계론〉, 《중국문학》 제20집, 한국중국어문학회, 1992. 12. p.252, 吉川幸次郎著, 鄭淸茂譯, 《宋詩槪說》, 聯經出版事業公司, 1977, 台北, pp.1-62.

49) 錢鍾書는 《談藝錄》에서 魏泰의 《臨漢隱居詩話》를 인용해, 沈括이 "한유의 시는 압운한 문장에 다름아니다"고 한 말을 소개했다. 한유의 장편시 〈南山詩〉는 시에서 사용하지 않는 산문적 구법과 허자를 많이 사용한 대표적인 예이다.

50) 《甌北詩話》 권5, "以文爲詩, 自昌黎始, 至東坡益大放其詞, 別開生面, 成一代之大觀."

51) 《談藝錄》(附說五), "後村謂文人之詩與詩人之詩不同. 其所乏適在此,

유와 소식을 문인의 시로, 유종원과 황정견을 시인의 시로 구분했
는데, 일리가 있는 견해이다.

　홍백소洪柏昭는 소식의 '이문위시'가 많이 사용되는 경우를 분석
했는데,52) 사실 창작의 대부분의 경우에 사용된 것으로서, 오히려
그가 마음만 먹으면 제재와 무관하게 산문시를 썼다는 것을 알려
준다. 아울러 홍씨는 같은 글에서 2,700여 수 중 5, 7언 고시가
1,100수에 이른다고 한다. 제3장에서 논한 바와 같이 송대에 고
시는 사회적, 사상적 영향으로 대폭적으로 다작多作 되었는데, 율
시적 구속에서 벗어나 작가의 생각을 자유롭게 기술하는데 큰 도
움이 되었다. 또한 이문위시의 작법으로 생활 주변의 세사世事를
시의 제재로 삼아 시적 대상의 확대를 기했다는 점도 간과할 수
없는 특징이다.

　이러한 사항들은 시문혁신운동의 결과 형식적으로는 산문적 글
쓰기의 서술 방식이, 그리고 내용적으로는 다음 절에서 논의한 자
기 성찰적 사변의 글쓰기가 송대 문인들의 일상 생활 중에 주류적
서술 방식으로 자리잡아 갔음을 의미한다. 편폭 관계상 한 수를
보겠지만, 다음 소식의 화도시和陶詩는 보기만 해도 산문적 구법과
어휘로 구성되어 있음을 알 수 있다.

　文人兼詩, 詩不兼文. 杜雖詩翁, 散語可見, 惟韓蘇傾竭變化, 如雷霆
河漢, 可驚可快, 必無復可憾者. 蓋以其文人之詩也, 詩猶文也, 盡如
口語, 豈不更勝."(李鴻鎭,〈'談藝錄' 번역〉(4),《中國語文學》제19집,
p.326.)

52) 洪柏昭,〈論蘇軾詩的議論化和散文化〉, p.46. 일곱 가지 경우는 다
　음과 같다. ①편폭이 긴 고시, ②침울한 서정시, ③편이성이 강한
　응답·수증시, ④중대한 時事와 관련된 기술과 풍유시, ⑤역사적
　사건 및 인물에 대한 시, ⑥스케일 큰 경물시, ⑦論詩와 論畫詩이
　다.

〈陶潛의 '飮酒詩' 20수에 화답하여〉(제1수)53)

我不與陶生	나는 도연명만 못한 사람
世事纏綿之	세상사는 이리저리 나를 얽매네.
云何得一適	어찌하다 좋은 때라도 만나면
亦有如生時	선생과 같을 때가 있지.
寸田無莉棘	마음엔 근심거리 없어
佳處正在玆	여기가 바로 좋은 곳이라네.
縱心與事往	마음을 좇아 일을 처리하면 되니
所遇無復疑	만나는 일마다 깊이 숙고할 것 없다.
偶得酒中趣	뜻밖에 음주의 흥취를 얻으니
空杯亦常持	빈 술잔이나마 계속하여 잡고 있다네.54)

　　소식이 시에 대해 '이문위시以文爲詩'로써 산문화를 지향했다면, 사에 대해서는 '이시위사'의 작법으로 시화했다. '이시위사'에 대해서는 여러 가지 해석이 있어 왔다.55) 필자로서 이 부분은 몇 가지 영역에 걸쳐 관련되기 때문에 다른 절에서 설명할 수도 있지만, '이문위시'의 연장선상에서 본 절에서 설명한다. 이는 크게 두 가지 의미를 지닐 것으로 보인다. 먼저 사회적으로 도시인의 애정을 위주로 한 완약사가 유행한 데 대한 문인 계층의 아적 반향이다. 즉

---

53)　《蘇軾詩集》 권35(제6책), pp.1881-1883, 〈和陶飮酒二十首〉(제1수); 〈和陶淵明飮酒二十詩〉로 되어 있기도 하다. 소식은 이 시들의 序文에서 술을 잘 못마셔 늘상 잔을 잡고 음주의 흥에 취함을 낙으로 삼았으며, 한잔을 먹으면 취해 자곤 했다고 한다. 하루는 揚州 관사에 있을 때 일찍 자리가 파하여 객들이 돌아간 후, 여흥을 못이겨 도연명의 음주시 20수에 대해 화답시를 지었다고 했다.

54)　술을 잘 못하기 때문에 빈 술잔을 잡는다는 뜻이다.

55)　劉大杰은 《中國文學發展史》에서 사의 시화에 대해 두 가지 의미로 해석했는데, 하나는 '이시위사'로서 사의 어기와 구법의 변화이고, 다른 하나는 '以詞爲詩'로서 歌唱을 위주로 했던 사가 문학적 내용을 목적으로 하는 새로운 시 체제로 변했다는 견해이다; 소식 사의 산문구법론에 관해서는 王保珍, 《東坡詞研究》(長安出版社, 1979, 台北, pp.89-96) 참조.

지나친 상열적相悅的 내용들은 신유학적 관념에 물든 문인들에겐 시에 이어 이제는 사마저도 고쳐야 할 대상으로 생각되었을 것이다. 즉 사라는 세속적 장르를 고쳐 아화하겠다는 생각은 '이속위아'론의 장르적 반영이기도 하다. 그런 면에서 이는 사에 대한 철리적 사변화의 확대 적용이기도 하다. 소식에 이르러 사는 인생 사변의 내용을 통해 호방사로 변모했다.

두번째는 형식적 측면에서 본 사의 시화의 진행이다. 고문운동으로 시에 산문의 요소를 도입한 데 이어, 사에서는 시의 요소를 도입하거나, 나아가 어느 정도 산문성을 띠기까지도 했다. 소식의 사는 〈염노교念奴橋·대강동거大江東去〉에서 보이듯이 자유분방하고 호방한 풍격으로 사사詞史의 신국면을 개척했지만, 시화·산문화로 사 본래의 서정 정취는 많이 사라졌다. "사는 동파에 와서 시원스럽고 활달하여 시와 같고 문장과 같아 천지의 장관과 같았다"거나56) "사람들은 동파거사의 사가 왕왕 운률에 맞지 않는다고 한다. 그러나 자유롭고 걸출하여 원래 곡자曲子안에 속박할 수 없었다"는 평가를 받아온 것이다.57)

소식의 사는 이상과 같은 시화와 산문적 속성의 강화를 띠면서 사의 내용과 풍격상의 속성 변화를 야기했다. 그리고 문학사에서 시가 의론화·산문화로 나아간 만큼 사는 서정시화하여, 시와 사의 속성 변화가 서로 교호작용을 하며 발전해갔다. 이 부분에 있어서 소식은 일정한 작용을 했다고 평가된다.58) 다시 말해서 소식은 시와 사 양면에 있어서 장르 속성 변화의 중요한 동인動因 제공자였던 것이다.

요약컨대 소식시의 산문성은 송대 도시 중심의 사회적 변혁과 일상 생활 성분의 증가, 그리고 신유학적 분위기에 따른 의론화,

---

56) 劉辰翁, 〈辛稼軒詞序〉, "詞至東坡, 傾蕩磊落, 如詩如文, 如天地奇觀."
57) 《詞林紀事》 권5, "居士詞, 人謂多不諧音律, 然橫放傑出, 自是曲子內縛不住."
58) 유종목, 《소식사연구》, 서울대 박사학위논문, 1991. 8, p.327.

고문운동의 파급 효과에서 야기된 시쓰기 방식의 변화였다. 이는
한유, 구양수, 소식을 중심 축으로 발전적 양상을 띠고 나타났다.
장르사적 맥락에서 보면 시는 산문화를 통해 문장에 접근해 갔지
만, 전통적으로 시의 본질 요소인 음악적 외재율은 한결 약화되어
음송적 단계에서마저 멀어져, 이제는 읽고 말하는 단계의 설시화
가 진행되었다. 소식에 이르러 시가 한층 철리화·산문화 하면서,
사 역시 '이시위사'의 방식이 적용되었고, 결국 사의 속성마저 유행
가요적 성격에서 벗어나 본격적으로 문인화의 길을 향해 나아갔
다.

4. 흉중성죽胸中成竹과 수물부형隨物賦形
― 선학과 화론의 차감

  3절까지는 소식의 문예이론과 시의 산문화 지향에 관한 외재적
의미를 주로 분석해 보았다. 본 절에서는 주로 선학과 화론이 시
학에 미친 영향의 구체를 파악하여, 그것이 장르 변용과 관계하는
부분을 고찰할 것이다. 그는 이론적 전용을 통해 주로 자기화한
시적 형상성의 세계를 추구했는데, 그러면 형상성의 추구는 소식
시의 장르 변용과 어떤 관계가 있는가?
  사실 북송대에는 사상적으로 이미 노장과 선학의 영향이 문인
사회에 깊이 배어 있었으며, 선종은 만당·오대를 거치면서 사대
부들의 생활 속에 녹아들어 그들의 사유 방식을 내향화했다. 사대
부 사회의 영수였던 소식도 많은 선승들과 왕래하면서 순간적 깨
달음의 대화법인 활참活參의 영향을 많이 받았다.59) 이제 시인들
의 의식도 달라져 이전의 정감적 추구가 아닌 의상적意象的 추구를
지향했던 것이다. 이런 점에서 북송인이 추구했던 형상성은 질적

---

59) 葛兆光 저, 정상홍 譯,《선종과 중국문화》, 동문선, 1986, pp.70-
    75, p.195, 224.

으로 당시적 정감 형상과는 차이가 있다.

당시 선학·화론·시학의 3종 문예는 상호 깊은 관계 속에 서로 작용했다. 사실 소식은 선의 정취와 화론의 형상 세계를 시학에 적극적으로 적용했는데, 규범적 사유를 거절한 소식의 경우 그의 천재적 재능에 힘입어 용이하게 이들을 자유롭게 융화·적용하여 탁월한 성취를 거두었다. 본 절에 소개된 소식의 주장들은 논의 자체가 분류성이 강하거나 체계적인 것은 아니지만, 가능한대로 다섯 가지로 갈래를 나누어 고찰해 본다. 5가지 사항은 ①시화일률詩畵一律, 형사形似와 신사神似, ②상리常理와 전신傳神, ③흉중성죽胸中成竹, ④심수상응心手相應과 수물부형隨物賦形, ⑤중변론中邊論과 평담경平淡境의 지향 등 5종이다.

(1) 시화일률, 형사와 신사 ─ 화론의 시학적 적용론

이와 관련한 주장들은 체계화 또는 단계화된 것은 아니지만, 가능하면 창작 과정을 고려하며 논하기로 한다. 왕유에 대해 '시중유화詩中有畵, 화중유시畵中有詩'론60)을 주장한 소식은 그림과 시가 같은 맥락에서 이해된다는 '시화일률론'을 주장했다.

> 〈韓幹의 十四匹馬畵에 대하여〉(節錄)61)
> 韓生畵馬眞是馬　　한간韓幹은 말을 그리면 진짜 말이 되고
> 蘇子作詩如見畵　　내가 시를 쓰면 그림을 보는 것 같아.
> 世無伯樂亦無韓　　세상에 백락伯樂도 없고 한간도 없으니
> 此詩車畵誰當看　　이 시와 이 그림을 누가 보아줄까!

한간의 화마도畵馬圖를 보고 지은 이 회고시에는 시와 그림의 유사성을 말하고 있다. 이와 함께 그는 대상에 대한 관찰과 묘사 문

---

60) 《東坡題跋》, 上海遠東出版社, 1995, 권5 〈書摩詰藍田烟雨圖〉, "味摩詰之詩, 詩中有畵, 觀摩詰之畵, 畵中有詩"
61) 《蘇軾詩集》 권15(제3책) p767, 〈韓幹馬十四匹〉(節錄).

제를 다룬 '형사·신사'론도 주장했다. 그는 "그림을 논하는 데 형사로써만 한다면 식견이 아이와 같은 것이다.62) 또 시를 지을 때 반드시 이와 같아야만 한다고 하는 것 역시 분명 시를 제대로 아는 사람이 아니다. 시와 그림은 본래 같은 법도로서, 천공天工과 청신清新이다"라고 주장했다.63) 소식은 여기서 먼저 시와 그림은 창작의 정해진 법도와 규범이 있는 것이 아니며, 양자간의 공통점은 정신적 감응으로 하늘의 교묘함과 독창적인 새로운 미를 얻어내는 데에 있다고 말한 것이다. 여기서 사물의 묘사는 단순한 외형적 묘사인 '형사'만으로는 미흡하다는 것은 대상에 대한 작가적 영감 작용에 의한 본질 속성의 묘사인 '신사'의 중요성을 강조하기 위해서이다.

(2) 상리와 전신 — 선적禪的 관조에 의한 본질적 속성의 포착

그러면 사물에 대해서 어떠한 관점으로 보아야 하는 것인가? 그는 사심을 버리고 정밀한 관찰을 통해 신사를 이루기 위한 사물의 변화 이면에 있는 본질적 속성을 파악해야 한다고 했다. 다음 상형常形과 상리常理에 관한 소식의 관점을 보자.

내가 그림을 논할 때, 사람·날짐승·궁실宮室·기물器物·용기에는 모두 일정한 형태[常形]가 있다고 여겼다. 그러나 산·돌·죽·나무 또는 물·파도·연기·구름은 비록 상형은 없지만 일정한 이치[常理]는 있다. 상형을 잃게 되면 사람들이 모두 이를 알게 되지만, 상리가 합당하지 않게 될 경우에는 그림에 능한 사람이라도 모르기도 한다. 때문에 세상을 속여 이름을 취하려는 이는 꼭 상형

---

62) 후세에 王若虛 등 수많은 논쟁이 있었던 形似의 比重에 대한 문제는 蘇軾이 神似의 중요성을 말한 것일 뿐, 形似를 경시한 것이 아니라는 의미로 귀결된다.

63) 《蘇軾詩集》 권29(제5책) p.1525, 〈書鄢陵王主簿所畵折枝二首〉(제1수), "論畵以形似, 見與兒童隣. 賦詩必此詩, 定非知詩人, 詩畵本一律, 天工與清新."

이 없는 것에 의지하려 한다. 그러나 상형을 잃는 것은 그 잃음에
만 그치므로 전체를 나쁘게 하지는 않지만, 상리가 합당하지 못하
면 전체를 폐해야 하는 것이다. 그 형상이 무상한 까닭에 그 이치
를 조심하지 않으면 안된다. 세상의 훌륭한 그림을 그린다는 사람
들이 형상은 곡진히 그릴지 몰라도, 이치에 대해서는 빼어난 재주
를 지닌 사람이 아니고서는 제대로 해내지 못할 것이다. ……(그림
이) 천변만화 속에 시작도 끝도 없이 서로 얽혀 각기 자기의 처소
에서 역할을 한다.64)

　　상형이란 늘 고정된 모습의 형상으로서 일차적 묘사 대상이다.
상리란 비록 일정한 형상은 없어도 그 내면에 개재된 물질의 본질
적 속성으로서, 이를 잘 파악하면 고차적 형상화가 가능하다고 믿
는다. 즉 변화 중의 사물의 본질적 속성을 파악해내는 안목의 중
요성을 말한 것이다. 이는 동태적 세계에서 영속성을 추구하는 선
적禪的 사유 체계의 반영이기도 하다.
　　남제南齊의 사혁謝赫은 《고화품록古畵品錄》에서 도화륙법圖畵六法으
로서 ①기운생동氣韻生動,　②골법용필骨法用筆,　③응물상형應物象形,
④수류전채隨類傳彩, ⑤경영위치經營位置, ⑥전이모사傳移模寫를 들었
는데, 전신론傳神論은 최초의 화론을 쓴 진대晋代 고개지顧愷之의
〈논화論畵〉로부터 시작되었다.65) 소식 역시 "사람의 형상을 그리
는 데에는 눈이 가장 그리기 어렵다"고 하면서, "전신傳神은 상相
보는 것과 같은 데가 있으니, 그 사람의 천연스러움을 포착하고자

---

64)《蘇軾詩集》권1(제2책) p.367,〈淨因院畵記〉, "余嘗論畵, 以爲人
　　禽宮室器用皆有常形. 至於山石竹木, 水波煙雲, 雖無常形, 而有常理.
　　常形之失, 人皆知之. 常理之不當, 雖曉畵者有不知. 故凡可以欺世而
　　取名者, 必託於無常形者也. 雖然, 常形之失, 止於所失, 而不能病其
　　全, 若常理之不當, 則擧廢之矣. 以其形之無常, 是以不可不謹也. 世
　　之工人, 或能曲盡其形, 而至於其理, 非高人逸才不能辦. ……千變萬
　　化, 未始相襲, 而各當其處."
65) 徐復觀,《중국예술정신》, p.175; 눈동자에 관한 傳神寫照論 p.188
　　참조.

한다면 그 방법은 여럿 가운데서 은밀히 그를 살펴보는데 있다"고
했다.66) 눈이 어려운 것은 사람의 눈에는 보이지는 않지만 느껴지
는 본질적 정신이 깃들어 있기 때문이다. 또 전신은 자연스러움에
서 나오는 것이지 억지로 꾸미는 것은 아니기 때문이다. 송대의
등춘鄧椿은 《화계畵繼》에서 회화에서 사물을 곡진하게 나타낼 수
있는 방법은 오직 전신으로써만이 가능하다고 하며, 사람뿐 아니
라 사물에도 신이 있음을 알아야 한다고 했는데, 이는 곧 사물의
본질적 속성에 대한 파악인 것이다.

　사물을 본질로부터 이해하기 위해서 작가는 먼저 자신을 비우
고, 다음으로는 대상과의 충분한 교감과 관찰이 필요하다. 먼저 자
신을 비우는 허정한 심령의 문제에 관해 소식의 〈참료參寥 선사에
게 보내며〉 시에 "시어가 묘하려면 마음을 비우고 허정해야 하니,
고요하므로 각종 움직임이 분명해지고. 비어있으므로 만가지 경계
를 받아들인다 ……시와 불법佛法은 서로 방해가 안되니, 이 말은
다시 청請해야 하리라"는 말은 창작의 내적 응사凝思 단계이다.67)

　다음으로는 대상과의 충분한 교감이 필요하다. 소식은 동시대
화가로서 화죽畵竹의 대가인 문여가文與可가 대나무의 성정을 제대
로 파악한 사람이라고 했는데,68) 실제로 문여가는 대나무 옆에서
기거하며 그 변화의 도리를 깨쳤다고 한다. 이는 정밀한 실제적
관찰을 통해 시시각각 변화하는 대나무의 도를 깨친 후에 그린 그
림이 진짜라는 것을 말해준다. 소위 도 이후에 기예가 빛난다는
'기도양진론技道兩進論'이기도 하다.

---

66) 《蘇軾文集》, 권12(제2책) p.400, 〈傳神記〉, "傳神之難在目, 顧虎
　　頭(愷之)云, '傳形寫影, 都在阿睹中' …傳神與相一道, 欲得其人之天,
　　法當於衆中陰察之."
67) 《蘇軾詩集》, 권17(제3책) p.400, 〈送參寥師〉, "欲令詩語妙, 無厭
　　空且靜. 靜故了群動, 空故納萬物…… 詩法不相妨, 此於當更請."
68) 《蘇軾文集》, 11권(제2책) p.355, 〈墨君堂記〉, "與可獨能得君竹之
　　深, 而之君之所以賢. ……與可至於君, 可謂得其情而盡其性矣."

이렇게 변화하는 가운데 그 사람의 본질을 제대로 포착하는 일은 불가에서 말하는 '단도직입'의 선오禪悟와도 연관된다. 나아가 표현면에서 중국화는 이전의 사경과 정감 전달로부터 송대에는 사의에 치중했으며, 이는 내향적 반사反思를 중시하는 송대의 사상 경향과 맥을 같이 한다. 중국화가 재현이 아니라 표현에 의미를 두고 나아간 것은 전신傳神·사경론寫意論과의 상호 관련하에서 비로소 전면적으로 이해된다.

(3) 흉중성죽胸中成竹
　 — 자아의 대상에 대한 내적 구현, 심득론心得論
시·화에서 그리고자 하는 대상에 대한 관찰로부터 대상의 본질 속성으로서의 작가적 영감을 얻으면, 이를 작품화하기 전에 먼저 마음 속에서 대상의 전모를 하나로 파악하여 융화적으로 구현해내야 한다는 것이다. 이러한 관점은 북송 화가들의 견해인데, 소식은 이를 문학예술 사유 일반으로 확장하였다. 소식은 이를 '흉중성죽'의 비유를 통해 말하고 있다.

　대나무가 싹틀 때는 한치의 싹 밖에 되지 않지만 마디와 잎이 (내재적으로) 갖춰진 것이다. 매미 배나 뱀 껍질 같은 작은 죽순부터 열길 대창같이 자란 것까지, 모두가 다 갖추고서 생겨나는 것이다. 요즘 그림을 그리는 사람은 마디마디를 다 그리고, 나뭇잎마다 그리는데, 이 어찌 진짜 대나무가 그려지겠는가? 까닭에, 대를 그리려면 먼저 가슴 속에 대나무를 생각해 놓아야 한다. 그리고는 붓을 잡고서 깊이 응시하다가 그리려는 대나무를 보게 되면 신속히 일어나 심상을 좇아 붓을 세워 곧바로 그려나가야 한다. 마치 토끼가 달려나가고 매가 낙하하는 것과 같아서 조금만 방심해도 달아나 버리기 때문이다.69)

---

69) 〈文與可畫篔簹谷偃竹記〉.

어떤 대상을 마음속에 그린 후에 표현으로 옮겨야 한다는 것은
바로 '의재필선意在筆先'의 다른 표현이기도 하다. 표현에 문제에 있
어서 어떤 의미에서든 제1자연인 대상을 제2 자연인 작품에 그대
로 옮길 수는 없는 것이긴 하지만, 이것은 대상에 대한 단순한 재
현이 아니다. 대상이 작가와 만나지면서 새롭게 탄생·표현되는
것이다. 그 탄생되는 것은 이미 대상 그 자체도 아니고 작가의 정
신 또한 아니다. 이 둘이 융합하여 구현되는 새로운 미적 세계이
다. '흉중성죽'의 단계는 작가의 정신과 외적 표현으로서의 기예가
만나기 직전, 즉 표현의 바로 전 단계에 해당된다. 이는 자아의 대
상에 대한 내적 구현의 상태로서 물아합일物我合一의 상태이다. 소
식의 다음 시는 이에 관해 적절히 표현하고 있다.

〈書晁補之所藏與可畵竹三首〉(제1수)70)
與可畵竹時　문여가는 대나무를 그릴 때
見竹不見人　대만 보지 사람은 보지 않는다네.
豈獨不見人　어찌 사람만 못 보리요?
嗒然遺其身　얼이 나가 그 몸 또한 버린다네.
其身與竹化　그 몸은 대나무와 함께 조화하여
無窮出淸新　무궁하게 청신함을 자아낸다.
莊周世無有　장자는 이제 세상에 없으니
誰知此疑神　그 누가 신적 교감을 알아줄거나!71)

언어 사용상 연환식連環式 구조를 사용한 이 시는 작가와 대상이
하나가 되어버린 문여가의 대를 그리는 모습이 잘 나타나 있는데,
주객합일의 허정·좌망의 심태心態는 바로 소식이 지향하는 문예창
작시의 최고 경지이며, 중국 의경론에서 추구하는 물아일체·무아

---

70)《蘇軾詩集》권29 (제5책), p.1522,〈書晁補之所藏與可畵竹三首〉(제1
　　수).
71) 劉偉林 저, 심규호 譯,《중국문예심리학사》, 동문선, 1999, pp.339-
　　340.

지경이다.

이제 다시 흉중성죽의 예문 중간으로 돌아와 논의를 계속한다. 다음으로 일단 밑그림이 잡히면 번뜩이며 다가온 이 심상이 사라지기 전에 신속하게 이를 표현해야 한다. 표현의 속도에 대해서는 돌 하나 마디 하나에 열흘이고 한달이고 평심으로 그리는 것이 좋다는 견해도 있으나, 소식은 영감이 사라지기 전에 그려내는 것이 좋다고 했는데, 이 두 입장은 상당한 차이가 있는 이론이다. 사경을 위주로 했던 이전의 화론은 시간의 문제에 크게 구애받지 않을 수도 있었으나, 마음 속의 그림인 사의에 치중할 경우는 영감이 사라지기 전에 속히 완성해야 하는 것이다.

(4) 심수상응心手相應과 수물부형隨物賦形
　 — 대상·자아·표현의 동태적 응변應變

소식은 그의 뛰어난 천재성에 힘입어 어느 한가지 격식이나 틀에 얽매이지 않으려 했던 것 같다. 달리 말하면 그에게 있어 자유 정신의 구가는 삶의 활력이라고 할 수 있다. 그러면서도 그는 변화하는 삶 속에서 변치 않는 가치와 존재를 찾아 즐기고자 했다. 그가 상형보다 상리를 중시한 것은 고정 불변하는 사물보다는 부단히 유동·변화하는 가운데서 그 본질 속성을 파악하여 추상적 형상화를 기하는 것에 대한 가치를 더 두고 있다는 이야기이다. 그가 정태적靜態的 대상이나 사유보다는 동태적動態的인 것을 지향한 것은 자연의 이치를 나름대로 깨달은 때문이다. 그는 이러한 속성을 가진 대상으로서 특히 움직이는 구름이나 바람, 물 등을 선호했는데, 특히 변화 적응을 속성으로 하는 물〔水〕에 대한 선호는 하나의 철학적 체계를 이루고 있다.

그대는 물과 달에 대해서도 아는가? 흘러감이 이와 같으나 가는 것만이 아니다. 또 차고 이지러짐이 저와 같으나 결국 없어지거나 자라나지는 않는다. 사물을 변화의 관점에서 보면 천지는 일순간이

라도 쉬임이 없다. 또 사물을 불변의 관점에서 보면 사물과 나 모
두 무궁한 것이니, 부러울 게 무엇인가? ……강 위의 청풍과 산간
의 명월만이 귀로 들어 소리가 되고, 눈으로 보아 모양을 이룬다.
언어 취함에 막지 않고, 써서 다함이 없으니, 조물주의 무진장無盡
藏이라. 내 그대와 함께 실컷 즐기리라"72)

유창한 이 글에 나타난 물과 달에 대한 변화와 불변의 양면적
관점과, 자연을 만끽하며 유유자적하는 우주 자연과의 합일적 자
유경계는 소식의 정신적 지향을 선명하게 보여주고 있다. 그의 물
에 대한 예찬은 딱딱한 규범에 얽매이지 않고 때에 따라 동태적으
로 응변하는 자신의 천재성 어린 문예적 지향과도 상통한다. 이같
은 소식의 수성水性에의 경도는 장르적 측면에서 장르간의 벽 허물
기 내지 장르 초월적 양상으로 이어졌다. 소식은 그림에서 흘러가
는 물에 대한 품평에서 다음과 같이 활수론活水論을 주장했다.

고금의 물그림은 평평한 수면에 미세한 물결을 그려서, 잘 그린
것이라 해도 파도의 기복을 그리는 정도였다. 그래서 사람들이 와
서 매만지며 기복이 있다고 말하면 좋다고 여겼다. 그러나 그 품격
은 물결 무늬 종이와 작은 공졸을 다투는 정도였다. 당 광명廣明년
간에 처사處士 손위孫位가 처음으로 새로운 기법으로 넘실대는 큰
파도를 그렸는데, 산과 바위의 굽이에 이르면 '형세에 따라 모양새
를 만들어[隨物賦形]' 물(水)을 그리는 법을 바꾸었으며, 사람들은
신일神逸하다고 평가했다.……근세의 포영승蒲永昇은 술을 좋아하
고 분방하여 본성이 그림과 부합했는데, 활수活水를 그려 손위와
손지미孫知微의 본의를 터득했다.……이전의 동우董羽나 근일近日
의 상주常州 척씨戚氏의 물그림을 세상에선 귀중하게 여기나, 이들

---

72) 《蘇軾文集》 권1(제1책) pp.5-6. 〈赤壁賦〉 "客亦知夫水與月乎? 逝
　　者如斯, 而未嘗往也. 盈虛者如彼, 而卒莫消長也. 蓋將自其變者而觀
　　之, 則天地曾不能以一瞬. 自其不變者而觀之, 則物與我皆無盡也. 而
　　又何羨乎? ……惟江上之淸風, 與山間之明月, 耳得之而爲聲, 目遇之
　　而成色. 取之無禁, 用之不竭. 是造物者之無盡藏也, 而吾與子之所共
　　適."

의 그림은 사수死水라고 하겠다.73)

소식은 흘러가는 물의 생동하는 표현의 중시에서 논의를 확대하여 그의 시문의 창작은 넘치는 영감작용에 의해 그때 그때의 주변 형세에 맞추어 자유로운 형식으로 표현해낸다고 말했다. 이러한 수물부형隨物賦形의 응변적應變的 자유자재성은 그의 자유 정신과 천재성에서 기인하는 소식 문학 세계의 한 전형이다.

> 문여가가 내게 이것을 가르쳐 주었는데도 나는 그렇게 하지를 못한다. 그렇지만 마음속으로 그렇게 되는 이치는 알게 되었다. 마음으로 이치를 알고 있으면서도 그렇게 하지 못하는 것은 내외內外가 하나같지 않아 마음과 손이 서로 따로 놀기 때문이다. 익히지 못한 탓이다.74)

이 글은 앞의 흉중성죽론에 계속된 글이지만 서술상 이곳에 나누어 놓았다. 일단 마음속의 그림을 좇아 그리는 올바른 도리를 알고 있음에도 불구하고 제대로 되지 않는 것은 마음과 손이 따로 놀아, 이른바 심수상응心手相應이 되지 않기 때문이라고 했다. 즉 문예는 도만으로써도 부족하고 또 나뭇잎 하나 하나를 따라 그리는 기예만으로써도 부족하다는 것이다. 이 부분에 대해서는 〈일유日喩〉에서도 남방 지역 잠수부의 예를 들며 어려서부터 물과 친한 가운데 나이가 들면서 잠수를 할 줄 알게 된다고 했다.75) 즉 잠수라는 실제적 기능으로서의 기技와 물의 속성에 대한 본질적 이해인 도가 서로 상호적으로 작용함을 말하고 있다. 이 두 예시는 결국 본질을 인식하는 작가적 안목과 그것을 구현해내는 창작 체험이 병행될 때 진정한 미美가 창조된다는 기도양진론技道兩進論이

---

73) 《蘇軾文集》 권12(제2책) p.408, 〈畫水記〉(편폭상 원문 생략).
74) 《蘇軾文集》 11권(제2책) p.365, 〈文與可畫篔簹谷偃竹記〉(원문 생략).
75) 《蘇軾文集》 권64(제5책) p.1980, 〈日喩〉.

다.76) 그리고 이렇게 쓰여진 시는 마치 탄환과 같이 잠시도 쉬지 않고 생동하게 살아 움직이게 된다.77) 그러면 소식은 자기의 문학 작품에 대해서는 어떤 평가를 내리고 있는가?

　　나의 글은 충만한 샘의 근원 같아서 땅을 가리지 않고 솟아 나온다. 평지에서는 그득하게 넘쳐 흘러 하루에 천리라도 어렵지 않게 흘러나간다. 산과 바위의 굽이가 있는 곳에 이르면, 형세에 따라 모양새를 만들어, 어떤 모양으로 될 지 알 수가 없다. 다만 알 수 있는 것은 가야 할 경우에 나아가고, 멈춰야 할 데서는 멈춘다는 것일 뿐이다. 이밖에는 나 역시 알 도리가 없다.78)

　마치 낭만주의 시인 워즈워드의 "강력한 자발적 정서의 거침없는 유출"79)이란 문학적 주장이 상기되는 이 말에는 문예 창작력에 관한 소식의 천재적 재능이 여과없이 드러나 있어 부럽기까지 하다. 이와 비슷한 평은 만년에 자신에게 문장을 평해 달라는 사민 謝民師(廉擧)에게도 해준 바 있는데,80) "행운유수와 같이 정해진 형태가 없으며, 가야할 곳에서 가고 멈추어야 할 곳에서 멈추며, 문리文理가 자연스럽고, 모양새가 자유롭게 피어난다"고 하는 것은 문예에 대한 최고의 찬사이다. 이러한 경지는 자신이 생각한 것을

---

76) 《蘇軾文集》 권69(제5책) p.2194, 〈跋秦少游書〉, "少游近日草書, 便有東晉風味, 作詩增奇麗. 乃知此人不可使閑, 遂兼百技矣. 技進而道不進, 則不可, 少游乃技道兩進也."

77) 《蘇軾詩集》 권26(제5책) p.1398, 〈次韻王定國謝韓子華過飲〉, "新詩如彈丸, 脫手不移晷."

78) 《蘇軾文集》 권16(제5책) p.2069, 〈自評文〉, "吾文如萬斛泉源, 不擇地皆可出, 在平地滔滔汩汩, 雖一日千里無難. 及其與山石曲折, 隨物賦形, 而不可知也. 所可知者, 常行於所當行, 常止於不可不止, 如是而已矣. 其他雖吾亦不能知也."

79) 'A Spontaneous Overflow of Powerful Feelings'

80) 《蘇軾文集》 권49(제4책) p.1418, 〈與謝民師推官書〉, "所示書教及詩賦雜文, 觀之熟矣. 大略如行雲流水, 初無定質, 但常行於所當行, 常止於所不可不止, 文理自然, 姿態橫生."

그때 그때의 문학적 여건에 따라 응변적應變的으로 적절한 형식 또는 내용으로 표출해내는 놀라운 재능의 소산이다.

그는 그림으로 뛰어난 오도자吳道子의 인물화 그리는 솜씨에 대해 "법도의 가운데서 새로운 뜻을 펼쳐내고, 호방한 풍격 밖으로 묘한 이치를 보낸다'고 극찬했다.81) 이는 형식과 내용이 겸비되어 완성된 경지를 지칭하는 언표이다. 기존의 창작 규범 또는 장르 등을 무시하지 않는 중에서도 독창적으로 남이 하지 않은 자기류의 뜻을 펴내고, 자유정신의 구가 속에서 세상과 인생의 본원적 이치를 밝혀낸다는 의미는 기존의 것을 존중하면서 또한 그것을 넘어서는 강한 창조성이 필요하다는 소식다운 문예 이상론이다.

이상의 논의들을 장르론에 적용하면 일정한 형식에 얽매이지 않고, 대상에 대해 표현하고자 하는 것을 얼마든지 자기 나름의 방식으로 드러내는 창조적 탈장르성이다. 즉 수물부형론이나 오도자에 대한 화평畫評은 장르적 영역파괴의 중국적 표현으로 해석이 가능하다. 그 검증은 시·사·문·서·화에 나타난 소식의 문학적 여정과 실제가 뒷받침 해준다.

(5) 중변론中邊論과 평담경의 지향 — 작품화로의 외적 구현

앞 소절의 논의가 작품화를 향한 작가를 중심으로 한 대상 및 작품과의 자유로운 교감 과정이었다면, 본 소절은 시가 표현의 이상적·궁극적 지향에 관한 부분이다. 즉 사변적 형상미의 추구와 관련한 작가의 내적 성숙이 작품으로 꽃 피우는 외적 구현에 관한 논의이다. 여기서는 두 가지 논의가 가능한데, 먼저 작가의 진지한 정신의 발현이야말로 공교工巧한 표현을 향한 가장 중요한 관건이

---

81) 《蘇軾文集》 권71(제5책) p.2210, 〈書吳道子畫後〉, "詩至於杜子美, 文至於韓退之, 書至於顏魯公, 畫至於吳道子, 而古今之變, 天下之能事畢矣. 道子畫人物, 如以燈取影, 逆來順往, 旁見側出, 橫斜平直, 各相乘除, 得自然之數, 不差毫末, 出新意於法度之中, 寄妙理於豪放之外, 所謂遊刃餘地, 運斤成風, 蓋古今一人而已."

라는 점이다.

옛날의 문인들은 공교하고자 해서 한 것이 아니라, 그외에 다른
방도가 없어 공교해진 것이다. 산천의 구름과 초목의 화실華實이
안에서 가득히 충만하여 밖으로 발현하듯이, 없는 듯이 하려 해도
그렇게 할 수 있겠는가? 나는 어려서 부친으로부터 문장에 관해 들
은 바, 옛 성인들은 마음 속에 스스로 그만두지 못하는 무엇이 있
었다고 여겼다. 까닭에 나와 동생은 글을 지은 것이 많지만, 글을
일부러 지으려는 뜻은 갖지 않았던 것이다. ……부친과 소철蘇轍의
글 100여편을 모아 《남행집南行集》이라 이름지었다.……억지로 지
은 것들이 아니다.82)

소식의 글들이 일부러 지으려는 의도하에 지은 억지 문장이 아
니라, 자연스런 성정의 유발이라는 점이다. 즉 그는 우선 자신의
내면의 감정에 충실할 때 비로소 좋은 글들이 나온다고 생각했다.
거짓 정서가 아니라 진정에서만이 훌륭한 문학이 배태된다는 점에
서 유협과 같은 입장이다.83) 그리고 그러한 글들만이 공교한 글이
될 수 있음을 주장했다. 인위적 수사로는 좋은 글이 되기 어렵다
는 점을 말한 것으로, 이른바 '자연성문自然成文'의 주장이다.84) 다
음으로 그는 한위 이래 당까지의 역대 시인들의 시에 대한 품평에
서 뛰어난 시적 경지로 다음과 같은 심미 표준을 제기했다.

시 역시 그러하다. 소무蘇武·이릉李陵의 천성天成의 자연스러움,

---

82)《蘇軾文集》권10(제1책) p.323,〈南行前集敍〉, "夫昔之爲文者, 非
能爲之爲工, 乃不能不爲之爲工也. 山川之有雲霧, 草木之有華實, 充
滿勃鬱, 而見於外, 夫雖欲無有, 其可得耶! 自少聞家君之論文, 以爲
古之聖人有所不能自已而作者. 故軾與轍爲文至多, 而未嘗敢有作文之
意.……蓋家君之作與弟轍之文皆在, 凡一百篇, 謂之南行集.……而非
勉强所爲之文也."
83)《文心雕龍·情采》"昔詩人什篇, 爲情而造文, 今辭人賦頌, 爲文而造情."
84)張健,《宋金四家文學批評研究》, 聯經出版事業公司, 1975, 台北, p.10.

조식曹植·유정劉楨의 자득自得, 도연명·사령운의 초연함 등은 모두 대단한 경지에 이르렀다. 그런데 이백과 두보는 절세에 빼어난 아름다운 모습으로서 백대百代를 초월하며 고금의 시인을 모두 능가한다. 그렇지만 위진 이래의 탈속적脫俗的 격조도 조금은 쇠미해졌다. 이李·두杜이후 시인들이 이어 비록 간간이 심원한 운미가 있기는 했지만, 재주가 뜻에 미치지는 못했다. 유독 위응물·유종원이 '간약簡約한 고풍古風 중에 섬세·풍부함을 드러내고, 담박한 가운데 지극한 맛을 싣고 있다.' 이는 다른 사람들이 따라할 수 없는 부분이다.85)

소식은 소蘇·이李, 조曹·유劉, 도陶·사謝로 대표되는 육조의 천연스런 아름다움, 자득의 경지, 탈속적 초연성 등을 높이 평가했으며, 시의 이상적 표현 방식은 '외적 간약簡約함과 내적 풍부함의 교묘한 조화'의 경지라고 했다. 이밖에 "고담枯澹한 것을 귀히 여기는 것은, 그것이 겉이 메마르면서도 속은 기름지고, 담박한 듯이 보이지만 실은 아름답기 때문으로서, 도연명과 유종원이 그렇다. 만약 속과 겉이 모두 고담하다면, 또한 말할 가치나 있겠는가?"라고 하는 '중변론'을 제창했으며,86) 도연명의 시에 대해서는 '질박하면서도 아름답고, 수척한 가운데 살졌다'고 하며, 그의 시를 좋아하는 이유를 밝혔다.87) 이상의 발언들은 강기姜夔가 소식의 말을 인용한 바 "표현은 끝이 났는데도 뜻이 다함이 없는 것이야말로

---

85) 《蘇軾文集》 권67(제5책) p.2124, 〈書黃子思詩集後〉, "至於詩亦然. 蘇李之天成, 曹劉之自得, 陶謝之超然, 蓋亦至矣. 而李太白杜子美以英瑋絶世之姿, 凌跨百代, 古今詩人盡廢. 然魏晋以來高風絶塵, 亦少衰矣. 李杜之後, 詩人繼作, 雖間有遠韻, 而才不逮意. 獨韋應物柳宗元發纖穠於簡古, 寄至味於澹泊, 非餘者所及也."
86) 《蘇軾文集》 권67(제5책) p.2109, 〈評韓柳詩〉, "所貴乎枯澹者, 謂其外枯而中膏, 似澹而實美, 淵明·子厚之流是也. 若中邊皆枯澹, 亦何足道?"
87) 《蘇東坡全集》(世界書局), 續集 권3 p.70, 〈追和陶淵明詩引〉, "吾於詩人, 無所甚好, 獨好淵明之詩. 淵明作詩不多, 然其詩質而實綺, 癯而實腴, 自曹劉鮑謝李杜諸人, 皆莫及也."

천하의 지극한 말이다"88)라는 언표와 같은 의미로서, 소식의 경우 이론적으로 여미餘味와 함축의 평담경의 지향으로 귀결된다.

이같은 평가는 모두 시란 외적으로는 담담하고 절제된 표현을 중심으로 하되, 내면에서는 표현의 이면에 개재된 문학적 형상성을 통해 작가의 사상과 감정을 핍진하게 드러내야 한다는 입장 표명에 다름 아니다. 이점은 사공도司空圖가 〈여이생논시서與李生論詩書〉에서 피력한 시론의 영향과 관계가 있다.89) 그는 사공도의 미외지미론味外之味論을 칭찬하여 "(사공도는) 시를 논함에 '매실은 신맛에서 그치고, 소금은 짠맛에서 그친다. 음식에는 소금과 매실이 없을 수는 없지만, 그 좋은 맛은 늘 짠맛과 신맛의 밖에 있다'고 했다"는 말을 인용했다.90) 이로 미루어 결국 소식의 평담론은 '절제된 표현과 풍부한 내용'이라는 두 가지 의미를 달성하는 사변적 표현론이며, 동시에 내적 풍요를 간약한 외피로써 감싸 겉으로 드러내지 않는 송대의 내성 관조의 영향이 느껴지는 사변형상적 심미론임을 알 수 있다. 그리고 그의 심미의식은 매요신 이래 평담경을 주장한 송시적 특징화의 연장선상에 자리잡고 있음을 보게 된다.

본 절의 이제까지의 내용을 요약하면 소식의 문예이론과 시적 성취는 형상세계를 추구하는 점에서 사유 방식이 유사한 선학과 화론의 도움을 받아 몇 가지 미적 지향과 방식을 제시하고 있다. 그것은 시화일률詩畵一律의 사고방식, 형사와 신사의 표현경, 대상에 대한 인식 체계인 상형과 상리론, 창작적 주안점으로서의 전신과 사의론, 내적 준비과정으로서의 흉중성죽론, 심수상응의 도와 기예의 합일적 경지, 수물부형隨物賦形의 자유자재의 능력과 영역 파괴적 경지, 그리고 시의 표현상의 이상적 경지는 양층적兩層的 관

---

88) 《白石道人詩話》, "言盡而義無窮者, 天下之至言也."
89) 이영주, 《소식시론연구》, 서울대 석사학위논문, 1983, p.32.
90) 《蘇軾文集》 권67(제5책) p.2124, 〈書黃子思詩集後〉, "其(司空圖)論詩曰, '梅止於酸, 鹽止於鹹, 飲食不可無鹽梅, 而其美常在鹹酸之外.'"

념으로서 중변론으로 대표되는 외적 간아簡雅와 내적 풍요가 함께 구현되는 시세계이다. 이는 송대 문예사상의 조류와 깊은 관련이 있으며, 이후 문학 이론 방면에서 의경론으로 심화 발전해 갔다.

이들은 공통적으로 문예 창작의 정신적 지향과 관계된다. 이들 이론의 형성에는 송대 신유학 성립 과정 중의 내향적 사변의 영향이 크다. 이에 따라 이 논의들의 지향점은 문예의 형상미이기는 하지만, 당시에서 추구한 정감 형상의 추구와는 다른 이취理趣적 풍모 속에 사변 형상의 추구로 나아갔다. 이런 점에서 본 절에서 분석한 소식 문예의 이론적 주장과 시적 특징들 역시 송시의 탈장르화에 일정한 영향을 준 것으로 인정된다.

Ⅴ. 맺음말

필자는 역사적으로 송대가 시 장르의 속성 변화가 일어난 시기라는 견해를 가지고 있으며, 이 점에 관해서는 1990년 이후 몇 편의 논문을 통해 검토한 바 있다. 본고에서는 이러한 가설에 따라 송시의 중심부에 위치한 소식의 문예이론과 시에 대해 시 장르의 속성 변화라는 측면에서 고찰했다. 본고의 내용은 다음과 같이 요약된다.

제 2장에서는 소식에 이르기까지 구양수, 매요신, 왕안석 등 시문혁신운동의 주도적 시인들을 중심으로 북송시의 전개 과정과, 산문화·철리화를 향한 송시적 면모의 형성 과정을 고찰했다.

제 3장에서는 소식 문예관 형성의 기본적 구도를 파악하기 위해 북송 문예사상의 몇 가지 주제를 장르사적 관점에서 고찰했다. 먼저 도시 중심의 경제적 번영과 사회적 계층 구조의 변화에 힘입어 문예의 세속화가 진행되었으며, 사인士人들은 정면 혹은 반면적으로 이를 수용하는 양상이 나타났다. 둘째로는 입세적 유가사상과

출세적 도불이 함께 융화되는 신유학의 형성과정 속에 문인들은 '속중탈속俗中脫俗'의 이중적 모습을 띠게 되었고, 도학자적 의식은 고문운동과 함께 문학방면에도 영향을 미쳐 시의 산문화와 의론화로 나아갔다. 셋째로 당시 시인들은 많은 선승과 교류하고 그림에도 능한 사람이 많아 결국 시학과의 적극적 교류가 진행되었다. 그 결과 시인들의 내성 관조는 더욱 심화되었고, 이에 따라 시학적 감성 인식의 세계도 확장되었다.

제 4장에서는 이상의 배경적 고찰에 힘입어 본격적으로 소식 문예이론과 시를 통해 그가 추구했던 문학적 명제들을 장르 변용의 관점에서 분석·체계화해 보았다. (1)사대부 계층의 세속과의 교감 및 시문혁신운동은 시학 이론과 문학 행위에 영향을 미쳤다. 수증·교유시가 대폭 증가하고, 구속력이 강력한 율시 대신 고시가 많이 지어졌으며, 시학에서는 이속위아의 이론이 제기되어 후에 황정견과 강서시파 등의 점화론으로 발전하게 된다. 점화론은 소·황 이후 시창작의 규율성과 학습성을 강조하는 송시적 특징을 보인 동시에, 생동하는 창조력을 감소시켜 정감의 형해화形骸化라는 나락에 빠지게도 했다.

(2)신유학의 형성과 함께 생활 속의 사변이 보편화하면서 도학자적 정서가 시의 내용으로 대두했다. 그는 선학에 대한 소양이 깊었는데, 이 점 역시 인생을 철리적으로 보게 하는 데 중요한 작용을 했다. 당시 유행했던 '학시여참선學詩如參禪'은 선학의 시로의 내용적 차감론이다. 또한 고문운동은 문학의 내용을 의론화하는데 상당한 작용을 했다. 이에 따라 소식의 시는 자기 성찰적 의론을 많이 다루었으며, 이 의론성은 나아가 사에까지 확대 적용되었다. 이로 인해 내용은 심화됐지만, 시적 정감은 많이 손상되었다.

(3)장르적 관점에서 볼 때 송시의 가장 대표적 특징이자 소식 시의 특징은 시의 산문화이다. 이전에는 산문에서 다루었던 내용들이 시에 포함되면서 소식에 이르러 시의 산문화는 결정적으로

진전되었고, 급기야 운이 있는 문장같이 되기도 했다. 특히 소식의 경우 형식에 구속되지 않고 자유롭게 생각을 펼쳤으므로, '이문위시'의 경향이 심했다. 나아가 그는 이시위사를 추구하여 사풍詞風의 변화를 야기했다. 이것은 내용면에서는 세속적 장르인 사에 대한 문인적 아화雅化로서, '이속위아'론의 장르적 반영이기도 하다. 형식적인 면에서는 시와 사 모두 운율로부터의 탈피를 진행시켜, 결과적으로 시 장르의 본질 속성의 변화를 야기하고 말았다. 당시에 대한 송시적 모색과 해결의 결과였다.

  (4)선학과 화론이 시학에 미친 영향으로서 소식의 경우 다양한 시학 이론을 제기했다. 구체적 내용은 다시 다섯 가지로 나뉜다. ①시와 그림이 같은 맥락에서 이해된다는 시화일률의 주장이다. 또한 '신사'론에서는 겉으로 드러난 것만을 보지말고, 이면에 있는 사물의 본질을 파악해서 그려내야 한다고 했다. ②이렇게 하기 위해서는 형체가 정해지지 않은 유동적 물체에서도 '상리'를 찾아 터득해야 하다고 했다. 상형은 놓치면 그것을 잃은 것으로 끝나지만, 상리는 전체를 망치므로 중요하다는 것이다. 선적禪的 관조에 의한 본질적 속성의 포착을 말했다. ③대상에 대한 충분한 관찰 후에는 그리고자 하는 전체의 형상을 마음 속에서 먼저 그려내야 하고, 이러한 '흉중성죽'의 심상이 떠오르면 신속히 작품으로 그려내야 한다고 했다. 이는 자아의 대상에 대한 내적 구현 과정이다. ④마음의 도와 예술 창작의 기예가 서로 상응하는 '기도양진技道兩進'의 심수상응의 상태와, 소식 개인의 창작 경험으로서 수물부형隨物賦形의 탈구속적 脫拘束的 자유자재성을 말했다. 이는 대상·자아·표현 삼자관계의 동태적 응변론應變論이다. 소식이 물(水)을 좋아한 것은 본성이 여하한 변화에도 잘 적응하며 자기의 본질을 지켜내는 면이 있기 때문이다. 그리고 수물부형론을 장르론적 관점에서 보면 소식 문예 창작의 장르 초월 양상과 직결된다. ⑤외적으로 훌륭하고 공교한 작품은 작가의 진실한 내면 의식으로부터 나오는

것이지, 거짓 정서로서는 불가능하다고 했다. 그리고 시의 이상적 표현의 경지로서 겉은 메마른 듯 보여도 실은 풍부한 심미적 가치를 포함한 작품이 훌륭하다는 중변론을 말했다. 이는 풍격적으로 매요신 구양수 이래 주장된 평담경을 지향한다.

이들 이론은 시적 형상성의 제고에 주안점을 두고 있다. 그러나 당시와 다른 내성 관조 위주의 사변성이 관여함으로써 역시 전통적 의미의 시적 정감과는 다른 사변적 의경을 전달하여 당시적 정감미는 손상되었다. 반면에 자연과의 교감을 중심으로 했던 중국시의 세계를 철학적 사색으로 확장시켰다는 점에서 시의 내용적 층위를 높임과 동시에 예술 사유적 심화를 가져왔다.

요약컨대, 소식의 문예이론과 시에 나타나는 장르 이탈적 속성 중에서 가장 두드러진 점은 산문화이다. 이밖에 신유학의 영향으로 인한 도학적 자기 수양의식이 들어간 철리화, 아·속간의 작용 과정에서 나타난 이속위아론, 이시위사의 경향 등 장르간 교호작용 및 구법적句法的 강구, 선학과 화론의 시학으로의 차감인 사변 형상적 주장들과, 천재성의 발로인 수물부형의 표현력, 그리고 중변론적 평담경 등은 장르 변용적 관계 사항으로 들 수 있다.

소식 문예가 지니는 이상의 특징들은 이미 북송 중엽부터 진행되어오던 시 장르의 본원적 속성의 변화를 한층 촉진하고, 장르간 영역을 허물었으며, 당시와는 다른 송시적 세계 구축의 쐐기 작용을 했다. 소식의 문예와 창작 여정은 '법도 중에서 새로운 뜻을 만들어 내고, 호방함 밖에서 묘한 이치를 부쳐 낸다'[출신의어법도지중出新意於法度之中, 기묘리어호방지외寄妙理於豪放之外] 자유정신의 수물부형적인 구현이었다.91) 소식을 통하여 중국시는 예술 사유의 심화와 함께 생활화, 산문화, 수필화, 설시화를 향해 성큼 나서서, 시 장르의 속성 변화를 확고히 진행시켜 나갔다.

(〈장르사적 관점에서 본 소식의 문예이론과 시〉, 《중어중문학》 21, 1997)

---

91) 주81 참조.

진사도 시학의 시사적 고찰

Ⅰ. 들어가면서

주지하다시피 송대에 접어들면서 시는 내용과 형식 및 시의 운용과 쓰기 방식 등 제 방면에서 당시와는 상당히 다른 면모와 특징을 지니게 되었다. 크게 보아 화답·차운 등의 교유시가 증가하여 문인 일상 생활의 다양한 일들이 시의 제재로 폭넓게 부상했으며, 성률을 강구하는 율시 중심의 정제된 심미 의식에서 벗어나 고시를 비롯해 내용과 형식 양면에서 자유로운 시쓰기 방식이 더욱 많이 채택되었다. 그리고 서술의 방식은 단편 서정이 아닌 중장편의 생활사적 '서사 철리敍事哲理'를 산문화된 필치로 중심축을 옮겨갔다. 이러한 송시의 제반 양상은 중국시가 한대까지의 민간시가 단계에서 육조 문인시 단계로의 1차 진입이후,1) 다시금 장르간의 상호작용을 통해 '장르 속성의 변용과 전이' 과정에 깊게 접어들었음을 보여주는 징표로 이해한 바 있다.2)

---

1) 중국시의 역사적 전개과정에 대해서는 〈중국시와 문학의 역사적 전개〉에서 중국시가 역사적으로 '歌詩→吟詩→說詩'의 단계로, '민간 서정→문인 서정', 비애 서정의 측면에서는 '虛無的→審美的→思辨的' 비애의 단계로 나아갔다고 단계론을 제시했다.

송대의 시쓰기와 시풍의 변화가 어떻게 하여 이루어진 것인지에 관해서는 단순히 문학 내부적 접근만이 아니라, 중당 이래 오대십국을 거치며 송조의 형성에 이르기까지 200여 년에 걸친 사회사적 변동과 연결시킬 때 보다 전체적이며 유기적으로 파악이 가능할 것이다. 이렇게 본다면 송시에서 추구된 당시와 다른 변모양상은 8세기 중엽 안사의 난을 기점으로 하여 급격하게 달라진 사회적 변화와 이로 인한 육조 이래 세습귀족적 구조의 해체 과정, 도·불의 민간적 성장의 지식인 계층으로의 이념적 수용으로 요약되는 사상 경향의 대대적인 변화, 송대의 강남 중심의 경제력의 발전과 문화적 토대의 확대 구축, 황제 독재 체제와 문인 관료 중심주의에 따른 지식인들의 책임감과 자기 돌파적 세계관의 형성, 이의 결과로서 새로운 글쓰기 운동인 시문혁신운동의 문학관념으로의 표출, 신유학의 성립에 깊게 관여한 선학과 노장적 가치관, 시와 화 등 예술 장르간의 활발한 사유 구조적 주고받기 등의 다양한 요인들이 복합적으로 작용해 나타난 결과로 파악된다. 이상과 같은 토대 위에서 북송시의 주류인 구양수, 매요신, 소식, 왕안석, 황정견들의 시학 체계가 자리하게 되었고, 이들을 통해 송시는 당시와 상당 정도 구별되며 강서시파의 출현을 예고하고 있었다.

　본고에서는 송시의 역사적 조망을 위한 순차 연구의 일환으로서, 소문학사蘇門學士의 한 사람이며, 북송 후기 강서시파의 중심에 있었던 진사도陳師道(1052-1101)3)의 시세계를 고찰하고,4) 그의

------

2) 시의 '장르 속성의 변용 혹은 전이'이라는 사적 관점에서 소식 문예관 형성의 기본구도를 이해하기 위해 북송시의 진행 과정을 문예사상적으로 고찰한 내용은 필자의 〈장르사적 관점에서 본 소식의 문예이론과 시〉의 전반부를 참고 바람.
3) 진사도의 生卒年에 대해 대체로 중국에서는 1053-1102로, 대만에서는 鄭騫 및 范月嬌를 중심으로 1052-1101로 본다. 졸년의 경우 음력 1101년 12월 29일을 양력으로 환산하면 1102년 1월 19일이 되지만, 당시는 음력을 썼으므로 이 점은 문제가 되지 않는다. 본고에서는 범월교의 《陳師道及其詩硏究》의 〈표陳師道年表〉(pp.64-94)에

시학 세계가 지니는 의미를 거시적으로 조망해 보고자 한다. 구체적으로 제2장에서는 이들의 시학 이론과 시세계를 실증적으로 검토하고, 그의 문학적 지향과 실제가 필자가 상술한 송시적 특징의 유형화에 어느 정도로 관계 또는 작용하고 있는지를 이해한다. 그리고 제3장에서는 이제까지 필자가 별도의 논문을 통해 발표한 소식과 황정견 시학의 이해에 이상의 연구 결과를 더하여, 시사적·장르사적 관점에서 송시 및 중국시의 전개 과정의 의미와 지향에 관한 장르사적 논의를 진행하여 볼 것이다. 이러한 작업을 통해 중국시 및 중국문학 제 장르가 송대에—특히 중국문학 장르 변화의 관건이 되는 시기인 북송 후기에—걸어간 양상의 시사적·비평사적 위상을 유기적이며 총체적으로 파악해 보고자 한다.

　북송시의 역사적 조망작업의 중심 흐름에 해당되는 북송 문예관의 전개와 소식·황정견을 중심으로 한 송시의 특징론에 관해서는 필자의 《황정견시연구》(1991, 경북대출판부)와 〈장르사적 관점에서 본 소식의 문예이론과 시〉에서 개별적으로 논한 바 있다.5) 이 글들은 한편으로 본고에서 주로 분석하려는 진사도의 시학 주장과 시의 이해에 대하여 역사적·이론적 토대를 제공하는 참고 자료가 될 것이다. 이들은 단행본 또는 학술지를 통해 발표되었으므로, 본고에서 개관적 사항들을 중복 부연하지는 않겠다.

따라 舊說인 1053년 생년설을 진사도의 自述에 따라 1052년으로부터 계산한다.

4) '蘇門四學士'는 "黃庭堅, 秦觀, 晁補之, 張耒"를, '蘇門六君子'는 여기에 "陳師道, 李廌(1059-1109)"를 보탠 것을 말한다.

5) 《中語中文學》제21집, 1997.12, pp.455-492; 이밖에 최근 〈大雅之堂과 雅俗共賞—황정견 시학의 송대적 變容性〉(《中國語文學誌》제10집, 중국어문학회, 2001.12, pp.307-335.)을 발표했다.

Ⅱ. 진사도 시학론

1. 진사도의 시학 이론

본 장에서는 먼저 진사도의 시학 연원과 이론 주장들에 대해 지금까지 말한 송시화의 문예사유적 배경과 관련하여 그 이면의 의미를 고찰한 후, 역시 이같은 맥락에서 진사도 시의 구체적·객관적 검증을 통해 그의 시적 지향을 파악해 보고, 송시사에서 지니는 그의 시학의 특징과 위상을 고찰할 것이다.

진사도(1053-1102)는 자字가 이상履常, 무기無己이며, 호는 후산거사後山居士로서 팽성彭城(지금의 강소성江蘇省 서주徐州) 사람이다. 그는 희녕 년간熙寧年間에 왕안석의 신법에는 반대의 뜻을 가지고 있다가 원풍초元豊初에 소식을 만나면서 진관, 황정견 등과도 교유하게 되었다. 원풍 7년(1084)에는 사천으로 가는 장인에게 처자를 딸려 보내기도 하는 등 극심한 생계 문제에 시달리기도 했다. 그후 원우元祐 2년(1087) 소식과 황정견의 장인인 손각孫覺 등의 추천으로 서주교수徐州敎授로 관도에 올랐으며, 말년인 1100년에는 비서성정자秘書省正字라는 하급 관리로서 생을 마감했다. 품격이 고결하고 절조가 있으며 안빈낙도할 줄 알고, 문장은 '정심아오精深雅奧'하며 시는 황정견으로부터 배웠으나 오히려 나은 바도 있으나, 마음에 들지 않은 시들은 태워버려 현존하는 것은 얼마되지 않는다고 했다.6)

방회方回는《영규율수瀛奎律髓》에서 강서시파를 칭찬한 가운데 그를 '일조삼종一祖三宗'의 한 사람으로 꼽을 만큼 진사도의 시는 일정한 문학적 성과를 얻기도 했다.7) 그의 시는 처음에는 소식과 황

---

6)《後山集》권14,〈答秦觀書〉(주8 참조);《宋史》권444,〈陳師道傳〉.
7) 방회는 두보를 일조一祖로 하고, 황정견, 진사도, 진여의를 삼종으로 삼아, 시의 정파正派로 인정했다.

정견의 영향을 받았으나, 후에는 자기 나름의 문학적 활로를 모색하려고 애를 썼다. 〈답진관서答秦觀書〉에서 진사도는 자신의 시학연마 과정을 다음과 같이 말했다.

> 저의 시는 애당초 사법師法이라 할 게 없었습니다. 그래도 어려서부터 시를 좋아했고 또 나이 들도록 싫어하지 않아, 약 천수 정도 되었습니다. 그런데 황예장黃豫章을 한번 만나고서는 그간의 원고를 태워버리고 그를 좇아 배우게 되었습니다…저의 시는 예장의 시입니다. 그의 학식은 넓으며 시법은 두보에게서 배웠습니다. 그는 두보에게서 배우고도 똑같이 하지 않은 사람입니다.[8]

이로 보아 그가 황정견과 두보의 진지한 창작 태도에서 매우 큰 영향을 받았음을 알 수 있다. 본래 진사도는 소식의 문하에 있었으나, 황정견을 만난 이후로는 이전에 지었던 자신의 시를 태워버리고 황정견의 각고단련하는 창작 태도에 경도되었고, 결국은 일정한 자기류를 이루었다. 황정견 역시 진사도에 대해 그의 시학상의 태도를 존중하여 "진이상정자陳履常正字는 천하의 선비이다"라고 말했다.

그 시의 연원은 "두보의 구법을 얻어서, 지금의 시인들이 당할 수가 없다"고 했다.[9] 그러면 이들은 추존하는 두보의 어떤 점을 중시한 것일까? 진사도는 《후산시화後山詩話》에서 "당인唐人들은 두시杜詩를 배우지 않았다. 당언겸唐言謙과 요즘의 황서黃庶, 사경초謝景初가 배웠다. 황노직黃魯直(황정견)은 황서黃庶의 아들이자 사경초謝景初의 사위로서, 그의 이 두 사람에 대한 관계는 두보의(조부) 두심언杜審言(646-708?)에 대한 관계와 같다."[10]고 하였다.

---

8) 《後山集》권14 〈答秦觀書〉 및 《後山詩話》, "僕於詩, 初無師法, 然少好之, 老而不厭, 數以千計. 及一見黃豫章, 盡焚其稿而學焉…僕之詩, 豫章之詩也. 豫章之學博矣, 而得法於杜少陵, 其學少陵而不爲者也."
9) 《豫章黃先生文集》권19, 〈答王子飛書〉, "陳履常正字, 天下士也.…其作詩淵源, 得老杜句法, 今之詩人, 不能當也."

최근 연구자들의 진사도 시에 대한 연원론을 보면 막려봉莫礪鋒
은 두보, 맹교孟郊, 황정견 세 사람을 들었으며, 그의 시의 독특한
예술 풍격을 '언천의심言淺意深'과 '언어의 질박성'을 들었다. 또한
진사도가 특히 황정견류의 구법 단련에 대해 매우 심취했음을 언
급했다.11) 또 장건張健은 《송금사가문학비평연구宋金四家文學批評研
究》에서 그의 시론상의 특징을 '시와 궁窮', '신고新故와 아속雅俗',
'구법을 중시하는 태도'의 세 가지로 나누었다. 이들을 다시 살펴보
면 첫째 사항은 구양수로부터 소식에게 전수된 이론이며, 둘째는
소식으로부터 황정견을 거치며 정립된 이론이고, 셋째 사항 역시
황정견에서 크게 빛을 본 창작 방식이다.

한국의 경우 최금옥 교수는 의식하지 않는 가운데서도 공교한
[무의이공無意而工]한 두보와 마르고 필력이 굳센 [수경瘦硬]한 풍
격의 황정견을 배웠다고 했는데,12) 진사도의 시적 성취가 비록 두
보에는 이르지 못했을지라도 진사도의 시가 고음苦吟을 통한 구법
의 강구에 경도되었음을 의미한다. 이상을 종합해 보아도 진사도
시의 기본적인 입장은 구歐·소蘇·황黃 등 선배 시인들의 장점을
흡수해 가며, 아건雅健한 문인의 기상을 단련된 시어를 통해 궁극
적으로는 진지하고 질박하게 담아내려 한 것으로 파악된다.

이제 진사도의 시학론을 구체적으로 고찰해 보자. 그의 시학론
은 《후산시화後山詩話》나 시문에 산견散見되는데, 주로 시화에서 많
이 드러난다. 무엇보다도 그는 시를 육조·당대와 같은 영감의 소

---

10) 《後山詩話》, "唐人不學杜詩, 惟唐彦謙與今黃亞夫庶謝師厚景初學之.
    魯直黃之子, 謝之壻也. 其於二父, 猶子美之於審言也."
11) 莫礪鋒은 《江西詩派研究》에서 陳師道가 黃庭堅의 '拗句, 僻典, 奇韻'
    및 '章法, 用字' 등의 특징들을 모방·발전시켰다고 하였다.(pp.72
    -75). 진사도 시의 연원에 대해서는 李致洙(《陳後山詩研究》, 臺灣
    大學 석사학위논문, 1982), 范月嬌(《陳師道及其詩研究》, 文史哲
    出版社, 1988, 台北) 등도 대체로 이와 유사한 견해를 보이고 있
    다.
12) 《陳師道詩研究》, 서울대학교 박사학위논문, 1993, pp.247-248.

산으로서만이 아니라, 자기 연마나 학습의 측면에서 접근해 들어 간 점이 두드러진다. 이는 시를 고문가와 도학가 및 경세가를 막 론하고 자기 사상·감정의 유력한 표현 수단으로 보았던 송인들의 기본적 자세이기도 했지만, 진지하고 치열한 자세로 시를 창작했 던 진사도의 경우 그 열의는 누구보다도 강했다.

진사도가 이렇게 시의 후천적 습득을 중시하며 조어와 조구의 단련에 힘쓴 것은 맥락면에서 볼 때 황정견의 각고단련의 시창작 방식에서 영향받은 것으로 이해된다. 이와 같은 고음의 학시적學詩 的 창작 태도는 당대에는 한유 이래 가도나 맹교 등 일부 시인 외 에는 드물었으며, 시화로부터 시작하여 중국시 운용의 제방면에 걸쳐 이론화 과정에 들어선 송대에 강화된 특징으로서 특히 황정 견과 진사도에 의해 확고하게 자리잡은 것이다.

〈絶句〉13)	〈절구시〉
此生精力盡於詩	이 생애 정력을 시에다 모두 쏟아 부어
末歲心存力已疲	말년이 되어 마음은 아직 있지만 힘은 벌써 지쳤네.
不共盧王爭出手	노조린盧照鄰, 왕발王勃과 솜씨를 다투지 말고
却思陶謝與同時	도연명陶潛, 사령운謝靈運과 같은 시절 보내야지.

진사도의 이 시는 소성紹聖 원년(1094) 43세 때 지은 것이 다. 그는 시창작을 필생의 사업으로 여겼으며, 그 수준은 초당사 걸初唐四傑이 아니라, 도陶·사謝에 있다는 것을 '논시시論詩詩'로 나타냈다. 임연任淵의 주주에 의하면 이 짧은 시구에도 1, 3, 4 구에서 《회남자淮南子》, 소식, 두보의 시구가 전고로 사용되었음을

---

13) 陳師道著, 任淵注, 《後山詩注》 권4, 叢書集成初篇, 中華書局, 1985, 北京.

밝히고 있다. 첫연은 유수대流水對를 사용했으며, '불공不共' '각사却思'의 허자의 사용이 돋보이고, 상평성上平聲 지운支韻을 썼다. 이렇듯 전심전력의 시법에 대한 연마는 그를 중국의 대표적 고음苦吟 시인으로 만들었는데, 이와 관련하여 다음과 같은 일화가 전해진다.

> 세상에서는 진사도를 말할 때, 산에 오르다가도 시구가 떠오르면 급히 집으로 돌아와 평상에 누워 이불을 머리까지 덮고는 사람들의 말소리를 듣는 것도 경계하여 이를 '끙끙 앓는 평상[吟榻]'이라고 불렀다. 사람들은 이러한 습성을 알아 개나 고양이를 쫓아버리고 갓난 아이 어린아이들도 이웃집으로 보냈다. 서서히 시가 이루어지면 평상平常을 회복할 수 있었다고 한다.14)

한편 그는 사마천의 '발분저서發憤著書'론과 한유의 '물부득평즉명物不得平則鳴'설, 구양수의 '시궁이후공詩窮而後工'설15)들에 근거하여 '원자설怨刺說', '우사이발분遇事以發憤, 인난이기因難而奇'론 및 시능달인詩能達人'설을 논했는데,16) 이들은 시인의 현실적 창작 환경과 시와의 관계를 말한 점에서 그의 곤궁한 여건과 고음시인으로서의 면모를 서로 연결시켜 주는 부분들이다. 황정견은 진사도와 진관秦觀의 시창작 태도에 대해 다음과 같은 시로써 두 시인을 대조적으로 품평했다.

閉門覓句陳師道	문 닫아 걸고 시구를 찾아 애쓰는 진사도
對客揮毫秦少游	사람을 대하고 붓 휘둘러 써내려가는 진소유.
正字不知溫飽未	비서성정자秘書省正字로 있는 진사도, 따뜻한 식사나 하는지?

---

14) 葉夢得 《石林詩話》, 《宋詩紀事》 권33, 《朱子語類》 권140.
15) 《歐陽文忠公文集》 권42, 〈梅聖兪詩集序〉
16) 崔琴玉, 《陳師道詩研究》, pp.102-108.

西風吹淚古藤州[17)]　　　　　서풍 부니 진관이 있던 옛 등주 생각에 눈
　　　　　　　　　　　　　　　물　흐른다.

　진사도는 단련을 추구하는 고음시인이지만, 궁극적으로 그가 추구한 것은 황정견이 시론에서 추구했던 것과 같이 시구의 단련이 겉으로 드러나지 않는 자연스런 융화의 경지였다. 그러므로 그가 시풍상 지향했던 바도 '말은 간약簡約한 가운데 뜻은 넓은' 표현경이었다.[18)] 이는 기본적으로 육조 청담론淸談論에서 '표현은 다하였어도 뜻은 다함이 없는〔言盡而意不盡〕' 중국 전통적인 함축 형상미의 진사도적 구현론이면서, 실제로는 소식의 "간약한 고풍古風 중에 섬세·풍부함을 드러내고, 담박한 가운데 지극한 맛을 싣고 있다"는 '중변론'의 이론적 계승이기도 하다.[19)]

　한편 그는 "시를 배우는 일은 선도仙道를 배우는 것과 같아, 때가 이르면 근본되는 뼈대가 저절로 바뀐다네, 아득하니 큰 기러기 하늘로 날아 오르니, 뭇 눈길로 어찌 즐겨 좇아갈 수 있을까?"라며 '학시여학선學詩如學仙'론을 펼쳤다.[20)] 이 말에 대해서는 중론이 있으나,[21)] 먼저 당시의 선학 또는 당시의 신유학(道學)과의 관련 하에 '시학 역시 일정한 공부가 쌓이면 어느날 열린 깨달음의 세계로 들어가게 된다'는 것으로 이해할 수 있다. 사실 그는 승려들과 지속적으로 교유했으며 불교 관계 시도 꽤 남겼으므로, 소식이나

---

17)《黃山谷詩集注》內集 권14,〈病起荊江亭卽事十首〉제8수. 이 작품은 建中靖國 元年(1101) 황정견의 나이 57세 가을에 지은 시이다. 진사도는 50세로 겨울에 그해 겨울에 죽었다.

18)《後山詩話》最後文章, "語少而意廣."

19)《蘇軾文集》권67, 中華書局, p.2109,〈評韓柳詩〉, "所貴乎枯澹者, 謂其外枯而中膏, 似澹而實美, 淵明·子厚之流是也. 若中邊皆枯澹, 亦何足道?"

20)《全宋詩·陳師道1》권1114,〈次韻答秦少章〉, "學詩如學仙, 時至骨自換. 縹緲鴻鵠上, 衆目焉能玩…"

21）張健,《宋金四家文學批評硏究》, 聯經出版事業公司, 1975, 台北, pp.248-251.

황정견과 같이 선학과 시를 연결시켜 생각했을 가능성은 얼마든지 있다.22) 그렇다면 진사도의 '환골換骨'론은 황정견 등 당시 강서시파의 여러 시인들이 오입悟入과 활법活法의 영감적 인식을 중시한 것과 같은 맥락에서 이해할 수 있을 것이다.23)

다음으로 작가의 도학적 수련을 강조한 것은 자기 존중의 연마와 현세초월적 자의식을 중시한 측면도 있는 것 같다. 《운어양추韻語陽秋》의 "황정견은 진사도를 일컬어 '시를 배우기를 도를 배우듯이 한다'고 했는데, 이를 그저 조장탁구雕章琢句만 일삼는 자가 어찌 헤아릴 수 있을까?"라고 한 말에서도 이들의 시를 대하는 자중의 정신과 진지함을 엿볼 수 있다.24) 특히 사회적으로 거의 자기실현을 하지 못했던 진사도의 경우 당대의 가도賈島와 마찬가지로 내면을 향해 침잠할 수밖에 없었고, 송대 독서인 교양에 비추어 시를 향한 고음의 자세는 더욱 강하게 표출될 수 밖에 없었을 것이다.

다음으로 그는 이전 시인들의 시 학습론을 언급하면서 이와 시 창작의 '공교함[工]'에 대해 많이 논하였는데, 이를 통해 그의 시학 연원과 시학적 관심의 향배를 잘 볼 수 있다.

---

22) 필자의 〈장르사적 관점에서 본 소식의 문예이론과 시〉 참조.

23) 曾季狸(南宋), 《艇齋詩話》, "陳後山은 시를 논할 때 '환골'을 말했으며, 徐東湖는 시를 논할 때 '中的'을 말했고, 呂東萊는 시를 논할 때 '활법'을 말했으며, 韓子蒼은 시를 논할 때 '飽參'을 말했다. 시 작해 들어가는 곳은 비록 서로 다르나 그 실질은 모두 하나의 관건이니, 요는 '悟'가 아니고서는 들어갈 수 없음을 알아야 한다.(後山論詩說換骨, 東湖論詩說中的, 東萊論詩說活法, 子蒼論詩說飽參. 入處雖不同, 然其實皆一關捩, 要知非悟入不可.)"; 물론 이와 點化論으로서의 換骨奪胎論은 전혀 다른 이야기이다.

24) 葛立方, 《韻語陽秋》 권2, "魯直謂陳後山, 學詩如學道, 此豈尋常雕章繪句者之可擬哉?"; 이는 《黃山谷詩集注》 外集 권15, 〈贈陳師道〉의 제1구에 대한 評語이다.

蘇子瞻(소식)이 말하기를, "두보의 시, 한유의 산문, 안진경顏眞卿의 서법書法은 모두 집대성의 경지에 이르렀다. 시를 배움에는 의당 두보를 사표로 삼아야 한다. 모범이 있으므로 배울 수가 있다. 한유는 시에 대해 본래 조예가 깊지 않았으나 문재文才가 뛰어나 좋게 되었을 뿐이고, 도연명은 시를 지은 것이 아니라 흉중의 묘한 이치를 드러낸 것 뿐이다. 두보를 배워 성취하지 못한다 해도 (겉모습의) 공교함에 빠지지는 않을 수 있다. 한유의 재주와 도연명의 묘리妙理가 없이 두보의 시를 배운다면, 그 시는 결국 백거이류가 될 것이다."라고 했다.25)

황정견의 시와 한유의 문장은 의도적으로 공교함을 꾀하고자 하는 마음이 드러나 있으나, 두보에게는 공교함이 보이지 않는다. 하지만 시를 배우는 사람은 먼저 황정견을 공부하고 후에 한유를 배워야지, 황정견과 한유를 통하지 않고 두보로 직접 들어가면 '졸이拙易'(서툰 간이簡易함)에 빠지게 될 것이다.26)

앞글은 소식의 언급이기는 하지만, 시화에 소개됨으로써 진사도의 견해와 맥을 같이하는 것으로 이해해야 할 것이다. 그는 여기서 시학의 전범과 학습의 순서로서 두보라는 최고봉을 지향하면서, 이에 이르기 위해서는 먼저 황정견·한유 등 중간적 인물을 통해 학습하는 것이 좋다고 했다. 여기서 한가지 유의할 점은 진사도가 두보시의 내용적 측면에 대해서는 언급하지 않았다는 점이다. 이는 그가 구법과 시어의 안배에 주로 관심을 가지고 배우려 했던 것임을 의미한다. 이 글에서 그는 학시學詩의 순서를 잘못하여 빠뜨리면 자칫 백거이와 같은 천속·졸이한 풍의 시가 되어버

---

25) 《後山詩話》, "蘇子瞻云, "子美之詩, 退之之文, 魯公之書, 皆集大成者也. 學詩當以子美爲師. 有規矩故可學. 退之於詩本無解處, 以才高而好爾. 淵明不爲詩, 寫其胸中之妙爾. 學杜不成, 不失爲工. 無韓之才與陶之妙, 而學其詩, 終爲樂天爾."
26) 《後山詩話》, "黃詩韓文有意故有工, 老杜卽無工矣. 然學者先黃後韓, 不由黃韓, 而老杜卽失之拙易矣."

릴 것이라고 염려했다는 점에서 쉽게 쓰는 시를 좋아하지 않음을
엿볼 수 있는데, 이 점은 후일 그의 시의 송시화적 특징이 되면서
동시에 중대한 결점으로 부상한다.27) 전체적으로 진사도는 시를
학습의 관점에서 다루며 배우는 순차론을 제시했는데, 이러한 지
향은 당대에는 잘 보이지 않던 현상으로서, 시에 대한 송대적 접
근 방식이라고 할 만한 특기 사항이다.

이제 진사도 시학의 관심 사항을 알기 위해서는 두보에서 한유
를 거쳐 황정견에 이르는 시사상의 맥락에 관해 좀더 세밀한 주의
를 기울여야 할 것이다. 이와 관련하여 윗글에서도 언급되었던 '공
工'론에 대해 좀더 살펴본다.《후산시화》의 다른 부분에서는 전인
들의 시문평 속에서 "한유는 산문으로 시를 지었고, 소식은 시로써
사를 지었다. 이는 흡사 교방敎坊 뇌대사雷大使가 추는 춤이 천하의
공교로움을 다 추구했을지라도, 결국은 본색本色이 아닌 것과 같
다"고 하거나,28) "시문에는 각기 합당한 문체가 있다. 한유는 산문
으로써 시를 지었고, 두보는 시로써 문장을 지어서(이들의 시나
산문은) 공교하지 못하다"고 한 것으로 미루어 볼 때,29) 그가 추
구한 시의 공교함이란 전통적 의미에서 시 장르의 속성을 잘 살릴
수 있는 언어로 조탁하되, 동시에 공교함의 흔적이 묻어나지 않도
록 해야 하는 이율배반적인 측면을 지니고 있는 것으로 이해된다.

결국 진사도가 이상으로 여긴 시학적 성취는 두보와 같이 '시어
의 구사가 표면에 지나치게 드러나지 않는 공교함'의 추구로 나타
난다. 그러므로 공교함은 시어와 구성의 '외적 수사미'가 아니라,

---

27) 시를 보는 다양한 시각 중에서 그는 주25)에서 보듯이 俗化된 시
  를 品格이 낮은 시로 여겼다.
28)《後山詩話》, "退之以文爲詩, 子瞻以詩爲詞, 如敎坊雷大使之舞, 雖極
  天下之工, 要非本色.": 이 부분의 언급에 대해서는 비록《後山詩
  話》에 기재되어 있지만, 雷大使와 관련한 진사도의 卒年을 문제삼
  아 진사도 언급의 사실성에 의문을 가지는 견해도 있다.(최금옥,
  《陳師道詩硏究》, 서울대학교 박사학위논문, 1993, p113 참조)
29)《後山詩話》, "詩文各有體, 韓以文爲詩, 杜以詩爲文, 故不工爾."

'내적 의경미'로서 독자에게 다가와야 할 것이다. 사실 진사도는 시화詩話에서 '공교하다'는 '공'의 의미를 '작품이 훌륭하다'는 의미와, '졸拙'에 반대되는 의미로서의 '공'으로 혼용했으므로, 본의를 세밀히 살펴야 한다.30) 이러한 미의식을 추구하게 된 것은 사변주의적인 송대의 지성적 경향과도 깊은 관련이 있을 것이다.

좋은 작품을 창출하는 데에는 겉으로 드러난 조탁과 수사만으로는 부족하다는 그의 '공'론을 시사적으로 이해하면, 매요신·구양수에 의해 주창된 조어의 평담경에 관한 논의이며,31) 황정견이 추구한 바 '다듬은 흔적이 전혀 드러나지 않으며〔無斧鑿痕〕' '융화되어 전체적 조화를 이루는〔渾然天成〕' 경지와 맥을 같이 한다고 할 수 있다.32) 사실 이러한 경지는 천부적 재능을 통해 얻어지기도 하겠지만, 송시적 상황 내지 진사도의 문학적 역량의 관점에서 볼 때, 이는 매요신 이래 지속적으로 추구했던 각고단련의 시학 연마를 통해 얻어지는 결과로 보아야 할 것이다.

이상과 같은 진사도의 시학적 연원과 송대 시학의 진행 과정에

---

30) 이러한 이중적 사용은 '奇'에 대해서도 마찬가지로 '빼어나다'와 '지나치게 튄다'는 두 가지 의미로 사용했다. 예를 들면 그가 《후산시화》에서 揚雄을 평한 글이 그렇다: "揚子雲之文, 好奇而卒不能奇也. 故思苦而詞艱. 善爲文者, 因事以出奇, 江河之行順下而已……子雲惟好奇, 故不能奇也."

31) 필자의 《黃庭堅詩 研究》 참고, 경북대출판부, 1991, pp.26-30.

32) 《豫章黃先生文集》 권19,〈與王觀復書〉 제2수, "보내온 시는 아름다운 구절이 많지만, 조탁의 공력이 많이 드러난 것이 아쉽다. 그러나 두보가 기주에 도착한 이후의 고시와 율시를 숙독해보면, 그는 구법적 簡易를 터득한 가운데의 큰 교묘함이 드러난다. 평담하면서도 산 높고 물 깊어 가까이 가려 해도 그럴 수 없다. 문장의 성취는 더욱이 도끼날을 댄 흔적이 없도록 해야만 가작이라고 할 수 있다.(所寄詩多佳句, 猶恨雕琢功多耳. 但熟觀杜子美到夔州後古律詩, 便得句法簡易而大巧出焉, 平淡而山高水深, 似欲不可企及. 文章成就, 更無斧鑿痕, 乃爲佳作耳.)"; 이상과 같은 황정견의 융화자연의 시학적 지향과 연원론淵源論에 대해서는 필자의 《黃庭堅詩 研究》, 경북대출판부, 1991, pp.174-181 참조.

서 볼 때, 그의 시가 지향한 바는 당말·송초의 부화浮華한 궁체시
적 수사시修辭詩 보다는 구양수·매요신으로부터 소식·황정견으로
내려가는 질박·아건雅健한 송시 주류의 풍격을 지향한 것으로 보
아야 할 것이다.33) 또 진사도는 시의 이상적 경지로서 4종 금기
를 설정하고 시구의 필력을 강조했다.

> 졸렬할지언정 교묘하지 말며, 소박할지언정 화려하지 말며, 거칠
> 지언정 약해지지 말며, 편벽될지언정 속되지 말아야 하니, 시문은
> 다 이와 같아야 한다.34)

시구의 '교巧·화華·약弱·속俗'의 네 가지 병폐를 피하기 위해
서는, 차라리 '졸拙·박朴·조粗·벽僻'을 선택할 수도 있다는 것이
다.35) 시구의 화려함과 이로 인한 필력의 박약薄弱과 속화俗化를
극력 방지해야한다는 입론은 일단 이론상 그의 문학창작에 관한
입장을 드러내는 언표言表이다. 그러나 그의 시에 대한 평가는 이
와 반드시 일치하지 않는 면도 있는 것으로 드러나는데, 이에 관
해서는 시의 검증을 통해 논하도록 한다. 구가 약해지면 안된다는
말은 결국 구에 힘이 실려야 한다는 것으로서, 그가 아건한 시적
풍격을 지향했다고 평가되는 것은 이와 연결되는 부분이다.
진사도는 '기'의 문제에 대해서도 언급했는데, 이 역시 '공'론과
마찬가지로 외피적 수사만으로서의 호들갑스런 '기이'함을 의미하

---

33)《後山詩話》, "國初士大夫, 例能四六, 然用散語與故事爾. 楊文公筆力
　　豪贍, 體易多變, 而不能脫唐末與五代之氣. 又喜用古語, 以切對爲工,
　　乃進士賦爾. 歐陽少師始以文體爲對屬, 又善敍事, 不用故事陳言, 而
　　文益高."
34)《後山詩話》, "寧拙毋巧, 寧朴毋華, 寧粗毋弱, 寧僻毋俗, 詩文皆然."
35) 이 견해는 이미 황정견에서 보인다.《豫章黃先生文集》권26,〈題意
　　可詩後〉, "차라리 律呂가 맞지 않더라도 구가 약하게 되어서는 안
　　되며, 용자가 공교하지 못하더라도 말이 속되어서는 안된다. 이는
　　庚信의 장기이다.(寧律不諧, 不使句弱. 寧用字不工, 不使語俗, 此庚
　　開府之所長也.)"

지는 않았다. 그는 모든 것을 겸비한 두보와 비긴 북송 중요 시인
들의 시적 편향에 대해 다음과 같이 평했다.

> 시를 좋게 만들고자 인위적으로 노력하면, 오히려 좋게 할 수 없
> 게 된다. 왕안석의 시는 공교함으로써, 소식은 새로움으로써, 황정
> 견은 기奇함으로써 시를 지었다. 그러나 두보의 시는 기이함과 범
> 상함, 공교함과 간이함, 새로움과 익숙함에 있어서 훌륭하지 않은
> 것이 없다.36)

나아가 진사도는 가까이서 존경해마지 않았던 황정견에 대해 비
판적 태도를 보이기도 했다. 그는 시적 성취면에서 두보의 장점과
황정견의 결점을 언급하면서 "(황정견은) 지나치게 기奇에 매달려,
두보의 사물을 만나 기이하게 됨에는 미치지 못했다. 삼강三江과
오호五湖의 물은 천리에 망망하다가 바람과 바위를 만나(자연스럽
게) 기태奇態를 연출하는 것"이라고 차등을 두어 평가했다.37) 이
는 자기가 존경했던 황정견의 시가 결국 작위적 '기'의 수준에서
벗어나지 못했음을 지적한 것이다.

사실 이점은 황정견의 시학 주장과 실제 시와의 괴리라고 할 수
있다. 왜냐하면 황정견 역시 두보 시에 대해 평가하기를, "시구는
허공을 파서 억지로 만드는 게 아니다. 정경을 기다려 만들어내면
곧 아름답다"고 주장한 바 있으며,38) 이러한 관점은 시사적詩史的
관점에서 볼 때 '대상·자아·표현의 동태적 응변의 자유로운 창작
경'을 논한 소식의 '수물부형隨物賦形'론과도 맥이 닿는다. 그렇지만
결과적으로 진사도는 시론 주장과 시와의 괴리라는 측면에서는 황

---

36) 陳師道, 《後山詩話》, "詩欲其好, 則不能好矣. 王介甫以工, 蘇子瞻以
新, 黃魯直以奇, 而子美之詩奇常工易新陳, 莫能不好."
37) 《後山詩話》, "然過於出奇, 不與杜之遇物而奇也. …三江五湖平漫千里,
因風石而奇爾."
38) 《歲寒堂詩話》 下권, "山谷云, "詩句不鑿空强作, 對景而生, 便自佳".
山谷之言, 誠是也."

정견과 같은 길을 걸어갔다. 이에는 그들의 시론상의 이상과 창작
성취와의 현실적인 간극에서 비롯된 요인이 가장 크게 작용했을
것이다.

이제 진사도의 시학 주장에서 송대 황정견으로 대표되는 점화론
에 관해 생각해 본다.

> 민지방에 시를 좋아하는 선비가 있었는데, 진부한 말이나 일상적
> 인 이야기를 잘 쓰지 않았다. 시를 써서 매요신에게 보냈다. 매요
> 신은 답신에서, "그대의 시는 정말 좋습니다. 다만 아직 옛말을 새
> 롭게 하지 못했으며, 통속적인 말을 아화하지 못했을 뿐입니다〔未
> 能以故爲新, 以俗爲雅〕"라고 답했다.
>
> 소식이 영주에 있을 때, 봄날 밤에 달을 대하니, 왕씨부인이 "춘
> 월春月은 정말 좋군요, 가을 달은 사람을 시름젖게 할 뿐인데"라고
> 했다. 소공蘇公은 "전혀 감흥이 부족하오." 그리고는 사를 지어,
> "(春月은) 가을 달과 같지 않네, (가을 달은) 헤어진 님을 비추어
> 애를 끊게만 하는데"라고 했다." 두보는 "가을 달은 사람의 상한 마
> 음을 알아주네"라고 했는데, 말이 간약할수록 더욱 공교하다.39)

이 이론은 '점철성금點鐵成金', '환골탈태換骨奪胎'론을 구체적 전범
으로 진전시킨 황정견에게서 더욱 유명하지만,40) 위의 기록에 의
하면 매요신이 최초로 언급한 것이다. 그리고 매요신 이후 당대當
代에서는 소식 이론의 계승·발전이며, 진사도에게도 전승되었다.
소식은 "시는 일정한 의도를 가지고 써야 한다. '용사用事는 옛것을

---

39) 陳師道,《後山詩話》, "閩士有好詩者, 不用陳語常談, 寫投梅聖兪. 答
　　曰, "子詩誠工, 但未能以故爲新, 以俗爲雅爾". 蘇公居潁, 春夜對月,
　　王夫人曰, "春月可喜, 秋月使人愁耳". 公謂全未及也. 遂作詞曰, "不似
　　秋光, 只與離人照斷腸". 老杜云, "秋月解傷神". 語簡而益工也."

40)《黃山谷詩集注》內集 권12,〈再次韻(楊明叔)·幷引〉, "以俗爲雅,
　　以故爲新, 百戰百勝, 如孫吳之兵. 棘端可以破鏃, 如甘蠅飛衛之射.
　　此詩人之奇也.";釋 惠洪의《冷齋夜話》에 보이는 '환골탈태'론 주장
　　의 진위 문제에 대해서는 현존 자료로서는 미심쩍거나, 혹은 충분한
　　판단을 내리기 어렵다. 필자의《黃庭堅詩 硏究》pp.192-219 참조.

가지고서 새롭게 해야하고, 속俗한 것을 가지고 아雅하게 해야 한
다.〔以故爲新, 以俗爲雅〕' 기이한 것을 좋아하고 새로운 것만 좋아
함은 잘못된 것이다".라고 말했다.41) 이 주장이 비록 진사도의 말
은 아니지만, 시화에 소개하고 있고, 또 소식과 두보의 경우를 들
어 점화의 양상과 실제에 대해 구체적으로 적시하고 있으므로, 점
화론 내지 번안론에 대한 진사도의 수용적 시각을 읽을 수 있다.

　시사적으로 전인前人의 시구와 세속적 언어의 시로의 차감론借鑑
論인 점화론은 일단 '학시적學詩的 전통의 수립'이라는 새로운 단계
에서 그 적용으로의 본격적 진입을 의미한다. 그리고 이는 긍정과
부정의 양면에서 작용했다. 부정적 측면에서 특히 강서시파 시인
들의 차용과 점화 방식에 대한 과도한 학문적 집착은 장르적으로
시적 영감과 정감적 운율성을 손상시켜 시의 장르 속성 이탈에 기
여했고,42) 급기야 엄우나 왕약허 등의 강한 반발에 부딪쳤다.43)

　그러나 한편으로는 이전 시대에 비해 시의 '언어 영역'을 확대하
고, 운용상 구법句法의 강구를 통한 '쓰기 규범'의 지적 체계화를
야기했고, 아속간의 상호 교호 작용에 영향을 미쳤으며, 주로 서정
영역에 머물렀던 시쓰기의 단선성單線性을 일상 생활의 영역으로
전화轉化하는 작용을 하기도 했다. 본 논문과 관련지어 말하자면
이 경향은 강서시파의 중심 부위에 있던 진사도에 의해 그 움직임
의 편향성이 강해진 것으로서,44) 황정견, 진사도를 비롯한 강서시

---

41) 孔凡禮點校,《蘇軾文集》권67, 中國古典文學基本叢書, 1986,〈題
　　柳子厚詩二首〉, "詩須要有爲而作, 用事當以故爲新, 以俗爲雅. 好奇
　　務新, 乃詩之病. 柳子厚晩年詩, 極似陶淵明, 知詩病者也."
42)'시의 전통적 장르 속성으로부터의 이탈'과 관련한 문학 내외적 배
　　경, 장르간 양상들의 유기적 관계, 장르 전개의 총체적 의미에 대
　　해서는 제3장에서 논한다.
43) 王若虛의 反江西詩派的 시학 이론에 대해서는〈王若虛의 반강서시
　　파 文學論〉를 참조
44)'이속위아·이고위신'론으로 대표되는 시간적·공간적 점화론은 단
　　순한 시어와 조구의 인신引伸과 차감借鑑이란 의미도 있으나, 장르

파에서 크게 계승 발전시켜 송대 시학의 중요한 특색으로 자리잡
았던 것이다.

　진사도는 일생을 중하급 이상의 벼슬을 해보지 못하고 경제적
대안도 없이 오직 시문에만 몰두한 사람이다. 그러한 그는 시와
현실사회에 관하여 어떤 입장을 취했는가?《후산시화》에서 진사도
는 소식의 현실참여적 발언에 대해 이렇게 논했다.

　　소식의 시는 처음에는 유우석을 배워 '원망과 풍자〔怨刺〕'가 많은
　데, 배울 때 신중하지 않으면 안될 것이다. 만년에는 이백을 배워
　잘 된 곳은 이백과 비슷하다. 그러나 정밀하지 못하니, 그 터득이
　너무 쉬웠던 것이다.45)

　소식의 경우 가는 임지마다 상소를 자주 올려 직소直訴했으며,
결국 신법파와의 정쟁政爭뿐 아니라 구법파에서도 영수 인물이었던
사마광과 매끄럽지 못한 관계를 맺는 등 정치적으로 순탄하지 못
했다. 소식의 직설적이며 '희소노매嬉笑怒罵'한 기풍46)에 대한 비판
적 입장은 황정견에게도 보인다.47) 진사도는 비록 소식의 은혜로
관도官道에 나섰지만, 그의 인생 역정을 익히 보아온 그는 이 점에
대해 경계하지 않을 수 없었고, 문학론으로도 표출되었던 것 같다.

　적 교호의 관점에서 보면 여타 속문학 장르의 아적雅的 장르로의
　차용의 의미로 해석 가능하다. 이에 관해서는 〈장르사적 관점에서
　본 소식의 문예이론과 시〉를 참고.
45)《後山詩話》, "蘇詩始學劉禹錫, 故多怨刺, 學不可不愼也. 晚學太白,
　　至其得意, 則似之矣. 然失于粗, 以其得易也."
46) 葉燮,《原詩》권3, "作詩有性情, 必有面目…擧蘇軾之一篇一句, 無不
　　可見其凌空如天馬, 游戲如飛仙, 風流儒雅, 無入不得. 好善而樂與,
　　嬉笑怒罵, 四時之氣皆備. 此蘇軾之面目也."
47)　黃庭堅,《豫章黃先生文集》권19, 〈答洪龜父書〉, "東坡文章妙天下,
　　其短處好罵. 愼勿襲其軌也.";　나아가 황정견은 '不怨之怨'이란 사회
　　적 발언이란 측면에서 모호하기까지 한 문학적 입장을 주장하기도
　　했다.(필자의《黃庭堅詩 研究》, pp.144-147 참조)

그러나 그가 사회에 대해 적극적인 발언을 하지 않는다고 하여 자신의 삶에 대해서까지 소극적인 모습을 지닌 것은 아니었다. 앞으로 작품을 통해 보게 되겠지만, 오히려 내면의 자신을 향해서는 세상과 타협하지 않는 올곧은 모습도 보여주고 있다.48) 이같은 진사도의 자기 존중 정신에 대해, 우리는 그가 비록 협소한 세계에 머물고 있기는 하지만 송대 신유학적 세계가 빚어낸 전형적인 인물 형상으로 보아 무방할 것이다.

이제까지 우리는 주로 진사도 시학에 대해 다음과 같은 점들을 볼 수 있었다. 그것은 먼저 주로 학습적이며 순예술론적 관점에서 시의 창작을 논한 송대 주류 시학의 전형적 면모, '학시여학선學詩如學仙'론에서 볼 수 있는 바 '오입悟入'과 '영감靈感'의 경지로의 진입 및 자기 중시적이며 도학자적인 면모, 궁극적으로 두보적 구법의 성취를 지향하되, 황정견과 한유를 학습해야 한다는 학시學詩 순차론順次論, 그리고 시구의 단련에 치중하는 고음 시인으로서의 '공'과 '기'론, 전인들의 조어와 시구의 당대적 차용인 점화론의 시사적詩史的 맥락, 현실 사회에 대한 '가깝지도 멀지도 않은' '부즉불리不卽不離'의 간격 유지론 등이 그것이다.

그리고 역사적으로 이상의 여러가지 시학론의 이면을 종적으로 바라볼 때, 먼저 두보와 한유, 황정견으로부터, 다음으로는 구양수와 매요신과 소식의 시와 시론으로부터 전승·계발받은 여러 가지 시학상의 주장들을 상당 부분 수용하고 있음을 알 수 있었다. 그리고 횡적으로는 신유학적 세계하에서 송대 독서인들이 지향한 자기수양적 특징, 신분체계의 변동 결과 아·속의 교류 확대로 인한 지식인들의 속어의 아화를 향한 차감론, 생활상의 변화가 야기한 문학의식의 변화들은 당대와는 달라진 송대적 시쓰기의 전형을 모색하는 방향으로 나아갔다고 요약할 수 있을 것이다. 이러한 사항

---

48) 그러나 제2장 2절 작품 분석에서도 보겠지만, 그 기개가 굳건하지는 못한 것으로 나타났다.

들이 지니는 시사적詩史的 의미에 대해서는 진사도 시의 검토 이
후, 제3장에서 논의하기로 한다.

2. 진사도 시의 이해

　진사도는 젊은 시절 많은 시들을 불태웠고, 현재 남아있는 시들
은 문인인 위연魏衍이 편집하여 임연任淵이 편년식으로 편집한《후산
시주》가 주로 통행되고 있다.49) 진사도 시의 수량에 대해서는 대
만의 정건鄭騫 및 범월교范月嬌는 681수로, 최금옥崔琴玉은 671수
로, 또 크게는 765수까지 보는 등 사람마다 제각각이다. 현존
《후산시주》에는 462수의 시가 수록되어 있는데, 본고에서는 이
시들을 대상으로 검토할 것이다.50) 이미 진사도 시의 전체적인 면
모에 대해서는 학위논문 등 전문 저작들이 나와 있으므로,51) 본고
에서는 편폭의 제한 및 본 논문의 관점 유지를 위해, 진사도 시의
전모를 곡해시키지 않는 한도 내에서 송시적 특징화와 관련한 부
분을 중심으로 대표성을 지니는 시들을 몇 수 선택하여 분석할 것
이다. 진사도 시집 중에 있는 시의 내용과 제재별 분류에 대해서
는 범월교, 최금옥 등의 논문에서 상세히 설명했으므로 생략한
다.52)

---

49) 陳師道著, 任淵注, 권12, 叢書集成初篇, 中華書局, 北京, 1985.
50)《후산시주》의 서문에 해당하는 위연의 〈彭城陳先生集記〉에는 "고율
　　시 465편을 모아"라고 되어 있으나, 莫礪鋒은 이에 대해서《江西
　　詩派研究》(齊魯書社, 1986, 濟南, p82)에서 "今本에는 3편이 亡
　　佚된 것 같다"고 했다. 시수가 약 680여수나 되는 것은 후인들의
　　輯錄詩 228수를 포함하여 계산한 까닭이다.(같은 책 p.64, 82 참
　　조)
51) 李致洙,《陳後山詩研究》, 臺灣大學 석사학위논문, 1982, p.196.范
　　月嬌,《陳師道及其詩研究》, 文史哲出版社, 1988, 崔琴玉,《陳師道
　　詩研究》, 서울대학교 박사학위논문, 1993, p.259.
52) 범월교는 진사도 시의 내용을 ①친속 관계, ②관장 생활, ③민간
　　疾苦, ④자연 미경, ⑤한적 심경, ⑥우정 회념, ⑦불교 사상을 반

〈別三子〉53)	〈세 자식과 헤어지며〉
夫婦死同穴	부부는 죽어 같은 무덤으로 간다지만
父子貧賤離	부모 자식간에 가난으로 생이별을 하는구나.
天下寧有此	천하에 이런 일도 있는가?
昔聞今見之	옛날에 듣던 말을 지금 내가 겪는구나.
母前三子後	어미 앞서고 세 아이 뒤따르는데
熟視不得追	열심히 쳐다봐도 보이지 않게 된다.
嗟乎胡不仁	아아, 무엇을 잘못하여
使我至於斯	나는 이지경에 이르렀나!
有女初束髮	(큰) 딸은 이제 머리를 묶어
已知生離悲	생이별의 슬픔을 이미 알아.
沈我不肯起	나를 베고 누워 일어나려 하지 않음은
畏我從此辭	나와 이제 헤어짐이 두려워서지.
大兒學語言	큰 아들놈은 말을 배우기 시작해
拜揖未勝衣	절할 때 옷 무게도 이기지 못하는데
喚爺我欲去	"아버지, 나 가겠어요"라고 외치니
此語那可思	이 말을 어찌 생각이나 했겠오?
小兒襁褓間	작은 아들놈은 강보에 싸여서
抱負有母慈	안고 업어주는 어미의 사랑이 있겠지만.
汝哭猶在耳	네 울음 귓전에 울리니
我懷人得知	나의 마음 사람들이 어찌 알리요!

20구로 된 이 고시는 원풍 7년(1084) 그의 나이 33세때의 작품으로서, 1084년 그의 장인인 곽개郭槩가 지금의 사천성 서쪽에 있는 성도부成都府의 제형提刑으로서 멀리 임소를 향해 떠나갈 때, 경제능력이 없었던 그로서는 처와 큰 딸, 두 아들을 장인에 함께 딸려보내면서 지은 것이다. 이 시에는 자신의 경제적 무능으로 가족과 어린 아이들과 이별해야만 하는 안타까움과 자책의 심정이

영한 것 등 7종으로 구분했다. 최금옥은 《瀛奎律髓》의 49종 제재 분류를 참고하여 송별류 등 12종으로 나누었다. 그리고 이치수는 인생, 생활, 불교, 자연류의 4종으로 나누었다.

53) 《後山詩注》 권1.

절실하게 표현되어 있어, 두보시적 이별의 정취가 그대로 느껴지는 좋은 작품이다. 당시 그는 노모를 봉양해야 했으므로 같이 가지 못하고, 원우 2년(1087) 소식, 손각孫覺 등의 추천으로 비로소 서주 주학교수州學敎授로 나아가는 36세 때까지 3년이나 헤어져 살아야 했다.

이 시기에 그는 가족 간의 이별의 정을 그린 시를 많이 남겼는데,〈송내送內〉,〈송외구곽대부개서천제형送外舅郭大夫槩西川提兄〉,〈기외구곽대부寄外舅郭大夫〉,54)〈시삼자示三子〉55) 등은 애틋한 가족간의 정을 소박한 가운데 정교한 조어의 안배를 통해 그리고 있다. 예술방면에서 보면 송시적 기험한 표현이나 의상이 없이 삶의 감정을 절실한 필치로 썼으며, 두보적 필치를 좇은 흔적이 많이 느껴진다. 특히 '나를 베고 누워 일어나려 하지 않음은[沈我不肯起, 畏我從此辭]'구는 현장감 있는 묘사로써 사실적 표현을 해낸 대표적 예라고 할 수 있다.

<table>
<tr><td>〈次韻晁無斁冬夜見寄〉56)</td><td>〈晁無斁의 '겨울밤에 보내며' 시에 차운하여〉</td></tr>
<tr><td>寒窻冷夜欲生塵</td><td>차가운 창 냉냉한 밤 적막하니 먼지마저 일듯한데</td></tr>
<tr><td>短枕長衾卻自親</td><td>짧은 베개 긴 이불이 오히려 친하다.</td></tr>
<tr><td>老子形骸從薄暮</td><td>늙은이 몰골은 저녁을 향하는데</td></tr>
<tr><td>先生意氣尙靑春</td><td>그대의 의기는 청춘을 숭상하네.</td></tr>
<tr><td>覆杯不待回丹頰</td><td>(안먹으려) 엎은 술잔은 붉은 뺨 되돌아오</td></tr>
</table>

---

54) 이상 3편 모두 《후산시주》 권1.

55) 《後山詩注》 권2. 이 시는 자녀 상봉을 맞는 喜悲의 양면적 心態가 여실히 묘사되었다.(全詩引用) "헤어진 지 오래되어 잊었다가도, 만날 날 가까워지니 참을 수 없구나. 아이들이 눈앞에 있어도, 눈매며 얼굴이 낯설다. 기쁨에 겨워 말도 못하다가, 눈물 마르니 이제야 웃음 나온다. 꿈이 아닌 줄도 알았건만, 아직도 정신없어 마음이 가라앉지 않네.(去遠卽相忘, 歸近不可忍. 兒女已在眼, 眉目略不省. 喜極不得語, 淚盡方一哂. 了知不是夢, 忽忽心未穩.)"

56) 《後山詩注》 권5.

	길 기다리지 않고
危坐猶能作直身	높은 자리에 이를수록 몸을 곧추펴는구나.
城郭山林兩無得	성곽도 산림도 둘 다 얻지 못하니
暮年當復幾霑巾	늘그막에 또한 몇 번이나 눈물 적셔야 할까!

이 시는 소성紹聖 3년(1096)에 지은 것으로서 45세 때 작품이다. 조무역은 조보지晁補之의 여덟 번째 동생으로서 진사도의 시우詩友이다. 시중에서는 추운 겨울날 방안의 차가운 공기 중에서 홀로 있는 자신의 적막한 인생에 대한 심경을 드러냈으며, 짧은 인생과, 이에 더해 사회적 명망도 얻지 못하는 가운데 늙어가며 경제적 고통만 더해가는 자신에 대한 비애와 자조의 모습이 짙게 배어난다. 특히 제7구는 출사出仕와 은일, 어느 것도 얻지 못하는 자신의 삶에 대한 눈물어린 소회所懷를 유감없이 드러낸 말이다. 전체적으로 내적 수양을 쌓은 시인으로서의 자기 확신과 기상이 약한 점이 아쉽게 느껴진다.

기교면에서 보면 일반적으로 시에서 전고 운용과 고사故事의 사용은 정면적 사용과 반면적 사용으로 나눌 수 있다. 그런데 이 시에서는 자신에 대한 자조감의 영향으로 보이는 바, 용전을 모두 반용적反用的으로 사용하고 있다.57) 또한 제1구의 '한창냉야寒窗冷夜', '단침장금短枕長衾'은 시인의 외로움을 나타내며, 제3·4구 및 제5·6구는 강한 대조의 수법으로서 자신과 타인간의 거리를 분명히 그어 놓고 있어, 매우 심한 심리적 격절감隔絶感을 전달해준다. 칠언율시 평기식平起式 수구불입운首句不入韻한 경우로 격률에 맞으며, 상평성上平聲 진운眞韻을 사용했다.

---

57) 임연의 주에 나온 原典故를 보면 제2구와 제6구가 모두 반용되었다. 또한 제3·4구 역시 자신과 조무두를 대조적으로 그려내고 있다는 점에서 한편의 시의의 흐름이 모두 하강식으로 진행되고 있다.

〈謝趙使君送烏薪〉58)　　　〈趙 使君(행정관)이 木炭을 보내준데 감사하며〉

欲落未落雪迫人　　　내릴 듯 말 듯 눈은 사람을 압박하니
將盡不盡冬壓春　　　겨울의 봄 시샘은 그만둘 듯 말 듯 하네.
風枝氷瓦有去鳥　　　바람부는 가지와 얼어붙은 기와로는 날아가버리는 새 있고
遠坊窮巷無來人　　　먼 동리 깊은 골목엔 다니는 사람 없다.
忽聞叩門聲據速　　　갑자기 문 두드리는 소리 급하게 들리니
驚雞透籠犬升屋　　　놀란 닭 둥지위로 날고 강아지도 마루로 뛰어든다.
使君傳敎賜薪炭　　　사군使君께서 사람시켜 땔감을 보내시니
妓圍那解思寒谷　　　바둑두며 기녀로 바람막는 분들, 어찌 추운 음지의 처지 아셨을까!
老身曲直不足云　　　늙은 몸의 사정은 말씀드릴 것도 없었는데
冷窓凍壁作春溫　　　차가운 창 언 벽에 봄의 따스함으로 가득하네.
定知和氣家家到　　　화기和氣가 집안 구석구석 찾아오니
不獨先生雪塞門　　　선생 아니면 눈으로 집앞이 막혔을 것을 분명 알겠네.

진사도는 죽을 당시에도 옷 하나 변변치 못했는데, 정치적 입장이 다른 이의 옷을 얻어다 준 것을 알고는 끝내 거절하다가 추위로 병을 얻어 죽을 만큼 평생을 궁핍하게 지냈다.59) 이 시는 아침에 일어나 먹을 양식도 없는 가도의 〈조기朝飢〉 시가 떠오를 정도로 겨울날 땔감도 없이 외딴 낡은 집에서 겨울을 나는 진사도의 빈한·처량한 모습을 잘 알게 해주는 시로서, 만년인 원부元符 2년(1099) 48세 때 지은 12구의 환운換韻 고시이다. 땔감을 가져다 준 조씨 성을 가진 관리에 대한 감사의 마음이 절실히 배어난다. 제1·2구의 선택식 어구는 두보의 '소나무는 뻗어 저 구름을 찌를

---

58) 《後山詩注》 권10.
59) 《宋史》 권444, 〈陳師道傳〉.

건가 말건가, 강물은 움직여 저 바위들을 무너뜨릴건가 말건가?'60) 란 시구를 '이고위신'한 것이며, 이밖에도 《사기》, 《개원천보유사開元天寶遺事》, 《한서·원안전袁安傳》 등 여러 사서에서 고사를 차용했다.

〈春懷示鄰里〉61)	〈봄날의 느낌을 이웃에게 알리네〉
斷牆着雨蝸成字	무너진 담장에 비내린 뒤 달팽이는 구불구불 기면서 글자를 만들고
老屋無僧燕作家	낡은 집엔 스님은 없고 제비집만 지었네
剩欲出門追語笑	불현듯 사람들 웃음소리 따라 문밖에 나서고 싶은 생각 가득하지만
卻嫌歸鬢逐塵沙	그래도 돌아올 때 귀밑머리에 먼지 앉는 게 싫다네.
風翻蛛網開三面	바람 세차게 불어대니 거미줄은 삼면으로 벌어지고
雷動蜂窠趁兩衙	우뢰소리에 벌집에서 벌떼가 두줄로 늘어섰다.
屢失南鄰春事約	누차 남쪽집 이웃과의 봄놀이 약속 어겼는데
只今容有未開花	이제라도 혹시 피지 않은 꽃이 있을 법하네.

이 시는 원숙한 시적 역량을 발휘했던 원부元符 3년(1100) 49세때의 작품으로서 시구의 단련에 적지 않은 공력을 들인 진사도의 대표작이다. 내용은 봄날 자기 집과 주변의 정경을 소시민적 정취로 담담하게 읊었는데, 기교면에서는 조어와 조구에 매우 정성을 들였다. 방회는 이 시를 두고 "담담한 중에 아름다움을 감추고 있으며, 곳곳에 공력을 들인 것이 진사도의 시"라고 평했는데, 타당한 평가라는 생각이다.62) 시의 전체적 구성은 1연에서 비온

---

60) 《杜詩詳註》권13, 〈闕仙歌〉, "松浮欲盡不盡雲, 江動將崩未崩石."
61) 《後山詩注》권10.

뒤의 낡은 자기 집의 정경을, 2연에서 동리 사람들과 어울리고자 하지만 번잡함을 싫어하는 까닭에 그만두고 만다는 내용을, 3연에서는 비온 후 기후의 변화에 대응하는 거미와 벌 등 자연의 모습을, 끝연에서는 이러한 자연에 심취되어 늦었지만 봄 꽃놀이를 가고픈 마음을 나타냈다.

봄날의 정경이면서도 무언가 적막 기괴하고 침잠하며 여유 없이 메마르고 딱딱한〔瘦硬〕 느낌을 주는 것은 시어의 축약이 지나쳐서 의미가 부드럽게 흐르지 못하는 점과, 앞의 〈차운조무역동야견기次韻晁無斁冬夜見寄〉 시와 같이 진사도 삶의 협소한 생활 환경과 고적감孤寂感이 제재의 처리 방식에도 반영된 결과로 보인다. 무너진 담장, 낡은 집밖에 나가기 싫은 마음, 거미줄과 벌집에 관한 용전用典, 몇 번이나 어긴 봄놀이 약속 등을 통해, 세계에 대한 진사도의 부정적이며 소극적 대응과 불확신이 선명하게 드러난다. 자기 주변의 세계에서 크게 벗어나지 못하는 진사도의 내면의식이 드러나는 시이다.

특히 제 5 · 6구는 단순히 비 내리는 기후와의 관계로 보기에는 전고의 사용이 마음에 걸린다.63) 이 시는 전개상 마치 두 편의 절

---

62)《瀛奎律髓》권10, 〈春日類〉, "淡中藏美麗, 處處着工夫, 力能排天斡地, 此后山詩也."

63)《呂氏春秋》와《爾雅 · 釋蟲》에 근거하여 晦澁한 典故를 사용했는데, 적극적으로 시원하게 표현하지 않는 진사도의 표현 습성에 비추어 정확하게 잡아내기는 어렵지만, 무언가 심상치 않은 暗喩가 있는 것 같다. 이를 사회정치적 상황과 진사도 개인의 상관 관계라는 측면에서 접근해 본다면, 혼란스럽고 어려운 당시에 때는 늦었지만 그래도 아직 피지 않은 꽃을 찾아 나서려는 것과 같이 자신의 역할을 자임해보는 것은 아닐지 모르겠다.
　　실제로 이 시가 지어지던 1100년, 진사도의 16세 이후 스승이었던 曾鞏의 동생들인 曾布와 曾肇가 각기 중앙 정부에서 右相과 翰林學士가 되면서, 진사도는 徐州敎授에서 7월 棣州敎授로, 다시 그해 11월에는 秘書省正字가 되었다.(鄭騫,《陳後山年譜》, 聯經出版事業公司, 1984, 台北, pp.107-108)

구를 한편으로 이어놓은 듯한 것도 같다. 이는 그만큼 시적 연결이 순조롭지 않음을 의미하기도 한다. 그것은 이 두 구가 앞뒤를 연결시켜주는 데 충분한 성공을 거두고 있지 못하기 때문이다. 이 시가 대표작임에도 불구하고 이러한 점이 드러나는 것은 진사도 시의 조구상의 지나친 축약과 함축이 야기하는 결정적인 약점이다.

이밖에는 전체적으로 의미와 성률의 대장對仗 관계가 공교하고, 끝연은 유수대이다. 특히 제3구의 '잉욕剩欲'과 제4구의 '각혐却嫌'의 허자의 대조적인 사용은 정교하며, 이외 제7구의 '루屢'와 제8구의 '지只', 그리고 역시 제8구의 '용유容有'도 그 작용이 돋보인다. 앞의 작품과 같이 칠언율시 평기식 수구불입운의 경우로 격률에 맞으며, 하평성下平聲 마운麻韻을 사용했다.

〈田家〉64) 〈농가〉

鷄鳴人當行	닭이 울면 사람은 집을 나서야 하고
犬鳴人當歸	개가 짖으면 집으로 돌아와야 하지.
秋來公事急	때는 가을, 관청엔 공사公事가 급한데
出處不傳時	나고 듦에 때를 알림이 없네.
昨夜三尺雨	어젯밤엔 삼척이나 되는 큰 비가 내려
竈下已生泥	부엌은 이미 진흙 투성이네.
人言田家樂	사람들은 농가의 일이 즐겁다 말하지만
爾苦人得知	그대의 괴로움을 사람들이 알기나 할까?

이 시는 진사도의 시중에서 많지는 않지만, 각종 요역徭役에 시달리는 농가의 실상을 고발한 현실 참여적인 시로서, 일면 두보와 백거이의 시풍과 유사하다.65) 지어진 시기는 원우 5년

---

64) 《後山詩注》 권2.

65) 진사도 시중에서 이들의 시풍에 밀접하게 다가선 시는 《嗚呼行》 (권2)이다. 12구로 된 이 시에서는 잘못된 救恤策과 饑饉으로 민간이 도탄에 빠지는 과정과 그들의 분노가 진사도의 감정이입과 함

(1090)으로서, 서주의 주학교수로 지내던 때인 39세 때의 작품이다. 제1연에서는 농가의 일상을 새벽 닭과 저녁의 강아지 울음소리를 통해 말했으며, 2연에서는 그들의 실상이 그렇지만 않다는 것을 가을걷이에 바빠야 할 시기에 관청의 부역에 시달리는 실정 묘사로써 드러냈다. 3연에서는 한술 더떠 기상재해까지 겹쳐 삼중의 고통에 시달리는 현실을 서술한 뒤, 사람들이 단지 농촌의 평화로운 들녘만을 보고서 농민의 삶의 실상을 외면해서는 안된다고 경계했다.

시어는 매우 구어적이며 평범하고 완곡하지만, 이면에 담긴 사회 고발의 뜻은 깊다. 이것이 그가 이상으로 추구한 '어소이의광語少而意廣'이요 '어졸이의공語拙而意工'이 아닐까 생각된다. 특히 제1, 2구는 5자중 3자나 글자가 똑같아 파율破律이지만, 고의로 이렇게 한 것은 평범한 어구 속에 오히려 심후한 뜻을 담아 시의詩意의 전달력을 배가하는 효과를 가져왔다. 제5구는 모두 명사로 이루어졌다. 가도 시의 '평이한 중의 고한苦寒'이 느껴지는 풍격의 시이다.

이제 진사도 시 자체에 대한 평가로 들어가야 하겠다. 진사도 시가 지니는 시사상의 총체적 의미에 대해서는 장을 달리하여 논할 것이다. 본고에서는 편폭상의 제한으로 대표성을 지니는 몇 수의 시만 보았으나, 이상으로부터도 몇 가지 특징을 추출할 수 있을 것 같다. 무엇보다도 그는 경제적으로 곤경으로부터 헤쳐 나오지 못했는데, 이는 36세에야 비로소 지방관으로서 출사하고 또 평생 변변치 못한 직책에 머문 것과 맞물리며 진행되었다. 그리고 그 대가로 가족과 3년 간이나 헤어지는 불행도 겪었다. 이러한 현실적 여건은 그의 시에 어두움을 드리우는 외부적 조건이 되었다.

때문에 그의 시는 내용적으로는 침울한 개인 서정이 주류를 이

께 생생하게 묘사되었다. 끝 2구는 이렇다. "십년간 거두어 둔 재물을 하루에 다 써버리니, 놀란 파도는 산을 무너뜨리고 바람은 온 세상을 흔든다.(十年斂積用一朝, 驚濤破山風動地)"

루고 있으며, 시절의 감회와 영물을 제외하면 황정견류의 화답·차운시도 많지 않고, 두보적 냉철성도, 소식적 기개도 부족한 편이다. 한편 내용면에 있어서도 현실적 불합리에 대한 분노와 질타를 간혹 내비치기는 했으나, 전체적으로 보면 그의 현실은 이것을 적극적으로 표출할 만큼 여유있지는 못했다.

그러나 바로 열악했던 현실적 여건으로 말미암아 그는 시 창작에 전념하여 고음하고 자구의 단련에 최대의 노력을 경주하여 결국 강서시파의 주도 그룹에 속할 수 있게 되었으니, 모든 것이 비관적이라고 할 수만은 없다. 그가 밖을 향해 표출할 수 없었던 열정을 대신하여 내면을 향해 불태웠던 부분이 바로 시의 형식기교적 추구였다. 진지하고도 엄숙한 자세의 시쓰기를 통해 그는 일정 정도 자기류의 작풍을 형성했으며, 그 결과 송대적 시쓰기의 한 전범을 보여주었다는, 시사적詩史的 작용의 측면에서는 성공한 셈이다.

그러나 시론과 시의 일치도에 있어서는 적지 않은 거리가 존재한다. 비록 이론에서는 졸박함이나 자연스런 융화경을 지향했다 하더라도, 그것을 실제 시 창작에서 충분히 구현해내지는 못했던 것으로 파악된다. 시 중에 용어와 조구 및 풍격상 기벽함을 면치 못한 시가 많은 것은 그가 추구했던 자연스런 '기'와 '공'을 주장한 것과는 거리가 있다. 그러나 요율拗律이 생각보다 눈에 띄지 않는 점이나, 구식이 순조로운 점, 그리고 산문구가 많이 보이지는 않는 점은 황정견과는 다른 부분이다. 세상에선 '황·진'으로 병칭되기도 했고 이론상 자기화를 지향한 부분도 없지는 않지만, 결과적으로 그의 시창작의 성취는 제재를 다루는 폭과 깊이 및 형식적 완성도 등 여러 면에서 황정견에 못미친다고 해야 할 것이다. 그는 두보류의 용전과 구법의 강구에 치중했으며, 시험적인 시도도 있었으나, 어떤 것은 어색하기 짝이 없어 질타를 받기도 했다.66)

---

66) 錢鍾書는 《宋詩選註·陳師道》(李鴻鎭譯, 螢雪出版社, 1989, pp.147

이러한 여러 가지 결점과 한계에도 불구하고 그의 시가 지니는 가장 큰 의미는 학습과 연마를 통한 시학론의 체계화에 힘을 쏟았으며, 이를 바탕으로 순 예술적 관점에서 실험적 창작에 진지하게 임했다는 점에 있을 것이다. 그리고 시에 대한 이러한 접근 방식의 차이야말로 당대唐代까지의 시와는 다른 방식으로 시를 바라보고 짓게한 송시화 과정의 중요한 동인動因이었다.

Ⅲ. 북송 후기시의 시사적詩史的 논의

1. 소식, 황정견, 진사도 시 개관

필자는 중국시가 송대에 이르자 여타 장르의 급속한 부상, 타 장르와의 교호에서 비롯된 시의 장르속성의 변화, 운용 양상과 쓰기 형식의 변화, 문학 장르 내 비중의 축소 등의 변화를 겪게 된 것으로 인식하고 있다. 그러면 이러한 일은 왜 일어났으며, 그 경위와 양상, 그리고 그 의미는 무엇인가가 궁금하지 않을 수 없다.

이제부터는 중국시의 장르 전개적 관점에서 먼저 이제까지 연구 검토해온 북송 후기시의 중요 시인들인 소식, 황정견, 그리고 본고에서 지금까지 고찰한 진사도 시학의 주안점과 시의 특징적 변화 양상들을 통해, 북송 후기시의 좌표적 위상론을 개진해보고자 한다. 이들의 시학과 시에 대한 이해는 북송 후기시 연구의 관건이기 때문이다. 이를 설명하는 관점은 작게는 한 시대나 장르로부터

-148)에서 진사도가 '말은 간약하나 더욱 공교하다'는 이론을 추구했으나, 애석하게도 억지로 줄이다보니 왕왕 詩意가 막히고 뜻이 불순하다고 지적하며, 그의 시를 보면 마치 병든 사람이 가슴에 가득찬 말을 제대로 하지 못해 답답한 느낌이 드는 것과 같다고 비판하고, 만약 그가 전고를 깁는 일이나 지나친 어구의 축약을 자제했더라면 소박하고 진지한 시를 쓸 수 있었을 것이라고 애석해 했다.

나아가되 단순히 거기에서 그치지 않고 장르 성쇠의 내부적·외부적 맥락과 관련지을 것이다. 특히 필자가 중국시사中國詩史 변용演變에서 중요한 관건이라고 생각되는 북송 후기시의 위상과 의미를 시를 중심으로 하되, 총체적 시각을 잃지 않기 위해 여타 장르를 방기하지 않으면서 논의를 진행하고자 한다.

지면의 제약으로 북송 문예사상의 큰 흐름에 대해서는 최근 필자의 〈장르사적 관점에서 본 소식의 문예이론과 시〉의 제3장 〈북송 문예사상론〉에서 세 가지 측면에서 논한 바 있으므로 그 요목要目만을 소개하겠다. 필자가 파악한 세 가지 큰 문예사유적 특징은 "①사회 경제적 변화에 따른 문학언어로서의 백화의 대두와 문학 의식면에서의 아·속간의 상호작용론, ②출出·처處의 공존을 토대로 성립된 신유학의 내재적 모순과, 고문운동으로 대표되는 글쓰기의 변화, ③송대적 사변형상의 추구에서 형상언어를 중심 속성으로 한 장르간 교섭 양상"이 그것이다.

먼저 소식의 경우 그의 시학 이론과 시는 다음과 같은 사항에 주안점을 두고 진행된 것으로 파악한 바 있다. 그것은 ①아·속간의 교호작용—교유시와 고시의 성행, 전인시의 차감으로서의 이속위아의 점화론, ②철리화와 사변화의 보편적 모색—생활사변, 이의론위시의 경향화, ③산문화—시문혁신운동의 글쓰기의 변화 모색, 장르간 넘나들기로서의 이문위시, 이시위사, ④흉중성죽과 수물부형—선학과 화론의 예술사유로의 사유적 전이"로 나누어 설명했다.67) 이상의 요인들로 인해 소식의 시는 실제 성과면에서 주로 산문화를 향한 장르적 변용 양상을 띠게 되었다고 논했다.

---

67) 이중 '胸中成竹과 隨物賦形'에 관해서는 다시 세분하여 "(1)詩畵一律, 形似와 神似論, (2)常理와 傳神—禪的 관조에 의한 본질의 파악론, (3)胸中成竹論—자아의 대상에 대한 내적 구현으로서의 心得境, (4) 心手相應과 隨物賦形論—대상·자아·표현의 動態的 應變, (5)中邊論과 平淡美의 지향—작품화로의 외적 구현체로서"의 5종으로 분석 설명했다.

황정견에 대해서는 사상적으로 유·불·도 삼가사상의 융합 과정에서 드러난 자기 존중의 도학자적 문인의식이 근저에 짙게 깔린 가운데, 두보와 소식을 통해 시학적 접근의 틀을 마련했다. 이러한 '소식—황정견'의 맥락잇기는 사실 구양수·매요신 이래의 큰 흐름을 같이 한다. 특히 황정견에서 두드러지는 형식면에서 고시를, 운용면에서 차운·화답시를 대량 창작한 점, 그리고 내용적으로는 의론성을 부각한 것 등은 시의 용도와 의미에 관한 변화의 조짐이라고 보아야 할 것이다.

그가 소식을 추존했다고는 하나 시의 구체적 구현에 있어서는 재성才性과 기질면에서 서로 같지 않기에 황정견의 시학 체계는 소식과는 다른 방식으로 나아갔다. 그것은 송대 시학의 가장 중요한 요소인 학시적學詩的 접근을 부단히 시도했다는 점이다. 이속위아·이고위신 및 환골탈태의 점화론을 추구하고, 구법과 요율 및 산문구와 험괴한 시어 등의 새로운 시도와 굳건한 자기 존중의 탈속적 풍격에서 우러나는 읽기 어렵고 딱딱한 수경瘦硬한 미의식을 체현하며, 화론과 선학적 소양에 힘입은 오입悟入과 운미韻味 등의 영감을 중시한 것으로 정리된다. 이상의 요인들로 인해 송시는 황정견에 와서 일정한 문학적 성과와 풍격의 일신을 가져와 송시적 특징 형성에 있어서 분수령이 되었다.

진사도의 경우 제2장 2절 '소결' 부분에서도 요약했지만, 간단히 정리하면 경제적·사회적 여건의 제약으로 소·황만큼 문학세계의 폭이 넓거나 힘찬 기세가 느껴지지는 않는다. 그의 시에 묻어나는 침울한 색채는 그가 처한 현실과 관계가 깊다. 그러나 현실적 제약 대신 그는 철저히 고음멱구苦吟覓句하는 진지한 자세로 시창작에 몰두했으며, 그 결과 실제로 그는 시창작을 학습의 일환으로서 인식하고 접근하는 확고한 태도를 몸소 보여주었다. 이러한 학시學詩의 중시는, 결과야 어찌되었든, 후대의 진여의陳與義와 양만리楊萬里, 그리고 강서시파 시인들의 창작론에 큰 힘을 실어주었다. 더욱이 그의 내향적인 성격은 송대 지성의 방향과 제대로 만나 침울 사색의 자기 존중의 색채를 띠고서 아건한 기풍의 시를 만들어 냈다. 이상과 같은 학시 전통의 수립과 시로의 인격적 투영은 시에 대한 송대적 접근 양상으로 특징지워 마땅하다.

예술 수법면에서 보면 그 역시 황정견과 마찬가지로 두보를 창작 이상으로 삼았는데, 그것은 거의 구법과 조구 방면에 치우친 것이며, 두보 보다는 황정견 식의 벽전僻典, 용운用韻, 구법句法 등에 가까웠다. 따라서 그가 말했던 자연스런 '공'과 '기'론은 물론이요 점화론이나 간약한 표현 속에 많은 의미를 담는다는 '어소이의廣語少而意廣'론, 그리고 흔적 없는 조탁론의 이론 주장에 대한 시의 실제 성과는 미흡한 것으로 평가된다. 그 결과 경우에 따라서는 점화가 지나쳐 시의詩意가 불순하거나 문리가 막히는 폐단을 이기지 못한 것도 적지 않다. 이 점은 그의 시의 가장 큰 약점이 되었다. 그러나 이 점 역시 평이하고 서정적인 사경 중심의 소시적 당시와는 다른 송시적 특징화에는 일정한 작용을 한 것도 사실이다.

이상에서 볼 때 이들 북송 후기 세 사람의 시학상의 특징에 대하여 다음과 같이 요약할 수 있을 것이다. 이들을 통해 송시는 일반적으로 운위되는 산문화, 의론화 외에, 영감과 서정의 창조만 아니라 학습적 안목으로 시를 대하는 태도, 즉 점화에 의한 시어의 차감론借鑑論, 구법적 강구, 비일상적(험괴險怪한) 글자와 운을 사용한 시쓰기가 진행되었다. 이러한 장치들로 인해 음률성·서정성이 저해되며 송시는 읽기 까다롭고 맛이 떫다는 평을 듣게 되었으며, 사람에 따라서는 수경瘦硬한 풍격을 띠기도 하였다. 운용면에서는 고시와 수증시를 다량 사용함으로써, 시작 동기의 변화와 제재의 확대가 이루어졌다. 타 장르와는 선학과 화론의 영향으로 예술사유적 전이가 이루어졌고, 장르간 주고받기 현상으로서의 '이문위시', '이시위사' 등의 쓰기 방식의 변화가 모색되었다. 즉 그들은

시의 내용적 측면보다는 시창작의 형식 기교에 치우쳐 형식주의적
편향성을 보인 것이 사실이다. 그리고 이러한 양상들은 시인마다
약간의 차이는 있으나 대체로 큰 방향에서는 크게 다르지 않은 방
향으로 진행되었다.

2. 북송 후기시 위상론 — 장르론의 관점에서

본 절에서는 이제까지 보아 온 북송 후기시의 중심 인물이 되는
소식·황정견·진사도의 시학상의 특징들에 기초하여, 북송 후기
시의 시사적 진행과 위상에 관해 장르론적·거시적·유기적 논의
를 진행하고자 한다. 본절의 위상론은 단선적인 전승 관계의 파악
이 아니므로, 고려되어야 할 요소는 매우 광범하고 다양할 것이다.
이를 위해서는 송대 사회와 문화, 사상과 예술적 특징들에 대한
이해가 전제되어야 하는데, 이에 대해서는 기왕의 필자의 연구에
더하여 중요한 맥락을 연결 설명해봄으로써 글맺음에 갈음하고자
한다.

'안사의 난' 이후 약 200년간 진행된 송대의 사회경제적 여건의
변화에 대해서는 별도로 논한 바 있는데,68) 그 내용은 대략 지배
체제와 신분 구조의 변화, 과거제의 확대로 인한 한위 이래의 세
습귀족 시대의 종언, 그리고 이로 인한 신분 상승 기회(즉 신분
교류 기회)의 확대, 도불적 요소가 대폭 가미된 신유학적 정서의
전면적인 대두, 활력있는 강남 경제의 파급 효과로 도시를 중심으
로 한 시민들의 문화 생활의 확대로 요약된다. 이에 더하여 언어
사용의 측면에서 도시 경제의 활성화로 인한 문화 향유 계층의 확
대는 문언에 더하여 백화를 새로운 문학언어로 부상하게끔 하였는
데, 이 점은 서사문학 발전의 동인으로서 매우 중대한 의의를 지

---

68) 필자의 《黃庭堅詩 研究》, pp.14-16에 시대 배경, pp.68-76에 사
　　상적 배경을 槪述.

닌다.

서술의 효율을 위해 사회적 계층을 상층 지식인과 도시 시민을 비롯해 대중적 문화력을 어느 정도 가진 일반 백성의 두 계층으로 나누어 그들의 의식 행태에 관해 고찰해 본다. 먼저 사회경제적 측면에서 일반적 문예상황을 보면, 강남 중심의 경제력의 부상으로, 주로 남송대의 것이기는 하지만 《동경몽화록東京夢華錄》, 《몽량록夢梁錄》, 《무림구사武林舊事》와 장택단張擇端의 그림 '청명상하도淸明上河圖'를 통해 미루어 짐작하듯이,69) 도성都城 중심의 사회는 비교적 활발하게 움직였다. 민간 경제의 활력은 세속적 요소의 증대를 가져왔고, 그들의 증대된 문화적 수요는 연창문예의 발달을 획기적으로 촉진시켰으며, 와사瓦舍나 구란勾欄을 중심으로 연창되었던 화본, 희곡의 초기적 자료들이 백화의 상태로 기록문학의 대열에 오르기 시작했다.

한편 상층 문인들은 변화하는 사회와 세계에 대해 본체론적 접근을 시도했으며, 신유학으로 결과되었다. 이렇게 하여 주로 문인 사대부였던 송대의 시인들은 내용적으로 유학儒學 일변도가 아니라, 입入·출세出世의 이중적 잣대에 의한 새로운 인식 지평의 확장이 가능해졌으며, 제재상으로도 영물 소시小詩 중심의 당시적 '감성 서정'과는 다른 세계관적인 '이성 서정'으로 나아갔고, 그 방식은 사변적 의론화로 나타났다. 또 시의 실제적 창작 용도면에서는 화답·차운시의 교유시적 성분이 크게 증대되었다. 자연 그리움과 사랑은 시의 중심 저작 동기로부터 멀어지게 되었다.

시체 역시 '형식 우선성'이 강한 중국문학적 환경하에서 '전시적塡詩的 성격의, 양식 국한성이 강한 율시'70)로는 철학적 생각들을

---

69) 孟元老等著, 《東京夢華錄, 都城紀勝, 西湖老人繁勝錄, 夢梁錄, 武林舊事》, 中國商業出版社, 1982, 北京.
70) '塡詩'라는 용어는 필자가 중국문학의 사유 구조적 특징으로서 언급한 '양식(장르 형식) 우선성'을 설명하는 적합한 말로 생각되어 만

충분히 표현하기 힘들게 되면서 고시를 선호하였다. 사상의 증대를 담보하는 칠언시의 증가 문제도 마찬가지로 해석해야 할 것이다. 아울러 시학에서는 구양수 이래 시화의 출현과 함께 점차 시 창작 방식에 관한 순예술론적이며 구체적인 모색이 이루어졌다. 시창작과 관련한 소식·황정견·진사도 3인의 주요한 관심은 바로 한유에서 발아한 '구법의 강구'로 대표되는 학시學詩 전통의 수립이라는 의미를 지닌다.

특히 시의 글쓰기의 방식면에서 보다 정밀한 검토가 필요한 부분은 당대唐代 한유로부터 시작된 산문적 글쓰기인 고문운동〔시문혁신운동〕과의 관련 부분이다. 특히 기본 정신면에서 평서체平敍體의 자연스런 필세筆勢를 중시하는 고문운동은 고시의 다작多作, 송시의 전반적인 추세 하락, 운문이 아닌 산문체 문학의 발전 및 확산과도 관계가 깊을 것으로 보이는 바, 문학사적 파급효과면에서 당대唐代의 고문운동보다 오히려 더욱 주의를 요하는 부분으로 여겨진다. 고문운동이 어기語氣의 자연스러움을 지향하여 운문적 속성보다는 산문성을 지향하고 있는 점은,71) 필자가 보기에 남송

────────────────

들어 낸 조어로서, 사에 있어서 '塡詞'에 상응한다.
71) 郭紹虞는 〈中國語言與文字之分岐在文學史上的演變現象〉(1941年 發表, 《照隅室古典文學論集》上篇, 上海古籍出版社, 1983, pp.496-497 및 p121, p219)에서 人工的 雕琢을 지향하는 '騈文家'와 文氣의 자연성을 지향하는 '고문가'로 나눈 후, 중국문학사를 문학언어의 속성에 따라 '문자형 문학'과 '語言型 문학'의 시기로 구분했는데, 이는 매우 啓發的인 견해라고 생각된다. 물론 그는 송대 고문운동의 문학사적 파급 효과에 대해 언급하지는 않았다. 그러나 그가 변문가에 대항하는 다른 한 쪽에 古文家를 설정한 부분은, 향후 古文의 특성 및 문학장르의 변천과 연결시켜서 볼 때 심화·검토해 볼 필요가 있다는 생각이다.
　　곽소우의 글에서 제기되었던 중국문학 발전단계의 설정은 다음과 같다. '詩樂시대(春秋이전) →辭賦시대(戰國에서 漢代) →騈文시대(위진남북조)〔이상 文字型主潮期〕 →古文시대(隋唐에서 北宋) →語體시대(남송에서 현대)〔이상 語言型主潮期〕'.

대南宋代 백화의 흥기와 함께 중국문학 장르의 주류 변화의 본격적 움직임이 시작된 일과 깊은 상관 관계에 있다는 추정을 가능케 한다.

그리고 이상과 같은 양상은 상하 두 계층간의 문학적 거리를 좁혀주었는데, 이는 상층 문인들의 시쓰기에도 영향을 주어 세속적인 언어와의 주고받기를 수행하는 것으로 나타났다. 여기에는 문인 자신도 과거를 통해 신분상승을 했던 만큼, 그들의 의식 저변에는 민간 생활에 대한 폭넓은 이해의 바탕이 마련되어 있었다는 점이 개재되어 있다. 그러므로 그들은 자신의 생활사를 시로 나타낼 때 세속적 언어의 사용도 금기시하지는 않았으며,72) 그 시론화가 소蘇·황黃·진陳의 '이속위아'라는 시론의 성립이라고 볼 수 있다.

다만 그들은 시에서 세속어를 그대로 쓸 것을 주장하지 않고 변용해서 써야 한다고 생각했으며, 나아가 아화에 대한 강한 집착을 보였다. 그 이유는 무엇일까? 그것은 지식인 집단의 문자언어에 대한 집착, 문인 집단 내부의 폐쇄성 및 문자 유희적 즐거움 때문일 것으로 추정된다.73) 즉 시의 아화는 그들 의식의 전제적 반영이며, 차별화의 유용한 수단으로서 인식되었던 것 같다. 이점은 그 당시로서 지식인들의 집단 무의식적 희망 사항이었는지는 모르겠다. 그러나 아직 시대적으로 성숙한 것은 아니었으나, 달라진 사회 구조적 변화의 파장과 의미를 충분히 파악하지 못한 오독誤讀의 측면에 대한 해명을 필요로 하는 부분이다.74)

---

72) 황정견의 경우 역시 '이속위아'의 시론에서 뿐만 아니라, 시중에서도 적지 않게 찾아 볼 수 있으며(필자의 《黃庭堅詩 硏究》, pp.271-273), 다른 시인들의 시 역시 대동소이하다.

73) 이러한 폐쇄성은 남송 朱熹에서 크게 변화된 모습을 발견하게 된다. 그의 《四書集注》에 있는 注文은 백화체를 대폭적으로 사용하고 있음을 볼 수 있다. 이는 도학자적 상층 문인의 언어 의식으로서는 파격적인 양상으로 보인다.

74) 역사의 진행 방향에 대한 문학적 관점의 오독의 예로 두 가지를 들

문학장르 외연의 측면에서 볼 때에도 경제력의 증대는 세속적 장르의 부상을 자극함과 동시에 전통 문인들의 전유물인 시의 쇠퇴를 야기하면서, 시는 더욱 자기 권역을 지키려는 소극적이며 방어적 방향, 즉 '아화'를 향해 나아갔던 것으로 생각된다. 이를 반대쪽에서 바라보면 시는 비록 문인간에는 생활을 논하거나 보편적 교제와 소통을 하는 중요 수단이었으나, 계층적 권역의 한계를 노정露呈하고 더 이상 민간으로 확대되지 못하거나 또는 거부함(거부당함)으로써 결과적으로는 시의 영역과 문학적 주도력을 소실당했다는 의미이다. 사실 후대로 갈수록 시의 영향력은 갈수록 약화 내지 고갈되고, 대신 사, 희곡, 화본 등의 연창문예 장르가 상대적으로 빠르게 부상하면서, 언어적 측면에서 민간적인 백화문학 장르에 문학사의 주도권을 내주게 되었던 것은 역사를 통해 증명된다.

이상에서 볼 때 소식·황정견·진사도를 중심으로 한 북송 후기 시의 여러 문학적 지향들을 통해 그 시사적 위상을 매겨본다면 다음과 같다. 시는 우선 내부적 측면에서 내용적으로는 신유학적 세계관의 철학적 투영으로 인한 시의 관념화가 진행되었고, 고문운동의 영향 및 교유의 목적과 함께 자유로운 의사 전달 수단으로서 고시가 많이 지어졌으며, 서술은 산문화를 지향하는 가운데 일면 기벽화의 양상도 보이며 음악성을 잃고 탈장르화해 갔다. 상기 3인의 경우를 보면 진사도의 경우는 덜 그렇지만, 소·황의 경우에

겠다. 호적의 1920년대 '國故整理' 주장은 거시 역사적 관점에서는 옳은 것일 수 있다. 그러나 그가 당면한 사회적 문제의 우선적 처리 방식에 관해서는 오독한 측면이 있다는 생각이다. 또한 금세기인 1940년대 주광잠의 경우 시에서 문어가 구어보다 필히 우월적 지위를 차지해야 한다고 했던 점 역시 같은 맥락에서 평가될 수 있다.(주광잠 부분: 朱光潛, 《詩論》, 安徽敎育出版社, 1997, p.91; 朱光潛저, 鄭相弘역, 《詩論》, 동문선, 1991, p.148); 다만 '이러한 변화가 12세기 전후의 역사적 조건하에서 과연 현실적 당위였는가?'라는 질문에는 의문의 여지가 있다.

각기 산문화 또는 기벽화奇僻化가 두드러진다. 또 황·진의 경우 형식적으로는 학시주의적學詩主義的 경향으로 인해 구법적 장치 등에 매달리면서 시 장르 자체의 전통적 속성인 운율과 정감의 약화와 읽기 어려운 딱딱한 풍격을 초래했다. 그리고 외부적으로는 계층적으로 아·속간의 주고받기를 거치면서 문학행위의 범주가 넓어진 데 반하여, 지식인들의 내부적 권역을 형성한 가운데 고립적 아화의 길을 걸어나갔다. 또한 운용상 지식인 상호간의 생활사에 접근하면서 차운·화답시의 대폭적 증가를 통해 수필적인 시 쓰기 경향으로 나아간 점도 북송 후기시에 나타난 '장르 변용' 양상들이다. 이상의 양상들은 크게 보아 자기 고유 장르가 지니고 있던 속성으로부터의 내용적·형식적 탈피를 의미한다고 볼 수 있는데, 양식 우월주의적 중국문학 풍토에서 이는 주목할 만한 변화이다.

송대에는 시와 사, 시와 산문, 나아가 선학 및 화론간에도 심미 사유의 주고받기란 전이 과정을 통해 시쓰기의 새로운 방향 모색과 재정립의 시기가 전개되었는데, 이러한 다양한 주고받기를 통한 장르 본원 속성의 일대 변화적 양태들은 사회구조적으로 이전과 달랐던 송대 사회가 자아낸 문화적 특징이라고 해야 할 것이다. 북송 후기의 시는 장르간 상호작용 속에서 나름의 내부적 활력과 에너지도 얻었고, 당시와는 다른 색채로써 그 시대만의 개성적 시풍을 이루는 데는 일정한 성공을 거두었다. 하지만 거시적으로 중국문학 장르사의 관점에서 본다면, 내용과 양식 두 측면 모두에서 전통적 의미의 시 본질의 음악적·서정적 성분이 상당 정도 잠식당했다는 손실을 야기한 점이 주목된다.

음악과의 관계에서 시를 중심으로 한 운문 형식들의 장르적 위상 변화를 말하자면, 시는 이미 춘추시대 이래 음악과 점차 거리를 두게 되어 음악은 갈수록 외재화되었고, 육조 및 당대唐代에는 성운 중심의 내재적 운율성을 강구하다가, 송대에는 다시금 이로부터도 멀어지면서 음악과의 긴밀도는 더욱 떨어져 결국 새롭게 부상한 애정적 감성 서정 장르인 사가 그 자리를 대신하게 되었다. 더욱이 내용면에서 시는 도학자적 정서의 구속으로 말미암아 서정적 그리움의 감정을 중심으로 하던 전통적 서정양식으로부터 일탈하면서, 운문으로서의 독보적 지위를 잃어가게 된 것이다.

한편 전통적 의미에서의 이같은 장르 속성의 변화와 지위의 하강 과정은 다시 '의성전사依聲塡詞'와 아화의 길을 걸어간 詞에서도 반복적으로 일어났는데, 시·사 두 장르가 공히 송대에 이러한 쓰기 방식의 변화를 겪은 외재적 촉발 원인은 송대 사회의 신분체계의 변화, 신유학의 대두, 고문운동의 부흥, 그리고 일상생활 언어인 백화의 문학언어로의 부상에서 찾아야 할 것으로 보인다.75) 그리고 그 장르간 위상 변화의 양상과 속도는 강남 중심의 시민 문화가 번성했던 남송대에 더욱 빨라졌다. 이러한 변화와 함께 중국 문학의 중심축은 점차 허구적 서사 장르로 옮겨갔다.

이상의 논의를 중국문학 장르 외연의 관점에서 보면, 시는 시에서의 철리적 성분의 강화와 산문화 및 백화의 문학 언어로의 일대 진입기를 맞아 오락적 수요와 맞물리며 문학 장르내의 주도력을 서사 중심의 허구문학 장르에 상당 정도 내주는 방향으로 전개되었다. 이렇게 하여 중국문학은 선진시기의 산문 중심의 기사문학의 단계로부터 위진남북조기에 문인시 중심의 서정 문학의 단계로 일변한 후, 다시금 북송말에서 시작되어 남송시기를 중요한 분기

---

75) 백화의 문학언어로의 부상과 관련한 서정문학 장르의 속성 변화와 하강 국면의 도래, 허구문학의 대두와 그 역사적 의미, 허구문학 장르 내의 문언과 백화의 운용 및 지위, 시대에 따른 중국문학 제 장르의 교호 현상 및 그 의미와 위상, 나아가 연창문예 중 기록문학 및 비기록문학간의 상호 관계성의 추구 등, 白話의 문학언어로의 진입 문제와 관련한 복잡 다단한 논의는 향후 장르 연구와 관련 중국문학의 거시연구 분야에서 지속적으로 추구되어야 할 과제로 보인다.

로 하여 소설과 희곡 중심의 허구문학의 단계로 그 중심축을 이동
하게 되었던 것이다.

(《북송 후기시의 시사적 고찰 — 장르 발전의 관점에서》,

《중국문학》 30, 1998)

왕약허의 반강서시파 문학론

Ⅰ. 들어가면서

왕약허王若虛(1174~1243)는 금(1115~1234)말 원(1206~
1368)초의 문인이자 비평가이다. 그는 진정眞定 고성藁城(지금
河南省 소재) 출신으로서, 자는 종지從之이며 호는 강부慵夫, 호남
유로滹南遺老이다. 그는 금 장종章宗 승안承安 2년(1197)에 진사
가 되어 국사원편수관國史院編修官, 저작좌랑著作佐郞, 좌사간左司
諫 및 한림직학사翰林直學士까지 올랐으나, 금이 망한 1243년(61
세) 이후에는 북귀北歸하여 진양鎭陽에 은거하며 벼슬하지 않았
다. 그의 행적은 《금사金史》 권126에 간략하게 수록되어 있으며,
문집으로는 《강부집慵夫集》과 《호남유로집滹南遺老集》이 있으나,
《강부집》은 원대에 이미 전해지지 않았고 《호남유로집》 45권만
전해진다.[1]

이 책의 내용은 〈오경변혹五經辨惑〉, 〈논어변혹論語辨惑〉, 〈사기변
혹史記辨惑〉, 〈제자변혹諸子辨惑〉, 〈문변文辨〉, 〈시화詩話〉, 〈잡문雜

---

1) 《文淵閣 四庫全書》 集部 別集類(권1190)에는 《滹南集》 46권이 있
   는데, 末 1권은 續編으로서 詩17수만 수록되어 있다.

文·시詩〉 등 경사자집經史子集을 다양하게 포괄하고 있으므로, 이 들 제목만으로도 그의 학문적 수준과 박식한 면모를 짐작할 수 있 다. 이중에서 그의 문학론을 파악하는 데에는 〈문변文辨〉 4권〔산문 론散文論〕과 〈시화詩話〉3권〔시론詩論〕, 그리고 권45의 〈논시시論詩 詩〉가 중요한 자료이다. 특히 시론 연구에서 가장 중요한 비중을 차지하는 것은 그의 호를 따서 《호남시화潭南詩話》라고 불리는 전 89조(제1권 20조, 제2권 32조, 제3권 37조)로 된 《시화》 3권이 다. 그는 이 길지 않은 시화에서 송대 시단을 풍미하였던 소식과 황정견 및 강서시파에 관하여 많은 분량을 할애하였는데, 특히 강 서시파의 종주인 황정견에 대해서는 혹심하게 질타하였으므로 세 인의 주목을 받아왔다.

사실 송시의 발전은 황정견을 필두로 하는 강서시파가 시의 새 로운 경지를 개척하며 앞에서 끌고 나가는 형식으로 진행되었다 해도 과언이 아니다. 소문사학사蘇門四學士의 일원인 황정견은 그에 게는 사우師友가 되는 소식의 영향 속에서 문학적 성장을 한 것은 사실이지만, 후대 시인들의 입장에서는 자유분방한 천재성에 의지 하는 소식의 경우보다는, 시인의 노력과 꼼꼼한 각색을 중시하는 황정견의 시작 이론과 방식이 수용하기에 더 쉽다고 느꼈던 점도 황정견이 강서시파 종주가 된 중요한 원인의 하나이다. 이러한 이 론과 방식은 사태의 전개에 따라 양면성적 평가가 내려지게 마련 이다. 그러므로 후대에는 많은 비평가들이 황정견 등의 시 경향에 대하여 지지 또는 비판을 하였다. 지지하는 쪽에서는 시의 새로운 지평을 열었다는 점을 높이 샀으며, 비판하는 쪽에서는 기교주의 적인 측면의 단점을 부각시켰다.

비판적 입장에 있었던 대표적인 사람을 들자면 장계張戒〔세한당 시화歲寒堂詩話〕, 엄우嚴羽〔창랑시화滄浪詩話〕 등이 그러하다. 그러 나 이들은 왕약허만큼 전면적이고 철저하게 비판하지는 않았다. 그러면 어째서 그는 이같이 지나칠 정도의 비난을 하였던 것일까?

필자는 황정견에 관한 연구를 해오면서 왕약허의 이와 같은 점에 의문을 가지게 되었고, 이 점이 본고의 집필동기가 되었다. 본고에서는 그의 시론을 반강서시파론에 중점을 두면서 다음과 같은 몇 가지 사항에 대하여 논술해 보도록 하겠다. 첫째, 왕약허 시론의 연원과 형성과정을 살펴본다. 둘째, 시대와 개인 양면에서 드러나는 왕약허의 문학적 관점을 파악한다. 셋째, 황정견 비판론 나아가 '황정견 폄하론〔폄황론貶黃論〕'의 구체적인 면모를 검토한다. 특히 그는 황정견과 밀접한 관계에 있던 소식에 대해서는 비난하지 않고 오로지 황정견 비판에만 힘을 쏟았다. 그러므로 여기서는 '폄황론'과 '소·황 비교론'의 두 종류로 나누어 구체적 양상을 살펴보기로 한다. 끝으로, 새로운 시비평 형식으로 대두한, 그가 황정견에 대해 지은 〈논시사절論詩四絶〉을 분석한다. 이상과 같은 작업을 통하여 왕약허의 문학적 관점의 이해에 보다 정확히 접근할 수 있으며, 또 황정견을 필두로 하는 강서시파에 대한 그의 비난에 대하여 어떻게 이해하고 평가해야 할지에 대한 해결의 실마리를 찾을 수 있을 것이다.

Ⅱ. 시론 연원

송의 북쪽에 자리잡고 있던 금은 무력은 강하였지만, 문화와 학술 방면에서는 송의 영향에서 벗어나지 못하였다. 당시 남송南宋에서는 정주학程朱學이 성했던 데 비해, 금나라에서는 북송 소식의 학문적 전통이 꽃피고 있었으며 왕약허는 그러한 영향을 받았다.2) 소식의 세계관은 비교적 실용에 치중하는 고문가古文家의 입장을 견지하였으며3), 개인의 진지한 정서를 중시하는 문학관을 가지고 있

---

2) 郭紹虞, 《中國文學批評史》, 文史哲出版社, 臺北, pp.520-525.
3) 《蘇東坡全集》, 後集 권14, 〈答王庠書〉, "儒者之病, 多空文而少實用賈

는데, 이러한 점이 왕약허 문학을 이해하는 데에도 참고가 될 것
이다.

왕약허의 문학적 성장에 직접적인 영향을 미친 사람은 그의 외
삼촌인 주앙周昂(자 덕경德卿)이다.《금사金史》권126에는 주앙의
품성이 우애가 두텁고 의리에 밝아 선비들의 모범이 되었다고 하
며, 왕약허가 주앙에게서 문학을 배웠던 일을 기록하였다.

그의 조카 왕약허는 일찍이 주앙에게서 배웠다. 앙昂은 그에게
가르치기를,"문장으로서 밖이 공교工巧하고 안이 졸렬拙劣한 것은
가히 좌중을 놀라게 할 수는 있어도 홀로 앉아 있을 때를 만족시킬
수는 없고, 사람들 입으로 칭찬받을 수는 있어도 머리를 끄덕이는
수긍을 얻을 수는 없다"고 하였다.
또 말하기를,"문장은 뜻이 주역으로 해야하며, 언어는 조역을 맡
도록 해야 한다. 주역이 강하고 조역이 약하면 따르지 않을 명령
이 없다. 지금 사람들은 왕왕 그 조역에 치중하여 조역이 그것을
제멋대로 날뜀을 제어하기 어렵게 했다. 심한 경우는 조역이 오히
려 주역 노릇을 하니, 아무리 언어적 공력을 발휘한다 하더라도 어
찌 문장의 정통이라 하겠는가?"고 하였다.4)

주앙의 문학관을 잘 보여주는 이 두 인용문은 시문의 내용과 형
식의 선후 관계를 논하고 있다. 먼저 문장의 공졸工拙 문제에 대하
여는 내면의 실질實質이 보장된 후 외피外皮가 교묘하게 되는 것이
좋다는 견해를 밝힘으로써, 수사의 선후와 한계에 대해 명확히 하
였다. 둘째 인용 역시 의미(내용)가 이를 전달하는 언어(형식)에
우선되어야 한다는 견해를 밝혔다. 그가 이렇게 글을 지을 때에

宜陸贄之學, 殆不傳於世, 老病且死, 獨欲教子弟."
4)《金史》권126,《列傳》第64,〈文藝·周昂條〉,"其甥王若虛嘗學於昂,
昂教之曰, '文章工於外而拙於內, 可以驚四筵而不可以適獨坐, 可以取
口稱而不可以得首肯'. 又云, '章以意爲主, 以言語爲役, 主强而役弱則
無令不從. 今人往往驕其所役, 至跋滬難制, 甚者反役其主, 雖極辭語之
工, 而豈文之正哉.'"

작자는 어원의 조탁에 힘쓰기보다는 근본이 되는 의미에 치중하여
야 한다고 강조한 것은 아마도 시를 포함한 당시의 시풍에 대한
일침으로 생각된다. 이러한 주앙의 논지는 《호남시화湖南詩話》 중
에서도 찾을 수 있다.

> 교묘巧妙함으로써 교묘함을 삼는다면, 그 교묘함은 부족하다. 교
> 묘함(巧)과 졸박함(拙)이 서로를 구제해야 사람들이 싫어하지 않는
> 다. 고도의 교묘함은 능히 졸박함을 취하여서 교묘함을 삼는다. 이
> 른바 진정으로 유희遊戱하여 노니는 자는 문文하기도 하고 질質하
> 기도 하니, 도道 중의 중용中庸인 것이다. 조탁이 너무 심하면 그
> 전체가 손상되며, 경영이 지나치면 그 근본을 잃는다.5)

작품의 창작시 '교묘함과 졸박함이 서로를 구제해야 한다.〔巧拙
相濟〕'는 절충론적 사고는 앞의 언급에서 한걸음 더 나아간 것이
다. 주앙은 그저 당시의 문풍에 반대하는 데에 머물지 않고 양자
(의意와 사辭)의 조화를 통해 이상적 창작의 경지에 도달할 수 있
다고 하였다. 또한 그는 송시의 향방에 대하여 다음과 같은 견해
를 가지고 있었는데, 이러한 생각은 왕약허에게 그대로 전승되었
다.

> 나의 외삼촌 주군周君의 말이 옳다. 그는 이르기를, "송의 문장은
> 황정견에 이르러 이미 곁길로 접어들었으며, 진사도 이후로는 그
> 폐단을 이길 수가 없었다. 사람으로서 능히 가운데 서서 큰 안목으
> 로 살펴보면, 시비와 진위를 보아 알 수 있다."고 하였다. 약허는
> 비록 시를 잘 알지 못하나 그렇다고 생각한다.6)

---

5) 《湖南詩話》 권1, 《歷代詩話續編》 上, 木鐸出版社, 1988, 臺北,
　　p.507, "以巧爲巧, 其巧不足, 喬拙相濟, 則使人不厭. 唯甚巧者, 乃能
　　就拙爲巧, 所謂遊戱者, 一文一質, 道之中也. 彫琢太甚, 則傷其全, 經營
　　過深, 則失其本"
6) 《湖南詩話》 권2, "善乎, 吾舅周君之論也. 曰, '宋之文章至魯直, 已是
　　偏仄處, 陳後山而後, 不勝其弊矣. 人能中道而入, 以巨眼觀之, 是非眞

이상과 같은 주앙의 견해를 보면 황정견에 대한 왕약허의 비판적 관점 형성의 계기를 알 수 있다. 왕약허는 시의 경우에는 두보를, 산문의 경우는 소식을 문학적 이상으로 여겼다고 전한다.7) 이밖에 감정의 흐름이 자연스럽고도 여실하게 표현했던 백거이를 높이 평가하였다.8) 두보의 시는 왕안석·황정견 이후로 계속 시의 전범으로 인식되어 왔으며, 이는 주앙과 왕약허에게도 예외가 아니었다. 왕약허는 주앙의 두보론杜甫論에 대하여 이렇게 술회하였다.

> 우리 외삼촌은 어려서 시를 지을 때부터 두보를 으뜸으로 여겨, 남을 가르칠 때에도 역시 두보로부터 시작하곤 하였다. 일찍이 후인들이 새로 두보의 시집에 만들어 넣은 시에 대해 낯을 찡그리며 말했다. "사람의 재주는 마치 얼굴과 같다. 이목구비를 멀리서 보면 차이가 없다. 그러나 가까이서 살펴보면 서로 다르지 않은 게 없다. 시가 두소릉〔杜甫〕에 이르고서야, 다른 사람들이 어떻게 그것을 휘저어 어지럽힐 수 있겠는가?"9)

이상에서 볼 때 왕약허는 외삼촌 주앙의 영향을 받아 문학적 입지를 마련해 나갔음을 알 수 있다. 이 두 사람은 전기에서 보이듯이 풍부한 학식과 곧은 절개, 그리고 문학적 관점 등 상당 부분에서 서로 흡사하다. 문학 방면에서 볼 때 시의 본질은 진실한 정서

僞, 望而可見也'若虛雖不解詩, 頗以爲然."
7) 《四庫全書總目提要》"其論文宗蘇軾, 而不敢取韓愈, 論詩宗杜甫, 而不敢取黃庭堅. 蓋主於浩浩直達, 而不尙剝削鍛煉也."
8) 《滹南詩話》권1, "榮天之詩, 情致曲盡, 入人肝脾, 隨物賦形, 所在充滿, 殆與元氣相侔. 至長韻大片, 動數百千言, 而順適愜當, 句句如一, 無爭張牽强之態. 此豈撚斷吟鬚鳴口吻者之所能至哉! 而世或以淺易輕之, 蓋不足與言矣."
9) 《滹南詩話》권1, "吾舅自幼爲詩, 便祖工部, 其敎人亦必先此. 嘗與予語及新添之詩, 則嚬蹙曰, '人才之不同如其面焉, 耳目耳目鼻口相去亦無幾矣, 然諦視之, 未有不差殊者. 詩至少陵, 他人豈得而亂之哉'"

를 그대로 드러내는 것이어야 하지, 지나친 수사 위주의 작품은 오히려 전체적 질을 손상시킨다고 한 점이 그러하고, 또한 시사적詩史的으로는 강서시파에 반발하며 남송 말엽에 홍기하였던 존당시尊唐詩적 기풍을 수용하고 있으므로, 그간의 송시의 진행에 대하여 바람직하게 여기고 있지 않은 점 등이 두 사람간의 기본적인 영향 관계이다. 이러한 인식을 기반으로 왕약허의 반강서시론反江西詩論이 형성된 것이다.

Ⅲ. 왕약허의 시적 지향

1. 작가적 진정과 자연성

문학 일반으로서의 왕약허의 시론에 대한 고찰이 본 절의 주안점이다. 그는 시화의 상당 부분을 황정견 비평에 할애하였으므로 시가 원론 역시 황정견론과 함께 언급되어 있는 경우가 많다. 가능한대로 원론과 황정견론을 분리하여 검토하고자 하겠지만, 문맥상 분리가 안되는 경우는 그대로 전재키로 한다. 앞에서 본 바와 같이 왕약허는 그의 외삼촌의 영향을 받아 시를 배웠는데, 시의 본질적 의미에 대하여 다음과 같은 견해를 피력하였다.

> 맹교는 춥고 백거이는 천속賤俗하다고 시인들이 박대한다. 그러나 정후鄭厚가 시평詩評에서 "왕형공王荊公·소蘇·황黃의 무리는 비교할 수가 없다"고 하며, 또 "백락천白樂天은 버들 그늘이나 봄 앵무새와 같고, 맹동야孟東野는 풀뿌리나 가을 벌레와 같아 모두 조화 가운데의 한가지 묘함이다" 라고 한 것은 무엇 때문인가? 애락哀樂의 진수가 정서로 표현되었기 때문이다. 이것이 시의 올바른 이치이다.10)

---

10)《滹南詩話》권3, "郊寒白速, 是認類鄙薄之, 然鄭厚評詩, 荊公蘇黃輩

이 문장은 첫째로 시는 진지한 감정을 그려내는 것이라는 '시언
지詩言志'의 전통을 확인하고 있으며, 둘째로 당시唐詩의 송시에 대
한 우위성을 인정하고 있고, 셋째로 주목해야 할 것은 백거이를
높게 인정하였는데, 이는 그가 솔직 담백한 시를 선호하고 있음을
보여주고 있다. 이러한 점들은 앞에서 말한 조탁을 경계하는 주앙
의 관점과 같은 맥락 속에서 이해될 수 있다.

그러면 그가 생각한 애락이란 어떠한 성격과 범주의 정서인가?
이 점에 관해서는《시화》권2에서 몇 차례에 걸쳐 소식의 사에 대
해 언급한 글 중에서 그 실마리를 찾을 수 있다. 여러 언급 중에
서 결론적인 다음 말을 통해 자세히 살펴보기로 한다.

진사도가 "소식은 시로써 사를 지었다"고 한 것은 망론妄論이나,
세상에선 다 이를 믿고 있다. 유독 모형산茅荊産만이 그렇지 않음을
분별하여, 그의 사가 고금古今을 통틀어 제일이라고 하였다. 이제
한림翰林 조공趙公도 역시 이렇게 말하여 서로 암암리에 동의하였
다. 시와 사는 한가지 이치이니, 다른 관점으로 보아서는 안된다.
본디 말세의 기풍은 섬세하고 곱기만 하며 물러서 세속의 기호에
좇아가는 법이다. 빼어난 선비도 역시 서로 이기고자 하여 날로 아
름다움으로 치달아 드디어 그 문체를 당연하게 여기지만, 그 폐단
이 이 지경에 이른 것을 모른다.

문백기文伯起가 말하기를, "(동파) 선생은 그 불행에 사람들이 빠
질까 걱정해서 이를 끌어당겨 그치게 하였다. 홀로 서서 새로운 뜻
을 내어 시인의 구법에 기탁하였다"고 하였는데, 이 역시 그렇지
않다. 공은 웅대한 문장가요 훌륭한 솜씨를 지녔다. 악부(사)는 곧
그의 유희일 뿐이니, 어찌 세속과 승부를 다투리요! 하늘이 준 재
주는 범상치 않고 사기辭氣는 앞으로 나아가니, 그의 붓끝은 세속
과 격하여 있다.11)

曾不比數, 而云樂天如 柳陰春鸎, 東野如草根秋蟲, 皆造化中一妙, 何
哉? 哀榮之眞, 發乎性情, 此詩之正理也."
11)《濠南詩話》권2, "陳後山謂子瞻以詩爲詞, 大是妄論, 而世皆信地, 獨
茅荊産辨其不然, 謂公詞爲古今第一. 今翰林趙公亦云此, 與人意暗同.

이 글 앞의 인용을 참고하여 진사도의 말을 이해하면 소식이 사의 기존의 내용과 음률을 벗어났기 때문에 본색을 잃었다고 한 것으로 이해된다.12) 그러면 사의 본색은 어떤 것인가? 먼저 당시의 민간가요로서 당연한 기본적 수요인 여성적 정서를 말한 것으로 보인다. 즉 도시 남녀의 음정淫情과 염려艷麗한 여인의 자태 등을 위주로 한 서정적인 완약사婉約詞를 생각하면 될 것이다. 그러나 소식은 호방한 풍격으로 삶을 거시적이며 철학적으로 노래하였으므로 이전의 사풍과는 전혀 다른 양상을 드러냈다.

왕약허는 이러한 양자간의 차이에 대한 자기 나름의 평가를 장르적 차원에 접근시키며 논한 것이다. 그의 시와 사에 대한 장르론은 '시와 사는 한가지 이치에서 출발하였다'는 것이다. 비록 소박하게 전개되어 있지만, 이 글은 자신의 시대를 포함하여 문학장르(또는 문체)는 말기로 가면 갈수록 유미주의적 수식만을 능사로 여기며13), 결국은 새로운 장르(또는 문체)에 자리를 내어준다는 논리를 암시하고 있다. 그리고 기존의 사는 진정眞情을 읊기에는 부족하여 소식이 이를 확대하여 발전시킨 것이라고 하였다. 완약 염려한 사는 선비의 유희일 뿐이라고 하여, 실질을 중시하는 문학관을 드러냈다. 이것이 왕약허의 애락론哀樂論의 성격과 범주에 관한 해답이라 할 수 있다. 한편 그의 이러한 장르 발전론은 후의 왕국유王國維 등의 견해와도 맥락을 같이 하는 바가 있다. 이점에 관해서는 〈중국시의 발전 단계론〉에서 구체적으로 논했다.

그는 실질적이며 진지한 감정을 기반으로 한 작가적 '자득自得'과

      蓋詩詞只是一理, 不容異觀. 自世之末作 習爲纖艶柔脆, 以投流俗之好, 高人勝士, 亦或以是相勝, 而日趨於委靡, 遂謂其體當然, 而不知流弊之至此也. 文伯起曰, 『先生慮其不幸, 而溺於彼, 故援而止之, 特立新意, 寓以詩人句法』是亦不然. 公雄文大手, 榮府乃其遊戲, 顧豈與流俗爭勝哉! 蓋其天資不凡, 辭氣邁往, 故落筆皆絶塵耳."

12) 《滹南詩話》 권2, 제17 · 18조 참조.
13) 《滹南詩話》 권3, "嗚呼, 世之末作, 方日趨於詭異, 而議者又從而簧敲之, 其爲弊何所不至哉."

서술의 '자연성'을 주장하였다. 앞의 주앙의 말 가운데서도 그 일단
을 보았듯이, 왕약허 역시 작가란 스스로 깨달아 터득한 자득의
경지에 도달해야 함을 강조하였다.

> 옛날의 시인들은 비록 그 지취志趣와 기호嗜好가 다르고 체제가
> 같지 않더라도, 결국은 모두 '자득'에서 나왔다. 그 문사가 잘 전달
> 되고 이치가 순조로우면 모두 명가라 할 만하지, 어찌 구법으로써
> 사람을 옭아 매어야만 하겠는가?14)

　시의 창작시에 취향을 달리하여 다양한 체제로 시를 짓더라도
창작의 관건은 작가가 몸소 터득한 깨달음의 경지에 있다는 것이
다. 그리고 그 서술은 내면의 생각과 감정을 그대로 자연스럽게
드러내면 족하다고 하였다. 그가 전달의 자연성을 강조한 것은 공
자 이래의 의미 전달 위주의 '사달론辭達論'적 문장관과 맥락을 같
이 한다. 또한 시대적으로 이는 당시 지나치게 구법의 수식과 조
탁에 힘썼던 강서시파에 대한 비판적 시각에서 우러나왔다. 그는
황정견과 강서시파의 시가 서곤체를 배워 수식에 빠져서 자연스런
〔渾然天成〕 맛이 없다고 비판하였다.

> 주소장朱少章은 강서시파의 시율을 논할 때, "서곤체의 기교를 부
> 려서 두보의 전체적으로 어울리는 조화〔渾全〕의 경지를 만들고자
> 하였다"고 말했다. 내가 말하건대 서곤체의 기교를 부려서는 결코
> 두보의 혼전의 경지에 이를 수 없으며, 두보의 경지에 이르른 자가
> 서곤체의 기교를 부릴 리도 없다. 이 두 가지는 서로 병행될 수 없
> 는 것이다. 모박茅璞이 유이숙劉夷叔의 장단구長短句를 평하여, "두
> 보의 살로써 동파의 골골을 전했다"고 한 말도 같은 이치이다.15)

---

14) 《潯南詩話》 권3, "古之是認, 雖趣尙不同, 體制不一, 要皆出於自得.
　　至其辭達理順, 皆足以名家, 何嘗有以句法繩人者."
15) 《潯南詩話》 권2, "朱少章論江西詩律, 以爲用崑體功夫, 而造老杜渾全
　　之境, 予謂用體功夫, 必不能造老杜之渾全, 而至老杜之地者, 亦無事乎

그는 이 글에서 강서시파가 만당체를 답습한 서곤체의 전적인 기교를 가지고서, 두보를 추구하였다는 것은 출발부터 잘못되었다고 하였다. 그러나 두보 역시 구법을 강구하였으며 기교에도 세심한 주의를 기울인 것은 사실이다. 그러므로 그의 이러한 견해는 두보의 시적 풍격과 내용을 함께 고려하여 이해할 때 가능한 결론이라고 하겠다. 즉 강서시파 시인들이 두보의 형식적 기교 추구만을 지나치게 천착하였다는 말로서 이해할 수 있다.

그가 기본적으로 당시의 구법句法 단련鍛鍊 등 과도한 기교주의에 대하여 반기교론적反技巧論的 입장을 가지고 있었던 것은 분명하고도 중요한 사실이다. 다음 글은 이와 관련하여 많은 시사를 던져준다.

> 동파는 〈남행창화시서南行唱和詩序〉에서 말하기를, "옛날 사람들의 글은 능히 할 수 있는 것을 빼어난 것[工]으로 여기지 않고, 어찌할 수 없이 그럴 수 밖에 없는 것을 工하다고 여겼다. 산천에는 구름이 있고 나무에는 꽃과 열매가 있어, 가득 부풀어 터져 밖으로 드러나게 되는 것이다. 설사 없게 하려해도 그것을 어찌 그렇게 할 수 있겠는가? 그렇기 때문에 나는 글을 많이 짓더라도 여지껏 일부러 글을 지으려해서 짓지는 않았다"고 하였다. 이때 공公의 나이 약관에 접어들 때였으나 마음 속에 가지고 있는 바가 이러했으니, 그가 정말 강서의 시인들과 종신토록 구율句律을 다투려 했겠는가?16)

소식의 말은 창작의 동기에 관해서 언급한 것으로서, 내면의 주체할 수 없는 감정이 있을 때에만 그와 같은 진지한 정서를 바탕

崑體功夫, 蓋二者不能相與兼耳. 茅璞評劉夷叔長短句, 謂以少陵之肉, 傳東坡之骨, 亦猶是也."

16)《瀟南詩話》권2, "東坡南行唱和詩序云, '昔人之文, 非能爲之爲工, 乃不能不爲之爲工也. 山川之有雲, 草木之有華實, 充滿勃鬱而見乎外, 雖欲無有, 其可得耶. 故予爲文至多, 而未嘗敢有作文之意.' 時公年始冠耳, 而所有如此, 其肯與江西諸子終身爭句律哉?"

으로 글을 써야 하지, 진정도 없으면서 외피인 수사와 구율에만 치중한다면 좋은 글이 될 수 없다는 것이다. 그러니 왕약허가 보건대 소식이 황정견 등 강서시파 시인들과 구법이나 따지는 조그만 울타리를 염두에 두지 않았음이 분명하다고 하며 소식을 황정견과 동렬同列에 놓을 수 없다는 암시를 담았다. 이 글에서 왕약허는 진지한 정서에 기초하여 자연스런 글을 이루어야 한다며, 인위적 표현과 과도한 수사를 반대하였다.

이렇게 왕약허는 시의 알맹이가 되는 내용의 전달을 중시하였으므로, 형식면에 있어서도 감정 표현의 제약을 많이 받는 차운시를 반대하였다.

> 정후鄭厚는 이렇게 말했다. "위진 이래로 시를 지어 창화唱和함에는 문사文辭로써 뜻을 기탁하였으나, 근세의 창화자는 모두 차운으로써 하니 다시는 진정한 시가 없게 되었다." 慵夫(왕약허)가 말한다. "정후의 이 말은 아주 훌륭한 말 같다. 그런즉 차운은 실로 작자의 큰 병이다. 시도는 송인에 이르러 쇠미하고 피폐해졌으나, 그들은 전적으로 이를 서로 숭상하였다. 재주가 동파같은 사람도 역시 요동치는 물결에서 벗어나지 못하고 좇아갔다. 그의 시집 중에서 차운시가 1/3이나 되는데, 비록 기교를 다 부려 한 때를 움직이긴 했으나, 자연스런 온전함〔天全〕을 해쳤다. 만약 동파가 이같은 결함이 없었다면, 고인의 경지와 또 무엇이 다르리요?"17)

송대에 와서 대거 유행한 차운시는 그 형식 자체로는 우호적 감정을 드러내는 것이지만, 실제 시의 전개에 있어서는 작가의 감정을 표현하는데 제약 요소로 작용한다고 하는 견해는 타당성이 있

---

17) 《滹南詩話》 권2, "鄭厚云, '魏晋以來, 作詩唱和, 以文寓意. 近世唱和, 皆次其韻, 不復有眞詩矣滹' 慵夫曰, 『鄭厚此論, 似乎太高, 然次韻實作者之大病也. 詩道至宋人, 已自衰弊, 而又專以此相尙. 才識如東坡, 亦不免波蕩而從之, 集中次韻者幾三之一. 雖窮極技巧, 傾動一時, 而害于天全茶矣. 使蘇公而無此, 其去古人何遠哉?'"

는 것으로 보인다. 꼭 창화해야 한다면 위진대의 시 같은 의미로써 창화하는 것이 좋다고 생각하였다. 그는 주로 소식에 대해서는 존경하는 입장을 취하였지만, 차운 문제에 관해서는 여러 차례 비판하였다.18) 이는 당시의 시 경향이 지나치게 형식에 구애되고 있는 것에 대한 일침이다.

이상의 글에서 볼 수 있듯이 왕약허는 시에서 작가의 진지한 감정을 무엇보다도 중요한 요소로 여겼음을 알 수 있다. '애락지진수哀樂之眞髓', '자득自得', '혼연천성渾然天成', '사달이순辭達理順', '혼전渾全', '천전天全' 등의 용어는 바로 작가로서의 진솔한 정신과 표현의 원만 자연성에 대한 요구라고 해야할 것이다. 시화 중에서 그는 강서시파를 중심으로 한 송시 일반에 반대하는 발언을 자주 나타냈는데. 이는 바로 학문성, 기교주의, 차운시에 대한 불만에서 나온 것이라고 하겠다. 이러한 견해는 일면 후에 명말 공안파의 '언지言志'적인 낭만주의 문학관과도 흡사한 데가 있다. 그러나 왕약허의 견해는 학문과 논리에 근거한 기초를 지니고 있으며, 전체적으로는 상호 대립되는 요소들을 대할 때에 어느 정도 절충주의적 입장을 보이고 있어서, 공안파의 극단적 태도와는 그 양상이 다르다.

2. 형사形似 · 신사神似론

송대의 문학적 경향의 한가지 특색은 장르적 상호 교감으로서 화론과 시론을 서로 연결하여 설명하려는 움직임이 본격적으로 시작되었다. 소식은 시서화詩書畵에 모두 능하여 문인화文人畵를 창시하기도 할만큼 그림을 잘 그렸고, 화론에 많은 관심을 보여 형사形

---

18) 《滹南詩話》 권2, "東坡酷愛歸去來辭, 旣次其韻, 又衍爲長短句, 又裂爲集字句, 破碎甚矣. 陶文甚美, 亦何必爾, 是亦未免近俗也."; 《滹南遺老集》 권34〈文辨〉, "歸去來辭本自一便 自然眞率文字, 後人模擬, 已子不宜, 況可次其韻乎! 次韻則牽合而不類矣."

似 및 신사神似에 관한 논의, 시화일률론詩畵一律論, 흉중성죽론胸中
成竹論 등을 내놓기도 하였다. 시화론은 명청대에까지 계속 중요한
미학이론으로서 여러 문예 장르에 실험되었다. 왕약허는 소식의
형사·신사론에 대하여 세인들의 이해가 충분치 못하다고 생각하
여, 이에 대해서 해설하였다.

　　동파가 말하기를, "그림을 논함에 형상을 같게 묘사하는 것〔形
似〕은 그 식견이 아이들과 같다. 시를 씀에 있어서 시가 꼭 이래야
한다고 하는 것은 필경 시를 아는 사람이라 할 수 없다"고 하였다.
그림에서 귀하게 여기는 것은 대상과의 유사함이다. 그림으로서 유
사함이 없다면 차라리 그리지 않은 것과 같다. 제목을 정하고서 시
를 쓸 때, 반드시 이 시여야 한다고 하지 않는 것은 도대체 무슨
말인가? 그러면 소식의 논의는 잘못된 것인가?
　　내가 말하겠다. "형사의 밖에서 묘함을 논하되 그 유사함을 잃지
말며, 제목에 급급하지 말되 요컨대 그 제목을 잃어서는 안되니,
이것일 따름이다. 세상사람들은 그 실질을 바탕으로 하지 않고 마
음에 얻은 바도 없으면서, 이 논의가 고매하다고 한다. 산수를 그
리는 사람이 나무 하나 바위 하나를 바로 그리지도 못하고, 구름
안개와 아득한 하늘가의 놀에 의지하고서는, 이를 일컬어 기상이
있다고 한다. 시를 짓는 사람은 망망하여 치우치기도 하고 아득하
기만 하여 제목에 따라 찾아보아도 무엇을 말한 것인지 알지 못하
게 해놓고서는, 격률이 귀하다고 한다. 만일 하나라도 그렇지 않은
것이 있으면 서로들 가리키고 비웃으며, 얕고 평범하다고 한다. 올
바른 것을 구하지 않고 기이한 것만을 구하며, 진위를 알지도 못한
채 먼저 고하를 따지고 있다. 이 역시 스스로를 속이는 일일 뿐이
니, 어찌 동파의 본의겠는가?"19)

---

19) 《滹南詩話》 권2, "東坡云, '論畵以形似, 見與兒童隣. 賦詩必此詩, 定
　　非知詩人', 夫所貴于畵者, 爲其似耳. 畵而不似, 則如勿畵. 命題而賦
　　詩, 不必此詩果爲何語. 然則坡之論非歟? 曰, '論妙于形似之外, 而非
　　遺其形似, 不窘于題, 而要不失其題, 如是而已耳. 世之人不本其實, 無
　　得于心, 而借此論以爲高. 畵山水者, 未能正作一木一石, 而託雲烟香
　　靄, 謂之氣象. 賦詩者茫昧僻遠, 接題而索之, 不知所謂, 乃曰格律貴

이 글은 화론의 시론에의 응용론에 관한 것으로서, 그 논의의 발단은 그림을 그릴 때 지나치게 대상에만 의존하는 묘사〔形似〕는 초보적인 것이라고 말한 소식의 언급에 대하여, 세인世人들은 오해하여 그 반대로 자기들조차 무엇인지도 모르면서도 "기상氣象"이 있다느니 한다. 그러나 왕약허가 보기에 이는 공허하고 추상적 운미韻味〔神似〕만 추구하려 하는 것일 뿐이다.

이와 관련한 왕약허 이론의 요지는 '형사의 밖에서 묘함을 논하되 그 유사함을 잃지 말며, 제목에 급급하지 말되 요컨대 그 제목을 잃어서는 안된다'고 한 말로 집약될 수 있다. 즉 좋은 작품은 형사에만 머물러 있어서도 안되지만, 형사의 상대적 개념인 신사를 추구함이 지나쳐 추상적 모호함으로 흘러서도 안된다고 한 것이다. 물론 그는 글의 후반에서 '올바른 것을 구하지 않고 기이한 것만을 구하는' 풍토를 비판하여 그의 본래의 의도를 나타내기는 하였다. 그러나 원론적으로 보자면 여기서 보다시피 그는 지나친 추상성을 경계한 것이지, 형사만 중요하다고 여긴 것은 아니다. 결국 그는 양자의 절충적인 면을 중시하였음을 알 수 있다. 이러한 양면적 절충론은 대립되는 형사와 신사 사이의 변증법적 통일관계와 밀접한 관계가 있다고 여겨진다.20)

또 《호남시화淖南詩話》 권3에서는 당시에 누가 〈묵매墨梅〉에 관해 아주 추상적으로 지은 시 두 수를 예로 들었다. 그는 이 시 두 수를 읊고 나서 물어보니 사람들이 무엇을 읊은 것인지 맞추지 못하더라는 이야기를 소개하였다. 그러면서 왕약허는 사람들이 이것이 꽃인지도 모르고 있으니, 매화임은 더욱 모를 것이며, 더욱이 그림 속의 매화라고는 생각도 못할 것이라고 하였다. 이는 다 작자가 앞서 인용한 소식의 '부시불필차시賦詩不必此詩'론을 오인하여

爾. 一有不然, 則必相嗤點, 以爲淺易而尋常, 不求是而求奇, 眞僞未知, 而先論高下, 亦自欺爾已矣, 豈坡公之本意也哉?'"
20) 華鎭楚, 《中國詩話史》, 湖南文藝出版社, 1988, 長沙, p.123.

과도하게 추상성을 추구하려다가 빚어진 폐단이라고 지적하였다.[21) 이상과 같은 논리는 그가 보기에 공허하기만 한 당시 시인들의 지나치게 수사적이며 인위적 표현에의 집착에 대한 반발과 진지한 정서의 올바른 표출에 대한 소망으로부터 출발하였다고 하겠다.

3. 시사론詩史論

왕약허는 《호남시화》의 대부분을 황정견을 비롯한 강서시파에 대한 비판에 할애하였으므로 그 외의 시대와 시인 및 시사와 같은 거시적인 것에 대해서는 많은 이야기를 하지 않았다. 구법과 조탁을 반대하고 진솔한 감정표현을 중시했던 그는 대체로 강서시파에 의해서 주도된 송시의 경향이 바람직하다고는 생각하지 않았다. 그렇다고 하여서 그가 무턱대고 송시 전체에 대해 칼질하려 한 것은 아니다. 다음 글은 시대와 관련한 그의 문학관을 잘 보여준다.

요즈음의 제공들은 시를 지어서 스스로 이름을 내는 자가 아주 많다. 그러나 왕왕 지론持論이 너무 높아 입만 열면 매번 시삼백편과 고시십구수를 기준으로 삼고, 육조六朝 이하는 점점 만족하지 않으며, 송대의 시인들에 대해서는 거들떠보지도 않는다. 이는 분명 본질을 아는 이야기이긴 하다. 그러나 세상은 만변하는 것이어서 옛날과 같지 않으니, 어찌 문장만 일률적으로 한정지을 수 있겠는가? 설사 후인이 지은 작품으로서 삼백편의 풍취에 미치는 것이 있다 해도, 역시 모두 옛 수준에서 만족하여 있지만은 않을 것이다. 어째서인가? 골계滑稽하여 스스로 즐거워하며 기이한 기교를 부려 서로 자랑하려는 것은 사람의 마음에 본래부터 있어 막을 수

---

21) 《滹南詩話》 권3, 제26조, "予嘗誦之于人, 而問其詠何物, 莫有得其彷彿者, 告以其題, 猶惑也. 尙不知爲花, 況知其爲梅, 又知其爲畵哉? 自賦詩不必此詩之論興, 作者誤認而過求之, 其弊遂至于此, 豈獨李詩爾已"; 이러한 예는 제27조에도 소개되어 있다.

없기 때문이다.

　송인의 시는 비록 대체로 옛 시대보다 쇠퇴하기는 했지만, 요는 이 역시 스스로 일어서고자 하였으므로 반드시 모두 뒤에다 놓을 것만은 아니다. 그러나 결국 천대하고 언급하지 않았으니, 너무 심한 것이 아닌가? 두보는 문장을 소기小技로 알았으며, 정씨程氏 (형제는) 시를 한가로운 말로 여겼다. 그런즉 문사가 잘 전달되고 이치가 순조로워 하자가 없으면 두고서 다 취해도 괜찮다. 그 나머지 우열이야 비교할만한 가치가 얼마나 있겠는가?22)

　강서시파에 대한 반발로 남송말부터는 다시 복고풍이 일기 시작하였으므로 송대 이전의 시에 대한 관심이 점증되고 있었다. 따라서 시인들은 점차 《시경》, 《고시십구수古詩十九首》 등만을 중시하고 후대로 내려갈수록 하찮게 여겼는데, 왕약허는 귀고천금貴古賤今의 경향에 주의를 환기시킨 것이다. 따라서 송시의 일반적 기풍이 바람직스러운 것만은 아니라고 할지라도 무조건 이를 배척해서는 안 된다고 하였다. 이같은 시정신은 문학은 나름대로 각 시대에 따른 시대적 수요와 욕구를 충족시켜야 한다고 하는, 문학의 시대성을 어느정도 인정한 진보적 견해이다. 그렇지만 문학작품의 가치기준은 시대의 선후에 있는 것이 아니라, '사달이이순辭達而理順'이라는 전달성에 근거하고 있다고 그는 문학론의 기본틀을 밝혔다.

　그의 시대적 문학론의 일단은 다음 시어 사용의 문제에 대한 비평에서도 잘 나타나 있다. 그는 황정견의 '점철성금點鐵成金'과 '환골탈태換骨奪胎'론에 대해서 다음과 같이 논했다.

---

22) 《滹南詩話》 권3, "近歲諸公, 以作詩自名者甚衆, 然往往持論太高, 開口輒以三百篇十九首爲準. 六朝而下, 漸不滿意. 至宋人殆部齒矣. 此固知本之說, 然世間萬變, 皆與古不同, 何獨文章而可以一律限之乎? 就使後人所作, 可到三百篇, 亦不肯悉安乎是義. 何者? 滑稽自喜, 出奇巧以相誇, 人情固有不能已焉者. 宋人之詩, 雖大禮衰於前高, 要亦有以自立, 不必盡居其後也. 遂鄙薄而不道, 不已甚乎? 少陵之詩, 以文章爲小技, 程氏以詩爲閒言語. 然則凡辭達理順, 無可瑕疵者, 皆在所取可也. 其餘優劣, 何足多較哉?"

　　노직(황정견)의 시론에 '점철성금' '환골탈태'의 비유가 있는데, 세
상에서는 이를 명언으로 여기고 있다. 내가 보건대 이는 다만 표절
의 오점일 뿐이다. 노직은 남에게 이기기를 좋아하여, 자신의 시구
가 옛사람에게서 나왔다는 것을 부끄러워했다. 그러므로 이같은 억
지말을 지어 사사로이 이름을 내세웠다. 이미 전인에게서 나온 말
은 설사 가공한다 하여도 귀한 것이 못된다. 그러나 사물에는 같은
이치가 있고 사람에게도 같은 견해가 있게 마련이므로, 어휘나 의
미간에 어찌 전혀 이를 범하지 않을 수 있겠는가?

　　대개 옛날의 작자는 애당초 이를 생각하려고 하지도 않았다. 같
아도 싫어하지 않았고, 다르다고 하여 과장하지도 않았다. 스스로
얻은 것〔自得〕을 좇아 그 당연한 바를 다하면 그뿐이었다. 묘처에
관해서도 역시 전적으로 이에만 매달리지는 않았다. 그러므로 손상
됨이 없이 명가名家가 되며 이름이 후세에 전해지니, 어찌 반드시
노직의 생각과 같이 해야만 하겠는가?23)

　　혜홍惠洪의 《냉재야화冷齋夜話》에 의해 황정견의 창작론으로 알려
진 '환골탈태'론, 그리고 황정견의 문집에 직접 보이는 '점철성금'
등은 후에 강서시파 시인들에 의해 널리 수용되어 시창작의 법칙
으로 여겨지게끔 되었다. 그러나 시어와 시의詩意 양면에 걸쳐 우
연한 일치는 용인할 수 있어도 이같이 고의로 전인들의 시구를 대
대적으로 차용하여 인신引伸·점화點化하는 기풍을 좋게 생각하지
않았던 왕약허는 이러한 작법에 대해 정면으로 반기를 들었다.

　　전인들의 시구를 바탕으로 하는 시어의 재활용론再活用論은 보기
에 따라서, 그리고 그 의도와 실제 활용 정도에 따라서 창신創新으
로도, 또는 모의模擬로도 흐를 수 있다. 그러므로 이같이 경계에

---

23) 《滹南詩話》 권3, "魯直論詩, 有奪胎換骨點鐵成金之喩, 世以爲名言,
以予觀之, 特剽竊之點者耳. 魯直好勝, 而恥其出于前人, 故爲此强辭,
而私立名字. 夫旣已出于全人, 縱復加工, 要不足貴. 雖然, 物有同然
之理, 人有同然之見, 語意之間, 其全不見犯哉? 蓋昔之作者, 初不
校此, 同者不以爲嫌, 異者不以爲誇, 隨其所自得, 而盡其所當然而已.
至于妙處, 不專在于是也. 故皆不害爲名家, 而名傳後世, 何必如魯直
之措意耶?"

서 있는 이론은 그만큼의 위험 부담과 비판도 감수할 수 밖에 없다. 더욱이 송시의 불량한 기풍이 바로 강서시파에서 나오고, 이는 시대사적 측면에서 바로 잡아야 한다고 생각한 그로서는 황정견의 점화론은 주공격 대상이 될 수밖에 없었다. 그는 지나치게 전인들의 시구에 신경쓸 필요는 없다고 하였다. 설사 한 시인이 사용한 시어와 시의가 전인의 것과 우연히 같다 하더라도, 이는 전혀 문제될 것이 없다는 것이다. 이같은 논리는 결국 시인의 진지한 성정性情을 자득에 의해 자연스럽게 표출해야 한다는 사달이순론에 근거하여 이루어졌다.

이를 볼 때 앞의 시사론詩史論을 밝힌 글과 관련하여 다음과 같은 사실을 알 수 있다. 그는 문학의 시대적 발전을 인정하기는 하였다. 그러나 그것을 시어와 시의의 활용 문제와 결부할 때, 역시 중요한 것은 설사 옛 사람의 것과 같더라도 자득과 전달성력이 있으면 수용할 수 있다는 태도를 나타냈다. 이것은 왕약허에게는 문학의 시대성이나 그에 따른 발전보다는 작가 개인의 체득이라는 요소가 더 우선적으로 고려되었음을 뜻한다.

이상으로 왕약허의 시적 지향을 크게 세 가지로 나누어 보았다. 이를 간략히 요약하면, 첫째로 그는 시란 애락의 진정으로부터 나오며, 그 진정이란 적어도 유약柔弱 부미浮靡한 정서와는 같지 않음을 파악하였다. 특히 사의 기풍을 새롭게 변화시킨 소식의 예를 통해, 왕약허는 장르적 차이에 따르는 문학의 기능과 의의에는 큰 구별을 하지 않았음을 보았다. 그는 표현 문제에 관해서는 자득을 통한 혼연천성渾然天成의 자연스러움을 나타내야 한다고 하였다. 따라서 지나친 기교나 인위적 시 형식, 예를 들면 차운시 등은 이를 해치는 요소로 간주하였다.

둘째로 소식의 형사론에서 시사받아 대상에 대한 훌륭한 묘사의 경지는 형사만으로는 부족하겠지만, 그렇다고 해서 추상적인 신사만으로는 더욱 곤란하다고 하였다 이는 시의 추상성을 인정하면서도 사실성을 소홀히 하지 않는 절충론적 견해라고 하겠다.

셋째로 시사적 관점은 문학의 시대적 개성을 인정하고 있다. 그러나 송시가 기교주의技巧主義·모의주의模擬主義로 흘러가는 것으로 여겨 이를 교정하고자 하였다. 점철성금 등의 황정견식 시어 활용론에 대한 그의 공격 등은 바로 이러한 이유에서도 출발했다.

Ⅳ. 황정견론

이미 전장에서도 시가 원론과 유관한 언급들을 통해 어느 정도 보았듯이, 본 장에서는 시화의 1/3 이상을 차지하고 있는 왕약허의 황정견론을 살펴 보고자 한다.《시화》제2, 3권에 실려있는 황정견과 관계되는 비판들은 감정어린 어조를 느낄 정도로 강하지만, 체계적이지는 못하다. 곳곳에 단편적으로 나타나는 평론들은 그 성격에 따라 다음과 같은 몇 가지 유형으로 나누어볼 수 있다.

①황정견에 대한 시론상의 비판, ②황정견 시에 대한 문법, 수사, 음율, 고실考實, 논리성, 용전用典, 풍격, 구법, 자구 등 시구에 관한 비판 , ③소·황의 대조·비교론, ④앞의 경우의 유사 형태로서, 소식의 황정견 평에 관한 왕약허의 재평가가 그것이다. 그런데 위의 네 항목은 주로 황정견에게만 관련된 것(①, ②)과 소·황 모두가 관련된 것(③, ④)의 두 종으로 나눌 수 있는데, 본고에서는 진행의 편의를 위해 '황정견 비판론'과 '소·황 비교론'의 두 가지로 나누어 살펴보도록 하겠다.

1. 황정견 비판론

황정견의 시론과 관련해서는 이미 앞장에서 부분적으로 《냉재야화冷齋夜話》에 소개된 환골탈태론 등 점화론點化論에 대한 왕씨의

논평을 살펴본 바도 있는데, 왕약허의 황정견 시론에 대한 공격의
주안점은 구법句法의 추구 경향에 맞추어져 있다.

> 산곡의 시는 기이하기만 할 뿐 묘한 맛이 없으며, 잘라 끊어놓기
> 만 했지 시원하지 않다. 학문을 포장하여 부유하다고 여겼고, 진부
> 한 말을 변화시켜 새로운 것으로 여겼다. 그러나 전체적으로 조화
> 되어 자연스럽게 이루어져〔渾然天成〕, 마치 폐간에서 흘러 나오는
> 것 같은 것이 부족하다. 이것이 바로 황정견이 동파를 애써 쫓아갔
> 으나 그에 미치지 못했던 까닭이 아니겠는가?24)

> 노직(황정견)은 입만 열면 구법을 논하지만, 이로써는 고인의 경
> 지에 도달할 수 없다. 그런데도 문도들이 친당親黨을 만들어 옷과
> 바리때를 서로 전승하면서 법통을 이어 받았다고들 하니, 이 어찌
> 시의 진리라 하겠는가?25)

앞의 글은 송시의 주류를 이루었던 황정견 시의 경향이 지나치
게 기奇를 추구하고 학문적 자세로 시를 대하였기 때문에, 시의 생
명인 함축과 맛을 잃게 되었다고 하였다. 이점은 소식의 생동력에
뒤지는 결과를 초래하였다고 분석하였다. 또 원문상 '자득自得'론과
이어진 두 번째 글에서 왕약허는 황정견이나 강서시파 시인이 시
의 본질에 대한 작가적 체득이 없이 지엽적枝葉的인 구법에만 신경
을 쏟아 시의 진수를 잃었다고 비난하였다. 결국 이 두 글은 작가
의 진실한 감정을 자연스럽게 살리지 못하면 시는 실패할 수 밖에
없다는 암시를 담고 있다.

황정견 시의 자구 조탁을 비판할 때 왕약허는 직접 예를 들어

---

24) 《滹南詩話》 권2, "山谷之詩, 有奇而無妙, 有斬絶而無橫放, 鋪張學問
　　以爲富, 點化陳腐以爲新, 而渾然天成, 如肺肝中流出者不足. 也此所
　　以力追東坡而不及歟?"
25) 《滹南詩話》 권3, "魯直開口論句法, 此便是不及古人處. 而門徒親黨,
　　以衣鉢相傳, 號稱法嗣, 豈詩之眞理也哉?"

조목조목 따졌다. 그는 진관秦觀의 시에 황정견이 화답하며 서로
언급하였던 고사를 들면서, 황정견의 기교 추구에 대하여 이렇게
비판했다.

　　황정견의 시어는 공연히 깎고 다듬었지만 결국 의미가 없으며,
진관의 작품보다 못하다. 여기서 진관이 "나를 심히 몰아세운다"고
한 것은 황정견의 시를 두고 말한 것이 아니라, 황정견이 남에게
이기기를 좋아하며 양보하지 않는 것을 미워하는 소리이다.26)

　필자가 생각하기에 두 사람간의 친분이나 진관의 호방한 면모를
생각할 때, 그의 말을 미워한다고 까지 말한 것은 왕약허의 지나
친 독단일 수 있다고 여겨진다. 그러나 진관의 진의가 어떻든 간
에 적어도 이 글로써 왕씨의 황정견에 대한 시각을 더욱 잘 엿볼
수가 있다. 그러면 이와 유관한 황정견의 시구에 대한 왕씨의 대
표적 논평을 몇 가지 살펴보기로 한다.

　　① 산곡은 〈제죽석목우題竹石牧牛〉시가 평생의 지극한 말이라고
스스로 말했다. 물론 아름답기는 하다. 그러나 이 또한 무슨 의미
가 있는가? 황시黃詩는 대체로 이와 같다. 기이하고 빼어나다고 하
지만 남들에 의해서 본래 아무 것도 아니라고 설파될까봐 두려워한
다.27)

　　② 〈성성모필猩猩毛筆〉 시의 '죽어 다섯 수레의 책을 남기는가?'
라는 구절이 있다. 생각컨대《장자莊子》에서 '혜시惠施는 여러 방면
에 재주가 있어, 책이 다섯 수레가 된다'고 한 말은 그가 읽은 책이
아니라, 지은 책을 말하는 것이다. 이를 빌어다 필사筆寫하는 의미

---

26)《瀋南詩話》권3, "予謂黃詩語徒彫刻而殊無意味, 蓋不及少游之作. 少
　　游所謂相逼者, 非謂其詩也, 惡其好勝而不讓耳."
27)《瀋南詩話》권3, "山谷牧牛圖詩, 自謂平生極至語, 是固佳矣, 然亦有
　　何意味? 黃詩大率如此, 謂之奇峭, 而畏人說破, 元無一事." 詩解說은
　　필자의《黃庭堅詩 研究》pp.236-238 참조.

로 써서 자찬하였다. 그런데도 여거인呂居仁은 황정견이 영물詠物에
능하여 그 이치를 궁구窮究하였다고 했으니, 역시 이상하지 않은
가? '평생에 몇 켤레 나막신을 신어'라는 구절도 자세히 음미하면
역시 거칠며, 원숭이 털을 뽑아서 세상을 구제할 수 있다는 이야기
는 더욱이 견강부회牽强附會한 것으로서 가소롭다. 내가 보건대 이
는 속인俗人의 수수께끼이니, 무슨 시라고 하겠는가?28)

③ 시인의 말이란 이상한 뜻을 기탁함이 본시 없지 않다. 그러나
그 정도가 지나친 것도 역시 병이다. 산곡은 〈제정방화래題鄭防畫來〉
시에서 '편주片舟를 불러 고향으로 가려하니, 곁의 친구는 이게 그
림이란다'라고 했다. 만약 주인이 말해주지 않았다면 종내 몰랐을
것인가?29) 기

④ 산곡은 〈제양관도題陽關圖〉에서 "위성渭城의 버들색이야 무슨
상관일까마는, 이로써 나그네 시름을 자아낸다"고 하였다. 사람이
느낌을 갖고 나무가 무정한 것은 당연한 것이다. 그러나 〈야발분녕
夜發分寧〉시에서 '내 본시 다른 날과 마찬가지로 취하지만, 넘쳐 흐
르는 시냇물과 풍월風月은 사람을 대신해 시름짓는 듯하다'고 했으
니, 이 무슨 이치인가?30)

이들 시의 내용과 문학적 평가 등에 대해서는 대체로 이전의 논
문에서 다루었으므로 중복하지 않겠다. 여기서는 왕약허의 문학적

---

28) 《瀞南詩話》권3, "猩毛筆云,"身後五車書", 按莊子, 惠施多方, 其書
   五車, 非所讀之書卽所著之書也, 遂借爲作筆寫字, 此以自贊耳. 而呂
   居仁稱其善詠物, 而曲當其理, 不亦異乎? 只"平生幾兩屐", 細味之亦
   疏, 而拔毛濟世事, 尤牽强可笑. 以予觀之, 此乃俗子謎也, 何足爲詩
   哉?". 詩 解說은 앞의 책, pp216-219 참조.
29) 《瀞南詩話》권3, "詩人之語, 詠譎寄意, 固無不可, 然至于太過, 亦其
   病也. 山谷題惠崇圖云, "欲放片舟歸去, 主人云是丹青", 使主人不告,
   當遂不知." 詩 解說은 앞의 책, p.238 참조.
30) 《瀞南詩話》권3, "山谷題陽關圖云, "渭城柳色關何事, '自是行人作許
   悲', 夫人有意物無意, 固是矣. 然夜發分寧云, '我自只如常日醉, 滿川
   風月替人愁' 此復何理也?"

관점과 황정견에 대한 비판적 태도만을 중심으로 살펴보고자 한
다. ①시는 복잡하고 변화 많은 반전적反轉的 구성構成에 힘을 기울
였던 황시가 겉은 화려하게 포장된 듯하지만, 실은 보잘것없는 빈
약한 내용으로 되었다고 하였다. 그러나 필자로서는 이 시만큼 적
절한 비유를 통해 당시의 정치적 현실에 대하여 우회적으로 풍자
한 작품도 흔치 않다고 생각한다.

전목부錢穆父가 고려高麗에서 성성이 꼬리털로 만든 붓을 얻어
온 일을 두고 화답하여 쓴 ②시는 많은 전고와 용사를 교묘하게
쓴 것으로 유명한, 이른바 '점철성금'법으로 지은 대표적인 시이다.
왕약허는 전 8구로 된 이 시를 구절마다 들며 잘못된 용전用典과
시적 전개를 하였다며 비난하였다. 결국 이러한 말재간은 세간의
수수께끼나 다를 바 없다고 깎아내렸다.

③와 ④시는 각기 그림 속의 배를 실경實景으로 느꼈다는 이야기
와 버들이나 시냇물 등의 경물은 본래 무정無情한 것이지만 어떤
때에는 사람같이 정이 있는 양 묘사하였다는 황정견의 시의詩意에
대하여 비난하였다. 그러나 이는 은유와 함축을 생명으로 하는 시
의 중요한 형상 수법이자 감정이입이다. 왕약허가 이 점을 모를
리 없는데도 논리성을 강조하며 신경질적인 비평을 가한 것은 황
정견에 대한 지나친 반발심으로 밖에는 이해되지 않는다. 왕씨는
이외에 용자, 수사법, 풍격 등 다방면에 걸쳐 황정견 시를 비판하
였으나, 대개 단편적인 것들이므로 줄이도록 한다.

2. 소蘇·황黃 우열론

왕약허의 시화에서 '황정견 비판론'만큼 적지 않은 분량을 차지
하는 것이 '소·황 우열론'이다. 그리고 평가의 전체적인 흐름은 소
식을 존중하고 황정견은 폄하하는 방향으로 우열을 정하고 있다.
본 절의 내용은 앞에서 이미 언급한 바와 같이 소식과 황정견에

대한 대조·비교의 부분과 상호 언급의 두 부분으로 나눌 수 있다. 이들에 대하여 순차적으로 살펴보기로 한다.

　　혹 말하기를, '문장을 논하는 이는 동파를 존중하고, 시를 말하는 이는 산곡을 더 높이 친다'고 한다. 그러나 이는 그의 문생들이 서로 친당을 지어 하는 편벽된 이야기이다. 그러나 지금 사인詞人들은 대개 이를 핑계 삼아서, 동조하는 이는 그 궤적을 좇아가 돌아올 줄 모르고, 생각을 달리하는 이는 그 이름을 두려워하여 감히 비난하지 못한다. ……근자에《동도사략東都史略·산곡전山谷傳》을 읽어보니, "정견은 시에 능해 진관·장뢰張耒·조보지晁補之와 함께 소식의 문하에서 놀아, 호를 '사학사'라고 불렀다. 그러나 유독 강서江西의 군자들만이 정견을 소식에 짝하여 '소·황'이라고 불렀다"고 하였다. 이미 당시부터 이를 공론으로 여기지 않았던 것이다.31)

　왕약허는 이 글에서 황정견이 소식의 문하에 있었기 때문에 붙여진 "소문사학사"라는 명칭이 결국 황정견의 시재가 소식보다 못하다고 하는 뜻으로 사용된 예라고 하는 인식을 나타냈다. 그리고 강서시파가 부른 호칭인 "소·황"은 친당의 설이라고 치부해 버렸다. 그러나 이 글에서 반면적으로 알 수 있는 사항은 황정견은 남송대에 당시의 시단을 주도하였던 강서시파의 종주로서 소식 못지 않은 성가를 누렸다는 점이다. 그러므로 왕약허의 견해만을 옳다고 할 근거는 없으며, 일단은 소·황 중에서 누구를 우선하느냐 하는 점 역시 보는 이의 문학적 관점과 그 경사도傾斜度에 따라 달라질 수 있다고 보아야 할 것이다.

　다음 두 글에서 왕약허는 소·황의 관계를 맹자와 양웅揚雄의 관

---

31)《滹南詩話》권2, "惑謂論文者尊東坡, 言詩者右山谷, 此門生親黨之偏
　　說, 而至今詞多以爲口實, 同者襲其迹而不知返, 異者畏其名而不敢
　　非…近讀東都史略山谷傳云, "黃庭堅長于詩, 與秦觀張耒晁補之游蘇軾
　　之門, 號四學士, 讀江西君子以庭堅配軾, 謂之蘇黃"蓋自當時已不以是
　　爲公論矣."

계에 비교하며 양인 관계의 우열을 가렸다.

① 동파는 문중文中의 용龍이다. 이치는 만물에 묘하고 기운은 세상을 삼키며, 종횡으로 달려 마치 유희遊戱하는 듯하여서, 그 시작과 끝을 예측할 수 없다. 노직魯直은 구구하게 도끼날과 먹줄의 설을 가지고서 그의 뒤를 좇아 다투며, 동파가 구법句法을 알지 못한다면 세상에 어찌 다시 시인이 있으리요?

그러나 그가 말하는 법칙이라는 것은 과연 어디에서 나오는 것인가? 소식이 양웅을 논할 때 그가 맹자의 책이 있었다면 필히 태현경太玄經을 짓지 않았을 것이라고 하였다. 노직은 동파가 달려나간 것 같이 하고자 했으나 그렇게 하지 못했다. 그래서 고고하게 구율句律을 논하고 곁으로 모양을 내며 힘써 자립하여 서로 대항하였으나, 소식의 아래에 거함을 면치 못했다. 그가 노고가 심하거늘 만약 동파의 위압이 없었다면 황정견의 뜻을 씀도 반드시 이와 같지는 않았을 것이다. 세상에서는 동파가 바다를 건너 남쪽에 간 것이 노직의 불행이라 하나, 잘 아는 사람이 보건대 그의 불행은 오래되었다.32)

② 산곡은 스스로 구법을 두보에게서 배웠다고 했으나, 동파에게는 스승의 자리를 허락하지 않았다. 내가 보건대 두보는 상서尙書의 전典과 모謨이며, 동파는 맹자와 같으며, 산곡은 양웅의 법언法言인 셈일 뿐이다.33)

① 글에서 왕약허는 황정견 시의 구법 강구가 소식에 대한 경쟁

---

32) 《滹南詩話》 권2, "東坡文中龍也, 理妙萬物, 氣呑九州, 縱橫奔放, 若遊戲然, 莫可測其端倪. 魯直區區持斤斧準繩之說, 隨其後而與之爭, 至謂未知句法, 東坡而未知句法, 世豈復有詩人? 而渠所謂法者, 果安出哉? 老蘇論揚雄, 以爲使有孟軻之書, 必不作太玄. 魯直欲爲東坡之邁往而不能, 于是高談句律, 旁出樣度, 務以自立而相抗, 然不免居其不也, 彼其勞亦甚哉, 向使無坡壓之, 其措意未必至是. 世以坡之過海爲魯直不幸, 由明者觀之, 其不幸也舊矣."

33) 《滹南詩話》 권3, "山谷自謂得法于少陸, 而不許于東坡, 以濾觀之, 少陸典謨也, 東坡孟子之類, 山谷則揚雄法言而耳."

심에서 비롯되었다고 하는 생각을 분명히 드러냈다. 다시 말하자면 소식에게 이기고는 싶은데 시재는 부족하니까 올바른 정도로 나아가지 않고 구율이나 논하며 곁길로 빠지게 된 것이라는 이야기이다. 또 ②글에서는 ①글에 이어서 황정견의 시사적 위치가 《역경易經》을 모방하여 《태현경》을 지은 양웅과 같다고 하였다. 여기서 그는 시에 있어서 두보를 원류로, 이를 이은 소식을 맹자와 같은 계승자로, 그리고 황정견을 아류로 구분하여 논하였다.

다음 글은 소식의 황정견에 대한 평가들로서, 왕약허는 이를 어떻게 받아들이고 있는지에 관하여 보도록 한다.

왕직방王直方이 말하기를 "동파는 노직의 시가 고인의 수준보다 더 높아 천하에 독보하였다"고 하였다. 내가 이르건대 동파는 결코 이같은 논의를 하지 않았다. 설사 했다 하더라도 역시 성의로써 한 말은 아니다. 동파는 일찍이 노직의 시에 발문跋文으로 이렇게 말하였다. "매번 노직의 시를 보면 기절해 넘어지지 않을 수 없다. 그러나 이 글은 시어가 매우 묘하여 탄복할 수 있는 자라면 매우 뛰어난 사람이라 할 것이다."

또 말하기를, "노직의 시를 읽으면 마치 노중련魯仲連·이태백李太白을 보는 것 같아서, 감히 비천한 일을 논할 수 없다. 비록 적용할 수 없을 것 같기는 하지만, 세상에 보탬이 없다고 생각되지는 않는다." 또 말하기를, "마치 꽃게나 조개의 기둥살과 같아서 격운格韻이 고절高絶하여 다른 반찬은 거들떠보지도 않게 된다. 그러나 많이 먹게 되면 풍風을 일으키고 기氣가 어지럽게 된다"고 하였다. 그 허락함이 어찌 이와 같은가?34)

---

34)《潯南詩話》권2, "王直方云, '東坡言魯直詩高出古人數等, 獨步天下'. 予謂坡公決無是論, 縱使有之, 亦非誠意也. 蓋公嘗跋魯直詩云, '每見魯直詩, 未嘗不絶倒. 然此권語妙甚, 能絶倒者已是可人'. 又云, '讀魯直詩如見魯仲連李太伯, 不敢復論鄙事. 雖若不適用, 然不爲無補于世'. 又云, "如蝤蛑江瑤柱, 格韻高絶, 盤餐盡廢, 然多食則動風發氣', 其許可果何如哉?"

제일 앞의 왕직방王直方의 말을 제외하고 소식이 말했다고 전해
지는 이후의 세 마디의 말은 반어적 억양법抑揚法으로 쓰여져 있어
묘한 어감을 전달해 준다. 언뜻 보면 칭찬인 듯 하지만, 비난의 뜻
을 드러내고 있다. '소황 관계론'에 대해서는 필자가 이미 다른 글
에서 논한 바 있거니와,35) 이상의 글에 대한 이해는, 소식의 '희
소노매嬉笑怒罵'의 창작 경향을 고려하면서, 그리고 무엇보다도 중
요한 것은 소식의 황정견에 대한 기본적 우의를 잊지 않는 가운데
서, 이루어져야 할 것이다. 필자가 보기에 소식은 황정견의 시문에
대해서 고매한 인품과 자기 존중의 의식을 높이 샀다고 생각한다.
그러면서도 이 글들에 나타난 바와 같이 현실에 충분히 밀착되지
않고 구법 등 표현의 문제에 많이 매달리는 창작 경향에 대한 아
쉬움이 이상과 같은 말로 표출되었으며, 왕약허는 이를 자의적으
로 해석한 것이다.

이상에서 본 바와 같이 왕약허는 황정견을 소식에 버금가는 인
물로 여기던 당시의 인식이 잘못되었다고 생각하였다. 이를 바로
잡기 위해 왕약허는 필자가 보기에도 지나칠 만큼 한쪽 방향으로
만 황정견을 매도하였으며, 여기서 '반황론反黃論'의 절정에 서있게
되었다. 그의 이같은 논리 전개는 문학의 시대사적 측면에서는 이
해가 가기도 하지만, 구체적 판단의 논거로는 비난의 의도가 지나
치게 드러나 있다는 점에서 객관적이지 못하다.

3. 논시사절論詩四絶 분석

본절에서는 황정견론의 새로운 양식으로서 그가 채택한 논시시
論詩詩 4수를 살펴보도록 하겠다. 본래 최초의 논시시는 시사를
평론하여 읊은 두보杜甫(711~770)의 〈희위육절구戲爲六絶句〉이다.

---

35) 〈蘇·黃關係論詩話書를 중심으로〉: 《中國語文學》 第7輯, 嶺南中國
　　語文學會1983.

이것이 짧은 편폭에 형상적 언어로써 평론의 새로운 경지를 열어놓은 계기가 되었으며, 이에 이어 왕약허와 대복고戴復高(1167~?)가 새롭게 계승하였고, 원호문元好問(1190~1258)의 〈논시절구 30수論詩絶句 30首〉가 나온 뒤로 청대에 이르기까지 많은 사람들이 이러한 시체를 이용하여 하나의 시 비평 양식으로 자리를 굳히게 되었다.36)

왕약허는 전 8수의 논시시를 지었는데, 그 작성 연대는 정확히 알 수 없다. 8수 중에서 앞의 4수는 황정견 및 강서시파 시인들을 비판하였고, 뒤의 4수는 백거이를 칭송할 목적으로 지었다고 각각의 서에서 밝혀 놓았다. 그러면 그의 논시시의 저작 동기를 겸한 서문과 함께, 황정견론에 해당되는 앞 4수의 〈논시사절論詩四絶〉을 한 수씩 감상·분석해 보도록 한다.

〈산곡은 시에 있어서 매양 동파에게 대들고자 하였고, 문인 친당들은 결국 동파보다 낫다고 여기게 되었다. 그리고 지금의 작자들 역시 대개 그렇다고들 여긴다. 나는 일찍이 희롱하여 절구시 4수를 지었다.〉

① (소식의) 빼어난 발걸음 좇을 수 없어, 땀 흘리며 나머지 무리들 바삐 달린다. 그 누가 말했던가, (소식의) 남행 이후로 강서의 불행이 시작되었노라고?37)

시의 서문에서 볼 수 있듯이 왕약허가 이 시를 지은 동기는 황정견의 소식에 대한 소용없는 경쟁 의식을 파헤칠 목적에서 비롯

---

36) 歷代論詩絶句의 발전과정과 이들 三人의 先後 關係에 대해서는 《歷代論詩絶句研究》(李鐘漢, 서울대학교 석사학위논문, 1983), p.34 등을 참조.
37) 《瀍南集》 권45, 〈山谷于詩, 每與東坡相抗, 門人親黨遂謂過之. 而今之作者, 亦多以爲然. 予嘗戲作四絶云〉, ①'駿步由來不可追, 汗流餘子費奔馳, 誰言直待南遷後, 始是江西不幸時?'

되었음을 알 수 있다.38) 각 시의 내용을 검토해보면 다음과 같다. ①시에서는 뛰어난 재능을 가진 소식을 좇아 그를 능가하고자 했던 황정견 등 강서시파 시인들의 노력이 헛수고라고 비웃었다. 시 중의 '여자餘子'는 바로 소식에 대항하며 구법의 추구에 전념했던 강서시인들을 가리킨다. 시의 후반에서는 마치 두보의 기주夔州 이후의 시와 같이, 소식이 담이儋耳로 귀양간 60대 초반부터 더욱 엄정嚴精해졌다고 하는 소식 등의 이야기를 빌었다.39) 그리고 이로부터 승산없는 대항에 애만 쓰던 황정견의 불행이 시작되었다고 하였다.

> ② 손 가는대로 써도 세상이 놀라며, 삼강三江은 도도히 흘러 붓 끝으로 기운다. 험괴險怪한 말로 강적이라 과시하지 말지니, 소공蘇公은 본시 힘들여 그대(황정견)와 다투려 하지 않았네.40)

②시에서는 소식의 종횡으로 흐르는 시적 재능 및 의연한 인격과 황정견의 지나친 기교추구의 자세를 대조·비교하였다. 즉 소식의 필치는 자신의 감정을 일필휘지로 호방무애豪放無碍하게 그려내는 데 능하다. 그런데 황정견은 이와 대조적으로 기벽한 시어와 용전用典 및 용운, 그리고 반전적 구법 등에서 우러나는 수경瘦勁한 기풍을 띠고 있다. 진정眞情을 중시하며 조탁을 반대한 왕약허는

---

38) 《四庫全書》, 《中州集》(元好問著) 권6, 〈王若虛條〉에는 이 시들이 다음과 같은 제목으로 소개되어 있다. 〈山谷于詩, 每與東坡相抗, 門人親黨, 遂有言文首東坡, 論詩右山谷之語, 今之學者, 亦多以爲然. 慢賦四詩, 爲商略之云〉

39) 《詩人玉屑》 권17, 〈雪堂·南遷以後精深華妙候〉, "余觀東坡自南遷以後詩, 全類子美夔州以後詩, 正所爲老而嚴者也. 子由云, '東坡謫居儋耳, 獨善爲詩, 精深華妙, 不見老人衰憊之氣'. 魯直云, '東坡嶺外文字, 讀之使人耳目聰明, 如淸風自外來也'. 觀李公之言, 如此, 則余非過論矣."

40) 《灤南集》 권45, ②"信手拈來世已驚, 三江袞袞筆頭傾, 莫將險語誇勍敵, 公自無勞與若爭."

두 사람의 이러한 차이를 서술함으로써, 황정견이 소식을 도저히
이길 수 없다는 판정을 내린 것이다.

　　③ 소공의 희론戱論이 지극히 공정함을 누가 알았으리! 꽃게는
좋아 보여도 풍병날까 두렵네. '탈태환골奪胎換骨'이 아무리 다양해
도, 모두가 선생의 일소一笑 중에 부쳐진다.41)

　③시에서는 앞서 주34)에서 소개한 소식의 황정견에 대한 몇
가지 평가가 공정한 것이며, 황정견의 시는 기이하여 보기는 좋을
지라도 너무 탐닉하면 부작용이 우려된다고 하였다. 결국 앞 시의
결론과 마찬가지로 '탈태환골'이라는 시어의 재활용론으로 대표되
는 황정견의 시적 성취는 진지한 시정을 호방하게 써 내려간 소식
에게 필적할 수는 없다고 하였다.

　　④ 문장은 자득을 귀히 여기니, 가사와 바리때 서로 전함이 어찌
진정일까?
　　이미 조사祖師〔황정견〕는 소공에게 한 수 뒤짐을 알겠으니, 분분
히 종지를 계승하는 자는 또한 누구인가?42)

　④시에서는 시창작의 핵심은 작가의 '자득自得'에 있는데, 지엽枝
葉만 추구하는 강서시파는 진짜가 아니라고 하였다. 또한 '자득'은
작가의 '진정'과 연결되어 있는데, 황정견 등의 시에는 이러한 부분
이 결여되어 있다고 판단한 셈이 된다. 그리고 후반에서는 이미
황정견이 소식의 적수가 될 수 없는 마당에, 당시 그를 종주로 모
시는 강서시파의 시인들이란 과연 어떤 사람들이냐며 반문하였다.
이상에서 본 네 수의 시를 통해 왕약허의 문학적 입장을 보면 황

---

41) 《潯南集》권45,　③ "戱論誰知是至公,　蜘蛑信美恐生風.　奪胎換骨何
　　多樣, 都在先生一笑中."
42) 《潯南集》권45,　④ "文章自得方爲貴,　衣鉢相傳豈是眞.　已覺祖師低
　　一著, 紛紛法嗣復何人?"

정견 및 강서시파의 시적 추구는 지엽을 추구하는 잘못된 방향으로 나아갔으며, 그래서는 소식에 필적할 수 없다는 것으로 요약할 수 있다. 이는 '진지한 정서', '작가적 자득', '전달력'을 중시하는 왕약허의 문학론의 시대적 표현 방식이다.

V. 맺음말

이상으로 왕약허의 시론을 중심으로 한 문학적 입장에 대하여 검토해 보았다. 요약하면 그는 북송 황정견의 시 창작 방법을 이어 받은 강서시파의 지나친 형식 추구의 폐단을 직시하여, 작가의 진솔한 성정과 그 전달에 치중하였으며 문학의 시대적 개성을 인정하면서도 어느 정도 복고적인 성격의 문학론을 주장하였다. 그가 이렇게 주장하게끔 되었던 시대적 배경에는 금대金代의 문단이 송의 영향으로부터 벗어나지 못하였고, 그의 시대 전후에 있었던 형식 중시의 기교주의적 창작론에 대한 논쟁이 중요한 원인으로 작용하였다고 하겠다. 이 논쟁은 당시로서는 대체로 '종소宗蘇' 대 '종황宗黃'론의 대립으로 구체화되었다.43)

그는 직접적으로는 외숙부 주앙의 영향 속에서 문학적 입장을 정립해 나갔다. 주앙 역시 강서시파 시인들과 마찬가지로 두보를 존중하였으나, 그들과는 달리 작가의 진지한 성정을 가장 중시하고 문학적 수식은 부차적인 것으로 간주하였다. 그가 이러한 주장을 한 것은 당시 황정견 등의 영향하에 시작 기교에 지나치게 의존하였던 강서시파의 폐단을 불식시키고자 했던 때문이었다. 그러나 원론상 그가 '문文'을 완전히 무시하고 '질質'만을 추구한 것은

---

43) 郭紹虞, 《中國文學批評史》(文史哲出版社, pp.520-530)에서는 趙文과 李之純의 文學的 입장 차이에서 비롯한 대립, 그리고 얼마 후의 王若虛와 雷希顏의 대립에 대해 논술하였다.

아니며, 기본적으로 내용과 수사의 조화를 꾀하는 '공졸상제工拙相濟'의 입장을 가지고 있었다. 이같은 주앙의 문학론은 왕약허에게 그대로 계승되었다.

시가 원론면에서 왕약허의 문학론을 살펴본다면 대략 다음 몇 가지로 요약할 수 있다. 첫째, 그는 사실을 중시하는 실질적인 입장을 토대로 작가적 진정을 강조하였고, 또 이를 작품화할 때에는 자득의 경지를 겪은 후에 나타나는 혼후한 표현을 주장하였다. 그리고 그 자득의 실제적 결과는 '사달이순辭達理順'이라고 하였다. 동시에 강서시파들은 모두 이를 가지고 있지 못하고 지엽적인 구법에만 매달려 있다고 비난하였다. 또한 시체 면에 있어서도 내용의 순조로운 전개를 제약하는 차운시를 반대하기도 하였다.

그러나 그는 '진정'의 구체적 의미 및 어떻게 하여 자득의 경지에 도달할 수 있는 것인지에 대해서는 밝히지 않아 그 의미를 정확히 파악하기 힘들다. 일단 왕약허의 일관된 의도가 당시 시단에 대한 교정에 있었음을 인정할 때, '진정'이란 대략 기교면에서 지나친 구법을 강구하고 시어를 조탁하였던데 대한 진지한 작가적 정서의 유출이라는 반면적 의미로 이해할 수 있을 것이다. 평이하게 가식 없는 시를 썼던 소식과 백거이에 대한 왕약허의 경도傾倒에서도 이러한 추론의 개연성을 확인할 수 있다.

둘째, 그의 시화에서 많이 언급되지는 않았지만 주목할 만한 미학적 관점으로서 '형사形似'에 관한 논의를 들 수 있다. 사실 문학에서의 '형사'와 '신사神似'론은 문인화의 창시자인 소식에서 비롯되었다고 볼 수 있다. 북송대에 유행하기 시작한 화론畵論의 시론詩論에의 응용은 시 비평의 지평을 확대하였다는 의의를 지니고 있다. 왕약허 역시 소식의 형사론에 대해 자기 나름의 해설을 하였다. 이와 관련한 왕약허의 이론은 문학에서 귀한 것은 원래 '형사를 하면서도 형사 밖의 것(즉 신사)을 함께 얻는 경지'라고 하였다. 이는 양자의 변증법적 통일관계를 통해서 설명 가능한 경지라

고 할 수 있다. 그런데 당시 사람들은 소식의 이 이론을 형사해서
는 안된다는 것으로 편협하게 이해하여, 작가 자신도 잘 모르는
막연하고 추상적인 것만을 추구하고 있다고 하였다. 이는 바로 '바
른 것을 구하지 않고 기이한 것만을 구하는 강서시인' 등에 대한
비난이다. 이 역시 사실에 근거하여 진지한 정서를 표출해야 한다
는 실제적 문학론에 근거한 이론이라 하겠다.

  셋째, 그는 문학의 시대적 발전을 부정하지 않는 시사관詩史觀을
가지고 있었다. 그의 시론의 중요한 동기가 강서시파에 대한 반발
이므로, 당시의 폐해를 지적하기 위해 어느 정도 복고적 색채를
띠고 있기는 하지만, 자신도 분명히 밝힌대로 문학의 시대적 진화
를 인정하였다. 그는 시대가 바뀌면 문인들의 기호 역시 바뀌는
것이 당연하다고 여겼다. 그러므로 송시 역시 그 의미를 전면적으
로 부인할 수는 없는 일이라고 하였다. 그리고 바뀌지 않는 시의
요체要諦는 '사달이순'의 전달력인데, 강서시파의 창작 방식은 지나
치게 구법과 구율에 구속되다보니 본질에 해당하는 전달력이 손상
받았다는 뜻을 밝혔다. 하지만 시어의 활용 문제에 대한 왕약허의
언급을 시사론과 관련하여 생각할 때, 그는 결국 문학의 시대적
발전 문제보다는 작가 개인의 체득과 전달성에 더 많은 비중을 두
었음을 확인할 수 있었다.

  왕약허 시론의 중요한 저작 동기는 이미 말한 바와 같이 황정견
등의 강서시파에 대한 반발이라고 할 수 있다. 그의 황정견론에
대해서는 다음 세 가지로 나누어 살펴보았다. 첫째, 황정견 비판론
으로서 황정견이 구법, 학문, 점화點化를 위주로 하여 시를 지어,
시의 내면에서 유출되는 서정성이 부족하다고 비판하였다. 이는
《창랑시화滄浪詩話·시변詩辨》에 보이는 '시는 성정을 노래하는
것'44)이라는 주장을 하며 송시에 대해 '문자로 시를 짓고, 의론으
로 시를 지으며, 재학才學으로 시를 지었다'45)고 비판한 엄우嚴羽

---

44) "詩者, 吟詠情性也."

의 견해에 근접한다.

왕약허는 이 밖에도 구체적인 시 품평도 하였다. 구법, 시어, 용자, 용운, 풍격, 수사법 등 다양하게 황정견의 시에 대한 비판을 가하였으며, 경우에 따라서는 지나치게 평가절하 하기도 하여 시화 저술의 동기를 암암리에 드러냈다. 특히 그는 수사를 내용보다 하위에 두었음에도 불구하고 그의 시문에 관한 수사학적 견해들은 전통에 속박받지 않는 독자성을 가지고 있어 역사적으로 수사학과 미학의 중요한 기초를 다진 공로가 인정된다.46)

둘째, 황정견 비판의 또 하나의 구체적 방식은 소식과 황정견의 대조와 비교를 통한 비판인데, 왕약허의 '소·황 관계'에 대한 언급은 다시 두 가지 방식으로 나뉜다. 하나는 소·황 우열론이며, 다른 하나는 소식의 황정견에 대한 평가에 대한 자신 나름의 재평가이다. 왕약허는 소식의 천부적인 시적 재능과 호방달관의 필치는 그의 문인門人이였던 황정견이 도저히 따를 수 없는 것이라고 생각하였고, 이에 황정견은 구구하게 구법과 구율을 추구하는 기교주의로 빠지게 되었다고 생각하였다. 그런데도 황정견을 추종하는 강서시파의 무리가 이들에 대해 '소·황'이라고 함께 아울러 호칭한 것은 잘못이라고 하였다. 다음으로 소식의 황정견에 대한 묘한 어감을 풍기는 몇몇 평가들, 즉 '절도絶倒', '추모蝤蛑·강요주江瑤柱' 론 등에 대하여 왕약허는 이것이 소식의 황정견에 대한 우월감의 표시가 아니겠느냐고 반문하였다.47) 그가 황정견과 달리 소식에 대해 그 여지를 많이 허락한 것은 왕약허가 '종소宗蘇'의 입장에 서 있음을 보여주고 있다.

셋째, 왕약허는 두보 이래로 시론의 새로운 양식으로 인정되기

---

45) "以文字爲詩, 以議論爲詩, 以才學爲詩."
46) 《古漢語修辭學資料彙編》〈前言〉, 鄭奠·譚全基編, 明文書局, 1984, 臺北 ; 이 책 pp.297-312에는 文章 부분, pp.323-325에는 詩 부분에 관한 修辭學的 主張들이 수록되어 있다.
47) 이 부분은 필자의 《황정견시 연구》 p.190 참조.

시작한 논시論詩의 방식으로도 황정견을 비판하였다. 그는 황정견에 대하여 4수의 절구를 지어 소식과 대비하여 그의 시적 위상을 깎아 내리고자 하였다. 제 1수에서는 소식이 담이儋耳로 귀양간 이후로 시적 성취가 높아졌다고 하였고, 제 2수에서는 소식의 천재적 필력과 황정견을 대조하였으며, 제 3수에서는 '추모·강요주'론 등 소식의 황정견론을 말하며, '환골탈태'론이 아무리 대단해도 소식을 극복할 수 없다고 하였다. 그리고 제 4수에서는 자득을 깨치지 못한 채로 황정견의 시법만 좇는 강서시파의 의미는 또한 무엇인가 하고 반문하였다.

작가의 '진정'과 '자득'을 중시하고 올바른 전달을 추구하는 왕약허의 문학론은 추상적이긴 했지만 한마디로 '반강서시파'론이라는 시대적 요청에서 출발한 것이다. 원론상 그는 양자의 조화로운 절충의 중요성을 충분히 인식하였으나, 현실적으로 그는 강서시파의 추상적이며 인위적인 수사에 대한 지나친 추구를 경계하여 보다 자연스럽게 내면의 정서를 표출해야 한다는 질박한 문학론을 제시한 것이다.

왕약허의 글은 예리한 인식과 논리적인 전개, 구체적인 예시, 그리고 반어적 표현, 확고한 언사 등에서 매우 개성적이며 또한 돋보인다. 그는 문법, 수사, 문체, 용전 등 다방면에서 박학과 독창성을 유감없이 드러냈다.48) 특히 역사적으로 황정견을 필두로 한 강서시파의 좋지 못한 문학 창작 경향에 대하여 본격적으로 주의를 환기시킨 시대적 역할이 컸다. 또한 그는 수사를 작가적 진정의 보조적인 수단으로 여겼으면서도, 수사에 대한 여러 가지 미학적 견해를 남김으로써 수사학의 발전에 기여하기도 했다. 그러나 한편으로는 원론과 달리 현실 교정의 필요에서 가해졌던 황정견 및 강서시파에 대한 과도한 비난과 강변은 결과적으로 문과 질의 이분법적 구분을 강요한 꼴이 되어, 오히려 그의 시론에서 공

---

48) 霍松林,〈王若虛反形式主義的文學批評〉:《文學有産增刊》第7輯, p174.

격의 대상이었던 시법詩法 위주의 비탄력적 형식주의 경향에 대한 또 다른 의미의 형식주의의 위험성마저 내포한 면이 없지 않다.

(〈왕약허의 문학론 연구 ─ 반강서시파론의 전개〉, 《중국문학》 18, 1991)

찾아보기

― 용 어 ―

(ㄱ)

찾아보기

― 인 명 ―

◆ 저자 소개

오태석吳台錫 (ohts11@hanmir.com)

서울 출생
서울대학교 중어중문학과 졸업
동대학원 석사·박사과정 졸업(문학박사)
경북대학교 중어중문학과 부교수 역임
1989년 臺灣 中央研究院 歷史語言研究所에서 연구
1999년 University of Washington에서 연구
한국 중국어문학회 총무이사
한국 중어중문학회·중국어문학회 연구이사
현재 동국대학교 중어중문학과 교수

저서 : 《黃庭堅詩研究》(1991, 경북대학교 출판부),
　　　《중국시와 시인 —당대편》(1998, 사람과 책, 공저)

중국문학의 인식과 지평

◆ 인쇄 2001년 05월 25일 ◆ 발행 2001년 6월 1일
◆ 2쇄 2002년 10월 04일 ◆ 2쇄 발행 2002년 10월 10일
◆ 저자 오태석 ◆ 발행인 이대현 ◆ 편집 이태곤·이은희
◆ 발행처 역락출판사 / 서울 성동구 성수2가 3동 277-17
　　　　 성수아카데미타워 319호(우 133-123)
◆ TEL 대표·영업 3409-2058 편집부 3409-2060 팩스 3409-2059
◆ 전자우편 yk3888@kornet.net / youkrack@hanmail.net
◆ 등록 1999년 4월 19일 제2-2803호
◆ ISBN 89-88906-85-3-93820
◆ 정가 28,000원

* 잘못된 책은 교환해 드립니다.